ro
ro
ro

Pauline Gedge, geboren 1945 in Auckland/Neuseeland, lebt in Alberta/Kanada. Pauline Gedges Bücher sind in 15 Sprachen übersetzt. Zu ihren Welterfolgen gehören u. a. «Die Herrin vom Nil» (rororo 15360), «Pharao» (rororo 22536) und «Das Mädchen Thu und der Pharao» (rororo 13998), «Der Sohn des Pharao» (rororo 13527), «Die Herrin Thu» (rororo 22835). Band 1 ihrer Trilogie «Herrscher der Zwei Länder» liegt vor als rororo 23033 («Der fremde Pharao»), Band 3 ab Dezember 2001 als rororo 23116 («Die Straße des Horus»).

PAULINE GEDGE
Herrscher der Zwei Länder

BAND 2

IN DER OASE

Roman

Deutsch von
Dorothee Asendorf

Rowohlt Taschenbuch Verlag

*Die Originalausgabe erschien
1999 unter dem Titel «The Oasis»
bei Viking Penguin Books Canada Ltd., Toronto*

Veröffentlicht im Rowohlt Taschenbuch Verlag GmbH,
Reinbek bei Hamburg, November 2001
Copyright © 2000 by Rowohlt Verlag GmbH,
Reinbek bei Hamburg
«The Oasis» Copyright © 1999 by Pauline Gedge
Redaktion Heiner Höfener
Alle Rechte vorbehalten
Umschlaggestaltung any.way, Cathrin Günther/Susanne Müller
(Foto: Archiv für Kunst und Geschichte, Berlin/
Werner Forman)
Gesamtherstellung Clausen & Bosse, Leck
ISBN 3 499 23105 0

*Die Schreibweise entspricht den Regeln
der neuen Rechtschreibung.*

PERSONEN

DIE FAMILIE

Kamose Tao — Fürst von Waset
Aahotep — seine Mutter
Tetischeri — seine Großmutter
Ahmose — sein Bruder
Aahmes-nofretari — seine Schwester und Ahmoses Gemahlin
Tani — seine zweite Schwester
Ahmose-onch — Aahmes-nofretaris Sohn von ihrem ältesten
Bruder und ersten Gemahl, dem verstorbenen
Si-Amun
Hent-ta-Hent — Ahmoses und Aahmes-nofretaris Tochter

DIENER

Achtoi — Oberster Haushofmeister
Kares — Aahoteps Haushofmeister
Uni — Tetischeris Haushofmeister
Ipi — Oberster Schreiber
Chabechnet — Oberster Herold

DIENERINNEN

Isis — Tetischeris und später Aahoteps Leibdienerin
Hetepet — Aahoteps Leibdienerin

Heket — Tanis Leibdienerin
Raa — Ahmose-onchs Kinderfrau
Senehat — eine Dienerin

VERWANDTE UND FREUNDE

Teti — Nomarch von Chemmenu, Aufseher und Verwalter
der Entwässerungsgräben und Kanäle, verheiratet
mit Aahoteps Base
Nofre-Sachuru — Tetis Gemahlin und Aahoteps Base
Ramose — ihr Sohn und Tanis Verlobter
Amunmose — Hoher Priester Amuns
Turi — Ahmoses Ringpartner

DIE FÜRSTEN

Hor-Aha — aus Wawat und Anführer der Medjai
Intef von Qebt
Iasen von Badari
Machu von Achmin
Mesehti von Djawati
Anchmahor von Aabtu
Harchuf, sein Sohn
Sobek-nacht von Mennofer
Meketra von Nefrusi

ANDERE ÄGYPTER

Paheri — Bürgermeister von Necheb
Het-ui — Bürgermeister von Pi-Hathor
Baba Abana — Hüter der Schiffe
Kay Abana — sein Sohn
Setnub — Bürgermeister von Daschlut
Sarenput — stellvertretender Nomarch von Chemmenu

DIE SETIUS

Awoserra Aqenenre Apophis — der König
Der-Falke-im-Nest Apophis — sein ältester Sohn
Kypenpen — sein jüngerer Sohn
Nehmen — Oberhofmeister des Königs
Yku-didi — sein Oberster Herold
Itju — sein Oberster Schreiber
Peremuah — Bewahrer des königlichen Siegels
Sachetsa — ein Herold
Yamusa — ein Herold
Pezedchu — ein General
Kethuna — ein General
Hat-Anath — ein weiblicher Höfling

Diese Trilogie ist Fürst Kamose gewidmet, einer der schillerndsten und verkanntesten Gestalten der ägyptischen Geschichte. Ich hoffe, dass sie ein wenig zu seiner Ehrenrettung beiträgt.

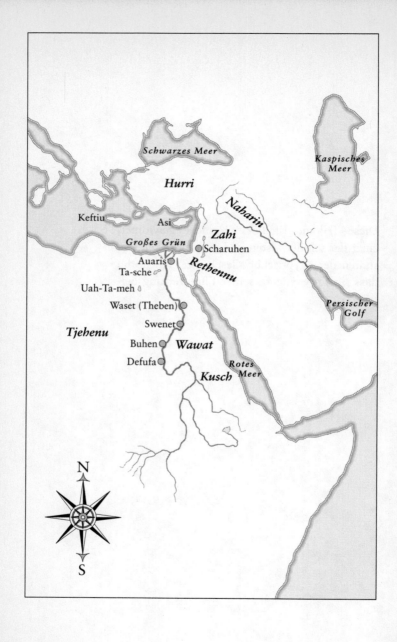

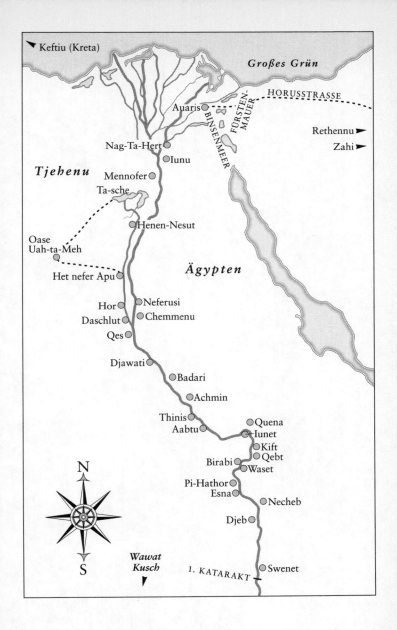

DANK

An dieser Stelle möchte ich Bernard Ramanauskas, der für mich recherchiert hat, von ganzem Herzen danken, denn ohne sein Organisationstalent und scharfes Augenmerk für Details hätte dieses Buch nicht geschrieben werden können.

VORWORT

Am Ende der zwölften Dynastie ging den Ägyptern auf, dass sie von einer fremden Macht regiert wurden, die sie Setius, «Herrscher des Hochlandes», nannten. Wir kennen sie unter dem Namen Hyksos. Ursprünglich waren sie aus einem weniger fruchtbaren Land im Osten, nämlich Rethennu, eingewandert, weil sie ihre Herden im üppigen Delta weiden wollten. Nachdem sie heimisch geworden waren, folgten die Händler, die nur zu gern an Ägyptens Reichtum teilhatten. Da sie fähige Verwaltungsbeamte waren, entmachteten sie allmählich die schwache ägyptische Regierung, bis sie zu guter Letzt ganz allein regierten. Es war eine weitgehend unblutige Invasion, die mit so subtilen Mitteln wie politischem und ökonomischem Druck geschah. Ihre Könige machten sich wenig aus dem Land an sich, plünderten es zu ihrem eigenen Nutzen aus und äfften die Sitten und Gebräuche ihrer ägyptischen Vorgänger nach. Sie waren darin so erfolgreich, dass sie das Volk größtenteils unterdrücken und einlullen konnten. Gegen Mitte der siebzehnten Dynastie hatten sie sich schon zweihundert Jahre lang fest in Ägypten eingenistet und herrschten von ihrer Hauptstadt Auaris, dem Palast am Nebenarm, aus.

Doch ein Mann im Süden Ägyptens, der von sich behauptete, von dem letzten wahren König abzustammen, rebellierte. In dem ersten Band dieser Trilogie, ‹Der fremde Pharao›, wird Seqenenre Tao vom Setiu-Herrscher Apophis gereizt und gedemütigt und wählt statt Gehorsam den Aufstand. Mit Wissen und Mitwirkung seiner Gemahlin Aahotep, seiner Mutter Tetischeri und seiner Töchter Aahmes-nofretari und Tani planen er und seine Söhne Si-Amun, Kamose und Ahmose eine Revolte und führen sie auch durch, eine Verzweiflungstat, die keinen Erfolg haben kann. Seqenenre wird von Mersu überfallen und ist danach teilweise gelähmt. Mersu ist Tetischeris verlässlicher Haushofmeister, aber er ist auch Spion im Hause Tao. Trotz seiner Verwundung zieht Seqenenre mit seinem kleinen Heer nach Norden, doch in der Schlacht gegen die Setiu-Übermacht des Königs Apophis und seinen brillanten jungen General Pezedchu wird er besiegt.

Sein ältester Sohn Si-Amun sollte nun den Titel Fürst von Waset annehmen. Doch Si-Amun, der zwei Herren dient, seinem Vater und dessen Anspruch auf den ägyptischen Thron und dem Setiu-König, ist dazu überlistet worden, Informationen über den Aufstand seines Vaters an Teti von Chemmenu, einen Verwandten seiner Mutter und Günstling von Apophis, durch den Spion Mersu weiterzugeben. In einem Anfall von Reue bringt er erst Mersu um und dann sich selbst.

Apophis glaubt, dass die Feindseligkeiten ein Ende gefunden haben, reist nach Waset und verkündet ein vernichtendes Urteil gegen die restlichen Mitglieder der Familie. Er nimmt die jüngere Tochter Tani als Geisel mit nach Auaris, damit Kamose, der nun Fürst von Waset ist, Ruhe gibt. Dieser weiß, dass er nur die Wahl hat, den Kampf um die Freiheit Ägyptens fortzuführen oder völlig zu verarmen und von seiner Familie getrennt zu werden. Er wählt die Freiheit.

ERSTES KAPITEL

Kamose bemühte sich bewusst um Gelassenheit, während er sich baden und anziehen ließ, stand ruhig inmitten seines ausgeräumten Schlafgemachs, als sein Leibdiener ihm einen schlichten weißen Schurz um die Mitte band und ihm einfache Sandalen anzog. Seine Kleidertruhen gähnten offen und leer, seine Kleidung war bereits auf dem Schiff verstaut. Der kleine Hausschrein mit dem Abbild Amuns thronte nun in der Kabine. Auf dem Fußboden, wo er gestanden hatte, war ein Abdruck im Staub. Seine Lampen, sein Lieblingsbecher, seine Kopfstütze aus Elfenbein warteten dort auch schon auf ihn. Den Großteil seines Schmucks besaß er nicht mehr, denn damit hatte er Vorräte gekauft, doch Kamose griff nach dem Pektoral, das er in Auftrag gegeben hatte, und legte es sich um den Hals. Die kühle, unpersönliche Berührung des Goldes, das sich langsam auf seiner Haut erwärmte, schien ihn mit einem Mantel göttlichen Schutzes zu umgeben, und er hob die Hand und umschloss den Gott der Ewigkeit, der unmittelbar unter seinem Brustbein ruhte, eine Geste, die ihm bereits zur Gewohnheit wurde. «Schick mir Uni», befahl er dem Diener, der jetzt seine Augen fertig geschminkt hatte und den Kosmetikkasten zuklappte, ehe auch der fortgetragen wurde. «Gib mir das Kopftuch. Ich binde es mir selbst um.» Der Mann reichte ihm die Kopfbedeckung und entfernte sich unter Verbeugungen rückwärts.

Kamose brauchte keinen Spiegel, um sich das weiße Leder um die Stirn zu binden. Die Enden stießen auf seinen Schultern auf, die Kante lag angenehm und vertraut quer über seiner Stirn. Er schob sich die Armreife des Befehlshabers über die Handgelenke und legte sich den Gurt, an dem sein Schwert und sein Dolch hingen, um die Mitte. Das alles hatte er schon unzählige Male getan, doch heute, so dachte er grimmig, kommt es mir vor, als wäre es das erste Mal. Heute sind sie Kriegsausrüstung und bedeutungsschwanger. Er schenkte Uni ein knappes Lächeln, als der Haushofmeister eintrat und sich verbeugte. «Ich nehme natürlich Achtoi mit», sagte Kamose. «Daher bist du jetzt der dienstälteste Haushofmeister. Es ist deine Pflicht, im Haus für Ordnung zu sorgen, Uni, und dich zugleich um die Bedürfnisse meiner Großmutter zu kümmern. Du kennst die Anweisungen, die ich ihr und meiner Mutter hinsichtlich der Aussaat in der gesamten Nomarche, der Überwachung des Flusses und der regelmäßigen Berichte gegeben habe, die mir nachgeschickt werden sollen. Von dir verlange ich auch Berichte. Nein», sagte er ungeduldig, als er sah, wie sich Unis Miene veränderte. «Ich bitte dich nicht um vertrauliche Informationen, wie sie kein treuer Haushofmeister weitergeben würde. Berichte mir, wie es den Frauen geht, wie ihre Stimmung ist, wie sie mit den Schwierigkeiten der Verwaltung fertig werden, die mit Sicherheit auf sie zukommen. Sie werden mir fehlen», schloss er leise. «Ich habe jetzt schon Heimweh. Mit Hilfe deiner Worte möchte ich sie vor mir sehen.» Uni nickte verständnisinnig.

«Majestät, ich verstehe und werde deinen Wunsch erfüllen. Aber falls es zu einem Widerstreit kommt zwischen dem, was du wissen möchtest, und dem, was meine Herrin geheim halten möchte, kann ich dir nicht gehorchen.»

«Gewiss doch. Erzähle Tetischeri von meiner Bitte. Und sei bedankt.» Uni räusperte sich.

«Ich bete für einen vollkommenen Erfolg deines Vorhabens, dass du, Göttlicher, den Kampf deines seligen Vaters fortsetzen und Ägypten vom Joch seiner Unterdrücker befreien kannst», sagte er, «und schnell in den Frieden dieses wunderbaren Fleckchens zurückkehrst.»

«Der Himmel möge es geben.» Kamose entließ den Mann, folgte ihm auf den Flur, durchquerte gemessenen Schrittes den menschenleeren Empfangssaal und trat hinaus in das neue Licht des frühen Morgens.

Man wartete bereits auf ihn, alles drängte sich am Rand der Bootstreppe in dem Schatten, den das dort vertäute Binsenschiff warf, sein Schiff, auf dem hektische Betriebsamkeit herrschte wie immer, wenn viel zu tun und die Zeit knapp war. Rechts und links davon dümpelten die anderen Schiffe sacht am Nilufer, in ihrem Inneren ging es genauso aufgeregt zu, und in der reglosen Luft der Morgendämmerung hing überall der süßliche, leicht ranzige Geruch von den gebündelten Binsen, aus denen sie gefertigt waren. Hinter der Familie, längs des Flusspfades, stellten sich die Rekruten in Staubwolken und unter Stimmengewirr, in das sich das Gewieher der Packesel und die scharfen Befehle der gereizten Hauptleute mischten, in Marschordnung auf. Doch rings um die ernste kleine Gruppe herrschte Schweigen.

Kamose näherte sich rasch, und sie blickten ihn gemessen an, die Mienen halb beklommen, halb bedenklich, so wie auch ihm zumute war. Nur Ahmose-onch plärrte und quengelte in den Armen seiner Kinderfrau, er hatte Hunger und langweilte sich. Es gab Kamose einen Stich ins Herz, als er sah, dass sich die Frauen so sorgfältig herausgeputzt hatten, als wären sie zu einem königlichen Fest geladen. Ihr golddurchwirktes, halb durchsichtiges Leinen, die dicke Schminke und die geölten Perücken hätten eigentlich für diese frühe Stunde überladen und unpassend wirken müssen, doch stattdessen diente der Putz dazu, sie von dem Staub und Lärm abzusondern, von den dräuenden Rümpfen der Schiffe und dem noch dunklen Wasser, das unweit plätscherte, er enthob sie diesem Augenblick und diesen Umständen und stellte sie auf eine andere, geheimnisvolle Ebene. Kamose wurde unwillkürlich daran erinnert, wie sie sich vor der gemeinsamen Bestattung seines Vaters Seqenenre und seines Zwillingsbruders Si-Amun eingefunden hatten, die auf unterschiedliche Art bei dieser furchtbaren Auseinandersetzung ums Leben gekommen waren. Seqenenre war zunächst von einem gemeinen Mörder angegriffen und später in jener ersten, verlorenen Schlacht erschlagen worden, während sich Si-Amun entleibt hatte, weil er die Pläne seines Vaters an den Feind verraten hatte. Heute umgab sie die gleiche Aura stummer Ergebung in das Schicksal und schien auch ihn einzuhüllen, als er näher kam und stehen blieb.

Eine geraume Weile blickten sie ihn nur an, und er musterte sie seinerseits. Es gab viel und wiederum gar nichts zu sagen, sodass jedes Wort nur abgedroschen klingen konnte. Dennoch erfüllten die Gefühle jedes Einzelnen, Liebe, Angst, Trennungsschmerz, den Raum zwischen ihnen. Und nun fielen sie sich in die Arme, senkten den Kopf und wiegten sich langsam, als wären auch sie ein ägyptisches Schiff, das auf unbekannten Fluten dahintrieb. Als sie sich losließen, standen Aahmesnofretaris Augen voller Tränen und ihr hennaroter Mund bebte. «Der Hohe Priester ist unterwegs», sagte sie. «Er hat eine Botschaft geschickt. Der Bulle, der für das Morgenopfer ausgewählt war, ist vergangene Nacht gestorben, und er hat sich gedacht, dass du keinen anderen aussuchen möchtest. Ein unheilvolles Vorzeichen.» Panik durchzuckte Kamose, und er wehrte sich auch nicht gegen diesen jähen Schmerz.

«Für Apophis, nicht für uns», hielt er fest dagegen. «Der Thronräuber hat sich den Titel der Könige, Starker Stier der Maat, angeeignet, und wenn wir heute einen Bullen geschlachtet hätten, wäre nicht nur Amun auf unserer Seite gewesen, sondern wir hätten auch den ersten Zug zur Zerstörung der Setiu-Macht getan. Nun ist er ohne unser Zutun gestorben. Wir müssen ihm also nicht hier auf der Bootstreppe die Kehle durchschneiden. Aahmes-nofretari, das Vorzeichen ist gut.»

«Dennoch, Kamose», fiel ihm Tetischeri schroff ins Wort, «musst du dafür sorgen, dass die Soldaten nichts davon hören. Das sind schlichte Gemüter, die können nicht so kunstvoll auslegen wie du, für die bedeutet es kommendes Unheil. Sowie du fort bist, werde ich die Überreste des Tieres höchstpersönlich überprüfen und sie verbrennen lassen, damit sein Tod keine unheilvollen Auswirkungen hat. Vergiss den Falken nicht, Aahmes-nofretari, und bemühe dich, nicht bei jedem Vorzeichen zu erschrecken und zu zittern, sonst kommt es noch so weit, dass du im Bodensatz deines Weins böse Vorzeichen und in den Staubflocken unter deinem Lager Katastrophen siehst.» Ihre harten Worte wurden durch ihr Lächeln Lügen gestraft.

«Ihr glaubt alle, dass ich nicht stark sein kann», sagte die junge Frau, «aber ihr täuscht euch. Ich vergesse den Falken schon nicht, Großmutter. Mein Gemahl wird eines Tages König sein und ich Königin. Ich erschrecke und zittere um Kamose, nicht um Ahmose und mich, und das weiß er. Ich liebe ihn. Wie könnte ich wohl keine Angst haben und nach Zeichen Ausschau halten, die auf Sieg oder Niederlage hindeuten? Ich sage nur laut, was ihr alle im tiefsten Herzensgrund denkt.» Sie reckte das Kinn und wandte sich an Kamose.

«Ich bin kein Kind mehr, lieber Bruder», sagte sie trotzig. «Beweise, dass die Zeichen Unrecht haben. Mach Gebrauch von der geheiligten Macht eines Königs, vor der alle bösen Zeichen zunichte werden.» Er fand keine Antwort, weder auf ihre machtvollen Worte noch auf ihre angstvolle Miene. Er bückte sich, küsste sie und wandte sich seiner Mutter zu. Aahotep war unter ihrer Schminke blass.

«Ich bin eine Tochter des Mondes», sagte sie leise, «und meine Wurzeln sind in Chemmenu, der Stadt Thots. Teti ist mein Verwandter. Das weißt du, Kamose. Falls du dich fragst, was du dort tun sollst, falls du dich davor fürchtest, Gerechtigkeit walten zu lassen, nur weil Tetis Blut auch meines ist, dann sorge dich nicht. Sollte sich die Stadt als aufsässig erweisen, säubere sie. Falls Teti gegen dich kämpft, metzele ihn nieder. Er hat Si-Amun seinem Gebieter Apophis zuliebe verdorben und verdient den Tod. Aber ehe du gegen Chemmenu oder Teti vorgehst, opfere dem Gott Thot.» Ein schmales, bitteres Lächeln huschte über ihr Gesicht. «Ich zweifle nicht daran, dass der Gott meiner Jugend voll Ungeduld auf die Säuberung wartet, die dein Schwert bringt. Dennoch bitte ich dich, habe um Tanis willen Erbarmen mit Ramose, falls es sich machen lässt. Er hat sich in unserer Sache als treu erwiesen und hat gleichzeitig versucht, Teti weiter zu gehorchen. Er ist hin und her gerissen, und das muss ihm viel Kummer bereitet haben. Es lag nicht in unserer Macht, Apophis davon abzuhalten, dass er unsere Nomarche seinem Vater versprach, sowie unsere Familie in alle Winde zerstreut gewesen wäre.» Ihr Lächeln wurde immer gequälter, doch sie bemühte sich um Fassung. «Demnächst muss die Kunde von deinem Aufstand das Delta erreichen. Was das für Tani bedeutet, die dort als Geisel gefangen gehalten wird, daran wage ich nicht zu denken. Aber wir müssen darauf vertrauen, dass Apophis nicht so dumm ist, sie hinzurichten, und dass Ramose sie noch immer liebt und versuchen wird, sie zu retten, falls man sie am Leben lässt.»

«Ich werde alles tun und dir zuliebe vernünftig mit Teti reden», antwortete Kamose mit einem Kloß im Hals. «Dennoch wissen wir beide, dass man ihm nicht trauen kann. Ich töte ihn nur, wenn er mir keine andere Wahl lässt. Was Ramose angeht, so muss er selbst wissen, wo er steht, aber es wäre mir schrecklich, wenn ich ihn umbringen müsste. Das wird für ihn keine leichte Wahl.»

«Danke, mein Sohn.» Sie drehte sich um, griff sich ihren Enkel, hob ihn hoch, nahm ihn in die Arme und drückte ihn an sich, und Kamose fühlte, wie seine Großmutter sein Handgelenk im Zangengriff packte.

«Wir beide verstehen uns gut», sagte sie mit rauer Stimme. «Keine zärtlichen Abschiedsworte können die Tatsache überdecken, dass du gen Norden ziehst und ein Blutbad in diesem Land anrichten wirst. Dein Arm wird müde, dein Ka wird krank werden. Sieh dich vor, dass es nicht stirbt. Du hast meinen Segen, Kamose Tao, König und Gott. Ich liebe dich.» Ja, dachte er, als er ihr in die klugen, klaren Augen blickte. Im Geist bin ich dein Sohn, Tetischeri. Ich teile den Stolz und die Skrupellosigkeit, die dein Rückgrat aufrecht halten und dir das Blut noch immer hitzig in den Adern rinnen lassen. Er nickte ihr knapp zu und sie trat befriedigt zurück.

Eine Bewegung und ein jähes Abschwellen des Lärms ringsum, als der Hohe Priester großen Schrittes in Sicht kam. Die Soldaten auf dem Weg machten ihm und seinen Tempeldienern Platz, verbeugten sich ehrfürchtig und umgaben ihn dann erwartungsvoll. Amunmose prangte in seiner vollen

Amtstracht. Das Leopardenfell seines Opferamtes lag auf seiner weiß bekleideten Schulter, und in der Hand hielt er den Amtsstab mit der goldenen Spitze. Die jungen Priester zu seiner Seite trugen Weihrauchgefäße, und unversehens stieg der Familie, als sie sich vor ihm verneigte, der beißende Geruch von Myrrhe in die Nase. Ahmose, der bislang geschwiegen und mit seinen weißen Stiefeln breitbeinig und mit ernstem Blick unter dem Rand seines Kopftuches neben seiner Schwester-Frau gestanden hatte, flüsterte jetzt Kamose zu: «Er hat weder Blut noch Milch dabei, die er uns beim Aufbruch vor die Füße spritzen könnte.»

«Stimmt», flüsterte Kamose zurück. «Der Bulle ist gestorben und wir müssen ohne die Milch des freundlichen Empfangs an den Sohlen unserer Sandalen aufbrechen. Mehr als den Schutz Amuns brauchen wir nicht.»

«Kamose, ich habe Angst», murmelte Ahmose. «Bei so viel Planung und Vorbereitung und Reden ist mir alles unwirklich vorgekommen. Aber jetzt ist die Zeit da. Heute, an diesem Morgen, in diesem hellen Sonnenschein ziehen wir los, um Ägypten den Fremdländern zu entreißen, die uns seit Hentis besetzt halten, und bislang ist mir noch immer, als ob ich träume. Ich sollte in den Sümpfen jagen und mir Hunger für das Frühstück holen, statt als Befehlshaber gekleidet von einem Heer umgeben zu sein. Sind wir toll?»

«Falls es so ist, dann ist es die Tollheit, die auf den Ruf des Schicksals reagiert», entgegnete Kamose, übertönt von dem Eingangsgebet des Hohen Priesters. «Und zuweilen ist das kein Ruf, Ahmose. Zuweilen ist es ein harter Befehl, und wenn wir nicht gehorchen, gehen wir unter. Man hat uns in die Enge getrieben, und es hat keinen Zweck zu wünschen, wir wären in ein sichereres, weniger turbulentes Zeitalter geboren worden. Wir müssen uns vor den Göttern beweisen, hier, jetzt, an diesem Tag, in diesem Monat. Mir ist das genauso zuwider wie dir.»

«Ob man sich an uns als die Retter Ägyptens erinnert, oder werden wir besiegt und gehen im Dunkel der Geschichte unter?», murmelte Ahmose mehr zu sich selbst als zu seinem Bruder, und dann richteten sie sich beide aus ihrer Verneigung auf, während sich Amunmose zu ihnen umdrehte, seinen Amtsstab ausstreckte und die Segens- und Siegesgesänge anstimmte. Die Soldaten auf den Schiffen und auf der festgetretenen Erde lagen still auf den Knien, nachdem sich Re im Osten aus dem Griff des Horizonts befreit hatte und hoch oben im Aufwind ein Falke wie ein dunkler Fleck vor seiner heißen Pracht schwebte und ihnen zusah.

Als die Zeremonie vorbei war, dankte Kamose dem Hohen Priester, gemahnte ihn, Amun jeden Tag um Segen für das Heer anzuflehen, küsste die Mitglieder seiner Familie und wandte sich mit einem letzten Blick auf sein Haus, das sonnengebadet und beschaulich hinter Weinspalier und Palmen lag, zum Laufsteg seines Schiffes. Ahmose folgte ihm. Doch ehe Kamose hinaufgehen konnte, verspürte er etwas Kaltes an seinem Schenkel. Er blickte nach unten und Behek in die flehenden Augen. Der Hund hatte sich an Ahmose vorbeigeschoben und wartete auf die Erlaubnis, vor ihm an Bord zu hüpfen. Kamose empfand ein jähes Bedauern, er hockte sich hin, nahm den großen, weichen Kopf in die Hände und liebkoste die warmen Ohren. Seit Seqenenres Tod hatte Behek seine schlichte Zuneigung auf Kamose übertragen, tapste hinter ihm her, wohin er auch ging, und schlief am Ende des Flurs zu den Männergemächern, wo auch Kamoses Zimmer lag. Kamose hatte das verstanden, denn er teilte die Einsamkeit des Tieres. Jetzt begegnete er dem vertrauensvollen Blick und schüttelte leicht den Kopf. «Du kannst nicht mit, alter Freund», sagte er bekümmert. «Du musst hier bleiben und auf den Rest der Familie aufpassen. Das beengte Schiff ist nichts für dich.» Er gab dem Hund einen Kuss auf die breite Stirn, stand auf und zeigte auf die Bootstreppe. «Geh nach Haus, Behek», befahl er, und nach kurzem Zögern gehorchte Behek bekümmert und entfernte sich mit eingekniffenem Schwanz. Kamose ging, gefolgt von seinem Bruder, an Bord. Seine Hauptleute verbeugten sich, und auf seinen Wink hin brüllte Hor-Aha den Befehl, die Laufplanken einzuholen und abzulegen. Befreit von seiner Vertäuung, legte das Schiff schwerfällig von der Bootstreppe ab. Der Steuermann packte das Ruder mit beiden Händen. Kamose und Ahmose gingen ins Heck, wo ihnen die Binsen bis zur Hüfte reichten. Die anderen Schiffe folgten bereits dem ersten und versuchten, die Mitte des Stroms zu erreichen; sie hatten den Bug nach Norden gerichtet.

Ahmose blickte hoch und Kamose, der seinem Blick folgte, sah, wie die auffrischende Morgenbrise die am Mast befestigte Fahne hob und sie mit einem Knall öffnete, sodass die Farben des königlichen Ägypten, Weiß und Blau, enthüllt wurden. Kamose erschrak und blickte seinen Bruder fragend an. Ahmose lächelte und hob die Schultern. «Keiner von uns hat an diese Kleinigkeit gedacht», sagte er. «Jede Wette, dass das Großmutters Werk ist.» Kamoses Blick wanderte zum Ufer. Der Abstand zwischen dem Deck, auf dem er stand, und den warmen Steinen, auf denen sich seine Familie zusammendrängte, war bereits größer geworden, zwischen ihnen wellte sich glitzerndes Wasser. Sie sahen so klein aus, wie sie da standen, so wehrlos und verletzlich, und Mitleid mit ihnen, mit sich selbst und mit dem Land, das er in einen Krieg stürzen musste, schnürte ihm das Herz zusammen.

Dann sah er, wie sich Tetischeri von den anderen absonderte und die geballte Faust hob. Sonnenschein funkelte auf ihren silbernen Armbändern. Die Geste strahlte so viel Trotz und Überheblichkeit aus, dass sich die mitleidigen Gefühle verflüchtigten. Als Antwort hob Kamose seinerseits die geballten Fäuste und fing an zu lachen, und dann glitt sein Heim außer Sichtweite.

«Ich bin hungrig», sagte er zu Ahmose. «Lass uns in die Kabine gehen und speisen. Bis Qebt kann uns wenig passieren, wir fahren fast den ganzen Tag durch unsere Nomarche. Hor-Aha! Leiste uns Gesellschaft!» Das ist der Anfang, jubilierte er innerlich. Die Würfel sind gefallen. Ahmose tastete nach dem Wurfstock, der an seinem Gurt hing.

«Den musste ich einfach mitnehmen», sagte er abbittend, als ihn Kamose überrascht ansah. «Vielleicht ergibt sich ja Gelegenheit zum Jagen, wer weiß? Aber ohne Turi ist es natürlich nicht das Gleiche.»

«Nein, gewiss nicht», antwortete Kamose. «Du und Turi, ihr habt von Kindesbeinen an zusammen gejagt. Hoffentlich hast du mir verziehen, dass ich ihn und seine Familie nach Süden schicken und außer Gefahr bringen musste. Die besonderen Fähigkeiten seines Vaters, der sich hervorragend mit der Errichtung von Festungen aus Stein auskennt, sind dieser Tage rar und könnten mir später nützlich werden. Diese Künste sind seit Hentis nicht mehr gefragt, obwohl das Wissen von Turis Vorfahren weitergereicht wurde.» Ahmose nickte zustimmend.

«Turis Vater ist es völlig zufrieden gewesen, Bootstreppen zu bauen», versicherte er Kamose. «Er hat keine Achtung vor den Setius, die nichts von Stein halten und ihre Garnisonen aus Lehmziegeln bauen. Sie interessieren sich überhaupt nicht für Steinmonumente und sind unter einer dünnen Schicht von Prunkentfaltung immer noch richtige Wilde.»

«Dennoch», sagte Kamose grimmig, «sollen die Mauern

der Setiu-Festungen sehr hoch und unnachgiebig wie Fels sein. Wir werden ja sehen. Gibt es frisches Brot?», fragte er den geduldigen Diener. «Und ein wenig Käse? Gut. Dann wollen wir speisen.»

Am frühen Nachmittag erreichte die Flotte Qebt, und binnen kurzer Zeit nach ihrer Ankunft stellte sich Fürst Intef, gefolgt von seinen Beamten, ein. Kamose beantwortete seinen Fußfall höflich und verbarg seine Erleichterung, als Intef, ihn zu Erfrischungen in sein Haus bat. Insgeheim hatte er sich gesorgt, die Fürsten, die auf seine Aufforderung hin nach Waset gereist und nur wenig begeistert heimgefahren waren, könnten in Stunden einsamer Überlegungen an ihren eigenen Fischteichen rasch anderen Sinnes geworden sein, doch da stand zumindest ein Nomarch, der den Auftrag seines Gebieters ausgeführt hatte.

Nachdem man Intefs Gemahlin und Familie begrüßt und einen Becher Wein getrunken hatte, der in dem kühlen Empfangssaal des Fürsten gereicht wurde, schickte Kamose nach dem Rekrutenschreiber, dem Armeeschreiber und Hor-Aha. Im Arbeitszimmer des Fürsten ging es dann zur Sache. «Die Division Fußsoldaten dürfte uns erst spätabends eingeholt haben», sagte er zu Intef, als sie um dessen Schreibtisch herum Platz nahmen. «Wenn deine zusätzlichen Truppen aufgelistet sind, Intef, möchte ich mit einem kleinen Boot nach Kift fahren und Min im dortigen Tempel meine Ehrerbietung erweisen. Das ist nur sieben Meilen flussabwärts gelegen, und Min ist natürlich eine Art Amun, darum muss ich ihm huldigen. Hast du einen Stellvertreter ernannt?» Intef nickte zustimmend.

«Majestät, ich bin bereit, so gut es geht», erwiderte er.

«Diese Nomarche untersteht jetzt dem fähigen stellvertretenden Gouverneur in Kift.» Er rutschte auf seinem Sitz hin und her. «Unter den Eingezogenen hat es einige Unruhe gegeben», fuhr er freimütig fort. «Es war sehr schwierig, ihnen klarzumachen, warum sie ihr Heim verlassen und gegen Männer marschieren sollen, die sie lange Zeit als ägyptische Landsleute angesehen haben. Viele haben sich gewehrt, und meine Hauptleute mussten sie fast zum Fluss schleifen. Wir hatten auch nur wenig Zeit, sie auszubilden. Du wirst feststellen, dass sie undisziplinierter Pöbel sind.»

«Ich verteile sie unter den Männern aus Waset», antwortete Hor-Aha, während Intef Kamose abbittend ansah. «Da lernen sie schnell Disziplin und die Gründe für den Krieg.» Ein kleines, betretenes Schweigen. Intefs Blick wanderte zu dem Medjai und wurde ausdruckslos.

«Kann sein, sie haben etwas gegen Befehle von Hauptleuten, die nicht aus der Nomarche Herui stammen», äußerte er vorsichtig, und Kamose bemühte sich rasch, die verschleierte Feindseligkeit zu unterbinden.

«Intef, ich fordere viel von deinen Bauern und auch von deinen treuen Hauptleuten», beschwichtigte er. «Niemand will dir den Oberbefehl nehmen. Deine Befehlshaber unterstehen dir und niemand sonst, und du darfst deine Truppen in der Schlacht einsetzen, wie du willst, jedoch unter meinem Oberbefehl. Zuweilen werden dir diese Befehle durch den Fürsten und General Hor-Aha übermittelt. Bitte verzeih mir, dass du mich daran gemahnen musstest, dass weder du noch deine Hauptleute, ganz zu schweigen von deinen Bauern, im Gegensatz zu meinem General seit vielen Jahren nicht im Feld gestanden haben.»

«Das Verjagen von kuschitischen Wilden in die verfluchte Wüste dürfte etwas ganz anderes gewesen sein als ein Feldzug gegen zivilisierte Städte», gab Intef kühl zurück und Kamose seufzte innerlich. Müssen wir bei Iasen und Anchmahor und den anderen mit der gleichen Kleinlichkeit rechnen, ehe wir die Ägypter zu einem einheitlichen Heer zusammenschweißen können?, dachte er. Hor-Aha hatte die Arme verschränkt, lehnte sich zurück und legte den Kopf schräg.

«Wir wollen doch ehrlich miteinander sein, Fürst», sagte er gelassen. «Du magst mich nicht und traust mir nur widerwillig. Ich bin ein schwarzer Mann und ein Fremdländer. Mit welchem Recht befehlige ich die Ägypter meines Gebieters? Mit welchem Recht trage ich den Titel, der mir kürzlich verliehen wurde? Aber was du von mir hältst, ist nicht wichtig. Vergiss nicht, wenn du mich schlecht machst, zweifelst du am Urteil deines Königs, denn der hat es für richtig gehalten, mich zum General zu machen und mich in den Adelsstand zu erheben. Das hat er getan, weil ich mich in jenen Wüstenscharmützeln bewährt habe, von denen du nichts weißt, und weil ich die Gabe habe, einfache Menschen befehligen zu können. Ich unterstelle mich gern deinem Befehl, falls du im Feld größere Begabungen zeigst, und ich übergebe die Befehlsgewalt, wenn es mein Gebieter so will. Bis dahin reicht es doch, dass wir für eine Sache kämpfen, an der unser beider Herz hängt, oder? Können wir nicht wie Brüder zusammenarbeiten?» Und das ist genau das Wort, an dem Intef schwer zu schlucken hat, wenn er Hor-Aha mit seiner glänzenden schwarzen Haut und seinen rauchfarbenen Augen ansieht, dachte Kamose erneut. Aber wie schlau von Hor-Aha, dass er seine Bemerkungen als Frage formuliert hat. Da muss Intef antworten.

Ehe es jedoch dazu kam, unterbrach sie Ahmose. Er hatte unruhig gelauscht, war auf seinem Stuhl hin und her gerutscht und hatte mit den Fingern geräuschlos auf den Tisch getrommelt. Jetzt stellte er beide Füße fest auf den Boden und beugte sich vor. «Sieh es einmal so, Intef», sagte er im Plauderton. «Falls wir bis Auaris gewinnen, hat dieser Medjai jedem edlen

Ägypter einen großen Dienst erwiesen. Falls wir, Gott bewahre, verlieren, kannst du ihm die ganze Schuld geben, denn er hat die Strategie für Kamose und mich ausgearbeitet. Wie auch immer, die Last der Verantwortung liegt auf seinen Schultern. Möchtest du sie wirklich übernehmen?» Dieses Mal schwieg Intef fassungslos und ungläubig. Er musterte Ahmose mit steinerner Miene, und Kamose hielt den Atem an. Jetzt bist du zu weit gegangen, sagte er im Geist eindringlich zu seinem Bruder. Bist du wirklich so einfältig, lieber Ahmose, oder verstehst du dich nur besser als ich darauf, scheinbar arglos zu tun? Hor-Aha entspannte sich, seine Miene war nicht zu deuten.

Auf einmal lachte Intef schallend. «Prinz, du hast Recht», sagte er stillvergnügt, «ich bin halsstarrig und töricht und du bist klug. Aber ich würde meine Bauern gern in jeder offenen Feldschlacht führen, die Apophis vielleicht erforderlich macht.»

«Einverstanden.» Hor-Aha hütete sich zu lächeln. Er blickte noch immer ausdruckslos. «Wie viel Mann hast du zusammenbekommen?», fragte Kamose Intef.

«Aus dem Gebiet Qebt, Kift und den Aruren der Nomarche zweitausendzweihundert», antwortete Intef sofort. «Dazu habe ich die Kornspeicher für den Heeresschreiber geöffnet, bitte dich aber, Majestät, dass du dir nicht mehr nimmst, als du brauchst. Es muss noch etwas von Ägypten übrig bleiben, wenn das hier vorbei ist.» In diesem Augenblick unterbrach sie Intefs Haushofmeister, der die beiden Schreiber anmeldete, und Kamose und Ahmose erhoben sich und wollten aufbrechen. «Ich fahre jetzt weiter zum Tempel in Kift», sagte Kamose. «Hor-Aha, kümmere du dich um die Verteilung von Intefs Männern und stelle Paheri frei, damit er alle verfügbaren Schiffe requirieren kann. Je mehr Männer auf dem Fluss fahren, desto schneller kommen wir voran.»

«Das hätte eine verletzende Auseinandersetzung werden können», meinte Ahmose, als die beiden Männer aus dem Haus und in die gleißende Nachmittagssonne traten. «Vielleicht wäre es klüger, Hor-Ahas Befehlsgewalt auf die Medjai zu beschränken.»

«Ich habe nicht die Absicht, unseren Erfolg aufs Spiel zu setzen, nur um dem Selbstwertgefühl eines kleinlich gesinnten Fürsten zu schmeicheln!», fuhr Kamose ihn an. «Hor-Aha hat sich wieder und wieder sowohl als Freund wie auch als treuer Soldat für unsere Familie und damit für Ägypten selbst bewährt. Er bleibt Oberbefehlshaber unter mir, Ahmose, und daran müssen sich die Fürsten gewöhnen.»

«Kamose, ich glaube, du hast Unrecht», hielt sein Bruder ruhig dagegen. «Wenn du die Fürsten gegen dich aufbringst, kränkst du mehr als nur eine Hand voll Männer, denn du verlierst auch das Vertrauen der ihnen unterstellten Hauptleute. Die Szene, die wir gerade erlebt haben, wird sich auf dem Weg nach Norden bei Iasen und den anderen wiederholen. Hor-Aha würde es verstehen, wenn du seine Macht beschneidest, zumindest bis Ägypten uns gehört.»

«Und ich kränke keinen Freund!», gab Kamose hitzig zurück.

«Die Fürsten haben müßig in ihren kleinen Palästen herumgehockt, haben ihren Wein getrunken und vom Überschuss ihrer Nomarchen gelebt, waren zufrieden mit ihrer Namenlosigkeit, vielleicht sogar dankbar dafür, während Apophis unseren Vater verhöhnt und auf unsere Vernichtung hingearbeitet hat. Hor-Aha jedoch hat viele Male sein Leben für uns aufs Spiel gesetzt, während sie daneben gesessen und den Göttern gedankt haben, dass sie nichts damit zu tun hatten. Sie haben Glück, dass ich sie beruhige, statt sie hart zu tadeln!» Ahmose nahm seinen Arm und zwang ihn, stehen zu bleiben.

«Was ist los mit dir?», fragte er. «Wo bleibt dein gesunder Menschenverstand, Kamose? Wir brauchen die Fürsten und den guten Willen ihrer Männer. Und das weißt du. Wenn du schon Hor-Aha in seiner Stellung belassen willst, kann man damit wirklich etwas taktvoller, etwas zuvorkommender umgehen. Wieso fühlst du dich eigentlich persönlich angegriffen?» Kamose fiel etwas in sich zusammen.

«Verzeih mir», sagte er. «Vielleicht beneide ich sie darum, dass sie keine echten Sorgen haben, während mein eigener Rachedurst nicht zu stillen ist. Alles lastet auf mir. Die Maat steht und fällt mit meinen Entscheidungen, und ich verübele euch eine so schwere Bürde. Fahren wir also zu Min.»

Sie bestiegen mit ihrer Leibwache ein kleines Boot und wurden flussabwärts nach Kift gerudert. Die Stadt, größer und geschäftiger als Qebt, träumte gelassen während der Stunden der Mittagsruhe vor sich hin und die beiden konnten in Ruhe beten. Bei ihrer Rückkehr nach Qebt erblickten sie noch nichts von den Soldaten, doch auf dem Anleger herrschte Unordnung, wölkte der Staub, wimmelte es von Männern, und mittendrin stand Hor-Aha, der sie zerstreut grüßte und seinem gehetzten Schreiber diktierte.

Kamose und Ahmose zogen sich in die Beschaulichkeit ihrer Kabine zurück. Ahmose schlief auf der Stelle auf den Polstern ein, doch Kamose brütete in der stickigen Hitze vor sich hin, das Kinn auf den Knien, die blicklosen Augen auf den schlafenden Bruder gerichtet. Zweieinhalb Divisionen, dachte er. Das ist gut. Als Nächstes kommt Aabtu. Wie viele Männer Anchmahor wohl zusammengezogen hat? Er ist ein größerer Fürst als Intef, empfindlicher bezüglich seiner Vorrechte, hat jedoch einen schärferen Verstand. Er wird es, glaube ich, nicht zulassen, dass seine kühlen Überlegungen durch irgendein Vorurteil gegenüber Hor-Aha getrübt werden.

Im Gegensatz zu dir, sagte eine leise innere Stimme. Hast du gewusst, dass du in deinem Herzen Ägyptens blaues Blut verachtest? Wie viele Männer?, überlegte er krampfhaft und bemühte sich, nur noch an die Logistik des Feldzugs zu denken. Und wann muss ich Späher vor uns herschicken? Ab Badari? Djawati? Morgen werde ich Briefe für die Frauen diktieren. Kann ich bessere Rationen an die Truppe verteilen lassen in der Hoffnung, dass wir entlang dem Nil Nahrung finden? Hat Hor-Aha den Befehl erteilt, dass in Qebt alle Waffen einzusammeln sind?

Zwei Stunden nach Sonnenuntergang kam das Heer nach Qebt hereingeschlurft, die erschöpften Männer ließen sich neben dem Fluss fallen, wo man Essen und Trinken an sie ausgab. Kamose, Ahmose und Intef hatten gerade ihr eigenes Mahl beendet, sie saßen auf dem Deck, das im Schein des weichen goldenen Lampenlichts lag, der Lampen, die an der Reling befestigt waren und vom Mast hingen, als sich Hor-Aha näherte und verbeugte. Auf Kamoses Wink hin ließ er sich auf die Planken sinken, kreuzte die Beine und nahm von Achtoi einen Becher Wein entgegen. «Sie sind müde vom Marsch und haben wunde Füße», sagte er als Antwort auf Ahmoses Frage. «Aber morgen früh sind sie ausgeruht. Unser Befehlshaber der Rekruten teilt die Männer dieser Nomarche bereits auf und weist ihnen einen Waffengefährten zu.» Er wandte sich an Intef. «Er arbeitet zusammen mit einem deiner Hauptleute, Fürst. Sei bedankt für deine Großmut in dieser Sache.» Dann wandte er sich wieder an Kamose. «Der Ausbilder der Rekruten bittet inständig darum, dass du ihnen wenigstens zwei Tage Schulung zugestehst, Majestät. Was soll ich ihm sagen?» Kamose seufzte.

«Sie müssen sich morgen beim Marschieren möglichst viel Kenntnisse aneignen», antwortete er. «Wenn wir bei jedem

Halt länger bleiben, erreichen wir das Delta nicht, ehe Isis weint, und die Überschwemmung könnte die völlige Katastrophe bedeuten. Nein, Hor-Aha. Tut mir Leid. Wir müssen an unserem ursprünglichen Plan festhalten. Die Medjai und die Soldaten, die in den von Intef zur Verfügung gestellten Schiffen Platz gefunden haben, brechen morgen früh in der Morgendämmerung nach Aabtu auf. Von hier brauchen wir auf dem Fluss einen Tag bis Quena und drei bis Aabtu. Das bedeutet für die zu Fuß noch viele Stunden mehr.» Er überlegte. «Wie wäre es, wenn wir zwischen Quena und Aabtu anlegen, und während ich zu Anchmahor weiterfahre, können die Soldaten aufholen, eine Nacht schlafen und dort in den grundlegenden Dingen unterwiesen werden?»

«Es ist wirklich ärgerlich», warf Intef ein. «Wir brauchen Flöße, Majestät, aber wir haben keine.»

«Wir müssen zurechtkommen, so gut es geht», sagte Ahmose. «Schnelligkeit ist augenblicklich weniger wichtig, als Ordnung in unsere Reihen zu bringen. Kamose, deine Idee ist gut.»

«Bis Djawati muss das Heer nicht in Alarmbereitschaft sein», meinte Hor-Aha.

«Gibt es irgendwelche Anzeichen, dass Apophis Wind von uns bekommen hat?», fragte Kamose in die Runde. «Sind Herolde auf dem Fluss verhaftet worden?» Intef schüttelte den Kopf.

«Nein. Auf dem Fluss war nur wenig los. Das Delta feiert noch immer das Fest von Apophis' Erscheinen und alle Amtsgeschäfte ruhen vorübergehend. Ich gehe davon aus, dass wir uns Chemmenu nähern können, ohne dass Alarm geschlagen wird.» Chemmenu, dachte Kamose. Auch ein mit Angst besetzter Name. Was mache ich dort? Was wird Teti tun? Vor seinem inneren Auge erschien das Gesicht seiner Mutter, bleich und unversöhnlich, und er hob den Wein zum Mund und trank rasch.

Sie legten in der Morgendämmerung ab und ließen ein verschlafenes Qebt hinter den Horizont sinken, gerade als sich Re darüber erhob. Die Soldaten, die das Ufer säumten, schüttelten ihre Decken aus und falteten sie, während Diener mit der Morgenration zwischen ihnen herumgingen. Kamose hatte Intef zwar die Wahl gelassen, doch der marschierte lieber mit seinen Bauern, damit ihnen inmitten des Getümmels nicht der Mut sank. Er hatte auch die meisten seiner Hauptleute bei sich. «Hinter Quena holen wir euch ein», versprach er, «und von da an brauchen meine Männer meinen Anblick nicht mehr. Wenn wir doch nur Streitwagen hätten, Majestät!» Streitwagen, Pferde, weitere Äxte und Schwerter und mehr Schiffe, dachte Kamose. Er verabschiedete sich recht freundlich von dem Fürsten und machte sich auf einen Tag erzwungener, unguter Muße auf dem Wasser gefasst.

Zweiundeinhalbe Nacht später wandte sich der Nil nach Westen, ehe er in Richtung Aabtu wieder gerade verlief, und hier legten die Schiffe am Ostufer an. Kift und Quena lagen hinter ihnen, und Kamose musterte zufrieden die kleine, sandige Bucht. Hier gab es zur Abwechslung einmal nicht das gewohnte Bild aus grünen Feldern, palmengesäumten Kanälen und Dörfchen, sondern die Wüste schob sich vor, verlief in Dünen bis zum Ufer. Kein Schatten milderte den Blick auf heißen Sand und sengenden Himmel. Die Stelle war bestens geeignet, um ein, zwei Tage zu drillen. Kamose drehte sich zu Hor-Aha um, der schweigend neben ihm stand. «Ich breche sofort nach Aabtu auf», sagte er. «Und die Getreuen des Königs nehme ich mit. Ich sollte gegen Abend dort eintreffen. Wenn die Landtruppen ankommen, lass sie kurz ausruhen, dann schickst du sie an die Arbeit. Und, Hor-Aha, halte sie von den Medjai fern. Das Letzte, was wir brauchen, ist eine hirnlose Schlägerei.»

«Nur keine Bange, Majestät», meinte der General. «Ein paar Kampftage dürften beiden, Ägyptern wie Medjai, deutlich machen, dass sie sich gegenseitig ergänzen. Ich denke, ich schicke die Medjai mit ihren Hauptleuten in die Wüste. Sie benötigen für ein Weilchen festen Boden unter den Füßen. Nimmst du Fürst Ahmose mit?» Kamose zögerte, dann nickte er, ihm war der überraschende Einwurf seines Bruders eingefallen, bei dem Intef in Qebt eingelenkt hatte, und da merkte er auf einmal, dass er Ahmose überhaupt nicht kannte. Der junge Mann mit dem sonnigen Gemüt, der Jagen und Schwimmen und die einfachen Freuden des Familienlebens liebte, wurde auf wundersame Weise immer reifer.

Aabtu lag auf dem Westufer, und als sein Schiff auf die breite Bootstreppe der Stadt zuhielt, erschrak Kamose zunächst, als er die vielen Männer sah, die in der staubigen roten Luft des Sonnenuntergangs herumliefen. Seine Gedanken flogen nordwärts. Apophis hatte von seinen Absichten erfahren. Das hier waren Setiu-Soldaten, und er und Ahmose würden auf der Stelle niedergemetzelt werden. Doch Ahmose sagte: «Was für ein schöner Anblick, Kamose. Es sieht so aus, als ob Anchmahor eine noch größere Streitmacht für uns zusammengebracht hat als Intef», und Kamose kam mit einem zittrigen Auflachen wieder zu sich.

«Den Göttern sei Dank», sagte er leise. «Ich hatte schon Angst …» Ahmose winkte und die Laufplanke wurde ausgelegt.

«Noch nicht», sagte er leise, als sie, umgeben von den Getreuen des Königs, ans Ufer gingen. «Noch haben wir ein wenig Zeit.» Um sie herum verbreitete sich Stille, als die Menge die Symbole erkannte, die auf Kamoses Brust prangten. Viele fielen auf die Knie, andere verbeugten sich ehrerbietig. «Aabtu ist nicht ganz so provinziell wie Kift und Qebt», fuhr Ahmose fort. «Schließlich liegt hier Osiris' Kopf begraben, und jedes Jahr kommen viele Pilger in die Tempel und sehen sich die heiligen Spiele an. Es ist ein heiliger Ort.» Sie hatten den Fluss hinter sich gelassen und schritten am Kanal entlang, der zu Osiris' Tempel und zu Anchmahors Palast daneben führte. Kamose merkte, dass sich ein Beamter zu ihnen durchdrängelte. Auf sein Wort hin ließen die Getreuen den Mann durch. Er verbeugte sich tief.

«Mein Gebieter hat mich angewiesen, nach dir Ausschau zu halten, Majestät», erläuterte er. «Wir stehen seit einer Woche für dich bereit. Mein Gebieter ist soeben aus dem Tempel nach Haus zurückgekehrt. Ich möchte ihm mit Verlaub melden, dass du da bist.»

«Ich würde gern Osiris huldigen, ehe ich mich mit dem Fürsten treffe», erwiderte Kamose. «Teile ihm mit, dass wir in einer Stunde zusammenkommen. Morgen früh haben wir zum Beten keine Zeit mehr», fuhr er, an Ahmose gewandt, fort. «Das Heiligtum dürfte noch geöffnet sein.»

Im letzten Zwielicht traten die beiden Männer aus dem Tempel, doch die seltsame Traurigkeit dieser Stunde verflüchtigte sich beim hellen Schein von Kochfeuern und flammenden Fackeln. Überall duftete es nach brutzelndem Fleisch. «Ich bin hungrig», sagte Ahmose. «Hoffentlich führt der Fürst eine gute Tafel.» Der Mann, der sie vorhin angesprochen hatte, wartete auf sie. Er löste sich aus den länger werdenden Schatten von Osiris' Vorhof, verbeugte sich und bat sie, ihm zu folgen.

Weit war es nicht bis zu Anchmahors Anwesen. Der Garten des Fürsten erstrahlte im Licht vieler Lampen, und Anchmahor selbst kam durch den Lichterschein rasch auf sie zu und begrüßte sie mit einem Lächeln und unter Verneigungen. «Majestät, Prinz, ich freue mich, euch zu sehen», sagte er. «Das Badehaus steht bereit, falls ihr euch erfrischen wollt, und mein Haushofmeister meldet, dass wir in Kürze speisen können. Sagt, was möchtet ihr tun.» Sein Benehmen hat nichts von Intefs Vorsicht und auch nichts von seiner Unterwürfigkeit, überlegte Kamose, während er Anchmahor dankte und bat, dass man ihn zum Badehaus führen möge. Anchmahors Besitz zeugte von mehr Wohlstand als bei dem Nomarchen von Herui, und es war augenscheinlich, dass man hier die Anstandsregeln befolgte. Kein noch so dringliches Geschäft würde abgewickelt werden, ehe man nicht den Magen gefüllt hatte. So viel Befolgung altehrwürdiger Sitten wirkte beruhigend, und Kamose ließ die Gedanken schweifen und sich von der feuchten, duftenden Luft des Badehauses einhüllen. Doch es zeugte auch von Stolz und Wissen um eine hohe Abkunft. Ach, musst du immer alles auseinander nehmen?, schalt er sich, als er auf den Badesockel stieg und unter dem Schwall heißen Wassers, den ein Diener über ihn ausgoss, die Augen schloss. Nimm an, was ist, und sieh nicht immer Fallgruben und Gefahren, wo keine sind. Die wirklichen sind bedrohlich genug.

Später führte man die Gebadeten, Rasierten und Geölten in einen Empfangssaal, in dem sich die Düfte köstlicher Speisen, erlesener Blumen und kostbarer Duftsalben vermischten, und bat sie, vor einzelnen Tischchen Platz zu nehmen, auf deren schimmernder Platte zarte Frühlingsblumen lagen. Anchmahors Familie, seine Gemahlin, zwei Söhne und drei Töchter näherten sich und huldigten ihnen. Es waren schöne Menschen, schlank und dunkeläugig, und ihre Züge unter dem Kohl und dem Henna glichen sich, ihr Geschmeide war kein Putz, sondern gehörte zu ihnen, denn sie waren bis ins Mark von Adel. Kamose benahm sich unter seinesgleichen ungezwungen und unterhielt sich gut, während Ahmose mit Anchmahors Söhnen über die Jagd sprach und bedauerte, dass sich ihm keine Gelegenheit bot, Aabtus Enten und Wildtieren nachzusetzen, von denen viele gebraten und appetitlich auf einer Abfolge von Schüsseln gelandet waren, die man vor ihm abstellte.

Anchmahor ist tapfer, wenn er das alles aufs Spiel setzt, dachte Kamose. Für uns geht es um Überleben oder Vernichtung, er jedoch könnte diese Sicherheit für alle Zeiten genießen. Als hätte der Fürst seine Gedanken gelesen, blickte er zu Kamose hinüber und lächelte. «Das hier ist möglicherweise ein Trugbild, nicht wahr, Majestät?», sagte er. «Meine Nomarche Abetch ist reich und ich lebe gut. Aber immer liegt die Zukunft wie ein Schatten auf mir, weil ich mich weigere, die Nomarche dem niederen Adel zu überlassen und Apophis im Delta bei Hofe aufzuwarten. Als er durch Aabtu gekommen ist, um dein Haus abzuurteilen, hat er für einen Tag und eine Nacht Halt gemacht. Ich habe ihn gut bewirtet, aber ich glaube nicht, dass ihm das gefallen hat.» Er verstummte und trank einen Schluck, der zierlich eine lange Kehle hinunterrann, um die sich goldene Filigranketten schlangen. «Seinem Blick ist nichts entgangen. Die üppige Fruchtbarkeit meiner Aruren in Kornspeichern und Lägern, die Pracht meines Anwesens, die Schönheit und Anmut meiner Familie und vor allem anderen vielleicht die Zufriedenheit meiner Bauern und meiner Dienerschaft. Ich habe ihm keinen Grund zur Klage gegeben, und dennoch habe ich seinen Argwohn gespürt.» Anchmahor hob die Schultern. «Ich glaube, ohne deinen Krieg stünden mir die gleichen, allmählich zunehmenden Schikanen bevor, die deinen Vater zu so verzweifelten Maßnahmen getrieben haben.»

«Apophis mag nicht an seine fremdländische Abstammung

erinnert werden», antwortete Kamose bedächtig. «Er schart den ägyptischen Adel gern im Delta um sich, denn dort kann er ihn überwachen und ihn allmählich durch Setiu-Götter und Setiu-Sitten verderben.» Er warf Anchmahor einen Blick zu. «Aber außerhalb des Deltas erinnert sich der Erbadel durchaus daran, dass Schafhirten Göttern und Menschen ein Dorn im Auge sind. Der vergisst die wahre Maat nicht so leicht. Je gastfreundlicher und ehrerbietiger du bist, Anchmahor, desto stärker reibst du ihm Salz in die Wunden seiner fremdländischen Abstammung. Dennoch könntest du sein argwöhnisches Auge abwenden, wenn du einen deiner Söhne nach Norden schicken würdest.» Anchmahor lachte und erhob sich. Sofort hörte der Harfenist auf zu spielen und die Diener zogen sich zurück.

«Das wäre, als würde ich mir eigenhändig eine Wunde beibringen und sie vereitern lassen, Majestät», sagte Anchmahor freimütig. «Solange ich lebe, wird keiner meiner Söhne einem solchen Verderben ausgeliefert. Mein Ältester, Harchuf, zieht mit uns und kämpft an meiner Seite. Und wenn es dir jetzt beliebt, Majestät, gehen wir zum Teich und reden über Geschäftliches.»

«Ich glaube, ich unternehme mit deinen Söhnen eine abendliche Angeltour, Anchmahor», sagte Ahmose im Aufstehen. Sein Blick kreuzte sich mit Kamoses. Du brauchst mich nicht, war die Botschaft, die Kamose darin las. Dieser Fürst macht uns keinen Ärger.

«Ausgezeichnet», sagte Kamose laut. «Aber wir müssen im Morgengrauen aufbrechen, Ahmose.»

«Ich brauche das», sagte sein Bruder schlicht.

Am Rand des Fischteiches hatte man Polster verteilt. Eine Kruke Wein wartete zusammen mit Fliegenwedeln und Umhängen im Gras, alles erhellt vom zuckenden goldfarbenen

Schein einer einzigen Fackel, die bei gelegentlichen, schwachen Windstößen auffauchte. Kamose ließ sich zu Boden sinken und kreuzte die Beine, schüttelte verneinend den Kopf, als Anchmahor ihm einen Umhang anbot, schlug jedoch einen Fliegenwedel und einen randvollen Becher nicht aus. Unweit summten etliche Mücken, das Geräusch war durchdringend und dennoch irgendwie tröstlich, gehörte naturgemäß zu einem lieblichen ägyptischen Abend. Heuschrecken schnarrten ihr wenig melodiöses Lied. Ein unsichtbarer Frosch hüpfte und ließ sich in den Teich platschen, auf dessen dunkler Oberfläche sich träge Ringe bildeten, und die dort ruhenden Lotusblätter schaukelten.

Anchmahor ließ sich seufzend neben Kamose nieder und musterte kurz sein in sich ruhendes, duftendes Reich, ehe sein Blick zu seinem Gast zurückkehrte. «Deinen General Hor-Aha mag ich nicht», sagte er schließlich. «Den kann, glaube ich, nichts erschüttern, weil er sich für zu wichtig und für einen unschlagbaren Militärstrategen hält. Aus diesem Grund, Majestät, ist kein Verlass auf ihn. Eine derartige Überschätzung rührt in der Regel aus einer geheimen Versagensangst.»

«Dennoch bin ich der Oberbefehlshaber und ich bin ihm nicht so hörig, dass ich keine erforderlichen Abänderungen der Strategie vornehmen könnte», wehrte sich Kamose. Er wusste, dass die Worte des Fürsten nicht aus dem trüben Brunnen des Vorurteils gegen Hor-Ahas fremdländische Abstammung kamen, aber er hatte keine Lust, Anchmahor dafür zu danken. Damit hätte er angedeutet, dass er von einem Mitglied aus Ägyptens ältestem Adelsgeschlecht weniger erwartet hatte. «Außerdem, Anchmahor, planen wir unsere Strategie gemeinsam, ich, die Fürsten und der General, alle miteinander. Ich verstehe die Besorgnis der Fürsten, ich könnte in der Schuld dieses Mannes stehen und mir dadurch die klare Sicht und die Führung rauben lassen. Es stimmt, ich schulde ihm viel, aber Hor-Aha weiß, wo sein Platz ist. Er wird sich nichts herausnehmen.»

«Hoffentlich behältst du Recht.» Anchmahor schob sich ein Polster unter und lehnte sich zurück, den Ellbogen in das weiche Kissen gestützt. Er nippte an seinem Wein. «Auf dem Heimweg von unserer Beratung hat es seinetwegen einiges Gemurre unter den anderen gegeben», sagte er freimütig. «Ich selbst habe auch gemurrt. Aber lassen wir diesen Mann seinen Wert beweisen, und wir werden uns gern seinem Befehl im Feld unterstellen.»

«Bis wir das Delta erreicht haben, sind ausgeklügelte Schlachtpläne kaum erforderlich», sagte Kamose. «Es geht nur darum, von Stadt zu Stadt zu ziehen, Gegenwehr zu überwinden, Setius auszurotten und sicherzustellen, dass die Bürgermeister und Gouverneure, die wir zurücklassen, uns vollkommen treu ergeben sind. Unser erstes Problem dürfte Daschlut sein.» Anchmahor nickte.

«Ohne Zweifel, aber erst Chemmenu wird die Kunst der Medjai-Bogenschützen und den Gehorsam der Soldaten auf eine harte Probe stellen. Teti liebt dich nicht, Majestät, obwohl er mit deiner Mutter verwandt ist, und die Setiu-Garnison ist lediglich neun Meilen flussabwärts von der Stadt gelegen.»

«Ein guter Ort, uns zu erproben», bestätigte Kamose. «Nun, Fürst, wie viele Männer hast du hier zusammengezogen? Es scheinen viele zu sein.»

«So ist es.» Anchmahor setzte sich aufrecht hin. Seine Bewegung und seine Worte offenbaren einen entschuldbaren Stolz. «Aus meiner Nomarche habe ich für dich eintausendachthundert und weitere achthundert aus Quena. Zweihundert davon sind Freiwillige. Das freut mich. Dazu habe ich dreißig Schiffe aller Arten beschlagnahmt, vom Fischerboot bis zu einem Floß, auf dem Granit aus Swenet herangeschafft wurde. Aber das Floß war beschädigt. Ich habe es ausbessern lassen.»

«Sei bedankt», sagte Kamose ruhig. «Ich beabsichtige, die Berufssoldaten aus jeder Nomarche zu einer Angriffstruppe zusammenzustellen. Es wäre mir sehr lieb, wenn du die befehligen würdest.» Anchmahor, der gerade den Becher zum Mund hob, hielt mitten in der Bewegung inne und ließ den Becher wieder sinken.

«Du bist zu gütig, Majestät», sagte er leise. «Dein Vertrauen ehrt mich. Aber was ist mit Prinz Ahmose? Sollte der nicht ihr Befehlshaber sein?»

Kamose umfasste seine Knie. Er seufzte, blickte hoch zum Firmament, an dem die Sterne vor dem schwarzen Hintergrund funkelten, und schloss die Augen. Ahmose sollte nicht mit den Männern kämpfen, die die Wucht des Angriffs aushalten müssen, wollte er sagen. Ahmose ist auf mancherlei Weise noch immer ein sonniger Jüngling, schlicht und arglos, zeigt sich zwar ansatzweise unversehens reif, ist aber noch nicht so weit, dass man ihn der ganzen Härte und Brutalität des Krieges aussetzen kann. Er hat getötet, aber das gehörte noch irgendwie in den Traum, in dem er lebt. Die Zeit zum Aufwachen ist für ihn noch nicht gekommen. «Falls ich sterbe, ist mein Bruder der letzte überlebende Mann des Hauses Tao», sagte er stattdessen. «Si-Amun hat einen Sohn hinterlassen, doch der ist ein Kleinkind, und Ägypten braucht einen Mann, der den Kampf weiterführt. Ahmose soll zwar nicht verhätschelt und feige gemacht werden, andererseits möchte ich ihn aber nicht unnötig der Gefahr aussetzen. Mein Großvater Osiris Senechtenre der Ruhmreiche hat einen Sohn und drei Großsöhne hinterlassen. Davon sind nur noch wir zwei übrig.»

«Deine Gründe sind verständlich», meinte Anchmahor. «Du spielst hoch, Majestät. Wir Fürsten verlieren lediglich unsere Ländereien und unser Leben, falls du geschlagen wirst, aber das Haus Tao verliert seinen göttlichen Status.» Kamose warf ihm einen scharfen Blick zu, las aber nur Mitgefühl auf Anchmahors Gesicht.

«Dann wollen wir solch eine Möglichkeit gar nicht erst in Betracht ziehen.» Kamose entspannte sich und schenkte dem Fürsten ein Lächeln. «Berichte, Anchmahor, welche Waffen du hast, und dann muss ich vor unserem frühen Aufbruch noch schlafen.»

Er dankte dem Fürsten für seine Gastfreundschaft und kehrte durch den stillen Abend zu seinem Boot zurück. Da er den Schlaf des Erschöpften schlief, hörte er Ahmose nicht mehr in den frühen Morgenstunden an Bord kommen und wachte erst auf, als er spürte, wie das Boot unter ihm erzitterte, als es seinen Anlegeplatz verließ und sich die Ruderer abmühten, es gegen die Strömung zu drehen. «Ich habe gewusst, dass Anchmahor mehr als einverstanden sein würde», sagte Ahmose bei ihrem Mahl aus frischem, gebratenem Fisch, Salat und Brot, während ihm Kamose von der Unterhaltung am Fischteich erzählte. «Er hat Mut und außerdem weiß er, dass er als Nachkomme einer unserer ältesten Familien einen wichtigen Posten bekommt, wenn du deinen Hof nach Waset verlegst. Der Fisch ist gut, nicht wahr?» Er zeigte auf seine Messerspitze, auf der ein Bissen dampfte. «Das Angeln hat mir unwahrscheinlich Spaß gemacht, aber die anderen Fische habe ich Anchmahors jüngerem Sohn für seine Familie gegeben. Er wollte alles über Tani wissen und was du mit ihr vorhast, wenn Auaris befreit ist.» Er grinste fröhlich, als er sah, dass Kamose die Stirn verwundert in Falten legte. «Keine Bange», fuhr er mit vollem Mund fort, «ich habe ihm die Sache mit Ramose erklärt und angefügt, in diesen unsicheren Zeitläuften könne man seinen Ehrgeiz am besten auf dem Schlachtfeld ausleben. Konnte uns Anchmahor mehr liefern als ein paar stumpfe Schwerter und eine Hand voll Harken, Kamose?» Ich liebe dich, aber ich weiß nicht, was ich von dir halten soll, dachte Kamose nachsichtig, während sein Bruder weiterplauderte. Ist deine Arglosigkeit eine eingeübte Pose, die eine rasch zunehmende Vielschichtigkeit verbergen soll, oder bist du wirklich so ahnungslos? Ich könnte dir mein Leben anvertrauen wie sonst keinem. Du bist ein Liebling der Götter, und damit muss ich mich zufrieden geben.

Am Abend des dritten Tages stießen sie zum Heer und empfingen Hor-Ahas Bericht, kaum dass sie von Bord gegangen waren. Die Divisionen nahmen Gestalt an, waren aber noch weit davon entfernt, die feste Kampfeinheit zu bilden, die Hor-Aha und Intef vorschwebte. Der Stolz auf ihre Zusammengehörigkeit wuchs bereits und das Gemurre ließ nach. Drei Tage lang waren sie gedrillt und gegen einen nicht vorhandenen Feind geschickt worden, «aber bislang hat ihnen keiner gesagt, dass sie nicht nur gegen Setius, sondern auch gegen ägyptische Landsleute kämpfen müssen», stellte Hor-Aha klar, der im Schatten eines Binsenschiffes vor Kamose hockte. «Wenn das erforderlich wird, müssen sie so weit geschult sein, dass sie Befehle ohne nachzudenken ausführen. Eine harte Lektion, die sie da lernen müssen.» Kamose äußerte sich nicht dazu.

«Wir haben Botschaften von den Fürsten von Badari und Djawati», sagte Intef. «Sie sind mit der Aushebung fertig und möchten wissen, wann du eintriffst. Mesehti berichtet, dass im Norden von Djawati alles ruhig ist. Qes und Daschlut haben bislang noch nichts von uns mitbekommen.»

«Morgen haben wir den ersten Tag im Pachons», meinte Ahmose, und bei seinen Worten verstummten alle. Der

Schemu hatte begonnen, die heißeste Zeit des Jahres, wenn die Ernte heranreifte und Ägypten außer Atem auf die Überschwemmung wartete. Kamose stand jäh auf.

«Schickt mir Ipi», sagte er. «Ich möchte eine Rolle an alle in Waset diktieren.» Ein überwältigendes Verlangen, sich mit den Frauen der Familie auszutauschen, hatte ihn gepackt, er musste von seiner Großmutter bestärkt und von seiner Mutter bestätigt werden, die Wurzeln berühren, aus denen er entstanden war. «Ich bin in der Kabine», warf er über die Schulter zurück, als er auf die Laufplanke zuging. «General, gib an die Hauptleute weiter, dass wir in ein paar Stunden losmarschieren.»

Als er dann in der Abgeschiedenheit der Kabinenvorhänge war, seufzte er vor Enttäuschung, schnürte seine Sandalen auf und warf sie neben sich. Die Stadt Qes lag um einiges entfernt vom Fluss an die Felsen geschmiegt. Ob sie sich bei Nacht unbemerkt daran vorbeistehlen konnten? Dann verschwendeten sie keine noch benötigten Energien, da Daschlut sie zweifelsohne feindselig empfangen würde. Ipi klopfte höflich an den Sturz der Kabinentür und Kamose rief ihn herein. Er trat ein, begrüßte seinen Gebieter und machte Palette und Pinsel zum Diktat bereit.

Ich schreibe auch an meine Heimat, dachte Kamose. An die Ranken am Spalier, die schwer von Trauben sind, an den Fischteich, auf dem trockene Sykomorenblätter schwimmen, an die warme Rundung der Säulen am Eingang, die meine Hand so gern geliebkost hat, wenn ich in den kühlen Dämmer des Empfangssaals getreten bin. Hört mich an, ihr alle, und vergesst mich nicht, denn ich liebe euch, und gewiss ist der bessere Teil meines Wesens bei euch geblieben. Er machte den Mund auf und begann zu diktieren.

ZWEITES KAPITEL

Am achten Tag schob sich die Flotte drei Stunden nach Sonnenuntergang leise an dem festgetretenen Pfad vorbei, der vom Fluss nach Westen zu der Stadt Qes führte. Die Flotte hatte sich vergrößert, denn eine kunterbunte Mischung von Booten hatte alle Berufssoldaten aufgenommen, die die Fürsten zur Verfügung stellen konnten. Hinter Kamose fuhren Anchmahor und zweihundert Angriffskrieger auf dem Floß, das einst zum Transport von Granit benutzt worden war, gefolgt von den Medjai in ihren Binsenschiffen. Der Rest der Flotte folgte schwerfällig. Fürst Machu von Achmin hatte vierhundert Mann ausgehoben und Fürst Iasen von Badari weitere achthundert. Mesehti von Djawati hatte erstaunliche dreitausend zum Fluss getrieben, sodass sich das Heer nun fast auf vier Divisionen belief. Der Großteil jedoch wand sich als Heerwurm drei Tage hinter den Schiffen her, und seinen Schwanz konnten nicht einmal die Hauptleute an der Spitze sehen.

Seine Unterhaltungen mit den Fürsten von Achmin, Badari und Djawati, mit denen er sich der Reihe nach vereinte, waren ungefähr nach dem gleichen Muster abgelaufen wie seine Begegnung mit Intef, nicht wie die mit Anchmahor. Sie hatten

48

ihn ehrerbietig gegrüßt und ihre Bereitschaft gezeigt, ihr Versprechen, ihm zu helfen und treu zu folgen, zu erfüllen, doch es war ihnen deutlich anzumerken, dass sie die Verantwortung nicht mit einem schwarzen Wilden aus Wawat teilen oder, schlimmer noch, Befehle von ihm entgegennehmen wollten.

Vergebens und mit zunehmender Ungeduld, aus der Wut zu werden drohte, berichtete Kamose von Hor-Ahas Treue zu Seqenenre, von seiner Rückkehr nach Waset nach Apophis' Aufbruch, als es klüger gewesen wäre, im sicheren Wawat zu bleiben, und wie er seine Bindung an das Haus Tao dadurch besiegelt hätte, dass er die ägyptische Staatsbürgerschaft und einen Titel angenommen hatte. «Der hält zu uns, bis er genug Beute gemacht hat, dann verschwindet er», hatte Iasen unverblümt gesagt, war dann aber zu dem höflichen Für und Wider zurückgekehrt. «Fremdländer sind doch alle gleich und die Wilden aus Wawat sind die Allerschlimmsten.» Ahmose hatte den Arm seines Bruders umklammert, um Kamose von einem Wutausbruch abzuhalten, und Kamose hatte die Zähne zusammengebissen und eine lahme, beschwichtigende Antwort gegeben. Er verstand ihre Einstellung. Ägypten war ein besetztes Land. Fremdländer hatten die Macht. Setius oder Wilde aus Wawat, in den Augen dieser Männer waren sie allesamt verdächtig.

Hor-Aha seinerseits schien sich nicht viel aus diesen Kränkungen zu machen. «Ich beweise ihnen, dass sie Unrecht haben», war seine Antwort. «Gib ihnen Zeit, Majestät. Beleidigungen können einem Mann mit Zutrauen in seine Fähigkeiten nichts anhaben.» Andererseits hatte Iasen vollkommen Recht mit seiner Einschätzung der Wilden. Die Männer aus Wawat waren primitiv in Glauben und Benehmen, in ihren Rachefeldzügen und den kleinlichen Zänkereien ihrer Häuptlinge um Nichtigkeiten, doch Hor-Aha war anders. Er blickte weiter als andere seiner Landsleute. Er war der geborene Anführer. Seine Medjai gehorchten ohne zu fragen auf ihre dumpfe, fremdländische Art, und ihre Gelassenheit in der Schlacht, ihre beeindruckende Handhabung des Bogens, ihre Fähigkeit, lange Zeit ohne Essen oder Wasser auszukommen, zeugten von einer Lebensart, die den Bauern unbekannt war, die unter den scharfen Befehlen ihrer Hauptleute schwitzend gen Norden stolperten und von ihren beschaulichen, kleinen Hütten und den Annehmlichkeiten ihrer winzigen Aruren träumten.

Na schön, zum Seth mit ihnen, dachte Kamose missmutig, als er neben Ahmose im Bug seines Schiffes stand, rings um sich schwarze Nacht und unter sich schwarzes Wasser. Die umwickelten Riemen knarrten beinahe unhörbar, und das gelegentliche Flüstern des Kapitäns mit dem Steuermann hörte sich für den lauschenden Kamose irgendwie unheildrohend an.

Zu seiner Linken glitten das dunkle Ufer und das Ende eines Weges vorbei. Ahmose hatte den Kopf auch in diese Richtung gewandt, und Kamose wusste, dass die Gedanken seines Bruders unversehens in der Vergangenheit weilten, genau wie seine eigenen. Am anderen Ende des Weges hier war das Blut seines Vaters in den Sand geflossen, und das hatte ihr Leben für immer verändert. Dann war der Weg verschwunden, wurde durch eine unregelmäßige Palmenreihe ersetzt, und Ahmose seufzte ein wenig. «Binnen einer Stunde sollten alle Schiffe Qes wohlbehalten passiert haben», sagte er leise. «Wir haben nichts und niemanden gesehen, Kamose. Wir können es, glaube ich, riskieren, vor Daschlut noch ein Auge zuzumachen. Wie weit ist es bis dahin?»

«Ungefähr acht Meilen», erwiderte Kamose ohne nachzudenken. «Wir können bald anlegen. Außerdem möchte ich Späher ausschicken. Ich muss wissen, ob es in der Stadt Soldaten gibt und wie die Häuser gelegen sind. Vielleicht sollte ich ein Schiff an Daschlut vorbeischicken, das jeden abfängt, der entkommen und Teti in Chemmenu warnen will, aber da das nur acht Meilen weiter nördlich liegt, ist es nicht weiter wichtig. Wir stürzen uns auf ihn, ehe er von seinem Lager kriechen, geschweige denn seine Setius aus ihren Betten holen kann.» Er bemühte sich erst gar nicht, seinen abfälligen Ton zu dämpfen. «Ja, ruhen wir uns aus, Ahmose. Und hinter Daschlut müssen wir uns, glaube ich, noch einmal ausruhen.» Er musste seine geheimen Gedanken verraten haben, denn Ahmose fuhr herum und spähte ihm ins Gesicht.

«Kamose, was hast du in Daschlut vor?», fragte er dringlich. Kamose legte den Finger an die Lippen.

«Ich wecke den Bürgermeister und gebe ihm Gelegenheit, sich zu ergeben. Falls er sich weigert, zerstöre ich die Stadt.»

«Aber warum?»

«Aus zwei Gründen. Erstens, weil sie Apophis' südlichster Außenposten ist. Qes zählt nicht wirklich, Apophis herrscht in ganz Ägypten, aber seine Finger reichen nur bis Daschlut. Töricht, wie er ist, hat er sich nicht die Mühe gemacht, weiter südlich Truppen zu stationieren, obwohl Esna und Pi-Hathor ihm treu ergeben sind und er natürlich Bündnisse mit Teti dem Schönen im nördlichen Kusch geschlossen hat. Und so ist er davon ausgegangen, dass der Rest Ägyptens sicher umzingelt ist, und mit der Überheblichkeit aller Deltabewohner hat er uns für ungehobelt, provinziell und kraftlos gehalten. Wenn ich Daschlut vernichte, ist das eine Botschaft an das ganze Land, dass ich erobern will. Zweitens muss ich hinter mir Furcht zurücklassen. Es darf kein Zweifel an meinen Absichten bestehen, die Verwaltung, die ich zurücklasse, darf nicht auf Hilfe hoffen oder darum bitten, sowie meine Truppen vorbeigezogen sind.»

«Kamose, in Daschlut gibt es gewiss Setius», sagte Ahmose besorgt. «Bauern und Handwerker. Aber auch viele Ägypter. Ist es klug ...»

«Klug?», schnitt ihm Kamose grob das Wort ab. «Klug? Begreifst du denn nicht, wenn wir in jedem Dorf Halt machen und die Setius herauspicken, erreichen wir das Delta nie. Wie willst du Freund und Feind auseinander halten, Ahmose? Ist der Mann, der lächelt, ein Freund und der Hässliche ein Feind?»

«Das ist nicht gerecht», protestierte Ahmose leise. «Ich bin nicht so einfallsreich, wie du annimmst. Aber vor unterschiedslosem Blutvergießen scheue ich zurück. Warum stationieren wir nicht einfach in jeder Stadt treu ergebene Soldaten?»

«Weil diese Strategie das Heer ausbluten würde und wir jeden Mann für Auaris brauchen. Wie viele Berufssoldaten hat Apophis in seiner Hauptstadt? Hunderttausend? Mehr? Gewiss nicht weniger. Und wenn der Sieg erst unser ist, streben die Männer mit ihrer Beute nach Hause. Die wollen gewiss nicht in den Städten des Nordens bleiben, und ich kann es ihnen nicht verdenken. Wenn ich Apophis wäre, wenn ich fliehen und überleben würde, ich würde einen Gegenkrieg planen. Das darf nicht geschehen.»

«Ihr Götter, wie lange denkst du schon so skrupellos?», murmelte Ahmose.

«Habe ich eine andere Wahl?», flüsterte Kamose. «Ich verabscheue, was ich tun muss, Ahmose. Verabscheue es aus tiefster Seele! Ich muss Ägypten verstümmeln, um es zu retten, und ich bete jeden Tag darum, dass ich mich durch die Schmerzen, die ich austeilen muss, nicht selbst verurteile. Daschlut muss dem Erdboden gleichgemacht werden!»

Kamose fror auf einmal und die Hand, die er hob, um stumm nach seinem Pektoral zu greifen, zitterte. Amun, hab

Erbarmen mit mir, bat er seinen Schutzgott. Es ist wirklich grausig.

Sie vertäuten die Schiffe lose am westlichen Ufer, legten aber keine Laufplanken aus. Kamose schickte auf der Stelle Späher in kleinen Booten aus, dann zog er sich in die Kabine zurück, fand jedoch keinen Schlaf. Ahmose auch nicht. Sie lagen nebeneinander in der Dunkelheit, und jeder erkannte am Atem des anderen, dass der Schlaf ihr Lager floh. Es gab nichts mehr zu sagen. Kamose dachte an die Frau seiner Träume, flüchtete sich kurz in das Trugbild, das ihm fehlte und nach dem er sich sehnte, und zweifellos weilte sein Bruder in Gedanken bei Aahmes-nofretari.

Dennoch mussten sie irgendwann eingedöst sein, denn beim Klang von Schritten, die das Deck überquerten, wachten beide auf. Kamose rüttelte Ahmose sacht an der Schulter, während er die Bitte um Einlass beantwortete, und dann tauchte Achtois Kopf im Lichtkreis der Lampe, die er hielt, hinter dem Vorhang auf. «Die Späher sind zurück, Majestät», sagte er. «Ich habe euch etwas zu essen bringen lassen.»

«Gut.» Kamose stand auf und seine Gelenke knackten. Der Schlaf hatte ihn nicht erfrischt. Er kam sich schwer und langsam vor. «Gib ihnen auch etwas, Achtoi, und während sie essen, möchte ich rasiert und gewaschen werden. Sag Hor-Aha, er soll die Fürsten zusammenrufen.»

«Wie spät ist es, Achtoi?», fragte Ahmose. Er hatte sich zerzaust und gähnend erhoben.

«Re geht in ungefähr fünf Stunden auf, Prinz», antwortete der Haushofmeister, stellte die Lampe auf den Boden der Kabine und entfernte sich.

«Die Späher haben wenig Zeit gebraucht», meinte Ahmose. «Ihr Götter, bin ich müde! Ich habe geträumt, all meine Zähne wären verfault und fielen einer nach dem anderen aus.»

Sie berieten sich am dunklen Ufer kurz mit dem General und den Fürsten. Noch umgab sie tiefschwarze Nacht, als die Späher berichteten und ihnen die Anlage der Stadt und die Einzelheiten über die kleine Garnison erläuterten, die auf den Nil ging. «Mehr als dreißig Setiu-Krieger kann es darin nicht geben», meldeten sie, «und wir haben keine Wachposten gesehen. Daschlut dürfte wenig Widerstand leisten.»

«Sehr gut.» Kamose wandte sich an Anchmahor. «Ich brauche die Angriffstruppe noch nicht», sagte er. «Darum halte dich, bitte, etwas zurück und schirme mein Schiff nach Osten hin ab. Hor-Aha, du übernimmst meine Westflanke und scharst die Medjai-Boote um dich, die Getreuen des Königs sollen sofort auf mein Schiff umsteigen. Los jetzt!»

Als Daschlut in der perlfarbenen Morgendämmerung in Sicht glitt, betete er stumm sein Morgengebet zu Amun. Seine Laufplanke und die Laufplanken der Schiffe daneben wurden ausgelegt, und das Kontingent der Medjai legte auf die nichts argwöhnende Garnison an, ehe sie in der Stadt überhaupt bemerkt worden waren. Doch lange mussten sie nicht warten. Zwei junge Frauen tauchten auf, balancierten leere Wasserkrüge auf dem Kopf und plauderten auf dem Weg zum Fluss. Sie blieben verdutzt stehen, als der morgendliche Schatten von drei großen Schiffsrümpfen, die nur so von bewaffneten Männern starrten, auf sie fiel, und schon konnte man in der klaren Morgenluft hören, wie ein Wasserkrug zerbrach. Eine Frau schrie auf. Beide drehten sich um und rannten kreischend einen schmalen Pfad zwischen niedrigen Lehmhäusern entlang, während Kamose sie ungerührt laufen ließ. «Niemand geht von Bord und kein Pfeil wird abgeschossen, ehe ich den Befehl dazu gebe», rief er Hor-Aha zu. «Alle Mann bereit.»

Daschlut rührte sich im Kielwasser ihrer lauten Panik. Ängstliche Gesichter tauchten auf, schlaftrunken, verdutzt, wachsam, und eine murmelnde Menge sammelte sich ein gutes Stück von den stummen Männern auf Deck entfernt. Ein paar Kinder wagten sich näher, starrten sie staunend an, bis sie auf ein scharfes Wort der Frauen zurückliefen. Kamose wartete.

Endlich teilte sich die Menge und Kamose spürte, wie sich sein Bruder neben ihm verkrampfte. Der Bürgermeister von Daschlut näherte sich, doch sein ausholender Schritt wurde von seiner besorgten Miene Lügen gestraft. Zwei sichtlich besorgte Beamte begleiteten ihn. Dicht an Kamoses Laufplanke blieben sie unschlüssig stehen. Kamose wartete noch immer. Der Bürgermeister holte sichtbar Luft. «Ich bin Setnub, Bürgermeister von Daschlut», rief er hoch. «Wer bist du und was für eine Streitmacht ist das? Kommt ihr aus dem Delta?»

«Du sprichst mit König Kamose I., Geliebter des Amun», rief Kamoses Herold zurück. «Macht euren Fußfall.» Ein spöttisches Aufseufzen durchlief die lauschende Menge und der Bürgermeister lächelte.

«Ich habe wohl die Ehre, mit dem Fürsten von Waset zu sprechen», sagte er und verbeugte sich. «Verzeih mir, aber sitzt der König nicht auf seinem Thron in Auaris? Was geht hier vor?» Kamose trat einen Schritt näher und blickte zu ihm hinunter.

«Er wird nicht viel länger auf seinem Thron sitzen», sagte er honigsüß. «Ich verlange mein Geburtsrecht zurück, Setnub, Bürgermeister von Daschlut, und ich fordere die Stadt im Namen Amuns zur Übergabe auf.» Einer der Männer neben Setnub fing an zu lachen, und die Menge hinter ihm antwortete gleichermaßen mit Gelächter.

«Fürst, du befindest dich in der Nomarche Mahtech», entgegnete der Bürgermeister. «Der Nomarch ist Teti von Chemmenu, und sein Gebieter ist Seine Majestät Awoserra Apophis, der, der ewig lebt. Deine Forderung macht keinen Sinn.»

«Er steht unter dem besonderen Schutz der Götter», murmelte der andere Beamte und Kamose hörte es.

«Nein, ich bin nicht von Sinnen», tadelte er den Mann. «Ich habe fünfhundert Bogenschützen zur Verfügung und vier Divisionen Fußsoldaten, die auf Daschlut marschieren und meine geistige Gesundheit bezeugen können. Setnub, ich frage dich noch einmal, ergibt sich Daschlut oder will es die Folgen tragen?» Der Bürgermeister lief zornesrot an.

«Du bist ein Fürst und ich bin nichts als ein Verwaltungsbeamter», sagte er. «Eine derartige Verantwortung kann ich nicht übernehmen. Entweder geh heim nach Waset oder fahr weiter und überbringe unserem Nomarchen deine Forderung.» Die Mischung aus Überheblichkeit und Drohung in seiner Stimme löste bei den Getreuen des Königs empörtes Gemurmel aus, doch Kamose blieb ungerührt.

«Wir leben in schlimmen Zeiten, Setnub», erwiderte er gelassen. «Sie zwingen einen Mann zuweilen, Entscheidungen zu treffen, die außerhalb seiner Befehlsgewalt oder seiner Fähigkeiten liegen. Das hier ist ein solcher Augenblick. Ergebt euch, oder ihr werdet vernichtet.» Der Bürgermeister warf einen Blick auf die Garnison, aus der Männer strömten, die unterschiedliche Waffen umklammerten, sich verwirrt umsahen, aber rasch aufmerkten.

«Ergeben?», schrie der Bürgermeister. «Du hast tatsächlich den Verstand verloren! Damit würde ich mich zum Gespött aller Bürgermeister in ganz Ägypten machen! Ich würde meine Stellung und vielleicht sogar meine Freiheit verlieren!»

«Lieber die Freiheit oder das Leben?», fragte Kamose ruhig. Der Bürgermeister erblasste.

«Lachhaft», stotterte er. «Erinnere dich an Qes, Fürst Kamose, und geh nach Hause!»

Er begreift nichts, dachte Kamose. Er sieht meine Soldaten

und sieht sie wiederum nicht. Sie gehören nicht zu der Wirklichkeit eines warmen und sonnigen Morgens in Daschlut, darum gibt es sie auch nicht. Er streckte betont die Hand aus, und ein Getreuer legte ihm einen Pfeil auf die Handfläche. «Kamose …», flüsterte Ahmose, doch Kamose hörte nicht auf ihn. Ruhig legte er den Pfeil auf seinen Bogen, hob die Waffe, nahm die richtige Haltung ein und zielte über der behandschuhten Hand mitten auf die heftig atmende Brust des Bürgermeisters. Im Namen Amuns und zum Ruhm der Maat, hauchte Kamose und schoss, sah, wie sich der Pfeil tief in die Brust des Mannes bohrte, sah, wie er entsetzt und ungläubig die Augen aufriss, ehe sein Leichnam zu Boden sank.

«Jetzt, Hor-Aha!», rief Kamose. «Aber verschont Frauen und Kinder!»

Siegesgebrüll aus den Kehlen der Medjai antwortete ihm. Auf das Zeichen des Generals hin hagelte es unversehens Pfeile, und die Stadtbewohner erwachten aus ihrer Erstarrung. Wie betäubt hatten sie ihren Bürgermeister fallen sehen, und die Überraschung hielt bis zu Kamoses Befehl an. Jetzt stoben sie entsetzt schreiend auseinander, schnappten sich ihre Kinder und wollten nur noch entkommen. Mit Befriedigung stellte Kamose fest, dass der erste Hagel der Medjai auf die Garnison gerichtet war, deren Soldaten, das musste man ihnen lassen, Deckung suchten und zurückschossen. Doch ihre Pfeile bohrten sich harmlos in die Schiffsflanken oder flogen über ihre Köpfe und landeten im Nil, und schon machten die Setius kehrt und rannten. Kamose gab Hor-Aha mit dem Kopf ein Zeichen, und der hob den Arm und bellte einen Befehl. Die Medjai strömten aus den Schiffen, einige ließen den Bogen zurück und zückten die Axt, andere verteilten sich, um die Stadt zu umzingeln.

Und Kamose sah zu. Eine geraume Weile lag der staubige

Platz zwischen dem Fluss und der Ansammlung von Häusern verlassen, abgesehen von den niedergestreckten Leibern des Bürgermeisters und seiner unseligen Begleiter, während außer Sichtweite in den schmalen Gässchen, hinter den Lehmmauern, jenseits der Stadt, wo sich die Felder ausbreiteten, das Gemetzel seinen Lauf nahm. Doch es dauerte nicht lange und die Schiffe selbst bildeten den äußeren Rand eines eigenartigen Schauspiels. Der leere Platz vor ihnen füllte sich allmählich mit Kindern, die wie in einem irren Spiel hin und her rannten, bis sie sich an die Mauern kauerten oder knieten, schluchzten und das Gesicht in den Staub drückten, als könnten sie damit dem wahnwitzigen Lärm ringsum entgehen. Frauen tauchten aus den frühen Schatten auf, einige schritten benommen dahin, andere rannten sinnlos von einer Gruppe Kindern zur anderen, wiederum andere wehklagten, während sie, mit Gegenständen beladen, umhertorkelten, die sie instinktiv in ihren Häusern gegriffen hatten und an sich drückten, als ob sie das vertraute Gefühl von Topf und Leinen schützen könnte.

Eine Frau kam zum Fuß von Kamoses Laufplanke getaumelt, stand da und blickte zu ihm hoch, und die Tränen liefen ihr über die Wangen, und ihre nackten Arme waren leuchtend rot von Blut, das eindeutig nicht ihres war. Sie griff mit beiden Händen in den Ausschnitt ihres groben Hemdkleides, wollte es aufreißen, und dabei ging ihr Atem stoßweise. «Warum?», schrie sie. «Warum, warum?»

Ahmose stöhnte.

«Ich halte das nicht aus», flüsterte er. «Ich setze mich in die Kabine, bis es vorbei ist.» Er wandte sich ab. Die Getreuen des Königs um Kamose standen schweigend da, und zu guter Letzt hörte die Frau auf. Sie schüttelte eine dreckige und zitternde Faust, ging zum nächsten Baum, warf sich zu Boden, rollte sich zusammen und weinte. Kamose gab dem Hauptmann seiner Leibwache einen Wink mit dem Finger.

«Sag General Hor-Aha, er soll die Leichen hier zusammentragen und verbrennen», befahl er. «Ich möchte, dass sich eine große Rauchwolke erhebt. Ich möchte, dass der Gestank Apophis in die Nase steigt, so wie der Lärm der Nilpferde meines Vaters seine Ohren beleidigt hat.» Er wagte nicht weiterzusprechen. Der Mann salutierte und schritt zur Laufplanke und Kamose ging in die Kabine. Ahmose saß mit verschränkten Armen zusammengesunken auf einem der Feldstühle.

«Die Garnison dürfte größtenteils aus Setius bestanden haben», sagte er. «Obwohl sie sich vermutlich gar nicht mehr für Fremdländer halten. Die Stadtbewohner ...»

Kamose zuckte zusammen. «Nicht jetzt, Ahmose! Bitte!» Er wandte seinem Bruder den Rücken zu, sank zu Boden, und nun überfiel ihn jäh das Elend und er weinte.

Den ganzen Nachmittag über wurden die Toten zum Ufer geschleift, und als man keine mehr fand, schickte Kamose Achtoi und seine Diener aus, dass sie die Frauen und Kinder in die Häuser scheuchten. Dann gab er den Befehl zum Anzünden, und die Schiffe machten sich aufbruchbereit. Gegen Sonnenuntergang erhielt er Kunde von seinen Divisionen, die noch immer unbeirrt gen Norden marschierten, und entschied sich dafür, vier Meilen weiter nördlich, auf halbem Weg zwischen den Ruinen von Daschlut und der Herausforderung Chemmenu, zu warten. Nachdem sich Achtoi der ekelhaften Pflicht entledigt hatte, die Kamose ihm aufgebürdet hatte, kam er an Bord zurück und kümmerte sich um das Abendessen seines Gebieters, doch weder Kamose noch Ahmose wollten etwas essen. Sie saßen zusammen mit einem Krug Wein an Deck, als Daschlut außer Sicht glitt, während der fettige schwarze Rauch von den brennenden Leichen als dicke Säule hochstieg, die vor dem friedlichen, dunkler werdenden Himmel stand.

Eine gute Stunde später legten sie an, und Kamose fiel in einen dumpfen Schlaf, aus dem er mit einem Ruck erwachte. Die Nacht war ruhig. Kein Lüftchen rührte sich und der Fluss spiegelte friedlich die hell funkelnden Sterne, als Kamose die Kabine verließ. Sofort stand sein Leibdiener von seiner Matte auf, doch Kamose bedeutete ihm, er solle sich wieder hinlegen, dann watete er in den Nil.

Das Wasser war kalt und er musste tief Luft holen, doch er tauchte unter, schwamm auf den Grund zu und ließ sich langsam wieder hochtreiben, bis er bäuchlings mit dem Gesicht nach unten dalag. Später watete er zurück ans Ufer, stellte sich in den Schutz einiger Büsche, hob die Arme zum Himmel und begann zu beten.

Er wusste nicht, wie lange er dort geblieben war, doch als sich die Morgendämmerung in dem Gebüsch ringsum andeutete und er einen flüchtigen Windstoß verspürte, ging er zum Schiff zurück. Die Medjai rührten sich, unterhielten sich leise miteinander, und auf dem Ufer flackerten die ersten zögernden Flammen der Kochfeuer auf. Achtoi kam ihm entgegen, als er an Bord kam. «Majestät, hier ist eine Rolle aus Waset», sagte der Haushofmeister. «Willst du essen, bevor du sie liest?» Kamose nickte. «Außerdem wartet ein Späher auf dich.»

«Lass ihn kommen.»

Ahmose begrüßte ihn ernst, als er die Kabine betrat, und er antwortete genauso, während er darauf wartete, dass sein Leibdiener heißes Wasser und frische Wäsche brachte. Er ließ den Späher eintreten und hörte sich seine Nachricht an, derweil man ihn ankleidete. Überlebende aus Daschlut waren während der Nacht unterwegs nach Norden am Wegesrand gesichtet worden, und binnen eines Tages würde das Heer aufgeholt haben. Kamose sagte zu Ahmose: «Teti wird noch vor Mittag von der Einnahme Daschluts hören. Sehr gut. Hoffentlich erzittert er in seinen juwelengeschmückten Sandalen.»

«Er wird auf der Stelle Kunde an Apophis schicken», meinte Ahmose. «Das ist gut und schlecht zugleich. Die Städte längs des Flusses haben Angst, aber Apophis ist gewarnt.»

Ahmose hielt die Rolle hoch.

«Von Großmutter», sagte er. «Es ist ihr Siegel. Tetischeris Schreiber hat eine unverwechselbare Handschrift. Die Hieroglyphen sind winzig klein und die Worte eng geschrieben, jedoch erstaunlich leicht zu lesen.» Kamose ließ sich auf die Kante seines Feldbettes sinken, und auf einmal hörte er die Stimme seiner Großmutter, liebevoll und trotzdem scharf und beißend. «Grüße an Seine Majestät König Kamose Tao. Ich übermittele dir die Gebete und innige Liebe deiner Familie, lieber Kamose, zusammen mit unserer tief empfundenen Sorge um dein Wohlergehen. Ich habe, wie versprochen, die Innereien des eingegangenen Bullen geprüft und habe im Fett auf seinem Herzen eindeutig den Buchstaben ‹A› ausmachen können. Nachdem ich hin und her überlegt habe und der Hohe Priester viele Gebete zu Amun geschickt hat, sind wir zu dem Schluss gekommen, dass die Last dieses Buchstabens, der sowohl für den Großen Gott selbst wie auch für den Thronräuber steht, für den Bullen zu viel gewesen ist. Amun hat Apophis den Krieg erklärt und sein Herz hat aufgehört zu schlagen. Uns hier geht es gut. Die Ernte reift heran. Meine Überwachung des Flusses hat noch keine Ergebnisse gezeitigt, also gehe ich davon aus, dass Pi-Hathor erst einmal Ruhe gibt. Ich habe auch Wachposten am Rand der Wüste aufstellen lassen. Wenn die Kunde kommt, dass du Chemmenu eingenommen hast, stelle ich Wachen rund um das Anwesen auf und verlasse mich bei

Nachrichten aus dem Süden auf Späher. Vergangene Nacht habe ich von deinem Großvater Osiris Senechtenre, dem Dahingegangenen, geträumt. ‹Tetischeri, du fehlst mir›, hat er zu mir gesagt und hat meine Hand auf die vertraute Weise ergriffen. ‹Aber du kannst noch nicht zu mir kommen.› Als ich aufgewacht bin, habe ich ihm geopfert, aber ich war auch froh, dass meine Zeit noch nicht abgelaufen ist. Ich sterbe erst, wenn Ägypten frei ist. Sorge dafür, Kamose.» Es folgten ihr Name und ihre Titel, die sie eigenhändig gekritzelt hatte, und Kamose ließ den Papyrus mit einem wehmütigen Lächeln aufrollen. Ich sorge schon dafür, Großmutter, antwortete er ihr im Geist, aber ich glaube nicht, dass ich derjenige bin, der die Setius vom Nil vertreibt. ‹A› steht auch für Ahmose.

Er gesellte sich zu seinem Bruder an Deck. «Fisch», sagte Ahmose erwartungsvoll. «Ich gehe, glaube ich, heute Nachmittag angeln. Warum auch nicht, Kamose? Für unseren Vorstoß nach Chemmenu ist nichts vorzubereiten, und die Späher informieren uns laufend, wie das Heer vorankommt.»

«Das ist morgen früh hier, Prinz», versicherte ihm Hor-Aha.

Ahmose nahm zwei Soldaten und ein Boot und verschwand in den hohen Binsen, und Kamose dachte, irgendwie ist er ein Liebling der Götter und ich beneide ihn um ihre besondere Aufmerksamkeit. Wenn wir doch nur die Plätze tauschen könnten!

Ahmose kehrte erst kurz vor Sonnenuntergang zurück. Kamose machte sich schon Sorgen um ihn, da wurde sein Boot gesichtet, das rasch vom östlichen Ufer her aufkreuzte. Und gleich darauf kam er schwungvoll die Laufplanke herauf, rief nach Bier und schenkte seinem Bruder ein strahlendes Lächeln. Er ließ sich auf den Schemel neben Kamose sinken und nahm seinem Diener den nassen Lappen ab, den dieser ihm unverzüglich gebracht hatte, und wischte sich das Gesicht. «Hast du viele Fische gefangen?», erkundigte sich Kamose, jetzt nicht mehr besorgt, sondern erleichtert. Ahmose blickte ihn verständnislos an, dann heiterte sich seine Miene auf und wurde etwas schuldbewusst.

«Fische? Nein, Kamose, die wollten heute nicht anbeißen, und so habe ich mir lieber Chemmenu angesehen.»

«Du hast was?» Aus Erleichterung wurde Ärger. «Mein Gott, bist du wirklich so dumm? Angenommen, jemand hätte dich erkannt und gefangen genommen, Ahmose? Gewiss ist die Stadt im Alarmzustand! Wozu haben wir Späher, die diese Gefahr auf sich nehmen?» Ahmose warf den Lappen in das Becken, das der Diener ihm hinhielt, und trank einen großen Schluck aus seinem Becher.

«Aber niemand hat mich gesehen», wehrte er sich. «Wirklich, Kamose, hältst du mich für so einfältig? Ich habe mich hingeschlichen, als jeder vernünftige Einwohner die Nachmittagshitze verschnarchte. Der Schemu hat begonnen und es wird noch heißer. Die Späher haben gut berichtet, aber ich wollte mit eigenen Augen sehen, ob sich Chemmenu verändert hat oder nicht, seit ich letztes Mal da war, und ob sie aufgrund der Warnung, die die Überlebenden aus Daschlut jetzt überbracht haben dürften, irgendwelche Vorkehrungen getroffen haben.»

«Bitte, Ahmose, tu so etwas nicht noch einmal», sagte Kamose mit Mühe. «Was hast du gesehen?»

«Chemmenu hat sich überhaupt nicht verändert», antwortete Ahmose prompt. «Es ist noch immer sehr schön. Die Palmen sind die höchsten in ganz Ägypten und stehen dichter als irgendwo sonst. Macht das der Boden, was meinst du, Kamose? Die Datteln runden sich schön.» Er warf seinem Bruder einen Blick von der Seite zu, dann lachte er. «Vergib mir», fuhr er fort, «zuweilen muss ich einfach betonen, was dich an mir am meisten stört. Oder mich liebenswert macht.» Er trank sein Bier aus und stellte den Becher neben sich aufs Deck. «Auf den Dächern stehen viele Menschen, vorwiegend Frauen und ein paar Soldaten, und alle blicken nach Süden», berichtete er. «Die Kunde von unserem Kommen hat sie ganz offensichtlich erreicht. Sogar auf den Mauern von Thots Tempel stehen Männer. Auf Wegen und in Hainen zwischen Fluss und Stadt sind viele Soldaten. Ich glaube, dass die Geschichte vom Untergang Daschluts durchs Erzählen aufgebauscht worden ist.»

«Das macht nichts», sagte Kamose zögernd. «Unser Heer ist auch größer geworden, und wenn wir Tetis Setiu-Streitmacht nicht besiegen können, sollten wir gar nicht hier sein.»

«Stimmt.» Ahmose seufzte. «Da war ein Entenschwarm gerade außer Reichweite meines Wurfstocks», sagte er betrübt. «Er war der Bootstreppe jedoch zu nahe und hätte mir gefährlich werden können, ich musste ihn in Ruhe lassen.»

Die Nacht senkte sich herab, und Kamose auf seinem Lager horchte auf die regelmäßigen Rufe der Wachposten, während die Stunden dahinschlichen, aber er wollte nicht schlafen. Er dachte an Chemmenu, wie er es in Erinnerung hatte, an die üppigen Feigenbäume überall, das gleißende Weiß der getünchten Häuser, auf die man durch die glatten Stämme unzähliger Palmen einen Blick erhaschen konnte, an Thots prächtigen, mächtigen Tempel, wo Tetis Gattin ihren Pflichten als Gottesdienerin nachkam. Er hatte an Festen in Tetis reichem Haus teilgenommen, dessen blau gefliester Teich und Sykomorenhaine von jenem anderen Tempel überragt wurden, den Tetis Vater für Seth gebaut hatte, weil er die Gunst des Königs auf sich ziehen wollte.

Das Heer hatte sie in einer Staubwolke und ungeordnet zwei

Stunden nach dem Morgengrauen eingeholt, und Kamose berief auf der Stelle seinen Kriegsrat ein. Der wurde am Ufer abgehalten, denn seine Kabine war zu klein für alle. Sie waren vor kurzem durch Daschlut marschiert, und die Mienen, die sich ihm zuwandten, als er sich erhob und sie begrüßte, waren ernst. «Daschlut war eine Warnung an Apophis und ein Versprechen auf Vergeltung am Norden», sagte er. «Ich bedaure nicht, was ich dort getan habe, ja, ich würde es noch einmal tun. Aber in Chemmenu wird uns das Gemetzel nicht so leicht gemacht. Es hat eine große Einwohnerzahl und einen viel höheren Prozentsatz an Soldaten. Sie sind in Alarmbereitschaft. Sie warten auf uns. Von den Fußsoldaten wissen sie jedoch nur gerüchteweise. Daher werden sie sich zu sicher fühlen. Ich habe vor, mich mit den Medjai der Stadt vom Fluss her zu nähern und will versuchen, mit Teti zu verhandeln. Die Soldaten müssen natürlich über die Klinge springen, selbst wenn sich Teti ergibt, aber ich hoffe, ich kann die Einwohner verschonen.»

«Und was wird aus Teti?» Der da so scharf fragte, war Fürst Intef von Qebt. Kamose waren weder seine Unrast noch seine wachsamen Blicke entgangen, die er auf den ungerührten Hor-Aha abschoss. Er ist noch immer nicht mit meinem Vorgehen einverstanden, dachte Kamose ernüchtert. Man wird ihn sorgsam im Auge behalten müssen. «Teti ist mit dir verwandt», sagte der Fürst jetzt. «Außerdem ist er von Adel. Dem wirst du doch gewiss nichts antun wollen!» Bei seinen Worten veränderte sich die Atmosphäre rings um den Tisch. Alle Köpfe fuhren hoch und wandten sich Kamose zu. Ich weiß, was ihr denkt, dachte Kamose bei sich. Falls ich jemanden von Adel ermorde, ist keiner von euch sicher. Gut. Fühlt euch getrost etwas unsicher. Das wird eurer Treue zu mir aufhelfen.

«Teti wird hingerichtet», sagte er mit Nachdruck. «Er ist

Apophis hündisch ergeben. Er hat meinen Bruder Si-Amun dazu verführt, unseren Vater zu verraten, und ist aktiv, wenn auch durch einen Mittelsmann, an dem feigen Anschlag auf Seqenenre beteiligt gewesen. Solch ein Verrat ist eines Edelmannes unwürdig, ganz zu schweigen eines ehrlichen Bauern, und Teti ist Erpa-ha. Aber wenn ihr noch Zweifel an seiner Schuld habt, denkt daran, dass man ihm meine Nomarche und meinen Besitz versprochen hat, sowie meine Familie getrennt und im Land verteilt gewesen wäre. Er ist in der Tat mit mir verwandt, aber es ist ein Band, dessen ich mich schäme.»

«Es ist nur gerecht», bekräftigte Anchmahor. «Wir riskieren alles, was wir besitzen. Wenn wir Teti verschonen, zahlen wir einen zu hohen Preis.»

«Du, Anchmahor, hast natürlich keinerlei Bedenken», wandte Iasen ein. «Dir kommt die Ehre zu, die Tapferen des Königs zu befehligen. Warum solltest du eine so vertrauensvolle Stellung durch Widerworte gegenüber deinem Gebieter aufs Spiel setzen?»

«Das ist haarscharf die schiefe Argumentation, die Tetis niedere Instinkte angesprochen hat», blaffte Mesehti zurück. «Falls Anchmahor den Befehl hat, dann weil unser Gebieter ihm das zutraut. Ein klein wenig Demut, Iasen, steht einem Edelmann wohl an. Wir wollen doch nicht an dieser Frage hängen bleiben, auch wenn das Thema eingestandenermaßen schmerzlich ist.»

«Mir ist eine andere Meinung nur recht, Iasen», warf Kamose ein. «Ich habe es nicht gern, wenn Edelleute und Hauptleute ihre Gedanken vor mir verbergen, weil sie sich vor einer kleinlichen Strafe fürchten. Aber die endgültige Entscheidung liegt bei mir, und ich habe beschlossen, dass Teti um unserer und der Maat Sicherheit willen für seinen Verrat sterben muss. Möchte jemand formell dagegen protestieren?» Niemand sagte etwas. «Sehr gut», fuhr er fort. «Und jetzt möchte ich von jedem einen Bericht darüber, wie es um die Bauern unter euch bestellt ist. Daschlut hat uns weitere Waffen eingebracht, und die gehen an Männer, die im Umgang damit Geschick gezeigt haben.»

«In Chemmenu gibt es viele Streitwagen und Pferde», warf Ahmose ein. «Die müssen wir möglichst alle in unseren Besitz bringen. Wir haben zwar keine Wagenlenker, können aber unterwegs welche ausbilden.»

«Wagenlenker sollten Hauptleute sein», brummelte Machu, und Kamose ballte im Schutz des Tisches die Faust.

«Dann werden wir Männer, die sich dafür eignen, befördern», sagte er kühl. «Und jetzt zu anderen Themen.»

Als der Kriegsrat beendet war und sich die Fürsten in ihre Zelte oder auf ihre Schiffe zurückgezogen hatten, nahm Kamose seinen Bruder und Hor-Aha auf einen Spaziergang mit, der sie so weit wie möglich vom Lärm des Heeres fortführte, und dann entkleideten sie sich und schwammen ein Weilchen. Danach lagen sie am Wasser in der Sonne. «Was willst du wirklich in Chemmenu tun?», fragte Ahmose seinen Bruder. «Hast du vor, die Einwohner zu verschonen, wie du den Fürsten versprochen hast?»

«Das geht mir auch durch den Kopf», sagte Hor-Aha. Er hatte seine Zöpfe gelöst und fuhr sich mit den Fingern durch das schwarze Haar. «Eine gefährliche Idee, Majestät. Warum Daschlut auslichten und Chemmenu, eine Stadt voller Setius, verschonen? Chemmenu ist genauso krank wie Auaris.»

Kamose musterte seinen General. Seinem gelassenen, dunklen Gesicht war keinerlei Gefühl anzumerken. Aus seinem vollen Haar lief Wasser über die kräftigen Arme und spritzte auf den Sand zwischen seinen gespreizten Schenkeln. Seine Augenbrauen waren nachdenklich zusammengezogen.

«Ich schrecke vor einem weiteren Gemetzel wie in Daschlut zurück», erwiderte er. «Was ich dort getan habe, ist mir nicht leicht gefallen, und ein weiteres Blutbad in Chemmenu wäre doppelt so grausig.» Hor-Aha warf ihm einen scharfen Blick zu.

«Dann hat mein König also schon genug?», fragte er.

«General, dein Ton gefällt mir nicht», fuhr Ahmose dazwischen. «Möglicherweise gilt das Leben eines Wilden in Wawat nicht mehr als das eines Tieres, aber wir hier in Ägypten sind keine Wilden.» Hor-Aha musterte ihn gelassen.

«Vergib mir meine Worte, Prinz», sagte er ruhig. «Sie sollten keine Beleidigung sein. Aber die Setius sind Wilde. Das sind keine Menschen. Menschen sind nur die Angehörigen meines Stammes in Wawat und die, die innerhalb der Grenzen meiner neuen Heimat leben.» Ahmose blickte ratlos, doch Kamose lächelte. Er kannte den absonderlichen Glauben der meisten primitiven Stämme, dass es außerhalb ihrer Gemeinschaft keine Menschen gab. Ähnelt diese Überzeugung nicht dem Argwohn der Ägypter gegen alles außerhalb ihrer Grenzen?, überlegte er. Unser Schatz ist die Maat. Die hat niemand sonst. Ägypten ist ein gesegnetes Land und wird von den Göttern auf einmalige Weise bevorzugt. Einst hat das jeder Bewohner fest und innig geglaubt, doch diese Gewissheit hat sich verflüchtigt. Hor-Aha hat Recht. Ägypten muss wieder so rein wie früher werden.

«Daschlut hat mich erschüttert», sagte er zu seinem Bruder. «Aber Hor-Aha sieht klarer, Ahmose. Warum die eine Stadt und die andere nicht? Chemmenu muss dem Erdboden gleichgemacht werden.»

«Das wird den Fürsten aber nicht gefallen», erwiderte Ahmose.

«Die Fürsten wollen Mann gegen Mann kämpfen, wie es

unsere Vorfahren getan haben», sagte Kamose. «Das ist ein ehrenhafter Krieg. Aber diese Einstellung kann man sich nur leisten, wenn der Feind genauso empfindsam ist wie man selbst. Noch stehen wir nicht im Krieg. Vielleicht in Auaris, aber bis dahin entledigen wir uns der Ratten, die unsere Kornspeicher verseuchen.»

Nachmittags saß Kamose unter einem Baum, Ipi mit gekreuzten Beinen neben ihm, und diktierte einen Brief an seine Familie in Waset, berichtete, was sich in Daschlut zugetragen hatte, und schickte allen Grüße.

Zwanzigtausend Mann mussten von einem Ufer ans andere geschafft werden, denn Chemmenu lag auf dem Ostufer, und die stiegen noch aus und ein, als auf dem Westufer Zielscheiben aufgestellt wurden, und dann verbrachten er und Ahmose mehrere Stunden mit den Fürsten und übten sich im Bogenschießen. Das gab Anlass zu viel Gelächter und gutherzigem Spott.

Am Morgen bereitete sich der Heerwurm auf den Aufbruch vor. Kamose war noch nicht willens, auf dem Landweg zu marschieren. Er hatte den vier Fürsten die vier Divisionen Fußsoldaten unter Hor-Aha anvertraut und klargestellt, dass seine Befehle zuerst an den General gingen und dann an sie, Anchmahor jedoch fuhr mit den Tapferen des Königs hinter Kamose her.

Nur gut vier Meilen lagen zwischen Kamose und Chemmenu und er war angespannt, als die Flotte ihren Ankerplatz verließ und flussabwärts fuhr. Er hatte die Späher zu sich gebeten. Im Augenblick hatten sie nichts Neues zu berichten. Chemmenu wartete. Überrumpeln konnte man es nicht. Das marschierende Heer war bereits zurückgeblieben, eine Staubwolke am Himmel machte sein langsameres Vorankommen deutlich. Kamose merkte, dass ihm Hor-Aha fehlte, seine Rückendeckung war so tröstlich. Der marschierte, umgeben von seiner Medjai-Leibwache, zusammen mit den Fürsten und hatte den Befehl, die Fußsoldaten zurückzuhalten, bis die Bogenschützen ihr Werk vollbracht hatten, erst dann durfte er über die Stadt herfallen.

Als Chemmenu in Sicht kam, schien sich der Horizont gen Osten jäh zu heben, wo die berühmten Palmen hochragten und die Felder und die schattigen Straßen der Stadt kennzeichneten. Auf Kamoses knappen Befehl hin hielten die Schiffe darauf zu, und die Bogenschützen kletterten auf die Dächer der Kabinen und säumten mit nicht gespannten Bogen die Reling. Gleichzeitig wurden auch sie bemerkt. Aufschreie, jedoch keine Panik, sondern zielstrebige, gemessene Befehle, und Kamose sah zwischen den Bäumen, Binsen und Gräsern längs des Nils Männer auftauchen, die sich schnell zwischen der breiten Bootstreppe und den palmenumstandenen Häusern sammelten. «Das hier wird leicht», meinte Ahmose. «Sieh sie dir an, Kamose. Kaum ein Bogenschütze darunter, und mit ihren Schwertern oder Speeren können sie uns nicht erreichen.»

«Wie viele mögen es sein, was meinst du? Zweihundert? Dreihundert? Zumindest haben ihre Hauptleute nicht daran gedacht, die Streitwagen herauszuholen. Vielleicht wissen sie nichts von unseren Fußsoldaten. Die Nachrichten aus Daschlut waren gewiss unzusammenhängend. Die da haben wir bei Sonnenuntergang geschlagen.»

Nach kurzer Zeit waren sie auf Rufweite heran, und Kamose gab den Befehl zum Haltmachen. Das Wasser strudelte, als die Ruderer das Schiff plötzlich anhielten, und Kamose und Ahmose standen auf und gingen zur Reling. Kamose winkte seinem Herold. «Hol mir Teti», sagte er.

«König Kamose, der Starke Stier der Maat, Geliebter Amuns, möchte mit dem Nomarchen Teti von Chemmenu verhandeln», verkündete er. «Teti möge sich einstellen.» Ein Durcheinander unter den Männern an der Bootstreppe, dann eine lange Pause. Schließlich schob sich jemand nach vorn, hob die Hand, beschattete die Augen und starrte die drei Schiffe voller Bogenschützen an.

«Ich bin Sarenput, die rechte Hand des Nomarchen», rief er zurück. «Der Nomarch ist nicht anwesend. Als er Kunde von deinem grausamen Massaker in Daschlut erhalten hat, Fürst, ist er unverzüglich nach Neferusi aufgebrochen, um sich mit Fürst Meketra zu beraten, der die dortige Garnison befehligt.»

«Dann möchte ich mit seinem Sohn Ramose sprechen.» Sarenput antwortete nicht gleich. Als er es dann tat, sprach er stockend.

«Der Edle Ramose hat seinen Vater begleitet», sagte er. Kamose lachte.

«Also hat Teti seine Familie zusammengeholt und ist geflohen, dieser Feigling», höhnte er. «Und dich, Sarenput, hat er zurückgelassen, damit du Chemmenu verteidigst. Aber es lässt sich nicht verteidigen. Geh zurück und ermahne alle Frauen und Kinder, sie sollen im Haus bleiben, falls ihnen ihr Leben lieb ist.» Erleichterung überkam ihn. Heute muss ich Teti noch nicht töten, dachte er. Das wird, den Göttern sei Dank, erst später erforderlich sein. Er sah Sarenputs Blick zu den Schiffen und ihrer todbringenden Besatzung wandern. Die Soldaten am Ufer musterten sie auch, wussten nicht, wie sie sich verhalten sollten. Und wie auf ein unhörbares Signal hin, das unter ihnen weitergegeben wurde, machten sie kehrt und rannten mit den Waffen in der Hand in den Schutz der Mauern. Kamose hob die Hand. Unverzüglich hagelte es Pfeile von den Schiffen auf sie herunter.

«Die Soldaten da werden wohl nicht sehr oft gedrillt», meinte Ahmose. «Hör nur, wie sie brüllen.»

«Sie haben sich einen Angriff vom Nil nicht vorstellen können», antwortete Kamose knapp. «Die Überlebenden werden nicht verfolgt, Ahmose. Noch nicht. Das Heer kann jeden Augenblick eintreffen.» Ein Aufschrei Anchmahors unterbrach ihn, und als er sich umdrehte, erblickte er die Staubwolke, die Hor-Aha und das Heer ankündigte. Grimmig sah er zu, wie sie sich verzog, und dann konnte man auch schon die Vorhut sehen, die in Viererreihen herantrabte und gnadenlos auf Chemmenu zumarschierte. Er musste keine Befehle geben. Hor-Aha wusste, was er zu tun hatte. Jetzt werden wir ja sehen, wie beflissen die Fürsten das ausführen, was ihnen der schwarze Mann befiehlt, dachte er.

Nach kurzer Zeit konnte man auch den rhythmischen Schritt der Marschierenden hören, eine unheilvolle Begleitmusik zu den gelegentlichen lauten Befehlen der Hauptleute, und dann die jähe Stille, die sich über Chemmenu legte. Die Frauen waren von den Mauern verschwunden. Das Dach von Thots Tempel lag verlassen und schimmernd in der Sonne, und als Kamose es besorgt musterte, fiel ihm auf einmal ein, dass ihn seine Mutter gebeten hatte, erst dem Gott zu opfern, ehe er die Stadt einnahm. Dazu war es jetzt zu spät. Die Fußsoldaten näherten sich den Mauern, verteilten sich, zogen die Waffen, und das unnatürliche Schweigen wurde durch den Lärm des bevorstehenden Gemetzels gebrochen. Kamose wandte sich an den Soldaten hinter ihm. «Die Medjai sollen nach Neferusi fahren», sagte er. «Sie sollen die Festung umzingeln, alle fünftausend, und dann warten. Niemand darf ihrem Netz entkommen. Erinnere die Befehlshaber daran, dass es neben dem Nil westlich von Neferusi noch einen Flusslauf gibt, der muss auch bewacht werden. Das ist alles.» Der Mann salutierte und ging.

«Dieser kleinere Nebenfluss des Nils zieht sich von Daschlut ganz nach Ta-sche», warf Ahmose ein. «Neferusi heißt mit

Recht ‹Zwischen-den-Ufern›. Wenn ich Teti wäre, ich würde meine Familie auf ein Floß schaffen und so schnell wie möglich nach Norden fahren, aber nicht auf dem Nil. Mittlerweile ist er vielleicht schon fort, Kamose.»

«Vielleicht», bestätigte Kamose mit einem Nicken. «Wir wissen, dass er eine Memme ist. Aber ich glaube, er wird bleiben, bis er sicher ist, dass er die Festung halten kann. Er ist nicht dumm. Falls er flieht und die Verteidigung von Neferusi Meketra überlässt und Meketra uns irgendwie besiegen kann, ist seine Glaubwürdigkeit dahin und er hat Apophis' Gunst verloren. Er hält seinen Fluchtweg für sicher, daher kann er für kurze Zeit den Helden spielen.»

«Was wissen wir über Neferusi?», fragte Ahmose. «Oder übrigens über Meketra? Was für ein Mann ist das?» Kamose hob die Schultern.

«Ich bin nie weiter nördlich als bis Chemmenu gekommen», antwortete er. «Die Späher berichten, dass die Festung groß ist und Mauern hat, dass sie näher am Nil als am Nebenfluss gelegen ist und dass die Tore nach Westen und Osten groß genug für Streitwagen sind. Sie schätzen die Besatzung dort auf fünfzehnhundert Mann. Was Meketra angeht …» Kamose zögerte. «Der war einst Fürst von Chemmenu und befehligt jetzt Neferusi. Mehr wissen wir nicht über ihn. Ich habe getan, was ich im Augenblick tun kann, Ahmose. Was mich beunruhigt, ist eine eventuelle Belagerung, wie kurz auch immer. Wir dürfen auf solch armselige Unternehmung weder Zeit noch Proviant verschwenden, aber wir dürfen Neferusi auch nicht heil hinter uns zurücklassen.»

Er hatte die Stimme erhoben, und seine letzten Worte musste er fast schreien, damit er das Getöse übertönte, das von der anderen Seite des Wassers zu ihnen herüberdrang. Eine Rauchwolke kräuselte sich in die Luft von einem Feuer irgendwo in der Nähe des Tempels, und als sie sich umdrehten, sahen sie, wie die trockenen Wedel einer Palme dunkelgolden aufflammten.

Gegen Sonnenuntergang war alles vorbei, und am Ufer wimmelte es von Soldaten, die ihre kleinen Wunden versorgten, ihren Durst löschten und an Beute verstauten, was sie in ihren Ledertaschen unterbringen konnten. Viele waren in den Fluss getaucht, um sich den Dreck des Kampfes abzuwaschen, und spritzten rot funkelnde Tropfen in die Luft, als hätten sie mit dem Blut, das an ihren Körpern klebte, das Wasser verfärbt. Doch zwischen den erleichterten Männern zog sich ein dunklerer Strom dahin. Die Frauen und Kinder von Chemmenu standen da und starrten benommen auf das Leben und Treiben. Kamose, der schon seit Stunden auf den Beinen war, merkte, dass sie trotz des Wirrwarrs um sie herum nicht geschubst oder verhöhnt wurden.

Endlich tauchte Hor-Aha, umgeben von seinen jüngeren Hauptleuten, auf. Kamose sah, wie er stehen blieb, sich rasch mit ihnen beriet und dann in das wartende Boot stieg. Kurze Zeit später verbeugte er sich vor den Brüdern und brachte Brandgeruch und den üblen, kupferartigen Gestank nach frischem Blut mit. «Es ist nur wenig übrig geblieben, Majestät», sagte er als Antwort auf Kamoses knappe Frage. «Die meisten Männer sind tot, wie du es befohlen hast. Die Brände waren leider nicht zu vermeiden. Wir haben auch Ställe gefunden, aber sie waren leer und die Streitwagen fort. Nach Neferusi vermutlich. Ich habe Männer zum Verbrennen der Leichen abgeordnet, aber das wird lange dauern. Chemmenu war nicht Daschlut.» Er fuhr sich mit einem kräftigen Handgelenk über die Wange und ließ eine Schmutzspur zurück und Kamose fröstelte, denn er hatte sehr wohl gemerkt, dass der General in der Vergangenheit gesprochen hatte. Chemmenu war.

«Wie ist es dir mit den Fürsten ergangen, Hor-Aha?» Der Mann lächelte matt.

«Ich habe ihnen keine Zeit gelassen, sich über meine Befehle mit mir zu streiten, und hinterher wäre es sinnlos gewesen», sagte er trocken. «Sie kümmern sich um ihre Männer.»

«Gut. Jetzt geh und kümmere dich um dich selbst, dann lass die Fußsoldaten antreten und zum Westufer übersetzen. Ich habe vor, flussabwärts zu fahren und die Schlinge um Neferusi noch heute Abend zuzuziehen. Gib dem Heer nicht mehr als zwei Stunden Ruhe, danach führst du es dorthin. Du bist entlassen.» Als der General gegangen war, ergriff Kamose den Arm seines Bruders. «Ich möchte beten», sagte er. «Komm mit, Ahmose.»

«Beten?», wiederholte Ahmose. «Wo? In dem Tempel hier? Bist du wahnsinnig?»

«Ich habe das Versprechen vergessen, das ich Aahotep gegeben habe», sagte Kamose leise. «Ich brauche die Nachsicht dieses Gottes. Ich habe seine Stadt fast dem Erdboden gleichgemacht und muss ihm erklären, warum. Wir nehmen Anchmahor und eine Abteilung Getreuer mit. Wir sind gut geschützt.»

«Vor Speeren und Dolchen vielleicht, aber nicht vor dem anklagenden Blick der Frauen und Priester», entgegnete Ahmose düster. «Ich bin müde und hungrig und mir ist übel, Kamose.» Doch er folgte Kamose über das Deck und stieg mit ihm in das Boot, das sie über die kurze Entfernung ans Ufer trug.

Die Sonne ging bereits hinter den westlichen Hügeln unter, beglänzte jedoch mit ihren letzten Strahlen die weiß getünchten Mauern von Chemmenu und flüchtig und warm die lärmenden Soldatenscharen, die sich zu den Schiffen drängelten, die Leichen, die verstreut im Sand lagen, die Grüppchen von

Frauen, die sich noch immer ziellos zusammendrängten. Kamose und Ahmose näherten sich, umringt von den Getreuen des Königs, dem Stadttor, und eine Welle von Schweigen ging ihnen voraus, als man sie erkannte und einen Fußfall machte. Hinter ihnen erhob sich wieder Stimmengewirr, während sie durch die zerstörte Stadt schritten.

Abgesehen von den Männern, die dabei waren, die Leichen zum Ufer zu schleifen, lagen die Straßen verlassen. Keine abendlichen Fackeln leuchteten in den zunehmend dunkel gähnenden Toreingängen, aus denen sich der Inhalt der Räume dahinter auf den festgetretenen Lehm der Straßen ergossen hatte. Töpfe, schmutzige Wäsche, grober Zierrat, Kochutensilien, hölzernes Spielzeug, alles war durchwühlt und, da für die Soldaten nutzlos, nach draußen geworfen worden. Hier und da erhellten Feuer das Dunkel, doch sie trugen auch den erstickenden Rauch von brennendem Fleisch und kokelndem Holz heran. Die dunklen Lachen unter ihren Füßen, die Ahmose für Eselurin hielt, schimmerten im aufflackernden Licht stellenweise leuchtend rot, und mit einem Ausruf des Ekels schwenkte er ab, stand jedoch nur etliche Zoll entfernt von einem Haus, dessen Wände mit der gleichen, widerlichen Flüssigkeit bespritzt waren. Ahmose war unendlich dankbar, dass er von seiner Leibwache eskortiert wurde.

Zu Kamoses großer Erleichterung wirkte die breite Straße, die zum Tempel führte, unberührt, war noch immer von anmutigen Dattelpalmen gesäumt, deren Wedel in der Abendbrise raschelten. Kein Soldat hatte es gewagt, den heiligen Bezirk zu entweihen. In stummem Einverständnis gingen er und Ahmose schneller, schritten unter Thots Pylon durch und betraten den großen Vorhof fast im Laufschritt, blieben jedoch jäh stehen. Der ausgedehnte, säulenumstandene Hof war voller Menschen. Frauen und Kinder kauerten an den Wänden oder saßen nebeneinander und hielten sich umschlungen, als wollten sie sich trösten. Ein paar Männer lagen auf Decken, ihr Stöhnen mischte sich anrührend in das stille Schluchzen vieler Frauen. Priester gingen von Gruppe zu Gruppe, brachten Lampen und Essen, und Kamose erblickte wenigstens einen Arzt.

Langsam stieß er die Luft aus. «Im Innenhof brennt noch Licht», sagte er leise. «Anchmahor, du bleibst mit deinen Männern unter dem Pylon stehen, bis wir zurück sind.»

Mit der Hand auf der Schulter seines Bruders schickte er sich an, den Hof zu überqueren, und dabei wandten sich Köpfe in ihre Richtung, Gesichter waren jedoch in dem flackernden Licht nicht auszumachen. Die wachsende Feindseligkeit jedoch war nicht zu verkennen. «Mörder, Gotteslästerer», rief jemand, doch die Worte klangen tonlos, beinahe nachdenklich, und wurden nicht von den anderen aufgenommen. Kamose biss die Zähne zusammen und packte Ahmoses Schulter fester.

Gesang kam ihnen entgegengeweht und wurde lauter, während sie weiterschritten. «Die Priester singen den Abendgesang», flüsterte Ahmose. «Bald wird man den Schrein schließen.» Kamose gab keine Antwort. Das Gefühl von Frieden, das ihn umgeben hatte, als er über Thots Schwelle trat, war verflogen, ihn fror und er hatte Angst. Es ist zu spät, dachte er bekümmert. Thot wird sich nicht mehr besänftigen lassen. Ich hätte eher daran denken sollen. Warum, wie konnte ich das nur vergessen? Mutter, verzeih mir.

Entweder hatte die aufgeladene Stimmung im Vorhof oder jener eigenartig gefühllose Aufschrei die Männer am Eingang zum Heiligtum und rings um den Hohen Priester aufmerken lassen. Der Gesang geriet ins Stocken und brach ab, und ehe die Brüder den Innenhof betreten konnten, standen sie unvermittelt vor Thots Dienern. Einen Augenblick herrschte entsetztes Schweigen. Kamose musterte sie im stetigen Schein der Lampen. Ausdruckslose schwarze Augen erwiderten seinen Blick. Dann schob sich der Hohe Priester bis zu ihm durch. «Fürst, ich erkenne dich», sagte er heiser. «Ich kenne dich, seit du ein Kind warst. Du bist mit deiner Familie oft zur Andacht gekommen, wenn deine Mutter ihre Verwandte, eine Priesterin dieses Tempels, besucht hat. Aber jetzt bringst du keine Gebete, sondern Leid und Tod. Sieh dich um! Du bist an diesem heiligen Ort nicht willkommen.» Kamose schluckte und seine Kehle war jählings trocken.

«Ich bringe die Rückkehr der Maat», sagte er so ruhig wie möglich, «und die hat Thot Ägypten zusammen mit der Schrift geschenkt. Ich bin nicht gekommen, um mich mit dir zu streiten, Hoher Priester. Ich bin gekommen, weil ich mich vor dem Gott demütigen und um seine Vergebung für das bitten möchte, was ich dieser Stadt im Namen der Maat antun musste.»

«Vergebung?», sagte der Mann scharf. «Bereust du also, Fürst? Würdest du das Entsetzliche, das du angerichtet hast, gern ungeschehen machen?»

«Nein», entgegnete Kamose. «Ich will auch keine Vergebung für meine Tat. Ich möchte mich bei Thot dafür entschuldigen, dass ich es verabsäumt habe, ihm Geschenke und Erläuterungen zu bringen, ehe ich über Chemmenu hergefallen bin.»

«Bringst du ein Geschenk?»

«Nein.» Kamose blickte dem Mann direkt in die zornigen Augen. «Dafür ist es zu spät. Ich bringe nur die Bitte um sein Verständnis und das Versprechen, Ägypten zu heilen.»

«Wenn einer krank ist, dann du, Fürst, nicht Ägypten.» Die Stimme des Hohen Priesters zitterte. «Du hast dich nicht einmal gewaschen. An deinen Sandalen ist Blut. Blut! Das Blut von Chemmenu klebt an deinen Füßen, und damit willst du diesen heiligen Boden betreten? Der Gott weist dich zurück!» Kamose spürte, wie sich sein Bruder anspannte und sprechen wollte, doch er kam ihm zuvor. Er nickte kurz, machte auf den Fersen kehrt und ging, und Ahmose folgte zögernd.

Jetzt war es vollends Nacht geworden, und Kamose stellte fest, dass ihn beinahe Panik überkam. Thot will mich nicht unterstützen, dachte er, aber das nehme ich mir nicht zu Herzen. Thot ist ein Gott für friedliche Zeiten, Zeiten von Weisheit in Wohlstand und von Gesetzgebung in Sicherheit. Amun hat es so gewollt. Amun beschützt die Fürsten von Waset, und seine Macht ist nicht die sanfte Macht langsamer Erleuchtung. Von nun an will ich mich vor keinem anderen Gott verneigen als vor Amun. Die letzten Worte musste er laut ausgesprochen haben, denn Ahmose warf ihm einen Blick zu. «Das hat der Hohe Priester gesagt, Kamose, nicht der Gott», tröstete er. «Thot wird sich erinnern, wie unsere Mutter und ihre Familie ihn verehrt haben, und uns nicht bestrafen.»

«Es ist mir einerlei», blaffte Kamose zurück. «Amun ist unser Heil. Ich muss bald etwas essen, Ahmose, sonst breche ich noch an diesem verfluchten Ort zusammen.»

Ehe sie das Boot bestiegen, das sie zu ihrem Schiff zurückbringen sollte, riss sich Kamose seine blutgetränkten Sandalen von den Füßen und warf sie in den Fluss. Die Luft war so vernebelt vom beißenden Rauch der Brände, dass man sie nur auf dem Wasser aufschlagen hörte, sie aber nicht sah. Ahmose fing an zu husten, doch er bückte sich und tat es Kamose nach. «Lass uns essen, während die Ruderer uns von hier fortrudern, Kamose», sagte er. «Chemmenu war eine schmutzige Angelegenheit. Neferusi ist eine Garnison und wird uns einen sauberen Kampf liefern.»

DRITTES KAPITEL

Neferusi war nur vier Meilen flussabwärts von Chemmenu gelegen, und Kamose befahl seinem Kapitän, eine geeignete Stelle auszumachen, wo sie eine Meile südlich der Festung anlegen konnten. Der Befehl wurde von Schiff zu Schiff weitergegeben, und eins nach dem anderen ließ die Ruinen von Thots Stadt hinter sich. Man reichte Speisen. Ahmose aß mit Heißhunger, doch Kamose brachte keinen Bissen herunter. Er stolperte in seine Kabine, warf sich auf sein Feldbett und war im Nu eingeschlafen.

Es kam ihm so vor, als hätte er die Füße gerade aufs Bett gelegt, da fiel Licht auf sein Gesicht, und Achtoi störte seine Träume. «Majestät, verzeih mir», sagte der Mann, «aber da ist jemand, der dich dringend sprechen möchte.»

«Zünde eine weitere Lampe an, Achtoi», sagte Ahmose. Er stand bereits und band sich einen Schurz um die Mitte. Schlaftrunken setzte sich Kamose auf, und da verbeugte sich Hor-Aha. Auch er war nur mit einem Schurz bekleidet. Sein Zopf hatte sich gelöst und das wellige schwarze Haar fiel ihm in Strähnen auf die Brust. Seine Miene war ernst.

«Was ist los?», fragte Kamose, der jetzt hellwach war. Der General hob abwehrend die Hand.

«Das Heer lagert wohlbehalten und die Medjai haben die Festung umzingelt», sagte er. «Mach dir keine Sorgen. Aber draußen steht Fürst Meketra mit einem halben Dutzend Setiu-Krieger. Er bittet um eine Unterredung.»

«Meketra?» Kamose musste zwinkern. «Ist der etwa gefangen worden, Hor-Aha?»

«Meine Bogenschützen haben ihn geschnappt, als er durch unsere Linien schlüpfen wollte», erläuterte Hor-Aha. «Er kam aus Süden, nicht aus Norden, also gehe ich davon aus, dass er nicht versucht hat, Apophis eine Nachricht zukommen zu lassen. Anscheinend will er dich unbedingt sprechen.»

«Dann bring ihn herein und, Achtoi, lass Ipi holen, aber zuerst musst du mir einen sauberen Schurz suchen.»

Der Mann, der hereingebeten wurde, war so hoch gewachsen, dass er den Kopf einziehen musste, damit er nicht an den Sturz der Kabinentür stieß, und Kamose erkannte ihn sofort. Mit seinem kahlen Kopf, den buschigen Augenbrauen über schweren Lidern und einem vorstehenden Adamsapfel hatte er sich in Kamoses Jugend bei seinen Besuchen auf Tetis Anwesen in Chemmenu am Rand seines Gesichtsfeldes bewegt. Meketra verbeugte sich. «Du ähnelst deinem Vater, dem edlen Seqenenre, Fürst Kamose», sagte er. «Und du, Prinz Ahmose, auch, und es ist mir eine Ehre, von euch empfangen zu werden.»

«Sonderbare Umstände, unter denen wir uns wieder sehen», sagte Kamose unverbindlich. «Verzeih mir, wenn ich frei von der Leber rede, Fürst, aber was hat der Befehlshaber von Neferusi mitten in der Nacht auf meinem Schiff zu suchen? Bist du gekommen, um die Festung zu übergeben und dich mir auszuliefern?» Das klang spöttisch und Meketra lachte humorlos.

«Irgendwie schon, Fürst. Wie steht es um Chemmenu?» Kamose und Ahmose wechselten überrascht einen Blick.

«Das weißt du nicht?», rutschte es Ahmose heraus. «Ist denn niemand aus Chemmenu nach Neferusi geflohen?» In diesem Augenblick klopfte es taktvoll an der Tür, Ipi trat ein und nahm seinen Platz zu Kamoses Füßen ein. Er war zwar zerzaust und offensichtlich noch schlaftrunken, doch er legte seine Palette auf die nackten Knie, dann einen Papyrus darauf und betätigte seinen Schaber, öffnete seine Tusche, befeuchtete einen Pinsel und blickte fragend zu Kamose hoch.

«Zeichne die Unterhaltung auf», befahl dieser. «Bitte, nimm Platz, Meketra. Achtoi, bring dem Fürsten Wein. Und nun, Fürst, möchte ich wissen, warum und wie du hierher gekommen bist, ehe ich deine Frage beantworte.»

«Ich habe Teti erzählt, dass ich mir Späher nehmen und die Lage und Stellung deines Heeres ausmachen wollte», sagte Meketra, während er sich auf einen Schemel setzte und die Beine übereinander schlug. «Das war gelogen. Ich wollte zu dir und hier bin ich, wenn auch nicht ganz so wie geplant.» Er lächelte betrübt. «Ich habe nicht gewusst, dass Neferusi bereits umstellt ist. Deine einheimischen Bogenschützen hätten mich beinahe erschossen. Ich bin gekommen, weil ich dir alle Informationen bezüglich der Festung und meiner Truppen geben und dir die Tore öffnen will, falls du das wünschst.»

Einen Augenblick herrschte nachdenkliches Schweigen, während Kamose den Fürsten sinnend betrachtete. Er wirkte vollkommen unbefangen, seine Hände lagen locker gefaltet auf den Schenkeln, sein Blick musterte kühl die Kabine. Er will etwas, überlegte Kamose. Das gibt ihm das Gefühl, er hat sich selbst und uns im Griff. Er sah, wie der Fürst nach dem Weinbecher griff, ihn zum Mund hob, zierlich trank, ihn absetzte, ohne dass auch nur ein Finger gezittert hätte. «Warum solltest du das alles tun?», fragte Kamose schließlich. Meketra betrachtete ihn ungerührt.

«Sehr einfach, Fürst. Vor vielen Jahren war ich Gouverneur der Nomarche Mahtech und Fürst von Chemmenu. Mein Heim war das Heim, das dein Verwandter Teti schon bewohnte, als du noch ein Kind warst. Teti hatte immer damit geliebäugelt, und am Ende gab Apophis ihm für seine Treue und, nicht zu vergessen, für seine ungewöhnliche Gabe, seine adligen Nachbarn zu bespitzeln, das Haus zusammen mit dem Gouverneurstitel der Nomarche und der Befehlsgewalt über die Stadt. Teti hat Apophis über alles berichtet, was sich im Süden tat. Er war ein unschätzbares Werkzeug.» Meketra verzog das Gesicht. «Wegen meiner Treue und Tüchtigkeit als Nomarch durfte ich die Festung Neferusi befehligen. Ich bewohne das Quartier des Befehlshabers, meine Familie ein bescheidenes Anwesen außerhalb der Mauern. Ich hasse Apophis und verabscheue deinen Verwandten Teti. Ich möchte dir helfen, die Festung einzunehmen, wenn du mir versprichst, mich wieder in meine frühere Stellung einzusetzen. Darum habe ich gefragt, wie es um Chemmenu steht.» Kamoses Herz schlug jetzt schneller. Er wagte es nicht, seinen Bruder anzusehen.

«Willst du damit sagen, dass ihr noch keine Kunde von der Plünderung Chemmenus habt?», fragte er eindringlich. «Niemand in der Festung weiß etwas darüber?» Meketra schüttelte den Kopf.

«Teti und seine Familie sind mit einer wirren Geschichte über ein Heer unter deinem Befehl eingetroffen, das angeblich Daschlut zerstört hat und auf seine Stadt marschiert», sagte er. «Teti hat gefordert, dass die Festung zu den Waffen greift. Diesen Befehl habe ich erteilt. Seitdem warten wir.»

«Dann lass dir berichten, dass Chemmenu über die Klinge gesprungen, Neferusi umzingelt ist und ich mit neunzehntausend Mann nach Norden ziehe und Apophis Ägypten entreiße», sagte Kamose. «Ich bin einverstanden mit deinem Vorschlag, Meketra, ja, sowie Neferusi gefallen ist, übergebe ich dir die geforderten Dokumente, und du kannst damit anfangen, Chemmenu wieder aufzubauen.» Meketra beugte sich vor.

«Du willst Teti töten?» Kamose bemühte sich um eine gefasste Miene, doch etwas in ihm scheute vor dem blanken Hass auf Meketras Gesicht zurück. Meketra wollte privat Rache nehmen. Na schön, genau wie ich, sagte er sich.

«Teti soll wegen Hochverrats hingerichtet werden», antwortete er. «Und jetzt beschreibe uns die Festung.» Meketra winkte, und auf ein Nicken von Kamose hin reichte ihm Ipi ein Blatt Papyrus und einen Pinsel. Rasch begann Meketra Neferusi zu zeichnen.

«Hier ist der Nil», sagte er, «und hier ist sein westlicher Nebenarm. Zwischen beiden liegen ungefähr acht Meilen. Das Land ist bebaut und gut bewässert. Hütet euch vor den Kanälen. Meine Familie lebt hier.» Er machte ein Kreuz auf die Landkarte und warf Kamose von unten einen Blick zu.

«Ich gebe den Befehl, dass man sie in Ruhe lässt», versicherte ihm dieser. «Weiter.»

«Die Festung selbst ist dicht am Nil erbaut. Es gibt zwei Tore, eines in der Ostmauer, eines nach Westen hin, beide groß genug für Streitwagen. Die Mauern selbst sind ein mächtiges Bollwerk, sind aus dickem Lehm und sehr glatt, innen senkrecht, außen jedoch angeschrägt. Mit Leitern sind die nicht zu überklettern. Wenn die Tore geschlossen und verrammelt sind, bleibt Angreifern nur noch die Belagerung. Oben auf den Mauern patrouillieren Bogenschützen.»

«Das ist die normale Setiu-Bauweise», unterbrach ihn Ahmose. «Sind alle Festungen von Apophis im Norden auf die gleiche Weise gebaut?»

«Ja. Die Setius errichten sie, wenn möglich, gern auf Hügeln, aber Neferusi steht auf flachem Gelände.»

«Darüber müssen wir uns jetzt nicht den Kopf zerbrechen», sagte Kamose. «Was befindet sich innerhalb der Mauern von Neferusi?»

«Kasernen. Wenn du im Morgengrauen angreifst, waschen sich die meisten Soldaten gerade. Hier ist die Waffenkammer und dahinter sind die Ställe. Dort ist ein kleiner Schrein für Reschep», der Pinsel bewegte sich schnell, «und hier mein Befehlsstand. Die Hauptkaserne ist, wie ihr seht, dichter am westlichen Tor gelegen als am östlichen. Wenn ich du wäre, Fürst, ich würde meine Kräfte auf dieses Tor sammeln, aber natürlich beide Tore zugleich angreifen.»

«Natürlich», murmelte Kamose. «Welche Stärke habt ihr?» Meketra lehnte sich zurück und reichte Kamose die Karte.

«Zwölfhundert Mann, einhundert Streitwagenfahrer und zweihundert Pferde. Die Speicher und Lager sind voll, aber wir haben nur einen begrenzten Vorrat an Wasser. Das gilt, glaube ich, für alle Festungen, die dicht am Nil liegen. Apophis kann sich einfach keinen richtigen Aufstand vorstellen.» Er stand auf und verbeugte sich. «Ich muss sofort aufbrechen», sagte er. «Gleich nach dem Morgengrauen werde ich die Tore entriegeln, jedoch nicht öffnen. Und du lässt meine Familie in Ruhe. Möge euch der Gott Wasets den Sieg schenken.»

«Einen Augenblick noch.» Kamose war auch aufgestanden. «Ist Ramose mit seinem Vater nach Neferusi gekommen? Wie geht es ihm?» Meketra blickte ratlos.

«Er ist bei guter Gesundheit, jedoch schweigsam», sagte er. «Ramose hat sich eigentlich zu gar nichts geäußert.»

«Danke. Deine Begleiter, Fürst, behalte ich lieber hier. Haben wir uns verstanden?» Meketra lächelte.

«Ich glaube schon, Fürst.» Und mit einer neuerlichen knappen Verbeugung, die jedoch alle in der Kabine einbezog, verließ er sie.

Ahmose äußerte sich erst, als die Schritte des Fürsten auf Deck verklungen waren, dann holte er tief und ausgiebig Luft. «Wer hätte das gedacht?», platzte er heraus. «Wir kennen unsere Geschichte nicht gut genug, Kamose! Können wir ihm vertrauen?» Kamose hob die Schultern.

«Uns bleibt kaum eine andere Wahl», erwiderte er. «Aber ich sehe auch die Last seines Grolls. Apophis ist wirklich dumm. Ahmose, du nimmst ein paar von den Tapferen des Königs und suchst nach dem Heer. Das dürfte nur eine Stunde entfernt sein. Hor-Aha, wir greifen bei Tagesanbruch an. Und vergiss nicht, dass den Bewohnern dieses Anwesens», er zeigte auf die Karte und übergab sie dann seinem Bruder, «nichts geschieht. Teti und Ramose übrigens auch nicht.» Und an seinen Haushofmeister gerichtet: «Achtoi, wir müssen unverzüglich nach Norden aufbrechen. Gib dem Kapitän Bescheid.»

Knapp eine Stunde später bewegte sich etwas am Ufer, ein Späher gab Zeichen. Kamose befahl beizudrehen und wartete, während der Mann an Bord kam. «Neferusi liegt dort», sagte er, nachdem Kamose ihm gestattet hatte zu reden. «Du kannst vielleicht die Mauerkrone ausmachen, Majestät. Das Heer ist eingetroffen. Es ist zwischen den Feldern und den Bäumen durchmarschiert. Prinz Ahmose bittet um die Erlaubnis, bei der Truppe bleiben zu dürfen. Er wartet auf deinen Befehl, dann ziehen die Medjai die Schlinge zu. Bis zum Morgengrauen ist es noch eine Stunde.»

«Sehr gut. Er kann anfangen, muss sich bereithalten, die Tore beim ersten Licht zu stürmen.» Andere Befehle wollten ihm auf die Lippen kommen. Lass die Bogenschützen zunächst auf die Mauern zielen. Sorge dafür, dass sich die Männer nicht

86

drängeln und übereinander stolpern, wenn ihr erst durch die Tore seid. Wirf dich sofort auf die Kaserne. Lass die Pferde in den Ställen, sonst gibt es einen großen Tumult. Riegele die Waffenkammer ab, damit sich die Setius nicht mit neuen Waffen versorgen können. Und vor allem, Ahmose, sieh dich vor. Nichts davon äußerte er laut.

«Achtoi, öffne meinen Amun-Schrein und bereite Weihrauch vor», rief er. «Wir wollen beten, Anchmahor, danach gehen wir von Bord. Es ist Zeit.»

Der Himmel war kaum wahrnehmbar heller geworden, als sie aus der Kabine traten und das Boot bestiegen, und die Tapferen des Königs in den anderen Schiffen folgten Kamose auf seinen Ruf hin. Sie sammelten sich am Fluss und schlugen den Uferweg ein, Kamose inmitten seiner Leibwache, die zweihundert Tapferen des Königs vor und hinter sich. Jetzt konnte man auch die hohen Festungsmauern ausmachen, und gerade als Kamose sie musterte, stieß jemand einen erschrockenen Schrei aus. Etwas Formloses fiel von der Mauer, und jählings zeigte sich ein Dutzend solcher Gestalten, Männer, die oben kauerten und nach unten spähten, während Kamose hinaufsah. Ein zweiter Schrei zerriss die klare Morgenluft. Dann heulten die Medjai, und der primitive Schrei wurde unverzüglich links von Kamose aufgenommen. Die Gestalten auf der Mauer purzelten eine nach der anderen herunter. Der Bewuchs machte plötzlich einer kahlen Stelle und einer breiten Bootstreppe, an der zwei große Barken dümpelten, Platz, und unversehens befanden sich Kamose und seine Männer vor der Festung, wo sie am höchsten war.

Das Tor stand offen, und eine wilde Menge Soldaten, mitten unter ihnen die dunkleren, etwas leichter gebauten Medjai, strömte hinein. Hinter ihnen drängten sich auf dem Platz zwischen Festung und Bootstreppe weitere Soldaten, ließen sich vom allgemeinen Sog erfassen. Der Lärm war ohrenbetäubend. Von Hor-Aha oder Ahmose war nichts zu sehen, und Kamose nahm an, dass sie bei dem Großteil des Heeres waren, der das Westtor stürmte.

Es wurde rasch heller. Die Schatten am Fuß der Mauer schlängelten sich dunkel und zunehmend schärfer zum Fluss hin, während der Himmel zart rosig wurde und die Vögel in den Bäumen ihr Morgenlied anstimmten. Hinter dem Tor war der Lärm noch nicht abgeflaut, Gebrüll und Geschrei, erschrockenes Pferdegewieher, laute Befehle der Hauptleute. Aber kein heftiges Weinen, keine Frauenstimme, die entsetzt aufschrie, dachte Kamose. Verglichen mit dem, was ich schon angerichtet habe, ist das hier sauber. Jetzt muss ich nur noch warten.

Lange bevor die Schatten gegen Mittag kürzer wurden, war der Kampf um Neferusi beendet, Kamose und seine Männer schritten durch das Tor und auf einen großen Platz, der mit Leichen und Müll übersät war. Als er sich einen Weg bahnte, näherten sich Ahmose, Hor-Aha und Meketra. Ahmose war schweißnass und blutbespritzt. Die Axt an seinem Gurt war verkrustet und das Schwert in seiner Hand bis zum Griff besudelt. «Das war keine Schlacht, Kamose», sagte er. «Sieh dich um. Das war, als hätten wir auf einem Acker erschrockene Kaninchen aufgestöbert. Ich habe einen großen Teil des Heeres zurückgehalten, sonst hätten wir uns hier noch auf die Füße getreten. Wir haben weniger als eine halbe Division gebraucht. Natürlich wäre die Sache anders gelaufen, wenn man uns nicht die Tore geöffnet hätte.» Er warf Meketra, der ungerührt neben ihm stand, einen Blick von der Seite zu.

«Fürst, wir stehen in deiner Schuld», sagte Kamose. «Nimm deine Familie und geh nach Chemmenu. Tetis ganzer Besitz fällt an mich, und ich übertrage ihn dir. Brich sofort auf.» Er meinte, unter den schweren Lidern des Mannes Enttäuschung auffunkeln zu sehen. Meketra möchte zusehen, wie Teti stirbt, dachte er angeekelt. Er ist bereit, die stumme Feindseligkeit der Überlebenden hinzunehmen, nur um sich an Tetis Todeskampf weiden zu können. Meketra zögerte ein wenig, dann verneigte er sich und entfernte sich rückwärts.

«Jeder Fürst unter deinem Befehl könnte von Leuten, die Apophis treu sind, ein Verräter genannt werden», sagte Anchmahor leise. «Warum flößt mir Meketra nur solch einen Widerwillen ein?»

«Weil irgendetwas sein Ka verunreinigt hat», gab Kamose sofort zurück. «Seine Sache ist gerecht, aber er ist kein Mann von Ehre.» Er wandte sich an seinen General. «Wie hoch sind unsere Verluste, Hor-Aha?»

«Wir haben keine, Majestät», sagte Hor-Aha prompt. «Ein paar Schrammen, mehr nicht. Diese kleine Auseinandersetzung wird den Männern viel Selbstvertrauen vermitteln. Von heute an werden Soldaten aus ihnen.» Er reichte Kamose eine Rolle, die er in der Hand gehabt hatte. «Der Mann, der das hier bei sich hatte, wurde gleich nach Beginn des Scharmützels gefangen und getötet», sagte er. «Er hatte ohnedies keinerlei Aussichten, durch die Abriegelung der Medjai zu schlüpfen, aber das hat Teti natürlich nicht geahnt.»

Verdutzt entrollte Kamose den Papyrus. Es war eine hastig hingekritzelte, knappe Botschaft. «Grüße an Seine Majestät Awoserra Aqenenre Apophis, den Starken Stier der Maat. Wisse, dass dein undankbarer und verräterischer Diener Kamose Tao jetzt sogar deine Festung in Neferusi mit einer großen Streitmacht abtrünniger Männer überfallen hat. Schicke uns sofort Hilfe, sonst müssen wir sterben. Dein treuer Untertan Teti, Nomarch von Chemmenu und Aufseher deiner Deiche und Kanäle.» Kamose lachte grimmig.

«Was hat er sich dabei gedacht? Dass Apophis die Rolle wie durch Zauberhand binnen Augenblicken erhält und desgleichen wie durch Zauberhand ein Heer gen Süden schickt, um diesen wertlosen Kadaver zu retten? Lass uns weitermachen. Hor-Aha, deine Hauptleute sollen die Waffen aus der Waffenkammer austeilen. Such dir Männer, die mit Pferden umgehen können, und mach sie zu Aufsehern der Ställe. Die Streitwagen gehen zunächst an die Fürsten und erst danach an die Befehlshaber. Ahmose, geh zum Schiff zurück und wasch dich. Die überlebenden Setius bleiben hier und sehen sich an, wie wir diese Mauern schleifen. Ich möchte, dass von Neferusi nichts übrig bleibt. Und hol Reschep aus seinem Schrein und zerschmettere ihn vor aller Augen. Wo ist Teti?»

«Noch immer im Quartier des Befehlshabers», sagte Ahmose. «Ich lasse ihn bewachen, aber er zeigt keinerlei Neigung, nach draußen zu kommen. Ramose ist bei ihm. Er ist verwundet.»

«Ramose hat mitgekämpft?»

«Ja. Glücklicherweise hat man ihn erkannt und überwältigt, ehe ihn ein Medjai durchbohren konnte. Ich habe noch keine Zeit gehabt, mit ihm zu sprechen, Kamose.» Wie kann ein so lauterer Charakter nur Tetis Lenden entsprungen sein, verwunderte sich Kamose. Ich habe mich auf diesen Leckerbissen gefreut, aber nun steht er vor mir, und mir wird übel und ich möchte fliehen.

«Die Sonne brennt schon heiß und der Gestank hier wird einfach zu viel», sagte er laut. «Komm mit, Anchmahor. Ich will meinem Verwandten gegenübertreten, aber ich urteile erst über ihn, wenn du zurück bist, Ahmose, und die Fürsten alle zugegen sind.» Sein Kopf begann zu schmerzen. Er wusste, dass der Schmerz keinen körperlichen Grund hatte, und scherte sich nicht darum.

Die Wachposten vor der Tür des Befehlshabers salutierten und machten Platz, Kamose holte tief Luft und trat ein. Das Gebäude bestand lediglich aus zwei Räumen, einer diente zum Schlafen und der größere, in dem Kamose und Hor-Aha jetzt standen, als Arbeitszimmer. Er war zweckdienlich karg, enthielt kaum mehr als Borde für die Kästen, in denen sich die Unterlagen über Neferusis Einwohner befanden, etliche Schemel und einen Stuhl hinter einem Schreibtisch. In der Zelle des Befehlshabers bekam Kamose mit halbem Auge eine leise, verstohlene Bewegung mit.

Widerwillig wandte er seine Aufmerksamkeit den beiden Männern zu, die sich bei seinem Eintreten erhoben hatten. Einer trug einen Leinenverband um die Mitte. Er war blass und bewegte sich nur mühsam. «Sei gegrüßt, Ramose», sagte Kamose leise. «Tut es sehr weh?» Der junge Mann schüttelte den Kopf.

«Sei gegrüßt, Kamose», antwortete er mit belegter Stimme. «Es wäre schön, wenn wir uns unter weniger betrüblichen Umständen wieder gesehen hätten. Was meine Wunde angeht, so ist sie nicht weiter schlimm, nur lästig. Ein Pfeil hat mich geschrammt. Er war schon am Ende seiner Flugbahn.» Ich möchte dich in die Arme schließen und dich um Verzeihung wegen deines Vaters, wegen Tani, wegen der Zerstörung deines Lebens bitten, rief ihm Kamose stumm zu. Ich habe solche Angst, dass du nun keine Zuneigung und keine Achtung mehr für mich empfindest. Du weißt, was ich tun muss. Es gibt keinen Ausweg.

Mit Mühe zwang er seinen Blick in Richtung Teti. Der Mann war barfuß und ungeschminkt. Er trug lediglich einen kurzen Schurz, der locker unter seinen kugeligen Hängebauch gebunden war. Kamose konnte seine Angst riechen, beißend und entwürdigend.

«Teti, so erinnere ich mich nicht an dich», sagte er. «Du bist alt geworden.»

«Und du bist auch nicht mehr der gut aussehende, stille Junge, der so gern Obst in meinem Garten gepflückt hat», rang sich Teti ab, obwohl er jetzt zitterte. «Du bist zum Mörder geworden, Kamose Tao. Deine Wahnvorstellungen werden dich nicht viel weiter tragen. Zu guter Letzt wird dich Apophis zermalmen.»

«Vielleicht», entgegnete Kamose, und flüchtig überfiel ihn Mitleid mit dem Mann, der mit so viel Prachtentfaltung und Selbstbewusstsein über den Wohlstand Chemmenus geboten hatte. «Du irrst, glaube ich, aber selbst wenn sich das Kriegsglück gegen mich wendet und ich und alle, die mich unterstützen, vernichtet werden, so habe ich wenigstens das Richtige, das Ehrenhafte getan.»

«Das Ehrenhafte?», verwahrte sich Teti. «Ehre heißt Treue zu Höhergestellten und insbesondere zum König! Ich bin mein Leben lang ein ehrenhafter Mann gewesen!»

«Das glaubst du wirklich, nicht wahr?», sagte Kamose. «Aber war es ehrenhaft, meinen Bruder Si-Amun so zu verderben, dass er keine andere Wahl hatte, als sich das Leben zu nehmen? War es ehrenhaft, zum Angriff auf meinen Vater durch ein Mitglied seines eigenen Haushalts anzustiften? Einzuwilligen, alles, was meine Familie besitzt, als Lohn für diese so genannte Treue an dich zu nehmen? So etwas geht weit über schlichte Treue hinaus, Teti. Das ist Habgier und kalte Gefühllosigkeit. Deine Taten haben dein Todesurteil unterschrieben, nicht Apophis.»

«Aber du willst dich doch nur rächen!», wehrte sich Teti hitzig. Sein Gesicht war hochrot angelaufen, und Kamose sah, wie ihm der Schweiß ausbrach. «Du hättest das Gleiche getan, wenn du in meiner Haut gesteckt hättest.»

«Wohl kaum. Ach, mein Onkel, ich weiß, was dich in diese Schlinge gelockt hat. Ich weiß, dass dein Großvater einen Aufstand gegen Sekerher, Apophis' Großvater, angeführt hat und dass ihm für diese Dreistigkeit die Zunge herausgeschnitten wurde. Ich weiß, dass dein Vater Pepi lange und ausdauernd in Apophis' Heer gedient und damit deine Familie von der Schande befreit hat. Das alles ist sauber. Es ist Maat, Tat und Folgen, die Stimme des Gewissens, die einen Mann bewegen, das zu tun, was er für richtig hält. Wenn das deinen Taten zugrunde läge, ich hätte Beifall gespendet, auch wenn ich es nicht hätte gutheißen können.» Er verstummte und schluckte, war sich bewusst, dass seine Stimme lauter und sein Zorn stärker wurde. «Aber du hast diese Treue zu etwas Dreckigem verbogen», fuhr er ruhiger fort, «hast den Schmerz und den Tod deines eigenen Verwandten im Austausch für persönlichen Gewinn in Kauf genommen. Du hättest zu uns kommen und das Netz erläutern können, in dem du dich verfangen hattest, hättest Seqenenre um Hilfe oder Rat bitten können. Das hast du nicht getan, und deshalb werde ich dich hinrichten.» Jetzt gaben Tetis Knie doch nach und er sank auf den Schemel.

«Du verstehst den Druck nicht, Kamose», sagte er erstickt. «Für dich ist alles schwarz oder weiß, richtig oder falsch. Die Grautöne siehst du nicht. Denn wenn, würdest du bei deiner irren Nilfahrt nicht unschuldige Einwohner abschlachten. Hast du geglaubt, ich hätte bei meinen Entschlüssen geschlafen wie ein satter Säugling? Hätte keine Reue gefühlt?» Kamose verschränkte die Arme gegen den beinahe körperlichen Hieb, den ihm Tetis Worte versetzten. Was weißt du schon von Reue?, schrie es in ihm. Von den widerlichen Notwendigkeiten, die mich auf meinem Lager heimsuchen und mein Essen vergiften? Von dem Mitleid und Entsetzen, das mein Ka zu erschüttern droht?»

«Genau das denke ich, Teti», sagte er mit rauer Stimme.

«Dann kann ich nur noch um Gnade flehen», sagte Teti. «Ich bin ein gebrochener Mann, Kamose. Ein Habenichts und für dich keine Bedrohung mehr. Ich bitte dich, lass mich frei. Meinem Sohn und deiner Mutter, der Base meiner Frau, zuliebe», und damit legte er Ramose eine Hand auf den Rücken, «verursache meinen Lieben keinen schmerzlichen Verlust.» Ramose erstarrte.

«Vater, um Thots willen, bettele nicht!», drängte er. «Erniedrige dich nicht weiter!»

«Warum nicht?», platzte Teti heraus. «Was gilt es dir, wenn ich um mein Leben flehe? Er ist kein gütiger Mensch.» Ramose warf Kamose einen Blick zu.

«Bitte, Fürst, falls es möglich ist», sagte er leise. Kamose schüttelte einmal verneinend den Kopf.

«Nein, unmöglich. Es tut mir Leid, Ramose. Hor-Aha, geh in das andere Zimmer und hol meine Tante.» Hor-Aha wollte Kamose schon gehorchen, als die Frau in der Tür auftauchte. Sie verneigte sich und richtete sich dann stolz auf.

«Sei gegrüßt, Kamose», sagte sie. «Ich habe alles gehört, was hier gesagt worden ist. Ich habe ein gutes Leben gehabt und Thot in seinem Tempel ehrlich und hingebungsvoll gedient. Ich bin bereit, mit meinem Gemahl zu sterben.» Kamose erschrak. Wie gut, dass dein Mann nicht deine Stärke und deinen Charakter hat, dachte er, als er ihr in das alte, würdevolle Gesicht blickte. Denn wenn er das hätte, wäre ich in Versuchung, ihn am Leben zu lassen.

«Das dürfte nicht notwendig sein, Tante», sagte er. «Weder ich noch Ägypten haben etwas gegen dich. Du darfst ungehindert zum Fluss gehen.» Er hatte die Umschreibung für Frauen gebraucht, die ihren Mann in der Schlacht verloren hatten und aus ihren Häusern vertrieben worden waren, und sie lächelte.

«Im Gegensatz zu den Frauen, die man dorthin zwingt?», gab sie zurück. «Nein danke, Kamose. Ich habe keinen Ort, wohin ich gehen könnte.»

«Meine Mutter würde dich in Waset willkommen heißen.» Sie schwankte kurz, doch dann reckte sie das Kinn.

«Ich möchte nicht die Gastfreundschaft von Leuten annehmen, die sich verschworen haben, Ägypten zu ruinieren und meinen Gemahl zu ermorden, auch wenn sie Verwandte sind», sagte sie. «Ich leugne nicht, dass Teti schwach ist, aber das sind viele Männer. Und ich leugne auch nicht, dass er bei den verabscheuungswürdigen Ereignissen, von denen du gesprochen hast, die Hand im Spiel gehabt hat, obwohl ich erst viel später davon erfahren habe. Aber ich bin seine Frau und ich bin ihm treu. Ohne ihn gibt es für mich kein Leben.»

«Kamose, wenn du sie mir übergibst, ich sorge für sie», unterbrach Ramose sie. «Ich nehme sie mit. Ich mache dir keinen Ärger, Ehrenwort.»

«Nein!», sagte Kamose hart. «Nein, Ramose. Ich möchte dich in meiner Nähe haben. Ich brauche dich. Tani braucht dich. Ich möchte dir Tani zurückgeben!» In Ramoses Augen flackerte es auf, eine Not, die er jedoch rasch im Griff hatte.

«Und wie willst du das schaffen?», fuhr er Kamose an. «Angenommen, du siegst bis Auaris, angenommen, du kannst diese mächtige Stadt belagern und einnehmen, angenommen, du findest Tani noch am Leben, hast du etwa die Macht, ihr die mädchenhafte Unschuld zurückzugeben? Aus ihrem Bewusstsein alles zu tilgen, was geschehen ist, seit Apophis sie mitgenommen hat? Das ist ein Traum, Kamose, und ist Vergangenheit», schloss er matt. «Was du und ich wollen, zählt nicht mehr.» Kamose starrte ihn an.

«Liebst du sie noch, Ramose?»

«Ja.»

«Dann hast du kein Recht, diese Liebe oder unsere Hoffnung aufzugeben, bis wir wissen, was die Zukunft bringt. Du kommst mit mir.» Er wandte sich an den General. «Hor-Aha, ich gebe meiner Tante Zeit, ihrem Gemahl Lebewohl zu sagen. Danach übergibst du sie einem meiner Herolde und schickst sie nach Süden, nach Waset. Ich diktiere einen Brief an meine Mutter.» Es war nichts mehr zu sagen. Kamose kam sich alt und leer vor, als er sie verließ. Nach dem Dunkel in dem Raum hinter ihm traf ihn der heiße Sonnenschein wie ein Schlag, und er blieb kurz stehen und schloss die Augen, so sehr empfand er seine Wucht. «Hor-Aha», sagte er bedrückt, «bei dem Wort Ehre wird mir speiübel.»

Eine Stunde später sah er im Schatten eines Sonnensegels zu, wie seine Tante, immer noch starr und unnachgiebig, neben einem Herold über den aufgewühlten und verdreckten Exerzierplatz ging und dann durch das Osttor. Er hatte eine eilige Botschaft an Aahotep und Tetischeri diktiert, hatte ihnen berichtet, was seit seinem letzten Brief durchgesickert war, und sie gebeten, für die Frau zu sorgen. Die Leichen wurden durch die Tore nach Osten und Westen geschleift, damit man sie verbrennen konnte, und da wusste Kamose, dass der Gestank brennenden menschlichen Fleisches jede andere Erinnerung an diese Zeit auslöschen würde, falls er diesen schmutzigen Krieg gewann, falls er wie durch ein Wunder als König nach Waset zurückkehren und den Rest seiner Tage in Frieden beschließen durfte.

Die Fürsten sammelten sich allmählich, ihre Diener waren beflissen beschäftigt, Sonnensegel für sie aufzustellen und Feldstühle aufzuklappen. Iasen von Badari beugte sich zu Mesehti von Djawati, und beide Männer vertieften sich in eine Unterhaltung. Anchmahor stand zusammen mit einem gut aussehenden Jüngling, den Kamose nach einem Augenblick als Harchuf, den Sohn des Fürsten, erkannte. Machu von Achmin redete schnell und gestenreich mit zwei Hauptleuten, die ehrerbietig zuhörten, doch Fürst Intef von Qebt saß allein und hatte den finsteren schwarzen Blick auf die sonnengleißende Szene vor sich gerichtet. Keiner näherte sich Kamose. Es war, als wüssten sie, dass der Raum rings um ihn vorübergehend heilig war, und dafür war er dankbar, denn sein Herz war taub. Es muss getan werden, redete er sich gut zu und bemühte sich, die Reste seines Mutes zusammenzuraffen. Und ich muss es tun.

Ahmose kam über den sich langsam leerenden Exerzierplatz, neben ihm Hor-Aha. Beide Männer hatten sich, das konnte man sehen, gesäubert, und Ahmose hatte sich ein gestärktes gelbes Leinenkopftuch umgebunden, unter dessen Rand sein frisch mit Kohl umrandeter Blick die Geschäftigkeit ringsum betrachtete. Er näherte sich Kamose, nickte ernst, sagte aber nichts und machte es sich auf einem Schemel bequem, den der ihm aufwartende Diener hinstellte. Hor-Aha setzte sich mit gekreuzten Beinen auf die Erde und erstarrte. Eine ernste Stimmung legte sich über die drei Männer.

Dann seufzte Kamose und reckte sich. «Hor-Aha, man soll mit dem Arbeiten aufhören», sagte er. «Lass Teti herausbringen. Ipi!» Er winkte seinem Schreiber, der mit den anderen Dienern unweit gewartet hatte. «Halte dich bereit, Anklage und Hinrichtungsbefehl niederzuschreiben. Ahmose, ich möchte die Fürsten hinter mir haben.» Ipi trat näher, während Ahmose mit einem grimmigen Nicken zu den Fürsten hinüberging. Sie folgten ihm einer nach dem anderen und scharten sich hinter Kamose, der aus dem Schatten des Sonnensegels getreten war.

Erwartungsvolle Stille senkte sich über alle. Dann traten die Wachen vor dem Quartier des Befehlshabers zurück, und Teti erschien am Arm seines Sohnes. Er hatte sich nicht bemüht, sich zu waschen oder die Kleidung zu wechseln, und ging noch immer barfuß. Blass und blinzelnd stand er unschlüssig da, bis er auf einen jähen Befehl des Generals vorwärts schlurfte. Kamose winkte Ramose zu sich. «Du musst nicht zusehen», sagte er freundlich. «Geh vor die Mauer, wenn du möchtest.» Bei seinen Worten klammerte sich Teti mit beiden Händen an Ramoses Arm und flüsterte ihm etwas Dringliches ins Ohr. Ramose schüttelte den Kopf.

«Ich bleibe bei meinem Vater», rief er, «aber, Kamose, ich bitte dich noch einmal, willst du nicht Gnade walten lassen?» Als Antwort wandte sich Kamose an Ipi, der jetzt zu seinen Füßen saß und den Pinsel über den Papyrus hielt.

«Schreibe», sagte er. «Teti, Sohn des Pepi, einstmals Nomarch von Chemmenu und Verwalter der Nomarche Mahtech, Aufseher der Deiche und Kanäle, du wirst der Beihilfe zum versuchten Mord an Fürst Seqenenre von Waset und des Verrats beschuldigt, mit dem du den Niedergang des Hauses Tao bewirkt hast, ein Haus, mit dem dich Bluts- und Familienbande verbinden. Du wirst des Hochverrats gegen den rechtmäßigen König Ägyptens unter der Maat, Kamose I., beschuldigt, weil du ihn dem Thronräuber Apophis zuliebe bespitzelt hast. Für das Verbrechen des versuchten Mordes wirst du zum Tode verurteilt.» Seine Stimme hallte von den sonnenbeglänzten Mauern der Festung wider. Er spürte die zunehmende Anspannung der reglosen Fürsten hinter sich und die heiße Sonne, die auf seinen Schädel herunterbrannte. In die Leere, die seine Worte hinterließen, strömte die Stille, und er musste gegen ihren Druck kämpfen, denn er war sich bewusst, dass Dutzende von Soldaten, deren Arbeit ruhte, die Augen erwartungsvoll auf ihn gerichtet hatten.

Ich darf keine Schwäche zeigen, dachte er. Ich darf nicht schlucken oder mich räuspern oder zu Boden blicken. In diesem Augenblick bestätige ich meine Autorität. «Teti, hast du gebetet?», fragte er. Äußerlich gelassen sah er zu, wie sich Teti um eine Antwort bemühte. Der Mann weinte still, Tränen liefen ihm über die Hängebacken und fielen glitzernd auf die heftig atmende Brust. Ramose antwortete an seiner Stelle.

«Mein Vater hat gebetet», sagte er. «Er ist bereit.» Kamose streckte eine Hand aus, und Hor-Aha reichte ihm seinen Bogen und legte ihm einen Pfeil auf die Hand. Kamoses Finger schlossen sich um die Waffe. Seine eigene Haut war feucht, doch ihm war klar, dass er sich den Schweiß nicht abwischen durfte. Sorgsam passte er die Kerbe des Pfeils in die Bogensehne, und seine andere Hand legte sich unter die Spitze. Er stellte sich breitbeinig hin, wandte die Schulter zum Ziel und spannte den Bogen. «Ramose, tritt beiseite», rief er. Als er am Pfeilschaft entlangvisierte, sah er, wie der junge Mann seinen Vater küsste, ihn stützte, als wäre er ein Kleinkind und noch unsicher auf den Beinen, dann trat er aus seinem Blickfeld. Das füllte jetzt nur noch Teti, der schwankte und weinte, während seine Lippen Stoßgebete oder schlicht entsetztes Gestammel formten, was, das wusste Kamose nicht. Er holte Luft, hielt sie an, öffnete die Finger der linken Hand, und Teti taumelte und fiel auf die Seite. Etwas Blut tropfte vom Schaft des Pfeils, der seine Brust durchbohrt hatte. Ramose lief zu dem zuckenden Leib und fiel auf die Knie, und hinter Kamose stieg ein einhelliger Seufzer auf. Er gab dem General seinen Bogen zurück. «Schreib auf, Ipi», sagte er zu dem gesenkten Kopf seines Schreibers. «An diesem Tage, dem fünfzehnten im Pachons, wurde an Teti, Sohn des Pepi, aus der Stadt Chemmenu das Todesurteil wegen versuchten Mordes vollstreckt. Mach eine Abschrift, ehe du die Rolle archivierst, und schicke sie nach Süden, an meine Mutter. Achtoi, wo bist du? Gib mir Wein.»

Unter aufgeregtem Gebrabbel kehrten die Soldaten langsam an ihre Arbeit zurück, doch die Fürsten standen noch immer stumm hinter Kamose. Der übersah sie, stürzte den Wein hinunter, und da merkte er, dass er am ganzen Leib zitterte. Als er sich den Mund wischte, wollte er den Becher nach mehr hinhalten, doch da sah er Ramose kommen. Der verneigte sich, hob den Kopf, und seine Miene war ausdruckslos. Die Hände, die er bei seiner Verbeugung auf die Knie gelegt hatte, waren rot von Blut.

«Kamose, erlaube mir, meinen Vater nach Chemmenu, ins Haus des Todes zu bringen», sagte er mit belegter Stimme. «Er muss einbalsamiert und betrauert werden, und meine Mutter muss zu seiner Bestattung aus Waset kommen. Du kannst ihn nicht einfach verbrennen!»

«Nein, das geht nicht», bestätigte Kamose und zwang sich, seinem alten Freund in die Augen zu sehen. «Aber es ist unmöglich, das Heer während der siebzig Tage Trauerzeit hier zu behalten. Wir müssen weiter, Ramose. Lass ihn ins Haus des Todes bringen, und ich schicke deine Mutter zur Bestattung in Begleitung nach Norden. Zu der Zeit hoffe ich, Auaris zu belagern.»

Ramose nickte und presste die Lippen zusammen. «Ich verstehe, dass du kaum mehr tun kannst, aber verübele mir bitte nicht, wenn ich nicht dankbar bin.» Er verneigte sich noch einmal und entfernte sich.

«Die Hauptleute und Soldaten, die die Festung schleifen, bringen ihre Habseligkeiten bereits in die Kaserne, Majestät», meldete Hor-Aha Kamose. «Neferusi liegt hinter uns, ist abgetan. Ich brauche einen Befehl, ich möchte das Heer aufstellen und in Marsch setzen.» Kamose stand auf, drehte sich um und musterte die Mienen der noch immer hinter ihm aufgebauten Fürsten. Alle hielten seinem Blick ruhig stand.

«Von hier sind es ungefähr vierzig Meilen nach Het nefer Apu und der Nomarche Anpu», sagte er. «Zwischen Neferusi und Het nefer Apu liegen vielleicht acht, zehn Dörfer, und wir wissen bislang nicht, wie viele davon Garnisonen haben. Wir haben hier viele Waffen und Streitwagen und Pferde erbeutet, ein großer Segen, aber wir brauchen eine gewisse Zeit, bis wir wissen, wie diese Dinge unsere Streitmacht verändern. Ich schlage vor, wir ziehen an die zehn Meilen nach Norden, ruhen kurz, während ihr dafür sorgt, dass eure Bauern lernen, wie man mit den Äxten und Schwertern, die an sie ausgegeben werden, umgeht und sie pflegt. In dieser Zeit werden die Späher mir ein klareres Bild von dem geben können, was vor uns liegt. Habt ihr dazu irgendetwas zu sagen? Habt ihr irgendwelche Bitten, was euer Wohlergehen oder das eurer Divisionen angeht?» Keiner sagte etwas, daher entließ Kamose sie und ging an der Stelle vorbei, wo Teti sein Leben ausgehaucht hatte, und dann den Uferpfad entlang.

Zu Ahmose sagte er: «Richte Meketra aus, dass ich ihn über den Feldzug auf dem Laufenden halte.»

«Ich soll ihn also noch friedlicher stimmen», gab Ahmose zurück. «Kamose, ich traue diesem Mann nicht.»

«Ich auch nicht», gestand Kamose, «aber er hat nichts getan, was unseren Argwohn rechtfertigen würde. Wir müssen ihn wie einen Verbündeten behandeln, denn als ein solcher hat er sich erwiesen.»

«Bislang», sagte Ahmose finster. Ohne weitere Worte erreichten sie ihr Schiff.

Ahmose erledigte seinen Auftrag und kehrte bei Sonnenuntergang mit Ramose zurück, den er in dem Haus getroffen hatte, das nun Meketra gehörte. Ramose hatte ein paar persönliche Dinge und Familienandenken geholt, und Ahmose beschrieb das Ganze als Chaos aus Kisten und Möbeln und entnervten Dienstboten, während Meketra und seine Sippe bereits Tetis Anwesen übernahmen. «Meketras Gemahlin schien genau zu wissen, wohin sie alles gestellt haben wollte», berichtete Ahmose, als sie nach dem Abendessen Res letztes, sanftes Leuchten genossen.

Kamose gab darauf keine Antwort. Wirst du mir jemals verzeihen?, fragte er im Geist Ramose, während seine Gedanken rasten. Können wir jemals wieder Freunde sein, oder werden die Zwänge dieser schlimmen Zeit uns immer weiter voneinander trennen? Zu seiner Erleichterung widmete sich Ahmose seinem Mahl, und in einem Nebel stummer Erschöpfung sah Kamose seinem Bruder beim Essen zu.

Später erwachte er mitten in der Nacht aus dem Schlaf der Erschöpfung, weil er jemanden leise weinen hörte. Das Schiff schaukelte sacht in der nördlichen Strömung. Mattes Licht fiel stoßweise über sein Feldbett, denn die Lampen in Bug und Heck machten die Bewegung mit, und das einzige andere Geräusch war das stetige, liebliche Plätschern des Wassers unter dem Kiel. Sie schwammen, das war Kamose klar, ließen sich langsam nur mit der Strömung bis Tagesanbruch treiben, wie der Kapitän gesagt hatte. Er legte sich auf den Rücken und lauschte auf den gedämpften Kummer. Es konnte einer der Bootsleute sein oder ein Diener, der Heimweh hatte, doch Kamose wusste, so verhielt es sich nicht.

Der Betrübte war Ramose, der seinen Verlust und seine Einsamkeit unter dem Deckmantel der Dunkelheit hinausschluchzte. Ich sollte aufstehen und zu ihm gehen, dachte Kamose. Ich sollte ihm sagen, dass ich mit ihm fühle, dass es für mich auch keinen sicheren Hafen, keine ausgebreiteten Arme mehr gibt. Aber nein. Ich an seiner Stelle würde nicht wollen, dass man meine Qual bemerkt. Er schloss die Augen, aber innerlich war er ganz taub.

VIERTES KAPITEL

Tetischeri streckte die Hand aus, und Uni, ihr Haushofmeister, reichte ihr die Schriftrolle. Nach einem takt-
vollen Schritt rückwärts wartete er, während sie den
Papyrus mit gekräuselter Stirn in der Hand wog. «Hmmm»,
sagte sie. «Sehr leicht. Sehr dünn. Gute Nachrichten oder
schlechte, was meinst du, Uni? Soll ich das Siegel erbrechen
oder mich erst mit ein wenig Wein stärken?» Uni brummelte
etwas Unverbindliches, und Tetischeri ließ den Papyrus auf ihren dunkelrot gekleideten Schoß sinken. Das ist ein Spiel geworden, dachte sie, während ihre Augen blicklos den Garten
ringsum musterten. Seit ab Mitte des Monats Pachons Rollen
kommen, große, kleine, von Ipi säuberlich geschrieben oder in
irgendeiner unbequemen Stellung hingekritzelt, habe ich jedes
Mal gezögert, den Mut verloren und einen Augenblick oder
eine Stunde damit verbracht, den Inhalt zu erraten, ehe ich das
Siegel meines Großsohns erbrochen habe.

«Diese Woche war es eine dicke, Uni. Gift oder Arznei?»

«Schwer zu sagen, Majestät.»

«Aber dick bedeutet viel Zeit zum Diktieren. Nichts Über-
eiltes wie die, die aus Neferusi mit Aahoteps Base gekommen
ist.»

«Du hast gewiss Recht, Majestät ...»

Bislang hatte es keine Niederlagen gegeben. Mesore hatte begonnen, der Monat der Ernte und der lähmenden Hitze, wenn die Zeit in Ägypten stillzustehen schien und Mensch wie Tier gegen den dringenden Wunsch ankämpfte, sich hinzulegen, zu schlafen, während der Fluss immer weniger Wasser führte. Auf den kleinen Feldern hoben und senkten sich die Sicheln, und vor den Speichern war die Luft vom Dreschen des Weizens staubig zum Ersticken. Weinreben, die sich unter der Last dicker, roter Trauben bogen, wurden befreit, und dunkelrot und viel versprechend floss der Saft in die Fässer.

Vier Monate, seufzte Tetischeri. Vier Monate, in denen ich ständig angespannt gewesen bin, in denen mir das Herz jäh gestockt ist, mit Anfällen von Feigheit, ehe das Wachs unter meinen Fingern brach und mir Ipis hieratische Zeichen entgegensprangen. Ein Wunder, dass mich die ständige Sorge noch nicht umgebracht hat. «Lies mir vor, Uni», befahl sie. «Meine Augen sind heute müde.» Gehorsam nahm ihr der Mann die Rolle ab und räusperte sich.

«Gute Nachrichten, Majestät», sagte er. «Nur zwei Zeilen. ‹Opfere Amun, ich komme nach Hause.›»

«Gib mir das.» Sie schnappte sich die Rolle und hielt sie offen auf den Knien, während ihr Zeigefinger die Worte nachzog. «‹Ich komme nach Hause.› Was meint er damit?», blaffte sie gereizt. «Flieht er nach einer verlorenen Schlacht oder kommt er als Sieger? Wie kann ich zu Amunmose in den Tempel gehen, wenn ich das nicht weiß?»

«Ich könnte mir denken», sagte Uni vorsichtig, «dass Seine Majestät, falls er auf der Flucht wäre, eine ausführlichere Botschaft geschickt hätte. Er hätte eine Warnung an die Familie und Anweisungen beigefügt. Außerdem, Majestät, hat in seinen Briefen keine Andeutung von einer Katastrophe gestanden, nur Enttäuschung.»

«Du hast natürlich Recht.» Sie rollte den Papyrus zusammen und klopfte sich damit nachdenklich ans Kinn. «Geh zu Aahotep und Aahmes-nofretari und teile es ihnen mit. Der dumme Junge hat in der Botschaft kein Datum angegeben, daher wissen wir nicht, wann er hier auftaucht.» Sie schenkte Uni ein seltenes Lächeln. «Vielleicht hat er Auaris bereits eingenommen und Apophis hingerichtet.»

«Vielleicht, Majestät, aber ich glaube eher nicht.»

«Nein, ich auch nicht. Eine törichte Hoffnung. Na, geh schon.»

Kurze Zeit später bewegte sich etwas zwischen den Säulen, und Aahmes-nofretari kam aus dem Dunkel gestürzt und rannte mit flatterndem Leinen um den Teich herum. Sie war barfuß, hatte sich einen dünnen weißen Umhang über den nackten Leib geworfen, und Raa folgte ihr eilig mit einem Paar Sandalen und einem Kissen unter dem Arm. Aahmes-nofretari zog den Kopf unter dem Sonnensegel ein und stand erhitzt und atemlos vor Tetischeri. «Uni hat gesagt, du hast wunderbare Nachrichten!», rief sie, während ihre Leibdienerin das Kissen auf die Erde legte und sich zurückzog. «Vergib mir diesen Aufzug, Majestät, aber ich wollte gerade Mittagsschlaf halten. Darf ich die Rolle sehen?»

«Nein, Aahmes-nofretari, du musst warten, bis Aahotep sie gelesen hat», sagte Tetischeri bissig. «Setz dich, Kind!» Sie entschärfte den Ton ihrer Worte, indem sie Aahmes-nofretaris Ellbogen berührte. «Hab Geduld. Haben wir nicht alle Warten gelernt? Lass eine alte Frau noch ein Weilchen ihr Geheimnis hüten.» Sofort gehorchte Aahmes-nofretari fügsam, was gerade ihren Zauber ausmachte, ließ sich auf das Kissen sinken und bohrte die Zehen ins Gras.

«Sie haben gewonnen, nicht wahr?», fragte sie lebhaft.
«Auaris ist endlich gefallen! Woche um Woche die gleiche
Botschaft, aber heute hat Uni sie wunderbar genannt! Ach,
wie habe ich für diesen Augenblick gebetet und gebetet!»

«Du ziehst immer zu rasch Schlüsse, Aahmes-nofretari»,
sagte Tetischeri trocken. «Nein, soviel ich weiß, steht Auaris
noch. Da ist Aahotep.» Die kam gemessenen Schrittes näher,
gefolgt von Senehat, und wie immer freute sich Tetischeri an
dem Anblick ihrer Schwiegertochter. Die anmutige Haltung,
die sinnliche, jedoch verborgene Fülle ihrer Hüften unter dem
gelben Gewand, das Gleichmaß ihrer Züge, alles zeugte von
Schönheit und guter Herkunft, hatte Seqenenre bezaubert und
war auch Tetischeris eigenen, strengen Maßstäben gerecht geworden.

«Schreibt er das, worauf wir gehofft haben?», fragte sie ruhig. Als Antwort überließ ihr Tetischeri den Papyrus. Aahotep
entrollte ihn ohne zu zögern, las, lächelte und reichte ihn an
Aahmes-nofretari weiter. «Senehat, hol Wein. Wir wollen feiern.» Als sie es sich bequem machte, stieß Aahmes-nofretari
einen Schrei aus.

«Sie kommen nach Hause! Wie wunderbar!» Sie drückte
die Rolle an den Mund. «Aber haben sie das Delta schon verlassen oder nicht? Das schreibt Ipi nicht.»

«Er schreibt auch nicht, dass sie nach Hause kommen»,
mahnte Tetischeri. «Er schreibt nur ‹Ich komme nach Hause›.
Wo ist deine Base, Aahotep?»

«Schläft in ihrem Zimmer», antwortete Aahotep. «Es wäre
besser, wenn wir ihr diese Nachricht vorenthalten würden.
Wir wissen nicht, ob Kamose kommt, weil die Überschwemmung bevorsteht oder aus anderen Gründen. Nofre-Sachuru
ist unberechenbar. Sie trauert noch immer. Wenn ich sie nicht
mit einem Leibwächter zu Tetis Bestattung geschickt hätte, sie

wäre anschließend ins Delta ausgerückt. Kamose benachrichtigt uns gewiss kurz vor Waset, es reicht, wenn wir es ihr dann sagen.» Aahmes-nofretari hatte nur mit halbem Ohr zugehört. Jetzt setzte sie sich auf.

«Sie hat Ahmose-onch lieb gewonnen», meinte sie. «Wenn sie mit ihm spielt, vergisst sie Teti für ein Weilchen. Und sie weint auch nicht mehr so viel wie früher.»

«Ihr Kummer kann nicht ewig dauern», sagte Aahotep. «Die Zeit stumpft ihn ab. Aber alles auf dem Grund der Seele, die Erinnerungen und die Liebe, die wollen nicht sterben. Die Ärmste. Aber haben wir nicht alle schrecklich gelitten, seit Apophis' beleidigender Brief an Osiris Seqenenre eintraf?»

Nachdem sie unter dem beschwichtigenden Einfluss des Weins Erinnerungen ausgetauscht hatten, die aus Angst vor der Zukunft so lange geschlummert hatten, kehrten die Frauen ins Haus zurück. Aahotep und Aahmes-nofretari suchten ihr Lager auf, doch Tetischeri saß am Tisch in ihrem Schlafgemach und ließ sich von ihrem Haushofmeister den Kasten holen, in dem sie Kamoses Briefe aufbewahrte. Jetzt kann ich sie noch einmal lesen, dachte sie, entließ Uni auf sein eigenes Lager und hob den Deckel des goldbeschlagenen Kastens. Sie können mir nichts mehr mit Zweifeln anhaben oder mir Sorge wegen der nächsten Bewegung des Heeres bereiten oder mich in ohnmächtige Verzweiflung stürzen, weil ich nicht einschätzen kann, ob Kamose klug handelt.

Den Göttern sei Dank für Hor-Aha! Ich hier bin jeden Morgen mit der langsam weichenden, heimlichen, unausgesprochenen Gewissheit aufgewacht, dass Apophis' Horden um die Biegung des Flusses kommen und Kamoses Leichnam am Mast hängen haben. Jede Rolle konnte Verderben bedeuten, hat sie aber nicht, und allmählich hat unsere Furcht nachgelassen. Dann kam der Sieg von Neferusi, und von dem Augenblick an war das Öffnen der Briefe eine feierliche Angelegenheit.

Fürst Meketra habe ich nie leiden können, wanderten ihre Gedanken weiter, als sie Kamoses Botschaft, die auf die Einnahme der Festung folgte, in den Kasten zurücklegte. Ich kann mich von ganz früher noch gut an ihn erinnern. Er hat damals schon etwas Ungesundes gehabt, so als würde er sich nicht oft genug waschen. Aber bis jetzt hat er sich als treu erwiesen.

Sie wählte eine Rolle, die «Zweiter Tag im Payni» datiert war, und entrollte sie vorsichtig. «Grüße an Ihre Majestäten, die Königinnen Tetischeri und Aahotep, hochverehrte Großmutter und Mutter», so fing sie an. «Heute Abend haben wir unser Schiff in Het nefer Apu vertäut. Für die Reise von Neferusi hierher haben wir sieben geschlagene Tage gebraucht, weil wir auf dem Weg ins Delta auf immer mehr Dörfer stoßen. Desgleichen hat uns unsere Unkenntnis von allem, was nördlich von Chemmenu gelegen ist, langsamer gemacht. Wir müssen unterwegs die Berichte unserer Späher abwarten und uns auf sie verlassen. Wir haben mit einer Garnison gekämpft und sie eingenommen, haben alle Soldaten über die Klinge springen lassen, aber die kleine Festung hier in Het nefer Apu hat sich ergeben, kaum dass der Befehlshaber uns hat kommen sehen. Anscheinend haben sich Bauern aus Chemmenu und Neferusi nach Norden durchgeschlagen und um Schutz gebeten, und die haben von unserer Stärke und aufgebauschte Geschichten von unserer Grausamkeit erzählt.»

Hier blickte Tetischeri kurz hoch, und ihr Blick blieb geistesabwesend auf der Wand gegenüber hängen. Aufgebauscht?, wiederholte sie stumm. Was willst du damit sagen, Kamose? Jeder Brief von dir enthält Berichte über furchtbare Gemetzel und zugleich die Entschuldigung, dass sie nötig waren. Wir waren uns darin einig, dass du deinen Rücken nur so schützen kannst, ohne das Heer auszubluten. Warum dann diese raffinierte Lüge? Ist das Töten zum Alltag geworden und du hast erst beim Diktieren dieses langen Briefes flüchtig Gewissensbisse verspürt?

«Die halbe Streitmacht der Garnison wurde hingerichtet und der Rest musste die Mauern schleifen. Ich wollte dem Befehlshaber nicht das Leben nehmen, aber er hat mir keine andere Wahl gelassen, denn er war nicht nur blutsmäßig Setiu, sondern auch offen feindselig mir gegenüber. Ich glaube, selbst nachdem wir das Land von Waset bis Het nefer Apu unterworfen haben, halten die Setius das Ganze noch immer für eine kleine Erhebung. So habe ich es aus dem Mund des Befehlshabers gehört, ehe er gestorben ist, und natürlich hat auch Teti Ähnliches gefaselt. Wenn wir doch Zeit hätten, von hier nach Westen, nach Uah-ta-Meh zu ziehen. Ich würde gern die Oase erforschen. Bete für uns. Wir sind so müde.»

Tetischeri hob die Hände, und der Papyrus rollte sich raschelnd zusammen. Kamoses letzte Worte hatten ihr ans Herz gegriffen, als Uni diese vorlas, während sie und Aahotep beim Mahl im Speisesaal saßen. Sie griffen ihr noch immer ans Herz. «Wir sind so müde», wiederholte sie die Worte der Rolle jetzt im Geist. Nicht eure Körper sind müde, ihr Lieben, sondern eure Seelen. Ja. Und wir beten wirklich für euch, jeden Tag. Sie schob die Rolle beiseite und entrollte die nächste und gestattete sich die kleine Freude, die sie verspürt hatte, als die Nachricht von Tetis Tod das Anwesen erreichte. Das hatte sie vor ihrer Schwiegertochter geheim gehalten, denn obwohl Aahotep gewusst hatte, dass die Hinrichtung ihres Verwandten nicht zu vermeiden war, grämte sie sich offensichtlich deswegen. «Jetzt trägst du keine Gedichte mehr vor», sagte sie laut. «Oder erteilst hinterlistige und verräterische Befehle.

Auch wenn du jetzt einbalsamiert in deinem Grabmal liegst, wetten, dass sich die Waage im Gerichtssaal gesenkt hat, als dein Herz in die Schale gelegt wurde. Hoffentlich hat dich Sobek mit Genuss verspeist!»

Dieser Brief trug das Datum «Dreißigster Tag im Payni». «Wir haben uns nach Iunu durchgekämpft», lautete er nach den üblichen Grußformeln, «und morgen erreichen wir das Delta und Nag-ta-Hert, eine gewaltige Festung, die den Spähern zufolge auf einem Hügel erbaut ist. Dort sind nicht weniger als zehntausend Mann einquartiert. Es ist Apophis' Bollwerk gegen südliche Eindringlinge in sein Kernland. Bis jetzt weiß ich noch nicht, wie wir sie bezwingen sollen. Ich habe die meisten Einwohner von Mennofer verschont, habe nur die Berufssoldaten getötet, denn die Stadt und ihre Nomarche werden von Fürst Sobek-nacht regiert. Ich erinnerte mich an ihn, sowie er mit seinem Gefolge durch die Weiße Mauer kam. Er hat Apophis zur Zeit unserer Aburteilung begleitet und war der einzige Fürst, der den Mut aufbrachte, öffentlich mit uns zu sprechen. Er ist mit Ahmose auf die Jagd gegangen. Vielleicht erinnerst du dich an ihn. Er ist Sechmet-Priester, Erpa-ha, Erbfürst und einer von Apophis' Baumeistern. Sein Vater war vor seinem Tod Wesir des Nordens. Mit ihm haben wir die uralten Grabmäler auf der Ebene von Sakkara besucht, den Hafen besichtigt, in dem alle Arten von Handelsschiffen liegen, und haben Ptah in seinem Tempel gehuldigt. Nach einer langen Unterhaltung, die die ganze Nacht dauerte, schwor der Fürst, wenn wir Mennofer nicht schleifen, würde er nichts unternehmen und Apophis nichts über unsere Stärken und Schwächen berichten, und er will uns alles an Nahrung oder Waffen liefern, was wir benötigen. Ahmose traut ihm vollkommen, aber Ahmose bewundert jeden, der eine Ente beim ersten Versuch mit dem Wurfstock erlegen kann.»

Ja, ich erinnere mich an ihn, dachte Tetischeri. Ich habe seine Mutter gekannt, eine Frau, die ihre Söhne selbst erzogen hat, und das streng. Sein Blut ist rein. Aber, Kamose, die Spitze gegen deinen Bruder gefällt mir jetzt noch weniger als damals, als du sie diktiert hast. Dir ist hoffentlich klar, dass Zwietracht zwischen euch die Katastrophe bedeutet.

Die nächste Rolle war so leicht wie eine Hand voll Federn, die legte sie in den Kasten zurück. Diese Botschaft brauche ich mir nicht anzusehen, dachte sie. Ich kenne sie auswendig. «Dreißigster Tag im Epiphi. Nag-ta-Hert. Wir haben einen ganzen Monat gebraucht, diesen verfluchten Ort zu belagern und niederzubrennen. Schräge Mauern, dicke Tore, alles hügelan. Zehntausend Leichen, die verbrannt werden mussten. Dreihundert der Unseren. In Intefs Division eine schwelende Meuterei. Warum hat Apophis noch nicht reagiert?»

Diesen besonderen Punkt nehmen wir uns auch vor, sagte sich Tetischeri. Es ist wider alle Vernunft, dass Apophis noch keine Kunde von ihrem Vordringen hat. Wo sind seine Truppen? Schließlich hat er Pezedchu Hunderte von Meilen nach Süden bis Qes geschickt, um Seqenenre zu schlagen.

Umso besser, sagte sie sich, als sie den zweitletzten Brief aufschnürte. Kamose und Hor-Aha können mit Meuterei fertig werden. Sie haben eine Bresche in die südlichen Verteidigungsanlagen geschlagen. Nichts liegt mehr zwischen ihnen und Auaris. Als sie diese Botschaft aufrollte, wurde ihr warm ums Herz, und sie las sie laut wie vor einem ehrfürchtig lauschenden Publikum. «Dreizehnter Tag im Mesore. Diese Worte diktiere ich angesichts von Apophis' prächtiger Stadt, während ich auf meinem Schiff inmitten einer betörend schönen Landschaft sitze. Überall üppiges Grün, durchschnitten von breiten Kanälen, deren Wasser so blau ist wie der Himmel, den man wegen der vielen, vielen Bäume kaum sehen kann. Ständiges Vogelgezwitscher, alles duftet nach den reifen Früchten in den Obsthainen. Jetzt verstehe ich, warum die Leute aus dem Norden unsere Nomarche Ägyptens südliches Kohlebecken nennen, denn verglichen mit dieser augenfälligen Fruchtbarkeit, ist Waset tatsächlich sehr trocken.

Die Stadt Auaris ist auf zwei flachen Hügeln erbaut. Jeder ist durch mächtige, hohe, außen angeschrägte Mauern geschützt. Beide sind von Kanälen umgeben, die um diese Jahreszeit ausgetrocknet sind; wenn sie jedoch Wasser führen, müssen sie die Hügel nahezu uneinnehmbar machen. Ich habe Herolde zu den Toren des Haupthügels von Auaris geschickt – es gibt hier fünf Tore –, die meinen Namen und meine Titel ausgerufen und Apophis zum Aufgeben aufgefordert haben. Die Tore sind fest geschlossen geblieben, und in die Stadt, die auf vier Meilen von Mauern umgeben ist, kann man nicht eindringen.

Unsere Truppenzahl ist auf beinahe dreißigtausend Fußsoldaten angewachsen, aber uns bleibt keine Zeit, mit der Belagerung zu beginnen. Binnen zwei Wochen setzt die Überschwemmung ein, falls Isis zu weinen beliebt, und ich möchte hier nicht mit dem Heer überwintern. Darum habe ich das Niederbrennen des Deltas befohlen. Städte, Dörfer, Weingärten und Obsthaine, alles muss angezündet werden, sodass die Einwohner von Auaris keine Lebensmittel bekommen, wenn ich sie beim nächsten Feldzug belagere. Den Rest wird das Hochwasser besorgen. Wir wissen noch immer nicht, wie viele Soldaten auf den beiden Hügeln von Auaris stationiert sind, aber Hor-Aha schätzt ihre Zahl auf mindestens einhunderttausend, vielleicht auch mehr. Apophis hat sie noch nicht auf uns losgelassen. Er ist dumm!»

Ist er das wirklich?, dachte Tetischeri.

In den nun folgenden zwei Wochen trafen keine weiteren

Rollen von den Brüdern ein, und Tetischeri musste feststellen, dass ihre allzu blühende Einbildung erneut mit ihr durchging: Apophis hatte die Tore geöffnet, und die einhunderttausend Krieger waren ins Delta geströmt. Kamose war auf dem Heimweg von verzweifelten Bauern in einen Hinterhalt gelockt und ermordet worden. Ahmose war in der feuchten Luft des Deltas erkrankt und hauchte sein Leben aus, während die Flotte irgendwo im nördlichen Hinterland feststeckte.

Waset bereitete sich darauf vor, das Neujahrsfest mit großen Feiern für Amun und Thot zu begehen, der dem ersten Monat des Jahres seinen Namen gegeben hatte. Aahmes-nofretari verbrachte die sorgenvollen Tage ganz allein, behielt ihre Ängste für sich, doch Tetischeri und Aahotep gingen in Amuns Tempel, standen stumm da, während sich Amunmoses Stimme flehend erhob und der Weihrauch die sich windenden Leiber der heiligen Tänzerinnen umwölkte.

Und dort fand sie der Herold dann, kam über die Steinplatten des Vorhofs und verbeugte sich. Tetischeri spürte, wie sich Aahoteps Hand in ihre stahl. «Rede», sagte sie. Er lächelte.

«Seine Majestät wird noch vor Mittag eintreffen», sagte er. «Sein Schiff folgt mir auf den Fersen.» Aahoteps Finger wurden zurückgezogen.

«Sehr gut», sagte sie gelassen. «Sei bedankt. Geht es ihnen gut?»

«Es geht ihnen gut, Majestät.» Sie nickte ernst, doch ihre Augen strahlten.

«Wir werden an der Bootstreppe warten. Herold, richte dem Hohen Priester aus, dass wir unverzüglich Milch und Bullenblut brauchen.»

Zwei Stunden später drängten sich stumme Zuschauer auf dem gepflasterten Platz vor der Bootstreppe. Über ihnen bauschten sich die Sonnensegel, weißes Leinen, das sich im heißen Wind langsam blähte und wieder zusammensank, und darunter wartete gespannt und erwartungsvoll der gesamte Haushalt. Für die drei königlichen Frauen hatte man Stühle mitgebracht, doch sie standen lieber, blinzelten in die erbarmungslos auf dem Wasser gleißende Sonne und strengten sich an, flussabwärts zu blicken. Hinter ihnen scharten sich die Diener und Musikanten und daneben stand Amunmose. Der Weihrauch in den Gefäßen war entzündet, sein Rauch stieg beinahe unsichtbar in die heiße Luft. Niemand sprach. Sogar Ahmose-onch verhielt sich in den Armen seiner Kinderfrau ganz still.

Das Schweigen wurde gebrochen, als der Bug des ersten Schiffes um die Biegung kam. Es nahte wie ein Traumbild, Riemen tauchten ein, durchpflügten das Wasser, hoben sich und ließen glitzernde Tropfen fallen, und der Bann war erst gebrochen, als man die warnenden Rufe des Kapitäns hören konnte. Auf seinen Befehl hin wurden die Riemen eingezogen wie die Beine eines Rieseninsekts, und das Schiff legte sanft an dem Muringspfahl an. Unversehens herrschte Geschäftigkeit, Diener eilten herbei und vertäuten es, die Laufplanke wurde ausgelegt, die Musikanten spielten auf, ein jäher Trommelwirbel und Lautengezupfe, und Amunmose nahm dem Jungen den Krug mit Milch und Bullenblut ab. Priesterinnen schüttelten das Sistrum. Doch Tetischeri bemerkte den jähen Lärm nicht. Ihre Augen suchten nach den Männern, die sich auf dem Deck scharten. Da stand Ahmose, braun und stämmig, mit seinem weiß und gelb gestreiften Kopftuch, hatte die beringten Händen, in die Hüften gestemmt, und die Sonne funkelte auf dem Gold auf seiner breiten Brust. Er schenkte Aahmes-nofretari ein strahlendes Lächeln. Aber wo war Kamose?

Soldaten kamen die Laufplanke herunter und bildeten eine

Gasse, ihnen folgte Fürst Anchmahor. Tetischeri erkannte ihn auf der Stelle, doch ihr Blick verweilte nicht auf ihm. Amunmose stimmte die Willkommens- und Segensgesänge an und spritzte in rosigem Strahl Milch und Blut auf das heiße Pflaster, und dann kam ein Mann die Laufplanke herunter. Er war mager, die Muskeln seiner von Gold umschlungenen Arme und der langen Beine zeichneten sich ab, sein Gesicht unter dem blauweißen Kopftuch wirkte wie aus Höhlungen geformt. Um seinen Hals hing das Pektoral, das Tetischeri kannte. Bestürzt und tief erschrocken hob Tetischeri den Blick noch einmal zum Gesicht des Mannes. Er hatte das Ende der Laufplanke erreicht und blickte sie an, und es war Kamose. «Ihr Götter!», hauchte Tetischeri entsetzt, dann kniete sie nieder und machte ihren Fußfall wie Aahotep neben ihr. «Erhebt euch», forderte sie eine Stimme auf, müde und dünn, so dünn wie der Leib, aus dem sie kam, und die Frauen standen auf. Kamose breitete die Arme aus. «Bin ich wirklich daheim?», fragte er, und die Frauen stürzten sich in seine Umarmung.

Tetischeri hielt ihn lange umfasst, roch seinen vertrauten Duft, fühlte seine warme Haut an ihrer Wange und war sich nur vage bewusst, dass Aahmes-nofretari freudig jauchzte und Ahmose wie ein gelber Blitz an ihr vorbeigeschossen war. Amunmose hatte aufgehört zu singen, das Ende seines Gebets ging im Stimmenwirrwarr der Begrüßung und Unterhaltung unter. Kamose gab seine Verwandten frei, drehte sich zu dem Hohen Priester um und ergriff seine Hand. «Mein Freund», sagte er mit rauer Stimme. «Ich habe mich sehr auf deine Treue und darauf verlassen, dass deine Gebete zu Amun Wirkung haben. Heute Abend wollen wir ein Fest feiern, und im Morgengrauen komme ich zum Tempel und opfere dem Großen Gackerer.» Amunmose verbeugte sich.

«Majestät, Waset jubelt und Amun lächelt», antwortete er. «Ich überlasse dich jetzt deiner Familie.»

«Mutter, Großmutter, ihr erinnert euch gewiss an Fürst Anchmahor. Er ist der Befehlshaber der Getreuen und Tapferen des Königs. Die anderen Fürsten habe ich bei ihren jeweiligen Divisionen zurückgelassen.» Anchmahor vollzog seine Verneigung und bat, gehen zu dürfen, erteilte aber noch Befehle an seine Soldaten. Ahmose und seine Gemahlin hielten sich noch umschlungen, hatten die Augen geschlossen und wiegten sich, so sehr freuten sie sich. Tetischeri bemühte sich immer noch nach besten Kräften, ihr Entsetzen über Kamoses Anblick zu verbergen, doch allmählich fasste sie sich. Sie warf einen Blick zurück auf das Schiff, das jetzt den ganzen Fluss versperrte, und fragte scharf: «Kamose, wo ist das Heer? Wo ist Hor-Aha? Ist das alles, was du heimgebracht hast?» Er schenkte ihr ein verkrampftes Lächeln.

«Ich habe alle Medjai mitgebracht», entgegnete er brüsk. «Wo ich mit dem Rest meines Heeres geblieben bin, erzähle ich dir später, Tetischeri. Im Augenblick möchte ich nur noch auf dem Badesockel unter plätscherndem, duftendem Wasser stehen und dann auf mein Lager sinken.» Das Lächeln zitterte und verrutschte. «Ich liebe dich, liebe euch beide, euch alle», schloss er. «Ich würde auch jeden hier versammelten Diener abküssen, wenn meine Würde mir das erlaubte!» Die Worte waren humorvoll, aber seine Stimme war umgekippt. Er wartete kurz mit zusammengepressten Lippen, und sein Blick schweifte zur Vorderfront des Hauses, zu den schlaffen Bäumen, dem schwachen Funkeln der Sonne auf dem Teich, den man gerade noch hinter dem Weinspalier ausmachen konnte, dann strebte er den Säulen am Eingang zu. Sofort ordneten sich die Getreuen des Königs vor und hinter ihm. Anchmahor schritt an seiner Seite. Doch sie waren noch nicht weit gekommen, als sich eine graue Gestalt aus dem Schatten des Spaliers löste, auf sie zugeschossen kam und sich auf Kamose stürzte. Er breitete die Arme aus und bückte sich. Jaulend vor Freude tatzte Behek nach ihm, leckte ihm das Gesicht ab und drückte die Schnauze an seinen Hals. Kamose verhielt sich ganz still, nur seine Finger verrieten seine Gefühle, als sie sich jäh im warmen Fell des Hundes vergruben.

«Er sieht mitgenommen aus», sagte Aahotep leise zu Tetischeri. «Krank.»

«Er muss eine Weile nur essen und schlafen», bestätigte Tetischeri. «Was ist?» Ihre letzten Worte galten einem Weeb-Priester, der herzugetreten war und geduldig neben ihr wartete.

«Mit Verlaub, Majestät», sagte er, «aber man schickt mich, dir auszurichten, dass der Nil anfängt zu steigen. Isis weint.»

An diesem Abend war der Empfangssaal voll, in seinen Schatten lauerten keine trübseligen Erinnerungen an vergangene Zeiten mehr. Diener schlängelten sich mit hocherhobenen Weinkrügen oder Tabletts mit dampfenden Speisen durch die lärmende Menge. Musik vermischte sich mit Gesang, lieblich und stoßweise, während die angeregte Unterhaltung an- und abschwoll. Auf der Estrade saß die Familie gar prächtig in frisch gestärktem Leinen, mit Goldstaub auf den mit Kohl betonten Lidern und mit Henna auf dem Mund und nahm die Grüße aller entgegen, die sich unten nahten, sich bedankten und ihren Fußfall machten. Anchmahor saß bei ihnen, sein Sohn hinter ihm. Der Bürgermeister von Waset und andere einheimische Würdenträger, unter ihnen auch Amunmose, gaben sich die Ehre auf der Estrade. Ahmose und Aahmes-nofretari speisten und tranken eingehakt, plauderten Nebensächliches und berauschten sich am Klang der Stimme des anderen.

Doch Kamose schwieg sich aus. Mit seiner Mutter zur Linken und Tetischeri zur Rechten aß und trank er wie ein Verhungerter und starrte anscheinend unbeteiligt auf das fröhliche Treiben unter ihm. Behek schmiegte sich an ihn, und er hatte die Hand auf das graue Fell des Hundes gelegt, reichte ihm Bissen von der gebratenen Gans oder vom Gerstenbrot, das er in Knoblauchöl getunkt hatte.

Ägypten war, abgesehen von der Stadt Auaris, endlich wieder in den Händen seiner rechtmäßigen Herrscher. Die Maat würde erneut herrschen. Hier, in dem Lärm und dem Lachen, sah Tetischeri den Beweis für die Überlegenheit der Taos und für das Recht des Siegers, ihres Großsohns, den Horusthron zu besteigen. Der muss gereinigt werden, ehe Kamose sich darauf niederlässt, dachte sie, schloss die Augen und sog die wohlriechenden Düfte ein, die die abendliche Brise ihr mit jedem Stoß zuwehte. Alle Spuren des Setiu-Gestanks müssen entfernt werden, aber Abbilder der Setius werden in Gold auf dem Schemel des Königs eingelegt. Ja, das werden sie. Kamose muss heiraten, ob er will oder nicht, aber vielleicht warten wir damit bis zum nächsten Jahr, wenn Auaris gefallen ist. Alles kann warten, entschied sie. Nicht heute Abend.

Lange nachdem die Gäste selig berauscht zu ihren Booten getorkelt oder fortgetragen und die Lampen im Saal gelöscht worden waren, fand Tetischeri keinen Schlaf. Zu viel Wein und Aufregung forderten ihren Tribut, und so lag sie ruhelos und wach auf ihrem Lager und horchte auf die Schritte des Wachpostens vor ihrer Tür. Der Raum war stickig, die Luft stand, als wäre die Tageshitze in die vier Wände gekrochen. Ihr Schlafgewand kratzte und klebte, und ihr Kissen schien sich feindselig zusammenzuklumpen. Sie setzte sich auf, faltete die Hände und starrte ins Dunkel, dachte, wie hat sich doch die Atmosphäre des ganzen Hauses verändert, seitdem der Hausherr zurück ist, und gleich darauf ging ihr auf, dass sie jetzt ihren Oberbefehl abgeben konnte. Ich will auch versuchen, mich mit meinen Ansichten in militärischen Beratungen zurückzuhalten. Und da ist noch Aahotep. Wir haben uns in den vergangenen Monaten viel anvertraut, und ich habe entdeckt, dass sich unter ihrer Gelassenheit ähnlich wie bei mir viel Halsstarrigkeit und Unversöhnlichkeit verbergen. Man darf sie nicht von Unterhaltungen über das weitere Vorgehen ausschließen. Aber in Wahrheit möchte ich sie ausschließen. Ich möchte alle ausschließen. Tetischeri, was bist du doch für eine herrschsüchtige alte Frau!

Die Nachtluft war wunderbar kühl, als sie schließlich in den Garten ging. Sie hüllte sich fester in den Umhang und schlenderte langsam zum Fluss, machte einen Bogen um die im Dunkeln liegenden Eingangssäulen des Hauses, wo die Wachposten von ihren Schemeln aufstanden und ihre Verbeugung machten, dann schlug sie den kurzen Weg zur Bootstreppe ein. Das Pflaster war doch etwas kühl unter ihren bloßen Füßen und noch immer klebrig vom reinigenden Trankopfer, das Amunmose verspritzt hatte, und Tetischeri lächelte im Gehen kurz ins Dunkel. Es war ein erhebender Augenblick gewesen.

Die Medjai hatten ihre Schiffe zugunsten der Kaserne verlassen, und so dräute dort ein Durcheinander von leeren Schiffen schwarz und unförmig und verdeckte das Wasser. Etliche Wachposten scharten sich auf einer sandigen Stelle neben der Bootstreppe um ein Feuerchen und redeten und lachten leise. Als sie sich näherte, kamen sie bestürzt hoch und verbeugten sich, und sie stellte sich ein Weilchen zu ihnen, genoss ihre tröstliche Anwesenheit. Sie beantworteten ihre Fragen, wie es ihnen ginge – bekamen sie genug zu essen, behandelten ihre Hauptleute sie gerecht, kümmerten sich die Heeresärzte unverzüglich um ihre körperlichen Beschwerden? Sie wünschte ihnen noch eine gute Wache und ging langsam am Fischteich vorbei zum hinteren Teil des Hauses.

Als sie um die Ecke biegen wollte, blieb sie stehen. Am hinteren Rand ihres Gesichtsfeldes bildeten die Unterkünfte des Gesindes ein niedriges Geviert, das sich an die Außenmauer des Anwesens schmiegte. Etwas davor waren die Küchen im rechten Winkel zum festgetretenen Hof gebaut, der bis an den Hausspeicher reichte, und dicht vor ihr standen Büsche und Bäume, die Grenzlinie zwischen dem Bereich der Herrschaft und der Dienerschaft. Sie waren dicht gepflanzt worden, damit die Familie Privatsphäre hatte, und im Schutz ihrer Blätter bewegte sich etwas.

Tetischeri erstarrte und stützte sich mit einer Hand an die tröstlich raue Hausmauer, wusste nicht so recht, was sie hatte aufmerken lassen. Ein einsamer Wachposten würde aufrecht hin- und hergehen. Vielleicht war die geduckte Gestalt ein Diener, der wie sie nicht schlafen konnte. Die Gestalt schaukelte hin und her, hin und her wie eine Frau, die einen Säugling an der Brust wiegt, aber keine Frau hatte so breite Schultern. Ratlos und mit angespannten Sinnen spähte Tetischeri ins Dunkel. Diese Schultern waren vertraut, die rhythmische Bewegung übermittelte einen inneren Aufruhr, der immer stärker wurde, je länger Tetischeri zusah.

Auf einmal spürte Tetischeri, wie jemand ihren Arm berührte. Erschrocken drehte sie sich um und sah Aahoteps verschattetes Gesicht dicht vor sich. «Ich konnte auch nicht schlafen», flüsterte Aahotep. «Es ist einfach zu viel los gewesen. Was siehst du, Tetischeri?»

«Kamose», flüsterte sie zurück. «Sieh ihn dir an, er schwankt wie ein Betrunkener.»

«Nicht wie ein Betrunkener», entgegnete Aahotep, die den Blick auf ihren Sohn gerichtet hatte. «Wie ein Mensch, der am

Rande des Wahnsinns steht. Er ist gerade noch rechtzeitig nach Hause gekommen, Tetischeri. Bei so viel innerer Qual komme ich mir ganz hilflos vor. Er hat beim Fest nichts gesagt. Überhaupt nichts.»

«Wenigstens hat er sich satt gegessen», erinnerte Tetischeri sie leise. «Ein gutes Zeichen. Aber du hast Recht, Aahotep. Mich schaudert bei dem Gedanken, in welchem Zustand er hier angekommen wäre, wenn ihn die Überschwemmung nicht nach Waset zurückgebracht hätte.» Sie ergriff Aahoteps Arm und zog sie fort. «Er darf nicht wissen, dass wir ihn gesehen haben», sagte sie. «Komm in meine Gemächer, da können wir reden.» Schweigend entfernten sie sich, jede tief in ihre eigenen, besorgten Gedanken versunken, bis Aahotep sagte: «Zunächst muss er viel schlafen. Unser Arzt kann ihm ein Beruhigungsmittel geben, bis er sich so weit beruhigt hat, dass er ohne Mittel schlafen kann. Wir müssen dafür sorgen, dass man ihm nicht zu viele Pflichten aufbürdet.»

«Senehat ist ein schönes Mädchen», warf Tetischeri ein. «In ein paar Tagen schicke ich sie in sein Schlafgemach. Es ist heilsam, sich bei der Liebe zu vergessen.»

«Dann bete darum, dass ihn auch der Winter heilt», sagte Aahotep grimmig, «sonst sitzen wir in der allergrößten Klemme. Heute Nacht fehlt mir mein Mann, Tetischeri. Irgendwie hat Seqenenre immer gewusst, was zu tun war. Bei ihm habe mich so gut aufgehoben gefühlt.»

«Das war ein Trugbild», sagte Tetischeri brutal, während sie im Schatten der Säulen die dunkle Empfangshalle betraten. «Mein Sohn war tapfer und klug, aber es lag nicht in seiner Macht, unsere Sicherheit zu gewährleisten; doch das ist nicht die Art Sicherheit, die du meinst, nicht wahr?»

«Nein», sagte Aahotep knapp. «Ich möchte die Sicherheit, dass ich keine wichtigen Entscheidungen mehr treffen muss.

Ich möchte nichts weiter sein als die Witwe eines bedeutenden Mannes.» Sie hatten jetzt Tetischeris Tür erreicht, und ihr Wachposten öffnete ihnen zuvorkommend.

«Geh und wecke Isis», bat Tetischeri ihn. «Richte ihr aus, sie soll uns Bier und Kuchen und Öl für meine Lampe bringen. Tritt ein, Aahotep.»

Während der folgenden Tage war es nicht möglich, sich mit Kamose zusammenzusetzen. Der Monat Thot begann mit dem traditionellen Fest zum Ansteigen des Flusses und dem Erscheinen des Sopet-Sterns, und ganz Waset nahm an den Feierlichkeiten teil. Niemand arbeitete.

Der Strom von Spähern und Herolden aus dem Norden riss jedoch nicht ab, ununterbrochen legten sie an der Bootstreppe an und verschwanden mit Kamose und Ahmose in Seqenenres ehemaligem Arbeitszimmer, und zweimal zwischen den Gottesdiensten und Festen hatten sich die beiden mit den Hauptleuten der Medjai beraten, die ihre Art von Ferien genossen. Die Frauen und Diener hatten genug mit ihrer eigenen Arbeit zu tun, und so seufzte alles einhellig befriedigt auf, als das Leben endlich ruhiger dahinfloss und die Familie an einem heißen, wolkenlosen Morgen wieder auf dem Rasen unter dem Sonnensegel zusammenkam. «Ich liebe das Neujahrsfest», sagte Aahmes-nofretari. Sie saß auf einem Polster zu Füßen ihres Mannes und lehnte sich an seine nackte Wade. «Aber immer ist dabei eine Spur Angst, dass der Nil nicht ansteigt und es keine Aussaat gibt, und wenn er es dann tut, wundere ich mich, dass ich mir überhaupt Sorgen gemacht habe.» Ahmose blickte sie liebevoll an.

«Und ich habe Zeit zum Jagen und Angeln, während das Land überschwemmt ist», sagte er fröhlich. «Du hast vergessen zu sagen, wie gern du im Boot liegst und in den Tag träumst, Aahmes-nofretari, während die Enten quakend über dich hinwegfliegen und über meine Bemühungen mit dem Wurfstock spotten!»

Tetischeri musterte ihn halb gereizt, halb ungläubig. Die Wochen der Anspannung, des dumpfen, brutalen Tötens und Verbrennens bis unmittelbar vor die Tore von Auaris selbst schienen ihm überhaupt nichts angehabt zu haben. Er schläft gut in den Armen seiner Frau, isst und trinkt mit Genuss und schenkt jedem ein sonniges Lächeln. Er ist schon immer ein phantasieloser Junge gewesen, dachte sie giftig. Kein Wunder, dass er nicht leiden kann.

Aber nein, berichtigte sie sich sofort. Ich bin ungerecht. Ahmose fehlt vielleicht die visionäre Gabe, die Kamose so viel Qualen bereitet, aber an Klugheit kann er es mit jedem aufnehmen. Und ich weiß sehr wohl, dass er sich darauf versteht, seine Persönlichkeit hinter einem gut gelaunten Äußeren zu verbergen. Aber warum tut er das?

«In diesem Jahr bringt die Überschwemmung doppelten Gewinn», sagte sie rasch. «Sie ermöglicht euch beiden, euch auszuruhen, die nächsten Feldzüge zu planen, und dem Heer, sich neu zu ordnen.» Sie wandte sich nachdrücklich an Kamose. «Wo ist das Heer, Kamose?» Er schenkte ihr ein Lächeln, und sie bemerkte, dass seine Augen schon klarer geworden waren, obwohl er erst kurze Zeit zu Hause war. Sein Gesicht war zwar noch immer hager, aber es zeigte bereits einen Ansatz von Rundung, dennoch war er noch immer sichtlich von seinen Erfahrungen gezeichnet.

«Die Fußsoldaten sind in der Oase Uah-ta-Meh einquartiert», antwortete er, «hundert Meilen von der Straße am Nil entfernt und nur durch zwei Wege zugänglich, die beide durch die Wüste führen. Einer kommt von Ta-sche, der andere vom Fluss. Es gibt reichlich Wasser für die Soldaten und an Essen mangelt es auch nicht. Het nefer Apu liegt genau an der Stelle, wo der Weg zur Oase auf die Nilstraße trifft, und dort hat die Flotte alles im Griff. Daher können keine Botschaften aus dem Delta durchkommen, und niemand gelangt ohne Paheris Erlaubnis nach Uah-ta-Meh.»

«Paheri? Der Bürgermeister von Necheb? Was hat der in Het nefer Apu zu suchen?», erkundigte sich Tetischeri gereizt. «Und was soll das Gerede von Schiffen?» Kamose wischte sich eine Fliege vom Arm. «Necheb ist, wie du weißt, berühmt für seine Bootsleute und Schiffbauer», setzte Kamose zu einer Erklärung an. «Ahmose und ich haben beschlossen, fünftausend Soldaten in Schiffen aus Zedernholz zu verschiffen. Die Medjai fahren in den Binsenschiffen, die ich in Auftrag gegeben hatte.»

«Was für Schiffe aus Zedernholz?», unterbrach ihn Tetischeri. «Wir haben keine Schiffe aus Zedernholz.»

«Nur Geduld, gleich erzähle ich dir alles», sagte Kamose. «Weiter also. Paheri ist Fachmann für alles, was Schiffe und Schifffahrt angeht. Baba Abana hat die Aufgabe, aus fünftausend Fußsoldaten eine kämpfende Bootstruppe zu machen.»

Ahmose kam der nächsten Frage seiner Großmutter zuvor. «Baba Abana ist auch aus Necheb», sagte er. «Vielleicht erinnerst du dich noch an ihn, Großmutter. Er und Paheri sind befreundet.»

Tetischeri schürzte die Lippen. «Und wie viele Fußsoldaten stehen in der Oase?»

«Fünfundfünfzigtausend», sagte Kamose. «Elf Divisionen. Wir haben jetzt, glaube ich, unsere volle Stärke erreicht. Es wird keine Rekruten und keine Aushebungen mehr geben. Die fünftausend Medjai habe ich mit nach Hause gebracht.»

«Aha.» Tetischeri dachte einen Augenblick nach, und ihre Augen wanderten zu der Stelle, wo der helle Sonnenschein hinter dem mageren Schatten des Sonnenzeltes tanzte. «Aber war es klug, den Großteil des Heeres in Uah-ta-Meh zu lassen, Kamose? Natürlich verhindert die Überschwemmung den Zugang zur Oase vom Nil her, aber der Landweg vom Delta über Ta-sche und von dort zur Oase steht das ganze Jahr über offen. Falls Apophis von den Truppen dort erfährt, kann er nach Süden marschieren und sie umzingeln.»

«Vorausgesetzt, er ist sich sicher, dass sie dort sind», antwortete Kamose rasch. «Seiner Meinung nach sind wir nichts weiter als ein Pöbelhaufen, der nur brandschatzen und plündern will. Die fünftausend Mann, die ich in Het nefer Apu gelassen habe, üben den ganzen Winter über auf dem hochgehenden Fluss. Sie können sich nicht verstecken. Apophis wird annehmen, dass wir keine weiteren Truppen haben.»

«Warum sollte er?», entgegnete Tetischeri. «Er hat während der Belagerung im letzten Sommer Gelegenheit gehabt, die Zahl unserer Divisionen einzuschätzen.»

«Die Belagerung hat sich meilenweit um die Stadtmauer gezogen. Da hat ein ständiges Kommen und Gehen geherrscht, und außerdem waren viele meiner Männer damit beschäftigt, die Dörfer im Delta zu verwüsten. Großmutter, die Oase ist sicher. Sie ist zweihundert Meilen von Ta-sche gelegen, einhundert vom Nil, und die Menschen dort können nirgendwohin. Jeder Fremde, der sie betritt, wird sofort festgenommen. Wohin sonst sollten wir mit fünfundfünfzigtausend Mann, ohne entdeckt zu werden?» Tetischeri war nur wenig beruhigt. Sie wollte gerade wieder etwas sagen, als sich Aahotep eine hartnäckige Fliege aus dem Haar holte und sich zu Kamose umdrehte.

«Und jetzt erzähle von den Zedernholzschiffen», sagte sie. «Woher sind die, Kamose?» Die Brüder blickten sich an und grinsten, und für einen Augenblick – so schien es ihr – war Kamose wieder der unbeschwerte junge Mann von früher.

«Das haben wir uns als Überraschung aufgehoben», verkündete Ahmose. «Bei der Belagerung von Auaris haben Paheri und Abana dreißig fremde Schiffe aus Zedernholz gekapert, die mit Schätzen beladen waren, Neujahrsgeschenke für Apophis von anderen Stammeshäuptlingen im Osten. Das Kapern war einfach. Die Bootsleute waren verwirrt, wussten nicht, was sich im Delta zugetragen hatte, denn sie kamen aus Rethennu. Kamose, lass Neschi holen, er soll die Liste verlesen.» Kamose nickte und winkte Achtoi.

«Er dürfte in der Schatzkammer des Tempels sein», sagte er zu dem Haushofmeister. «Er soll herkommen, Achtoi.» Als sich der Mann verbeugt und entfernt hatte, hob Kamose eine Hand. «Neschi hat sich als ehrlicher und fleißiger Heeresschreiber erwiesen, daher habe ich ihn zum königlichen Schatzmeister ernannt», erläuterte er. «Er nimmt seine Arbeit sehr ernst. Apophis' Langzeitverluste an Gütern hinsichtlich Hof, Heer und Handelsbeschränkungen hat er bis zum letzten Uten Gewicht berechnet. Natürlich bekommt Apophis in diesem Jahr auch von Teti-en nichts. Der ganze Verkehr nach Süden muss an Waset vorbei. Der Thronräuber wird den Gürtel künftig enger schnallen müssen.»

Man wartete in gespanntem Schweigen. «Vermutlich hast du bereits entschieden, wie dieser Schatz verteilt werden soll», sagte Tetischeri schließlich. «Es fehlt uns nicht an Nahrung für den Winter, Kamose, aber wir brauchen Lampenöl und allerlei Dinge für den Haushalt. Alles, was wir entbehren konnten, haben wir dem Heer gegeben.»

«Und das ohne Murren, Großmutter», bestätigte er, «aber die Bedürfnisse dieses Anwesens kommen bei mir immer noch an ungefähr letzter Stelle. Ah! Da ist ja Neschi!» Die Sänfte des Schatzmeisters war in einiger Entfernung abgesetzt worden, und er und sein Schreiber kamen forschen Schrittes über das trockene Gras, Letzterer schleppte einen großen Kasten, auf dem er seine Palette balancierte. Neschi blieb stehen und verbeugte sich und der Schreiber auch, nachdem er seine Last abgesetzt hatte.

Tetischeri musterte sie eingehend. Der Schatzmeister war ein junger Mann mit hängenden Mundwinkeln und zwei tiefen Falten zwischen den Augenbrauen, wodurch er ständig besorgt wirkte. Dazu hatte er große Ohren, doch anstatt sie zu verbergen, betonte er sie noch durch zwei dicke goldene Ohrringe. Das fand Tetischeri gut. Ein solcher Mann war nicht leicht einzuschüchtern. «Sei gegrüßt, Neschi», sagte Kamose. «Bitte erstatte uns Bericht über die Waren, die wir aus Apophis' Schiffen geholt haben.» Neschi lächelte und winkte seinem Schreiber. Alle sind wegen dieser Heldentat sehr mit sich zufrieden, dachte Tetischeri belustigt. Doch gewiss wird sie wegen der schrecklichen Nöte des Feldzugs aufgebauscht. Wahrlich ein Geschenk Amuns, der die Verzweiflung in ihren Herzen gesehen hatte. Doch als Neschi aus der Rolle vorzulesen begann, die man ihm gereicht hatte, hielt sie den Atem an, so überwältigend war die Beute.

«Goldstaub: vierzig Sack. Goldbarren: dreihundert. Fünf Stück Lapislazuli bester Qualität, sie messen drei Handbreiten Seiner Majestät. Lauteres Silber: fünfhundert Barren. Grüner Türkis bester Qualität: sechzig Stück. Kupferäxte: zweitausendfünfzig. Olivenöl: einhundert Fass. Weihrauch: vierundneunzig Sack. Fett: sechshundertdreißig Krüge. Honig: fünfhundert. Kostbares Holz: neun Längen Ebenholz und eintausendsiebenhundertzwanzig Längen Zeder.»

«Und alles gehört uns!», jubelte Ahmose, als Neschi seinem Schreiber die Rolle zurückgab. «Was hältst du davon?»

«Es verschlägt mir fast die Sprache», antwortete Tetischeri und Aahotep warf ein: «Fast, aber nicht ganz!» Alles lachte.

«Ist Amun zufrieden mit seinem Anteil?», fragte Kamose den Schatzmeister. Neschi verbeugte sich erneut.

«Die Auflistung ist beendet, Majestät», sagte er. «Der Hohe Priester wird zweifellos höchstpersönlich zu dir kommen und sich bedanken.»

«Danke. Du kannst gehen.» Und an Tetischeri gerichtet: «Die Äxte sind bereits unter den Männern ausgeteilt», sagte er. «Das ist geschehen, ehe wir nach Hause gefahren sind. Ich habe den Großteil des Öls zusammen mit dem Fett und dem Honig in die Oase geschickt. Was jedoch das Gold, das Silber und die Edelsteine angeht, so werden sie bis zu dem Tag, an dem ich den Horusthron besteige, in Amuns Schatzkammer verwahrt. Ich habe Amun zum eigenen Gebrauch und den Bürgern von Waset zehn Sack Goldstaub und einhundert Barren Gold geschenkt.»

«Wie konnte eine solche Menge Gold ins Delta gelangen?», verwunderte sich Aahmes-nofretari. «Das kann doch nicht alles Tribut aus Rethennu gewesen sein, denn in jenem Land gibt es keine Goldbergwerke. Nur Kusch und Wawat können solche Reichtümer liefern. Und was ist mit dem Lapislazuli? Der kommt doch auch aus Kusch. Kamose, uns ist kein Schiff entgangen.» Er hob die Schultern.

«Ich weiß es nicht», bekannte er. «Das Gleiche gilt für den Weihrauch. Vielleicht hat Apophis ja Karawanenstraßen von Kusch ins Delta erschlossen, die einen Bogen um Waset machen. Wir können nur raten. Jedenfalls haben wir ein unheimliches Glück gehabt, und dafür müssen wir Amun danken.»

«Besonders für das Zedernholz», setzte Ahmose hinzu. «Das können wir nach Necheb schicken und weitere Schiffe bauen lassen, mit denen ersetzen wir die Binsenschiffe und bauen den südlichen Teil unserer Flussstreitkräfte auf.» Tetischeri beugte sich vor und ergriff Kamoses Hand, spürte Knochen unter ihren Fingern, wo das Fleisch fortgeschmolzen war, und eine Haut so kalt wie ihre.

«Eine wundersame Überraschung», sagte sie sanft. «Ein Zeichen der Götter, dass sie auf unserer Seite sind.» Sie zögerte und stellte dann die Frage, die ihr und gewiss auch Aahotep auf den Lippen brannte. «Wir sehnen uns nach Kunde über einen noch größeren Schatz, Kamose. Wisst ihr etwas über Tani?» Kamoses Hand entzog sich ihrem Griff, und es herrschte Schweigen, dieses Mal ein unbehagliches. Ahmose rutschte auf seinem Stuhl hin und her und verschränkte die Arme. Aahotep senkte den Kopf und musterte ihren Fliegenwedel. Aahmes-nofretari biss sich mit hennaverfärbten Zähnen auf die Lippen.

«Tani», sagte Kamose düster. «Je mehr wir uns dem Delta näherten, desto mehr haben wir an sie gedacht. Ramose und ich haben während der langen Nächte ständig von ihr gesprochen. Wir würden Auaris stürmen, in den Palast stürzen, zum Harem laufen, und Ramose würde sie in die Arme schließen und sie forttragen. Natürlich haben wir gewusst, dass wir träumen, aber wir haben diesen Traum gebraucht. Sehr gebraucht.» Sein Gesicht verzog sich schmerzlich. «Die Wirklichkeit war ein Festungsring um die Stadt aus einer langen, hohen Mauer und verschlossenen Toren, die wir nicht stürmen konnten. Wir konnten jedoch den Palast sehen. Sein Dach überragt die Mauern. Ich habe den Befehl gegeben, keine Pfeile auf die oben patrouillierenden Soldaten zu verschwenden. Welchen Sinn hätte das gehabt? Und als die Frauen im Palast gemerkt haben, dass ihnen keine Gefahr von fliegenden Geschossen drohte, haben sie sich jeden Abend auf dem Dach versammelt und auf uns heruntergesehen. Ein Schwarm schöner Vögel, ja, das waren sie mit ihren Brokatstoffen und durchsichtigen Schleiern.» Er hörte auf zu sprechen und schluckte, fuhr sich mit der Hand durch die schwarze Mähne. Kamose blickte seinen Bruder beinahe flehend an, doch Ahmose wandte den grimmigen Blick ab. «Unseren Soldaten hat der Anblick gefallen», fuhr Kamose schließlich fort. «Sie haben immer im Schatten der Mauer gestanden, hochgeblickt und die Frauen geneckt. ‹Kommt herunter und lasst euch zeigen, was ein richtiger Mann ist›, haben sie hochgerufen. ‹Euer Setiu-Gebieter bringt es nicht mehr. Kommt herunter!› Aber Tani ist nicht gekommen. Sonnenuntergang um Sonnenuntergang habe ich mit Ahmose und Ramose dagestanden, wir haben uns den Hals verrenkt, bis er wehgetan hat und uns die Augen getränt haben, aber sie ist nicht aufgetaucht.»

«Entweder ist sie tot, oder Apophis hat ihr absichtlich verboten, sich uns zu zeigen», warf Ahmose grob ein. «Ramose wollte sich als Parlamentär Zutritt zur Stadt verschaffen, aber Kamose hat es nicht erlaubt.» Kamose fuhr zu seinem Bruder herum.

«Mit dem verhandeln wir nicht», sagte er hitzig. «Niemals! Nicht wegen Tani, wegen niemand!» Tetischeri merkte, dass Aahotep erstarrte. Ahmose hatte bei Kamose offensichtlich eine frische Wunde berührt.

«Ich billige deinen Entschluss, keine mündlichen Unterhandlungen mit Apophis zu führen», sagte Tetischeri rasch. «Das würde er uns in diesem Stadium als Zeichen der Schwäche auslegen. Wir sorgen uns alle um Tanis Schicksal. Wir müssen auch ohne Lebenszeichen hoffen, dass Amun sie errettet hat.»

«Wo ist Ramose?», wollte Aahotep wissen. «Seine Mutter möchte ihn gewiss sehen.»

«Er ist lieber mit in die Oase gegangen», berichtete Ahmose. «Irgendwie hat er das Gefühl, er muss näher beim Delta bleiben, nicht in Waset, damit Tani seine Gegenwart spürt. Ein süßer, aber sinnloser Traum.»

«Vielleicht», sagte Kamose mit rauer Stimme. «Aber ich verstehe ihn. Ich bin durchaus vertraut mit der Macht des Überirdischen.» Ach, wirklich?, dachte Tetischeri und betrachtete ihn eingehend. Ich frage mich, was du damit meinst. Sie erhob sich langsam, schüttelte ihr Gewand und schnipste Uni herbei.

«Zeit zum Essen», verkündete sie. «Aahotep, such deine Base und berichte ihr, was mit ihrem Sohn ist. Wahrscheinlich ist sie im Kinderzimmer bei Ahmose-onch. Deine Neuigkeiten waren gut, Kamose. Und nun ruhst du dich aus.»

Die stickige Hitze eines heißen Nachmittags legte sich auf das Haus. Diener und Familie gleichermaßen zogen sich in verdunkelte Räume zurück und lagen dösend und träge unter Res glühend heißem Atem. Ahmose und seine Frau liebten sich und schliefen schweißnass und engumschlungen ein. Auch Aahotep verfiel in einen unruhigen Schlaf, nachdem sie sich bemüht hatte, die unverzüglich fließenden Tränen ihrer Base zu stillen. Doch Kamose lag wach, sein Geist war weit fort bei Hor-Aha und seinem Heer, und Tetischeri gähnte zwar unter den fachkundigen Fingern ihres Masseurs, hatte aber keine Lust, die Stunden schlafend zu vergeuden. Sie hatte zu viel zu bedenken.

Als sich der Haushalt wieder rührte und die ersten Düfte des Abendessens durch den Garten zogen, schritt Tetischeri zielstrebig zu den Gemächern ihres Großsohns, doch Achtoi sagte ihr, Kamose sei ausgegangen. Nachforschungen ergaben, dass er weder ein Boot genommen hatte noch im Tempel war. Mit einem Blick zum Himmel, der allmählich die perlfarbene Tönung des bevorstehenden Sonnenuntergangs annahm, schritt Tetischeri über den Rasen und ging vorsichtig durch die zerbröckelnde Mauer, die das Anwesen vom alten Palast trennte.

Hierher kam sie nur selten, denn die düsteren Gemächer und leeren Sockel stimmten sie zornig und betrübt zugleich, erinnerten sie daran, wie tief diese berühmte Familie gesunken war und wie gern ihr Sohn auf dem schadhaften Dach nachgedacht hatte, wo Apophis' langer Arm ihn am Ende erreicht und vernichtet hatte. Sie betrat den Empfangssaal.

In dem riesigen Raum herrschte ständig Düsternis. Schritte hallten, Geflüster wurde zu hundert Geisterstimmen verstärkt, und überall auf dem Fußboden lauerten Fallen, zerbrochene Steine und halbverborgene Löcher, so als trauerte der Palast um seine alten Bewohner und wollte jetzige festhalten. Tetischeri schürzte ihr Gewand, richtete den Blick auf ihre Füße in den Sandalen und ging vorsichtig an der breiten Estrade vorbei, auf der einst der Horusthron gestanden hatte, alsdann ertastete sie sich den Weg durch die hinteren Flure, bis sie zu einer Öffnung kam, wo früher eine schwere Flügeltür aus Elektrum zu den Frauengemächern geführt hatte. Hier fielen Sonnenstrahlen durch noch heile Fenster oben unter der Decke, sodass es ihr nicht schwer fiel, die Treppe zu finden, die aufs Dach führte.

Sie traf Kamose an, wo sie ihn vermutet hatte, er saß mit dem Rücken an dem zerstörten Windfänger, hatte die Knie angezogen und hielt sie mit den Armen umfasst. Sie nahm Platz, und ein Weilchen saßen sie so in geselligem Schweigen, beide beobachteten, wie die ersten Abendschatten auf dem Dach länger wurden, bis Tetischeri sagte: «Warum, glaubst du, hat Apophis deine Herausforderung nicht angenommen, Kamose? Warum hat er nicht reagiert?» Er atmete tief aus und schüttelte den Kopf.

«Ich weiß es nicht», antwortete er. «Gewiss hat er genug

Soldaten in Auaris, die uns hätten bekämpfen und vielleicht sogar schlagen können. Für mich gibt es für diese Verzögerung zwei Gründe. Der erste ist der Mann selbst. Er ist nicht nur vorsichtig, sondern auch ungemein selbstbewusst. Vorsichtig insofern, dass er nichts aufs Spiel setzt. Selbstbewusst, weil seine Vorfahren seit vielen Hentis an der Macht sind und ihm diese Friedensjahre vererbt haben. Weder er noch sein Vater hatten Grund, zum Schwert zu greifen, und Apophis hat sich nicht einmal bemüßigt gefühlt, ein funktionierendes Spionagenetz aufzubauen. Er hat sich völlig auf gelegentliche Informationen von Edelleuten wie Teti verlassen. Der zweite Grund leuchtet auch ein. Er glaubt, dass wir uns durch die Warterei schlicht erschöpfen und am Ende aufgeben und abziehen. Dann kann er seine Soldaten ohne Angst vor Verlusten auf uns hetzen.»

«Ja, das könnte es sein», sagte Tetischeri und freute sich, dass er zu dem gleichen Schluss gekommen war wie sie. «Aber natürlich gibst du nicht auf. Hast du schon Pläne für den Sommer?» Sie warf ihm einen Blick zu und merkte, dass er frostig lächelte.

«Ich kann nichts weiter tun als die Belagerung fortsetzen, ihn tagtäglich reizen und hoffen, dass ihm das lästig wird, er die Tore öffnet und sein Heer loslässt», sagte er.

«Und ist Ahmose deiner Meinung?» Sie stellte diese Frage zögernd, und da wurde sein Lächeln zum harschen, humorlosen Auflachen.

«Ahmose ist eher dafür, dass wir uns von Auaris zurückziehen und stattdessen Het nefer Apu befestigen», sagte er bitter. «Er will es zu unserer nördlichen Grenze machen, dort auf Dauer Truppen stationieren und Apophis daran hindern, nach Süden vorzudringen. So wie er sich das vorstellt, soll ich mich damit begnügen, über ein immer noch geteiltes, ein immer noch von den Füßen des Schafhirten besudeltes Ägypten zu herrschen. Damit würde er alles, was ich getan habe, zunichte machen!»

Tetischeri zögerte, ehe sie sprach, sie war sich bewusst, dass sie einen dunklen Ort betrat, dass ein falsches Wort ihr die Tür vor der Nase zuschlagen konnte. «Es tut mir Leid, dass Ahmose eine andere Politik verfolgen möchte», fing sie vorsichtig an. «Ich fühle wie du. Ägypten ist erst rein, wenn die Setius über unsere Grenzen getrieben sind. Andererseits glaube ich, dass auch Ahmose noch immer die volle Maat zurückhaben möchte. Er ist nur geduldiger als wir. Er hat Angst, wir könnten zu voreilig handeln und damit letztlich einen Fehlschlag riskieren. Warum nicht in Het nefer Apu eine Festung bauen, Kamose, ganz gleich, wie du das Problem Auaris angehst? Damit sicherst du den Weg nach Süden tatsächlich.»

«Angst, ja», fiel ihr Kamose heftig ins Wort, und Tetischeri sah, dass er zu zittern anfing. «Er hat Angst. Er fürchtet sich vor der Säuberung, er fürchtet sich vor tatkräftigem Handeln, predigt ewig Zurückhaltung, Vorsicht. Er ist gegen jeden Zug, den Hor-Aha und ich machen.»

«Hoffentlich nicht in der Öffentlichkeit!», sagte Tetischeri scharf. «Ihr beide müsst so wirken, als ob ihr einer Meinung seid, Kamose! Zwietracht zwischen euch schwächt den Kampfgeist der Truppe und untergräbt das Vertrauen der Fürsten!» Er fuhr zu ihr herum.

«Glaubst du etwa, das weiß ich nicht?», fuhr er sie an. «Sag das meinem Bruder, nicht mir! Sag ihm, wie mich sein Mangel an Unterstützung kränkt! Sag ihm, dass ich ein widerliches Massaker nach dem anderen befehlen musste, ohne dass er mich verstanden oder getröstet hätte! Sag ihm, dass ich mit seiner stillschweigenden Missbilligung fertig werden muss, wo ich doch seine Kraft so dringend brauche! Muss ich denn die

Last des unterdrückten Ägypten allein auf meinen Schultern tragen?» Sie berührte seinen zitternden Arm und stellte fest, dass er feuchtkalt war. Besorgt streichelte sie ihn.

«Du bist der König», erinnerte sie ihn ruhig. «Und bist allein in deiner Göttlichkeit. Selbst wenn Ahmose nur als Instrument deines Willens hinter dir stünde, wärst du immer noch allein in deiner Einzigartigkeit. Was auch immer Ahmose fühlt, und ich glaube nicht, dass er so gegen dich eingestellt ist, wie du denkst, diese Wahrheit kann er dir nicht abnehmen. Deine Freunde müssen die Götter sein, Majestät.» Sie sah, wie sich ihm die Brust zusammenschnürte, und seine Hand legte sich auf ihre und hielt sie fest.

«Es tut mir Leid, Großmutter», murmelte er. «Bisweilen bin ich nicht ganz bei Trost und wittere Verrat, wo keiner ist. Ich liebe Ahmose und ich weiß, er liebt mich auch, ob er nun einig mit mir ist oder nicht. Was die Götter angeht …» Er wandte den Blick ab, und sie konnte nur noch die Rundung seiner Wange sehen. Die übrigen Züge wurden von den herabfallenden, schimmernden Haaren verdeckt. «Ich habe vergessen, Thot zu opfern, ehe ich Chemmenu gebrandschatzt habe. Ich habe es Aahotep versprochen und dann vergessen. Im Payni habe ich auch Ahmoses Geburtstag vergessen. Irgendetwas Schreckliches geht mit mir vor.»

«Kamose», sagte sie mit Nachdruck. «Es ist nicht wichtig, was du denkst. Wenn du dich nicht bemühst, dein Hirn von diesen tödlichen Trugbildern zu befreien, wirst du tatsächlich verrückt, und was wird dann aus Ägypten?» Sie zog die Hände fort, weil sie fürchtete, sein hämmerndes Herz unter ihren Fingern zu spüren. «Und jetzt berichte, wie es dem Heer geht», befahl sie. «Ich will alles über die Bootstruppe wissen, die du zusammenstellst. Schildere mir die Stimmung unter den Fürsten. Wie ertragen sie Hor-Ahas Joch? Erzähle mir noch einmal die Geschichte von Kay Abana. Erzähle mir von der Erbeutung der fremden Schiffe. Kamose. Kamose!»

Langsam kam er zu sich, und erleichtert bemerkte sie die Falte zwischen seinen dichten Augenbrauen, die anzeigte, dass er sich sammelte. Seine Schilderung wurde immer genauer und leidenschaftsloser, seine Gedankengänge waren klarer, doch bisweilen erhob er die Stimme, die Sätze flossen schneller, bis er sich dann bewusst zusammennahm. «Ich habe vor, hier in Waset ein Gefängnis zu bauen», schloss er. «Und Simontu wird Aufseher. Er ist der Schreiber des schon vorhandenen Gefängnisses und Schreiber der Maat. Er verwaltet die städtischen Kornspeicher. Ich möchte ihm gewöhnliche Bauern unterstellen.»

«Ein neues Gefängnis?» Tetischeri, die sich von der Klarheit seiner vorherigen Rede hatte einlullen lassen, zuckte zusammen. «Aber warum, Kamose? In dieser Nomarche gibt es kaum Verbrecher.» Er verzog verächtlich die Lippen.

«Es ist für Fremdländer gedacht», sagte er. «Die arbeiten während ihrer Haft unter der Aufsicht von Bauern, denn gewiss sind unsere niedrigsten Menschen, verglichen mit denen von fremdem Blut, Edelleute.»

«Das hätte dein Vater nicht gebilligt», sagte Tetischeri mit Mühe.

«Wenn Seqenenre all unsere Diener zweifelhafter Herkunft eingesperrt hätte, er wäre nicht so schlimm verwundet worden», gab er zurück. «Mersu wäre sicher verwahrt gewesen. Hier zu Hause gehe ich kein Risiko ein, Tetischeri. Ich habe Waset nicht über die Klinge springen lassen. Und das möchte ich auch nicht. Aber die Bedrohung durch die Setius ist allgegenwärtig, auch in unserer eigenen Stadt. Ich beabsichtige, die Spreu vom Weizen zu trennen, aber ich will gnädig sein. Ich sondere ab, töte jedoch nicht.»

Den ganzen Abend und bis tief in die Nacht ließ sie sich seine Worte durch den Kopf gehen, hinterfragte sie in der Hoffnung, sie könnte herausfinden, wie krank seine Seele tatsächlich war. Er war körperlich und seelisch erschöpft, das war augenscheinlich, aber rührte seine kranke Seele lediglich von Erschöpfung her, die nachlassen würde, oder wurzelte sie tiefer? Wenn er zusammenbrach, waren sie verloren, es sei denn, Ahmose konnte den Oberbefehl über das Heer übernehmen. Während sie vor ihrem Kosmetiktisch saß und Isis ihr mit kundiger Hand Kohl auf die runzligen Lider pinselte und ihre faltigen Hände mit Henna bemalte, ließ sie den Schmerz zu, der sie überrollte wie eine Welle.

Sie liebte alle Mitglieder ihrer Familie, liebte sie mit hitzigem, besitzergreifendem Stolz, doch Kamose war seit dem Tag ihr Liebling, als sie ihm in das ernste Gesichtchen geblickt und eine Persönlichkeit erkannt hatte, die ihrer glich. Während er heranwuchs, verstärkte sich diese Vertrautheit noch. Zwischen ihnen entstand ein Band aus Ka und Geist, eine oftmals unausgesprochene Übereinstimmung. Er war weit mehr ihr Sohn als Aahoteps, jedenfalls sah sie ihn insgeheim so, aber jetzt fragte sie sich doch, ob Aahotep ihrem mittleren Kind ihre Gelassenheit möglicherweise als Zerbrechlichkeit vererbt hatte, die sich erst unter außergewöhnlicher Belastung zeigte. Es tat weh, sich Kamose mit Schwächen vorzustellen. Das ließ sie an ihrer eigenen Urteilskraft zweifeln. Dagegen musste ein Mittel gefunden werden.

Beim Abendessen an diesem Tag saß Kamose wie gewohnt da; Behek schmiegte sich an seine Beine und hatte die klaren Augen auf das verschlossene Gesicht seines Herrn gerichtet. Tetischeri beobachtete Ahmose beim Essen und Trinken, wie er seine Frau immer wieder küsste und gutmütig mit den Dienern scherzte. Er ist vollkommen ungezwungen, dachte sie.

Bislang habe ich nie gemerkt, wie ehrerbietig sie sich ihm nähern und dennoch darauf vertrauen, dass sie nicht zurückgewiesen werden. Kamose fordert Achtung mit einem Hauch Ehrfurcht, und das ist richtig, das gehört sich so. Aber bis jetzt hatte ich nicht gemerkt, dass Kamose keine Zuneigung einflößen kann.

Seufzend hob Tetischeri ihren Weinbecher zum Mund und trank, um die kurze Untreue zu überdecken, die diese Einsicht mit sich brachte. Lasse ich Ahmose diese Last mit mir teilen?, überlegte sie. Was denkt er wirklich hinter diesem klaren, friedlichen Blick? Würde er mich mit einer oberflächlichen Floskel abspeisen oder mich unerwartet mit Einsicht überraschen? Ich schäme mich, weil ich es nicht weiß. Ich habe ihn zu lange für zu leicht befunden, habe mich lieber im Geist an seinem Bruder erfreut. Ach, mein lieber Kamose, ich möchte, dass du stark und lebensfroh bist und all die Tugenden verkörperst, die dir von deinen königlichen Ahnen vererbt worden sind. Ich möchte, dass das stolze Erbe der Taos an dich geht, nicht an Ahmose.

An diesem Abend bat sie um Mohnsaft, damit sie schlafen konnte, doch die Wirkung des Schlafmittels hatte lange vor dem Morgengrauen nachgelassen, sie wurde mit einem Ruck wach, und in ihrem Kopf summten die Gedanken wie ein Schwarm zielloser Bienen. Ergeben verließ sie ihr Lager, öffnete ihren Amun-Schrein und begann zu beten. Erst nach einer geraumen Weile ging ihr auf, dass sie mit ihrem toten Gemahl sprach, nicht mit dem Gott der Doppelfeder.

FÜNFTES KAPITEL

Am Morgen bestieg Tetischeri ihre Sänfte und ließ sich nach Norden, zu Amuns Tempel tragen. Es war ein schöner Tag, er funkelte von flüchtiger Frische, die jedoch vergehen würde, sowie Re stärker schien, daher ließ sie die Vorhänge offen und genoss den Blick. Der Fluss stieg langsam an, seine träge Strömung floss in den kühlen Tiefen, wo die Fische lebten, bereits schneller, doch die Wasseroberfläche kräuselte sich glitzernd, als der Wind über das Wasser fuhr.

Eine Schar nackter Kinder rannte unter entzücktem Gekreisch ins Wasser hinein und wieder heraus. Sie verstummten und verbeugten sich, als sie vorbeigetragen wurde, und sie grüßte sie leutselig mit der Hand und lächelte über ihre ungehemmte Fröhlichkeit. Krieg bedeutet ihnen nichts, dachte sie und beantwortete den Gruß einer Gruppe Frauen und junger Mädchen, die mit Körben voller Wäsche beladen waren. Hier in Waset führen sie ein behütetes Leben. Und dafür ist mein Sohn gestorben. Hier scheint die kosmische Wirklichkeit der Maat vollkommen ausgewogen zu sein.

Sie spürte, wie die Sänfte nach Norden abbog, und wurde sanft zur Erde gelassen. Sie wartete, bis Isis mit dem Sonnenschirm zur Stelle war, dann stieg sie aus, blinzelte unter dem jähen Aufprall des harten Lichtes und schritt auf den Tempel zu. Zu ihrer Linken briet die Kapelle des Königs Osiris Senwosret in der Sonne, und weiter hinten, zu ihrer Rechten, ragten die Tempelsäulen kahl in den Himmel. Hinter ihnen lag der heilige See, ein gefälliges steinernes Rechteck, in dem sich das leuchtende Blau des Himmels spiegelte. Amuns Bezirk eröffnete sich unmittelbar am Ende des gepflasterten Weges, und als sie sich ihm näherte, konnte Tetischeri das Klicken von Fingerzimbeln und die zum Gesang erhobenen Stimmen der Priester hören. Die Morgenandacht ging zu Ende. Amun war gewaschen, mit Weihrauch umwölkt und gespeist worden. Man hatte ihm Blumen, Wein und Duftöl dargereicht und seine Majestät angebetet.

Beim Betreten des Hofes blieb Tetischeri stehen. Amunmose hatte gerade die Türen zum Heiligtum geschlossen und verriegelt und brachte jetzt das Siegel an, das bis zur Abendandacht unangetastet bleiben würde. Als er sich umdrehte, bemerkte er sie, verbeugte sich und kam rasch zu ihr, wobei er das Leopardenfell von der Schulter nahm und es einem Tempeldiener übergab, der es ehrfürchtig forttrug. «Sei gegrüßt, Amunmose», sagte Tetischeri. «Ich bin hier, weil ich mir den Schatz ansehen möchte, den mein Großsohn mit nach Hause gebracht hat.» Er erwiderte ihr Lächeln und wies auf die Lagerräume und Priesterzellen, die die Außenmauer des Tempels säumten.

«Ich freue mich, dich zu sehen, Majestät», erwiderte er munter. «Die Güter sind aufgelistet und geordnet. Seine Majestät hat sich Amun gegenüber höchst großzügig gezeigt, und ich bin ihm dankbar.»

«Seine Majestät weiß, wie viel er Amuns Macht und der Treue seiner Priester verdankt», antwortete Tetischeri, während sie zusammen den Hof überquerten. «Du hast Kamose weitaus mehr als dein Vertrauen geschenkt, Amunmose, er betrachtet dich als Freund.»

«Wenn Seine Majestät Ägypten von den Fremdländern befreit hat, will er Waset zum Mittelpunkt der Erde machen und Amun zum König der Götter erheben», meinte Amunmose. «Wir leben in schweren Zeiten. Jeder von uns ist aufgerufen zu prüfen, wem seine Treue gelten soll.» Er zögerte, holte Luft, wollte weiterreden, zögerte erneut, und als sie die Tür des Lagerraums erreichten, bat sie ein Tempelwärter unter Verbeugungen in die angenehme Kühle, und da blickte er ihr in die Augen. Sie sah, dass er nicht recht mit der Sprache herauswollte, und fuhr ihn an. «Also, Amunmose, was ist?»

«Die Vorzeichen, Majestät», platzte er heraus. «Sie sind seit der Heimkehr Seiner Majestät nicht gut gewesen. Das Blut des Bullen, den ich zur Danksagung geopfert habe, war schwarz und hat gestunken. Und die Tauben waren innen verfault. Ich übertreibe nicht.»

«Natürlich nicht!» Tetischeri starrte ihn blicklos an. «Wurde für Kamose direkt geopfert oder aus Dankbarkeit für die Fortschritte in seinem Krieg?»

«Wir haben nur für Seine Majestät geopfert, als Geschenk an Amun, weil er ihn behütet hat. Ich bange um sein Leben, Tetischeri, dennoch erfreut er sich guter Gesundheit, das Heer gedeiht, und beinahe ganz Ägypten ist wieder in der Hand deiner göttlichen Familie. Ich verstehe es nicht, aber ich mache mir Sorgen. Was haben die Götter beschlossen? Womit hat er ihnen missfallen? Das Schicksal Ägyptens entscheidet sich an der Person deines Enkels. Ist es den Göttern gleichgültig?»

«Du bist der Hohe Priester! Du solltest es wissen!», entgegnete Tetischeri harsch und vergaß in ihrer panischen Angst, ihn mit Namen anzureden. «Warum erzählt man mir erst jetzt davon? Kamose ist knapp eine Woche zu Hause!»

«Vergib mir», sagte Amunmose zaghaft. «Ich wollte dich nicht vor der Zeit beunruhigen. Zuerst war es der Bulle, und

am darauf folgenden Tag habe ich die Tauben geopfert, weil
ich sichergehen wollte, dass ich das erste Opfer richtig gedeutet hatte. Als es sich bestätigte, habe ich das Orakel befragt.»
Tetischeri hätte ihn am liebsten geschüttelt. Seine sonst so offene und arglose Miene drückte halb Unschlüssigkeit und halb
Angst aus, und er spielte aufgeregt an den bauschigen Ärmeln
seines Gewandes herum.

«Und was», sagte sie nachdrücklich und mit zusammengebissenen Zähnen, «hat das Orakel gesagt?» Seine Schultern
sackten und er rang sich ein bekümmertes Lächeln ab.

«Entschuldigung», sagte er sofort. «Aufgrund meiner großen Sorge habe ich mich vage und ungenau ausgedrückt. Die
Worte des Orakels lauten: ‹Drei Könige gab es, dann zwei,
dann einen, ehe das Werk des Gottes vollendet war.› Das ist
alles.»

«Das ist alles? Aber was bedeutet es? Hat das Orakel das
nicht näher erläutert? Wie sollen wir das auslegen, und welchen Zweck hat es, wenn es keinen Sinn ergibt?» Angesichts
ihres Nichtbegreifens brach ihr hitziges Temperament durch,
und sie bemühte sich, es in den Griff zu bekommen. «Sollen
wir herumhocken und Auslegungen durchsprechen, bis uns irgendeine Eingebung kommt? Drei Könige, dann zwei, dann
einer. Was, in Amuns Namen, soll das?» Amunmose war an
ihre Ausbrüche gewöhnt. Er ging in den Raum, brachte ihr
einen Schemel und stellte ihn hinter sie. Zerstreut nahm sie
darauf Platz.

«Ich bin in der Tat der Hohe Priester», sagte er. «Und ich
bin auch Erster Prophet Amuns. Der Gott spricht durch das
Orakel, doch die Macht, es zu deuten, liegt bei mir.»

«Dann hör auf herumzureden und tu deine Pflicht!» Er
nickte.

«Es gab drei Könige, drei wahre Könige in Ägypten», sagte

er. «Seqenenre, der Starke Stier der Maat, Geliebter Amuns, sein Sohn Kamose, der Falke-im-Nest, und sein jüngster Sohn, Prinz Ahmose. Der arme Si-Amun kommt nicht in Frage, der hat sein Geburtsrecht verkauft und den Preis dafür gezahlt. Dein Sohn Seqenenre wurde getötet. In diesem Augenblick wurde Kamose, der Falke-im-Nest, anstelle seines Vaters Starker Stier.»

«Ich weiß, worauf du hinauswillst», warf Tetischeri heiser ein. «Das Werk des Gottes ist begonnen, aber noch nicht vollendet, und bis dahin gibt es nur noch einen König. Ahmose.» Entschlossen stand sie auf. «Der prophetische Ausspruch ist noch nicht ins Gewebe der Zeit eingewebt, Amunmose, und alles in mir weigert sich gegen die Annahme, dass Seine Majestät stirbt, ehe ihn ein hohes Alter in den Gerichtssaal führt. Angenommen, das Werk des Gottes ist erst vollendet, wenn der letzte Fremdländer von unserem Boden vertrieben ist? Das könnte lange nach dem Fall von Auaris und Apophis' Hinrichtung sein. Und was ist, wenn der letzte lebende König Ahmose-onch ist?»

«Dann wären es vier Könige», erinnerte Amunmose. «Wir greifen nach Strohhalmen, Majestät. Vielleicht ist meine Auslegung falsch.» Sie seufzte.

«Nein, wohl kaum. Aber ich will nicht glauben, dass Kamose nicht hier in Waset auf dem Horusthron sitzen wird, nachdem er ihn diesem Emporkömmling Apophis abgenommen hat. Wir verärgern den Gott nicht, wenn wir versuchen, den schicksalhaften Spruch in die Länge zu ziehen, darum werde ich befehlen, dass man Kamoses Leibwache verdoppelt und ihm einen Vorkoster zuweist.»

«Vielleicht erliegt er der Weissagung in der Schlacht.»

«Vielleicht.» Sie winkte ungeduldig in Richtung der Säcke und Kisten, die rings um sie gestapelt waren. «Ich bin nicht

mehr daran interessiert, den Schatz zu prüfen», sagte sie bedrückt. «Sag, Amunmose, ist dir an meinem Großsohn seit
seiner Rückkehr eine Veränderung aufgefallen?» Seine Augen
wurden schmal und blickten schlau.

«Majestät, du und ich, wir arbeiten gemeinsam im Dienst
des Gottes und zum Wohlergehen des Hauses Tao, seitdem ich
als Weeb-Priester in diesen Tempel gekommen bin», erinnerte
er sie. «Du würdest mir diese Frage nicht stellen, wenn es
nicht Gründe für eine hoffnungsvolle Antwort gäbe. Ich bin
der treue Diener Seiner Majestät, und meine Treue gilt vor allem ihm, aber wenn ich vermuten müsste, er hätte sich verändert, würde ich es dich wissen lassen.» Er hob die Schultern.
«Seine Majestät wirkt ein klein wenig schroff und sehr abwe-
send. Mehr nicht.»

«Danke. Behalte den Orakelspruch bitte für dich, Amunmose. Wir dürfen Kamoses Selbstvertrauen nicht noch mehr
erschüttern.» Sie beantwortete seine Verbeugung und verließ
ihn, ging rasch zu ihrer Sänfte zurück, während Isis den Sonnenschirm über sie hielt.

Das ist grausam, dachte sie aufgebracht, während ihre
Sänfte nach Hause zurückschwankte. Das ist unerträglich,
Amun, das ist keine Art, meinem Enkel seine Treue zu Ägypten zu vergelten. Er hat alles gegeben, er hat gelitten, und du
belohnst ihn mit der Verheißung, dass er tot ist, ehe du über
ein gesäubertes Land herrschst. Heute mag ich dich nicht.
Ganz und gar nicht.

Sie betrat das Haus nicht, sondern schickte Isis mit einer
Botschaft zu Uni, ihr das Mittagsmahl aufzuheben, befahl ihren Trägern, hinter den Gärten herumzugehen, hinter den
Dienstbotenunterkünften und den Speichern, wo die Getreuen
des Königs untergebracht waren. Hier wohnte die Leibwache
des Königs in bequemen Unterkünften, die auf einen eigenen

kleinen Teich und Rasen gingen, und ihr Befehlshaber, Fürst Anchmahor, bewohnte drei abgesonderte große Räume. Tetischeri betrat sie geradewegs und erschreckte den Schreiber, der auf einer Matte auf dem Fußboden saß und Rollen um sich aufgehäuft hatte. Er legte seine Palette beiseite, kam hoch und verbeugte sich hastig. «Majestät», stammelte er. «Welche Ehre. Der Fürst ist nicht da.»

«Das sehe ich», fuhr Tetischeri ihn an. «Dann geh und hol ihn. Ich warte hier.» Sie suchte sich einen Stuhl und nahm gegenüber der offenen Tür Platz, lauschte dem hellen Vogelgesang in den Bäumen draußen, bis das Licht ausgesperrt wurde und Anchmahor eintrat. Er schüttelte sich den Staub von den Sandalen, dann verneigte er sich ehrerbietig vor ihr, und als sie ihm in die Augen blickte, wurde ihr leichter ums Herz. «Es tut gut, dich zu sehen, Anchmahor», sagte sie. «Ich habe mich gefreut, als ich gehört habe, dass mein Großsohn dich zum Befehlshaber der Getreuen ernannt hat. Ich habe deine Mutter gekannt. Eine bewundernswerte Frau.» Er lächelte, stand locker vor ihr, und die Seiten seines blauweißen Kopftuches rahmten Züge ein, die jene gelassene Sachlichkeit ausstrahlten, auf die sich Kamose verließ.

«Du bist zu gnädig, Majestät», erwiderte er. «Was kann ich für dich tun?» Er entschuldigte sich nicht für seine Abwesenheit bei ihrem Kommen, und das gefiel ihr, denn jeder Hauch von Unterwürfigkeit reizte sie.

«Du sollst mir sagen, wie dir Kamose vorkommt», begann sie. «Ich will ehrlich mit dir sein, Fürst. Ich mache mir seinetwegen Sorgen. Seit seiner Heimkehr ist er verschlossen, und wenn er redet, dann bitter und bisweilen sogar wirr.» Sie verstummte, fuhr jedoch fort und unterdrückte dabei Gewissensbisse, weil sie Kamose in den Rücken fiel. «Ich liebe meinen Großsohn, und sein Gesundheitszustand geht mir über alles, aber hier steht mehr auf dem Spiel als Kamoses geistige Verfassung. Kann er ein Heer befehligen?» Damit war die Frage heraus und hing wie ein Urteilsspruch in der Luft. Tetischeri kam sich kleiner vor, so als hätte sie mit dieser Äußerung etwas von ihrer Allmacht verloren, und auf einmal war sie sehr durstig. Anchmahor blickte erstaunt und setzte sich unaufgefordert auf die Schreibtischkante.

«Ich hätte, glaube ich, nein gesagt, wenn sich das Glück unseres Landes nicht gewendet hätte», antwortete er aufrichtig. «Seine Majestät ist mit einer Rücksichtslosigkeit und Brutalität nach Norden gezogen, die viele entsetzt hat. Ägypten ist beinahe Ödland geworden, aber es war eine Reinigung, die aus Notwendigkeit, nicht aus Grausamkeit geplant und durchgeführt wurde. Solch eine Tat bei einem König, der ein freies und gefestigtes Ägypten regiert und, sagen wir, lediglich vom Einfall eines Wüstenstamms bedroht war, würde der helle Wahnsinn sein. Es gereicht deinem Enkel zur großen Ehre, dass er unter den grausamen Taten, die er begehen musste, persönlich gelitten hat. Er hat jedes Schwert gespürt, das in ägyptisches Fleisch gestoßen wurde. Dieser Schmerz hat seinen Hass auf die Setius noch verstärkt, weil sie ihn dazu gezwungen haben und weil es ihn so tief geschmerzt hat.» Er blickte sie nachdenklich an. «Außerdem will er unbedingt den Tod seines Vaters und den Selbstmord seines Bruders rächen. Er ist in genau dem Feuer geläutert worden, das er angezündet hat, Majestät. Möglicherweise verzehrt es ihn am Ende, aber nicht ehe er nicht seine Aufgabe erfüllt hat. Ich bin ihm vollkommen treu ergeben.»

«Wie sehen das die anderen Fürsten?» Anchmahor lächelte bedächtig.

«Zunächst hatten sie große Angst, ob er Erfolg hat», berichtete er. «Sie hatten zwar einen Eid geschworen, aber sie wollten sich gern eine Menge Blutvergießen und Unannehmlichkeiten ersparen. Später verspürten sie Ehrfurcht vor dem, was er geschafft hatte, und vor seiner Härte.» Ehrfurcht, wiederholte Tetischeri bei sich. Ehrfurcht. Ja.

«Und jetzt», bohrte sie weiter. «Was ist mit Hor-Aha?» Sein Blick wurde nachdenklich.

«Du bist eine Königin von überraschendem Einfühlungsvermögen», sagte er leise. «Von dem Stolz und der Unnachgiebigkeit der Tao-Frauen hatte ich gehört, aber nicht von ihrem männlichen Verstand. Das sollte nicht unehrerbietig sein, Majestät.»

«Ich bin nicht beleidigt. Wir sind aus demselben uralten Stamm, Anchmahor. Nun?»

«Die Fürsten mögen den General nicht. Sie sind neidisch auf seine enge Bindung an Seine Majestät. Sie verübeln es ihm, dass sie unter seinem Befehl stehen.»

«Und Ahmose ist ihrer Meinung.»

Anchmahor seufzte. «Der Prinz ist ein Mann von großem Durchblick und gemäßigt in Ansichten und Rede. Er teilt die Zuneigung seines Bruders zu Hor-Aha und bekennt sich zu dessen Fähigkeiten in Kriegsdingen, verschließt jedoch im Gegensatz zu Seiner Majestät nicht die Augen vor der Gefahr der Situation. Denn der urteilt mittlerweile lediglich nach Treue.»

Tetischeri wurde immer durstiger. Sie konnte nur noch mit Mühe schlucken. «Kann Kamose sie zusammenhalten?», fragte sie unumwunden.

«Ich glaube schon, solange er ihnen Siege liefert. Falls die Belagerung im kommenden Frühling schlecht ausgeht, werden sie dem General die Schuld geben. Falls Seine Majestät ihn in Schutz nimmt, gibt es Ärger. Aber ich befasse mich nicht gern mit Unvorhersehbarem.»

«Ich auch nicht, aber ich muss», sagte Tetischeri. «Ich möchte, dass du seine Wache verdoppelst, Anchmahor.»

«Darf ich fragen, warum?» Sie zögerte erneut, merkte jedoch, dass sie diesem Mann vertraute, wie sie ihrem Gemahl vertraut hatte, vorbehaltlos.

«Weil Amunmose mir heute Morgen gesagt hat, dass die Vorzeichen schlecht für Kamose stehen», sagte sie freiheraus. «Es gibt ein ungünstiges Orakel. Ich befürchte keinen direkten Angriff auf seine Person, solange er hier ist, aber man sollte jede Vorsichtsmaßnahme ergreifen.» Sie stand unbeholfen und steif auf. «Sei bedankt für deinen Freimut, Fürst. Ich benötige keine Berichte von dir.» Sie lächelte. «Behüte ihn.»

«Er ist ein großer Mann und würdig, die Doppelkrone zu tragen, Majestät», sagte Anchmahor. «Ich bete darum, dass man sich seiner in Liebe erinnert.»

Was ich bezweifeln möchte, dachte Tetischeri, als sie auf das Haus zuhastete. Sein gewaltiges Ziel, Ägypten zu befreien, Seqenenres Tapferkeit und unsere Verzweiflung, alles wird vergessen sein. Was bleibt, ist die Unbarmherzigkeit meines Enkels. In künftigen Zeiten werden nur wenige Menschen genug wissen, dass sie für ihn aussagen können.

Nach ihrer Unterhaltung mit Anchmahor wurde Tetischeri innerlich etwas ruhiger. Sie war sich mit dem Fürsten darin einig, dass Kamoses Verstand zwar bedroht war, er ihn aber nicht verlieren würde, und mit dieser Gewissheit wandte sie sich der Aufgabe zu, die Heilung seiner seelischen Wunden durch Erfüllen aller körperlichen Bedürfnisse zu gewährleisten. Mit den Worten des Orakels im Hinterkopf ermahnte sie Achtoi im Geheimen, dass das Essen Seiner Majestät stets vorgekostet werden musste, und sie überzeugte sich, dass man ihm die erlesensten und abwechslungsreichsten Fleischgerichte, Trockenobst und Gemüse vorsetzte.

Wohl überlegt und berechnend beschloss sie, ihm ein weibliches Wesen aufs Lager zu schicken, das ihm heilsames Vergessen schenken konnte, und so rief sie Senehat zu sich, forderte sie auf, sich auszuziehen, untersuchte sie sorgfältig, befahl Isis, sie zu waschen, zu rasieren und mit Duftsalbe einzureiben, und schickte sie in Kamoses Gemächer, nicht ohne sie darauf hinzuweisen, dass kein Gesetz in Ägypten sie zwingen könnte, dem Wunsch ihrer Herrin nachzukommen, und wenn sie die Ehre, das Lager des Königs zu teilen, lieber ablehnen wolle, eine andere würde nur zu gern annehmen. Senehat willigte ein, kehrte aber schon bald tränenüberströmt zu Tetischeri zurück. «Ich habe nichts falsch gemacht!», jammerte sie. «Aber Seine Majestät wollte mich nicht! Er hat mich weggeschickt! Ich schäme mich so!»

«Weswegen denn, du dummes Ding?», sagte Tetischeri nicht unfreundlich. «Geh wieder in deine Zelle und hüte deine Zunge, sonst lasse ich sie dir herausschneiden.» Senehat verzog sich schniefend, und am Morgen bat Kamose, in die Gemächer seiner Großmutter eingelassen zu werden. Er gab ihr einen Kuss und trat einen Schritt zurück.

«Tetischeri, vermutlich hast du mir Senehat geschickt», sagte er. «Ich bin nicht undankbar. Ich weiß, wie du dich um mein Wohlergehen sorgst. Aber ich bin nicht an geschlechtlichen Freuden interessiert, und selbst wenn, würde ich mir eine Frau mehr nach meinem Geschmack aussuchen, nicht eine kleine Dienerin, wie anziehend sie auch immer sein mag.»

«Und wer ist mehr nach deinem Geschmack?», fragte Tetischeri unbußfertig. Er lachte, und wie selten nach seiner Heimkehr war seine Miene fröhlich und gelöst, aber sofort blickten seine Augen wieder sonderbar, halb traurig, halb sehnsüchtig.

«Keine, die mir je begegnet wäre», antwortete er schlicht. «Nicht alle Männer, die allein schlafen, Großmutter, sind Fanatiker oder nicht normal. Möglicherweise habe ich etwas von Ersterem, aber ganz eindeutig nichts von Letzterem. Bitte, lass es sein, du kannst mich nicht lenken.» Er gab ihr noch einen Kuss, ging plötzlich und ließ sie gereizt und ratlos zurück.

In den folgenden Wochen beobachteten sie und die beunruhigte Aahotep ihn genau. Er hatte alle Bauern zusammenholen lassen, die nicht eingezogen worden waren, und die mussten jetzt sein Gefängnis draußen in der Wüste bauen, und oft sah man ihn, wie er dicht neben der Staubwolke stand, die von Scharen schuftender Männer aufgewirbelt wurde, nur begleitet von seinem Hund Behek und seiner Leibwache.

Im Tempel indes wirkte er weicher, weniger hart, sein geschmeidiges, junges Rückgrat tat sich leicht bei der Huldigung des Gottes, und seine Knie beugten sich, während er seinen Fußfall vor der großen Flügeltür machte. Der Priester, der das Hochwasser des Nils maß, berechnete den gesamten Wasserstand in diesem Jahr auf vierzehn Ellen – Isis weinte prächtig –, und die sieben Tage des Hapi-Festes für den Nilgott mitten im Monat Paophi wurden ungestüm gefeiert. Kamose blieb eine ganze Woche im Tempel, schlief in einer Priesterzelle und beteiligte sich mit den anderen Priestern an jedem Ritual Amunmoses. Es ist, als böte ihm die räumliche Nähe des Gottes einen Frieden, den er außerhalb des heiligen Bezirks nicht finden kann, dachte Tetischeri laut in Aahoteps Beisein. Irgendwie geben seine Dämonen in der Gegenwart des Gottes Ruhe. Er wirkt nicht mehr so gehetzt wie früher. Er hat wieder Fleisch auf den Knochen und seine Augen blicken klar. Er redet so liebevoll mit mir wie einst, aber dennoch gibt es jetzt etwas in ihm, was jedermann völlig unzugänglich ist, mir auch. Und es gefällt mir gar nicht, wie er bisweilen dasitzt und fröstelt und sich beklagt, dass er friert. Äußerlich ist er nicht krank. Es ist alles innerlich, in seiner Seele, diese eisige Dunkelheit.

Von den Truppen, die im Norden überwinterten, kam Kunde. Bisweilen war sie von Ramose, aber öfter war es Hor-Aha, der den Papyrus voll schreiben ließ und über den augenblicklichen Zustand des Heeres berichtete. Er fügte immer ehrerbietige Grüße an Tetischeri an, sodass die sich allmählich fragte, ob seine Worte nicht nach speichelleckerischer Unaufrichtigkeit schmeckten. Schließlich war er weiter nichts als ein Wilder mit einer genialen Begabung für militärische Taktik, und die Tage von Seqenenres verzweifeltem Feldzug waren längst vorbei. Stieg Hor-Aha seine Stellung zu Kopf? Kamose hätte ihn nicht zum Erbfürsten machen dürfen, fand Tetischeri. Es wäre besser gewesen, er hätte ihn General bleiben lassen und ihm einen der anderen Fürsten vorgesetzt, wenn auch nur ehrenhalber.

Der Monat Athyr begann, und der war für Tetischeri immer langweilig, auch wenn die Hitze nachließ. Ägypten war zum riesigen See geworden, getüpfelt von den Kronen halb ertrunkener Palmen. Die Äcker lagen unter silbrigem Wasser. Das einzige Bauvorhaben war Kamoses Gefängnis, ein hässliches Gemäuer, an dem die Bauern schufteten, wenn sie nicht vor ihren Hütten saßen und ihre überschwemmten Aruren betrachteten und die Saatmenge berechneten, die sie aussäen würden, sowie das Hochwasser zurückging. Aahotep überwachte die jährliche Auflistung aller Haushaltsgüter. Sogar im Tempel herrschte Ruhe. Es gab nur wenige Feste, die die nicht enden wollenden Stunden unterbrochen hätten.

Ahmose jedoch war glücklich. Jeden Morgen nahm er sein Boot, seinen Wurfstock und sein Angelzeug und verschwand in Begleitung seiner Leibwache im Sumpf, kehrte am Spätnachmittag verdreckt und erhitzt zurück und warf seine tote Beute den Dienern zu, die darauf warteten, dass sie die Enten und die Fische zum Abendessen zubereiten konnten.

Am Abend des letzten Tages im Monat Athyr, als die Familie zusammen gespeist und sich Tetischeri in ihre Gemächer zurückgezogen hatte, meldete man zu ihrer Überraschung Ahmose, der um Einlass bat. Isis hatte ihr gerade die Schminke vom Gesicht und das Henna von Händen und Füßen gewaschen und kämmte ihr das Haar. Tetischeris erster Gedanke war, ich schicke ihn fort, er soll morgen früh kommen, wenn ich richtig geschminkt bin, doch diesen eitlen Gedanken schob sie beiseite und sagte Uni, er solle ihn einlassen.

«Vergib mir, Großmutter, ich weiß, dass es spät ist», sagte er, als er über den gefliesten Boden kam, stehen blieb und sich höflich verneigte. «Ich wollte ein Weilchen ungestört mit dir sein. Ich bin selbstsüchtig mit meinen Tagen umgegangen und habe versucht, in ein paar Monaten die Jagdfreuden eines ganzen Jahres nachzuholen. Mutter hat mich deswegen schon gescholten.» Er lächelte zerknirscht. «Sogar Aahmes-nofretari hat mich ermahnt, dass ich meiner Familie nicht die Aufmerksamkeit schenke, die sie verdient.»

«Deine Abwesenheit hat mich nicht im mindesten gekränkt, Ahmose», erwiderte Tetischeri. «Wir sehen uns doch jeden Abend beim Essen. Deine Freizeit gehört dir, die kannst du verbringen, wie es dir beliebt, und solange du deiner Frau gegenüber deine Pflicht tust, will ich mich nicht beklagen. Deine Pflicht mir gegenüber ist dir jedoch zu einem sonderbaren Zeitpunkt eingefallen.» Sie winkte Isis fort und zeigte auf den Stuhl neben ihrem Lager. «Du darfst dich setzen.»

«Danke.» Er zog den Stuhl näher an ihren Schemel vor dem Kosmetiktisch heran und ließ sich zufrieden seufzend darauf nieder. «Ehrlich gesagt, ich bin es leid, arglose Tiere zu erlegen. Aahmes-nofretari sagt, dass ich erwachsen werde. Sie neckt mich.»

Tetischeri musterte ihn nachdenklich im stetigen gelben

Schein ihrer Lampen. Er war breitschultrig und untersetzt, seine Haut schimmerte gesund, und er strahlte viel männliche Kraft aus. Sein braunes Lockenhaar war kurz gehalten und mit einem roten Band locker zusammengebunden, aber ein paar Locken waren ihm entwischt, hingen auf seinen stämmigen Hals und umrahmten ein ehrliches, erwartungsvolles Gesicht. Doch seine Augen lächelten nicht. Sein ernster Blick kreuzte sich mit ihrem. Sie wandte sich an Isis. «Leg den Kamm fort. Du kannst gehen», sagte sie. «Ich gehe allein zu Bett.» Nachdem die Frau leise die Tür hinter sich geschlossen hatte, verschränkte Tetischeri die Arme. «Mich führst du nicht hinters Licht, Prinz», meinte sie. «Was willst du?»

«Es geht nicht darum, was ich will», sagte er sanft. «In Wirklichkeit möchte ich dich gar nicht befragen. Ich weiß, dass dein Herz Kamose gehört und dass du dich auf ein Ägypten freust, das sein Odem belebt. Streite das nicht ab, Tetischeri. Es kränkt mich nicht, aber ich merke natürlich, dass wir uns immer fremder werden.»

«Ich streite es auch nicht ab», warf sie ein. «Aber falls du auch nur einen Augenblick denkst, dass ich meine Liebe zu deinem Bruder über Ägyptens Wohl stelle, dann irrst du. Damit würde ich das Andenken deines Vaters entehren und mich klein machen.»

«Kann sein. Ich hatte gehofft, du würdest mich rufen und wir könnten den Feldzug des vergangenen Jahres durchsprechen, oder du würdest mir wenigstens berichten, was sich hier zugetragen hat, aber nein, du gehst mit deinen Sorgen lieber zu Anchmahor und fragst die arme Nofre-Sachuru aus, als du gemerkt hast, dass Kamose nicht mit dir reden will. Ich bin doch nicht blind. Hast du Angst vor mir, Großmutter, oder bin ich lediglich ein hirnloses Nichts, das man links liegen lässt?» Sein Ton hatte sich nicht verändert. Er war maßvoll geblieben.

Seine Hände lagen locker auf den Armlehnen, und seinem Leib war keine Anspannung anzumerken, dennoch unterstrich gerade diese Selbstbeherrschung seine anklagenden Worte. Tetischeri kämpfte mit aufwallendem Ärger. Er hat Recht, dachte sie bitter. Ich hätte ihn nicht übergehen, hätte auf die Stimme der Vernunft hören sollen.

«Ich hätte dich noch ausgefragt, Ahmose», sagte sie bedächtig, «aber Kamose sollte nicht denken, ich wäre ihm untreu geworden. Das mag dir wie eine lahme Ausrede vorkommen, doch Kamose ist der König. Er trifft die Entscheidungen, die den Fortgang des Krieges beeinflussen. Ich konnte es mir nicht leisten, meinen Zugang zu ihm zu verlieren.»

«Und bist mit deinen Sorgen zu Anchmahor gegangen.» Er stellte die Füße nebeneinander, lehnte sich zurück und faltete die Hände. «Warum hast du das getan? Weil er älter ist als ich, reifer, weil er die Jagd verabscheut, oder warum? Und nein, ehe du protestierst, er ist damit nicht zu mir gekommen. Mir ist nur aufgefallen, dass Kamoses Leibwache verdoppelt worden ist, und als ich Anchmahor gefragt habe, warum, da hat er gesagt, dass du darum gebeten hast. Du musst dich jetzt entscheiden, Großmutter, entweder du vertraust mir oder nicht. Falls nicht, muss ich mir anderswo Rat holen.»

Lange saßen sie reglos da und starrten sich an, Ahmoses braune Augen blickten fest, Tetischeris nachdenklich. Der junge Welpe fordert mich heraus, dachte sie verwundert. Das ist nicht Eifersucht, sondern die Aufforderung, ihm endlich zuzugestehen, was ihm gebührt. Und damit hat er Recht. Wenn ich versuche, meine Bedenken seinetwegen zu rechtfertigen, wird er mich schwach finden und mich an den Rand seines Lebens verweisen. Ich muss mich gar nicht entschuldigen. So sei es. «Ich bin mit einer einzigen Sorge zu Anchmahor gegangen», setzte sie an. «Dabei handelt es sich um Folgendes.»

Rasch berichtete sie von den schlimmen Vorzeichen und dem Orakel.

«Es ist verwirrend, wie du so schnell von Kühle zu völliger Offenheit wechselst», bemerkte er. «Du bist eine schwierige Frau, Großmutter. Ich nehme an, der Fürst hat dir versichert, dass Kamose geistig gesund bleibt, zumindest in absehbarer Zukunft.»

«Das sagst du so ruhig.» Tetischeri schrie es fast. «Liebst du ihn denn nicht mehr?»

«Doch!» Er hämmerte mit der geballten Faust auf die Armlehne ein. «Aber es ist mich hart angekommen, seine Qualen nicht mehr mitzuleiden! Wie sonst, glaubst du wohl, könnte ich neben ihm stehen und mit ansehen, was die Befehle, die er ausgesprochen hat, seinem Ka antun? Er kann seinen Dämonen nicht entfliehen, Tetischeri. Ich habe Glück. Ich kann Vergessen finden in den Armen meiner Frau, im Winden des Fisches an meinem Haken, in dem Augenblick, wenn mein Wurfstock hochfliegt und all meine Gedanken mit ihm fliegen. Diese Dinge fangen meine Albträume ein und ersticken sie. Kamose hat da weniger Glück. Wir haben den ganzen Tag getötet, jeden Tag, und das endlose Wochen lang. Und Kamose tötet immer weiter, auch wenn er auf dem Dach des alten Palastes sitzt und den Himmel anstarrt. Für ihn wäre es besser, wenn er bald wieder zu einem richtigen Schwert greifen könnte.»

«Ach.» Sie war erschüttert, und dieses Mal konnte sie es nicht verbergen. «Ahmose, sag mir alles. Ich will alles wissen.»

Sie saß sehr still, während seine Stimme die dämmrige, warme Luft ringsum erfüllte. Er beschönigte nichts, beschrieb so ruhig und anschaulich den Gestank des Gemetzels, die Feuersbrünste, die entsetzten Schreie der Frauen, die ruhelosen Nächte, die oftmals von den Berichten der Späher gestört wur-

den, die sich im Schutz der Dunkelheit den Fluss hinauf und
hinab bewegten, dass sie gar nicht die Augen schließen musste,
um sich alles auszumalen.

Als er mit den Einzelheiten von Kamoses Sturm nach Norden geendet hatte, schätzte er die Einstellung jedes Fürsten zu
seiner Verantwortung ein und äußerte eine Vermutung hinsichtlich seiner Treue und Haltung Kamose, ihm selbst und
Hor-Aha gegenüber. «Auaris wird in diesem Jahr noch nicht
fallen, es sei denn, man kann Apophis aus seiner Festung locken», schloss er. «Kamose ist fest entschlossen, die Stadt erneut zu belagern, aber das ist vergeudete Zeit. Die Fürsten bleiben, glaube ich, noch einen weiteren Feldzug dabei, aber wenn
der keine Ergebnisse zeitigt, werden sie ihn bei der nächsten
Überschwemmung bitten, sie heimziehen zu lassen, damit sie
sich um ihre Nomarchen und Anwesen kümmern können.»

«Was sollte er dagegen unternehmen?», fragte sie mit belegter Stimme. Ihr schwirrte der Kopf noch immer von grellen
und furchtbaren Bildern. Er blies die Wangen auf.

«Ich möchte zunächst deine Meinung hören», sagte er.
«Und könnten wir ein Bier trinken, Großmutter? Das viele
Reden hat meine Kehle ausgedörrt.»

Was bist du?, dachte sie, als sie Uni von seinem Schemel vor
ihrer Tür hereinrief und ihn Erfrischungen holen ließ, und
selbst der klaren und kalten Frage folgte eine Aufwallung von
Sorge. Du bist nicht Kamose. Du bist nicht der König. Ich
wollte, dein Bruder säße mir gegenüber und beredete diese Angelegenheiten so klar und kundig. «Er sollte Het nefer Apu mit
einer Garnison versehen, obwohl die Stadt wirklich zu weit
vom Delta gelegen ist», sagte sie. «Er sollte am Beginn des
Deltas, in Iunu, eine große Festung bauen und dort ständig
Truppen haben, damit Apophis nicht nach Süden zieht. Er
sollte viele Spione nach Auaris schicken, die sich in der Stadt

Arbeit suchen und allmählich ein Bild von allem bekommen, von der Beschaffenheit der Tore bis zur Anzahl und Richtung der Straßen und von der Lage und Besatzung der Kasernen. Er muss auch wissen, wie die Einwohner denken. All das würde Zeit erfordern.» Sie zögerte.

«Der Zeitverlust macht ihn verrückt», machte ihr Ahmose klar. «Ihr beiden wolltet einen schnellen, anhaltenden Sturm nach Norden und ein rasches Ende von Apophis' Joch. Aber, Tetischeri, das soll nicht sein, und mir will scheinen, du hast es eingesehen, Kamose jedoch nicht. Wird er auch nicht. Und ich habe es satt, mich mit ihm zu streiten.»

«Aber du wirst ihn doch nicht verlassen!», rutschte es ihr heraus. «Du wirst dich doch nicht öffentlich mit ihm streiten, Ahmose!»

«Natürlich nicht», gab er zurück. «Du siehst in mir immer noch den Einfaltspinsel, nicht wahr, Großmutter? Ich sage es hier nur ein einziges Mal.» Er beugte sich vor und hob einen warnenden Finger. «Ich hasse die Setius. Ich hasse Apophis. Ich schwöre bei den Wunden meines Vaters, beim Gram meiner Mutter, dass ich keine Ruhe gebe, bis ein ägyptischer König wieder ein geeintes Land regiert. Ich billige Kamoses Strategie nicht, aber als getreuer Untertan werde ich ihn unterstützen, weil er und ich, wir alle, das Gleiche wollen.» Er lehnte sich zurück und verschränkte die Arme. «Kamose ist zum Streitwagenpferd mit Scheuklappen geworden. Er kann nicht mehr nach rechts und links sehen, aber wie solch ein Pferd läuft er in die richtige Richtung.»

«Wer hält die Zügel, Ahmose?», murmelte sie. «Etwa Hor-Aha?» Er ließ sich die Frage durch den Kopf gehen.

«Der General ist ehrgeizig und herrisch», sagte er. «Zweifellos ist er ein brillanter Taktiker. Er hat seine Medjai vollkommen im Griff, aber Kamose, glaube ich, nicht, obwohl

Kamose sich eher auf seinen Rat verlässt als auf meinen. Ehrlich, Großmutter, ich mag ihn nicht mehr. Aber das behalte ich für mich. Ich möchte ihn nicht vor den Kopf stoßen, solange er uns noch nützlich ist.»

«Seine Medjai?»

Ahmose knurrte. «Ein Versprecher. Hor-Ahas Mutter Nihotep war, wie du weißt, Ägypterin. Sie hat, glaube ich, unweit der Festung Buhen gelebt und sich den Lebensunterhalt als Wäscherin für die Soldaten verdient.»

«Nein, das habe ich nicht gewusst», sagte Tetischeri. «Was ist mit seinem Vater?» Ahmose hob die Schultern.

«Offensichtlich ein Wilder, der dem General Farbe und Züge vermacht hat. Aber Hor-Aha hält sich selbst für einen Bürger dieses Landes. Darauf ist er stolz. Er wird seinen König nicht verraten.» Ahmose wählte das größte Gebäckstück und biss genüsslich hinein, leckte sich den Honig von den Fingern und schenkte Tetischeri ein strahlendes Lächeln. «Seitdem Kamose ihn zum Fürsten gemacht hat, will er eine Nomarche haben. Kamose hat ihm etwas im Delta versprochen.»

«Lachhaft!», blaffte Tetischeri. «Wir können einen Wilden doch nicht eine Nomarche verwalten lassen.» Ahmoses Zähne blitzten. «Keine Bange, Majestät», sagte er leise. «Bis das Delta für eine ordentliche Verwaltung sicher genug ist, vergeht noch viel Zeit. Mit diesem Problem müssen wir uns augenblicklich nicht herumschlagen.»

«Ahmose», sagte sie verwundert, «sind wir gerade Komplizen geworden?»

«Verbündete, Majestät», erwiderte er fest. «Verbündete. Das sind wir zusammen mit Kamose immer gewesen.» Er stand auf und reckte sich. «Vielen Dank für dein geneigtes Ohr. Verstehen wir uns nun ein wenig besser? Darf ich gehen?» Sie nickte und reichte ihm die Hand. Er ergriff sie mit beiden Händen und küsste sie auf die Wange. «Schlaf gut, Tetischeri», sagte er und machte die Tür hinter sich fest zu.

Ihr Lager winkte, das weiße Laken war zurückgeschlagen, und sie merkte, dass sie unendlich müde war, aber sie rührte sich nicht, sondern saß da und starrte in die Stille, während ihre Gedanken rasten. Erst als die letzte Lampe anfing zu spucken, stemmte sie sich hoch, jedoch nur um die schwache Flamme auszublasen. Sie legte ein Kissen auf den Stuhl und ließ sich darauf nieder, legte die Ellbogen auf den Tisch und sah blicklos ins Dunkel.

Am darauf folgenden Tag feierte man den Beginn des Monats Choiak und das Fest der Hathor, der Göttin der Liebe und Schönheit. Der Fluss hatte seinen höchsten Stand erreicht und würde wieder abschwellen. Die Sonne brannte nur unmerklich schwächer, immer noch war es heiß, und Tetischeri hätte dem Priester gern den Weihrauchbehälter weggerissen und damit seinen wohltönenden Gesang beendet, denn dann konnte sie endlich in ihre Sänfte klettern, die am Rand der ehrerbietigen Menge wartete.

Trotz ihres eigenen Mangels an geziemender Inbrunst war Tetischeri gerührt, als sie sah, wie hingebungsvoll Aahmesnofretari war. Die junge Frau machte ihren Fußfall auf den staubigen Steinen mit aufrichtiger Ehrerbietung, flüsterte die Gebete, sang laut und küsste die Füße der Statue mit geschlossenen Augen, als nahte sie sich einem Liebhaber. Der Grund für ihre Innigkeit wurde deutlich, als sich die Frauen in die Abgeschiedenheit der Weinlaube zurückgezogen hatten, wo Kamose und Ahmose bereits mit Wein, Trockenfeigen und Dattelkuchen auf sonnengefleckten Tischtüchern auf sie warteten. «Ich brauche mehr als das», brummelte Tetischeri, als sich die Männer zu ihrer Begrüßung erhoben. «Ich habe sehr wenig gegessen, und wir sind schon früh zum Schrein aufgebrochen.

Wo ist Uni? Ich will frisches Gemüse und Gazellenfleisch haben.» Ahmose hatte ihr Wein eingeschenkt und reichte ihr den Becher.

«Gleich, Großmutter», sagte er. «Komm, nimm Platz. Aahmes-nofretari hat etwas zu verkünden.» Er lächelte seiner Frau zu, die sich nicht auf die herumliegenden Kissen gesetzt hatte. Sie erwiderte das Lächeln und holte tief Luft.

«Ich habe mir die Nachricht für diesen Tag, der Hathor gehört, aufgespart», sagte sie. «Ich bin schwanger. Der Arzt sagt, das Kleine kommt irgendwann im Monat Payni, gerade vor Erntebeginn.»

«Lasst uns also auf die Empfängnis eines weiteren Tao anstoßen!», fiel Ahmose ihr ins Wort. Er legte der jungen Frau den Arm um die Schulter und zog sie an sich. «Was auch immer die Zukunft bringen mag, die Götter haben bestimmt, dass unser Blut weitergegeben wird.» Aahotep hob ihren Becher und lachte erfreut.

«Gut gemacht», sagte sie. «Ein hervorragendes Omen. Ich werde wieder einmal Großmutter!»

«Und ich Urgroßmutter», bemerkte Tetischeri. «Meinen herzlichen Glückwunsch, ihr beiden. Wie wohl das Geschlecht des Kindes sein wird? Wir wollen das Orakel befragen und natürlich einen Astrologen.» Ihre Worte waren an Aahmesnofretaris erhitztes Gesicht gerichtet, doch ihre Augen schweiften verstohlen zu Kamose. Er lächelte wie alle anderen, und Tetischeri konnte auf seiner Miene keinen Schatten von Bedauern oder Groll lesen. Er freut sich von ganzem Herzen, sagte sie sich. Er verübelt Ahmose sein Glück überhaupt nicht. Er will es wirklich nicht für sich selbst.

Doch Kamose, der ihren Blick spürte, wandte sich ihr zu, und da verflüchtigten sich ihre Gedanken rasch und machten einer nüchternen Erkenntnis Platz. Er weiß, dass er nicht überleben wird, dachte sie. Irgendwie glaubt er, dass seine eigene Vermählung, das Zeugen königlicher Kinder völlig unwichtig sind, weil Ahmose einmal auf dem Horusthron sitzen wird und weil die Taos durch ihn als Götter in Ägypten weiterleben werden. Vielleicht hat er es immer geahnt. Ach, mein geliebter Kamose! Als sich ihre Blicke kreuzten, wurde sein Lächeln spöttisch, und er hob seinen Becher zum Gruß, ehe er ihn an den Mund hielt. «Tetischeri, was ist los?», fragte Aahotep besorgt. «Du siehst auf einmal so grau aus. Bist du krank?»

«Der Besuch des Schreins und dann meine Ankündigung sind zu viel für dich gewesen, Majestät», sagte Aahmes-nofretari freundlich, und Tetischeri verbiss sich eine abfällige Bemerkung. Das Kind in deinem Schoß hätte aus Kamoses Samen, nicht aus dem seines Bruders sein sollen. Ahmose beobachtete sie gelassen und mitfühlend forschend, und wieder einmal musste sie die aufsteigende Bitternis bekämpfen, die sie verspürte. Diese Verstimmung geht vorbei, versuchte sie ihm durch Blicke zu übermitteln. Es ist nur der Rest eines Trugbildes einer alten Frau, mehr nicht.

«Auf leeren Magen schmeckt der Wein sauer», meinte sie barsch. «Isis! Such Uni, er soll mir etwas zu essen bringen! Und du, Aahmes-nofretari, setzt dich jetzt hierher und sagst mir, wie es dir geht.» Sie klopfte auf das Kissen neben sich, und die junge Frau gehorchte.

«Der Arzt sagt, wenn ich das Kleine hoch trage, wird es ein Mädchen», sagte sie eifrig. «Und wenn niedrig, wird es ein Junge. Aber es ist noch zu früh zum Vorhersagen. Mir ist überhaupt nicht übel, Majestät.» Ihre Hände fuhren zu ihren Wangen. «Tut mir Leid, dass ich so schnell rede. Ich bin aufgeregt, habe aber auch Angst.» Aahotep beugte sich zu ihr und tätschelte ihr das Knie.

«Du wirst Ägypten viele Kinder schenken, Aahmes-nofretari», sagte sie. «Wir freuen uns alle für dich.» Aahmes-nofre-tari schenkte ihrer Mutter einen dankbaren Blick.

«Ahmose ist es einerlei, ob es ein Junge oder ein Mädchen wird», sagte sie. «Aber ich finde, ein Mädchen wäre besser. So kann Ahmose-onch ...» Ihre Stimme erstarb und sie blickte in ihren Schoß.

«Du musst dich für das, was du sagen wolltest, nicht schä-men.» Das war Kamose. Er lag auf der Seite, hatte den Kopf in die Hand gestützt, und seine Augen musterten das filigrane Blattwerk des Weins über sich. «Wir dürfen die schmerzliche Wirklichkeit unserer Zeit nicht aus dem Blick verlieren. Falls es ein Mädchen ist, wird das göttliche Blut von dir an sie wei-tergegeben, und wenn Ahmose-onch sie heiratet, wird er zum Gott. Vorausgesetzt natürlich, dass Ahmose tot ist.» Er setzte sich auf, kreuzte die Beine und blickte sie über den Sonnenfle-cken mit schmalen Augen an. «Unsere Linie ist ohnedies kö-niglich», fuhr er fort, «und bisweilen hat es keine Schwester gegeben, mit der man sie hätte verfeinern oder neu beleben können. Aber wenn es eine gibt, wird sie besser, kraftvoller. Die Maat erneuert sich.»

«Das sind harsche Notwendigkeiten, die man da bedenken muss, lieber Bruder», sagte sie leise und blickte dabei noch im-mer in ihren Schoß. «Und es ist mir auch nicht entgangen, dass du zwar die Majestät bist, aber redest, als wolltest du deine eigene Linie nicht verewigen. Kamose, ich habe Angst um dich.»

Der Monat Choiak verstrich ereignislos. Die Festtage ka-men und gingen; Opferfest, Öffnung von Osiris' Grab, das Fest des Erdaufhackens, das Fest des Vaters der Palmen, insge-samt elf Tempelfeste, damit alle, die das Hochwasser arbeits-los gemacht hatte, beschäftigt waren. Die Bauern mochten diese Zeit, denn an Festtagen mussten sie nicht bauen und konnten wegen des Hochwassers nicht auf den Feldern schuften.

Langsam zog sich der Nil wieder in sein früheres Bett zurück und die Hitze ließ nach. Das Leben im Haus war wieder angenehmer Alltag, und abgesehen von den regelmäßigen Berichten aus der Oase Uah-ta-Meh und aus Het nefer Apu hätte sich die Familie einbilden können, man hätte zum Frieden und der Sicherheit früherer Jahre zurückgefunden.

Tetischeri war bei den kühleren Temperaturen aufgelebt und hatte beschlossen, sich nicht mehr wie früher wegen des Feldzugs den Kopf zu zerbrechen, sondern mit einer Geschichte der Familie zu beginnen. Und so saß sie am Teich und diktierte ihrem Schreiber. Kamose jedoch verbrachte weiter viele Stunden mit dem geduldigen Behek neben sich auf dem Dach des alten Palastes. Zuweilen sahen besorgte Diener, wenn sie unterwegs im Garten zufällig hoch- und über die Trennmauer hinwegblickten, in dem gebeugten Umriss Seqenenre und murmelten ein Stoßgebet, ehe sie dann seinen Sohn erkannten. Doch trotz seines Bedürfnisses nach Alleinsein schien Kamose sein seelisches Gleichgewicht wieder gefunden zu haben. Sein Gesicht hatte den gequälten, gehetzten Ausdruck verloren.

Jeden Spätnachmittag wanderten die Familienmitglieder, als hätten sie sich abgesprochen, in den Garten und sammelten sich am Teich, wo sie Wein tranken und sich zwanglos unterhielten, ehe man sie zum Abendessen rief. Sie saßen oder lagen im warmen, duftenden Gras, beobachteten müßig die Mücken, die über dem rot gefärbten Wasser des Teiches schwebten, und rechneten sich aus, wann ein Fisch hochspringen und sich eins der schmackhaften Insekten schnappen würde oder wann er an den gerade erblühten Lotosblüten zupfen würde, auf deren Blättern laut quakende Frösche hockten.

Eine unverhoffte Beschaulichkeit hielt alle gefangen, so als hätte die zurückgehende Überschwemmung die Qualen und Albträume der vergangenen Wochen mit sich genommen. Rings um das Anwesen tauchten die Felder wieder auf, dunkelbraun und feucht schimmernd, und sie konnten ihre Bauern sehen, die knöcheltief im durchweichten Boden standen.

«Das wird eine reichliche Ernte», sagte Aahotep. Sie saß auf dem steinernen Rand des Teiches und zog die Finger durchs Wasser. «Wir werden mehr aussäen können als im letzten Frühling, und nichts von der Ernte geht an Apophis.»

«Von dem Wein auch nichts», warf Ahmose ein. Er hatte den Kopf in den Schoß seiner Frau gelegt, und sie kitzelte ihn mit einem Grashalm an der Nase. «Unser Winzer sagt, dass die Rebstöcke keine Anzeichen von Frühlingsfäule aufweisen. Wo ist Nofre-Sachuru? Warum gesellt sie sich nie zu uns?» Er schlug nach Aahmes-nofretaris Hand und nieste.

«Aus ihrem Gram ist Hass geworden», sagte Tetischeri. Sie warf ihre Rollen eine nach der anderen in den Kasten zu ihren Füßen, während ihr Schreiber die schmerzenden Finger bewegte und seine Palette ordnete. «Sie ist nicht dankbar für den Schutz, den sie hier gefunden hat. Senehat sagt, sie hat gehört, wie Nofre-Sachuru dich vor Ahmose-onch schlecht gemacht hat, Kamose, daher habe ich ihr den Umgang mit dem Jungen verboten. Ich weiß nicht, was ich mit ihr anfangen soll.»

«Wir können sie nirgendwohin schicken», warf Aahotep ein und richtete den Blick auf die roten Ringe, die sich unter ihrer Hand ausbreiteten. «Natürlich könnten wir sie in eine Tempelzelle stecken und Amunmose bitten, dass er sich um sie kümmert, aber das kommt mir grausam vor.»

«Wir haben die Verantwortung für sie», sagte Kamose ergeben. Er hatte zusammen mit dem Oberaufseher der Dämme und Kanäle die Bewässerungsanlagen nach Anzeichen von Deichbrüchen abgesucht und war dann in den Nil gesprungen, um sich den Dreck des Nachmittags abzuwaschen. Nur mit einem Lendentuch bekleidet, barfuß und ungeschminkt, mit schimmernder Haut und noch feuchtem Haar, sah er jünger aus als seine vierundzwanzig Lenze. «Tut mir Leid, dass ich euch Lieben erneut ihre Überwachung aufbürden muss, aber ich habe keine andere Wahl. Der Fluss kann wieder befahren werden, und Ahmose und ich müssen sehr bald aufbrechen. Lasst Nofre-Sachuru ständig beobachten. Sie will unbedingt ihren Sohn sehen, und außerdem ist sie so lange hier, dass sie viel über uns, unsere geistige Verfassung, die Stimmung unter den Einwohnern von Waset, die viel versprechende Ernte weiß, Dinge, die vielleicht unwesentlich erscheinen, bis ein Militärstratege zwei und zwei zusammenzählt.»

«Stratege!», entrüstete sich Tetischeri. «Der einzige Stratege in Auaris ist Pezedchu, und der erstickt an der Leine dieses feigen Apophis. Das ist der Einzige, den du fürchten musst, Kamose.»

«Ich weiß. Wir haben über ihn keinerlei Informationen. Apophis hält ihn, glaube ich, zurück, bis die offene Feldschlacht nicht mehr zu umgehen ist.»

Aahmes-nofretari seufzte. «Es ist ein so schöner Monat gewesen», sagte sie wehmütig. «So ruhig. Und nun reden wir wieder von Krieg. Wann nimmst du mir Ahmose fort, Kamose? Und wirst du ihn zur Geburt unseres Kindes nach Hause schicken?»

«Ich kann dir nichts versprechen», sagte Kamose ehrlich. «Wie denn auch? Du hast Mutter und Großmutter, Aahmesnofretari. Du wirst einfach tapfer sein müssen.» Ahmose hob die Hand, schnappte sich eine Locke ihres schwarzen Haares und wickelte sie um seine Hand.

«Du wirst tapfer sein», wiederholte er. «Es geht gewiss alles gut, und du schickst mir dann Nachricht. Ich möchte mich nicht um dich sorgen müssen, Aahmes-nofretari, und ich sorge mich, es sei denn, du versprichst mir, dass du ruhig bleibst und dich nicht grämst und mich nicht zu sehr vermisst.»

«Ich lerne gerade, mich in Geduld zu üben», sagte die junge Frau mit einer Spur Humor. «Und jetzt beantworte meine Frage, Kamose. Wann müsst ihr fort?»

«In drei Tagen haben wir Tybi», sagte Kamose. «Wir warten, bis wir am Grabmal unseres Vaters zum Andenken an seinen Geburtstag opfern können, und natürlich ist der Erste des Monats mir zweifach heilig, da er das Krönungsfest des Horus ist, aber danach brechen wir auf. Ich habe den Medjai schon befohlen, ihre Waffen zu putzen und sich auf die Einschiffung vorzubereiten.» Er blickte Ahmose gelassen an. «Für diesen Feldzug erhoffe ich mir eine erfolgreiche Belagerung.» Ahmose gab keine Antwort. Er spielte noch immer mit dem Haar seiner Frau, und es blieb Tetischeri vorbehalten, diesen heiklen Augenblick zu überbrücken.

«Sollen wir Pi-Hathor weiterhin überwachen?», wollte sie wissen. Kamose schüttelte den Kopf.

«Nein. Das ist, glaube ich, nicht länger nötig. Wir beherrschen das Land ohnedies von Waset bis zum Delta, und ein Bote von Het-Ui könnte unmöglich durch unsere Linien schlüpfen.»

Eine geraume Weile herrschte Schweigen, während jeder die Schönheit der Stunde genoss. Blasse Schatten krochen jetzt über den Rasen, und vor ihnen verblich das rote Licht und hinterließ eine sanfte Dämmerung voller Blütenduft. Der Himmel war ein Bogen aus dunklem Blau, das zu einem milden Perlblau verblich, ehe es rosig wurde. Jetzt bewegte sich Aahmesnofretari. «Choiak ist wie die Ruhe vor einem Wüstensturm gewesen», sagte sie. «Wunderbar und unvergesslich für uns. Wir werden uns alle, glaube ich, an diese Erinnerung klammern.» Tetischeri schluckte an einem Kloß in ihrem Hals.

«Das Abendessen verspätet sich», sagte sie schroff.

SECHSTES KAPITEL

Zwölf Tage später, am neunten Tag im Monat Tybi, versammelte sich die Familie am Kopf der Bootstreppe zum Lebewohl. Es war ein kühler Frühlingsmorgen, der Fluss strömte schnell, und eine kräftige Brise schüttelte die Bäume und peitschte über den Nil. Schiffe, beladen mit aufgeregten und laut schwatzenden Medjai, schaukelten und dümpelten zwischen den Ufern. Das Schiff der Brüder mit seiner wild flatternden blauweißen königlichen Flagge und seinem Bug, der am Pfahl schrammte, an dem es vertäut lag, schien Kamoses innere Ungeduld zu spiegeln, mit der er den Aufbruch herbeisehnte. Er stand da, Ahmose neben sich und hinter sich Anchmahor und die Getreuen des Königs, und musterte die Gesichter seiner Lieben und die der Priester und Diener, die auch gekommen waren, um ihm alles Gute zu wünschen, während die Medjai hinter ihm lachten und in ihrer eigenen fremdartigen Sprache schrien und das Gerumpel und Gefluche der Männer, die im letzten Augenblick noch Vorräte verluden, von dem stürmischen Wind fortgeblasen wurden.

Bereits die Wintermonate hatten etwas Unwirkliches gehabt. Da war der Traum von der Heimkehr gewesen, ein Schmerz, der mit jeder Meile stärker geworden war, die sie sich von Waset entfernten, und der Freudentaumel, als endlich die vertrauten und geliebten Umrisse seines Heims in Sicht kamen. Doch nach den Umarmungen und den tränenreichen Begrüßungen, nach dem Probieren des heimischen Weins und der heimischen Kost, nach der seligen Entspannung auf dem eigenen Lager war er in einen weniger reinen Traum geraten. Die Dämonen, die er durch eine blutige Tat und eine kräftezehrende Entscheidung nach der anderen im Griff gehabt hatte, waren an dem nicht mehr benötigten Wachposten vorbeigeschlüpft und wirbelten nun ungehindert durch sein leeres Hirn. Das kannte er.

Doch allmählich langweilten sich die Dämonen und zogen sich ins Dunkel seiner Albträume zurück, aber als der Monat Choiak begann, war es zu spät, die jauchzende Freude jenes Tages erneut zu entdecken. Folglich stellte er fest, dass er den Traum durch ein Trugbild ersetzt hatte. Die vier Monate in der Geborgenheit seines Heims erschienen ihm nun wie ein Wachtraum.

Da standen seine Frauen, seine Großmutter, Mutter und Schwester, und der ungestüme Wind drückte ihnen das Leinen an die Beine, ihre Blicke ruhten auf ihm, hier beklommen, da störrisch-entschlossen und dort traurig-liebevoll, doch sie gehörten in eine Welt, in der er kein Bleiberecht mehr hatte, und überdies in eine Welt, die er vor langer Zeit verlassen hatte. Er hatte die Rückkehr versucht, war jedoch ein Fremdling geblieben.

Ahmose verspürte nichts dergleichen, das wusste er, aber Ahmoses Stärke lag in seiner Fähigkeit, sich völlig dem Augenblick zu überlassen. Wenn er gezwungen wurde, darüber nachzudenken, dann aus praktischen Gründen. Er würde mit glücklichen Erinnerungen an die Stunden mit Aahmes-nofretari nach Norden fahren, würde sich auf die Vaterschaft freuen und sich einen guten Feldzug erhoffen, doch er ließ sich von solchen Gefühlen nicht übermannen. Er würde tief und fest schlafen, wo auch immer er sich befand, dankbar essen und trinken, was man ihm vorsetzte, und mit Gleichmut an die vorliegenden Aufgaben gehen. Ich beneide ihn, dachte Kamose, als er zu seiner Mutter ging und ihr einen Kuss gab. Ich möchte nicht sein wie er, aber ich beneide ihn.

Aahotep duftete nach Lotosöl und ihre vollen Lippen fühlten sich weich an. Mit einer Hand hielt sie sich das windzerzauste Haar fest, mit der anderen streichelte sie seine Wange. «Mögen deine Sohlen festen Tritt finden, Majestät», sagte sie, als er sich ihr entzog. «Falls du durch ein Gotteswunder eine Nachricht an Tani durchbekommst, sag ihr, ich liebe sie und bete jeden Tag, dass sie wohlbehalten ist.» Er nickte und drehte sich zu Tetischeri um.

«Nun, Großmutter», sagte er lächelnd. «Dieses Mal leidet unser Abschied nicht unter der Ungewissheit des vergangenen Jahres. Wir müssen nur noch das Delta säubern.» Sie erwiderte sein Lächeln nicht, sondern musterte ihn mit ausdruckslosen Augen in einem runzligen, pergamentenen Gesicht.

«Ich kenne deine Unrast», sagte sie. «So bin ich auch. Aber handle nicht voreilig, Kamose. Die Geduld der Maat ist ewig. Schick mir regelmäßig Rollen. Pass auf dich auf. Behalte Hor-Aha im Auge.» Sie breitete die beringten Arme aus. «Erfülle den Willen Amuns.» Auf einmal war es ihm zuwider, ihr altes Fleisch an seinem zu spüren, wieso, das wusste er auch nicht. Ich bin bereits mit dem Makel des Todes behaftet, dachte er grimmig. Tetischeris Lebenswille trotz ihres hohen Alters sollte Arznei für mich sein, nicht Gift. Sie siegt über jedes Zeichen bevorstehender Auflösung. Er nahm sie in die Arme und drückte ihre leichten Knochen fest an sich, doch der Impuls konnte einen flüchtigen Widerwillen nicht unterdrücken.

«Entziehe mir nicht deine Gunst, Großmutter», sagte er dringlich, schuldbewusst. «Wir haben uns doch immer gut verstanden. Ich wäre niedergeschmettert, wenn das anders würde.»

«Meine Liebe zu dir vergeht nie», antwortete sie und reckte sich. «Aber Ägypten kommt an erster Stelle. Ich habe vor, so lange zu leben, bis ich dich den Horusthron besteigen sehe, o Starker Stier, also pass auf, sei wachsam und verhalte dich umsichtig.»

«Du hörst dich schon an wie Ahmose», gab er halb im Spaß zurück. Sie musterte ihn noch immer sachlich und mit schmalem Blick.

«Wenn du meinen Rat oder übrigens den von jemand anders hättest haben wollen, du hättest darum gebeten», sagte sie bissig. «Aber du weißt, was du im Delta tun willst. Sei vorsichtig, Kamose. Der brüchige Ast bricht leichter als weiches Holz in vollem Saft.» Und wer ist hier ein gutes Beispiel für einen brüchigen Ast?, dachte er bei sich. Niemand ist unbeugsamer als du, liebe Großmutter, dein Rückgrat ist so aufrecht wie ein Djed-Pfeiler und dein Wille so unerbittlich wie Stein.

Hektische Geschäftigkeit am Rand seines Gesichtsfeldes enthob ihn einer Antwort, und als er sich umdrehte, sah er Amunmose in voller Amtstracht nahen, flankiert von Tempeldienern, die Weihrauchbehälter vor sich hertrugen. Falls Myrrhe verbrannt wurde, so merkte man das nicht, denn der duftende Rauch wurde vom Wind verweht. Sofort verneigte sich die Familie und wartete ehrerbietig, während Amunmose seine Segens- und Abschiedsgesänge anstimmte und Blut und Milch auf das Pflaster strömten, und als er geendet hatte, fragte Tetischeri ihn, was das Omen aus den Eingeweiden des geopferten Bullen ausgesagt hätte.

«Das Tier war vollkommen gesund», versicherte ihr der

Hohe Priester. «Herz, Leber, Lunge, allesamt ohne Krankheitszeichen. Das Blut hat auf dem Boden eine vollendete Karte der Nebenflüsse des Deltas gebildet, und der erste Fleck, der getrocknet war, war auch der größte. Er ist dorthin gefallen, wo sich Auaris befinden dürfte. Du kannst vertrauensvoll gen Norden ziehen, Majestät.»

«Sei bedankt, Amunmose. Gibt es ein mündliches Orakel?» Amunmose warf Tetischeri einen raschen, fast unmerklichen Blick zu, der Kamose jedoch nicht entging. Was hat das zu bedeuten, dachte er erstaunt. Eine geheime Absprache zwischen meiner Großmutter und meinem Freund? Hat Amun Worte gesprochen, die ich nicht hören soll, oder, schlimmer noch, Worte, die mich in Verzweiflung stürzen würden? Er trat auf sie zu und packte den Hohen Priester beim Arm. «Antworte mir, sonst klage ich dich der Gotteslästerung an», forderte er. «Wenn der Gott etwas über mich prophezeit hat, dann habe ich als sein erwählter Sohn ein Recht darauf, es zu erfahren! Gibt es eine Voraussage für den Feldzug dieses Jahres?» Wieder dieser stumme Austausch zwischen Großmutter und Hohem Priester, dieses Mal erleichtert, und der ratlose Kamose merkte, dass er die falsche Frage gestellt hatte. Na schön, was dann?, dachte er verblüfft und besorgt. Amunmose reckte die Schultern, und bei dieser Bewegung schien der Leopardenkopf am Ende des Fells, das sich der Priester über die Schulter gelegt hatte, Kamose anzufauchen.

«Nein, Majestät», sagte Amunmose. «Amun hat sich nicht unmittelbar zum Erfolg des diesjährigen Feldzugs geäußert. Abgesehen natürlich von dem prächtigen Omen aus dem Opfer.» Er schnipste mit den Fingern, und einer der jungen Tempeldiener näherte sich schüchtern und reichte ihm ein kleines, in Leinen gewickeltes Päckchen. «Ich habe ein Geschenk für dich von Amuns Handwerkern», fuhr er fort, nahm das Bündel entgegen und gab es an Kamose weiter. «Das ist aus dem Gold und dem Lapislazuli gemacht worden, das du erobert und dem Gott zur Verwendung zugeteilt hast. Er ist dankbar.» Neugierig wickelte Kamose die Lagen aus dünnem Stoff ab. In dem Nest lag ein viereckiger militärischer Schmuck aus lauterem Gold. Das Quadrat umschloss Kamoses Namen in Lapislazuli innerhalb der goldenen Königskartusche, die von zwei aufgebäumten Löwen flankiert war und deren in Gold eingelassene Leiber ebenfalls aus Lapislazuli waren. Der schwere Schmuck hatte etwas Kraftvolles und ursprünglich Schönes zugleich. Kamose staunte ihn an, ließ sich fesseln vom Spiel des Sonnenlichts auf dem kostbaren Metall und dem schimmernd satten blauen Stein. Darunter lag aufgerollt eine feste Doppelschnur aus Flachs. Nach einem Weilchen nahm Kamose den Schmuck und streckte ihn Amunmose hin.

«Binde ihn mir um», befahl er mit erstickter Stimme, und der Hohe Priester gehorchte, band Kamose den Schmuck um den Oberarm und zog die Schnur fest. Bei seiner Berührung erzitterte Kamose. Etwas in ihm löste sich, er ergriff Amunmoses Hände und hob sie zu seiner Stirn. «Ich habe in den vergangenen vier Monaten Frieden in Amuns Haus gefunden», sagte er mit belegter Stimme. «Richte den Handwerkern aus, dass ich vorhabe, Amuns Lager mit so viel Gold zu füllen, dass sie mehr als ihr Leben lang zu tun haben, um daraus etwas herzustellen. Sei bedankt, Amunmose.» Er blickte keinen mehr an, sondern machte auf den Fersen kehrt, rannte die Laufplanke hinauf und auf das Deck seines Schiffes, und Anchmahor folgte ihm. Nach einer letzten Umarmung seiner Gemahlin gesellte sich auch Ahmose zu ihm, und Kamose gab den Befehl zum Ablegen.

Sofort drehte sich der Bug des Schiffes nach Norden, als hätte es auf das Loslassen gewartet, und als Kamose spürte, wie die Planken unter seinen Füßen lebendig wurden, packte ihn die Vorfreude. «Dieses Mal ist es anders», meinte Ahmose. «Wir führen eine Arbeit fort, die gut angelaufen ist, was, Kamose?»

«Ahmose», sagte dieser langsam. «Weißt du irgendetwas über ein Orakel im Tempel aus diesem Winter?» Ahmose hielt den Blick auf das vorbeigleitende, üppig grüne Ufer gerichtet.

«Die Frage hast du bereits dem Hohen Priester gestellt», sagte er nach einer Pause. «Was bringt dich auf den Gedanken, ich wüsste etwas, was Amunmose nicht weiß?» Das ist keine Antwort, dachte Kamose, aber er verfolgte das Thema nicht weiter. Sein Schiff befand sich schon in der Biegung des Flusses, die Waset seinen Augen entzog, und seine Familie war nicht mehr zu sehen.

Im vergangenen Jahr hatte die kleine Flotte acht Tage bis Qes benötigt, wenn man die Zeit nicht mitrechnete, die er und Ahmose unterwegs für das Sammeln der ausgehobenen Männer gebraucht hatten. Dieses Mal würde es keine Verzögerungen geben. Die Schiffe würden jeden Abend in einer geschützten Bucht anlegen, man würde auf dem sandigen Ufer Kochfeuer entzünden, die Bootsleute würden singen und ihr Bier trinken, ohne dass sie sich vorsehen mussten, und Ahmose und ich, so überlegte er, während er bequem im hölzernen Schutz des Bugs saß, wir können viele Nächte friedlich schlafen. Herolde sind nach Het nefer Apu und in die Oase geschickt worden. Man erwartet uns. Das ganze Land zwischen Waset und dem Delta gehört uns, und es wird keine Überraschungen geben. «Mir fällt auf, dass auf den Feldern schon ein paar Bauern sind», meinte Ahmose. «Aber nur wenige davon sind Männer.» Er stützte sich auf die Reling und betrachtete abwechselnd das Ufer und ihr rauschendes Kielwasser, und jetzt zog er sich einen Schemel neben seinen Bruder. «Es ist noch etwas früh, aber in diesem

Jahr scheint das Hochwasser etwas schneller zurückgegangen zu sein. Die Strömung ist wirklich stark. Wir kommen, glaube ich, gut voran.» Kamose nickte. «Die Arbeit ist nicht übermäßig anstrengend», fuhr Ahmose fort. «Nur eintönig. Die Frauen schaffen die Aussaat recht gut, und vielleicht können wir ihnen im nächsten Frühling ihre Männer zurückgeben. Sollen wir die Medjai behalten, Kamose?»

«Nachdem wir Auaris geplündert haben, meinst du?», entgegnete der sarkastisch. «Lass uns erst einmal den Fluss hinter uns bringen, Ahmose. Im Augenblick will ich nicht weiter denken als bis zu dieser Stunde.»

«Na schön», sagte Ahmose gutmütig. «Ehrlich gesagt, es tut gut, wieder auf einem Schiff mitten auf dem Nil und umgeben von Männern zu sein, die sich erneut auf ein Abenteuer einlassen, das es wert ist. Ich fühle mich so frei, dass ich mich gern ein-, zweimal betrinken möchte, ehe wir zum Heer stoßen.» Er lachte. «Ich habe keine Angst vor den kommenden Monaten, Kamose.»

«Ich auch nicht», gestand Kamose. «Und du hast Recht. Ich liebe die Familie zwar, aber ich habe auch nichts dagegen, die Alltagsgeschäfte hinter mir zu lassen.»

«Als ob wir beide uns viel darum gekümmert hätten», meinte Ahmose. «Wenn das so weitergeht, wollen unsere Frauen auch noch in den Krieg ziehen.»

«Tetischeri ganz gewiss», sagte Kamose und ging damit bewusst auf den leichten Ton seines Bruders ein, während er sich selbst beobachtete. «Als sie jung war, hat sie erst ihrem Vater und danach Senechtenre zugesetzt, dass man ihr Unterricht in Schwertfechten und Bogenschießen erteilt. Frausein ist ihr eine Last. Sie wäre, glaube ich, gern als Mann geboren worden. Sie mischt sich immer noch oft unter die Leibwachen und kennt jeden mit Namen.»

« Das ist recht traurig », murmelte Ahmose. « Hast du dir jemals gewünscht, als Frau geboren zu sein, Kamose ? » Kamose spürte, wie sein Schwung in sich zusammenfiel.

« Ja », sagte er knapp. « Keine andere Verantwortung zu haben als Haushaltsdinge, keine anderen Entscheidungen zu treffen als die, welchen Schmuck man tragen will, nichts als Gefäß des göttlichen Blutes zu sein, nie töten zu müssen, ja, um all das beneide ich die Frauen. »

« Aber unsere Frauen sind nicht so », wandte Ahmose nach einem Weilchen ein. « Kamose, du redest, als ob du sie verachtest. »

« Verachten ? Nein », sagte Kamose matt. Seine kurze Freude an dem Morgen hatte sich verflüchtigt, und er wusste, sie würde nicht zurückkehren. « Ich beneide sie nur bisweilen. Frauen sind selten einsam. »

Für diese Nacht vertäuten sie in Qebt, und am nächsten Morgen schlief Kamose lange, und als er aufstand, glitt sein Schiff bereits nach Norden, und Achtoi räumte die Reste von Ahmoses Morgenmahl fort. Ahmose selbst kauerte im Schatten des Hecks, umgeben von den Bootsleuten, die nichts zu tun hatten, aber gemessen an dem lauten Geplauder, hatten sie sich viel zu sagen. Schallendes Gelächter verfolgte Kamose, als er zu der Reling aus dicken Binsenbündeln ging, die das Deck eingrenzten. « Wir sind ja schon an Kift vorbei! », sagte er erstaunt. « Bei diesem Tempo können wir übermorgen schon in Aabtu sein! »

« Möchtest du erst gewaschen werden oder erst essen, Majestät ? », erkundigte sich Achtoi. « Es gibt Brot, Käse und getrocknete Weinbeeren. Der Koch bittet um Nachsicht, er hofft in Aabtu auf frische Vorräte. » Kamose überlegte.

« Weder – noch », sagte er. « Der Kapitän soll langsamer fahren. Ich möchte schwimmen. Ahmose! Komm mit ins Wasser!», rief er und bemühte sich vergeblich, die Eifersucht zu beherrschen, die an seinem Herzen nagte, als die lebhafte Unterhaltung im Heck verstummte. Die Bootsleute kamen hoch, ihre Mienen wurden ernst. «Du solltest nicht zu vertraulich mit ihnen sein», sagte er leise, als Ahmose lächelnd zu ihm trat. «Es ist gefährlich, das Trugbild zu nähren, dass man den Abgrund zwischen dir und ihnen überbrücken könnte.» Ahmose blickte ihn forschend an.

«Natürlich kann man das nicht», sagte er ruhig. «Aber er darf auch nicht so groß werden, dass sie mich nicht mehr sehen können. Oder dich, Kamose. Was ist los? Bist du neidisch auf ein paar raue Kerle?» Nein, dachte Kamose und verabscheute sich für seine Kleinlichkeit. Amun, hilf mir, ich bin neidisch auf dich.

Die Tage vergingen angenehm, das stete Rauschen des Wassers unter ihrem Kiel, das endlos vorbeigleitende Ufer, der schlichte Ablauf des Bordlebens, alles förderte das Trugbild, ihre Reise wäre nichts weiter als ein Frühlingsausflug. Auf Deck verbrachten sie die Stunden an der Reling, bestaunten laut die sich ständig verändernde Aussicht oder tanzten mit ausgebreiteten Armen zum monotonen Takt ihrer kleinen Trommeln. Bei Sonnenuntergang hallten die Klänge von den Ufern des Nils wider, als wäre er von unsichtbaren Medjai gesäumt, die in einer Art Stammesritual den rhythmischen Gruß ihrer Landsleute erwiderten.

Ahmose beklagte sich, dass ihr unaufhörliches Trommeln ihm Kopfschmerzen bereite, aber Kamose fand durchaus Gefallen an der wilden Musik. Sie berührte etwas Ursprüngliches in ihm, stahl sich durch die strenge Kontrolle seiner Gedanken und zerstreute sie, sodass nur noch ein blindes Gefühl übrig blieb, in das er eintauchte, wenn das Getrommel bis in die Nacht weiterging und er schläfrig auf seinem Feldbett lag. Oft dachte er dann vage, der sinnliche Klang könnte die geheimnisvolle Frau seiner Träume zurücklocken, sie würde im Schlaf zu ihm kommen, wenn er sich nicht wehren konnte, aber obwohl die Bilder seines Unterbewusstseins sinnlich-sanft wurden, eine Sinnlichkeit, die er in seinen wachen Stunden schon lange nicht mehr zuließ, war sie nicht zu fassen.

In Aabtu hielten er und Ahmose an und huldigten Osiris und Chentiamentiu und machten Anchmahors Gemahlin ihre Aufwartung. Kamose gab dem Befehlshaber der Getreuen eine Nacht und den größten Teil des kommenden Tages frei, ehe sie nach Achmin ablegten, und dann genossen sie wieder das angenehm gleichförmige Leben auf dem Fluss.

Qes kam näher und wurde ohne innerliches Zittern passiert. Kamose wollte es so scheinen, als seien die Geister jenes tragischen Ortes im letzten Jahr ausgetrieben worden, als seine Flotte mit angehaltenem Atem und stumm an dem Weg vorbeigekrochen war, der vom Dorf zum Fluss führte, und er den Kopf noch voll von Bildern seines Vaters, der Hitze und der Verzweiflung von Seqenenres verlorener Schlacht gehabt hatte. Jetzt lag alles unschuldig schimmernd im hellen Morgensonnenschein, ein staubiger Weg, der den Reisenden aufforderte, abzubiegen und ihm zu den wilden Felsen und den sich darunter drängenden Häusern zu folgen. «Sieht friedlich aus, wie?», bemerkte Ahmose, als sie, an der Reling stehend, Qes verschwinden sahen. Er drehte sich um und blickte Kamose an. «Als Nächstes kommt Daschlut», sagte er. «Von da an werden wir uns das Ufer nicht mehr gern ansehen, Kamose. Der Anblick wird nicht mehr so lieblich sein. Vielleicht möchtest du mit mir in der Kabine sitzen, und wir unterhalten uns darüber, wie du vorgehen und was du den Fürsten sagen willst, die in der Oase auf uns warten.»

«Ja, das müssen wir wohl», meinte auch Kamose. «Aber es gibt nicht viel zu bereden. Ziehen wir mit dem Heer bis dicht an Auaris heran, oder bleiben wir in der Oase, bis wir uns einen wirksameren Siegesplan ausgedacht haben?»

«Haben wir eine andere Wahl, als erneut zu belagern?», fragte Ahmose. «Und dieses Mal sollten wir dafür sorgen, dass wir Spione in der Stadt haben, die uns Informationen liefern.» Er berührte Kamoses Arm. «Ramose wäre dafür am besten geeignet. Er ist klug und einfallsreich. Er ist mit seinem Vater schon in Auaris gewesen. Und er würde alles tun, um in Tanis Nähe zu kommen.» Sein Blick kreuzte sich mit Kamoses. Ahmose musterte ihn kühl.

«Du meinst, Ramose wäre das gegebene Werkzeug», sagte Kamose nachdenklich. «Aber, Ahmose, können wir ihm vertrauen? Wir haben seinen Vater umgebracht, ihn von seiner Mutter getrennt, sein Erbe Meketra gegeben. Er ist ein lauterer Mensch, aber wie weit darf man ihn treiben? Außerdem», und dabei blickte er zu einem Palmenhain hinüber, der in der Brise erschauerte, «ist Ramose mein Freund.»

«Umso mehr Grund, ihn zu verwenden», drängte Ahmose. «Oder ihn dazu zu bringen. Die Zuneigung zwischen euch beiden hat eine lange Geschichte, Kamose. Denk an Hor-Aha.» Seine Augen ließen von seinem Bruder ab und kehrten zum Ufer zurück. «Du hast ihn zum Fürsten gemacht. Du hast ihn über die anderen Fürsten gestellt, obwohl sie ihn wegen seiner Fähigkeiten scheel ansehen. Jedenfalls hast du es so begründet. Mir sagst du, es geht dabei um Treue. Du bist so skrupellos, dass du Treue mit Gefahr belohnst, schreckst aber bei Freundschaft vor dieser Probe zurück. Ist Treue etwa weniger bewundernswert als Freundschaft?» Kamoses Kopf fuhr herum, doch Ahmose wollte ihn nicht ansehen. Sein Blick hing noch immer an der lieblichen Aussicht, die vorbeiglitt. «Sind wir nicht alle Mahlgut unter dem großen Mühlstein deines unerbittlichen Willens? Warum nicht auch Ramose?»

Weil mich Ramose trotz allem liebt, wollte Kamose sagen. Weil die Männer um mich herum mir Gehorsam und Achtung entgegenbringen, ich jedoch ihre Herzen nicht kenne, nicht einmal Hor-Ahas. Immer wieder hat er die Treue unter Beweis gestellt, von der du sprichst, aber ich weiß, dass sie von Ehrgeiz gefärbt ist, nicht von Liebe. Ich verurteile das nicht. Ich bin dankbar. Dennoch gibt es nur ganz wenige, die mich wirklich lieben, Ahmose, und die sind mir zu viel wert, als dass ich ihre Zuneigung aufs Spiel setze.

«Nein», sagte er abschließend. «Treue hält mehr aus als Liebe, denn sie ist ein beständigeres und tieferes Gefühl, das viel Missbrauch überlebt, ehe es stirbt. Aber Ramose hat genug durchgemacht. So einfach ist das.»

Die Unterhaltung wandte sich festerem Boden zu, doch in stillen Augenblicken fielen Kamose wieder die Worte seines Bruders ein, und er merkte, dass er leidenschaftslos darüber nachdachte. Ramose war tatsächlich einfallsreich und klug. Und er kannte die Stadt Auaris. Wenn wir nicht Kindheitsfreunde wären, wenn er einer meiner Hauptleute wäre, würde ich dann zögern, ihn als Spion auszuschicken?, fragte er sich so ehrlich wie möglich. Und stelle ich nicht meine Einsamkeit über Ägyptens Wohl? Am Ende schob er die Fragen beiseite. Dafür war noch Zeit auf dem langen, heißen Weg vom Nil in die Oase.

Kurz nach Sonnenuntergang kamen sie an Daschlut vorbei, doch die letzten Strahlen der Sonne verweilten noch. Schweigen senkte sich auf die Reisenden, als das Dorf, das bereits im Schatten lag, vorbeizog. Nichts bewegte sich. Kein Hund bellte, im Zwielicht planschten keine Kinder im Wasser, aus dunklen Toreingängen wehten keine Kochgerüche zu ihnen.

Schwarzer Sand lag zwischen dem Fluss und den ersten Häusern, und als Kamose hinsah, spürte er wieder den Pfeil auf seiner Handfläche und das glatte Gewicht seines Bogens, als er ihn abschoss. Der Name des Bürgermeisters hatte Setnub gelautet, fiel ihm ein. Setnub, aufgebracht und bestürzt, Setnub, dessen verkohlte Gebeine unter denen seiner Dorfbewohner bei den Resten lagen, die vom Brand übrig geblieben waren. «Wo sind sie?», murmelte er. Ahmose bewegte sich neben ihm.

«Sie sind da», sagte er ruhig. «Die Äcker sind zwar nicht in Schuss, aber jemand hat versucht zu säen. Es musste getan werden, Kamose. Das wissen wir beide. Die Frauen und viele Kinder sind zurückgeblieben. Daschlut ist nicht völlig tot.»

Sie verbrachten die Nacht gerade außer Sichtweite von Chemmenu, doch Kamose schickte Meketra eine Botschaft und kündigte ihm ihr Kommen an, und am Morgen wartete oberhalb der Bootstreppe eine Gesandtschaft zu ihrer Begrüßung. Kamose kam die Laufplanke heruntergeschritten, nahm auf dem Pflaster die Huldigung der dort versammelten Männer entgegen und bemerkte zu seiner Erleichterung, dass der Fürst die Wintermonate nicht müßig hatte verstreichen lassen. Nirgendwo fand sein Auge noch Zeichen des Gemetzels vom vergangenen Jahr. Auf dem Anleger herrschte Geschäftigkeit. Beladene Esel drängelten sich zwischen Nil und Stadt. Kinder rannten schreiend herum, die großen Gemeinschaftsöfen rauchten, und am Ufer stand eine Gruppe Frauen knietief im Wasser, klatschte Wäsche auf die Steine und schwatzte. «Du bist nicht untätig gewesen, Fürst», bemerkte er anerkennend, als sich Meketra aus seiner Verbeugung aufrichtete, und zusammen strebten sie der Stadt zu. Meketra lächelte.

«Ich habe die überlebenden Männer aus Daschlut mit ihren Familien aufgenommen», sagte er beflissen. «Viele sind es nicht, aber ich habe sie sofort an die Arbeit geschickt. Die Straßen sind sauber und die Häuser getüncht. Viele stehen natürlich leer. Die Witwen sind zu Verwandten gezogen. Sie arbeiten im Austausch für Nahrung aus den Speichern und Lagerhäusern auf Chemennus Feldern. Aber du schickst uns Männer, wenn der Krieg vorbei ist, ja, Majestät?»

Kamose kämpfte gegen die Verärgerung, die Meketras selbstbeweihräuchernder Redefluss ausgelöst hatte. Der Fürst hatte viel geschafft, seit Kamose ihn von Neferusi wegbefohlen und auf dem Landsitz angesiedelt hatte, den Teti bewohnt hatte. Auf den Straßen waren die blutgetränkte Erde weggeschafft und der Abfall fortgebracht worden, und wo einst Blutflecke gewesen waren, strahlten weiße Wände. «Herzlichen Glückwunsch», rang er sich ab und zwang sich, Wärme in seine Stimme zu legen. «Sehr gut gemacht, Meketra. Natürlich kann ich dir noch nichts versprechen, und selbst wenn ich siege, muss ich ein stehendes Heer behalten, aber ich werde deine Bitte nicht vergessen.» Sie waren jetzt bei der breiten Straße angelangt, die zu Thots Tempel führte, und Kamose blieb stehen. «Ich muss dem Gott meine Aufwartung machen», fuhr er fort. «Alsdann wollen wir mit dir frühstücken.» Er wartete nicht auf Meketras Verbeugung, sondern wandte sich hastig ab, und Ahmose folgte ihm.

«Sieh dich vor, Kamose», flüsterte Ahmose, als sie sich dem Pylon näherten. «Lass ihn nicht merken, dass du ihn nicht magst. Er hat hier tatsächlich Wunder vollbracht.»

«Ich weiß», sagte Kamose. «Es ist mein Fehler, nicht seiner. Dennoch sagt mir eine innere Stimme, dass er für jede Heldentat und jeden Gefallen die zehnfache Belohnung erwartet, als Beförderung oder als sonst was. Das ist keine Treue.»

«Doch, irgendwie schon», murmelte Ahmose trocken, «aber nicht unbedingt das, was man von einem Edelmann erwartet. Dennoch, er ist nützlich.» Treu, dachte Kamose. Nützlich. Sind wir wieder beim Thema, Ahmose? Er bückte sich, zog seine Sandalen aus und wollte den großen Vorhof überqueren.

Er erkannte den Priester, der am Rand des Innenhofs stand und ihnen entgegensah. Der Mann neigte den Kopf, ein unpersönlicher Gruß, und seine Miene war undeutbar. Als sie ihn erreicht hatten, hielt Kamose seine Sandalen hoch. «Dieses Mal klebt kein Blut daran», sagte er. Der kühle Blick fuhr zu Kamoses Hand und kehrte zu seinem Gesicht zurück.

«Hast du ein Geschenk mitgebracht, Kamose Tao?», erkundigte sich der Priester.

«Ja», sagte Kamose höflich. «Ich habe euch Fürst Meketra geschenkt. Lass dich warnen, Priester. Ich habe Nachsicht mit deiner verschleierten Dreistigkeit, weil ich mich beim letzten Mal, als ich Thots Bezirk betrat, nicht gereinigt hatte, aber hier endet meine Duldsamkeit. Ich kann Meketra befehlen, dich zu versetzen. Du bist ein Mensch, der sich nicht fürchtet, seinen Gott und seine Auffassung von Maat zu verteidigen, und dafür bewundere ich dich, aber ich werde dich ohne zu zögern bestrafen, wenn du dich weigerst, mir die Ehrerbietung zu erweisen, die meinem Blut zusteht. Habe ich mich deutlich ausgedrückt?»

«Durchaus, Majestät.» Der Mann trat beiseite, doch er verbeugte sich nicht. «Tritt ein und erweise Thot die Ehre.»

Sie durchquerten den kleineren Innenhof, machten ihren Fußfall vor den Türen zum Heiligtum und beteten stumm, doch Kamose bezweifelte, dass seine Worte Gehör fanden, denn er konnte sich nicht sammeln. Er erinnerte sich an die Verwundeten, die im Vorhof gelegen hatten, an die schluchzenden Frauen, die wenigen abgehetzten Ärzte, an die Atmosphäre von Feindseligkeit, durch die er und Ahmose gewatet waren wie durch Schmutzwasser. Chemmenu wird mir nie gehören, dachte er, als er sich erhob. Es hat Teti und davor zu lange Apophis gehört. Und was ist mit dir, erhabener Thot, mit deinem Ibisschnabel und deinen winzigen, wissenden Augen? Freust du dich, dass Ägypten nach deinem göttlichen Willen neu geformt wird, oder steht dein göttlicher Wille gegen Amuns?

Es störte ihn, in dem Empfangssaal zu sitzen, in den er so viele Male während seiner Kindheit gekommen war, und Fremde zu sehen, die sich über die Tischchen beugten und zu ihm mit Stimmen sprachen, an die er sich nicht erinnerte. Fast alle Möbel Tetis waren verschwunden, aber Kamose merkte, dass die Stücke, die Meketras Gemahlin behalten hatte, überaus schön und kostbar waren. Er dachte an seine eigene Mutter, die unter ähnlichen Umständen gewiss alles weggegeben und auch nicht den kleinsten Gewinn aus dem Sturz eines anderen gezogen hätte.

Meketra saß da und lächelte huldvoll, während seine Familie kunstlos schwatzte und die königlichen Brüder mit Geschichten über ihr Elend außerhalb der Festung ergötzte, über die Kälte und Unhöflichkeit von Tetis Gemahlin und natürlich über Meketras unendliches und selbstloses Bemühen, Chemmenu wieder aufzubauen. Zu guter Letzt war Kamose gezwungen, sie mit unverkennbarer Autorität daran zu gemahnen, dass sie seine angeheirateten Verwandten schlecht machten, und dann konnten sich er und Ahmose endlich und ungemein erleichtert verabschieden. «Gut möglich, dass Apophis Meketra nach Neferusi geschickt hat, damit Chemmenu diese Klatschbase los wird», bemerkte Ahmose, während Anchmahor und die Getreuen sie umringten und mit ihnen zum Schiff zurückgingen. «Tetis Diener hat sie abgeschoben, hast du das gemerkt, Kamose? Aber die Silberschüsseln, die Aahotep Nofre-Sachuru geschenkt hat, die hat sie behalten.»

184

«Sie haben keine Manieren», bestätigte Kamose. «Aber das ist ein kleines Ärgernis, verglichen mit der Frage, ob Verlass auf sie ist oder nicht. Dank Amun müssen wir uns darum jetzt keine Sorgen machen! Achtoi, bring mir Wein aus Waset. Ich habe einen schlechten Geschmack im Mund.»

Neferusi war nur ein kurzes Stück stromabwärts gelegen, und auch hier hatte sich wie in Chemmenu viel verändert. Als sein Schiff in der spätnachmittäglichen Hitze auf das Ufer zukreuzte, suchte Kamoses Blick vergeblich nach den dicken Mauern und den starken Toren, die ihn sehr aufgehalten hätten, wenn da nicht Meketra gewesen wäre. Stattdessen allüberall Abfallberge, geborstene Steine und gesplitterte Lehmziegel, unter denen Bauern nach Verwertbarem suchten. Der Hauptmann, den Kamose mit dem Schleifen beauftragt hatte, bahnte sich einen Weg zum Fuß der Laufplanke und verbeugte sich, als Kamose und Ahmose herunterkamen. Er war staubig und lächelte. Kamose begrüßte ihn freundlich. «Die Setiu-Arbeiter haben keinerlei Ärger gemacht, Majestät», antwortete der Mann auf Kamoses Frage. «Noch ein Monat, und der Platz ist, glaube ich, eingeebnet. Was soll ich dann mit ihnen machen? Ich habe die Kasernen als Unterkunft für sie stehen lassen.» Kamose überlegte.

«Sie sollen sich die Kaserne als Dauerbleibe einrichten», beschied er. «Du und dein Helfer, ihr könnt euch das Haus nehmen, aus dem Fürst Meketra ausgezogen ist. Die Setius sollen Boden heranschaffen, und nach der nächsten Überschwemmung sollen sie ihn bebauen. Du hast hier gute Arbeit geleistet. Ich bin froh, Neferusi in deinen Händen zu wissen. Brauchst du sonst noch etwas?» Der Mann verbeugte sich.

«Falls wir ein Dorf werden sollen, wäre es gut, wenn wir einen Arzt hätten», sagte er. «Und auch einen Priester, der dem Amun-Schrein dient, den ich gern erbauen lassen würde. Auch ein weiterer Schreiber würde uns die Arbeit erleichtern.» Kamose wandte sich an Ipi, der wie ein Wilder mitschrieb.

«Hast du das?», fragte er. Ipi nickte. «Gut. Hauptmann, du bekommst, was du brauchst. Ipi wird einen Beschlagnahmungsbefehl für dich aufsetzen, mit dem gehst du nach Chemmenu. Mache weise Gebrauch davon. Damit darfst du in die Speicher und auch in die Lager, bis die Setius ihr eigenes Getreide und Gemüse erzeugen können. Falls sie sich gut benehmen, versorgen wir sie im nächsten Jahr vielleicht mit Frauen.» Der Hauptmann blickte Kamose unschlüssig an, und als er den König grinsen sah, lachte auch er.

«Frauen verschlimmern meine Probleme nur, Majestät», sagte er. «Das ist nun wirklich ein Luxus, den die Fremdländer nicht brauchen, zumindest im Augenblick nicht. Ich danke dir, Majestät, und wenn du mich entlässt, möchte ich an meine Arbeit zurückkehren.»

Kamose reckte sich. «Heute fühle ich mich so unbeschwert, Ahmose. Wir fahren erst morgen früh weiter. Het nefer Apu liegt nur vierzig Meilen stromab und wir sind schnell dort. Noch haben wir nicht Mechir.»

Wie Ahmose geargwöhnt hatte, war das Land von Neferusi an in einem schlimmen Zustand. Hektarweise ungepflügte braune Erde zwischen schlaffen Grasbüscheln und hässlichem Wildwuchs. Hier und da verschlammte Bewässerungsgräben und Überreste vom Hochwasser wie Äste, Tierknochen, alte Vogelnester und anderer Unrat. In der Nähe der zerstörten Dörfer waren Grüppchen von verdreckten Frauen und teilnahmslosen Kindern zu sehen, die sich über die Fleckchen beugten, die sie gesäubert hatten. Sie richteten sich nicht einmal auf, als die kleine Flotte vorbeifuhr. «Gib ihnen Korn, Kamose!», drängte Ahmose, der neben ihm stand. «Wir haben reichlich!» Doch Kamose kniff den Mund zu einem schmalen Strich zusammen und schüttelte den Kopf.

«Nein. Sie sollen leiden. Hierher kommen Bauern aus unserer eigenen Nomarche, die können dann ihre elenden Hütten mit ägyptischen Kindern füllen, nicht mit Setiu-Mischlingen. Anchmahor!», rief er dem Befehlshaber der Getreuen gereizt zu. «Schick jemanden zu den anderen Schiffen. Die Medjai sollen mit ihrem Krach aufhören! Er passt nicht zu der trostlosen Verwahrlosung rings um uns!»

Einen Tag vor Het nefer Apu trafen sie auf ihre eigenen Späher, die ständig den Verkehr auf dem Fluss überwachten, und zu ihrer großen Erleichterung konnten sie, schon lange ehe die Stadt in Sicht kam, in der klaren Luft, in die sich der Staub vom Lager mischte, den Krach der Bootsleute hören. Die Medjai begannen aufgeregt zu schwatzen. Kamoses Kapitän rannte zum Steuermann, stieß abwechselnd Befehle oder laute Warnrufe für die Kapitäne der Zedernbarken aus, die überall auf dem Fluss lagen. Herolde am Ufer mischten sich in den allgemeinen Tumult, und Kamose hörte ihre Rufe von Mund zu Mund gehen. «Der König ist da! Seine Majestät ist angekommen! Huldigt dem Starken Stier!» Bootsleute kamen aus den Zelten längs des Nils gestolpert, verbeugten sich und gafften, und hinter dem Wirrwarr tauchte die Stadt selbst auf, niedrige Gebäude drängten sich zusammen, um sie herum geschäftige Menschenmassen, trottende Esel und beladene Karren.

Er und Ahmose, gefolgt von Achtoi und Ipi, gingen zum Fuß der Laufplanke, und sofort umgaben die Getreuen des Königs die königlichen Brüder. Kamose ging zu dem größten Zelt, das etwas entfernt von den anderen aufgestellt worden war, doch ehe er es erreicht hatte, trat Paheri schon ins Freie, neben sich Baba Abana, und kam den holprigen Weg entlanggeschritten. Beide Männer blieben stehen, knieten nieder und legten die Stirn in den Staub. Kamose hieß sie aufstehen, und zusammen betraten sie das Zelt. Paheri zeigte auf einen Stuhl, und Kamose nahm Platz und bedeutete dem Rest, er könne sich setzen. Ahmose nahm einen Schemel, aber Paheri und Baba Abana ließen sich auf eine zerschlissene Matte sinken und kreuzten die Beine. Gleich neben der Zeltklappe wartete ein Diener. Achtoi ging zu ihm. Ipi setzte sich auf den Teppich zu Kamoses Füßen und machte seine Palette bereit.

Kamose musterte seine beiden Hauptleute. Paheri blickte sich um und runzelte unmerklich die Stirn, hakte im Geist bestimmt eine Liste ab. Alles, von seinem aufrechten Rücken bis hin zu seinen ruhigen gefalteten Händen und der Ausstrahlung besorgter Autorität, zeugte von seinen Jahren als Bürgermeister von Necheb. Baba Abana jedoch saß locker da, der Schurz lag zerknautscht auf seinen Schenkeln, und die schwieligen Finger zogen vor seinen gekreuzten Beinen ein unsichtbares Muster auf dem Läufer. «Eure Berichte», sagte Kamose. Paheri räusperte sich, streckte die Hand aus, in die sein Schreiber eine dicke Rolle legte, entrollte sie und warf Kamose einen strengen, jedoch unpersönlichen Blick zu.

«Du wirst, glaube ich, erfreut über das sein, was Baba und ich aus dem Pöbelhaufen gemacht haben, den du uns dagelassen hast», sagte er. «Alle, Hauptleute wie Mannschaften, haben ungemein hart gearbeitet und sind eine schlagkräftige Bootstruppe geworden. Meine Schiffbauer aus Necheb haben dafür gesorgt, dass jedes der dreißig Zedernholzschiffe, die du uns dagelassen hast, hervorragend in Schuss ist. Ich habe hier einen Bericht über jedes Schiff, die Namen seiner Hauptleute und Besatzung und über die besonderen Fähigkeiten jedes Einzelnen. Schätzungsweise einer von fünf Soldaten konnte nicht schwimmen, als wir mit der Ausbildung begonnen haben.

Jetzt können alle nicht nur schwimmen, sondern auch tauchen.»

«Wir haben uns eine Regel ausgedacht: Jeder Mann, der eine Waffe über Bord fallen ließ, musste sie auch wieder heraufholen», warf Abana ein. «Anfangs mussten wir ein paar einheimische Jungen einstellen, die haben nach den Schwertern und Äxten getaucht, und die Schuldigen haben kein Bier bekommen, aber jetzt sind sie so gute Bootsleute, dass sie keine Waffen mehr verlieren, ganz zu schweigen davon, dass sie danach tauchen müssen.» Paheri machte den Mund auf und wollte aus der scheinbar endlosen Rolle vorlesen, aber Kamose griff hastig ein.

«Ich gehe davon aus, dass du eine Kopie deiner Listen hast», sagte er. «Gib sie Ipi, und ich sehe sie mir dann in aller Ruhe an. So kann ich den Inhalt besser aufnehmen. Ich beglückwünsche euch beide zu dem Schwimmunterricht. Ein in der Schlacht ertrunkener Mann ist ein sinnloser und unnötiger Verlust. Ich sehe schon, dass ich mein Vertrauen in die richtigen Männer gesetzt habe.» Sein Ton war nicht schmeichlerisch, und das Kompliment wurde als ihnen gebührend aufgenommen. «Und jetzt berichtet von der Ausbildung, die ihr euch ausgedacht habt», fuhr Kamose fort. Paheri nickte, doch ehe er sprach, winkte er seinem Diener, der an der Zeltklappe wartete. Der Mann verbeugte sich und verschwand.

«Baba und ich haben gemeinsam eine Strategie ersonnen», erläuterte Paheri, «aber Baba hat sich um die Ausführung gekümmert. Wir haben nicht mehr auf dem Land geschult. Die Soldaten haben in den ersten zwei Monaten auf den Schiffen gegessen, geschlafen und geübt, und später durften sie erst Zelte am Ufer aufstellen, wenn sie in einer der wöchentlichen Übungsschlachten gesiegt hatten.»

«Bin ich froh, Majestät, dass du unsere ersten erbärmlichen

Versuche einer Wasserschlacht nicht gesehen hast», sagte Abana, und seiner Stimme war das Lächeln anzuhören. «Schiffe haben sich gerammt, Riemen hingen herunter und brachen, Soldaten verloren das Gleichgewicht, als sich das Schiff neigte, Hauptleute beschimpften sich quer übers Wasser. Und natürlich fielen Schwerter, Äxte und Dolche gleich massenweise in den Nil. Das waren enttäuschende Tage.» Aber er blickte gar nicht enttäuscht, sondern froh und selbstgefällig.

«Der Kampfgeist ist hervorragend. Kaum zu glauben, dass der zusammengewürfelte Haufen mürrischer Bauern das geworden ist, was du morgen zu sehen bekommst. Die Hauptleute haben eine Vorführung vorbereitet, die dir hoffentlich Spaß machen wird. Was unsere Vorräte angeht, so sind wir freigebig gewesen. Ein hungriger Soldat kämpft nicht gut. Wir haben genug Korn und Gemüse und reichen damit bis zur nächsten Ernte. Die Äcker rings um die Stadt sind schon bestellt.»

In diesem Augenblick trat eine kleine Prozession von Dienern mit Tabletts voll Schüsseln ein, und der luftige Raum füllte sich mit dem Duft warmen Essens. Auf einen weiteren Wink von Paheri hin begannen sie mit dem Auftragen, und Kamose merkte, dass er zum ersten Mal seit vielen Tagen wirklich heißhungrig war. Dieser Mann vergisst aber auch gar nichts, dachte er und sah zu, wie die gebratene, mit Lauch und Knoblauch gefüllte Gans auf dem Behelfstisch abgesetzt wurde, den ein anderer Diener vor ihm aufgestellt hatte, und darauf folgten Brot in Olivenöl, das mit Wacholder gewürzt war. «Ich glaube, ich lasse dich nicht bei den Bootsleuten, Paheri, du solltest lieber die Verpflegung des Heeres organisieren», spaßte er, während er sich Öl von den Fingern leckte. Sofort blickte Paheri erschrocken und entsetzt.

«O Majestät, du kannst mir befehlen, aber ich bitte dich, bedenke ...» Kamose lachte schallend.

«So dumm, dass ich einen geborenen Schiffbauer von seinen Schiffen wegnehme, bin ich nicht», sagte er. «Ich habe nur Spaß gemacht, Paheri. Ich bin mehr als zufrieden mit dem, was du hier geschaffen hast.»

Während sie speisten, drehte sich die Unterhaltung um allgemeine Dinge, schweifte jedoch niemals zu Themen ab, die Soldaten nicht interessierten. Abana wollte von den Brüdern alles über die Medjai wissen, woher in Wawat sie kämen, wie viele verschiedene Stämme die Division der fünftausend ausmachten, die Kamose bei sich behalten hatte, wie sie sich ihre legendäre Kunst als Bogenschützen erworben hätten. Kamose merkte seinen Worten kein Vorurteil an, sondern nur Wissbegier, daher antwortete er so bereitwillig, wie er konnte. «Das musst du General Hor-Aha fragen», bekannte er schließlich. «Er kennt die Medjai besser als jeder andere, schließlich hat er sie aus Wawat mitgebracht. Ich weiß nur, dass wir im vergangenen Jahr ohne die staunenswerte Genauigkeit ihrer Kunst nicht so schnell entlang dem Fluss gesiegt hätten. Ich weiß nicht einmal, welche fremden Götter sie anbeten.»

«Sie interessieren sich für Wepwawet von Djawati und Chentiamentiu von Aabtu», sagte Ahmose. «Beides sind ägyptische schakalköpfige Kriegsgötter. Aber sie haben eine seltsame Religion, sie glauben, dass bestimmte Steine oder Bäume gute oder böse Geister beherbergen, die man beschwichtigen muss, und jeder trägt einen Fetisch, der ihn vor Feinden schützt.»

«Hor-Aha auch?», fragte Kamose, erstaunt über die Informationen, die Ahmose irgendwo aufgeschnappt haben musste. Ahmose nickte, den Mund voll Sesamkuchen.

«Er besitzt einen Leinenfetzen, mit dem unser Vater einst

das Blut aus einer Schramme gestillt hat. Den hat er mir einmal gezeigt. Er hat ihn in einem kleinen Lederbeutel, der in seinen Gurt eingenäht ist.»

«Ihr Götter», murmelte Kamose und wechselte das Thema.

Nachdem sie das Essen verschlungen hatten, führte Paheri sie in die Stadt, wo sie die Lager überprüften, und dann in die Zelte der Soldaten. Überall fiel Kamose auf, wie ordentlich die Habe der Männer war, wie sauber ihre spärliche Kleidung und mit welcher Sorgfalt sie ihre Waffen pflegten. Schwerter glänzten scharf und makellos, Bogensehnen waren geölt, der Strick, mit dem das Axtblatt am Stiel befestigt war, war nicht ausgefranst und fest angezogen. Am Ende war er also doch noch Oberbefehlshaber einer kämpfenden Truppe geworden, die man eine Bootstruppe nennen konnte.

Ehe er sich auf sein Schiff zurückzog, traf er eine Verabredung für den nächsten Tag, weil er sich die Manöver ansehen wollte, die Paheri und Abana für ihn abhalten wollten, und bekam von Paheris Schreiber einen ganzen Arm voll Rollen überreicht. «Das sind alle Berichte unserer Späher aus dem Delta», erläuterte Paheri. «Die meisten habe ich dir nach Waset geschickt, Majestät, aber vielleicht möchtest du mit diesen Kopien dein Gedächtnis auffrischen. Es ist auch eine Rolle von General Hor-Aha dabei. Sie ist versiegelt und mit der Anweisung versehen, sie dir persönlich bei deiner Ankunft zu übergeben. Was ich hiermit getan habe.» Kamose gab den unordentlichen Haufen an Ipi weiter.

«Sind hier in der Gegend irgendwelche Setiu-Spione gefangen worden?», fragte er Paheri. Der schüttelte den Kopf.

Kamose ging die Laufplanke hoch und betrat nachdenklich seine Kabine, Ipi folgte ihm auf den Fersen. Irgendwie muss Apophis seine Tore öffnen, überlegte er. Man muss ihn dazu herumbekommen, aber wie? Seufzend setzte er sich auf die

Bettkante. Der Morgen war ereignisreich gewesen. Ahmoses Schatten verdunkelte den Eingang, als sich Achtoi bückte, um Kamose die Sandalen auszuziehen.

«Ich bin auch reif für eine Stunde auf meinem Feldbett», sagte Ahmose gähnend. «Sie haben hier Wunder vollbracht, Kamose, die beiden. Sie verdienen, glaube ich, eine Belohnung. Liest du die Botschaften jetzt noch?» Kamose legte die Füße auf die Matratze.

«Nein. Später. Ipi, du kannst gehen. Achtoi, sag den Wachen, dass sie uns wenigstens eine Stunde lang nicht stören.»

Er schlief wie ein Kind, tief und traumlos, und wachte auch auf wie ein Kind, war plötzlich da und fühlte sich rundum wohl. Er rief nach seinem Haushofmeister, ließ sich waschen, wechselte die Kleidung, ließ sich Brot und Käse bringen, ging nach draußen und setzte sich unter den hölzernen Sonnenschutz. Gleich darauf kam auch Ahmose. Sie speisten und tranken etwas, dann ließ Kamose Ipi holen. «Und jetzt», sagte er zu seinem Schreiber, als sich der Mann neben seine nackten Füße setzte, «sollten wir uns lieber Hor-Ahas Rolle vornehmen. Lies vor, Ipi.» Ipi erbrach das Siegel und hob an.

«‹Grüße an Seine Majestät König Kamose, Starker Stier der Maat und Unterwerfer der abscheulichen Setius›.»

«Unterwerfer der abscheulichen Setius», murmelte Ahmose. «Das gefällt mir.»

«‹Ich habe in diesem Winter viel über Auaris nachgedacht und überlegt, Majestät, wie deine Strategie für den Feldzug dieses Jahres aussehen könnte›», fuhr Ipi fort. «‹Ich gehe davon aus, dass du, Majestät, keine andere Wahl hast, als erneut die Belagerung von Auaris aufzunehmen, Nag-Ta-Hert oder Het nefer Apu gegen einen Einfall aus dem Norden zu befestigen, verbunden mit einer Säuberung der bereits eingenommenen Gegenden. Ich möchte in aller Bescheidenheit einen anderen

Vorschlag unterbreiten. Ich bin so kühn, weil ich dein General bin, Majestät, und du es für richtig gehalten hast, mich auch schon früher in militärischen Angelegenheiten zu befragen.

Wie du sehr wohl weißt, Majestät, gibt es nur zwei Wege, die in die Oase hinein- und hinausführen. Einer kommt vom See Ta-sche, und einer führt von Het nefer Apu, das deine Bootsleute absichern, nach Westen. Falls man Apophis' Truppen die Information zuspielen könnte, dass dein Heer in der Oase untergebracht ist, und falls man seine Generäle überzeugen könnte, Auaris zu verlassen, müssten sie durch die Wüste über Ta-sche ziehen, weil die Bootsleute den Zugang zur anderen Strecke bewachen.

Damit schlägst du zwei Fliegen mit einer Klappe. Erstens: Das Wüstengelände ist felsig und beide Wege sind sehr schmal. Zweitens: Falls sich deine Truppen von Uah-ta-Meh zum Nil und in die Sicherheit von Net nefer Apu zurückziehen, hätten Apophis' Hauptleute keine andere Wahl, als sich auf den entmutigenden und erschöpfenden Marsch entweder zurück nach Ta-sche oder vorwärts zur Verfolgung deines Heeres zu machen. Wetten, dass sie dein Heer verfolgen? Wenn wir sie daraufhin zur Schlacht gegen Heer und Bootsleute zwingen, sind sie gewiss müde und ohne Kampfgeist. Ich vertraue darauf, dass du, Majestät, dich nicht an meiner Kühnheit störst, dir diese Vorschläge zu unterbreiten. Ich erwarte mit Freuden entweder deinen Befehl, mit den Truppen zum Nil zurückzukehren, oder die Ankunft deiner königlichen Person. Bitte, übermittele Prinz Ahmose meine untertänigsten Grüße.›» Ipi blickte auf. «Das ist mit ‹Fürst und General Hor-Aha› unterzeichnet und gegeben am ersten Tag im Monat Tybi», schloss er. «Möchtest du es noch einmal vorgelesen haben, Majestät?» Kamose nickte. Er warf Ahmose einen Blick zu, doch der sah mit angehaltenem Atem den Schreiber an.

Nachdem die Rolle ein zweites Mal verlesen war, nahm Kamose sie und entließ Ipi. In dieser kleinen Pause sprach Ahmose. «Das muss ich erst verdauen», sagte er langsam. «Hor-Aha schlägt vor, dass wir die Setius irgendwie in die Oase locken, und wenn sie kommen, ziehen wir uns zum Nil zurück, und wenn sie uns dann einholen, haben wir zusammen mit den Bootsleuten volle Stärke erreicht, während sie nach einem anstrengenden Marsch durch die Wüste müde und entmutigt sind.»

«So sieht es aus.»

«Er ist also für eine offene Feldschlacht hier in Het nefer Apu.»

«Darauf läuft es letzten Endes hinaus.» Kamose klopfte sich nachdenklich mit dem Papyrus ans Kinn. «Aber warum sollte Apophis das riskieren, wenn er einfach seine Stadt dichtmachen und uns wie im vergangenen Jahr zusehen kann, wie wir wie verhungerte Ratten draußen hin und her rennen? Er hat den Vorteil ganz auf seiner Seite, kann die Sache wohlbehalten aussitzen, während wir gezwungen sind, in Nag-Ta-Hert oder hier, wie Hor-Aha klarstellt, eine Grenze zu ziehen, die Ägypten wie vor vielen Hentis in zwei Länder teilt. Was meinst du dazu, Ahmose?» Der kaute auf den Lippen herum.

«Es gibt da mehrere Probleme», sagte er. «Man müsste Apophis davon überzeugen, dass er uns tatsächlich in der Oase vernichten kann. Er ist vorsichtig, um nicht zu sagen zaghaft. Er würde nie so hoch spielen, wenn er nicht ganz klar Aussicht auf einen vollständigen Sieg hätte. Jemand müsste ihn glauben machen, dass wir uns in Uah-ta-Meh für sicher halten. Jemand, der überzeugend den Verräter spielen kann. Und warum sollten seine Truppen erschöpfter in Het nefer Apu eintreffen als unsere? In der Oase gibt es reichlich Wasser. Die Setius kommen in die Oase und stellen fest, dass wir fort

sind. Ehe sie uns folgen, füllen sie ihre Wasser- und Nahrungs-
vorräte auf und setzen uns bei bester Gesundheit nach. Hor-
Ahas Plan bietet uns keinerlei Vorteile.»

«Außer dass er uns aus einer Sackgasse befreit», sagte Kamose. «Damit könnte man sie nach draußen locken. Apophis
hat sich nicht bemüht, die fünftausend Soldaten anzugreifen,
die ich hier bei Paheri und Abana gelassen habe. Er hält uns
für so ungeordnet, dass er sich nicht um uns schert. Er ist sich
sicher, dass der Aufstand rasch in sich zusammenfällt.»

«Das wird er auch, Kamose, es sei denn, wir ändern unsere
Taktik», sagte Ahmose vorsichtig. «Hor-Ahas Vorschlag ist
ins Unreine gedacht, es muss noch daran gefeilt werden, aber
es ist ein ganz neuer Gedanke. Wir müssen in die Oase, statt
das Heer von hier aus anzufordern. Wir wissen, dass sie nicht
zu verteidigen ist, aber das war auch nie vorgesehen. Sie ist
einfach ein Versteck, in dem unsere Männer überwintern
konnten. Aber wir müssen mit eigenen Augen prüfen, ob sie
sich zur Falle eignet oder nicht.»

«Was meinst du damit?», fragte Ahmose achselzuckend.

«Ich habe da eine Idee. Wie wäre es, wenn die Setius bei ihrer Ankunft kein frisches Wasser vorfinden? Wie wäre es,
wenn wir uns in die Wüste zurückziehen, dann zurückkehren
und sie vernichten? Wir kennen Uah-ta-Meh nicht, Kamose.
Lass uns zumindest hinfahren und uns die Gegend ansehen.
Wozu sind uns eine schöne Bootstruppe und ein diszipliniertes
Heer nutze, wenn der Feind nicht kämpfen will?»

«Ich wollte sie nach Osten führen», sagte Kamose widerstrebend. «Wir verschwenden nur Zeit, wenn wir in die Oase
fahren, und am Ende stellt sich heraus, dass Hor-Ahas Plan
doch nicht durchführbar ist. Dennoch …» Er legte die Rolle
auf sein Feldbett. «Wer weiß schon, ob nicht Amun dem General die Idee eingegeben hat?»

An diesem Abend gab man im Haus des Bürgermeisters von Het nefer Apu ein Fest für die Taos und ihre Hauptleute. Kamose war wie gewohnt ein stiller Beobachter, obwohl er gern mitgemacht hätte, sah aber den Scherzen seiner Waffengefährten kühl und zurückhaltend zu. Sein Kopf beschäftigte sich mit dem Plan des Generals, drehte und wendete ihn, suchte nach einem Weg, wie er klappen könnte, hielt Ausschau nach verborgenen Schwierigkeiten. Höflich ließ er das Fest über sich ergehen, er wusste, dass es zu seinen Ehren gegeben wurde, beantwortete die Verbeugungen der Männer und Frauen, die zur Estrade kamen und sich vor ihm verneigten und die Lippen auf seine Füße drückten; doch lange bevor die Lampen zu flackern anfingen und die berauschten Gäste betäubt und gesättigt über ihren Tischchen lagen, brannte er darauf, in die Stille seiner Kabine zurückkehren zu können.

Am Morgen saßen er und ein bleicher, gähnender Ahmose auf der Estrade am Nil und sahen zu, wie die Bootsleute übten. Abana hatte sich eine Scheinschlacht ausgedacht, um die Schlagkraft seiner neuen Truppe vorzuführen, und die bot im funkelnden Morgensonnenschein einen Furcht erregenden Anblick. Die Schiffe bewegten sich hin und her, die Befehle der Hauptleute erklangen scharf und klar, und die Männer gehorchten genau und beflissen. Kamose war vor allem von den Zusammenstößen der Schiffe beeindruckt und wie die Soldaten enterten. Keiner fiel ins Wasser. Alle wahrten Gleichgewicht und kühles Blut und kämpften mit Holzschwertern, die man für Übungszwecke an sie ausgeteilt hatte. Bootsleute am Ufer stellten bewegliche Ziele für die Bogenschützen, die die Reling der schaukelnden Schiffe säumten, und wieder und wieder trafen ihre stumpfen Pfeile ins Ziel.

«Siehst du neben Baba seinen Sohn Kay?» Das musste Paheri Kamose fast zubrüllen, so laut war der Tumult. «Er hat sich als guter Soldat erwiesen, und obendrein ist er wie sein Vater ein hervorragender Bootsmann und versteht sich darauf, sich bei den Männern durchzusetzen. Ich möchte ihn zur Beförderung vorschlagen, Majestät.» Kamose nickte wortlos Zustimmung.

Als alles vorbei war und sich die Schiffe nebeneinander aufgereiht hatten, was von den Bootsleuten viel Geschick erforderte, stand Kamose auf und lobte sie, ging auf Einzelheiten beim Kampf ein und gab ihnen für den Rest des Tages frei. Sie jubelten ihm begeistert zu und zerstreuten sich dann auf Befehl ihrer Hauptleute. Abana kam, gefolgt von seinem Sohn, seine Laufplanke heruntergelaufen, ging zu Kamose und verbeugte sich tief. «Vor gut einem Jahr waren diese Männer Ackerbauern», sagte Kamose. «Du hast sie vollkommen verwandelt. Ich bewundere dich.»

«Eure Majestät ist zu gütig», erwiderte Abana lächelnd. «Es war mir ein Vergnügen, mehr zu tun, als Werften zu überwachen und Handelsschiffe auf Ausbesserungen hin zu überprüfen. Nachdem ich unter deinem Vater Osiris Seqenenre gedient hatte, muss ich gestehen, dass mir mein Leben bis vor kurzem vollkommen langweilig vorgekommen ist.» Er ergriff den Arm seines Sohnes und zog den jungen Mann nach vorn. «Ich möchte dich, Majestät, noch einmal auf meinen Sohn Kay aufmerksam machen.» Kamose musterte ihn rasch, ja, der volle Lockenschopf, die breite Brust und die markigen Züge von Baba.

«Du hast unter dem Befehl deines Vaters gedient, Kay?», erkundigte er sich. Der junge Mann verbeugte sich.

«So ist es, Majestät.»

«Und was hältst du von der Scheinschlacht heute?» Kay überlegte, dann antwortete er beherzt.

«Das Schiff meines Vaters, ‹Die Opfergabe›, hat sich gut geschlagen. Seine Mannschaft ist die disziplinierteste der ganzen Flotte. Es hat mich gefreut, dass sich ‹Die Strahlende der Maat› im schnellen Manövrieren verbessert hat. Ihre Bootsleute hatten Schwierigkeiten beim reibungslosen Steuern des Bootes. Aber ‹Amuns Barke› und ‹Schönheit der Nut› haben ihren Vorteil bis zum letzten Hauch verteidigt. Ihre Bootsleute sind noch nicht ganz kundig im Umgang mit dem Bogen auf Deck eines schaukelnden Schiffes, aber sie arbeiten hart daran und machen deutlich Fortschritte.»

«Welches Schiff hat am schlechtesten abgeschnitten?»

«‹Die Norden›», sagte Kay sofort. «Die Ruderer waren langsam, der Steuermann hat die Nerven verloren, und die Bootsleute haben sich gegenseitig auf die Füße getreten, als der Befehl zum Entern kam.»

«So ist es.» Kamose lächelte. «Dann musst du wohl Kapitän der ‹Norden› werden und ihre Mannschaft besser anlernen. Paheri hat dich zur Beförderung vorgeschlagen. Wie alt bist du?»

«Majestät», platzte der junge Mann heraus. «Du bist wirklich großmütig! Ich möchte der ‹Norden› zu gern Disziplin beibringen! Sie wird das beste Schiff der Flotte, das verspreche ich! Verzeih mir den Ausbruch», schloss er etwas ruhiger. «Ich zähle zwanzig Lenze.»

«Na schön. Ich erwarte von dir, dass du mir als Kapitän deines Schiffes ehrlich und nach besten Kräften dienst. Du bist entlassen.» Kay verbeugte sich auf der Stelle und entfernte sich mit strahlender Miene rückwärts. Sie sahen ihm nach, als er zur Laufplanke der ‹Norden› rannte und dann dastand und seine neue Aufgabe anstaunte. «Mach mit dem früheren Kapitän der ‹Norden›, was du willst», sagte Kamose zu Baba. «Vermutlich kennst du seine Schwächen. Setz ihn da ein, wo uns seine Stärken nützlich sind.»

«Mein Sohn wird dein Vertrauen nicht enttäuschen, Majestät», sagte Abana. «Und du, Paheri, sei bedankt, dass du die Majestät auf ihn aufmerksam gemacht hast.» Kamose neigte den Kopf.

«Du und Paheri, ihr habt unterschiedliche Gaben», sagte er, «aber ich habe noch nie erlebt, dass sich zwei Männer so gut ergänzen. Ich lasse meine Flotte in fähigen Händen.»

«Du bist großmütig, Majestät», erwiderte Abana. «Vielen Dank. Wie ärgerlich, wenn ich jemandem, den du ernannt hättest, Ehrerbietung hätte erweisen müssen. Paheri hier kann ich anbrüllen.» Beide grinsten, und für einen kurzen Augenblick war Paheri nicht mehr der sonst so gemessene, ernsthafte Mann.

«Du bist in der Tat großmütig, Majestät, und wir werden unser Möglichstes tun, um dein Vertrauen in uns zu rechtfertigen», sagte er. «Hast du Befehle für uns? Vermutlich wirst du das Heer aus der Oase zurückrufen, und dann fahren wir flussabwärts ins Delta.»

«Nein, das glaube ich nicht», antwortete Kamose vorsichtig, während seine Blicke auf dem lärmenden Schauspiel ringsum ruhten. «Ich habe vor, selbst nach Uah-ta-Meh zu fahren», fuhr Kamose fort. Und dann umriss er kurz und bündig den Kern von Hor-Ahas Plan und sie lauschten aufmerksam.

«Das könnte klappen», meinte Paheri, als Kamose geendet hatte. «Ich habe gehört, dass die Wüste rings um die Oase sehr unwirtlich ist. Außerdem würde jedes Heer, das von Ta-sche dorthin marschiert, auch unter günstigsten Bedingungen ermüdet ankommen. Wir bleiben also mit der Flotte hier und warten auf deine Befehle?»

«Ja.»

«Haben wir deine Erlaubnis, stromabwärts zu räubern?

Die Männer hier dürfen nicht müßig herumhocken, Majestät. Sie haben hervorragenden Kampfgeist, aber ohne ein paar Scharmützel steigt ihnen das zu Kopf. Der Ausbildung sollte sogleich der Einsatz folgen.»

«Ich weiß», bestätigte Kamose. «Aber ich möchte Apophis nicht aufreizen, dass er Het nefer Apu angreift, er soll seine Kräfte auf die Oase sammeln. Natürlich nur, wenn uns ein geeigneter Plan einfällt, wie wir ihn dorthin locken. Falls uns das gelingt, gibt es auf dem Rückzug, wenn er uns nachsetzt, noch genug zu kämpfen. Ich halte dich auf dem Laufenden, Paheri. Bis dahin musst du deine Männer weiterdrillen.» Kamose erhob sich, und unverzüglich standen alle anderen auch auf. «Wir brechen bei Sonnenuntergang nach Uah-ta-Meh auf», sagte er. «Einen Teil des Wegs sollten wir lieber in der nächtlichen Kühle zurücklegen. Ihr beide habt mir neuen Mut gegeben», sagte er zu Abana und Paheri. «Endlich nimmt dieser Feldzug feste Formen an. Ihr seid entlassen.» Sie verbeugten sich.

«Mögen deine Sohlen festen Tritt finden, Majestät», sagte Abana. Kamose sah ihnen nach, als sie in der Menge verschwanden, erst dann stieg er von der Estrade und sprach mit Anchmahor.

«Wir verlassen heute Abend das Schiff», sagte er. «Lass zwei Streitwagen bereitmachen.» Und dann zu Ahmose: «Achtoi soll sich um das Gepäck kümmern, und Ipi soll einen Herold mit einer Botschaft vorausschicken. Hor-Aha und die Divisionsbefehlshaber haben dreiundzwanzig der Streitwagen, die wir in Neferusi erbeutet haben. Wenn wir zwei mitnehmen, bleiben für Späher und Hauptleute noch fünfzig hier. Habe ich es richtig gemacht, Ahmose?» Ahmose warf ihm einen forschenden Blick zu. In der Stimme seinen Bruders klang Zweifel durch.

«Ganz gewiss mit der Beförderung des jungen Abana», meinte er. «Der Entschluss, in die Oase zu fahren, also, Kamose, da weiß keiner, was das Richtige ist. Lass uns vor unserem Aufbruch Amun opfern. Stimmt etwas nicht?» Kamose reckte die Schultern.

«Alles in Ordnung», sagte er. «Aber König eines gewaltigen Heeres zu sein ist eine ganz andere Sache, als einen bunt zusammengewürfelten Haufen verdrossener Bauern anzuführen. Alles drängt auf eine Entscheidung, Ahmose. Ich kann es spüren. Mein Schicksal wird sich erfüllen, ich wache aus einem bewegenden Traum auf, und da ist er Wirklichkeit, und ich bin beeindruckt und ein wenig bange. Komm. Gehen wir aus der Sonne und suchen wir uns etwas zu trinken. Ich muss Tetischeri einen Brief diktieren, ehe wir uns in die Wüste aufmachen.» Er drehte sich um und rief dabei nach Ipi und Achtoi, und Ahmose folgte ihm. Ihn hatte ganz plötzlich das Heimweh überfallen. Waset war so unendlich weit fort.

SIEBTES KAPITEL

Zwar schickte man die Nachricht von ihrer bevorstehenden Ankunft knapp eine Stunde später mit einem Streitwagen und Wagenlenker los, doch Kamose und Ahmose schlugen den Pfad, der sich vom Nil fortschlängelte, nicht vor der Abenddämmerung ein. Zunächst zog er sich durch noch kahle Felder, die von Bewässerungskanälen durchkreuzt und von stattlichen Palmen gesäumt wurden, aber es dauerte nicht lange, und alle Anzeichen von Bebauung hörten auf. Was sich da vor ihnen erstreckte, war unfruchtbar und einsam, eine scheinbar endlose Sandwüste mit gelegentlichen Ansammlungen grober Kiesel, die im Zwielicht wie dunkle Wasserlachen aussahen. Der Pfad selbst war noch sichtbar, ein schmales Band, das sich ins dämmrige Nichts wand, und dem folgten sie mehrere Stunden lang in einer Stille, die sich noch vertiefte, je mehr es Nacht wurde. Kamose fuhr an der Spitze, teilte seinen Streitwagen mit Anchmahor, der wachsam hinter ihm stand. Ahmose folgte, und neben ihnen marschierte verbissen ihre Leibwache. Die Packesel bildeten die Nachhut.

Irgendwann gegen Mitternacht ließ Kamose anhalten, man spannte aus und tränkte die Pferde. Nachdem Wachen aufgestellt waren, wickelten sich die Brüder in ihre Umhänge und legten sich in den weichen Sand am Wegesrand. Ahmose war schon bald eingeschlafen, doch Kamose lag auf dem Rücken und blickte zum Himmel, diesem alles umfassenden Sternenzelt, hoch. Die Luft war himmlisch kühl. Kein Laut störte die tiefe Stille, die ihn umfing. Trotz der hektischen Betriebsamkeit des vergangenen Tages und des leisen Muskelkaters von der ungewohnten Fahrt im Streitwagen war er nicht müde. In seinem Kopf, in dem die Gedanken so oft rasten, herrschte Stille. Ich tue das Richtige, sagte er sich friedlich. Die Zweifel sind von mir abgefallen, kaum dass Het nefer Apu hinter mir liegt. Es tut gut, zwei kostbare Tage ohne Verpflichtungen in der Wüste zu verbringen.

Bei Tagesanbruch standen sie auf, frühstückten rasch und folgten ihrem langen Schatten, ehe Re am Horizont hinter ihnen hochstieg. Ergeben trabten die Pferde in der zunehmenden Hitze dahin, und schon bald ließ Kamose anhalten, damit man die Sonnensegel an den Streitwagen anbringen konnte. Trotz des Wassers, das er zu Linsen und Brot getrunken hatte, war er schon wieder durstig, Schweiß durchfeuchtete seine Kleidung, und das grelle Licht verstärkte noch das Hämmern in seinem Schädel. Wir ertragen das so gerade noch, weil wir im Feuerofen des Südens groß geworden sind, dachte er. Wie mag das wohl für Soldaten aus dem angenehmen Delta sein, die nichts anderes kennen als Obsthaine und feuchte Gärten? Er grinste mit Sand zwischen den Zähnen. Hor-Ahas Plan leuchtete ihm mit jeder langweiligen Meile, die die Streitwagenräder zurücklegten, mehr ein.

Ahmose blinzelte in die grelle Sonne. «Ich wasche mich erst, wenn unser Zelt neben einer der Quellen von Uah-ta-Meh steht. Der dort verbrachte Winter dürfte das Heer einigermaßen abgehärtet haben, Kamose.»

«Aber wir selbst sind ziemlich verweichlicht», gab Kamose

zurück. «Die Sonne ist unsere Arznei, Ahmose. Wir müssen uns an sie gewöhnen, damit wir stark werden.»

Gegen Sonnenuntergang des dritten Tages sichteten sie eine Senke, die sich dunkel vor dem Rot der untergehenden Sonne am Horizont abzeichnete, und da wussten sie, dass sie ihr Ziel erreicht hatten. Ungeduldig, wie Kamose war, hatte er ihnen befohlen, den unerträglich heißen Nachmittag durchzufahren, statt zu rasten und die schlimmste Hitze abzuwarten, daher kam eine erschöpfte Karawane zum Halten, als neben dem Weg ein Späher auftauchte und sie anrief.

Die Oase Uah-ta-Meh lag von Ta-sche im Nordosten und dem Nil im Osten gleichermaßen einhundert Meilen entfernt. Sie war eine lange, unebene Mulde, die sich fünfzehn Meilen von Nord nach Süd erstreckte und an jedem Ende ein Dorf hatte. Ein Trampelpfad verband sie durch eine unwirtliche Landschaft aus gezackten schwarzen Felsen und Sanddünen. Das Dorf im Norden war eine bunt zusammengewürfelte Ansammlung von Hütten, die krumm und schief zwischen weiteren Felsen und ein paar Quellen standen, aus denen sich das grüne Leben in einer ansonsten unfruchtbaren Gegend nährte. Es gab Tümpel, mageres Buschwerk, sogar ein, zwei Palmen, und hier angekommen, stieg Kamose aus seinem Streitwagen, übergab die Zügel einem wartenden Diener und drehte sich um, damit ihn der General begrüßen konnte.

Mittlerweile war es vollkommen dunkel geworden, und auf einmal duftete es nach Wasser und lieblich nach den Blüten des Oleanders, der überall wuchs. Still spiegelten sich die Sterne in den Tümpeln und zerbarsten, als die Streitwagenpferde und die wiehernden Esel den Kopf beugten und getränkt wurden.

«Ich freue mich, dich wieder zu sehen», sagte Kamose schließlich. «Wir haben viele Neuigkeiten für dich, und du gewiss für uns, aber ehe wir reden, brauche ich dringend ein Bier. Und wenn unser Zelt aufgestellt ist, möchte ich gewaschen werden. Ich hatte ganz vergessen, wie gnadenlos die Wüste ist.» Hor-Aha lachte. Er hat sich überhaupt nicht verändert, dachte Kamose, als dieser ihn unter Verbeugungen zu einem anderen Zelt führte, und er und Ahmose folgten. Warum auch?

Dankbar betrat er Hor-Ahas Behausung und ließ sich auf einen Schemel sinken. Ahmose setzte sich genüsslich seufzend auf die Erde, und der Diener des Generals bot das Bier an, nach dem es Kamose so verlangte. Draußen war weiterhin Tumult wegen ihrer Ankunft, doch im Zelt, wo die sich sacht blähenden Zeltwände vom goldenen Schein einer einzigen Lampe erhellt wurden, war es friedlich. Kamose leerte seinen Becher.

«Viel war von der Oase bei der Ankunft ja nicht zu sehen», sagte er. «Es war zu dunkel. Aber sie wirkt ziemlich trostlos, Hor-Aha. Wie ist es dem Heer ergangen?»

«Sehr gut, Majestät», antwortete Hor-Aha. Er kreuzte die Beine, und dabei funkelte ein goldenes Knöchelkettchen, hob sich ungemein exotisch von der dunklen Haut ab. «Es gibt wirklich reichlich Wasser, aber die Quelle teilt sich. Das Wasser hier im Dorf reicht leider nicht, um das ganze Heer zu versorgen, aber am südlichen Ende, im anderen Dorf, ist ein großer Brunnen. Daher habe ich die fünfundfünfzigtausend Mann auf die beiden Dörfer verteilt. Das hat die Nachrichtenübermittlung zwischen den Hauptleuten erschwert, die Wasserversorgung jedoch erleichtert. Die Männer sind nicht müßig gewesen.» Er beugte sich vor und schenkte Kamose Bier nach. «Sie haben nur an den Festtagen der Götter und an anderen Festen freigehabt. Sie mussten in der Wüste Manöver, Überlebensübungen und Scheinschlachten abhalten, aber ich kann stolz sagen, dass du jetzt eine tüchtige Kampftruppe hast.» Er lächelte und seine ebenholzschwarzen Augen funkelten. «Soviel ich weiß, hast du mittlerweile auch eine Bootstruppe.»

«Ja.» Kamose warf einen einzigen neugierigen Blick auf den Gurt des Generals. Der war aus abgewetztem Leder und mit milchigen grünen Türkisen besetzt. Hor-Aha trug ihn, solange Kamose zurückdenken konnte, und er musste die jähe Aufwallung unterdrücken, nach dem Geheimnis zu fragen, das er barg.

«Wo sind die Fürsten?», erkundigte sich Ahmose. «Und Ramose. Wie ist es dem ergangen?»

«Der Herold mit der Nachricht von deiner Ankunft, Prinz, ist unmittelbar zu mir gekommen», erläuterte Hor-Aha. «Ich bin dafür verantwortlich, dass ihnen euer Eintreffen nicht gemeldet wurde, bis ihr euch von eurer anstrengenden Reise erholt habt. Ramose erfreut sich guter Gesundheit. Er hat darum gebeten, als Späher an dem Weg nach Ta-sche eingesetzt zu werden, und ich habe eingewilligt. Ich lasse ihn gerade holen.» Er blickte Kamose fragend an. «Möchtest du die Fürsten heute Nacht noch sehen?»

«Nein», entschied Kamose. «Wir sind beide schmutzig, hungrig und müde. Morgen ist auch noch ein Tag. Dann können wir uns über Strategien unterhalten. Hast du ihnen deinen Plan vorgelegt, General?» Hor-Aha schüttelte den Kopf, und schon wieder blitzten seine kräftigen weißen Zähne auf.

«Ich wollte mir ihre demütigende Krittelei ersparen», sagte er knapp. «Falls du meinst, meine Idee hat etwas für sich, Majestät, habe ich vielleicht deine Unterstützung, wenn ich sie ihnen unterbreite. Falls nicht, bin ich in ihren erlauchten Augen nicht noch tiefer gesunken.»

«Falls sie nichts für sich hätte, wären Ahmose und ich nicht hier», sagte Kamose gereizt. «Haben die Fürsten Schwierigkeiten gemacht?»

«Nein. Aber sie hatten auch nicht viel mehr zu tun, als Briefe an ihre Familien zu diktieren und zu jagen, was immer ihnen da draußen vor den Bogen kam», sagte er und zeigte in Richtung Wüste, die unsichtbar hinter dem engen Zelt brütete.

«Das Zelt steht bereit», sagte Kamose, als Achtoi auftauchte. «Leiste uns in einer Stunde beim Essen Gesellschaft, Hor-Aha.»

Er wartete Hor-Ahas Huldigung nicht ab, sondern ging, gefolgt von Ahmose, großen Schrittes nach draußen. «Sieh dir das an», sagte Ahmose, als er in ihrem Zelt nackt neben seinem Feldbett stand. «Ein Vorleger auf sandigem Boden, zwei elende Feldbetten, zwei schlichte Stühle und ein Tisch. Ganz zu schweigen von der einen Lampe. Eine karge Umgebung, Kamose, aber einfach wunderbar nach drei Nächten unter freiem Himmel.»

«Das Zelt ist größer als unsere Kabine auf dem Schiff», antwortete Kamose, ohne nachzudenken. Dann fluchte er leise. «Wenn Hor-Ahas Plan klappen soll, werden wir lange brauchen, bis wir die Fürsten auf seinen Oberbefehl eingestimmt haben», sagte er. Ahmoses Antwort klang erstickt, weil ihm gerade der Kopf kräftig mit einem Handtuch trockengerubbelt wurde.

«Das glaube ich nicht», sagte er gedämpft. «Er wird sie nur noch neidischer machen. Aber wenn es so aussieht, als ob du alle Befehle erteilst, Kamose, dann zählt das nicht. Und tituliere ihn in ihrer Gegenwart nicht mit Fürst.»

«Warum nicht?», blaffte Kamose zurück. Erhitzt und glänzend tauchte Ahmoses Gesicht auf. «Wo ist nur das Öl? Ich habe Sonnenbrand auf den Armen.»

Später saßen sie mit Hor-Aha neben dem tintenschwarzen Teich, auf dessen Wasser sich das Licht der Fackeln spiegelte.

Über dem gedeckten Tisch raschelten trocken die Palmen. Während Kamose aß und trank, war er sich die ganze Zeit völlig bewusst, dass diese kleine Siedlung meilenweit von nächtlicher, ungemein stiller Wüste umschlossen war. Er überlegte, welcher Gott wohl über dieses Meer aus Sand gebot. Schu, der Luftgott, oder Nut, die Erdgöttin, oder vielleicht Geb höchstpersönlich, dessen Odem belebte. Wahrscheinlich freuten sich alle drei Gottheiten an dieser Ausstrahlung zeitloser Einsamkeit. Er selbst wurde ja auch davon angezogen, jedoch auf andere Weise wie als Knabe. Damals war die Wüste ein Spielplatz ohne Grenzen gewesen. Jetzt sprach ihre Grenzenlosigkeit zu seinem Ka, raunte von klaren Visionen, die sie schenken, von ewigen Mysterien, die sie einem Menschen offenbaren konnte, der sich ihrem unendlichen Anderssein ergab.

Morgens zogen sich die beiden Brüder sorgfältig an. Kamose ließ sich in einen weißen goldgesäumten Schurz und juwelenbesetzte Sandalen kleiden. Das königliche Pektoral lag auf seiner Brust, das Gegengewicht hing zwischen seinen nackten Schulterblättern, und das dicke goldene Abzeichen, das ihm Amunmose geschenkt hatte, war um seinen Oberarm gebunden. Ein weißblaues Kopftuch umrahmte sein geschminktes Gesicht, und in einem Ohrläppchen hing ein silberner Anch. Seine Handflächen waren mit Henna bemalt. Als er und Ahmose fertig waren, traten sie aus dem Zelt in den hellen Sonnenschein und wurden von den Getreuen des Königs begrüßt. Hor-Aha wartete bereits zusammen mit einer Abteilung Soldaten, die als Eskorte eingeteilt worden war. Anchmahor stand in Kamoses Streitwagen, und hinter ihm schnalzte Ahmoses Streitwagenfahrer leise mit den kleinen Pferden. Rasch musterte Kamose die Umgebung, die am Abend zuvor so friedlich gewirkt hatte.

Hinter dem größten Teich, neben dem sein Zelt aufgestellt war, kamen andere Teiche, jeder von Binsen und verkümmerten Palmen umgeben. Von vielen zogen sich schmale Bewässerungsgräben zu winzigen Feldern, die von Oleanderbüschen mit üppigen rosigen und weißen Blüten umstanden waren, überall im Sand lagen scharfe schwarze Steine, zwischen denen Ziegen frei und zierlich trippelten und Gänsescharen hin und her rannten.

Die Dorfbewohner hatten ihre Katen wild durcheinander am hintersten Ende des bebauten Landes errichtet, damit auch ja kein Zoll Ackerboden vergeudet wurde. Nirgendwo beschatteten Bäume ihre schiefen Dächer. Kamose, der durch Geäst, Blüten und Packtiere, die sich am Rand der Teiche zur Morgentränke drängten, hindurch in die Ferne blickte, konnte vor diesen elenden, ärmlichen Hütten eine Bewegung ausmachen. Hor-Aha deutete: «Das Heer lagert hinter dem Dorf. Fürst Intef hat um die Ehre gebeten, dich in seinem Zelt empfangen zu dürfen. Fürst Iasen ist bei ihm. Die Fürsten Machu und Mesehti sind vom südlichen Dorf auf dem Weg hierher. Ich habe vergangene Nacht nach ihnen schicken lassen.» Kamose legte die Hand auf den heißen Rahmen seines Streitwagens und stemmte sich hoch.

«Wie lange?», fragte er. «Und was ist mit Ramose?»

«Sie dürften binnen vier Stunden eintreffen, Majestät. Von Ramose haben wir noch nichts gehört.»

«Dann inspiziere ich die Truppen, ehe ich Intef und Iasen begrüße. Zeig mir den Weg, Hor-Aha.»

Den größten Teil des Vormittags dirigierte Kamose Anchmahor langsam zwischen den aufgereihten kleinen Zelten umher und überprüfte sein Heer.

Zuletzt beriet sich Kamose mit dem Heeresschreiber hinsichtlich der Lebensmittelvorräte. Erst dann durfte Anchmahor die Pferde in Richtung der beiden großen Zelte traben lassen, die ein wenig abgesondert von den restlichen standen. Die beiden Wachposten davor nahmen Haltung an, als Anchmahor sie anmeldete. Kamose stieg aus, und Ahmose tat es ihm nach und reckte sich tüchtig. «Eine eindrucksvolle Rundfahrt», sagte er. «Vermutlich sind die am anderen Ende der Oase stationierten Mannschaften in der gleichen ausgezeichneten Kampfbereitschaft. Wer hätte das vor einem Jahr gedacht, was, Kamose? Und jetzt brauche ich eine Stärkung.»

«Lass die Pferde in den Schatten bringen und tränken», sagte Kamose zu Anchmahor. «Und du kommst mit. Du bist der Fürst, dem ich am meisten vertraue, und ich möchte, dass du an der Unterredung teilnimmst. Hor-Aha, lass mich melden.»

In dem kühlen Dämmer des Inneren bewegte sich etwas. Die Fürsten hatten sich erhoben, und als er und Ahmose eintraten, verneigten sie sich. Alle vier waren zugegen. Kamose begrüßte sie, bat sie, sich zu setzen, und nahm sich den Stuhl am Kopfende des Tisches, der den Raum beherrschte, und Ahmose setzte sich neben ihn. Gleich darauf schlüpfte Anchmahor herein und der Kriegsrat war vollzählig.

Kamose musterte sie gemessen und sie erwiderten den Blick ernst. Wie die ihnen untergebenen Soldaten hatten auch sie sich in den Monaten in der Wüste verändert. Unter dem Kohl und dem Geschmeide, dem in weichen Falten fallenden, erlesenen Leinen war ihre Haut dunkler, das Weiß ihrer Augen strahlender geworden, und die trockenen Winde hatten feine Fältchen in ihre Gesichter geätzt. Kamose nahm all seinen Mut zusammen und hob seinen Weinbecher. «Ihr habt aus Pöbel ein Heer gemacht», sagte er. «Ich bin zufrieden. Auf den Sieg!»

Sie lächelten und entspannten sich, hoben die eigenen Becher und tranken mit ihm.

Sie speisten, doch dann schickte Kamose die Diener fort, hob die Hand, und alle schwiegen erwartungsvoll. «Zweifellos fragt ihr euch, warum ich hier bin und euch nicht nach Het nefer Apu habe holen lassen», begann er. «Der Grund dafür ist folgender: Fürst Hor-Aha hat einen Plan unterbreitet, der Apophis vielleicht aus seiner Festung lockt, falls er klappt. Was haltet ihr davon?» Er beobachtete sie, während er Hor-Ahas Plan darlegte, wobei seine Gedanken anders liefen als die Worte, die ihm so leicht von der Zunge gingen. Ihre Aufmerksamkeit wanderte zwischen ihm und dem General hin und her, der ungerührt zu seiner Linken saß, aber die Frostigkeit ihrer Blicke war unverkennbar. Sie ließen sich nicht gern daran erinnern, dass der schwarze Fremdländer einen Titel trug, der ihn zu einem Ebenbürtigen machte. Sie würden gegen alles sein, was Hor-Aha vorbrachte.

Doch zu seiner Überraschung sprach Mesehti, kaum dass Kamose geendet hatte. «Der Plan hat einiges für sich», sagte er. «Keiner von uns freut sich auf ein weiteres Belagerungsjahr. Wir haben in diesem Winter viel darüber geredet, was da zu tun ist, konnten aber keine Lösung finden.» Wetten, das habt ihr nur unter euch besprochen und Hor-Aha nicht mit einbezogen, dachte Kamose bei sich.

«Und das hier ist auch keine Lösung», sagte Intef verdrossen. «Der Plan beruht auf zu vielen Annahmen. Angenommen, Apophis begrüßt die Nachricht von unserem Hiersein in der Oase mit Freude statt mit Argwohn. Angenommen, wir können uns rechtzeitig zurückziehen, statt in diesem gottverlassenen Loch gefangen zu werden. Angenommen, seine Truppen kommen erschöpft und nicht kampfbereit in Het nefer Apu an. Angenommen, unser Heer und die Flotte können einen überlegenen Feind schlagen, statt dass wir zurückgeworfen werden und uns nach schweren Verlusten neu ordnen müssen.» Sein Ton war höhnisch. «Wir können uns keine Risiken leisten, keine solche Torheit.» Machu von Achmin faltete die beringten Finger züchtig auf dem Tisch.

«Auch ich zögere, einen so voreiligen Plan in Betracht zu ziehen», sagte er. «Aber große Wahl haben wir nicht. In Wirklichkeit, liebe Freunde, haben wir nur eine Wahl. Belagerung. In all den Monaten fruchtloser Diskussionen hat nicht einer von uns eine Idee gehabt, die man ernstlich hätte in Betracht ziehen können. Auaris ist eine Festung. In einer offenen Feldschlacht können wir die nicht einnehmen. So viel ist gewiss.»

«Genauso gut könnten wir Schu bitten, uns hochzuheben und über die Mauern zu blasen», meinte Iasen düster. «Gehen wir also Intefs Annahmen eine nach der anderen durch und prüfen wir, ob wir sie widerlegen können. Wie würde Apophis auf die Nachricht von unserem Hiersein reagieren? Gleichgültig, würde ich meinen. Dem ist es einerlei, wo wir sind oder was wir tun.»

«Es wäre ihm nicht einerlei, wenn man ihm von unserer Stärke und Wehrlosigkeit in der Oase erzählte», hielt Mesehti dagegen. «Er glaubt, dass die fünftausend Mann, die in Het nefer Apu überwintert haben, unser ganzes Heer ausmachen. Was würde ich empfinden, wenn man mir von den fünfundfünfzigtausend hier erzählte? Zunächst Erstaunen, dann Besorgnis, gefolgt von Versuchung. Ihm bietet sich eine Möglichkeit, die Dummheit von Taos Hauptleuten zu seinem Vorteil zu nutzen.» Er wandte sich an Kamose. «Verzeih, Majestät. Ich versuche nur, mich in Apophis hineinzuversetzen. Gewiss wird er seine Generäle um Rat fragen.»

Seine Generäle, dachte Kamose. Pezedchu. Ein kalter Schauer lief ihm über den Rücken. Pezedchu, den er zuletzt in seinem Streitwagen hatte stehen sehen, während er, Hor-Aha und Si-Amun nach der katastrophalen Schlacht von Ques hinter einem Felsen kauerten. Pezedchus Worte waren kalt, hochmütig über das Schlachtfeld geweht. «... Er ist mächtig. Er ist unbesiegbar. Er ist der Geliebte des Seth. Kriecht nach Haus, wenn ihr könnt, und leckt in Schimpf und Schande eure Wunden ...»

«Aber könnten wir uns mit unseren Männern in die Wüste zurückziehen, bis Apophis' Soldaten kommen, und uns dann auf sie stürzen?», fragte er. «Könnten wir unsere Truppen tagelang in der erbarmungslosen Ödnis lassen, während wir die Oase im Auge haben? Das wäre ein noch größeres Risiko als das, was Apophis eingehen soll.» Er veränderte die Sitzhaltung und zwang seine Hand zurück auf den Tisch.

«Nein, Majestät, das können wir nicht», sagte Hor-Aha entschieden. «Wir müssen uns nach Het nefer Apu zurückziehen, sowie unsere Spione melden, dass Apophis das Delta verlassen hat, müssen rechtzeitig am Nil eintreffen und trinken und uns ausruhen und uns dann auf die Truppen stürzen, die nach Osten marschieren.»

«Warum sollte Apophis überhaupt sein Heer riskieren?» Endlich machte auch Anchmahor den Mund auf. Er war der Diskussion eingehend gefolgt, seine Blicke waren von einem zum anderen gewandert, doch er selbst benahm sich so ungezwungen und ruhig wie immer. «Warum sollte er nicht von vornherein annehmen, dass er in eine Falle gelockt wird?»

«Jemand muss zu ihm gehen und ihn davon überzeugen, dass dem nicht so ist», sagte Ahmose bedächtig. «Jemand, dem er vielleicht Glauben schenkt. Wir müssen einen Spion schicken, der sich fangen lässt und der so klug und raffiniert ist, dass er Angst vortäuschen kann und dann sein Wissen preisgibt. Ein gemeiner Soldat vielleicht. Ein vorgeblicher Deserteur? Der auf eine Belohnung aus ist?»

«Ein zweites Mal haben wir damit keinen Erfolg», sagte

Mesehti. «Falls der Spion scheitert, während wir vergeblich auf Kunde warten, verlieren wir wertvolle Zeit. Die Jahreszeit zum Kämpfen verstreicht rasch, und es ist nicht gerade einfach, fünfundfünfzigtausend Mann nach Auaris zurückzuführen und eine weitere Belagerung zu organisieren.»

Bei diesen Worten schien sich eine düstere Stimmung über die Versammlung zu legen, die nur von Intefs Fliegenwedel und der leisen Unterhaltung der Wachen vor dem Zelt gestört wurde. Da erklang hinter dem Zelt ein scharfer Anruf, und eine vertraute Stimme antwortete. Die Klappe wurde hochgehoben und Ramose trat eilig ein. Sein kurzer Schurz klebte feucht an den staubigen Schenkeln, und seine Sandalen ließen Sandhäufchen zurück, als er auf die Versammelten zuging, auf die Knie fiel und Kamose die Füße küsste. «Verzeih den Schweiß und Dreck, Majestät», entschuldigte er sich. «Als ich die Aufforderung erhalten habe, bin ich auf der Stelle aufgebrochen. Ich habe unter meinem Streitwagen geschlafen und bin noch nicht zum Waschen in meinem Zelt gewesen.» Impulsiv bückte sich Kamose und packte Ramoses heiße Schultern.

«Ich freue mich so, dich wieder zu sehen, Ramose!», sagte er. «Steh auf!» Ramose gehorchte, kam hoch und griff nach dem Becher Wasser, den Anchmahor ihm reichte. Während er ihn leerte, begrüßte er Ahmose, dann ließ er sich auf einen leeren Stuhl sinken. Er zog eine zerdrückte Rolle aus dem Gürtel und reichte sie über den Tisch.

«Mein Soldat und ich haben einen Setiu-Herold abgefangen, der auf der Straße von Ta-sche nach Süden wollte», sagte er. «Das hier hat er bei sich gehabt. Er ist in der Gefängnishütte eingesperrt.» Kamose nahm den Papyrus, entrollte ihn und las rasch. Er blickte hoch.

«Der Mann war nach Kusch unterwegs», sagte er. «Wollte auf Wüstenpfaden fernab des Nils reisen.» Er grinste. «Es bestätigt unseren Verdacht, dass Apophis glaubt, unsere ganze Truppenstärke sei in Het nefer Apu zusammengezogen. Der Herold hat diesen Weg gewählt, weil er Paheri und den Bootsleuten ausweichen wollte. Den Göttern sei Dank, dass du so wachsam gewesen bist, Ramose, sonst hätten sowohl Kusch als auch das Delta schon bald von unserer hiesigen Stärke gewusst.»

«Sag uns, was drinsteht», drängte Ahmose. Kamose nickte. «Die Rolle lautet: ‹Awoserra, der Sohn des Re, Apophis: Grüße an meinen Sohn, den Herrscher von Kusch. Warum spielst du dort den Herrscher, ohne mir Nachricht zu schicken, ob du erfahren hast, was Ägypten mir angetan hat, wie sein Herrscher Kamose mich auf eigenem Boden überfallen hat, obwohl ich ihm nichts getan habe? Es beliebt ihm, die Zwei Länder zu zerstören, mein Land und deines, und er hat sie bereits verwüstet. Ziehe deshalb nach Norden. Habe keine Angst. Er ist in meiner Nähe. In jenem Teil Ägyptens leistet dir niemand Widerstand. Wisse, dass ich ihm zusetze, bis du eingetroffen bist. Und dann werden wir beide uns Ägyptens Städte teilen.›» Schallendes Gelächter, teils Spott, teils Erleichterung bei den Zuhörern, als Kamose geendet hatte.

«Was für ein Angeber!», schnaufte Mesehti. «Von wegen ‹Ich setze ihm zu›. Wir haben ihm zugesetzt!»

«‹Habe keine Angst›», zitierte Ahmose. «Die Memme sitzt sicher in Auaris, während wir uns das, was uns gehört, fast ohne Widerstand zurückholen, und er wagt es, Teti-en, den Schönen, einen Angsthasen zu nennen? Ängstlich? Er hat kein Setiu-Blut, wie kann er da ängstlich sein?»

«Was meinst du, Majestät, was hätte Teti-en getan, wenn diese Botschaft zu ihm durchgekommen wäre?», fragte Iasen. «Apophis hat ihn Sohn genannt.»

«Damit wollte er sich beim Fürsten von Kusch nur einschmeicheln», antwortete Kamose. «Teti-en ist kein Setiu, wie mein Bruder gesagt hat. Der Abgefallene hat ein Geheimnis, ist Ägypter, der Ägypten lieber verlassen und die kuschitischen Stämme unter sich geeint hat, aber anscheinend hat er kein Interesse daran, mit ihnen einen Eroberungszug zu machen.» Er verstummte und dachte nach. «Er hat Verträge mit Apophis unterzeichnet, aber ob er die einhält, kann niemand sagen.»

«Glücklicherweise hat er sich bislang ruhig verhalten, obwohl er mitbekommen haben muss, dass die meisten Medjai aus Wawats Dörfern hier in unserem Heer stehen», meinte Ahmose. «In Waset ist kein kuschitischer Bote abgefangen worden. Aber wir sollten lieber an Tetischeri schreiben und sie ermahnen, dass sie den Fluss noch besser überwacht. Wir können nur darauf hoffen, dass die in Wawat verbliebenen Medjai und unsere Soldaten in Waset ihn zumindest etwas aufhalten. Das Letzte, was wir gebrauchen, ist eine Schlacht unten im Süden.»

«Ich weiß», bekannte Kamose. «Wir können nur darauf vertrauen, dass Teti-ens Nichteingreifen bedeutet, er verhält sich vorübergehend neutral. Vergesst nicht, dass seine Hauptstadt in Kusch sehr weit entfernt von Ägypten gelegen ist. Er wird, glaube ich, nur nach Norden ziehen, wenn sein eigenes kleines Königreich unmittelbar gefährdet.»

«Ich bin deiner Meinung», sagte Ahmose. «Er wird zuerst an seinen eigenen Vorteil denken. Was tust du jetzt, Kamose?»

«Ich weiß nicht recht.» Kamose erhob sich und reckte sich. «Aber Apophis' Unkenntnis macht mir Mut. Hoffentlich ist die Mehrzahl seiner Hauptleute und Berater genauso dumm wie er.» Ramose ließ den Blick in die Runde schweifen.

«Ich merke schon, ich habe den Kriegsrat verpasst, Majestät. Marschieren wir nun zum Nil?» Kamose schüttelte den

Kopf und winkte Hor-Aha, und der General fasste seinen Vorschlag und die darauf folgende Unterhaltung kurz zusammen. Als er geendet hatte, bat Kamose alle aufzustehen.

«Bis morgen dann», sagte er. «Kommt mit einer klareren Vorstellung zurück, wie wir den Plan verwirklichen können. Ramose, wasch dich und leiste mir und Ahmose beim Abendessen Gesellschaft.»

Die Fürsten verneigten sich und gingen rasch auseinander. Als die beiden Brüder und Ramose allein waren, fragte Ramose ruhig: «Majestät, wie geht es meiner Mutter?» Kamose blickte ihm fest in die Augen.

«Es geht ihr gut, aber sie ist gern allein», antwortete er ehrlich. «Ich glaube nicht, dass es sich noch um Kummer handelt, Ramose. Es ist Zorn darüber, dass ich sie nicht mit Teti habe sterben lassen.» Ramose nickte.

«Sie hatte schon immer einen starken Willen wie ihre Base, deine Mutter. Sie fehlt mir.»

Gewaschen, geschminkt und frisch gekleidet stellte sich Ramose zum Essen am Teich bei Kamose und Ahmose ein. In den dürren Palmen fauchten die Fackeln dunkelgolden, Diener kamen und gingen, und gelegentlich wehte das Gelächter unsichtbarer Soldaten heran. Hoch über ihnen standen die Sterne, ohne zu funkeln, am dunklen Himmel.

Gegen Ende des Mahls, als der Weinkrug geleert war und die drei Männer halbherzig die Datteln des letzten Gangs in Angriff nahmen, lehnte sich Ahmose mit einem zufriedenen Seufzer zurück. «Heute Abend liegt Vorfreude in der Luft», sagte er. «Ramose, was meinst du dazu? Du bist so still gewesen?» Ramose schenkte ihm ein mattes Lächeln.

«Tut mir Leid, Prinz», sagte er. «Ich habe tatsächlich gegrübelt. Der Plan des Generals ist durchdacht. Er hat nur zwei Haken.»

«Wie kann man Apophis wirklich dazu bewegen, dass er seine Stadt verlässt, und wie stellen wir sicher, dass seine Truppen erschöpfter als unsere sind, wenn sie Het nefer Apu erreichen?», warf Kamose ein. Ramose nickte.

«Genau.» Er zögerte, und sein Blick hing an den dunkel glänzenden Datteln. Kamose sah, dass er die Brauen zusammengezogen hatte, und merkte, wie sich ihm der Magen zusammenschnürte. Ich weiß, was er sagen will, dachte er, spürte den Blick seines Bruders und sah ihn an. Ahmose nickte einmal unmerklich Zustimmung. Ramose reckte das Kinn. «Ich habe keine Ahnung, wie man das zweite Ziel erreichen kann», sagte er. «Aber für das erste habe ich eine Lösung. Schick mich zu Apophis, Kamose. Einen besseren Verräter als mich gibt es nicht.»

«Weiter», sagte Kamose tonlos. Sein Herz schlug schneller. Ramose hielt einen Finger hoch.

«Zum einen Tani», fing er an. «Ich liebe sie noch immer, und ich bin dir entlaufen, weil ich sie wieder sehen wollte.» Er hielt den zweiten Finger hoch. «Dann die Hinrichtung meines Vaters, ein Grund, der meine Zuneigung zu dir in Hass verwandelt hat.» Er hob den dritten Finger. «Drittens mein Erbe, meine Ländereien in Chemmenu, die an Meketra gefallen sind. Sollte Apophis das nicht wissen, so erzähle ich es ihm. Ich werde ihm im Austausch für ein Treffen mit Tani alle gewünschten Informationen anbieten und darum bitten, mit den Setius gegen dich kämpfen zu dürfen.» Er verzog das Gesicht. «Vielleicht bitte ich auch darum, dass man mir für meine Treue Chemmenu zurückgibt.» In dem darauf folgenden Schweigen blickte er von einem zum anderen. «Meine Worte überraschen euch nicht, ja?», sagte er leise. «Ihr habt bereits darüber nachgedacht.» Er wandte sich an Kamose. «Majestät, zögere nicht, mich einzusetzen, scheue nicht wegen unserer langen Freundschaft davor zurück oder weil du Gewissensbisse wegen meiner zerstörten Hoffnungen hast. Die hat Apophis vernichtet, nicht du, und mein Vater hat seinen Sturz selbst verschuldet.» Kamose musterte das schöne, ernste Gesicht und spürte, wie ihn eine ungewohnte Traurigkeit überkam.

«Ramose, du verdienst es, für den Rest deines Lebens in Frieden zu leben», sagte er mit Mühe, und der junge Mann machte eine heftige Handbewegung und lehnte sich zurück.

«Du auch. Es ist sinnlos, sich gegen das Schicksal aufzulehnen. Es gibt keinen anderen als mich, Kamose. Keiner der Fürsten kann das. Mit Ausnahme von Anchmahor und vielleicht Mesehti sind alle zu anfällig für Versuchung, wenn sie erst einmal deiner Kontrolle entzogen sind. Du darfst ihnen nicht völlig vertrauen.» Er erhob sich und stand mit beiden Händen fest auf den Tisch gestützt. «Einen gewöhnlichen Offizier kannst du auch nicht schicken. Der würde für ein Wortgefecht mit Apophis nicht raffiniert genug denken und könnte dessen Argwohn nicht beschwichtigen. Das kann nur ich.» Aber was ist dein Motiv?, fragte sich Kamose. Verlust deiner Zukunft? Rache an Apophis? Echte Sehnsucht nach Tani? Oder die Gelegenheit, mir zu entfliehen? Er gab sich innerlich einen Ruck.

«Ich tue es sehr ungern», sagte er. «Ich möchte weder deinen Tod noch deine Verhaftung auf mein Gewissen laden, falls etwas schief geht. Du hast durch mich genug gelitten.» Ramose kniff die Augen zusammen.

«Ich habe meine Wahl vor Jahren getroffen», gab er zurück. «Wir haben bereits Ende Mechir, Majestät. Aus Frühling wird Sommer. Du musst dich entscheiden.»

Als Ramose gegangen war, zog Kamose seinen Bruder von den Fackeln fort, und als sie den Saum des mageren Palmenhains erreicht hatten und allein in der Unendlichkeit der Wüste waren, die sich im blassen Sternenschimmer vor ihnen wellte, setzte er sich in den Sand und kreuzte die Beine. Ahmose ließ sich neben ihn sinken. Ein Weilchen äußerte keiner etwas, sie ließen sich von der tiefen Stille umfangen. Dann sagte Kamose: «Ich darf ihm nicht erlauben, dieses Risiko auf sich zu nehmen. Es ist zu gefährlich.» Ahmose gab nicht gleich Antwort, aber Kamose spürte, dass er bereits eingewilligt hatte.

«Kamose, ich verstehe dich nicht», sagte er jetzt. «Bislang bist du rücksichtslos gewesen, wenn sich dir etwas in den Weg stellen wollte. Dass Auaris uneinnehmbar ist, macht dich schier wahnsinnig, und jetzt, da sich dir die Gelegenheit bietet, dein Ziel zu erreichen, bist du auf einmal ganz gegen deine Art empfindsam. Warum?»

«Es ist doch wohl unser Ziel, nicht nur meins», sagte Kamose heftig. «Du begreifst nicht, dass Ramose ein Bindeglied zur Vergangenheit ist, zu einer freundlicheren Zeit.» Er beherrschte mit Mühe die Wut, die immer dicht unter seinem gefassten Äußeren lauerte. «Wenn ich ihn am Leben erhalte, ist das für mich, als ob ich irgendwie das Beste an Ägypten bewahrt habe, als ob nach der ganzen Mordbrennerei noch etwas Unschuldiges und Kostbares zurückgeblieben ist.» Müde fuhr er sich mit der Hand über die Augen. «Als ob noch irgendetwas von mir geblieben ist.»

«Du kannst dich jetzt nicht so gehen lassen!», protestierte Ahmose. «Kamose! Nicht jetzt! Dieser Plan ist gut. Wir können damit Soldaten töten, Apophis schwächen, ihn vielleicht sogar aus Ägypten vertreiben! Das weiß Ramose. Falls du die Gegenwart eines lebendigen Menschen brauchst, um dich daran zu erinnern, wer du einmal gewesen bist, dann steht es schlimm um dich!»

Ein Dutzend scharfe Erwiderungen lagen Kamose auf der Zunge, grausame Worte, die wehtaten und ihn rechtfertigten. Er wusste, dass sein Bruder Recht hatte, wusste es im Kopf, doch sein Herz wehrte sich dagegen. Ramose bedeutete Tani, bedeutete, an trägen Frühlingsnachmittagen mit dem Wurfstock in den Sümpfen Enten zu jagen, bedeutete Familienzusammenkünfte in Tetis Garten in Chemmenu, er und Si-Amun im Gras, während die Motten im Lampenlicht hin und her flatterten. «Das ist vorbei», sagte Ahmose leise, als hätte er die leuchtenden Bilder gesehen, die seinem Bruder durch den Kopf gingen. «Alles vorbei, Kamose. Unwiederbringlich vorbei. Lass Ramose gehen.»

«Na schön», rang sich Kamose ab.

«Es klappt aber nicht, wenn Ramose allein hingeht und es schafft, sich gefangen nehmen zu lassen», sagte Ahmose. «Wozu ist er gekommen? Will er die Stadt ausspionieren? Vielleicht? Aber weder du noch ich würden solch eine Ausrede schlucken und Apophis auch nicht. Spione können in Auaris mit Leichtigkeit kommen und gehen, wenn die Stadt nicht belagert ist. Nein. Ramose muss als Begleitung abkommandiert werden. Du musst einen Brief an Apophis diktieren und ihn durch den Boten überbringen lassen, den Ramose abgefangen hat. Ramose geht mit, weil er sicherstellen will, dass der Mann ihn auch abliefert. Damit erhärtet Ramose die Informationen, die der Mann Apophis gibt, und dann entschließt er sich im Austausch für ein Treffen mit Tani zum Überlaufen. Auf diese Weise kann Ramose direkt zu jedem Setiu-Wachposten oder zu jedem Tor gehen und Einlass in den Palast fordern. Er kann seine Unterredung kühl beginnen, ja, sogar feindselig, und wird dann schwach. Falls wir Glück haben, bietet Apophis Ramose sogar Anreize, damit er uns verrät. Ramose muss überhaupt nicht lügen. Er kann die volle Wahrheit sagen.»

Kamose bewegte sich. «Und was wird danach aus ihm?»

«Das können wir nur raten. Apophis wird ihn nicht im Palast behalten. Entweder wirft er ihn ins Gefängnis oder er fordert, dass er für seinen neuen Verbündeten einsteht und unter strenger Bewachung durch einen Setiu-Offizier gegen uns zu den Waffen greift.» Ratlos hob er Schultern und Hände. «Wer weiß das schon? Aber du kannst sicher sein, dass Ramose durchaus weiß, was er tut. Lass ihn, Kamose. Er wird gern sterben, vorausgesetzt, er hat Tani noch ein einziges Mal gesehen.» Irgendetwas in Kamose reagierte mit eisigem Zynismus. Wie rührend arglos, sagte es spöttisch. Wie lieblich und inniglich. Ramose hält an seinem Traumbild fest wie ein Kind.

«Du kannst in der Verfolgung deiner Ziele ganz schön beredsam sein, Ahmose», sagte er laut. «Natürlich hast du Recht. Ich werde einen Brief an Apophis diktieren, ihn verhöhnen, mich bemühen, ihn zu erbosen, sodass er seine Truppen losschickt, damit er nicht an Gesicht verliert. Den gebe ich Ramose und dem Setiu-Herold mit. Ramose sollte den Weg nach Het nefer Apu lieber im Streitwagen machen und dann auf dem Fluss ins Delta fahren. Zwei Tage bis zum Nil und wahrscheinlich vier bis Auaris. Sechs Tage. Dazu zählen wir noch drei Tage für Audienzen, Beratungen und so weiter im Palast. Neun Tage. Weitere vier, fünf, bis Apophis' Generäle das Heer marschbereit haben. Vierzehn Tage. In zehn Tagen müssen unsere Späher die Mündung des Deltas und auch die Wüstenstraße bei Ta-sche beobachten. Amun möge uns helfen, falls wir die Setiu-Truppen verpassen! Sowie wir wissen, dass sie Ta-sche verlassen haben, marschieren wir nach Het nefer Apu, vereinigen uns mit Paheri und der Flotte und warten auf die Schlacht. Bist du nun zufrieden?» Er stand auf und klopfte sich den Sand vom Schurz.

«Ja.» Ahmose tat es ihm nach. «Kamose, glaubst du, Apophis lässt Pezedchu auf uns los?» Seine Stimme klang bänglich. Kamose empfand die gleiche Angst.

«Pezedchu ist der beste militärische Kopf, den er hat», antwortete er grimmig. «Wir haben mit dem General noch ein Hühnchen zu rupfen. Soll er ruhig kommen. Es ist alles ein Spiel, Ahmose. Wir können nur die Würfel werfen. Und die müssen dann Apophis und die Götter aufnehmen.»

Als Kamose wieder in ihrem Zelt mit dem stetigen goldenen Licht der Lampe auf seinem Tisch war, diktierte er zwei Briefe. Einer ging an Tetischeri und berichtete ihr von Apophis' Bitte an Teti-en und ermahnte sie, in ihrer Bewachung des Flusses nicht zu erlahmen. Darauf richtete er einen Brief an Apophis höchstpersönlich, mit dem er sich anfangs schwer tat, doch allmählich erwärmte er sich für die Aufgabe und zählte jeden seiner Angriffe auf, jedes niedergebrannte Dorf, jede entvölkerte Garnison. Mit besonderem Genuss befasste er sich mit der Plünderung von Apophis' Festung Nag-Ta-Hert und schloss mit der Prahlerei, es sei nur noch eine Frage der Zeit und Auaris ereile das gleiche Schicksal. Er beleidigte ihn, machte ihn schlecht, verhöhnte ihn und beendete den giftigen Wortschwall mit «Es ist um dich geschehen, gemeiner Setiu, der immer gesagt hat: ‹Ich bin der Herr, und von Chmun und Pi-Hathor bis Auaris gibt es nicht meinesgleichen›», und unterzeichnete mit «Starker Stier, Geliebter Amuns, Geliebter Res, Herr der Zwei Länder, Kamose, der ewig lebt».

Ahmose hatte auf seinem Feldbett hockend zugehört. Als Ipi die beiden Papyri versiegelte und Kamose durstig Wasser trank, das neben seiner Lampe stand, sagte er: «Wirst du den Fürsten von deinem Brief erzählen, Kamose?» Kamose warf ihm über die Entfernung ein Lächeln zu. Er fühlte sich, als hätte er einen schweren Felsbrocken, den man ihm um den

Hals gehängt hatte, genommen und damit nach Apophis geworfen. Er kam sich leicht vor und ihn schwindelte ein wenig.

«Wir sind oft wortlos einer Meinung, nicht wahr, Ahmose?», sagte er. «Nein, das tue ich nicht. Er würde sie nur beunruhigen. Ich habe sie alle mit hineingerissen. Ramose kann sich morgen auf die Reise vorbereiten und am darauf folgenden Morgen aufbrechen. Den Rest dürfen sie natürlich wissen. Danach erforschen du und ich die Oase, während wir auf Nachricht von den Spähern warten.» Er griff sich einen Umhang. «Ich finde doch keine Ruhe. Ich gehe, glaube ich, ein Weilchen spazieren. Kommst du mit?» Ahmose schüttelte den Kopf.

«Ich schlafe lieber», sagte er. «Nimm Anchmahor mit. Geh nicht allein, Kamose.» Kamose schloss die Zeltklappe hinter sich und tauchte in der Nacht unter.

Beim Treffen am nächsten Morgen berichtete Kamose den versammelten Fürsten, dass er sich für Hor-Ahas Plan entschieden habe und dass Ramose den Setiu-Soldaten nach Auaris zurückbegleiten werde. Hinsichtlich des Briefes hielt er den Mund. Er war der König, er musste ihnen nichts weiter mitteilen als Befehle, es sei denn, er brauchte ihren Rat. Sie stritten sich nicht mit ihm, ja, sie wirkten geradezu erleichtert, dass ihr langer, müßiger Winter bald vorbei sein würde.

Später ließ er Ramose rufen, überreichte ihm die Rolle und erteilte seine Anweisungen. «Wenn du erst im Palast bist, musst du dich auf dein eigenes Urteil verlassen», sagte er. «Bitte darum, dass du Tani vor deinem Aufbruch sehen darfst, nachdem du deine Pflicht als Herold erfüllt hast. Dann zögere etwas.» Kamose hob die Schultern. «Alle Vorschläge, die ich da zu machen hätte, sind nutzlos, Ramose. Schläfere Apophis' Argwohn ein, erzähle ihm alles, was du weißt, aber locke ihn aus seiner Stadt.»

«Ich werde mein Möglichstes tun», sagte Ramose. «Falls ich nicht zu dir zurückkehren kann, Kamose, musst du einfach darauf vertrauen, dass ich dich nicht verraten habe. Hast du eine Botschaft für Tani?»

«Das würde einen ganzen Tag dauern», sagte Kamose wehmütig. «Sag ihr, dass wir alle für sie beten, dass wir ständig in Gedanken bei ihr sind. Ich möchte sie nicht beunruhigen, Ramose. Und ich möchte auch nicht, dass du die kostbare Zeit mit ihr mit Gesprächen über ihre Familie vergeudest.»

Es entstand eine Pause, dann sagte Ramose vorsichtig: «Glaubst du, dass sie noch am Leben ist, nachdem du die Übereinkunft mit Apophis gebrochen hast?»

«Das war keine Übereinkunft», sagte Kamose hart. «Es hat nur Apophis' Versprechen gegeben, ihr nichts anzutun, solange der Rest von uns macht, was man ihm sagt. Wir müssen daran glauben, dass sie lebt, dass Apophis nicht so verrückt ist, eine Edelfrau umzubringen. Er hätte Ahmose und mich hinrichten und unsere Frauen verbannen sollen. Ich an seiner Stelle hätte es getan. Gemessen an seiner vorsichtigen Feigheit, könnte Tani noch leben.»

«Ich fliehe mit ihr, wenn ich kann», sagte Ramose. «Bei der kleinsten Gelegenheit rennen wir. Majestät, habe ich dazu deine Erlaubnis?»

«Vorausgesetzt, du hast die Aufgabe erfüllt, für die du dich freiwillig gemeldet hast», sagte Kamose bedächtig. «Die ist wichtiger als dein persönliches Herzweh, Ramose.» Die beiden Männer starrten sich einen Augenblick lang an, und Spannung lag in der Luft, doch dann machte Kamose einen Schritt und zog Ramose an sich. «Mein Freund», sagte er leise. «Wir haben uns immer geliebt, aber jetzt bin ich König und muss die Anforderungen meines Amtes über Brudergefühle stellen. Verzeih mir.» Ramose entzog sich ihm.

«Ich liebe dich auch, Kamose», sagte er. «Ich werde den Auftrag, den ich übernommen habe, nach besten Kräften ausführen. Das hat nichts mit Zuneigung zu tun. Er ist wie geschaffen für mich.»

«Das verstehe ich.» Kamose rang nach Fassung. Ich habe getan, was ich tun musste, dachte er bitter. Das siehst du doch ein, gewiss siehst du das ein! Glaubst du, es ist mir leicht gefallen, deinem Vater einen Pfeil in die bebende Brust zu schießen?

Aber es war leicht, widersprach eine andere Stimme, die Stimme, die immer mehr seine Zweifel und Bedenken übertönte. Leichter, als von gegensätzlichen Treuegefühlen zerrissen zu werden, o Starker Stier, leichter, als den sanften Schmerz eines bekümmerten Freundes zu ertragen. Der Arm der Gerechtigkeit darf nicht zögern. «Dann gibt es nichts mehr zu sagen, als dich offiziell zu verabschieden», sagte er laut. «Mögen deine Sohlen festen Tritt finden, Ramose. Geh mit dem Segen der Götter.» Ramose verneigte sich. Die beiden Männer standen unschlüssig da und wussten nicht, was sie noch sagen sollten, jeder suchte nach einem weiteren Wort oder einer Geste, die das, was ihre letzte Begegnung sein konnte, zu einem annehmbaren Ende bringen würde, doch das Schweigen zwischen ihnen wurde immer tiefer. Zu guter Letzt lächelte Kamose, neigte den Kopf und ging.

ACHTES KAPITEL

Als die Sonne die Farbe der Morgenröte verloren hatte, war die Oase am Horizont hinter Ramose schon zu einem verschwommenen Fleck geschrumpft. Vor ihm zog sich der Weg nach Het nefer Apu schnurgerade nach Osten, ein schmales Band festgetretener Erde, gesäumt von einer gnadenlosen Wüste. Ihm gegenüber schaukelte und schwankte der Setiu-Soldat, hatte die Füße in den Sandalen zwischen Ramoses gestellt und stützte sich mit den gefesselten Hände zwischen den Oberschenkeln auf dem Boden des Gefährts ab. Es war ein Mann mit ziemlich schwarzer Haut, einer ungepflegten schwarzen Mähne und einem zerrupften schwarzen Bart um volle Lippen. Der Wagenlenker stand über den beiden Passagieren unter dem schützenden Sonnendach, sang vor sich hin und sprach gelegentlich mit den beiden Pferdchen, deren Tritt eine stetige Wolke hellgelben Staub aufwirbelte. Um seine Beine lagen Beutel mit Essen und Schläuche voll Wasser gestapelt.

Die Hitze nahm zu und Ramose kämpfte gegen den Schlaf an. Nicht etwa, dass der Setiu den Versuch machen würde zu fliehen, es sei denn, es gelang ihm, die beiden Mitfahrer zu töten und Streitwagen und Lebensmittel an sich zu bringen,

228

doch das war eher unwahrscheinlich. Seine Handgelenke waren fest zusammengebunden, und ein Knöchel war lose am oberen Rand des Streitwagens vertäut. Er wird ein ständiges Ärgernis sein, bis wir Het nefer Apu erreicht haben, dachte Ramose. Wenn ich schlafen will, muss ich ihn jede Nacht an einem Baum festbinden. Er wich dem stetigen Blick des Mannes aus und blickte rückwärts auf den windverwehten Weg.

Es ist schon schlimm genug gewesen, das Heer vom Nil in die Oase zu führen, ging es ihm durch den Kopf. Dort angekommen, mussten die Hauptleute die Männer von den Teichen wegpeitschen, bis sich säuberliche Reihen gebildet hatten, und das waren Männer aus dem Süden, die an die Entbehrungen und die gnadenlose Hitze des Schemu gewöhnt sind. Wie mag es Apophis' Tausenden wohl nach drei solchen Märschen gehen, verweichlichten Stadtmenschen, die nichts anderes kennen als Obsthaine und Weingärten? Aus dem Delta nach Ta-sche, von Ta-sche nach Uah-ta-Meh, von Uah-ta-Meh nach Het nefer Apu?

Ramose wischte sich den beißenden Schweiß aus den Augen. Er hatte sie gegen den sonnengleißenden Sand dick mit Kohl umrandet, doch sie taten noch immer weh. Seine Kehrseite ebenso. Der Setiu schlief jetzt, der Kopf war ihm auf die Schulter gesunken. Er hatte noch kein Wort gesagt, seit man ihn aus der Gefängnishütte geholt hatte.

Sie brauchten drei Tage zur Durchquerung der Wüste, aßen abends kaltes Essen und lagen in ihre Umhänge gewickelt, während sich der Abend nach Sonnenuntergang allmählich ungemütlich abkühlte. Ehe er sich schlafen legte, band Ramose seinen Gefangenen an die Speichen des Streitwagenrades. Der Mann aß und trank, wenn man ihn dazu aufforderte, ohne jedoch etwas zu sagen. Er benahm sich weder mürrisch noch zaghaft, lediglich unendlich gleichgültig.

Gegen Sonnenuntergang des dritten Tages hoben die Pferde die Köpfe und beschleunigten. «Sie riechen Wasser», meinte der Wagenlenker. «Der Nil ist nicht mehr fern.» Ramose stellte sich hin und blickte nach vorn. Ein dünner Streifen Vegetation unterbrach die Einförmigkeit von Land und Himmel. Er sah, wie er größer wurde, und nach einer weiteren Stunde rumpelten sie in ihn hinein. Dahinter lagen die Stadt Het nefer Apu und die beengten Zelte und Schiffe von Kamoses Flotte.

Ramose war zwar müde, ließ sich aber trotzdem zu Paheris Unterkunft fahren. Nachdem er den Wagenlenker angewiesen hatte, die Pferde zu tränken und zu füttern und sich um den Streitwagen zu kümmern, übergab er den Setiu Paheris Wachposten mit ungefähr den gleichen Anweisungen und ließ sich anmelden. Paheri war allein, er speiste gerade und begrüßte Ramose herzlich. «Leiste mir Gesellschaft», lud er ihn ein und zeigte auf die Schüsseln ringsum. «Oder möchtest du erst baden? Was für Nachrichten bringst du aus der Oase?» Froh zog sich Ramose einen Schemel heran, und als sie gespeist hatten, erzählte er Paheri von Kamoses Entscheidung und seiner eigenen Aufgabe.

«Seine Majestät wird dich auf dem Laufenden halten», sagte er. «Was mich angeht, so muss ich ein paar Stunden schlafen und mich dann wieder auf den Weg machen. Kann ich eines deiner Boote haben, Paheri? Ich möchte zu Wasser reisen. Das spart einerseits Zeit, andererseits kann mein Gefangener nicht so leicht fliehen.»

Nach dem Austausch von Artigkeiten entschuldigte sich Ramose, holte Natron aus seinem Gepäck und tauchte mitsamt seinem schmutzigen Schurz in den Nil. Als er und der Schurz dann sauber waren, war die Sonne ganz untergegangen. Er hatte sich noch überzeugen wollen, ob der Setiu versorgt worden war und sich hatte waschen können, aber beim

Anblick der säuberlich am Fußende seines Feldbetts gefalteten Decke überlegte er es sich anders. Ich muss diesen leeren Blick morgen noch lange genug ertragen, dachte er, schnürte seine Sandalen auf und legte sich aufseufzend hin. Außerdem sind Paheris Soldaten sehr diszipliniert, die tun, was man ihnen sagt.

Er zog die Decke hoch, schloss die Augen und beschwor das Bild herauf, das ihm Trost und Hoffnung gewesen war, seit er neben seinem Vater gestanden und mit angesehen hatte, wie sich die Muskeln an Kamoses kräftigen Armen wölbten, während er den Bogen spannte. Anfangs hatte er es heraufbeschworen, weil er die Erinnerung an jenen Tag verscheuchen wollte, denn wie ein ständig wiederkehrender Albtraum kamen die Bilder und Geräusche, ja, sogar die Gerüche des Exerzierplatzes in Neferusi trotz aller Willenskraft jedes Mal zurück, wenn er einschlafen wollte. Wie sich der Griff seines Vaters angefühlt hatte, wie er verzweifelt geklammert hatte, sein Angstschweiß. Der beißende Geruch seines Schweißes. Die völlige Stille, die sich über Männer gelegt hatte, die kurz zuvor noch laut und geschäftig gewesen waren, während ihre Schatten in der brütenden Hitze regungslos und irgendwie unheildrohend auf die blutbespritzte Erde fielen. Die hinter Kamose aufgebauten Fürsten, ihre teilnahmslosen Gesichter und Kamose selbst mit zusammengekniffenen Augen, wie er am Pfeil entlangvisierte, das Auffunkeln seiner Ringe, als er den Bogen packte, seine ruhige Hand. Diese verflucht kaltherzige, ruhige Hand ...

Da er diese Bilder nicht abschütteln konnte, hatte Ramose zu dem Einzigen gegriffen, was ihm Halt bot, und war dabei in ein ganz anderes Gefängnis geraten, aber trotz allem ein Gefängnis. Er saß mit Tani auf der Bootstreppe des Tao-Anwesens, sie hatte ihren Arm durch seinen geschoben, und ihre warme Schulter rieb sich an seiner. Eine kühle Brise zerzauste ihr das Lockenhaar und kräuselte die glitzernden Fluten des Nils. Tani plapperte über etwas Alltägliches, ihre kleinen Hände gestikulierten, ihr Gesicht wandte sich einmal ihm, dann dem Fluss zu, aber er hörte nicht zu. Hinter seinem gesetzten Lächeln überließ er sich ganz dem sachten Wehen ihres duftenden Leinenkleides an seiner Wade und wie sich ihre Haut an seiner anfühlte und dem Klang ihrer Stimme.

Diese Bilder hatten nichts Sinnliches. Und so gelang es ihm, in den Armen seines Phantasiebildes einzuschlafen. Zuweilen ging es in einen Traum über, und er und Tani blieben bis zum Morgengrauen zusammen, aber bisweilen kehrte auch sein Vater zurück, und Tani verblasste, ein flüchtiger Geist, vertrieben durch Tetis Todeskampf. Daher gelangte Ramose in seinen wachen Stunden zu der Überzeugung, dass nur der Vollzug dieser Liebe im Fleisch, nur die Erfüllung ihres Versprechens aus glücklicheren Zeiten die Vergangenheit zum Ruhen bringen konnte.

Er hatte mit dem hilflosen Schmerz eines liebenden Sohnes um die schlimmen Charakterfehler seines Vaters gewusst. Er hatte Kamose, seinem König, die unvermeidliche Vergeltung verziehen, doch er kämpfte mit zwiespältigen Gefühlen. Da war Kamose in seiner ganzen Pracht als König, und da war der andere Kamose, sein Freund. Den König achtete und fürchtete er, doch seine Liebe galt dem Freund. Er konnte die beiden jedoch nicht mehr genau auseinander halten und hatte Angst, dass sein Freund langsam vom König geschluckt wurde.

Am Morgen aß er ein karges Mahl, frisches Brot, knackigen Salat und braunen Ziegenkäse, ehe er sich zum Nil aufmachte und seinen Setiu holen ließ. Ein kleines Boot lag am Ufer vertäut, die Mannschaft aus zwei Ruderern und einem Steuermann wartete bereits auf ihn, das einzige dreieckige Segel war noch um den Mast gewickelt. Ramose ging an Bord und sah nach, ob die kostbare Rolle für Apophis noch in seinem Gepäck war, dann setzte er sich und sah zu, wie der Gefangene an Deck gebracht wurde. Man hatte dem Mann offensichtlich erlaubt, sich zu waschen und in Ordnung zu bringen. Haar und Bart waren gekämmt, und er hatte geschlafen und war ausgeruht.

Am ersten Tag erreichten sie beinahe Ta-sche. Sie waren beschaulich durch eine Stille gefahren, die Ramose zunächst entzückte. Nach den Monaten in der Oase und seinem Routineposten als Späher in der Wüste kam ihm das satte Frühlingsgrün himmlisch vor. Doch bald ging ihm auf, dass an vielen Schadufs der Kanäle, die winzige Felder bewässerten, keine Männer standen, sondern die wenigen Menschen Frauen waren. Dörfer lagen still oder teilweise zerstört. Auf jedes Feld mit jungem, üppigem Korn kamen zwei, auf denen das Unkraut die neue Aussaat erstickte. Bisweilen tauchten Kinder auf, die nackt im seichten Wasser herumplanschten oder Ochsen hüteten, die sie zum Tränken an den Nil geführt hatten, und dann bildete sich Ramose ein, Ägypten hätte sich nicht verändert, doch sonst wirkte das Land trotz der hoffnungsfrohen Jahreszeit trostlos. Kamose hat gute Arbeit geleistet, dachte Ramose. Er hat so viel zerstört, dass niemand mehr den Mut hat, sich ihm zu widersetzen.

Am zweiten Abend legte er in Iunu an, doch er verließ das Boot nicht zum Erforschen der Stadt. Sein Gefangener hatte noch immer nichts gesagt, abgesehen von knappen Bitten um Wasser oder Schatten. Ramose hatte ihm sogar erlaubt, mit den beiden Ruderern schwimmen zu gehen, und hatte ihm vom Ufer aus zugesehen. Nachts blieb er an den Mast gebunden, lag zusammengerollt auf einer Decke und schnarchte gelegentlich.

Als Ramose das Delta erreichte, schlug er den breiten, östlichen Nebenarm ein und fuhr am Mittag des dritten Tages auf dem Wasser an Nag-Ta-Hert vorbei. Die Ruinen der Setiu-Festung, die Kamose belagert und dann hatte schleifen lassen, lagen leer und verlassen in der prallen Sonne. Überall Zeugnisse von Kamoses Verwüstung. Weingärten waren zerstört, Obsthaine abgeholzt. Flusspiraten, die Kamose in einem Anfall von schwarzem Humor selbst so genannt hatte, waren das Delta hinauf- und hinabgezogen und hatten nach Herzenslust gemordet und gebrandschatzt. Ramose selbst musste bei den Brüdern bleiben und jeden Tag beim Aufwachen die mächtigen, dräuenden Mauern von Auaris ansehen, und wenn keine Anforderungen an ihn gestellt wurden, stand er da, starrte zum Dach von Apophis' Palast hinauf und hoffte, einen Blick auf Tani zu erhaschen.

Ramose zweifelte nicht daran, dass die Wasserwege nur so von Apophis' Spionen wimmelten, aber sie wimmelten auch von anderen Booten, daher kümmerte er sich nicht um irgendwelche Anrufe. Setiu-Soldaten sah er nicht. Apophis' Einfluss schien an seinen Stadttoren zu beginnen und zu enden. Er muss doch wissen, was in Ägypten los ist, überlegte Ramose, während sein Boot nach Westen kreuzte, um dort endlich in den Nebenarm einzubiegen, der zu den Kanälen rings um Auaris führte. Ist es ihm einerlei? Oder wartet er, bis sich Kamose erschöpft hat und für immer heimfährt? Der Gefangene beobachtete ihn schon wieder, und dieses Mal bemerkte Ramose in den schwarzen Augen Staunen und aufblitzende Bewunderung.

Ramose verspürte keinerlei Wunsch, ihn aufzuklären. Die Sonne ging bereits unter, und demnächst wurden die Tore zugemacht. Das Boot bog jetzt in einen Kanal ein, und da ragte vor ihnen und hinter den Bäumen und Büschen, die sich aus dem feuchten Boden am Wasser nährten, jenseits des sich weit erstreckenden Wassers und der flachen Ebene die südliche Mauer von Auaris fünfzig Fuß hoch. Alle fünf Tore waren schwer bewacht, das wusste Ramose. Während er nachdenklich durch das Blattwerk der Bäume blickte, kämpfte er mit sich, ob er die Nacht neben dem Kanal lagern sollte oder nicht. Viele andere Boote legten an. An den Kanalufern wimmelte es von Händlern, Bauern mit frischer Ware, Andächtigen, die den großen Seth-Tempel oder die kleineren Schreine der barbarischen Setiu-Götter aufsuchen wollten.

Doch am Ufer gab es auch Grüppchen von Setiu-Soldaten, Männer mit Krummschwert am Gurt und metallbeschlagenen Lederwämsen, und Ramose konnte sich ihre Reaktion ausmalen, falls der Gefangene sie anrief. Möglicherweise verhaftete man ihn als Spion. Andererseits brachten sie ihn auch vielleicht auf der Stelle um. Ramose trat zu dem Mann. «Ich bringe dich deinem Herrn zurück», sagte er ohne weitere Vorrede. «Ich selbst habe eine Botschaft für ihn. Darum will ich die Nacht nicht hier verbringen. Du und ich, wir gehen zum Tor. Falls du versuchst, die Soldaten dort auf uns aufmerksam zu machen, schneide ich dir auf der Stelle die Kehle durch.» Ohne die Antwort abzuwarten, kehrte er zu seiner Mannschaft zurück. «Seid bedankt», sagte er. «Fahrt jetzt heim nach Het nefer Apu und richtet Paheri aus, dass ich die Stadt erreicht habe. Legt bis zum Morgen an irgendeiner ruhigen Stelle an.»

Er griff zu seinem Bündel, ging die Laufplanke hinunter und stand neben dem Gefangenen am Ufer, während die Bootsleute ablegten. Er wusste, dass er sich auf den Weg zur Stadt machen musste, solange die letzten Strahlen der Sonne noch verweilten, doch er stand da und sah zu, wie die Riemen eintauchten, sich das Boot vom Ufer fortbewegte, dann drehte und den Bug nach Süden und in die Freiheit richtete. Innerlich schaudernd ergriff Ramose den Strick, mit dem man dem Setiu die Hände gefesselt hatte, und gemeinsam näherten sie sich Auaris.

Ramoses Besuch in dieser Stadt lag viele Jahre zurück. In seiner Kindheit war er gelegentlich mit seinen Eltern hergekommen, die Apophis zum Jahrestag seines Erscheinens Geschenke gebracht hatten, denn an diesem Tag erwartete man von jedem Nomarchen, dass er seine Treue zum König bekundete. Dennoch erinnerte er sich an das Gefühl, wie klein er sich als Kind im Schatten dieser hochragenden Mauern vorgekommen war. Dieses Gefühl hatte er zusammen mit Kamose nicht verspürt, doch jetzt, so ganz allein, kehrte es zurück. Er bemühte sich nach besten Kräften, es abzuschütteln, aber es wurde schlicht stärker. Über einhundert Fuß dick, sagte er bei sich. Kein ägyptisches Heer kann diese Stadt durch Belagerung erobern, und wenn ich einmal drinnen bin, komme ich nie wieder heraus.

Er schalt sich für Gedanken, die seinen Verstand lähmen konnten, trat ans Tor und blieb stehen. Am Tor selbst waren sechs Wachposten, kräftige Männer in ledernen Stiefeln, Mützen und Wämsern, die Krummschwerter in der Scheide, aber an der Mauer hinter ihnen lehnten bedrohlich aussehende Äxte. Sie zeigten nicht die geringste Besorgnis, als sich Ramose näherte. «Das Tor ist geschlossen», sagte einer von ihnen verächtlich. «Du musst warten, bis du dran bist, morgen früh kannst du in die Stadt.» In der schlechten Beleuchtung hatte er offensichtlich nicht die gefesselten Hände des Setius bemerkt.

«Ich bringe eine dringende Botschaft von Kamose Tao», antwortete Ramose ruhig. «Ich verlange, auf der Stelle eingelassen zu werden.»

«Du und hundert andere», höhnte der Mann. «Das Tor lässt sich nur von innen öffnen. Wo sind deine Heroldsabzeichen?» Ramose packte den Unterarm seines Setius und hob ihn hoch.

«Hier», sagte er. «Ich bin Ramose, Sohn des Teti von Chemmenu. Lass das Tor öffnen, du hirnloser Tropf. Ich habe nicht die Absicht, hier herumzustehen und zu betteln wie ein gemeiner Mensch.» Der Soldat musterte ihn sorgfältig und blickte seinen Gefangenen durchdringend an.

«Dich kenne ich», sagte er zu dem Mann. «Du hast Auaris vor Wochen durch dieses Tor verlassen. Hat man dich gefangen? Warum bringt er dich zurück?»

«Das geht dich nichts an», unterbrach ihn Ramose grob. «Nur Apophis. Schick ihm auf der Stelle Nachricht!»

«Den man nicht beim Namen nennen darf», sagte der Soldat laut, doch er hatte etwas von seiner Großspurigkeit eingebüßt. Er blickte hoch und bellte: «Heda! Macht das Tor auf!», und als Ramose seinem Blick folgte, sah er oben auf der Mauer die schattenhaften Gestalten von Bewaffneten. Es kam keine Antwort, doch dann bewegte sich eine Hälfte des klobigen Tores knirschend nach innen und ging einen schmalen Spalt auf. Der Soldat winkte sie durch und folgte ihnen hastig. «Wartet hier», befahl er.

In den steinharten Lehm waren beiderseits der ausgefahrenen Straße kleine Räume eingelassen, und der Mann, der ihnen das Tor geöffnet hatte, winkte sie in einen hinein. Ringsum an den nackten Wänden standen Bänke und mitten auf einem Tisch ein Krug Bier und die Überreste eines Mahls. Neben den Schüsseln lagen verschiedene Waffen. Die anwesenden Soldaten widmeten sich dem Würfelspiel.

Ramose und sein Gefangener saßen schweigend da. So vergingen einige Stunden, und Ramose überlegte schon, ob es nicht besser gewesen wäre, er hätte bis zum Morgen vor der Stadt gewartet und wäre dann allein zum Palast gegangen, als der erste Soldat wieder erschien, begleitet von einem Offizier, der sich flüchtig verbeugte. «Bist du tatsächlich Ramose von Chemmenu?», erkundigte er sich forsch. Ramose nickte. «Dann hat dir der Einzig-Eine einen Streitwagen geschickt. Nimm deinem Gefangenen die Fesseln ab.» Ramose stand auf und zog auch den Mann hoch.

«Los, ihr beiden», blaffte der Offizier. Ramose folgte ihm hinaus in die frische Luft.

Der Streitwagen wartete. Ohne ein weiteres Wort wurden sie schroff hineingewinkt, der Offizier folgte ihnen und stellte sich hinter sie. Ein Wort zum Wagenlenker, und das Gefährt setzte sich in Bewegung. Sie verließen den nicht überdachten Gang und Ramose blickte sich um.

Es ging flott eine Durchgangsstraße entlang. An ihr reihten sich verlassene Marktstände, unter denen sich der Abfall des Tages häufte. Hinter ihnen begannen die endlosen, unregelmäßigen Reihen von beengten und beliebig hingebauten Lehmhäusern, an die er sich noch aus seiner Kindheit erinnerte. Die Räder rollten über eine Querstraße, dann kamen weitere schiefe Häuser mit nackten Fenstern, hinter denen mildes Licht schimmerte. Stellen mit festgetretener Erde kennzeichneten Schreine, in winzigen Nischen standen kleine Göttergestalten auf gedrungenen Granitpfeilern, darunter schlichte Altäre. Der Lärm der Stadt war stetig, menschliche Stimmen, bellende Hunde, wiehernde Esel, Karrengerumpel, doch nach ungefähr zwei Meilen nahm er ab. Der Gestank jedoch nicht. Der wiederum war ein Gemisch aus Eseldung, menschlichen Exkrementen und Abfall, stieg Ramose beißend in die Nase und heftete sich an Haut und Kleidung.

Der Streitwagen hatte die wohlhabenderen Viertel von

Auaris erreicht. Hohe Mauern, durchbrochen von versteckten Toren, säumten die Straße, und Ramose wusste, dass sich hinter ihnen die Gärten und Häuser der Reichen wie kleine Oasen erstreckten. Es gab nur noch wenig Fußgänger, und die waren stiller, eleganter gekleidet, und oftmals ging eine Leibwache vor ihnen her. An einer weiteren Querstraße kam Seths gewaltiger Tempel in Sicht, die Fahnen an seinen Pylonen flatterten gelegentlich in der nächtlichen Brise, ein winziges Licht durchdrang die Dunkelheit des Vorhofs, weil irgendein Priester noch tief im Inneren Andacht hielt. Der Offizier sagte etwas, und die Pferde klapperten nach links, doch als sie abbogen, erhaschte Ramose einen flüchtigen Blick auf ein riesiges Tor und dahinter auf einen offenen Hof. Der Exerzierplatz, dachte er, und die Kasernen. Wie viel Mann Apophis wohl hat? Wenigstens doppelt so viel wie wir, so jedenfalls sagt man.

An einer langen Mauer wurde der Streitwagen langsamer, schwenkte ab und kam mit einem Ruck vor einer hohen Flügeltür aus Zedernholz zum Stehen. Eine viel kleinere Seitentür stand offen, und hier wartete ein Herold in Blauweiß, den königlichen Farben Ägyptens. Doch sein Amtsstab war keineswegs ägyptisch, sondern ein langer weißer, speerähnlicher Stock, an dem rote Bänder hingen. Auf der Spitze der Kopf eines Gottes in Blutfarbe. Sutech grinste Ramose unter einer kegelförmigen Mütze mit gedrehten Gazellenhörnern an. Er hatte wenig Ähnlichkeit mit Ägyptens Seth, dem rothaarigen Wolfsgott der Stürme und des Chaos, obwohl die Setius versicherten, beide Götter seien in Wirklichkeit ein und derselbe.

Wortlos bestieg der Offizier, der sie hergefahren hatte, wieder seinen Streitwagen, doch der Herold schenkte Ramose ein Lächeln und bat ihn hinein. Schon wieder eine Tür, die hinter mir zugeht, dachte Ramose, als er und sein Begleiter gehorchten. Ich darf nicht an die Meilen zwischen mir und der Oase denken. Ich darf nicht vergessen, dass irgendwo in diesem Irrgarten Tani speist oder geschminkt wird oder mit einer Freundin plaudert. Ich muss an sie denken. Vielleicht spürt sie, dass ich da bin. Vielleicht hält sie in diesem Augenblick inne, hebt den Kopf, als ob sie etwas hinter dem Schein ihrer Lampe raunen hört, kräuselt ratlos die Stirn, während ihr Herz schneller schlägt.

Der Herold führte sie jetzt einen breiten Weg zwischen ausgedehnten Rasenflächen entlang, auf denen viele Bäume standen. Von ihm zweigten andere Wege ab. Hier und da erblickte Ramose matten Lichtschimmer auf Wasser. Statuen säumten den Weg in regelmäßigen Abständen. Als Kind war er unbeschwert zwischen ihnen herumgelaufen, das wusste er noch, aber jetzt, im bläulichen Mondschein, wirkten sie fremdländisch-geheimnisvoll. Wo sie aufhörten, begannen die Büsche und die Beete mit den Zierblumen. Der Herold überquerte einen bekiesten Hof, auf dem viele Sänften abgestellt waren, und jetzt konnte Ramose Musik und fröhlichen Festlärm hören.

Die Fassade des Palastes ragte vor ihm auf, zwei Reihen Säulen, zu deren Füßen sich Soldaten und Diener scharten und die von vielen flammenden Fackeln angestrahlt wurden. Zu seiner Rechten konnte Ramose die Quelle des Lärms ausmachen. Er drang aus einem Saal, der sich unmittelbar auf die Säulen öffnete. Geradeaus war der Empfangsbereich, doch der lag im Halbdunkel, und der Herold wandte sich nach links, führte Ramose und seinen ergebenen Gefährten um den Palast herum zu einer kleinen Tür, die auf der Hälfte des Wegs in die Mauer eingelassen war. Die öffnete er und verbeugte sich gleichzeitig, winkte Ramose hinein, hielt jedoch den Setiu davon ab, ihm zu folgen. «Auf dem Tisch stehen Erfrischungen für dich», sagte der Mann freundlich zu Ramose. «Iss und trink, soviel du magst. Vielleicht musst du lange warten, aber irgendwann wirst du gerufen. Man hat mir gesagt, dass du eine Botschaft für den Einzig-Einen hast. Ist die mündlich oder schriftlich?»

«Schriftlich.» Ramose holte die Rolle aus seinem Beutel und reichte sie weiter. Der Herold nahm sie, verbeugte sich erneut und machte leise die Tür hinter sich zu.

Ramose atmete tief aus und blickte sich um. Das Zimmer war klein, aber gefällig mit niedrigen vergoldeten Stühlen und einem einzigen eleganten Tisch möbliert, auf dem eine Platte mit kaltem Geflügel, ein paar Scheiben Schwarzbrot, gekräuselte, knackig-frische Salatblätter mit Ziegenkäsestückchen, unterschiedliches Gebäck und ein Krug Wein standen. Hier und da lagen auf dem nackten Holzfußboden Kissen in leuchtenden Farben in einem fest gewebten Spiralmuster. Die hellbraunen Wände waren auch kahl, abgesehen von einem Fries, der oben unter der Decke verlief und ein ähnliches Muster aus schwarzen Kreisen aufwies. In drei Ecken spendeten Alabasterlampen auf Sockeln ein warmes und stetiges Licht, und in der vierten Ecke schimmerte ein goldener Schrein.

Ramose ging sofort zu der Tür, durch die er hereingekommen war, und riss sie auf, doch da sah er, wie sich der Kopf eines Wachpostens mit Helm zu ihm umdrehte. Er machte sie hastig wieder zu und durchquerte den Raum zu der einzigen anderen Tür, durch die er hätte entkommen können, doch auch die wurde bewacht; der Mann in dem dunklen Flur dahinter streckte warnend den Arm aus, als Ramose auftauchte. Nicht etwa, dass ich fliehen möchte, dachte Ramose grimmig, während er sich zurückzog. Ich muss die Sache bis zum Ende durchstehen. Aber ich fürchte mich ein wenig.

Unwillkürlich kehrte er dem üppigen Schrein den Rücken zu, fiel auf die Knie und beschwor Thot, den Gott Chemmenus. Bewusst malte sich Ramose im Geist sein Bildnis aus und begann zu beten.

Seit Monaten hatte er den Schutzgott seiner Stadt nicht angerufen, er ertrug die Erinnerungen nicht, die das mit sich gebracht hätte, doch jetzt ließ er seine Ängste und Zweifel in die federumstandenen Ohren des Gottes fließen, bat um Klugheit, um die richtigen Worte, die er Apophis sagen musste, dessen Gegenwart dieser Ort ausstrahlte, bat um Kraft, damit er an seinem Ziel festhielt. Als er geendet hatte, verspürte er plötzlich einen gesunden Hunger, zog einen der Stühle heran und fiel über das Essen her, genoss den Knoblauchgeschmack im Öl, mit dem der Salat angemacht war, und spülte alles mit einem Wein hinunter, der wunderbar trocken war. Danach lehnte er sich zurück. Er hatte sein seelisches Gleichgewicht wieder gefunden.

Er dachte daran, sich eins der Kissen unter den Kopf zu legen und ein Weilchen zu schlafen, doch er war hellwach und munter, aber ruhig. Du bist bei mir, Großer Thot, nicht wahr?, betete er stumm zu seinem Gott. Du hast mich, deinen Sohn, an diesem gotteslästerlichen Ort nicht verlassen. Er lächelte, seufzte und ergab sich ins Warten.

Es wurde später und später. Selbst hier, in diesem stillen Raum, der sich mehr und mehr von der Wirklichkeit draußen abzusondern schien, war sich Ramose bewusst, wie die Stunden bis zum noch lange entfernten Morgengrauen verrannen.

Er saß noch immer aufgerichtet auf dem Stuhl, als die Tür endlich aufging und ein hoch gewachsener, sauber rasierter Mann in knöchellangem weißem Schurz und silbernen Armreifen eintrat. «Ich bin Sachetsa, Herold Seiner Majestät», sagte er, und nur das leise Zögern bei seinen Worten verriet, dass er überrascht war, Ramose nicht schlafend vorzufinden. «Seine Majestät will dich kurz empfangen, ehe er sich zurückzieht. Komm mit.» Gehorsam stand Ramose auf und verließ den Raum.

Und dann verlor er den Überblick. Hinter dem flatternden Leinen des Herolds durchschritt er einen fackelerhellten Flur nach dem anderen, kam an geschlossenen und geöffneten Türen vorbei, die dunkel gähnten, durchquerte dämmrige Höfe, in denen das gedämpfte Plätschern der Springbrunnen eine tonlose Musik spielte, schritt zwischen aufgereihten Säulen unter Decken dahin, von denen seine Schritte widerhallten. Überall Wachposten vor dem eintönigen Hellgelb der Wände, große Männer, die regungslos dastanden, die mit Leder behandschuhten Hände auf die Schäfte riesiger Äxte stützten, und über ihnen zog sich das Irrgartenmotiv, das auch die Wand oben in dem Raum zierte, in dem Ramose gewartet hatte. Der Palast schlief in den wenigen Stunden zwischen Fest und erneuter Geschäftigkeit bei Tagesanbruch, war vorübergehend still.

Nach scheinbar langer Zeit blieb Sachetsa vor einer geriffelten Flügeltür aus gepunzter Zeder stehen, wo er ein paar Worte mit den Soldaten zu jeder Seite wechselte, und Ramose trat nach ihm ein. Der Flur hier war kleiner und heller, die Türen, die davon abgingen, kunstvoller verziert. Am hinteren Ende kam eine weitere Flügeltür. Ein Mann stand von dem Hocker vor ihnen auf. Wie der Herold war auch er in Weiß gekleidet, doch sein Gewand war mit Gold gesäumt. Je ein dicker goldener Reif schlang sich um Oberarm und Knöchel. Es war ein älterer Mann, das Gesicht unter den Spuren von Schminke runzlig, die Ohrläppchen lang gezogen unter dem Gewicht der goldenen Anchs. Er sah müde aus. Das Kohl um seine Augen war verschmiert, die Augen selbst waren blutunterlaufen. Trotzdem lächelte er schmal. «Ich bin Oberhofmeister Nehmen», sagte er knapp. Er winkte ungeduldig, und Ramose reckte sich und trat vor Apophis.

Ihm blieb nicht viel Zeit, seine Umgebung zu mustern, doch er sah sich um, als Nehmen seinen Namen rief. Der Raum war groß, gut beleuchtet und schön auf eine Art, die er nur gering-schätzig als fremdländisch bezeichnen konnte. Wo die Wände nicht mit gewebten Matten in ebenden leuchtenden Farben und ebendem Muster behängt waren, die er bereits gesehen hatte, waren darauf Berge mit weißen Gipfeln gemalt, zu de-ren Füßen ein Meer plätscherte. Kleine Schiffe segelten auf den grünen Fluten, und unter ihnen schwammen unterschiedliche exotische Meereslebewesen.

Zu seiner Linken wurde das Landschaftsbild durch eine Tür mit dem gemalten Bild eines mächtigen Bullen mit geblähten Nüstern und goldenen Hörnern unterbrochen. Zu seiner Rechten machte ein Diener gerade eine weitere Tür zu, auf der ein anderer Meeresgott dargestellt war, Baal-Yam, so vermu-tete Ramose, in dessen Bart Schlieren hingen und dessen Beine in wirbelnder weißer Gischt verschwanden. Überall in den Ecken standen muschelförmige Lampen. Die Rückenlehne eines Stuhls zeigte die runden Kurven und die stumpfe Nase eines Delphins, und weitere Delphine aus Silber stützten die Schüsseln und Becher, die auf dem Tisch standen, neben dem Apophis mit übereinander geschlagenen Beinen und auf den Knien gefalteten Händen saß.

Einen kurzen, fürchterlichen Augenblick erschrak Ramose bis ins Mark. Das hier ist nicht unser Volk, dachte er. Trotz Kohl und Henna, trotz des erlesenen Leinens und der Titel können sie ihre völlige Fremdartigkeit nicht ganz verbergen. Diese Formen stammen aus Keftiu, diese fließenden Bilder ha-ben nichts von den klaren und schlichten Linien ägyptischer Kunst. Warum habe ich das als Knabe nicht gesehen? Die Se-tius sind in die Insel Keftiu verliebt, das ist sonnenklar, aber haben sie noch mehr getan, als sich auf Handel mit Keftiu einzulassen? Gibt es auch eine Abmachung zu gegenseitiger Hilfe? Die Panik ließ nach, und Ramose trat vor und überlegte, ob er Apophis den ganzen Fußfall zugestehen sollte, doch dann fiel er schon mit ausgestreckten Armen auf die Knie und legte die Stirn auf den polierten Boden.

Er wartete. Dann erklang die vertraute, helle Stimme über seinem Kopf. «Steh auf, Ramose, Sohn des Teti», sagte Apophis. «Du gestehst mir den vollen Fußfall zu, der mir als deinem König gebührt, aber vielleicht machst du dich über mich lustig. Ich bin müde und mit meiner Geduld fast am Ende. Warum bist du hier?» Ramose erhob sich, und zum ersten Mal seit vielen Jahren blickte er in das Gesicht des Feindes.

Die großen, dicht zusammenstehenden braunen Augen gaben den Blick nachdenklich zurück. Apophis saß zwar, doch Ramose merkte, dass er hoch gewachsen war, größer als die Wachposten, die Ramose bislang gesehen hatte. Die mittleren Jahre hatten ihn nicht gebeugt. Seine Schultern waren breit, seine Beine unter dem losen Leinengewand lang und wohlgeformt wie die einer Frau. Man hatte ihm bereits die Schminke abgewaschen. Eine hohe Stirn und kräftige schwarze Brauen gaben ihm den Anschein anmutigen Adels, doch dem widersprach leider ein Kinn, das zu schwach und spitz war, ein etwas zu dünner Hals und ein Mund, der trotz der Lachfältchen hängende Mundwinkel hatte, wenn er nichts sagte. Seine Wangen waren so hohl, dass das Licht im Raum von den Wangenknochen zurückgeworfen wurde. Das Haar war vollkommen unter einer weichen Wollmütze verborgen.

Ein junger Mann stand hinter ihm und stützte sich mit einem Arm auf Apophis' Stuhl. Seine Ähnlichkeit mit Apophis war verblüffend. Die gleichen braunen Augen musterten Ramose mit neugieriger Feindseligkeit, und er reckte das gleiche spitze Kinn. Zu Apophis' Füßen saß ein Schreiber, der ein

Gähnen unterdrückte, mit dem Pinsel in der Hand und schreibbereiter Palette auf den Knien. Ein noch vollständig bekleideter und geschminkter Mann mit dem blauweißen Amtsstab in der Hand stand links von Apophis. Ein Wesir, das erkannte Ramose an den Farben des Stabes. Er umklammerte die Rolle, die Ramose den ganzen weiten Weg von der Oase hergebracht hatte. Vorsichtig wanderte Ramoses Blick von einem zum anderen, dann blickte er Apophis fest in die Augen. «Ich bin mit der Botschaft gekommen, die dein Wesir in der Hand hält», antwortete er gelassen. Apophis machte eine abfällige, rasche Geste aus dem Handgelenk.

«Das ist keine Botschaft», sagte er verächtlich, «sondern ein prahlerischer, beleidigender Redeschwall, der kein einziges versöhnliches Wort oder irgendeinen praktischen Vorschlag enthält, wie man diese lächerliche Situation beenden kann. Damit hat man meine Majestät ungeheuerlich gekränkt. Ich frage dich noch einmal: Warum bist du nach Auaris gekommen? Warum wurde mir mein Kundschafter zurückgebracht?» Ramose wusste, dass er mit seiner Antwort nicht zögern durfte. Die Augen beobachteten ihn fast ohne Lidschlag.

«Mein Gebieter Kamose hatte zunächst daran gedacht, den Kundschafter allein mit seiner Botschaft zurückzuschicken», erwiderte er. «Aber er wollte sichergehen, dass der Mann auch wirklich zu dir zurückkehrte und nicht etwa weiter nach Kusch, zu Teti-en reiste, ehe er ins Delta zurückging.» Zu seiner Genugtuung sah er, dass Apophis' Aufmerksamkeit einen Augenblick nachließ. «Darum war ein Begleiter erforderlich.»

«Ach ja.» Apophis atmete langsam, nachdenklich. «Aber warum hat Kamose dich gewählt, einen Mann, der böse unter ihm gelitten hat, einen Mann, an dessen Treue er Zweifel haben kann?»

«Weil wir von Kindesbeinen an Freunde sind», sagte Ramose. «Weil er weiß, dass ich trotz der Hinrichtung meines Vaters und meiner Enterbung ihm und seiner Sache treu ergeben bin. Er vertraut mir.»

«Und warum hast du den Auftrag angenommen?» Ramose blickte ihn stumm an. Eine unerwartete Frage, die ein vielschichtiges Hirn offenbarte. Er antwortete vorsichtig und so schlicht wie ein ehrlicher Mann.

«Weil mein liebster Schatz hier ist», sagte er. «Prinzessin Tani. Ich habe gehofft, dass sich mein Ka an ihrem Anblick erfreuen kann, wenn ich den Befehl meines Gebieters ausführe.» Der junge Mann lachte auf, einmal und harsch. Der Wesir lächelte überheblich. Doch Apophis fixierte Ramoses Gesicht weiterhin mit seinem ernsten, scharfen Blick.

«Ach wirklich?», sagte er leise. «Dann liebst du sie also noch? Nach all dieser Zeit, Ramose?»

«Ja», gestand er. «In dieser Sache bin ich noch immer ein törichter Knabe, und ich schäme mich nicht, es einzugestehen.»

«Und was ist, wenn ich dir sage, dass sie tot ist?», hakte Apophis nach. «Dass ich sie, als die erste Kunde von Kamoses wahnwitzigem Aufstand eintraf, als Geisel für die Niedertracht ihres Bruders habe enthaupten lassen?» Blankes Entsetzen ergriff Ramose, doch er sagte sich, lass dich von ihm nicht aus der Fassung bringen.

«Ich würde sagen, dass eine solche Tat nicht zu der Würde und Gnade eines ägyptischen Königs passt», antwortete er. «Außerdem würde der Mord an einer Edelfrau nicht gerade dazu beitragen, die Treue deiner Fürsten zu stärken, Majestät. Ich glaube, du spielst mit mir.»

«Vielleicht.» Ein kleines Schweigen, in dem man den Papyrus des Schreibers rascheln hörte.

Dann stellte Apophis die Füße wieder nebeneinander, verzog den Mund und sagte leise: «Wie kommt es, dass mein Kundschafter überhaupt gefangen wurde, Ramose, Sohn des Teti?»

«Das darf ich nicht sagen, Majestät.»

«Aber natürlich weißt du es.» Apophis schnipste mit den Fingern, und ein Diener kam aus den Schatten geglitten, schenkte seinen Becher voll und zog sich lautlos zurück. Apophis trank einen wohl überlegten Schluck. «Du bist ein Freund der Tao-Brüder, wie du uns klargemacht hast, darum gehe ich davon aus, dass du in ihrem Kriegsrat sitzt. Ist mein Herold über ein Lager ihnen ergebener Nomaden gestolpert? Oder wandern etwa Soldaten in der Wüste herum?» Er trank einen weiteren Schluck und führte danach einen viereckigen Leinenlappen zum Mund und tupfte ihn ab. «Sie sind entweder sehr dumm oder sehr klug, diese beiden jungen Männer», fuhr er nachdenklich fort. «Wenn ein gewöhnlicher Offizier meinen Mann nach Auaris zurückbegleitet hätte, wäre ich nicht argwöhnisch geworden. Ich hätte die lachhafte Rolle da entgegengenommen und den Offizier getötet oder aus der Stadt geworfen, ehe er auch nur die oberflächlichsten Eindrücke hätte sammeln können. Aber sie haben dich geschickt, ihren wertvollen Gefährten, mit einem so groben und lächerlichen Brief, dass er nicht einmal wert ist, für das Archiv abgeschrieben zu werden. Du versuchst nicht, dich in der Stadt zu verstecken oder als Spion Informationen zu sammeln. Du bittest darum, im Palast empfangen zu werden. Warum?» Jetzt pochte ein nackter Fuß auf den Fußboden. «In deinem hübschen Kopf verbirgt sich ein ganzer Schatz an Wissen über Kamose und seinen kleinen Aufstand. Soll ich dich foltern lassen, um daranzukommen, Ramose? Oder willst du mich nach einem gewissen gespielten Zögern mit Falschinformationen füttern?»

«Folter hat es bislang in Ägypten nicht gegeben, Majestät», unterbrach ihn Ramose, nun wirklich erschrocken über Apophis' Scharfsinn. Du hast ihn unterschätzt, Kamose, dachte er verzweifelt. Du hast ihn für schwach gehalten, weil er bislang nichts getan hat, damit Ägypten in seiner Hand bleibt, aber was ist, wenn er weiter sieht als du? Was ist, wenn ihm nichts an einem guten Ruf und Tapferkeit gelegen ist und er lieber durch Geduld und Schläue gewinnt? Aber vielleicht kennst du ihn dennoch und möchtest ihn deshalb so liebend gern aus seinem Schneckenhaus locken. «Das habe ich bereits gesagt», fuhr er fort, wurde dabei absichtlich lauter und ballte betont die Fäuste. «Ich habe meinen Gebieter gebeten, mir diesen Auftrag zu geben. Ich habe darum gebettelt, und als er widerstrebend eingewilligt hat, bin ich auf die Knie gefallen und habe die Götter angefleht, dass sie Erbarmen mit mir haben und mich die Frau sehen lassen, die mir teurer ist als mein Leben!»

Der junge Mann, der sich hinter Apophis gelümmelt hatte, löste jetzt die Arme, ging zu einem Stuhl, setzte sich, ordnete seine Kleidung und schüttelte den Kopf. «Ein Mann, der sich an der Leine seiner Leidenschaft führen lässt, hat etwas Rührendes», bemerkte er. «Findest du nicht auch, Vater? Und in diesem Fall ist er durch sie blindlings in eine gefährliche Falle getappt. Vielleicht hätte ich mir Prinzessin Tani eingehender ansehen sollen, als sie hier eintraf, aber so wie die Dinge jetzt stehen ...»

«Gib Ruhe, Kypenpen», ermahnte Apophis ihn scharf. «Blindlings getappt? Das wissen wir noch nicht. Du wirkst in der Tat ein wenig lächerlich, Ramose», sagte er mit einem Anflug von Humor. «Aber ob du nun echt in Tani verliebt bist oder ob du nur eine gute Vorstellung gibst, das kann ich im Augenblick nicht entscheiden.» Er erhob sich jäh und schlug auf einen Gong. Sofort öffnete sich die Flügeltür und Nehmen trat unter Verbeugungen ein. «Such dem Mann da eine Unterkunft», befahl Apophis. «Sag Kethuna, er soll ihn gut bewachen. Er darf sein Zimmer nicht verlassen, bis ich morgen nach ihm schicke. Ramose, du bist entlassen.» Ramose verneigte sich, drehte sich um und folgte dem Oberhofmeister auf den Flur.

Der Raum, in den man ihn führte, enthielt nur ein Lager, einen Tisch und einen Schemel. Eine Tonlampe warf einen zuckenden Schein, der kaum bis zu den hässlich schlichten braungelben Wänden reichte, und auf dem Fußboden lag kein Läufer, doch eine Gefängniszelle war der Raum auch nicht. Es gab keine Fenster, nur drei schmale Schlitze oben unter der Decke, die Tageslicht und Luft hereinließen. Mit zitternden Fingern legte Ramose Gurt, Schurz und Sandalen ab, dann sank er auf das Lager und deckte sich mit der groben Decke zu. Morgen muss ich denken können, sagte er sich. Ich muss mir jede Frage vergegenwärtigen, die Apophis mir stellen könnte, und mir einleuchtende Antworten ausdenken. Sein Sohn Kypenpen gefällt mir gar nicht. Das hat irgendwie mit seinen Augen zu tun ... Aber Apophis muss mir glauben, nicht sein Sprössling. Thot, bleibe bei mir, beschütze mich, schenke mir deine Klugheit. Gebe ich wirklich eine so lächerliche Figur ab? Er beugte sich vor und blies die Lampe aus.

Er wachte auf, weil sich jemand über ihn beugte, und als er sich schlaftrunken aufsetzte, wurde der Jemand zu einem Jungen mit ängstlicher Miene, und hinter ihm stand ein Soldat. «Bist du jetzt wach?», fragte der Junge hastig. «Ich habe dir Essen auf den Tisch gestellt. Wenn du gegessen hast, soll ich dich ins Badehaus führen.» Bei diesen Worten wich der Junge weiter vor ihm zurück.

«Was ist?», fragte Ramose, noch halb im Schlaf. «Stinke

ich so?» Der Junge errötete und warf dem Wachposten einen Blick zu.

«Er hört auf dumme Gerüchte, die unter den Küchendienern verbreitet werden», sagte der Mann barsch. «Du sollst ein wilder General aus Waset sein, der dem Einzig-Einen Bedingungen diktieren will. Beeil dich und iss.»

«Vielleicht weiß das gemeine Volk mehr als die Herrschaft», murmelte Ramose und zog sich das Tablett heran. Es gab Brot, Knoblauchöl zum Eintunken und einen Becher Bier. Er aß und trank schnell, und als er fertig war, wickelte er sich in die Decke und folgte dem Jungen, der Soldat bildete die Nachhut. Das Badehaus war riesig, ein großer, nach oben offener Raum mit einem Brunnen, einer Feuerstelle zum Wassererhitzen und zahlreichen Badesockeln. Auf den meisten standen geschmeidige, nackte Leiber. Stimmenlärm vermischte sich mit dem Plätschern des Wassers, Badediener eilten mit den Armen voller Tücher, Schachteln mit Natron und Salbkrügen hin und her. Aus den Kesseln auf dem Feuer stieg Dampf auf. Ramose atmete die feuchte, duftende Luft tief ein, musterte rasch die Menge in der Hoffnung, Tanis schmale, anmutige Gestalt zu sehen, aber natürlich war sie nicht da. Falls sie noch lebt, badet sie in den privaten Gemächern der königlichen Frauen, dachte er, warf die Decke ab und stieg auf einen der wenigen freien Badesockel. Dieses Badehaus ist für die gewöhnlichen Höflinge gedacht.

Ramose kehrte mit gewaschenem und geschnittenem Haar und rasiertem Leib und besserer Laune in seinen Raum zurück. Der Junge hatte seine Kleidung durch frische ersetzt: makellos sauberes Lendentuch, gestärkter Schurz und Hemd, schlichte Sandalen aus gewebtem Flachs, aber er hatte Ramose seinen eigenen Gurt gelassen. Während sich Ramose ordentlich anzog, sagte er zu dem Soldaten: «Ich möchte beten. Gibt es in Auaris einen Thot-Schrein?»

«Schon möglich», antwortete der Mann kurz angebunden. «Aber mein Befehl lautet, du musst in diesem Raum bleiben, bis dich der Einzig-Eine ruft.»

«Musst du mir dazu auf der Pelle sitzen?», protestierte Ramose. Das Benehmen des Mannes brachte ihn langsam auf.

«Nein. Ich kann draußen vor der Tür stehen.»

«Dann tu das.»

Als die Tür heftig zugeschlagen war, setzte sich Ramose mit einem Seufzer auf die Bettkante. Gedämpfte Geräusche drangen vom Flur zu ihm und wehten durch die Oberlichtfenster fort. Schritte, Fetzen einer unverständlichen Unterhaltung, jemand sang.

Die dünnen Sonnenstrahlen waren über die gegenüberliegende Wand gekrochen und hatten fast schon den Fußboden erreicht, als sich die Tür wieder öffnete und ihn ein Arm herauswinkte. Ramose war mit gesenktem Kopf, gelangweilt und ungeduldig auf und ab geschritten, daher war er froh, dass er der stummen Aufforderung folgen konnte. Dieses Mal führte ihn ein anderer Soldat durch den Irrgarten von Fluren und Höfen.

Höflinge schoben sich in Wolken von lieblichem Duft, mit klirrendem Geschmeide und flatterndem Leinen an ihnen vorbei, gefolgt von Dienern mit leblosen saphiräugigen Katzen oder Kosmetikkästen oder Schreiberpaletten. Viele trugen fest gewebte Umhänge mit Quasten in kunstvollen Mustern und leuchtenden Farben und andere knöchellange Röcke aus der gleichen dicken Wolle. Ramose erkannte darin die Setiu-Kleidermode, dachte aber abfällig, dass sie sich als Teppich auf einem nackten Fußboden besser ausmachte.

Schließlich blieb der Soldat vor einer Flügeltür am Ende eines breiten Flurs mit grünen Fliesen stehen. Zu jeder Seite saß der Gott Seth, seine Granitaugen blickten starr den Weg entlang, den Ramose gekommen war. Die Hörner, die ihm inmitten steinerner Locken sprossen, hatten vergoldete Spitzen, und auf seiner schmalen Brust hingen reichlich Ketten aus Lapislazuli. Ramose, der ihn verabscheute, wandte den Blick ab, als Nehmen zwischen den Statuen aufstand und der Soldat einen Schritt zurückwich. Der Oberhofmeister lächelte. Heute schien er ausgeruhter zu sein. Sein makellos geschminktes Gesicht wirkte nicht mehr so erschöpft und hager. «Sei gegrüßt, Ramose», sagte er freundlich. «Hoffentlich hast du gut geschlafen.» Er wartete die Antwort nicht ab, sondern machte die Tür auf und winkte Ramose in den Raum.

Ramose war geblendet, musste unter der Wucht des grellen, gleißenden Lichts blinzeln und war verunsichert. Doch dann merkte er, dass er an einem Ende eines großen Saals stand, dessen Decke sich sehr hoch wölbte und dessen glänzender Fußboden sich bis zu einer Estrade am anderen Ende erstreckte, die von einer Wand zur anderen reichte. Hinter der Estrade reihten sich Säulen, und zwischen ihnen strömte die Sonne herein und durchflutete den riesigen Raum mit ihrem prachtvollen Schein. Ramose konnte draußen Bäume sehen, die in der Brise zitterten, und hörte gedämpftes Vogelgezwitscher.

Doch nichts davon hatte ihn zum Stehenbleiben gebracht, sondern ein Kloß in seinem Hals. Mitten auf der Estrade stand ein Stuhl, ein Thron, der Horusthron, ganz allein in all seiner Macht und Schönheit unter einem hohen Dach aus Goldstoff. Der Stab der Ewigkeit und der Schemel des Wohlstands auf seiner geschwungenen Rückenlehne waren mit Anchs, den Symbolen des Lebens, befestigt, und die gefletschten Löwenmäuler am Ende jeder Armlehne brüllten eine Warnung. Isis' und Neiths zierliche Flügel aus Türkis und Lapislazuli erhoben sich wie Fächer aus den Armlehnen, und unter ihnen schritt je ein König mit Krummstab und Geißel in der Hand, hinter sich Hapi und vor sich Re. Ramose konnte sich das große Horusauge vorstellen, das die ganze Rückseite ausfüllte, das Wadjet-Auge, das den König vor jedem Angriff von hinterrücks schützte. O Kamose, sagte Ramose lautlos. Lieber Freund. Strahlende Majestät. Werden dir diese heiligen Anchs jemals Leben einhauchen? Wird die Göttin dich jemals entzückt mit ihren schützenden Flügeln umfangen? Verspüren sie jedes Mal die gleiche Erniedrigung wie du, wenn Apophis seinen fremdländischen Leib auf dieses kühle Gold setzt und seine Füße auf den königlichen Schemel stellt?

Neben ihm hüstelte jemand höflich. Ein Mann ganz in Weiß und mit einem weißen Stab mit Silberspitze wartete. «Ich bin der Oberste Herold Yku-Didi», sagte er. «Folge mir.» Er wandte sich im Saal zur rechten Seite der Estrade, und als ihn die Soldaten auf die Tür zukommen sahen, öffneten sie ihm. «Der Edle Ramose», meldete er.

Ihm wollte scheinen, der Raum war voller Menschen. Apophis selbst, prächtig anzusehen in golddurchwirktem gelbem Leinen und gelbem Kopftuch, stand vor einem großen Tisch. Zu seiner Rechten saß ein jüngerer Mann, den Ramose nicht erkannte, doch die Ähnlichkeit mit dem König machte ihn zu einem weiteren Sohn. Zu seiner Linken saß jemand, den Ramose zu kennen meinte. Dunkel, grobe Züge und eine Nase, die das Gesicht beherrschte. Er war weder geschminkt noch geschmückt, abgesehen von einem dicken Goldreif um den muskulösen Oberarm. Um den Kopf hatte er sich ein schlichtes, schwarzweiß gestreiftes Tuch gebunden, darunter scharfe schwarze Augen. Neben ihm beobachtete ein anderer Mann Ramose quer durch den Raum mit einigem Interesse. Er trug ein rotes Band im lockigen schwarzen Haar, und sein Bart glänzte von Öl. Hinter Apophis stand der Wesir, den Ramose am vergangenen Tag gesehen hatte, und zu seinen Füßen hatte sein Schreiber sich die Palette bereits auf die Knie gelegt.

Anfangs sah Ramose den Setiu nicht, den er mittlerweile als seinen bezeichnete. Er ging wie der Oberste Herold ganz in Weiß. Sein Bart war verschwunden und sein Haar sehr kurz geschnitten. Hätte er nicht so unendlich teilnahmslos geblickt, Ramose hätte ihn wohl nicht wieder erkannt. Tatsächlich ein königlicher Herold. Würde Kamose ihn so bereitwillig freigelassen haben, wenn er gewusst hätte, dass er mehr war als ein gewöhnlicher Soldat? Er überflog, was auf dem Tisch lag, während er sich innerlich Ruhe zusprach. Rollen, darunter Kamoses Brief, Teller mit Honigkuchen und Feigen, ein paar Weinbecher, zwei Kruken und eine Landkarte der westlichen Wüste, die ausgebreitet unter Apophis' schlanken, gepflegten, beringten Fingern lag. Ramose unterdrückte ein Frösteln. Die Zeit, sich zu beweisen, war gekommen.

«Wie ich sehe, hast du dich von deiner anstrengenden Reise erholt, Ramose, Sohn des Teti», sagte Apophis, und sein hennaroter Mund bog sich zu einem schmalen Lächeln. «Gewaschen und ausgeruht. Gut. Ich möchte, dass du weißt, wer hier zugegen ist.» Warum beharrt er so darauf, meinen Namen mit dem meines Vaters zu verbinden, fragte sich Ramose leicht gereizt. Das hat er letzte Nacht auch schon getan. Glaubt er etwa, dass er mich dadurch an die Treue meines Vaters zu ihm und an das Schicksal erinnern kann, das dieser seinetwegen erlitten hat? Als ob man mich daran erinnern müsste! «Zu meiner Rechten mein ältester Sohn, der Falke-im-Nest, Apophis», sagte der König jetzt. «Zu meiner Linken General Pezedchu und neben ihm General Kethuna, Befehlshaber meiner Leibwache.» Natürlich, Pezedchu, sagte sich Ramose. Der fähigste Taktiker, den Apophis hat. Seqenenres Untergang und der Dorn, der Kamoses Rachedurst anstachelt. «Hinter mir mein

Wesir und Hüter des Königlichen Siegels, Peremuah. Meinen Herold Yamusa kennst du bereits. Und vor mir ...», seine langen Finger strichen die Landkarte glatt, «... ein Gegenstand, der uns alle angeht. Yamusa hat uns Erstaunliches berichtet. Wir möchten, dass du das bestätigst. Und wir verstehen jetzt, wie er gefangen werden konnte.» Das Lächeln verschwand. «Seit wann hat Kamose Truppen in der Oase Uah-ta-Meh einquartiert?»

«Das kann ich nicht sagen, Majestät.»

«Wie lange will er sie dort behalten?»

«Das kann ich nicht sagen.»

«Wie viele Soldaten stehen in der Oase unter seinem Befehl?» Ramose trat betont von einem Fuß auf den anderen.

«Majestät», sagte er leise. «Meine Befehle lauten, dir die Botschaft meines Gebieters zu überbringen. Mehr als das darf ich nicht tun.»

«Und dennoch erwartest du, dass ich dich mit Prinzessin Tani sprechen lasse? O ja, sie lebt», sagte Apophis ungeduldig. «Das erwartest du im Gegenzug für – was? Für die pflichtgemäße Ablieferung des gröbsten, beleidigendsten Briefes, den ich jemals gesehen habe?» Er wurde lauter. «Ich soll mich bei dir bedanken und dir dann uneingeschränkt bieten, was dein Herz begehrt, und das alles als Lohn für eine Gotteslästerung? Bist du ein Bauerntölpel, Sohn des Teti?» Seine Hand klatschte auf die Landkarte. «Du kannst deinen Göttern danken, dass du hier noch lebend stehst, anstatt ohne Kopf auf einem Abfallhaufen in Auaris gelandet zu sein! Beantworte meine Frage!» Ramose bemerkte hinter dem Wortschwall Unsicherheit, Unsicherheit mit einer Spur Angst. Apophis hatte bis gestern nichts von der Streitmacht in der Oase gewusst. Seine Selbstgefälligkeit war erschüttert. Er vertraute den Worten seines Herolds Yamusa und brauchte einen zweiten Zeugen, ehe er es wirklich glaubte. Ramose musste trotz seiner gefährlichen Lage innerlich grinsen.

«Ich bitte um Vergebung, Majestät», sagte er leise und demütig. «Aber ich vertraue auf die Ehre, die du als lebende Inkarnation der Maat verkörperst. An diese Ehre wende ich mich. Ich habe meine Pflicht meinem Gebieter gegenüber getan. Lass mich darum unbefleckt von Verrat zu ihm zurückkehren.»

«Dein Mund besudelt sich mit heimlichem Hohn.» Apophis beugte sich über den Tisch. «Du glaubst nicht, dass ich die lebende Inkarnation der Maat bin. Du betest mich nicht als deinen König an. Deine Bewunderung gilt dem Emporkömmling und Sohn eines kleinen Fürsten aus dem Süden, der dem Irrglauben von Göttlichkeit anhängt und darüber vollkommen wahnsinnig geworden ist. Er hat deinen Vater getötet, dir dein Erbe gestohlen, deine Zukunft zerstört und dir dann großherzig gestattet, *gestattet*, hierher zu kommen, wo man dir sogar noch das Leben nehmen kann. Und diesen Mann nennst du deinen Freund? Deinen Gebieter?» Er hob die Hände und seine Geste zeigte sein entnervtes Nichtbegreifen. «Sieh dich um. Sieh die Größe meines Palastes, den Reichtum meiner Höflinge, den Umfang und die Stärke meiner Stadt. Das hier ist Ägypten! Das hier ist die Wirklichkeit! Wirst du jetzt mit mir reden!»

Er war ein Meister der Überredungskunst. Das musste Ramose leider zugeben, als sich Apophis' Argumente durch seine Schutzwälle stehlen wollten. Er forderte Ramose dazu auf, sich selbst als einen armen, genarrten Provinzler zu sehen, der einem gleichermaßen törichten, provinziellen Träumer folgte. Doch Apophis und sein schrumpfender Einflussbereich waren das Trugbild, nicht Kamose. «Tut mir Leid, Majestät», sagte er zögernd. «Deine Worte mögen wahr sein, aber ich bin

durch Ehrenwort gebunden, nur das zu tun, was man mir auf-
getragen hat. Dein Herold hat dir gewiss alles erzählt, was du
wissen möchtest.»

«Falls das so wäre, würde ich dich nicht fragen!», fuhr
Apophis ihn an. «Und sei daran erinnert, dass du dich nach
deinen eigenen Worten danach gedrängt hast, diesen Auftrag
zu übernehmen in der heimlichen Hoffnung, du könntest bei
der Ausführung deines Befehls deine eigenen, kleinen Ziele
verfolgen. Hat Kamose davon gewusst?»

«Nein.»

«Dann bist du also nicht ganz so ehrenhaft, wie du vor-
geben möchtest.» Er schwieg kurz, sein mit Kohl umrandeter
Blick wanderte sinnend über Ramoses Gesicht, dann lehnte er
sich zurück, winkte Yamusa und flüsterte dem Mann etwas ins
Ohr. Yamusa nickte einmal, verbeugte sich und verließ den
Raum. Apophis wandte seine Aufmerksamkeit wieder Ramose zu. «Die Frage ist die», fuhr er im Plauderton fort, «ist
dein Wunsch, die Prinzessin zu sehen, stärker als die ord-
nungsgemäße Erfüllung deiner Pflicht? Ich denke, eher Erste-
res.»

«Majestät», setzte Ramose an und ließ dabei unterschwellige Verzweiflung in seiner Stimme hören, «ich glaube nicht,
dass ich dir hinsichtlich der Oase mehr erzählen kann als dein
Herold. Er ist dort gewesen, er hat alles gesehen! Du brauchst
mich nicht! Gewähre mir einen Blick auf Tani, bitte, und dann
lass mich gehen!»

Apophis lächelte. Der Wesir lächelte. Jählings lächelten alle,
und Ramoses Herz machte einen Satz, denn er wusste, er hatte
beinahe gewonnen. Im Austausch für seinen guten Ruf, aber
trotz allem gewonnen. Hoffentlich sah er angemessen gequält
aus. «Er hat nicht alles gesehen», hielt Apophis dagegen.
«Und selbst wenn, so gibt es Dinge, die ich wissen will und die

er mir wiederum nicht sagen kann. Wie viele Fürsten beispielsweise hat Kamose unter sich? Verhandelt er mit den Kuschiten oder nicht? Hat er Truppen in Waset zurückgelassen oder nicht?» Er setzte sich jäh hin und legte die Arme auf die Landkarte. «Du darfst einen Blick auf die Prinzessin werfen, wenn du mir eine einzige Information gibst», sagte er. «Wie lange sind diese Truppen schon in Uah-ta-Meh?» Ramose schluckte laut und betont.

«Majestät, dein Ehrenwort?»

«Ich schwöre bei Sutechs Bart.»

«Ich denke, diese Information kann keinen Schaden anrichten, da sie der Vergangenheit angehört», sagte Ramose zögernd. «Nun gut. Kamose hat sie nach dem letzten Feldzug in die Oase geschickt. Dann ist er heim nach Waset gefahren.»

«Danke. Kethuna, führe ihn durch den Empfangssaal.»

Die Atmosphäre im Raum hatte sich verändert, das war Ramose klar. Die auf ihn gerichteten Augen blickten verächtlich, aber auch erleichtert. Man tuschelte und zappelte. Apophis' Sohn griff nach einem der Krüge und schenkte sich Wein ein.

Nur Pezedchu rührte sich nicht. Er saß da, drehte den Silberring an seinem braunen Finger und schätzte ihn kühl-berechnend ab. Er traut meiner kleinen Vorstellung nicht, dachte Ramose, als er sich umdrehte und Kethuna folgte. Er spürt die unterschwellige Unehrlichkeit. Ein scharfer Beobachter.

Kethuna führte ihn in den riesigen Saal und zur Thronestrade und hielt ihn hinter den aufgereihten Soldaten zurück. Zwischen zwei kräftigen Schultern konnte Ramose in einen weitläufigen und gefälligen Garten sehen. Obstbäume regneten weiße und rosige Blüten auf grüne Rasenflächen. Die höheren Sykomoren warfen Schatten, und dort saßen oder lagerten Grüppchen von Angehörigen des Hofes, meistens Frauen, inmitten von bunten Polstern und Brettspielen. Unmittelbar an einem den Rasen kreuzenden Pfad glitzerte ein Teich in der prallen Sonne. «Wir müssen nicht lange warten», sagte Kethuna. «Nach dem Mittagsmahl macht sie immer einen Spaziergang im Garten, ehe sie sich zur Mittagsruhe begibt. Siehst du! Da ist der Wesir! Er sucht sie.»

Ramose ließ den Blick schweifen. So viele Frauen, dachte er zusammenhanglos, so viele Farben, und dennoch erkenne ich sie, sowie ich sie sehe. Tani! Ich bin da! Auf einmal erspähte er Peremuah mit seinem blauweißen Stab. Er verbeugte sich im Gehen. Zweimal sah Ramose, wie sich ein Arm mit Armband hob und in eine Richtung wies. Dann entschwand der Wesir aus dem Gesichtsfeld. Ramose merkte, dass er seinen Schurz mit beiden Händen umklammerte. Er bekam kaum noch Luft.

Peremuah tauchte wieder auf, und dieses Mal ging er neben einer schlanken Gestalt, die einen bunten Umhang mit Quasten trug. Ihr dunkles Lockenhaar war hoch getürmt, mit gelben Bändern umwunden, und auf ihrer hohen Stirn glitzerte ein goldenes Netz. Um die Knöchel und die Handgelenke trug sie noch mehr Gold, das auffunkelte, als sie gestikulierte. Sie hatte das Gesicht abgewandt, aber es war Tani, Tani mit ihrem munteren Schritt, Tani mit ihrem schräg gelegten Kopf, Tani mit den behänden, gespreizten Fingern, an die er sich noch so gut erinnerte.

Peremuah berührte ihren Ellbogen und brachte sie unmittelbar vor dem offenen Empfangssaal zum Stehen. Er trat zur Seite und zwang sie zu einer Drehung, während sie mit ihm plauderte, und endlich konnte Ramose das Gesicht sehen, dessen Züge sich in sein Herz gebrannt hatten. Sie war vollendet geschminkt, der großzügige, lachende Mund hennarot, die Lider grün und funkelnd von Goldstaub, das schwarze Kohl betonte noch ihre großen, schönen Augen. Mit ihren fast achtzehn Lenzen war sie nicht mehr das sehnige Kind mit den knospenden Formen. Sie war gereift, hatte rundere Hüften und Brüste, und das vermittelte ihr etwas von der Würde und Majestät ihrer Mutter, doch mit ihren raschen Bewegungen und dem sprudelnden Lachen war sie noch immer das junge Mädchen, das neben ihm gesessen und ihren Arm durch seinen geschoben hatte, ihm im hellen Sonnenschein zugeblinzelt und die Lippen über kräftigen, jungen Zähnen einladend geöffnet hatte.

Warum lachst du, Tani?, rief Ramose lautlos. Ich liebe dich, liebe dich noch immer, werde dich immer lieben, aber mein eigenes Lachen klingt traurig, seit Apophis dich mitgenommen hat. Ist dein Gelächter pflichtbewusste Täuschung wie meines? Ich bin da. Spürst du meine Anwesenheit nicht? Ich könnte dich hier von diesen mächtigen Säulen her anrufen. Würdest du meine Stimme erkennen? Als könnte er Gedanken lesen, legte ihm Kethuna warnend die Hand auf den Arm, und in diesem Augenblick verbeugte sich Peremuah vor Tani und ging rasch fort. Ramose sah, wie sie ungeduldig nach hinten winkte, und eine Schar Dienerinnen tauchte auf und folgte ihr, als sie aus seinem Gesichtsfeld schlenderte. Eine davon war Heket, eine Dienerin, an die sich Ramose noch vage von seinen Besuchen in Waset erinnerte.

Etwas an Tanis herrischer Geste und der Reaktion der Dienerinnen machte Ramose stutzig, aber er bemühte sich nach besten Kräften, diese Unsicherheit zu unterdrücken, ehe er sich wieder Apophis' durchdringendem Blick stellte. Er brauchte seinen ganzen Verstand für den nächsten Aufzug dieser schwierigen Vorstellung. Kummer und Verwirrung musste er jedoch nicht mehr vortäuschen, als er sich erneut dem Tisch näherte.

Dieses Mal forderte Apophis ihn zum Sitzen auf. «Nun, Sohn des Teti», sagte Apophis honigsüß. «Was meinst du?»

«Sie ist unvergleichlich schön», antwortete Ramose mit belegter Stimme.

«Ja, das ist sie, und sie ist noch immer so feurig wie ihre südliche Wüste und bei Hofe sehr beliebt.» Er beobachtete Ramose eingehend. «Würdest du gern mit ihr sprechen?» O ihr Götter, dachte Ramose verzweifelt. Ich muss gar nicht mehr spielen, ich muss mich nicht verstecken. Selbst wenn ich tatsächlich mit Kamoses strenger Ermahnung nach Auaris gekommen wäre, dem Feind nichts zu verraten, jetzt würde ich meine Ehre verlieren. Er befeuchtete die trockenen Lippen.

«Zu welchen Bedingungen?», krächzte er.

«Keine Bedingungen», sagte Apophis mit Nachdruck. «Du beantwortest jede Frage, die ich oder meine Generäle dir stellen. Wenn ich den Eindruck gewinne, dass du mir alles gesagt hast, sorge ich dafür, dass du Tani allein und ungestört triffst. Einverstanden?» Alles gesagt. Die Worte hallten hohl durch Ramoses Kopf. Alles gesagt. Dann will ich alles sagen, wie es Kamose gewollt hat, denn ich bin jetzt nur noch eine Hülle, die nichts mehr enthält als meine Liebe zu Tani und die Mittel zu deinem Sturz, gemeiner Setiu. Alles andere ist fort. Er musste den Augenblick, ehe er nachgab, nicht in die Länge ziehen, doch er tat es, damit Apophis sehen konnte, wie er mit sich kämpfte. Dann ließ er Kopf und Schultern hängen.

«Einverstanden», sagte er. Sofort schlug Apophis auf einen Gong und Nehmen trat ein.

«Lass Essen bringen, etwas Warmes», wies Apophis ihn an. «Danach halte alle von dieser Tür fern.» Er winkte Ramose. «Komm und sieh dir diese Landkarte an», befahl er. «Itju, bist du bereit, die Worte niederzuschreiben?» Der Schreiber auf dem Fußboden nickte zustimmend. «Gut», fuhr Apophis fort. «Und jetzt, Ramose, wie viele Soldaten befinden sich in der Oase?» Ramose stand auf und stellte sich neben ihn.

«Vierzigtausend Mann», log er.

«Unter wessen Befehl? Unter welchen Fürsten?»

«Unter seinem General Hor-Aha aus Wawat, dem die Fürsten Intef, Iasen, Mesehti, Machu und Anchmahor unterstellt sind.»

«An den General aus Wawat erinnere ich mich.» Die tiefe Stimme gehörte Pezedchu. «Er hat mit Seqenenre bei Qes gekämpft. Er hat die Medjai-Bogenschützen unter seinem schwarzen Daumen. Wo sind die Medjai, Ramose?»

«Die hat Kamose während des Hochwassers mit nach Waset genommen», antwortete Ramose. «Sie sind mit ihm nach Norden zurückgekehrt und haben sich mit der Flotte in Het nefer Apu vereint.»

«Von den Soldaten in Het nefer Apu wissen wir», fuhr Pezedchu nachdenklich fort. «Dann versucht Kamose also, Bootsleute auszubilden, ja? Unter wem?»

«Paheri und Baba Abana aus Necheb.» Ramose sah, wie der Finger des Generals eine Linie von Het nefer Apu durch die Wüste nach Uah-ta-Meh zog.

«Was hat Kamose mit diesen vierzigtausend Mann vor?», fragte Apophis.

«Eine neuerliche Belagerung, Majestät», ging es Ramose glatt von den Lippen. «Er will sie mit den Truppen in Het nefer Apu vereinen und erneut Auaris umzingeln, doch dieses Mal mit Schiffen und einer kämpfenden Bootstruppe und dazu die Fußsoldaten. Er glaubt, dass er dieses Jahr Erfolg hat, weil er mit seinen Schiffen die Kanäle um die Stadt abriegeln kann.» Apophis lachte freudlos.

«Der Narr! Auaris ist uneinnehmbar. Es kann nicht erfolgreich belagert werden. Warum hat er die Truppen überhaupt in die Oase geschickt?»

«Um sie vor dir geheim zu halten», antwortete Ramose unverzüglich. «Es wäre unendlich mühsam gewesen, sie alle nach Waset mitzunehmen und sie nach Rückgang des Hochwassers wieder zurückzuführen. Außerdem sind sie noch immer ein Pöbelhaufen. Hor-Aha hat einen Winter und viel Platz gebraucht, um sie weiter auszubilden.»

«Wir haben bereits Phamenoth», sagte Pezedchu. «Zwei Monate gehen schon von der Zeit für Feldzüge ab. Warum hat sich Kamose nicht gerührt?» Ramose begegnete seinem forschenden Blick gelassen.

«Weil die Männer noch nicht ganz bereit sind und weil sich die Fürsten gestritten haben», sagte er knapp. «Sie grollen Hor-Aha. Jeder möchte über ihn gestellt werden. Als Kamose gekommen ist, musste er eine kleine Meuterei beilegen.» Apophis lachte zufrieden, doch Pezedchus Miene veränderte sich nicht.

«Du bist auf einmal sehr großzügig mit deinen Informationen, Ramose.» Das war beinahe geflüstert. Ramose fuhr zurück.

«Ich habe meinen Gebieter wegen einer Frau verraten», sagte er schlicht. «Warum sollte ich mich da noch zieren? Mein Ka dürfte in Osiris' Gerichtssaal ungünstig gewogen werden.»

«Das hängt davon ab, wessen Sache gerecht ist», sagte Apophis ungeduldig. «Ich frage mich, wie lange Kamose noch bleibt, wo er ist?» Er warf Pezedchu einen Blick zu, und dieser Blick war nachdenklich. Pezedchu schüttelte den Kopf.

«Nein, mein König.»

«Warum nicht?»

«Weil ich diesem Mann nicht traue.» Er zeigte auf Ramose.

«Ich auch nicht, aber Yamusas Aussage stimmt mit dem überein, was wir gehört haben. Kamose ist dort. Sein Heer ist dort. Die Oase lässt sich nicht verteidigen, steht allen offen.

Binnen elf Tagen könnten wir mit doppelt so viel Mann über Kamose herfallen und ihn vernichten.»

«Nein!» Pezedchu war aufgestanden. «Hör auf mich, Starker Stier. Hier in der Stadt bist du sicher. Tausende deiner Soldaten sind sicher. Kamose kann gefahrlos geschlagen werden. Solange wir nur geduldig ausharren und er an einer ergebnislosen Belagerung nach der anderen verblutet, können wir zu guter Letzt Ägypten wieder regieren. Lass dich nicht in Versuchung führen!» Als Antwort fiel Apophis' Finger auf die Landkarte.

«Vom Delta nach Ta-sche: sechs Tage. Von dort zur Oase: weitere vier. Überlege doch, Pezedchu. Ich könnte in zwei Wochen gesiegt haben. Wo ist da ein Risiko? Es gibt kein Risiko. Wir stürzen uns auf die Oase, schlachten den Abschaum ab, marschieren vier weitere Tage und überrumpeln die Truppen in Het nefer Apu.»

«Wasser, Majestät.»

«Aber in Ta-sche ist Wasser, Wasser in der Oase, Wasser im Nil.»

«Und angenommen, Kamose wartet auf uns? Frisch und ausgeruht, während wir von Ta-sche vier Tage lang durch die verfluchte Wüste marschiert sind?»

«Wir könnten ihn allein schon durch unsere Zahl schlagen.» Apophis lehnte sich zurück. «Selbst wenn Ramose hinsichtlich der Truppenstärke lügt und Yamusas Blick getrogen hat, haben wir so viele Soldaten, dass uns ein erfolgreicher Ausgang gewiss ist. Die Götter haben uns eine kostbare Gelegenheit geschenkt. In der Oase würden wir Kamose in einer offenen Feldschlacht gegenübertreten, den Vorteil auf unserer Seite haben und gewinnen.»

«Diese Waghalsigkeit passt nicht zu dir, Majestät», protestierte Pezedchu. Apophis öffnete schon den Mund zu einer

Entgegnung, als Nehmen mit einem Gefolge beladener Diener eintrat. Apophis winkte.

«Du darfst auch essen, Ramose», sagte er. Ramose war trotz seines mageren Frühstücks nicht hungrig, doch er wollte nicht hochmütig wirken. Und so nahm er höflich ein paar Bissen von dem Mahl.

«Wie gut bewaffnet sind Kamoses Truppen?», fragte Kethuna. Er holte das Fruchtfleisch aus einem Granatapfel, häufte die durchsichtigen roten Samen auf seinen Löffel.

«Sie haben genommen, was immer Kamose bekommen konnte», sagte Ramose. «Später haben sie die Garnisonen und Festungen geplündert und die Äxte, Schwerter, Bogen, Streitwagen und Pferde mitgenommen, die sie in Neferusi und Nag-Ta-Hert gefunden haben. Das Problem meines Gebieters ist, die Bauern in ihrem Gebrauch zu unterweisen. Nur bei den Medjai und Kamoses Soldaten aus Waset war das nicht nötig.» Er erläuterte das nicht weiter, denn er wusste, dass sich seine Zuhörer an die Gründe erinnern würden, die er für den langen Aufenthalt des Heeres in der Oase angegeben hatte.

«Wie sind die Brüder?» Die Frage kam von Apophis' Sohn. Ramose überlegte rasch und entschied sich für die Wahrheit.

«Mein Gebieter Kamose ist ein harter, aber gerechter Mann. Er ist gern allein. Er hasst die Setius für das, was sie nicht seinem Vater angetan haben und seiner Familie haben antun wollen, und er sinnt auf Rache. Er hört nicht auf, ehe er sie nicht bekommt oder bei dem Versuch stirbt. Er ist treu, wenn man ihm treu ist. Sein Bruder ist sanfter. Er ist ein Denker. Er blickt weiter als Kamose.»

«Dann ist er der Gefährlichere», warf Pezedchu ein, und Ramose dachte erschrocken, aber ja doch. Vermutlich ist er das. Er steht in Kamoses Schatten. Meistens nimmt man ihn kaum wahr, aber seine Anwesenheit ist immer spürbar.

Apophis tauchte die Finger in eine Schüssel und wischte sie sorgsam in einer Leinenserviette ab. «Wir müssen Beschlüsse fassen», sagte er. «Ramose, du wirst wieder in dein Zimmer zurückgebracht. Ich habe jedoch zwei weitere Fragen. Wo ist Fürst Meketra? Und hat Kamose außer in der Oase und in Het nefer Apu noch weitere Truppen zusammengezogen?»

«Chemmenu und seine Nomarche sind an Meketra zurückgefallen», sagte Ramose mit einer gewissen Bitterkeit, die er nicht verhehlen konnte. «Kamose hat nirgendwo erwähnenswerte Truppen, außer in Uah-ta-Meh und Het nefer Apu, doch sein Haus wird von seiner Leibwache gut geschützt.» Er stand auf. «Wann darf ich mit Tani sprechen?»

«Das hängt davon ab, ob und wann wir mit unseren Beratungen fertig sind», sagte Apophis freundlich. «Man wird dir morgen Nachricht schicken. Der Soldat vor deiner Tür wird dafür sorgen, dass du alles bekommst, was du brauchst. Du bist entlassen.» Mit einem knappen Nicken machte Ramose auf den Fersen kehrt und strebte zur Tür, doch er hörte den jungen Apophis leise sagen: «Vater, du wirst die beiden doch nicht allein zusammenkommen lassen oder? Ihre Person ist jetzt hei...»

«Gib Ruhe!», fauchte Apophis. Leise klappte die Tür hinter Ramose zu.

NEUNTES KAPITEL

Der nächste Tag verging Ramose unendlich langsam. Er freute sich, dass er sich hinsichtlich Kamoses Auftrag so gut geschlagen hatte. Er hatte Apophis überzeugen können, dass das Heer kleiner war als in Wirklichkeit, weniger kampfbereit, weniger diszipliniert, und er hatte die gewisse Unzufriedenheit der Fürsten zu einer Meuterei aufgebauscht, die Apophis nur zu gern ausnutzen würde. General Pezedchu war nicht so leicht zu täuschen. Natürlich war es seine Pflicht, vorsichtig zu sein, doch wenn er keine überzeugenden Argumente vorbringen konnte, die seinen Verdacht stützten, dass sich alles ganz anders verhielt als von Ramose beschrieben, würde sich Apophis über seinen Widerstand hinwegsetzen und zum Aufbruch drängen. Und Apophis hatte das letzte Wort.

Das Schlimmste ist überstanden. Ich habe meine Rolle gespielt, dachte Ramose, während er das Zimmer durchmaß. Wenn Apophis jetzt Wort hält, kann ich mich auf eine Begegnung mit Tani freuen. Danach liegt meine Zukunft im Dunkeln. Natürlich kann mich Apophis nicht freilassen. Wird er mich hinrichten oder auf Dauer im Palast einsperren? Wird es mir gelingen, mit Tani eine Flucht zu planen? Alles hängt da-

von ab, was wir uns zu sagen haben, ob ihre Liebe zu mir überlebt hat.

Und warum nicht?, überlegte er besorgt. Weil du das im
Garten gesehen hast, beantwortete er seine Frage. Der Wesir
hat sich vor ihr verbeugt, als ob sie eine bedeutende Frau wäre,
und ihr Gefolge war groß. Aber Apophis hat selbst gesagt,
dass sie bei Hofe sehr beliebt ist. Die Verbeugung kann lediglich ein Zeichen freundschaftlicher Achtung sein. Und wie soll
ich mir den leisen Protest des jungen Apophis gegenüber seinem Vater erklären? ‹Ihre Person ist jetzt hei…› Ihre Person
ist jetzt was? Heilig? Und falls das so ist, wieso? Warum?
Streng gebot Ramose dem Schwall besorgter Vermutungen
Einhalt. Ich muss nur warten, sagte er sich, und alles klärt sich
auf.

Er ging zur Tür, machte sie auf und sprach den Wachposten
davor an. «Lass mir Bier bringen», sagte er. «Und falls es im
Palastarchiv Rollen mit Geschichten oder über Geschichte
gibt, möchte ich die auch haben. Ich langweile mich.» Die
Dinge, die er angefordert hatte, wurden umgehend herangeschafft, und er verbrachte den Rest des Tages mit Lesen.

Wie am Tag zuvor wurde er mit Essen geweckt und dann ins
Badehaus gebracht, gewaschen, rasiert und eingeölt. Man gab
ihm saubere Kleidung und ließ ihn aufs Neue allein. Die Einsamkeit und Muße erbosten ihn allmählich und er merkte,
dass er sich in Gedanken mit der Vorstellung von Gefangen-
schaft beschäftigte. Lieber sterben, sagte er sich. Am Ende
überließ er sich seiner Besorgnis, setzte sich mit gekreuzten
Beinen auf den Boden und sah dem Sonnenschein zu, der
rechteckige Muster an die Wände warf.

Zu Mittag brachte man ihm wieder zu essen, aber er war
nicht hungrig, obwohl er das Bier trank, und seine Erleichterung grenzte fast an Panik, als er einige Zeit später sah, wie die

Tür aufgerissen wurde und der Soldat winkte. Ich muss mich wieder fassen, ermahnte er sich, als er hinter seinem Führer durch die von Menschen wimmelnden Säle ging. Ich bin den ganzen Winter über in der Wüste gewesen. Mein Ka hat sich vergrößert, weil es sich dieser unendlichen Weite angepasst hat.

Man ließ ihn in dasselbe Zimmer eintreten, in dem er am Tag zuvor befragt worden war, doch dieses Mal standen mehr Männer um den Tisch herum, Hauptleute, schätzte Ramose, weil sie gleich angezogen waren. Auf dem Tisch überall schmutziges Geschirr und Becher, Rollen und Landkarten. Ramose vollzog seine Verneigung und stand abwartend da. Apophis sprach ihn sofort an. «Ich habe beschlossen, vierundzwanzig Divisionen gegen Kamose zu schicken», sagte er knapp. «Sechzigtausend Mann unter Pezedchus Befehl werden von Auaris nach Het nefer Apu ziehen und dort mit seiner so genannten Flotte kämpfen. Die anderen sechzigtausend verlassen das Delta und marschieren durch die Wüste nach Tasche und von dort zur Oase und vernichten das feindliche Heer. Den Befehl über diese Truppen hat Kethuna, und du begleitest ihn. Falls alles gut geht, haben wir ihn prächtig in der Zange.» Vierundzwanzig Divisionen, rechnete Ramose schnell. Einhundertzwanzigtausend Mann geteilt durch zwei. Kamose hat fünfzigtausend in der Oase und zehntausend in Het nefer Apu. Es steht zwei zu eins gegen ihn, aber falls er sich mit Paheri und der Flotte vereinen kann, ist ein Sieg möglich. Ein furchtbares Risiko. «Ich habe bereits Späher entlang der Wüstenstraße ausgeschickt», fuhr Apophis fort. «Meine Generäle brauchen fünf Tage, um das Heer marschbereit zu machen, und in dieser Zeit erwarte ich Kunde, ob Kamose noch immer in Uah-ta-Meh herumlungert oder nach Het nefer Apu aufgebrochen ist. Ich vertraue darauf, dass er noch immer dort ist. Was meinst du, Sohn des Teti?» Ich meine, dass ich dich verabscheue, Sohn des Sutech, dachte Ramose so klar und rachsüchtig, dass er fast Angst hatte, er hätte es laut gesagt. Du erzählst mir das alles, weil du dafür sorgst, dass ich in vorderster Schlachtlinie falle. Und ich werde dir sagen, was du bist, aber erst muss ich Tani gesehen haben.

«Möglicherweise ist er noch immer in der Oase», sagte Ramose kühl. «Aber nicht mehr lange. Die Zeit rinnt ihm durch die Finger, wenn er noch angreifen will.»

«Soll er doch da bleiben», brummte Pezedchu. «Soll er doch mit seinen Wahnbildern auf und ab marschieren. Das Ganze ist Wahnsinn.» Apophis überhörte ihn.

«Eine unverbindliche und nichts sagende Bemerkung», sagte er. «Aber vermutlich weißt du auch nicht mehr als wir.» Er musterte Ramose ein Weilchen, und Ramose gab den Blick zurück. «Ich habe dir zur Hinrichtung deines Vaters noch nicht mein Beileid ausgesprochen», fuhr er fort. «Teti war mein treuer Untertan. Ein Jammer, dass du es vorgezogen hast, zu seinem Sturz beizutragen. Meine Generäle werden Kamose und seine fehlgeleiteten Gefolgsleute vernichten, und dann erhalten alle, die den Mut hatten, mir, ihrem rechtmäßigen König, treu zu bleiben, reiche Belohnung. Du hättest deine Ländereien zurückbekommen können. Aber nein, du musstest ja erst mich und jetzt Kamose verraten. Auf dich ist kein Verlass, ich brauche dich nicht mehr.»

«Zwischen Absicht und Vollendung liegt ein Abgrund, den man erst überbrücken muss, Awoserra», erklärte Ramose mit zusammengebissenen Zähnen. «Schöne und leere Versprechungen helfen da nichts. Sieh dich vor, sonst stürzen deine prächtigen Generäle in die Tiefe.» Die Männer um den Tisch murmelten aufgebracht, alle, nur Pezedchu nicht, der mit dem Kinn in der Hand dasaß und ausdruckslos vor sich hin starrte. Apophis wirkte nicht beleidigt.

«Mir liegt nichts daran, dich in den nächsten Tagen einzusperren», sagte er. «Du darfst frei im Palast herumgehen, natürlich mit deiner Bewachung. Prinzessin Tani wird sich für diese Zeit im Frauenflügel aufhalten. Man wird dich am Abend vor deinem Aufbruch zu ihr bringen. Du bist entlassen.» Ich bezweifle, dass er die Abmessungen meines Gefängnisses aus Mitleid erweitert hat, dachte Ramose grimmig, als er sich entfernte. Ich soll sterben, und das weiß er. Aus Bosheit schenkt er einem Verurteilten einen letzten Blick auf all das, was man ihm nehmen wird. Aber den Plan durchkreuze ich. Ich sehe mir die Schönheiten dieses Palastes nicht mit den Augen eines wandelnden Leichnams an, sondern mit der Freude eines Menschen, der das Leben liebt. Du prahlerischer Schafhirte, verspottete er Apophis stumm. Was weißt du schon von der Seele eines Ägypters? Ich lasse mich nicht demütigen. Ich nehme, was du mir bietest, und noch mehr, und falls es unter den Göttern überhaupt Gerechtigkeit gibt, zerquetscht Kamose dich wie ein hässliches Ungeziefer, denn das bist du. Hoffentlich lebe ich so lange, dass ich mir das ansehen kann.

Er kehrte nicht in sein Zimmer zurück, sondern durchstreifte die Säle und Höfe des Palastes, ließ sich von seinen Füßen tragen, wohin sie wollten. Als er müde war, setzte er sich ins Gras eines kleinen offenen Hofes neben einen Springbrunnen und gab einem vorbeigehenden Diener kurz angebunden den Befehl, ihm Obst und Wein zu holen, dann hob er das Gesicht in die schrägen Strahlen der Nachmittagssonne und wartete. Er aß langsam, mit Genuss, suchte alsdann nach dem Badehaus und ließ sich massieren. Als der Mann fertig war, bedankte sich Ramose und bat um Wegweisung zu den Gärten.

Als er in die warme Luft des frühen Abends trat, ging die Sonne gerade unter, und die Bäume warfen lange Schatten auf die vielen Pfade, die Apophis' Herrschaftsbereich in allen Richtungen durchzogen. Doch noch immer sangen ein paar Vögel, und verspätete Bienen summten in den Blüten, und die Laute verfolgten Ramose, während er durch die gefälligen Aruren schlenderte. Höflinge wanderten in Richtung Palast, als die Sonne tiefer sank. Sie warfen Ramose und seinem ermatteten Begleiter neugierige Blicke zu und grüßten ihn im Vorbeigehen höflich. Ramose spazierte weiter, bis er an die unebene Umfassungsmauer kam. Oben standen Soldaten, und dahinter lärmte die unsichtbare Stadt. Er drehte um, und als er den Palast wieder betrat, war es vollkommen dunkel geworden und man hatte Lampen und Fackeln entzündet.

Er lächelte wehmütig und suchte sich leere Flure. Bisweilen vertraten ihm bewaffnete Männer, die geschlossene Türen bewachten, den Weg, und dann merkte er, dass er aus Versehen in die Nähe der königlichen Gemächer oder der Schatzkammer oder der Verwaltung gekommen war, aber meistens ließ man ihn einfach durch den ausgemalten Irrgarten spazieren, das Herz von Auaris. Er kehrte sehr spät in sein Zimmer zurück, und kaum war er eingetreten, da hörte er, wie der erschöpfte Soldat seine Verantwortung einem anderen übergab. Ramose grinste stillvergnügt, legte sich hin und war auf der Stelle eingeschlafen.

Am folgenden Morgen, auf dem Weg zum Badehaus, merkte er, dass sich die Stimmung im Palast verändert hatte. Höflinge standen grüppchenweise herum und unterhielten sich erregt. Diener bewegten sich zielstrebiger. Frauen flüsterten hinter der vorgehaltenen Hand. Ramose stieg auf einen Badesockel neben einer jungen und sehr hübschen Frau, deren Leibdienerin ihr heißes Wasser über das lange schwarze Haar goss. Sie schenkte ihm ein Lächeln, ließ ohne Hemmungen den Blick über seine nackten Gliedmaßen wandern und sah ihm dann anerkennend und dreist ins Gesicht. «Ich sehe dich jetzt schon seit einigen Tagen», sagte sie. «Du bist hier nicht Gast, sonst würdest du das private Badehaus benutzen. Bist du ein neuer Gefolgsmann?» Ramose spürte, wie sein Soldat näher trat.

«Nicht ganz», antwortete er vorsichtig. «Ich bin so etwas wie ein Bote und werde die Gastfreundschaft des Königs nicht lange genießen.»

«Ein Jammer.» Sie stieg von ihrem Sockel und streckte die Arme aus, damit ihre Dienerin sie in ein Badetuch hüllen konnte. «Woher bist du?», fuhr sie fort, zog dabei ihr triefend nasses Haar nach vorn und wrang es kräftig aus. «Wie ein Keftiu siehst du nicht aus. Von denen gibt es immer ein paar im Palast.» Auf einmal hielten ihre geschäftigen Hände inne. «Vielleicht bist du aus dem Süden, ja? Was für Neuigkeiten gibt es von jenseits des Deltas?» Ramose lachte.

«Du sprichst, als ob alles südlich des Deltas wilde Wüste wäre», schalt er sie. «Hast du die Gegend noch nie gesehen?»

«Nein, weiter als bis Iunu bin ich nie gekommen. Mein Vater war zweiter Schreiber beim königlichen Viehaufseher, und das ganze Vieh des Königs grast im Delta. Außerdem», so sagte sie achselzuckend, «was gibt es da schon zu sehen: nichts als kleine Dörfer und ein, zwei Tempel und Meile um Meile nur Felder. Sogar die soll es nicht mehr geben, seit der Fürst von Waset dort so fürchterlich gehaust hat.» Sie nahm den Kamm, den ihre Dienerin ihr reichte, und zerrte ihn durch ihre dichte Mähne, wobei sie Ramose einen Blick von der Seite zuwarf. «Ein solches Untier würde ich gern kennen lernen», schnurrte sie. «Aber diese Gelegenheit bietet sich mir vermutlich nie. Der Palast schwirrt von der Neuigkeit, dass der König endlich sein Heer gegen Kamose schickt.» Ramose tat erstaunt.

«Das ganze Heer?»

«Nein, das nicht», setzte sie an, «natürlich nicht das ganze Heer, sondern nur …» Ehe sie ihren Satz beendet hatte, schob sich der Soldat schon grob zwischen sie.

«Der Mann da ist ein Gefangener des Königs», sagte er laut. «Sag ihm nichts. Geh an deine Arbeit.» Sie zog die Augenbrauen hoch und gönnte dem Mann keinen einzigen Blick.

«Wirklich?», sagte sie völlig ungerührt. «Warum darfst du dann ungehindert in das öffentliche Badehaus gehen? Bringt man dich, sowie du sauber bist, gleich wieder in deine Zelle? Was hast du verbrochen?»

«Nichts», versicherte ihr Ramose. «Ich bin aus dem Süden.» Auf einmal schoss ihm ein Gedanke durch den Kopf. «Falls du heute Prinzessin Tani siehst, sage ihr, dass Ramose da ist. Ramose. Man hat mir eine Begegnung mit ihr zugestanden, aber falls …» Dieses Mal packte der Soldat die junge Frau grob beim Arm und zerrte sie fort.

«Es reicht!», bellte er. «Noch ein Wort, und ich lasse dich auch verhaften!»

«Ich kenne niemanden, der auf diesen Namen hört», rief sie ihm über die Schulter zu, während sie zum Massageraum geschoben wurde. «Aber ich bin Hat-Anath, und wenn du ihnen entwischst, komm in meine Unterkunft! Ach, lass mich los!» Der Wachposten gab sie frei, und sie verschwand in den Dampfwolken.

Ramose ließ sich waschen, doch er war verstört. Warum wusste Hat-Anath nicht das Mindeste über Tani? Andererseits war der Palast riesig, wimmelte von Höflingen und ihren Gefolgsleuten, und vielleicht erregte eine kleine Prinzessin aus einer unbekannten Stadt tief im Süden kein Interesse. Und dann die Sache mit Apophis' Heer. Falls vierundzwanzig Divisionen nicht das ganze Heer ausmachten, wie die junge Frau angedeutet hatte, wie viele Soldaten hatte der König dann tatsächlich zur Verfügung? Doppelt so viel? Und woher kamen sie? Ramose verwünschte den Soldaten, der ihm in die Quere gekommen war. Ein klein wenig länger, und er hätte wertvolle Informationen erhalten. Aber was nutzt mir das angesichts der Tatsache, dass ich hier nicht herauskomme und Kamose es nicht erfährt?, überlegte er. Außerdem muss er erst Pezedchu und Kethuna schlagen, ehe er sich dem Rest von Apophis' Heer widmen kann.

Trotz seines Entschlusses, seine paar Tage im Palast in vollen Zügen zu genießen, machten ihm diese beiden ungelösten Fragen zu schaffen. Am Ende des zweiten Tages hatte er das Anwesen von einem Ende bis zum anderen durchquert, und am dritten Tag begnügte er sich damit, aus einer abgeschiedenen Ecke des Gartens, die ihm besonders gut gefiel, zum Dach zu gehen, wo er im Schatten eines Windfangs sitzen und den ganzen Palastbezirk überblicken konnte. Dazu noch einen Teil der Kasernen. Ständiger Staub zeugte für wilde Betriebsamkeit dort, das Heer bereitete sich auf den Marsch vor.

Das Dach war der Lieblingsplatz vieler Frauen, für die Matten und Polster unter ihren Sonnensegeln ausgebreitet waren. Zunächst taten sie so, als würden sie ihn übersehen. Sie schwatzten und spielten Brettspiele und arbeiteten träge an Webrahmen, webten die farbenprächtigen Stoffe, die so viele von ihnen trugen. Doch am vierten Tag begrüßten sie ihn herzlich, boten ihm Wein und Süßigkeiten an und erlaubten ihm, sich an ihrer Unterhaltung zu beteiligen. Ramose hütete seine Zunge, denn der Soldat blieb immer dicht neben ihm. Er wagte es nicht, von Tani zu sprechen.

Zum König wurde er nicht mehr befohlen. Trotzdem ließ sich Ramose am Abend des vierten Tages noch einmal waschen und zog frische Kleidung an. Er bat um einen Kosmetiker und saß fügsam da, während der Mann seine Augen bis zu den Schläfen mit Kohl umrandete und sein aufmüpfiges Haar ölte. Er hatte kein Geschmeide, das er anlegen konnte, keinen Ohrring, der ihm auf die Schulter gebaumelt, keine Ringe oder Armbänder, die seine anmutigen, kräftigen Finger betont hätten, doch er glaubte nicht, dass sich Tani etwas aus solchen Dingen machte. Als er wieder allein war, zündete er die Lampe an, setzte sich auf die Bettkante und wartete.

So verging vielleicht eine Stunde, und Ramose fragte sich bereits verzweifelt, ob Apophis sein Versprechen brechen würde, als die Tür aufging. Auf der Schwelle stand der Herold Sachetsa, prangte in weißen Gewändern. «Du darfst jetzt mitkommen», sagte er. «Man hat sie benachrichtigt.» Die Worte hatten einen unheilvollen Klang, und Ramose stand mit hämmerndem Herzen auf und folgte Sachetsa auf den Flur.

Der Weg war ihm mittlerweile vertraut. Bei seinen Wanderungen war er tatsächlich in die Nähe der eindrucksvollen Flügeltür gekommen, war aber von den Wachposten in der blau-weißen Uniform fortgescheucht worden. Doch jetzt verbeugten sie sich vor dem Obersten Herold Sachetsa und rissen die Tür auf. Ramose folgte ihm auf dem Fuß.

Das Gemach war üppig. Im sanften Lampenschein schimmerte überall Gold. Seine Sandalen versanken in weichen Läufern. Zierliche, mit Silber eingelegte Stühle aus Zedernholz verströmten einen schwachen Duft. Ein niedriger Tisch aus Ebenholz mit einer Platte aus elfenbeinernen Vierecken, ein Spielbrett für Hund und Schakal, stand neben einem hohen goldenen Lampenständer, und die kleinen Tiere für das Spiel waren aus fein geädertem Alabaster. Die Wände waren mit Malereien von zerklüfteten Felsen und einem tobenden Meer geschmückt, alles in Weiß, Blau und Grün.

Durch eine Öffnung zu seiner Rechten erhaschte Ramose

einen Blick auf das Schlafgemach, auf dessen Lager eine Decke aus goldgesäumtem Leinen lag, die Truhe am Fußende ruhte auf sich aufbäumenden goldenen Fischen, wurde getragen von ihren geöffneten Mäulern. Drinnen bewegte sich jemand. Ramose sah einen kurzen Schurz aufblitzen und hörte gedämpftes Geklirr, doch das war nicht die Person, die der Herold jetzt ansprach.

Eine Frau stand mitten im Zimmer, das Gesicht blass, aber gefasst, die Hände locker vor dem Leib gefaltet. Ringe funkelten an ihren hennabemalten Fingern. Goldene Armreife umschlangen ihre nackten Arme. Das rote Hemdkleid fiel ihr bis auf die Knöchel, und die Goldfäden, mit denen es durchwirkt war, blitzten und glitzerten. Auf ihrer Stirn und ihrem hochgesteckten Haar lag ein feines Goldnetz, ein einziger Goldtropfen ruhte zwischen ihren schwarzen Augenbrauen. Der mit Henna geschminkte Mund war geöffnet. Sie atmete rasch, und beim Heben und Senken ihrer Brust zitterten ihre Ohrringe aus Lapislazuli. «Majestät, das ist Ramose, Sohn des Teti», sagte Sachetsa gerade, doch seine Worte gingen fast in dem Rauschen in Ramoses Ohren unter. «Ramose, mach deinen Fußfall vor Königin Tautha.» Ramose drehte sich ratlos zu ihm um. Das muss ein Fehler sein, wollte er schreien. Dieses Wesen sieht aus wie Tani, aus der Ferne, im Garten hat sie Tani geähnelt, und ich habe mich täuschen lassen, aber hier stimmt etwas nicht. Apophis hat mich hereingelegt. Wo ist Seqenenres Tochter?

«Danke Sachetsa, du kannst gehen.» Die Frau sprach mit Tanis Stimme. Sie schnipste mit den Fingern und legte wie Tani den Kopf etwas schräg, als sie sich zu einer Dienerin umdrehte, die unter Verbeugungen aus dem Schlafgemach kam. «Heket, du kannst auch gehen», sagte sie. «Warte draußen.» Ramose kam sich albern vor, als sich das Zimmer leerte, die

Türen leise zufielen. Die Gedanken in seinem Kopf rasten. Ich träume, flüsterte er stumm. Das hier ist ein Albtraum, und gleich wache ich auf und bin wieder in der kleinen Zelle und sehne mich nach ihr.

Die Frau vor ihm machte einen Schritt und ihr Gewand schimmerte. Sie lächelte betrübt, schmal. «Ramose», sagte sie. «Apophis hat es mir eben erst gesagt. Er liebt kleine Überraschungen, einer der wenigen Züge, die ich an ihm nicht mag.»

Die Pause zog sich in die Länge. Ramose spürte die Anspannung mit jeder Faser. Der üppige Raum verschwamm vor seinen Augen, die Ausmaße verzerrten sich, die Möbel wurden klein und verflüchtigten sich. Verzweifelt rang er um Fassung. Endlich gelang es ihm, und da überfiel ihn die Wirklichkeit. Fast hörte er es krachen, als seine Umgebung wieder die richtigen Maße annahm. Seine Kehle war so trocken wie in einem Wüstensturm. «Tani?», krächzte er. Sie biss sich auf die Lippen.

«Dann hat er dich also auch nicht vorgewarnt, ja?», sagte sie. «Es tut mir Leid, Ramose. Das war grausam von ihm.» Ramose schluckte.

«Mich vor was gewarnt?», flüsterte er. «Warum hat dich der Herold Königin genannt?»

«Weil ich eine bin», sagte sie knapp. «Komm, setz dich, Ramose, du schwankst ja wie ein Betrunkener. Lass dir Wein einschenken.» Hölzern gehorchte er. Seine Beine fühlten sich an, als wären sie nicht mehr mit dem übrigen Körper verbunden, und er fiel fast auf den Stuhl. Dann sah er zu, wie sie einen Krug nahm, sah zu, wie die dunkelrote Flüssigkeit in den Becher strömte, sah zu, wie sie ihm den über den Tisch zuschob. Vorsichtig hob er ihn zum Mund. Der Wein schmeckte sauer und brannte in seiner ausgedörrten Kehle.

«Erkläre mir das», sagte er heiser. «Ich verstehe es nicht.» Sie zog sich einen anderen Stuhl heran, setzte sich und blickte ihn ernst an. Als der Wein ihn allmählich beruhigte und er sich fasste, sah er Mitleid in diesen großen, mit Kohl umrandeten Augen. Mitleid?, wiederholte er im Geist. O ihr Götter, doch kein Mitleid! Alles andere, nur das nicht!

«Ich habe mit Apophis einen Ehevertrag unterzeichnet», sagte sie gelassen. «Ich bin jetzt Königin. Königin Tautha.» Jetzt war er sich sicher, dass es tatsächlich Mitleid gewesen war.

«Warum?», fragte er. «Hat er dich bedroht, Tani? Hat man dir diesen Vertrag wegen Kamoses Revolte aufgezwungen? Heirat oder Tod, hat er dir nur diese Wahl gelassen? Geschah es, um sich an deinem Bruder zu rächen? Falls es sich so verhält, bedeutet es nichts. Es kann ungeschehen gemacht, übergangen werden. Ihr Götter! Wenn du wüsstest, wie der Gedanke an dich mich durch das ganze Entsetzen der letzten beiden Jahre getragen hat, wie die Erinnerungen, die ich gehegt habe, mir bei Nacht Kissen und bei Tag Schwert gewesen sind! Und du hast ihn geheiratet!» Sie hob die Hand.

«Man hat mich nicht bedroht oder gezwungen», sagte sie leise. «Wenn ich dir das doch nur deutlich machen könnte, Ramose, dir klarmachen ...» Sie verstummte und suchte nach den richtigen Worten, und er, dessen Blick noch immer dringlich an ihr hing, begriff mit wachsender Wut. «Ich bin ohne Freunde, voller Angst und mit dem Wissen hierher gekommen, was Kamose plant, und ich war mir sicher, dass man mich umbringen würde, sowie die Nachricht von Kamoses Aufstand in Auaris eintraf. Ich habe mich bemüht, nur für den Tag, für die Stunde zu leben, und war entschlossen, wenn die Zeit gekommen wäre, tapfer zu sterben. Aber er war freundlich zu mir. Mehr als freundlich. Das alles wäre nicht meine

Schuld, hat er gesagt. Man könne mir die Undankbarkeit meiner Familie nicht anlasten. Als Chemmenu gefallen war, ist er in großer Sorge zu mir gekommen, weil er wusste, dass ich dich liebe, und hat gesagt, er hofft, dass du noch am Leben bist. Er hat mir Geschenke gebracht, hat mich eingeladen, ihn zu Sutechs Tempel zu begleiten, hat mir erlaubt, bei Festen zu seiner Linken zu sitzen. Er hat mich ehrenvoll behandelt, nicht wie eine Geisel. Ich war überwältigt. Er hat mir seine Zuneigung gestanden ...» Jetzt hob wiederum Ramose entsetzt und vorwurfsvoll die Hand.

«Er hat dich verführt», sagte er heftig. «Und du hast es nicht gemerkt. Er hat den besten Weg gefunden, wie er sich an Kamose rächen kann, und trotz deiner Klugheit, der Ehre, die du hochhalten wolltest, bist du ihm auf den Leim gegangen! Du hast ihm gestattet, dir einen Setiu-Namen zu geben. Du hast dich in Sutechs Tempel mitnehmen lassen.» Er schlug so heftig auf den Tisch ein, dass der Wein im Becher hüpfte. «Verflucht, Tani, du hast ihn in dein Bett gelassen! Wie konntest du? Wie konntest du nur? Du hast ihm geschenkt, was du mir versprochen hast, hast dich einem dreckigen Fremdländer hingegeben! Wo ist das ehrliche, furchtlose Mädchen geblieben, das ich vergöttert habe? Sie ist eine Setiu geworden, und ich habe sie verloren!»

«So war es nicht», stammelte sie, doch er schnitt ihr das Wort ab.

«Ach nein?», sagte er höhnisch. «Wie war es dann? Hast du dich in ihn verliebt wie ein blödes Bauernmädchen, oder hat niedrige Wollust dein Tun gelenkt? Wenn es der eine nicht sein konnte, dann eben ein anderer!» Er stieß sich vom Tisch ab und durchmaß den Raum hin und her, denn er konnte nicht länger still sitzen. «Ich merke, dass ich dich von Anfang an falsch eingeschätzt habe», fuhr er bitter fort. «Du bist seicht,

Tani. Und ich habe deine Oberflächlichkeit für gute Laune und fröhliche Zuversicht gehalten. Deine Familie auch. Hast du eine Vorstellung, was die Nachricht Kamose und deiner Mutter antut, wenn sie ihnen zu Ohren kommt? Und du kannst mir glauben, das geschieht. Apophis wird den richtigen Augenblick abpassen und sie benutzen, wenn sie der Sache eines befreiten Ägypten am meisten schadet.» Er fuhr zu ihr herum, trat dicht an sie heran und beugte sich über die Sitzende, wollte ihr wehtun, wollte sie bluten sehen, wie er an gestorbenen Hoffnungen und Enttäuschungen blutete. «Täusche dich nicht, glaub ja nicht, dass diese Schlange dich liebt», knurrte er. «Du bedeutest ihm gar nichts, du bist eine Waffe, die er gegen seinen Feind benutzen wird.» Sie schob ihn fort und kam mühsam hoch, umklammerte dabei die Armlehnen mit beiden Händen.

«Hör auf, Ramose!», schrie sie. «Es reicht! Es reicht! Du täuschst dich! Schlag mich, wenn du willst, da du dir so sicher bist, dass ich es verdiene, aber du täuschst dich.» Ihre Lippen bebten. «Ich habe dich geliebt. Ich liebe dich noch immer. Wir haben einen Traum gelebt, du und ich, aber mehr nicht. Einen Traum! Zu anderer Zeit hätten wir vielleicht heiraten und glücklich sein können. Zu anderer Zeit wachsen Eseln vielleicht Flügel und sie fliegen davon. Es liegt in der Hand der Götter, und uns haben sie eine Zeit bestimmt, in der unsere Liebe nicht reifen konnte. Hier geht es um Größeres.»

«Hier geht es um Größeres», äffte er sie brutal nach. «Und woher willst du das wissen, eingesponnen in erlesenes Leinen und Gold, wie du bist? Hegst du etwa die hochfahrende Vorstellung, dass du dich für die große Sache geopfert hast, als du eine Setiu-Königin geworden bist? Wie kommst du darauf, dass du so wichtig bist?»

«Ich weiß, dass du mir die Qualen, die ich dir bereitet habe, nie verzeihen wirst», sagte sie leise. «Aber, Ramose, sieh dich um. Du bist nur ein paar Tage in Auaris gewesen, ich bin fast zwei Jahre hier. Apophis schickt hundertzwanzigtausend Mann gegen Kamose. Noch einmal zweihunderttausend Soldaten liegen hier im Quartier, über die Hälfte davon frisch aus Rethennu. Apophis hat seine Brüder nach Osten geschickt, sie holen Verstärkung, und im Delta wimmelt es von Soldaten. Kamose kann nicht gewinnen. Er war von Anfang an zum Scheitern verurteilt. Das ist mir in den ersten Monaten meines erzwungenen Hierseins allmählich klar geworden. Ich habe Apophis' Schmeicheleien lange Zeit widerstanden, während ich gründlich nachgedacht habe.» Auf einmal standen Tränen in ihren Augen. «Ich wollte dich. Ich wollte nach Hause. Ich habe mir gewünscht, dass Apophis meine Hinrichtung befiehlt. Aber als mir klar war, dass Kamose am Ende besiegt wird, da habe ich beschlossen, zu leben und den Ehevertrag zu unterschreiben. Als offizielle Königin habe ich Rechte, die eine schlichte Geisel, ja, nicht einmal eine Nebenfrau hat. Ja, ich habe Vorteile aus Apophis' Zuneigung gezogen, aber nicht aus den Gründen, die du vermutest. Kamose wird scheitern. Er wird als Gefangener hierher gebracht werden. Mit meiner Machtstellung als Königin kann ich mich für ihn und meine Familie einsetzen.» Sie hob die Schultern. «Das ist alles, ob du es nun glaubst oder nicht.»

«Aber, Tani», drängte er, «was macht dich so sicher, dass Kamose keine Hoffnung hat, Ägypten zurückzugewinnen? Du bist mit der gleichen Blindheit geschlagen wie jeder hier im Palast und sogar in der Stadt. Du siehst nur den Reichtum dieses Ortes, die Zahl der Soldaten in den Kasernen, die Uneinnehmbarkeit der Stadt. Weißt du denn nicht, dass Kamose bereits das ganze Land gehört, ausgenommen Auaris? Dass er einen rücksichtslosen Feldzug geführt hat und nur noch Apophis als

Gegner geblieben ist? Der weiß es, aber seine Höflinge offensichtlich nicht. Du inbegriffen.» Er machte schon den Mund auf und wollte weiterreden, wollte ihr vom Plan ihres Bruders erzählen, Apophis' Truppen aus der Stadt und in die Vernichtung zu locken, doch auf einmal sah er die Gefahr, die darin lag. Er konnte ihr nicht vertrauen, und dieses Wissen brach ihm das Herz. Sein Zorn verrauchte.

«Nein, das habe ich nicht gewusst», sagte sie leise. «Von Chemmenu und dem Fall der Festung bei Neferusi habe ich gehört, aber man hat mir weisgemacht, es wären vereinzelte Siege, Kamose hätte die Bauern nicht im Griff, und Städte und Dörfer würden ihm nicht helfen.»

«Er hat alles niedergebrannt», berichtete Ramose knapp. «Er geht kein Risiko ein.» Sie hob den Blick zu seinem, und ihrer war voll ungeweinter Tränen.

«Ich bin so froh», flüsterte sie. «Oh, so froh, Ramose. Kann sein, man hat mich getäuscht, wie du sagst. Was will Kamose jetzt tun? Und was wird aus dir?» Ramose ging bewusst nicht auf ihre erste Frage ein.

«Ich soll mit General Kethuna zur Oase Uah-ta-Meh marschieren», sagte er kühl. «Apophis will, dass ich dort falle.»

«Kethuna ist gar kein schlechter General, aber ein kleinlicher Mensch», sagte sie. «Pezedchu würde dafür sorgen, dass du dir im Kampf das Leben verdienen kannst, aber nicht Kethuna. Ich kann versuchen, ihn zu bestechen.»

«Nein.» Ramose ließ sich auf seinen Stuhl sinken, leerte seinen Becher und stellte ihn sorgsam und nachdrücklich auf dem Tisch vor sich ab. «Vielleicht erwartet Apophis genau das von dir und prüft damit deine Treue.» Er schenkte ihr ein mattes Lächeln. «Glaub mir, Tani, ich bin nicht dumm. Ich tue alles, damit ich am Leben bleibe.»

«Falls es dir gelingt», fing sie zögernd an, «erzähle Kamose bitte nicht, was aus mir geworden ist. Dich zu sehen ist Strafe genug für mich.» Er fuhr sich mit beiden Händen übers Gesicht, eine erschöpfte und ergebene Geste.

«Was für ein Durcheinander», sagte er müde. «Dumm wie ich bin, hatte ich mir vorgestellt, wir würden uns begegnen, und du würdest mir jubelnd um den Hals fallen und wir würden eine Flucht aus Auaris planen, würden als freie Menschen zu Kamose laufen und dann zurück nach Waset. Meine Mutter ist jetzt nämlich dort.» Sie schwieg und blickte ihn ausdruckslos an. Er erwartete eine Reaktion, und als keine kam, stand er auf. «Apophis hat Wort gehalten», meinte er. «Ich habe mit dir gesprochen. Er dürfte sich totlachen! Du bist noch schöner als in meiner Erinnerung, meine Tani. Ich glaube, es wird Zeit, dass ich in mein elendes kleines Zimmer zurückkehre.»

«Ich möchte nicht, dass du mich noch länger liebst, Ramose», sagte sie sachlich. «Deine Liebe hat keine Zukunft.» Er stöhnte auf.

«Es gibt eine Zukunft», berichtigte er sie. «Aber mag sein, dass weder du noch ich ihr angehören. Möge dich der Schutzgott deiner Stadt schützen, Tani.»

«Und möge Thot von Chemmenu mit dir sein, Ramose», antwortete sie mit versagender Stimme. «Mögen deine Sohlen festen Tritt finden.» Wenn sie nur einen Schritt auf ihn zugemacht hätte, wie zögernd auch immer, er hätte sie in seine Arme gerissen. Doch der Augenblick verstrich. Er ging zur Tür und warf einen Blick zurück. Sie stand steif und mit hängenden Armen da und weinte still. Er schaffte es nicht, die Tür hinter sich zuzumachen.

In dieser Nacht betrank er sich mit Absicht und wachte bei Tagesanbruch mit rasenden Kopfschmerzen und furchtbarem Durst auf, und beides war ihm willkommen. Es ist besser so, sagte er sich, während er zum letzten Mal im Palast aß, gebadet und angekleidet wurde. Sowie er seine Sandalen zugebunden hatte, gab ihm der Wachsoldat sein Bündel und befahl ihm, nach draußen zu gehen. Ramose folgte ihm durch die noch verschlafenen Säle und in einen Garten, in dem der frühe Morgensonnenschein auf dem Tau funkelte. Hier blieben sie stehen, denn Apophis höchstpersönlich wartete auf sie, umringt von seinem Gefolge. Ramose, dessen Kopf schier barst und in dessen Augen es pochte, verneigte sich nicht. «Mach dir keine Sorgen, Sohn des Teti», sagte Apophis als Begrüßung. «Ich kümmere mich um sie. Meine Hauptfrau Uzet hat sie sehr gern.» Ramose starrte ihn trotzig an. Er wusste, dass man ihn quälte und dass er nicht reagieren durfte. Apophis sollte sich nicht daran weiden, dass seine Bemerkung ins Ziel getroffen hatte.

«Ich hasse dich», sagte er so deutlich, dass seine Stimme durch die klare Morgenluft schallte. «Ganz Ägypten hasst dich. Du gehörst nicht hierher, und eines Tages wird man dich von diesem heiligen Boden vertreiben.» Er trat näher heran, und es machte ihm eine fast irre Freude, als Apophis zurückschreckte. «Dein Gott ist machtlos gegen die vereinten Kräfte der heiligen Gottheiten, die deinen Sturz beschlossen haben», schloss er. «So lebe denn wohl.» Er erwartete eine unmittelbare Reaktion, ein Schwert, das ihm vielleicht den schmerzenden Kopf vom Rumpf trennte, oder zumindest einen Wutschrei, doch Apophis wölbte lediglich die gezupften Brauen. Das Gemurmel seines Gefolges erstarb, es schwieg entgeistert. Ramose wandte sich verächtlich ab und strebte geradewegs dem Palasttor zu, sein Wachsoldat folgte ihm auf dem Fuß.

Man brachte ihn zu einem wartenden Streitwagen, wo sein Soldat ihn einem Offizier übergab und sich wortlos entfernte. Dann band man ihm die Hände zusammen und führte ihn den

Weg zurück, den er gekommen war, durch die Straßen der Stadt und sofort hinaus auf die schmale Ebene zwischen Auaris und seinem schützenden Kanal.

Er geriet in ein Chaos. Staubwolken nahmen ihm die Sicht, und in ihnen erschienen und verschwanden Menschen und Pferde wie Gespenster. Überall lärmendes Durcheinander. Männer brüllten, Pferde wieherten, Esel, die mit Vorräten beladen wurden, ließen sich von der vorherrschenden Stimmung anstecken und schrien heiser und ausdauernd. Ramoses Wagenlenker fluchte leise, während er versuchte, sich einen Weg durch die wimmelnden Massen zu bahnen. Jetzt könnte ich fliehen, dachte Ramose. Ich könnte hinten vom Fahrzeug springen und im Chaos untertauchen, ehe der Mann da auch nur den Kopf dreht. Doch gerade als er zum Sprung ansetzte, hielt der Streitwagen, der Wagenlenker warf einem Jungen, der schon andere Zügel hielt, seine zu, und die gute Gelegenheit war vorbei. Geschickt ergriff der Offizier den Riemen, der an Ramoses gefesselten Handgelenken hing, und verknotete ihn am Rand des Streitwagens. «Bleib hier», sagte er unnötigerweise und verschwand. Seufzend setzte sich Ramose auf den Boden, ohne auf die neugierigen Blicke des Jungen zu achten. Er hatte noch immer Kopfschmerzen.

Er wusste nicht, wie lange er dort gesessen hatte, denn der Staub, den die Soldaten aufwirbelten, als sie sich in Reih und Glied aufstellten, verdunkelte noch immer die Sonne. Man brachte ihm einen vollen Wasserschlauch und einen Beutel Brot, den er in sein Bündel steckte, dann wurde er fortgeführt und stellte sich mitten in einem Trupp Fußsoldaten auf, die ruhig auf den Marschbefehl warteten. Mit einem Handgelenk wurde er locker an den Soldaten zu seiner Linken gebunden. Er sah Kethuna in seinem Streitwagen vorbeiwirbeln, doch der General blickte überhaupt nicht in seine Richtung. Weiter vorn wurde eine Standarte hochgehoben, ein großer, rot bemalter hölzerner Fächer an einer langen Stange, und sofort kam ein gebrüllter Befehl. «Endlich geht es los», brummelte der Soldat. «Nicht nur dass ich mich letzte Woche verlobt habe, nun muss ich auch noch aufpassen, dass du mir nicht wegläufst. Wie heißt du?» Die Marschsäule setzte sich in Bewegung. Ramose schob sein Bündel höher auf die Schulter.

«Mein Name ist, glaube ich, nicht mehr sehr wichtig», antwortete er kurz angebunden. «Aber ich bin Ramose aus dem einstmaligen Chemmenu in der Nomarche Un.»

«Ich habe gehört, dass Chemmenu jetzt in der Nomarche Nichts ist», knurrte der Soldat. «Der Feind hat sie gebrandschatzt. Haben Verwandte von dir mitgekämpft? Oder hast du an dem Gemetzel teilgenommen?» Er schüttelte den Lederriemen, der sie aneinander band. «Bist du ein gewöhnlicher Verbrecher oder ein Spion?»

«In der Nomarche Nichts sind wir jetzt alle», sagte Ramose grimmig.

Wenn er beide Arme hätte schwingen können, Ramose hätte die ersten Tage des Feldzugs fast genossen, denn da zogen Kethunas sechzigtausend Mann durch das Delta. Es war gegen Ende des Monats Phamenoth, das Wetter war kühl, die Obsthaine ließen ihre letzten Blüten fallen, die Weingärten prangten in verschiedenen Grüntönen, denn die dunkleren Rebenblätter bewegten sich vor dem helleren Grün der winzigen Trauben. Still spiegelte das Wasser in Kanälen und Seitenarmen einen hohen blauen Himmel. Rings um Auaris konnte man noch immer die Schäden sehen, die Kamoses Brandschatzung ein Jahr zuvor angerichtet hatte. Verbrannte Bäume reckten sich schwarz und skelettartig. Vertrocknete Reben raschelten traurig in der duftenden Brise. Stellen mit verbrannter

Erde kennzeichneten die Orte, wo man Leichen verbrannt hatte, und gelegentlich lagen Tierknochen auf dem Weg, doch als sich die Masse Mensch dem westlichen Saum des üppigen Deltas näherte, befand man sich wieder im himmlischen Unterägypten.

Am Abend des dritten Tages lagerten sie im Schutz des letzten Palmenhains am Saum der Wüste. Ramose und sein Bewacher gesellten sich zu einer Gruppe Soldaten, die um eines der vielen Kochfeuer herumsaßen, die man im zunehmenden Zwielicht entzündet hatte. Die anderen Männer redeten beim Essen, doch Ramose schwieg, seine Augen waren auf die Sandhügel gerichtet, die sich vor ihm erstreckten. Sein Handgelenk war wund gescheuert, doch was kümmerte ihn dieser kleine Schmerz. Seine Gedanken kreisten um Tani, Kamose und um seinen voraussehbaren Tod. Als er sein Herz prüfte, empfand er keine Bitterkeit für das Mädchen, das er so lange geliebt hatte, ja, ihm ging auf, dass er das Gefühl übertrieben hatte, um das Grauen von Chemmenu und die darauf folgenden Tage der Verzweiflung zu überleben. Dennoch hegte er im tiefsten Herzen noch immer zärtliche Gefühle für sie, warme und beständige, und er wusste, die würden seinen Tod und das Wiegen seines Kas überdauern. Das war ewig, das war ihm nach dem Gesetz der Maat bestimmt.

Als das Zwielicht zur Nacht wurde und die Wüste verschwamm, meinte er verstohlene Gestalten in den Dünen auszumachen. Er überlegte, ob Kamose Späher bis ins Delta schicken würde. Die Geister verflüchtigten sich, als er sie genauer betrachtete, doch einer verfestigte sich und wurde zu einem Vorhutspäher, der gemächlich nahte und durch die Reihen der fröhlich flackernden Feuer ging, um Kethuna Bericht zu erstatten.

Früh am nächsten Morgen brachen sie nach Ta-sche auf.

Jeder Soldat war ermahnt worden, seinen Wasserschlauch zu füllen und nur zu trinken, wenn gerastet wurde. Der Marsch barg keinerlei Gefahren, denn der Weg wurde während der Überschwemmung gern genommen, und es wartete reichlich Wasser auf sie. Dennoch murrte man am Ende des ersten Tages in den Reihen. Viele Soldaten waren zu erschöpft zum Essen, warfen sich lieber in den Sand und schliefen sofort ein. Viele hatten nicht gehorcht und ihren Wasserschlauch geleert, ehe sie die heiße Wüste aus ihrem Griff entließ.

Als sie am zweiten Abend ihr Lager aufschlugen, waren sie vernünftiger geworden, doch Ramose sah die Blasen an den Füßen und den Sonnenbrand auf nackten Schultern und Gesichtern und empfand gereizte Verachtung. Apophis' Generäle waren Schwachköpfe. Ihre Männer waren nicht in der Wüste gedrillt worden. Im Delta geboren und aufgewachsen oder frisch aus dem gemäßigten Klima von Rethennu, hatte sich ihre Ausbildung auf Scheinschlachten innerhalb von Auaris beschränkt, und sie waren zu verweichlicht, als dass sie heißen Sand und gleißende Sonne aushalten konnten.

Er selbst war auch müde. Seine Muskeln schmerzten von dem Marsch, aber das war auch alles. Der Soldat, an dem er festgebunden war, hatte auch nicht viel gelitten, doch er beklagte sich über leichte Kopfschmerzen und Frösteln, als einer der Armeeärzte mit Salben durch die Reihen ging. Als der Arzt fort war, sprach der Mann einen Offizier an und bat, wenigstens während des Tages von Ramose losgebunden zu werden, doch als der Offizier aus dem Zelt des Generals zurückkam, sagte er, Kethuna hätte seine Bitte abgeschlagen. «Wenigstens einmal könnte man dich an jemand anders binden und mir eine kleine Pause gönnen», sagte der Soldat enttäuscht. «Hoffentlich vergessen sie nicht, mich loszuschneiden, wenn ich beide Arme für meine Axt brauche.»

Bald nach Sonnenaufgang, als Auaris sieben Tage hinter ihnen lag, tauchte Ta-sche am Horizont auf, doch erst am Spätnachmittag erreichten sie die große Oase. Mittlerweile verließen die Soldaten schon die Marschordnung, ohne auf Erlaubnis zu warten, und rannten, ohne auf die Befehle ihrer Hauptleute zu hören, auf das zwischen Palmenhainen schimmernde Wasser zu. Ramose sah sie laufen und freute sich insgeheim. Er war zwar auch erhitzt und durstig, doch er ging gelassen, während sein Soldat neben ihm herstolperte.

Das Heer blieb den folgenden Tag und die folgende Nacht in Ta-sche, man überprüfte die Ausrüstung und gönnte den Männern eine kurze Ruhepause. Sie schwammen, aßen und schliefen mit neuer Energie und wiedergewonnener guter Laune, doch ihre Verletzungen konnten in der kurzen Zeit nicht abheilen, und obwohl sie das nächste Stück Marsch frohen Mutes angingen, machten sie die unbarmherzige Erde unter Füßen, die bereits Blasen hatten, und die Backofenhitze auf sich schälender Haut schon bald zu einem elenden Haufen.

Ramose stellte fest, dass er immer ruhiger wurde, je mehr Meilen er hinter sich brachte. Das Leben in der Wüste war ein stilles Leben. Während er jeden heißen Atemzug, jedes Sandkorn an seinen Waden, jeden Schweißtropfen, der ihm das Rückgrat hinunterlief, wahrnahm, staunte er über das Geheimnis seines Lebens, über die Erinnerungen, die allein ihm gehörten. Der Marsch durch die Wüste würde sein letzter sein, ehe sich die Tore des Gerichtssaals vor ihm öffneten. Er würde anders enden als jeder, zu dem er bislang aufgebrochen war, und dennoch fürchtete er sich nicht. Ich werde nicht erleben, wie Kamose siegt und in Waset gekrönt wird, dachte er gleichmütig. Ich werde nie mehr meine Mutter begrüßen, es sei denn, neben meinem Vater stehend. Ich werde nie mehr Tani nackt in den Armen halten und unsere Sprösslinge gesund im

Garten des Anwesens heranwachsen sehen, das meins hätte sein können. Und trotzdem bin ich zufrieden. Ich habe geliebt. Ich bin ein Mann von Ehre geblieben. Ich habe mich im Angesicht von Göttern und Menschen bewiesen. Wird die Wüste, dieser einmalig fruchtlose und verzauberte Ort, meinen Leib bewahren, damit mich die Götter finden? Ich kann nur darum beten.

Die vierte Nacht nach dem Aufbruch in Ta-sche verbrachte das Heer in Kampfbereitschaft. Die Oase Uah-ta-Meh war nicht mehr fern, eine drohende, große Schwärze vor einem sternklaren Himmel. Der General hatte weitergeben lassen, dass seine Späher dort keinerlei Leben entdeckt hätten, doch die hatten sich aus Angst, entdeckt zu werden, nicht sehr nahe herangewagt. Wie hätte man auch schon das Nahen von sechzigtausend Mann verbergen können? Die Fußsoldaten bildeten jetzt Kampfeinheiten, jede Division hinter ihrer Schwadron von fünfundzwanzig Streitwagen und davor der Standartenträger.

Die Männer schliefen unruhig und in Marschformation. Ramose tat kein Auge zu. Er wusste, dass Kamose und seine Truppen fort waren, dass Kethuna in der Oase keinen einzigen Dorfbewohner finden würde und einen weiteren langen Marsch durch den erbarmungslosen Sand machen musste, dieses Mal in Richtung Nil. Seine Männer hatten sich Mut für den morgigen Kampf gemacht. Wenn er nicht kam, würde die Enttäuschung zusammen mit der Aussicht auf noch mehr Hitze und Schmerzen ihren Kampfgeist schmälern. Kamose und Paheri jedoch würden ausgeruht und begierig auf die entmutigt Eintreffenden warten. Ob ich dann wohl noch am Leben bin?, dachte Ramose. Wohl kaum. Kethuna wird meinen Tod befehlen, wenn er die Oase leer vorfindet. Wenigstens wird man mir dann endlich die Fesseln abnehmen!

ZEHNTES KAPITEL

Die Männer wurden im Morgengrauen geweckt und bekamen zu essen und zu trinken. Das geschah still, denn jeder war mit sich selbst beschäftigt, als die Schlacht näher rückte. Etliche beteten. Andere tasteten nach Amuletten oder Talismanen, während sie den Rest ihrer Ration verstauten und die Sandalen fester schnürten.

Ein Offizier tauchte auf, und zu Ramoses großer Erleichterung durchtrennte er den Riemen, der ihn an den Soldaten gefesselt hatte. Das Gefühl von Freiheit dauerte jedoch nicht lange. Man wies ihn knapp an, dem Mann in die vorderste Linie zu folgen, wo Kethuna, umgeben von seiner Schwadron, bereits hinter dem Wagenlenker auf seinem Streitwagen stand. Frühsonnenschein funkelte auf den Radspeichen, und die ruhelosen Pferdchen scharrten und warfen den Kopf mit den Federn zurück. Die mit Steinen übersäte Wüste warf schon jetzt ein grelles Licht zurück. Ramose beschattete die Augen, als er zum General hochblickte. Kethuna musterte ihn kurz und teilnahmslos. «Mein Befehl lautet, dich in die vordersten Linien meiner Truppen zu stellen», sagte er. «Mehr als das hat man mir nicht befohlen. Falls du vom Feind erkannt wirst, ehe du fällst, umso besser für dich. Aber falls ich herausfinde, dass du den Einzig-Einen angelogen oder die Situation hier in der Wüste falsch dargestellt hast, soll ich dich auf der Stelle hinrichten. Geh neben den Pferden.» Statt einer Antwort verbeugte sich Ramose und nahm seinen Platz vor dem Streitwagen ein. Äußerlich war er gelassen, doch sein Hirn raste. Natürlich war niemand da, der sich ihnen zur Schlacht stellte. Es würde nicht zur Schlacht kommen. Die Oase würde leer sein. Würde Kethuna ihm die Schuld geben, oder würde er einfach annehmen, dass sie zu spät aufgebrochen waren, um Kamose abzufangen? Würde sich die Möglichkeit bieten, im ersten Augenblick des Durcheinanders in einem der Oasendörfer unterzutauchen? Der Marschbefehl kam, wurde durch die Reihen weitergegeben, und die Standarten wurden hochgehoben.

Der Streitwagen fing an zu rollen, Ramose ging beharrlich mit und atmete dabei den beruhigenden, gesunden Geruch von Pferdefleisch und Leder ein. Langsam nahm die Oase Gestalt an, wurde zu verschwommenen Flecken von Grün und planlosen Ansammlungen von Palmen vor einem blauen Himmel. Nichts bewegte sich, wo der Horizont in der Hitze flimmerte. Die Pferde stolperten auf den scharfen Steinen, die schwarz und schimmernd unter ihren Hufen lagen. Der Wagenlenker redete beruhigend auf sie ein.

So marschierten sie vielleicht zwei Stunden, während die Oase größer wurde und immer mehr ins Blickfeld rückte. Still und beschaulich lag sie da. Keine Warnrufe hallten von den schlaffen Palmen. Keine Gestalten rannten und schlugen Alarm. Unter den Fußsoldaten hinter Ramose entstand ein einhelliges Gemurmel, und er hörte Kethuna fluchen und sagen: «Er ist weg. Die Oase ist leer.» Laut gab er den Befehl zum Anhalten, und Ramose ließ sich dankbar im Schatten der beiden schwitzenden Tiere zu Boden sinken. Fürs Erste schien ihn der General vergessen zu haben. Man rief einen Späher, und Ramose sah ihn auf dem steinigen Weg verschwinden, der zwischen hohen Dünen in das Dorf führte.

Jetzt wurde überall geredet, es herrschte fröhliche Aufregung, als die Männer merkten, dass es an diesem Morgen nicht zur Schlacht kommen würde, und ihre Hoffnungen bestätigten sich, als der Späher einige Zeit später zurückkehrte. Ramose, der noch immer neben dem Streitwagen hockte, musste bei seinen Worten lächeln. «Gebieter, ich bin länger dort gewesen, als ich sollte», sagte der Späher außer Atem zu Kethuna. «Das Ganze ist ein Rätsel. Die Oase ist verlassen. Keine Soldaten und auch keine Dorfbewohner.»

«Was soll das heißen?», blaffte Kethuna. Der Mann zögerte. Ramose konnte sehen, wie er von einem Fuß auf den anderen trat.

«Die Dorfbewohner sind fort», wiederholte der Späher. «Die Hütten sind leer. Die Felder auch. Es gibt keine Tiere, nur ein paar Ziegen.» Der Späher und Ramose warteten. Das Schweigen zog sich in die Länge. Ramose konnte fast fühlen, wie der General nachdachte, während die Hauptleute um ihn herum unruhig wurden und flüsterten. Schließlich entließ Kethuna den Späher und rief nach Ramose.

«Entweder hat sich Kamose nach Het nefer Apu zurückgezogen oder er hockt hinter der Oase und wartet darauf, dass wir sie in Besitz nehmen und er uns umzingeln kann», sagte er barsch. «Die Oase lässt sich nicht leicht verteidigen. Trotzdem haben sich unsere Späher gestern weit vorgewagt und von keinerlei Truppenbewegungen berichtet.» Er musterte Ramose mit feindseligem Blick. «Was von beidem ist es, Sohn des Teti?»

«Es hat keinen Zweck, mich zu fragen», gab Ramose zurück. «Ich habe dem König die Wahrheit gesagt. Kamose und sein Heer waren hier, als ich aufgebrochen bin. Wenn er in den Wochen, seit ich ihn zuletzt gesehen habe, seine Pläne geändert hat, woher soll ich das wissen?» Kethuna atmete schwer.

«Kamoses Späher können uns schon vor Tagen entdeckt und ihn gewarnt haben», sagte er. «Ich muss wählen, entweder die Oase oder weiter zum Fluss.» Einer seiner Hauptleute machte den Mund auf.

«General, die Männer brauchen Wasser», mahnte er. «Anderenfalls können sie unmöglich den Nil erreichen.»

«Offenkundig kommen wir zu spät, um Kamose noch zu erwischen», sagte Kethuna langsam. «Trotzdem gefällt mir das hier nicht. Irgendetwas stimmt da nicht. Was entgeht mir, Ramose?»

«Du bist der General, nicht ich», gab Ramose beherzt zurück, obwohl er spürte, dass der gelassene Blick eine sonderbare Drohung barg. «Wie ich schon gesagt habe, weiß ich nichts weiter über die Pläne meines Gebieters, als dass er Auaris erneut belagern will.»

«Falls er fort ist, warum hat er dann die Dorfbewohner mitgenommen?», wollte ein anderer Offizier wissen. «Wozu braucht er die?»

Er braucht sie nicht, schoss es Ramose durch den Kopf. Aber er konnte sie nicht dalassen. Warum? Es spukt mir im Hinterkopf, aber ich komme einfach nicht darauf. O Kamose, du unerbittlicher und verschlagener Kamose, was hast du getan?

«Vielleicht hat er ihre Herden und Hirten mitgenommen, aber sie nicht», überlegte Kethuna. «Vielleicht ist das Essen knapp gewesen, und die Dorfbewohner waren gezwungen, ihm zu folgen oder zu verhungern.» Er schüttelte verärgert den Kopf. «Das sind müßige Überlegungen», sagte er gereizt. «Ich muss zu einem Entschluss kommen. Die Sonne steht fast im

Zenit. Lasst die Männer hier rasten und essen. Wenn sie fertig sind, habe ich meine Entscheidung getroffen.» Seine Hauptleute verbeugten und verteilten sich, und er selbst stieg aus dem Streitwagen. «Pass auf den Mann da auf», befahl er seinem Wagenlenker und zeigte dabei auf Ramose.

Ramose setzte sich wieder auf seinen Platz im Schatten. Der war jetzt kürzer und heller. Er öffnete sein Bündel, holte etwas Brot heraus und seinen Wasserschlauch. Er war mehr als nur halb leer. Er schüttelte ihn und fragte sich, sollte er trinken oder nicht, dann schalt er sich einen Narren. Die Quellen und Brunnen der Oase warteten auf Kethunas durstige Truppen, darunter auch auf ihn. Dennoch hielt er inne, als er den Schlauch schon angesetzt hatte. Mit halbem Auge sah er die anderen Männer tüchtig trinken, ja, sie gossen sich die kostbare Flüssigkeit sogar über die erhitzten Gesichter.

Ramose ließ den Wasserschlauch sinken. Wie viel Wasser mag noch für die Pferde auf den Eselkarren sein?, überlegte er. Pferde verabscheuen die Wüste. In trockenen Gegenden sind sie nicht sehr ausdauernd. Ringsum verschwenden Männer Wasser in dem Glauben, dass es einen Steinwurf entfernt mehr gibt. Hor-Aha würde das nie glauben, aber Hor-Aha ist auch ein Kind der Wüste, und auch Kamose ist am Rand einer erbarmungslosen Ödnis aufgewachsen, anders als diese wund gelaufenen Söhne des Deltas mit ihrem Sonnenbrand.

Wund.

Sonnenbrand.

Und bald wieder durstig.

Ramose saß sehr still da. Aber geht das überhaupt?, fragte er sich, während der ungeformte Gedanke, dem er nachjagte, Gestalt annahm und sich als Angst herausstellte. Konnte man das schaffen? Und das so gut, dass ein ganzes Heer vernichtet würde? Kein Wunder, dass du alles mitgenommen hast, selbst die Tiere, mein skrupelloser Freund. Nie, auch nicht in seinen kühnsten Träumen, würde Kethuna darauf kommen. Pezedchu vielleicht, aber selbst wenn Pezedchu statt Kethuna hier wäre, selbst wenn er der Wahrheit nahe käme, er säße auch in der Falle.

Aber stimmte das, oder war er nicht ganz bei Trost? Ramoses Blick wanderte zu der sonnengebadeten Straße, den Dünen mit den Felsbuckeln, den halb verborgenen Bäumen. Seine Kehle war ausgedörrt und er hätte so gern getrunken, doch er wagte es nicht.

Es dauerte nicht lange und Kethuna kam zurück. Er hatte sich offensichtlich zu einem Entschluss durchgerungen. Befehle wurden gebrüllt, und die Soldaten kamen hoch. Die Standarten schwankten. Kethuna bestieg seinen Streitwagen. Also ging es vorwärts. Ramose prüfte im Stehen den Stöpsel seines Wasserschlauchs, und dann legte Apophis' Heer die letzten Meilen zwischen sich und der Oase zurück.

Gerade bevor sie durch die Sanddünen zogen, stürmte Kethunas Vorhut vor und verteilte sich, die Streitwagen rollten schnell dahin, ihre Wagenlenker hatten die Bogen vom Rücken genommen und mit Pfeilen schussbereit gemacht. Ramose warf einen Blick zurück und sah, dass sich die lockeren Reihen zusammengezogen hatten, die Nachhut verlor sich im Staub. Er streckte die Hand aus und streichelte das Tier neben sich, seine Flanke fasste sich warm und feucht an. Auf einmal spürte er den Hieb des Wagenlenkers auf seinem Handgelenk und zog die Hand zurück.

Jetzt kam das nördliche Dorf in Sicht, eine Ansammlung von Hütten hinter dem grellen Grün des kräftigen Korns, die kleinen Behausungen beinahe von Palmenstämmen und magerem Gebüsch verdeckt. Unweit war auch der Teich, an dem Kamoses Zelt gestanden hatte, der Boden ringsum war aufgewühlt und mit den Abfällen der abziehenden Männer übersät. Kethunas Pferde, die Wasser witterten, beschleunigten so, dass Ramose jetzt laufen musste. Der Wagenlenker versuchte, sie zu halten, doch ohne viel Erfolg, und Kethuna, der sich an die schwankende Seite des Gefährts klammerte, brüllte ihn zornig an.

Der Teich kam näher, fast waren sie angelangt, und Ramose rätselte noch immer. Das Gebüsch rings um das Wasser war abgehackt. Über dem Sand standen nur noch abgesägte Stümpfe. An vielen Stellen waren die Pflanzen geradezu mit der Wurzel ausgerissen und hatten Mulden zurückgelassen.

Die Pferde kamen zum Rand des Teiches und blieben stehen. Sie senkten den Kopf. Hinter dem Streitwagen gaben die Soldaten die Marschordnung auf und bückten sich mit dem Wasserschlauch in der Hand, die Hände zum Schöpfen bereit. Schwer atmend musterte Ramose die schaumige Wasseroberfläche. Zweige und weiße Blütenblätter schwammen sacht darauf, dazu Äste, die man zerquetscht hatte. Jemand hat die Büsche herausgerissen, sie zerhackt und dann methodisch in den Teich geworfen, dachte Ramose. Aber warum? Es wirkt kleinlich und rachsüchtig, aber zu welchem Zweck? Die Mäuler der Pferde zögerten unmittelbar über dem trüben Wasser, sie blähten die Nüstern und wieherten leise. Soldaten lagen auf den Knien, wollten das glitzernde Leben an den Mund heben. Hinter ihnen warteten ihre Waffengefährten begierig, dass auch sie an die Reihe kamen und ihren Durst löschen konnten. Überall wimmelte es von fröhlichen, sich drängelnden Männern.

Doch Ramose, dem die heiße Brise einen Hauch lieblichen Blumenduft zuwehte, wich entsetzt zurück, und auf einmal bekam er weiche Knie. Die Pferde in ihrer Not hatten den Tod gewittert, Tod, der durch die Kehlen der Männer rann, die sich über das scheinbar harmlose Wasser beugten. Er hatte sich so erschrocken, dass er wie angewurzelt dastand und dem munteren Durcheinander zusah. Die Oase ist voll davon, dachte er. Von hier bis zum südlichen Dorf, um jede Quelle wächst er reichlich, schön und unschuldig, es sei denn, man kaut aus Versehen die Blätter oder die zerdrückten Samen oder man isst Honig, der aus seinen Blüten entstanden ist.

Oder man trinkt Wasser, in dem er liegt.

Mustergültig, dachte er erneut. Wie erstaunlich, einleuchtend und verflucht mustergültig. Oleander, so weiß und zart, aber schon wenn man ihn anfasst, jucken einem hinterher die Handflächen. Hast du den Einfall gehabt, Kamose, oder Ahmose oder vielleicht Hor-Aha? Nein. Das hier ist nicht das Werk des Prinzen oder des Generals. Das hier trägt den Stempel eines vielschichtigen Hirns, das kalt und unablässig an Sieg denkt, Sieg um jeden Preis. Meinen Glückwunsch zu deiner Schläue, Kamose.

Hinter ihm ein Krach, Kethuna war zu Boden gesprungen, dann stand der General neben ihm, hatte die Peitsche seines Wagenlenkers in der Hand, und sein Gesicht wirkte jählings eingefallen. «Weg vom Wasser!», schrie er mit einer Stimme, die vor panischer Angst ganz heiser war. Er stürzte zum Teichrand und fing an, auf die Männer einzupeitschen, die bereits tranken, während andere vorwärts drängten. «Das Wasser ist vergiftet, ihr Dummköpfe! Zurück! Zurück!»

Ramose kam mit einem Ruck zu sich und blickte sich rasch um. Die Soldaten, die als Erste am Wasser gewesen waren, krümmten sich bereits auf der Erde und erbrachen sich. Die Pferde wieherten, die verdutzten Hauptleute rannten wie kopflose Hühner herum, und Tausende kamen aus der Wüste geströmt, wussten nicht, was passiert war, und forderten lauthals, ihre Schläuche füllen zu dürfen. Wenn Kethuna sein Heer wieder unter Kontrolle hatte, würde er Späher durch die gesamte Oase schicken, die nach sauberen Brunnen suchten. Aber Kamose würde keinen Teich, keinen Brunnen ausgelassen haben. Kethuna und seine Männer waren zum Tod verurteilt.

Natürlich gab es in Ta-iht, einhundert Meilen weiter südlich, eine andere Oase, doch da saß das Heer des Generals in der Falle. Von Ta-iht war es bis zum Nil fast zweimal so weit wie von Uah-ta-Meh, und selbst wenn die Truppen den Marsch nach Ta-iht ohne Wasser schafften und wenn sie wie durch ein Wunder den noch längeren Marsch zum Nil überlebten, würden sie in der Nähe von Chemmenu aus der Wüste kommen und sich dann nach Norden schleppen müssen, wo Kamose sie in Het nefer Apu erwartete. Nein, dachte Ramose, als er den Blick von den sich erbrechenden, angsterfüllten Männern abwandte. Kethuna wird versuchen, seine Verluste gering zu halten. Er wird sofort zum Nil aufbrechen, und das in Richtung Het nefer Apu. Und ohne Wasser werden die meisten dieser Männer sterben.

Im Schutz der Bäume und der überall herumliegenden großen Steine arbeitete sich Ramose allmählich zu dem verlassenen Dorf vor. Er war nur wenig besser dran als die Soldaten, die das vergiftete Wasser nicht getrunken hatten, da ihn ein Instinkt gewarnt hatte, seinen mageren Vorrat aufzuheben. Er wusste, dass er nicht genug hatte, um am Leben zu bleiben, bis er in Sicherheit war. Er wusste auch, dass Kethuna Hauptleute ausschicken und das Dorf nach zurückgebliebenem, sauberem Wasser absuchen lassen würde, und da wollte er der Erste sein. Es würde Stunden dauern, bis der General wieder einigermaßen Ordnung herstellen konnte.

Ramose ging von Hütte zu Hütte, durchsuchte jeden Winkel, spähte in jeden Topf, doch er sammelte nur ungefähr einen halben Becher abgestandenes, brackiges Wasser, das zu den kostbaren Tropfen in seinem Wasserschlauch kam. Er hatte seit dem frühen Morgen nichts mehr getrunken. Sein ganzer Körper schrie nach Wasser, aber er kannte die Symptome des Durstes, wenn er lebensbedrohlich wurde. Jenseits des Dorfes fand Ramose eine halbmondförmige Düne, zu deren Füßen schwarze Steinbrocken lagen. Hier rollte er sich im mageren Schatten zusammen, grub sich eine Mulde zwischen Sand und Steinen, zog sich den zerfetzten Umhang über den Kopf und fiel in einen unruhigen Schlummer.

Stimmen in seiner Nähe weckten ihn auf, und als er einen Zipfel seines Umhangs hob, lag die Wüste in rotem Licht. Die Sonne wollte untergehen. Der Boden übertrug die schweren Tritte der Soldaten, die ihn suchten, und er lag sehr still und bemühte sich, flach zu atmen, bis sie fortgingen. Dann kroch er aus seinem Loch und stand behutsam auf. Oben von einer Düne sah er im Dorf brodelndes Leben und Treiben, doch jetzt forsch und zielstrebig. Offensichtlich hatte Kethuna alles wieder im Griff. Soldaten gingen in die Hütten der Dorfbewohner hinein und wieder hinaus und am Wasser hin und her, doch nachdem Ramose ihnen ein Weilchen zugesehen hatte, fiel ihm die eigenartige Stille auf. Niemand lachte oder redete. Man hatte keine Kochfeuer angezündet. Die armen Kerle, dachte er. Ist ihnen klar, dass sie bereits tot sind? Er ließ sich die Düne hinabgleiten, entstöpselte seinen Wasserschlauch und gestattete sich einen Mund voll Wasser, dann machte er es sich bequem und wartete.

Zwielicht setzte ein, dann war es vollends dunkel. Die Sterne erwachten einer nach dem anderen, bis das Sternenzelt endlich in voller Pracht funkelte. Es war Neumond, eine verschwommene Sichel unter strahlenden Sternbildern. Ramose lag mit angezogenen Knien und ausgestreckten Armen und ließ sich von der himmlischen Kühle einer Wüstennacht liebkosen.

Kethuna hatte den einzigen Weg eingeschlagen, der ihm offen stand. Er verließ die Oase, solange die Sonne nicht schien. Er würde sein Heer ein Stück nach Süden führen, bis er auf den Weg nach Het nefer Apu kam, und von dort würde er in Richtung Osten ziehen. Und ich folge dir, sagte sich Ramose. Ich habe nicht die Absicht, vor dir herzutrotten, vielleicht gefangen und dann enthauptet zu werden. Ich allein habe Aussicht zu überleben.

Er musste sich sehr beherrschen, dass er nicht aufsprang und ihnen auf der Stelle folgte, doch sie würden langsamer vorankommen als ein Einzelner, und er wollte sie nicht einholen. Er fürchtete sich davor, das letzte Lebewesen an diesem verfluchten Ort zu sein, fürchtete sich vor der Tageshitze, wenn er mit der Versuchung kämpfen würde, seinen mageren Wasservorrat zu trinken, fürchtete sich vor allen Geistern und Gespenstern, die jetzt frei und unsichtbar in der Oase herumgeistern mochten, doch er betete zu Thot, verließ seine Mulde und ging ins Dorf hinunter.

Hier herrschte tiefe Stille. Kein Hund jaulte, kein angebundener Ochse raschelte, kein Kind schrie im Schlaf. Türen gähnten wie schwarze Mäuler, und die festgestampfte Erde davor lag nackt und bloß im Sternenschein. Ramose hatte beschlossen, den Rest der Nacht in einem der Häuser zu verbringen, doch angesichts ihrer niederdrückenden Aura von Verlassenheit änderte er seine Meinung. Rasch ging er in eins hinein, zerrte eine Binsenmatte und eine Decke heraus und verbrachte die verbleibenden Stunden bis zum Morgengrauen unter einem Baum.

Als ihn die ersten Sonnenstrahlen trafen, die schon den Feuerofen schürten, zog er sich in eine Hütte zurück, die ihm am helllichten Tag mit Obdach und Kühle winkte. Er aß ein wenig von seinem Brot und gestattete sich einen weiteren Mund voll Wasser. Er wusste, dass er sich nicht durch Herumlaufen erschöpfen durfte. Also ergab er sich in die Langeweile und bekämpfte sie mit Bildern von Kamose, von Tani, von den Wundern des Palastes in Auaris. Er stellte sich die warme Feuchtigkeit des Badehauses vor, einen Spaziergang in einem Garten voll Blumen, wie er an der Reling von Kamoses Schiff lehnte, umgeben von dem fröhlichen Lärm des Heeres.

Nur einmal zuckte er zusammen und sein Herz fing an zu rasen, als er jemanden auf das Haus zugehen hörte. Er kroch zur Tür und spähte hinaus, doch sein Besucher war lediglich eine Ziege, die meckerte, als sie ihn sah, und forttrottete. Oleandergift konnte Ziegen nichts anhaben, fiel Ramose ein, und dann musste er über seine Angst lachen. Ziegen fraßen und verdauten alles, ohne Schaden zu nehmen. Er überlegte, wie es Kethunas Heer ergehen mochte, und bei dem Gedanken wurde er wieder ernst und kehrte in seinen Winkel zurück.

Er schlief vor Langeweile, nicht vor Müdigkeit, während der Tag dahinkroch, und gegen Sonnenuntergang trat er ins Freie, aß Brot und trank einen Schluck Wasser, dann schulterte er sein Bündel, hängte sich seinen Wasserschlauch um den Hals und schlug den Weg ein, der mitten in die Oase führte.

Er kam gut voran, ging im weichen Sand neben dem aufgewühlten Weg, den eine Vielzahl Füße in Sandalen zurückgelassen hatte, die hier vor kurzem entlanggestapft waren. Gelegentlich stolperte er, wo Streitwagen auf festeren Boden eingeschwenkt waren und tiefe Spuren hinterlassen hatten. Als Re rot zum Horizont sank und die Wüste seine Farben annahm, wurde Ramoses Schatten vor ihm lang und verzerrt. In der Ferne meinte er einen dunstigen Fleck ausmachen zu können, vielleicht die Nachhut von Kethunas jämmerlichem Heer, aber sicher war er sich nicht. Eine geraume Weile nachdem die Sonne untergegangen war und die Sterne nur matt schimmerten, konnte er in dem ungewissen Licht den Weg nicht richtig erkennen, doch schon bald strahlten die Sterne hell, und er schritt zuversichtlich aus. Die Luft war angenehm kühl. Er mäßigte Atem und Schritt sorgsam, damit er nicht durstig wurde, und hütete sich, dass er in den unregelmäßigen Mulden rings um ihn nicht Tümpel mit dunklem Wasser sah.

Er wusste nicht, wie spät es war. Hier draußen, wo es nur Felsen und Sand und Nacht gab, war Zeit unerheblich. Er hatte im Streitwagen gut zwei Tage bis Het nefer Apu gebraucht. Er wusste, dass er dieselbe Entfernung zu Fuß in ungefähr vier Tagen zurücklegen konnte, wenn er dieses Tempo beibehielt und ihm das Wasser nicht ausging. Aber was war mit den Soldaten? Müde, verängstigt und ausgetrocknet, wie schnell würden sie da vorankommen? Wann würden sie anfangen zu taumeln? Er gab den Überlebenden sechs Tage, bis sie in die wartenden Arme von Kamoses Männern stolperten. Und stolpern würden sie. Er lächelte grimmig, während er weiterstapfte. Kämpfen war das Letzte, wonach ihnen der Sinn stehen würde. Sie würden mit zugeschwollenen Kehlen und dem Geruch des Nils in der Nase sterben. Aber ich möchte sie nicht überholen, schoss es ihm durch den Kopf. Ich muss mich ihrem Tempo anpassen und deshalb mein Wasser noch strenger rationieren. Der Mut verließ ihn, und auf einmal klang der sachte Tritt seiner Sandalen Unheil verkündend. Ich schaffe es, redete er sich gut zu. Vorausgesetzt, ich drehe nicht durch, dann kann ich den Fluss mit Leichtigkeit erreichen.

Er verschloss die Ohren vor der rhythmischen Unausweichlichkeit seines Voranschreitens und zwang sich, an Pezedchu zu denken. Der würde an die zehn Tage brauchen, bis Tausende von Soldaten von Auaris nach Het nefer Apu marschiert waren. Er hatte die Stadt zur selben Zeit verlassen wie Kethuna. Falls Kethunas Soldaten sechs Tage für ihren Marsch durch die Wüste brauchten, nachdem sie bereits elf Tage für den Weg zur Oase über Ta-sche gebraucht hatten, hieß das, Pezedchu war schon seit sieben Tage in Het nefer Apu. Hatte er Kamose angegriffen? Oder hatte er, als er feststellen musste, dass sich Kamose mit Paheri vereint hatte, seine Streitmacht zusammengezogen und auf die Verstärkung gewartet, die Kethuna voraussichtlich aus der Oase heranführte? Allmählich vertiefte sich Ramose so in seine Zahlenspiele und Vermutungen, dass ihn das erste Schimmern der Morgenröte überrumpelte. Er blieb stehen, hob die Arme und dankte Re für dessen majestätische Wiedergeburt. Dann merkte er, dass er hungrig, durstig und sehr müde war, und sah sich nach einem Plätzchen um, wo er sich hinlegen und den Tag verschlafen konnte.

Ein Steinhaufen zu seiner Linken bot einigen Schutz, doch als er darauf zuging, fiel ihm jäh ein, dass auch Skorpione gern den Schatten suchten. Er dachte an ihre hässlichen, dicken Köpfe, ihre flinken Beine, ihren steifen, hochgebogenen Schwanz und erschauerte bei dem Gedanken an ihren Stich und wie er krank und schwach werden und nicht mehr würde gehen können, falls ihn einer erwischte. Aber immer noch besser, es auf einen Skorpion ankommen zu lassen, als sich der Sonne auszusetzen. Er ging hin und untersuchte die übereinander getürmten Felsbrocken, drehte kleinere um, fand nichts Lebendiges darunter, legte sich hin und zog sich den Umhang über den Kopf. Ich muss mich darauf gefasst machen, dass die Angst zurückkommt, dachte er, als er die Augen zumachte. Die Wüste kann den Alleinreisenden wahnsinnig machen. Und jetzt lasst mich ruhen und vergessen, dass ich essen und trinken möchte.

Eine ganze Weile schlief er tief und fest, dann unruhiger, doch am Ende setzte er sich auf, und da ging die Sonne erneut unter. Er reckte sich, stand auf und schüttelte seinen Umhang aus. Ein heller Skorpion fiel in den Sand und flitzte zurück in den feuchten Schatten. Innerlich schaudernd hastete Ramose auf den Weg zurück. Im Gehen kaute er einen Bissen trockenes Brot und spülte es mit einem mageren Mund voll lauwarmem Wasser hinunter. Beides reichte nicht, aber dennoch spürte er, wie er wieder Mut schöpfte. Und da lief auch schon sein Schatten vor ihm her, während Re in Nuts Mund verschwand. Dann war es vollends Nacht und er schritt zielstrebig aus.

Gemessen an seiner Müdigkeit, war er die dunklen Stunden zur Hälfte durchmarschiert, als die Brise den beißenden Geruch von verbranntem Holz heranwehte. Mit einem Ruck kam er zu sich, denn er war in eine Art Trance verfallen, und blickte nach vorn, wo sich die Wüste stumm und schweigend vor ihm erstreckte. Lange Zeit trabte er mit geschärften Sinnen weiter. Der Geruch nahm zu. Schließlich konnte er ein Gewirr von Kanten sehen, das sich nicht in den harmonischen Fluss der Dünen einfügte, doch es dauerte noch ein Weilchen, bis er dort ankam. Dann stand er da und staunte.

Kethuna hatte seine Streitwagen verbrannt. Zerstört und rauchend lagen sie in einer großen Mulde, angekokelte Achsen ragten in den Himmel, gesplitterte Deichseln stießen durch aschfarbene Reste von Korbgeflecht, große, zerbrochene Räder, deren Speichen heil aussahen, zerbröselten zu Staub aus heißer Holzkohle, als Ramose mit dem Fuß vorsichtig dagegentrat. Zwölf Divisionen mit fünfundzwanzig Streitwagen pro Schwadron, dachte Ramose. Dreihundert Streitwagen. Hier liegen die Reste von dreihundert Streitwagen. Ihr Götter. Was könnte Kamose damit anfangen! Aber natürlich, darum hat sie der General ja auch angezündet. Er ist in großer Not und weiß, dass er sie nicht einfach stehen lassen kann, weil Kamose sonst Männer ausschickt und sie holen lässt. Was für eine Verschwendung! Dennoch war Ramose trotz seines Schrecks richtig froh und sein Schritt war leichter, als er die jammervolle Zerstörung hinter sich ließ.

Um die Zeit der zweiten Morgenröte stieß er auf die ersten Leichen. In dem kalten grauen Licht, das Res Nahen ankündigte, sah er sie vor einem Eselkarren übereinander liegen. Von dem Tier war nichts zu sehen, und die Wasserkrüge, die es gezogen hatte, lagen im Sand, doch ehe er die Leichen untersuchte, ging Ramose schnurstracks zu den Krügen. Sie waren nicht nur leer, sondern innen völlig trocken.

Enttäuscht wandte er sich den Soldaten zu. Diese Männer waren nicht an Durst gestorben. Es war deutlich zu sehen, dass sie sich gegenseitig beim Kampf um das Wasser umgebracht hatten, das für die Pferde bestimmt gewesen war. Die meisten hatten mal hier, mal da Wunden, doch viele waren an den Pfeilen gestorben, die noch immer aus ihrer Brust ragten. Also schafft es Kethuna, einigermaßen Disziplin zu halten, dachte Ramose, während er die Leichen systematisch plünderte. Nicht genug Wasser für sechstausend Mann, ganz zu schweigen von sechzigtausend. Arme Setius. Arme Deltabewohner. Und armer Ramose, schloss er spöttisch, als er den letzten Wasserschlauch beiseite warf. Kein einziger Tropfen für mich. Sie hätten getrost mit dem gegenseitigen Abschlachten warten können, bis sich wenigstens ein paar angestellt und bekommen hätten, was ich so dringend brauche. Ich habe sie umsonst durchsucht. Ich schwitze und bin erschöpft und sie zwingen mich nun zum Weitergehen, bis sie ganz außer Sicht sind, denn Hyänen und Aasgeier warten schon auf den Morgen und den Festschmaus und ich möchte nicht gern rasten, wo ich mir anhören muss, wie die armen Kerle aufgefressen werden.

Enttäuscht und ergeben ging er dem zunehmenden Gleißen der aufgehenden Sonne entgegen. Nachdem er ungefähr hundertmal zurückgeblickt hatte, merkte er, dass nichts mehr zu sehen war. Er war zu müde, um noch Schutz zu suchen. Der Zorn machte ihn leichtsinnig. Er trank zwei Schluck Wasser aus seiner Ziegenhaut und legte sich hin, wo er stehen geblieben war, zog sich den Umhang übers Gesicht und schlief ein.

Am Abend aß er einen Bissen, befeuchtete sich den Mund und bedauerte flüchtig seine Voreiligkeit vom Morgen, als sich der Schlauch in seinem Griff schlaff anfühlte. Er war jetzt schon müde und entmutigt. Sein Magen knurrte und begehrte gegen das unbekömmliche Brot auf, und da warf er den Rest lieber weg, denn es machte ihn nur noch durstiger. Hunger beim Marschieren, davor hatte er keine Angst. Lediglich der Wassermangel konnte ihn umbringen.

Es dauerte nicht lange und er stieß auf das erste Pferd. Es lag im harten Sternenlicht, ein schwarzer Hügel quer auf dem Weg. Ramose nahm an, dass es verdurstet war, doch als er sich bückte, sah er, dass man ihm die Drosselvene säuberlich und tief durchtrennt hatte. Auf dem dunklen Sand waren ein paar dunkle Flecke, doch nicht genug für die reichliche Menge Blut, die normalerweise herausgeströmt wäre. Ramose richtete sich auf und sah sich um. Ziellos verstreut zwischen Felsen und festgetretenem Sand lagen weitere Tiere, die ein ähnliches Schicksal ereilt hatte.

Ramose ging nachdenklich um sie herum, ehe er sich wieder in Richtung Osten aufmachte. Er brauchte keinen Weissager, er wusste, was geschehen war. Die Dummköpfe hatten den Pferden die Kehle durchgeschnitten und ihr Blut getrunken. Das wird ihren Durst nicht lange löschen, dachte er grimmig.

Blut ist salzig. Sie haben nur ihre Todesqual verlängert und ihr Leben verkürzt. Hat Kethuna das erlaubt oder marschiert er so schnell wie möglich und überlässt die Zurückbleibenden ihrem Schicksal? Und wann stoße ich auf eine noch lebende Nachhut? Ich will die Soldaten nicht überholen. Denn falls ich das tue, bringen sie mich bestimmt um. Aber wenn ich langsamer gehe, laufe ich auch Gefahr zu sterben. Ich habe fast kein Wasser mehr. Er fluchte laut, zuckte im Geist mit den Achseln und trabte weiter.

Er hatte gehofft, dass er freier atmen könnte, wenn er die jämmerlichen, ausgesogenen Reste der Pferde hinter sich gebracht hätte, doch von nun an war er nicht mehr allein. Er ging durch eine groteske und stumme Gesellschaft, die von dem harten Gegensatz zwischen Form und Schatten in der Wüste noch ärger gemacht wurde. Überall verstreut lagen tote Männer. Steife Finger hatten sich in den Sand gekrallt, kalte Augen spiegelten den Sternenschimmer, einige lehnten sogar aneinander, eine gespenstische Nachäffung von Waffenbrüderschaft. Es war, als hätte ein Krieg zwischen menschlichen Wesen und einer bösartigen, übernatürlichen Macht stattgefunden, die ohne Hiebe töten konnte.

Und irgendwie stimmt das auch, dachte Ramose, während er langsam, zu langsam, durch diese Landschaft des Grauens schlich. Sie haben die Wüste herausgefordert. Ich habe euch das nicht angetan!, sagte er stumm zu den verstörten Geistern, die er um sich herum schweben spürte. Gebt der Unkenntnis und Dummheit eurer Vorgesetzten und der skrupellosen Klugheit meines Gebieters die Schuld, nicht mir! Und so trabte und betete er, bemühte sich nach besten Kräften, die panische Angst zu unterdrücken, die in ihm aufstieg, und torkelte der Morgenröte entgegen.

Die Sonne ging zwar auf, doch Ramose hielt nicht an, bis

ihn die blanke Erschöpfung dazu zwang. Es war der vierte Morgen seit seinem Aufbruch aus der Oase. Falls er ausreichend Nahrung gehabt und rasch vorangekommen wäre, hätte er vielleicht am Horizont den ersehnten Umriss der Palmen gesehen, welche die Ufer des Nils ankündigten. So aber hatte er keine Ahnung, wie weit Het nefer Apu noch entfernt sein mochte. Trotz seines fieberhaften Wunsches, dem stummen Heer ringsum zu entrinnen, war ihm klar, dass er sich bemühen musste, langsam zu gehen. Er konnte nicht darauf hoffen, dass die gesamten sechzigtausend Mann von Kethunas Heer hier draußen umgekommen waren. Steif und aufgedunsen lagen die Leichen in der Hitze unter einer gleichgültigen Sonne und boten sich Hyänen und Aasgeiern zum Fraß an – und auch Kamose. Ihre nutzlosen Waffen funkelten, bereits halb im Sand vergraben, ohnmächtig zwischen ihnen.

Undenkbar, dass er versuchte, in ihrer Mitte zu schlafen. Ramose mochte nicht einmal den Blick abwenden, so sehr fürchtete er, dass sie vielleicht doch aufstünden und verstohlen auf ihn zugekrochen kämen.

Er nickte im Sitzen an einen Stein gelehnt mehrfach ein, wurde jedoch immer wieder mit einem Ruck wach, und dann hämmerte sein Herz, wenn er Hyänen mit vollem Maul zwischen den Leichen herumschleichen sah und Aasgeier auf ihrem Sitzplatz auf lederbedeckten Schädeln krächzen hörte. Er zwang sich bis kurz vor Sonnenuntergang zum Bleiben, denn er wusste jetzt, dass er diesem Tod ringsum erst entrinnen würde, wenn er die Wüste hinter sich ließ. Dennoch stand er schließlich dankbar auf, weil sein Körper etwas zu tun bekam. Er trank das letzte Wasser, entleerte sein Bündel bis auf Dolch und Wasserschlauch, aus dem er vielleicht noch ein paar Tropfen herausquetschen konnte, und zwang sich zum Vorwärtsgehen. Bei jedem Schritt tat ihm jetzt der Kopf weh und sein

Schweiß war kalt. Diese Warnsignale äußerster Erschöpfung kannte er. Falls ich hier draußen sterbe, werden mich die Götter nicht finden, dachte er. Ohne Einbalsamierung komme ich nicht ins himmlische Reich zu Osiris. Ich kann nur hoffen, dass Kamose daran denkt, meinen Namen irgendwo einmeißeln zu lassen, wo er dann für immer steht.

Er meinte, nicht länger durchhalten zu können, doch mitten in der Nacht, als er stehen geblieben war und eine Sandale fester geschnürt hatte, flüsterte jemand. Einen Augenblick erstarrte Ramose, wagte nicht, sich aufzurichten, ja, nicht einmal die Augen zu bewegen. Das Geräusch wiederholte sich leise, ein Geist rief, und rechts von Ramose bewegte sich etwas. Er wandte den Kopf. Lebendige Augen blickten ihn an. Die ausgedörrten Lippen des Mannes zuckten. «Wasser», hauchte er. Ramose kniete sich neben ihn.

«Ich habe keins», sagte er laut und deutlich. «Das musst du mir glauben. Es tut mir Leid. Ich habe das letzte schon vor Stunden getrunken.» Er wusste nicht warum, aber er musste sich vor dem Sterbenden rechtfertigen. «Wer ist dein Gott?», fragte er. Der Mund öffnete und schloss sich, aber es kam kein Laut heraus. Die Augen bettelten verständnislos. Ramose stand abrupt auf und verließ ihn.

Dieser war nur der Erste. Von nun an hörte Ramose das Krächzen und Flüstern der Sterbenden und wusste, dass die Überlebenden von Kethunas Heer nicht weit vor ihm sein konnten. Sein Verdacht bestätigte sich, als eine neue Morgenröte den Himmel färbte, denn vor der aufgehenden Sonne stand eine Wolke aus rotem Staub. In ihrer Mitte konnte er viele dunkle Gestalten ausmachen. Rings um ihn lagen noch immer Sterbende und Tote, weggeworfene Waffen und geplünderte Bündel. Er fühlte nichts mehr, als er hinter den Lebenden hertrottete, und mit einer gewissen Überraschung stellte er fest, dass seine Beine nachgaben, ehe er überhaupt an Rast gedacht hatte. Na schön, sagte er. Versuchen wir also zu schlafen. Er streckte sich aus, wo seine Beine es wollten, und bedeckte das Gesicht mit den Händen. Er konnte die Toten riechen, aber mittlerweile war es ihm einerlei.

Erst mitten in der Nacht kam er aus betäubtem Schlaf hoch. Alles tat ihm weh. Scharfe Schmerzen schossen ihm in die Beine und durch die Hüften, als er zitternd aufstand. Gebt uns Wasser!, schrien seine Kehle, sein Magen, seine Eingeweide. Trocken wie Papyrus lag seine Zunge an den Zähnen. Noch nicht, gebot er ihnen streng. Zuerst müsst ihr gehen. Wir müssen uns das Trinken verdienen. Taumelnd, grimassierend kämpfte er darum, Geist und Körper wieder in den Griff zu bekommen. Es fiel ihm schwer, sich dem hitzigen Hass der Sterne auszusetzen, doch er tat es, zunächst stockend, dann mit zunehmender Geschmeidigkeit. Gewiss habe ich noch zwei weitere Tage in mir, dachte er. Ich erinnere mich, dass ich sechs Tage berechnet habe, bis das Heer an den Fluss getorkelt kommt. Heute, heute Nacht, ja, heute ist meine fünfte Nacht. Ich schaffe es. Er machte das zum Lied für seine Füße, ich schaffe es, ich schaffe es, und schleppte sich mit gesenktem Kopf weiter.

Er hatte keine Ahnung, wie lange er gegangen war, als er mit einem Ruck zu sich kam und merkte, dass er keine Erinnerung an die Stunden seit Sonnenuntergang hatte. Rings um ihn sah es noch genauso aus. Habe ich mich überhaupt bewegt, fragte er sich, oder habe ich nur betäubt am selben Fleck gestanden? Natürlich habe ich mich bewegt, redete er sich gut zu, und tatsächlich gab es winzige Anzeichen dafür, dass er vorangekommen war. Eine leichte Brise umwehte ihn und seine jetzt äußerst empfindliche Nase witterte einen ganz schwachen Hauch von Feuchtigkeit, von Nass hinten im

Osten, wo der Weg endlos weiterging. Etwas jedoch fehlte. Nirgendwo besudelten Leichen Luft und Erde. Die Soldaten, die das Glück gehabt hatten, vom Wasser für die Pferde abzubekommen, oder die klug genug gewesen waren, nicht zu trinken, ehe sie die verfluchte Oase betraten, hatten es geschafft. Also kommt es zu einer wie auch immer gearteten Schlacht, dachte Ramose.

Die Sonne ging auf, doch für Ramose bedeutete sie nur noch mehr Not. Mit zusammengebissenen Zähnen stolperte er weiter, wusste jedoch kaum noch warum. Er blickte nicht auf. Als er das Gefühl hatte, der gleißende Sand wäre näher an seinem Gesicht, als er sein sollte, merkte er, dass er hingefallen war. Seine Beine wollten nicht mehr, also ließ er sie, wo sie waren. Er tastete nach seinem Umhang, konnte ihn aber nicht finden, sein Bündel auch nicht. Er lag im heißen Sand und lauschte auf das dumpfe Brausen, das von irgendwo weit vorn kam. Männergebrüll und -geschrei übertönten es, doch alles war durch die Ferne und das Geräusch seines eigenen, schwachen Atems gedämpft. Ich höre Het nefer Apu, dachte er verschwommen, unzusammenhängend. Ich höre den Nil fließen. Ich höre, wie mein Gebieter endlich auf die Setius trifft. Fast hättest du es geschafft, Ramose, Sohn des Teti. Fast. Du hast das Menschenmögliche getan, aber es war nicht genug.

Er versank in einer Betäubung, in der Kamose ihm mit beiden Händen eine Schale mit glitzerndem Wasser darbot. Er kam nicht ganz heran und Seine Majestät wurde ungeduldig. «Was ist los mit dir, Ramose?», fragte er. «Ich denke, du bist durstig.» Nein, dachte Ramose. Ich bin nur müde. Aber Kamose wollte ihn nicht schlafen lassen. «Der hier ist nicht tot», sagte Kamose. «Erledigt ihn schnell, und dann suchen wir uns bis zum Abend, wenn die Schlacht vorbei ist, ein Plätzchen im Schatten. Hört ihr den Lärm!»

«Warte», sagte eine andere Stimme. «Den da kenne ich. Das ist kein Setiu. Das ist der Edle Ramose. Ich bin mit ihm zusammen Späher gewesen. Was tut denn der hier halb tot in der Wüste? Wenn wir den sterben lassen, reißt uns der König den Kopf ab.»

Ramose schlug schlaftrunken die Augen auf. Er lag auf dem Rücken. Der Schatten eines Mannes fiel auf ihn. Jemand stieß sacht an seine ausgedörrten Lippen und zwang ihn, sie aufzumachen. Wasser strömte in seinen Mund. Er schluckte heftig, dann drehte er den Kopf zur Seite und erbrach sich in den Sand. «Vorsichtig!», mahnte der Mann. «In kleinen Schlucken, Ramose, sonst bringt es dich um.» Ramose tat, was man ihm sagte. Er hatte noch nicht genug getrunken, da nahm man ihm den Wasserschlauch weg. Kundige Hände hoben ihn an den Schultern hoch und schleppten ihn in ein schützendes Zelt. Er wollte um mehr Wasser bitten, war jedoch zu müde.

ELFTES KAPITEL

Kamose saß auf einem mit Grasbüscheln bewachsenen Hügelchen im mageren Schatten einer dürren Tamariske, hatte die Knie bis ans Kinn gezogen und sein besorgter Blick wanderte über die sich schimmernd wellende Wüste zu seiner Linken. Sein Streitwagen vor ihm glänzte heiß, die beiden Pferde standen geduldig mit gesenktem Kopf, der Wagenlenker hockte neben ihnen. Zu seiner Rechten, wo sich der Weg in gefälligeren Palmenhainen und bewässerten Anpflanzungen verlief, ehe er Het nefer Apu und den Fluss erreichte, warteten auch sein Bruder und Hor-Aha.

Elf Tage nachdem Ramose die Oase verlassen hatte, war Kunde gekommen, er hätte Auaris betreten. Das war vor einem Monat und einer Woche gewesen. Pharmuthi war gekommen und gegangen, und jetzt hatten sie Pachons. Auf den Feldern um Het nefer Apu zeigten sich die ersten zarten und zaghaften Schösslinge der neuen Aussaat, als Kamose und sein Bruder auf ihrem Weg von Uah-ta-Meh vorbeigekommen waren, jetzt standen sie hoch und üppig.

Siebzehn Tage nachdem Ramose in dem Ameisenhaufen, nämlich Apophis' Hauptstadt, verschwunden war, hatte ein erschöpfter Späher berichtet, ein Heer nähere sich Ta-sche von

Norden her. Apophis hatte den Köder geschluckt. Und Kamose, ganz verkrampft vor Sorge und Aufregung, hatte den Späher draußen vor seinem Zelt barsch gefragt: «Wie groß ist die Streitmacht?»

«Ich schätze ungefähr die Größe des von Deiner Majestät hier stationierten Heeres», antwortete der Mann mit vor Erschöpfung heiserer Stimme. «Eine genauere Schätzung war schwierig, ich hätte riskiert, gefangen zu werden.» Kamose nickte.

«Sind sie vor dir aufgebrochen?»

«Ja.» Der Späher grinste. «Ich habe sie den ganzen Tag beschattet, als sie ihre Wasserschläuche und die Fässer für die Pferde gefüllt haben. Sowie sie Ta-sche verlassen und den Weg nach Süden eingeschlagen hatten, bin ich gelaufen. Das war vor eineinhalb Tagen.» Kamose betrachtete ihn schweigend. Einhundert Meilen zu Fuß in sechsunddreißig Stunden! Hatte er nicht einmal zum Schlafen Halt gemacht? «Sie kommen gut voran, Majestät», fuhr der Mann fort. «In drei Tagen sind sie hier.» Panische Angst durchzuckte Kamose und verflüchtigte sich wieder.

«Wer befehligt sie?», fragte er.

«Tut mir Leid, ich konnte nicht herausfinden, welcher General bei ihnen ist.»

«Hast du das gehört?», fragte Kamose Hor-Aha.

«Ja, Majestät. Wir müssen sofort aufbrechen.»

«Dann kümmere dich darum.» Er wollte noch mehr sagen, die Erregung teilen, die er verspürte, die vielen Mutmaßungen, die ihm durch den Kopf schossen, doch Hor-Aha entfernte sich bereits großen Schrittes und bellte dabei einen Schwall von Befehlen.

Also hatte Ramose seinen Auftrag erfüllt. Wo war er jetzt? Versteckte er sich mit Tani an einem unbekannten Ort nahe der östlichen Grenze Ägyptens? War er etwa tot? Oder hatte man ihn gezwungen, mit Apophis' Heer zu marschieren? Mittlerweile waren überall die Geräusche eines unmittelbar bevorstehenden Aufbruchs zu hören. Kamose sah einen Streitwagen auf dem Verbindungsweg zwischen den beiden Dörfern der Oase nach Süden donnern. Die Zelte, die einen Augenblick zuvor noch wie eine riesige Ansammlung kleiner Pyramiden dagestanden hatten, entließen jetzt einen Strom von Männern, ehe sie erzitterten und inmitten von Staubwolken zusammenfielen. In seiner Nähe bildeten sich am Teich allmählich Schlangen, Männer, die von ihren Hauptleuten zu säuberlichen Reihen geordnet wurden. Sie knieten sich hin und füllten ihre Wasserschläuche, und Kamose wusste, dass überall in den nächsten Stunden, an jeder Quelle, jedem Tümpel das gleiche Ritual ablief, bis jeder seiner fünfzigtausend Mann genug Wasser hatte, dass er den Nil erreichen konnte. Ein Jammer, dachte er, als er seiner Leibwache befahl, seinen Bruder in dem zunehmenden Gewimmel zu suchen, ein Jammer, dass die Setiu-Truppen schon bald das Gleiche tun. Wie viel befriedigender wäre es, wenn man ihnen irgendwie das nehmen könnte, was sie bei ihrer Ankunft am dringendsten brauchen. Er ließ sich einen Schemel bringen und sah zu.

Gleich darauf kam auch Ahmose. «Ich habe die Nachricht gehört», sagte er. «Die Fürsten werden den Rest des Tages zum Einberufen des Heeres, zur Nahrungsausgabe, zur Auffüllung der Vorräte und zum Packen brauchen. Beim nächsten Morgengrauen sind wir marschbereit. Warum hat Apophis nur einen Teil seines Heeres geschickt, dessen Zahl unserer Armee gleichkommt, Kamose?»

«Darüber habe ich auch schon nachgedacht», bekannte dieser. «Es kommt mir hochfahrend und sehr dumm von ihm vor und es gefällt mir überhaupt nicht.»

«Mir auch nicht!» Ahmose rutschte unbehaglich im Sand hin und her. «Dafür gibt es nur eine Erklärung. Er hat sein Heer geteilt und die andere Hälfte stromauf nach Het nefer Apu geschickt, die soll Paheri und Baba Abana besiegen, ehe wir mit den Fußsoldaten zur Verstärkung kommen. Und wir sitzen dann zwischen zwei feindlichen Heeren, eins hinter uns und eins vor uns, in der Zange. Die warten auf uns, wenn wir aus der Wüste herauskommen.»

«So raffiniert kann der doch gar nicht denken», sagte Kamose langsam.

«Nein», meinte Ahmose. «Aber Pezedchu. Vor diesem Mann habe ich Angst, Kamose.» Kamose blickte auf den gesenkten Kopf seines Bruders.

«Ich auch», bestätigte der. «Wir können nichts anderes tun als uns an unseren Plan halten. Für einen anderen ist es zu spät. Wenn wir doch nur das uns nachsetzende Heer irgendwie schwächen könnten. Falls deine Annahme stimmt und wir bei unserer Ankunft in Het nefer Apu Paheri und Abana besiegt vorfinden, dann klappt der Plan nicht.»

Ahmose antwortete nicht, und ihr düsteres Schweigen sonderte sie von dem geordneten Chaos rings um den Teich ab. Soldaten mit leeren Wasserschläuchen schubsten und drängten die beiseite, die vom Wasser fortgingen. Als Kamose zusah, wurde ein Offizier mit dem Armband eines Lehroffiziers zufällig von einem Mann beiseite geschoben, der vom Wasser fortwollte. Der Offizier wankte, hielt sich an einem der stämmigen Oleanderbüsche fest, die um den Teich wuchsen, und schaffte es, das Gleichgewicht zu wahren. Fluchend untersuchte er Hand und Unterarm, während andere ins Wasser wateten und rasch die spitzen Blätter herausfischten, die vom Busch abgerissen worden waren und jetzt harmlos auf dem Wasser trieben.

Kamose merkte, wie ihm ganz kalt wurde, und im selben Augenblick stieß Ahmose einen Schrei aus. Er blickte auf und ihre Blicke kreuzten sich. Ahmose wölbte die Brauen. Kamose nickte. Sein Herz fing an zu hämmern. Er drehte sich um und rief: «Anchmahor!» Und schon trat der Befehlshaber der Getreuen des Königs aus dem verschatteten Eingang seines Zeltes. Kamose stand auf. Er merkte, dass er zitterte. «Wähle höhere Offiziere aus, Männer, die den Zweck dieser Anweisung verstehen», sagte er dringlich. «Schick sie zu jeder Quelle, jedem Brunnen und Teich in der Oase. Schick einen in jedes Dorf. Sowie alle Soldaten volle Wasserschläuche haben und auch die Fässer für die Pferde gefüllt sind, sollen die Oleanderbüsche abgehackt, zerquetscht und ins Wasser geworfen werden. Wir vergiften das Wasser hier. Alles Wasser, Anchmahor. Wenn wir auch nur eine Wasserquelle auslassen, können wir uns die Mühe sparen. Zerquetscht die Büsche, damit der Saft herausläuft. Passt auf, dass die Soldaten danach nicht mehr ans Wasser gehen. Und niemand darf morgen vor der ersten Rast trinken.» Anchmahor hatte mit kaum verhohlenem Erstaunen zugehört, doch als Kamose geendet hatte, war seine Miene grimmig.

«Majestät, du verurteilst sie zum fast sicheren Tod, falls sie ihren Durst hier nicht stillen können», sagte er. «Das ist ein grausames Ende.»

«Krieg ist grausam», erwiderte Kamose schroff. «Dir ist klar, was die gegen uns geschickte Zahl von Soldaten bedeutet. Wir müssen unseren Vorteil so gut wie möglich nutzen.»

«Was ist mit den Dorfbewohnern, Kamose?» Ahmose stand jetzt neben ihm. «Ohne Wasser müssen sie sterben.»

«Pech gehabt. Sie sind mitten in diese brutale Auseinandersetzung geraten», sagte Kamose mit belegter Stimme. «Ahmose, was soll ich deiner Meinung nach tun? Ihnen irgendwo eine Quelle lassen? Lachhaft. Die Setius würden sie in kürzester Zeit ausgeschöpft haben, uns frisch gestärkt nachsetzen und uns vernichten.»

«Ich weiß. Aber wenn du die Bauern einem so schrecklichen Schicksal überlässt, ziehst du dir die Verachtung jedes gemeinen Soldaten in deinem Heer zu, ganz zu schweigen von den Fürsten, die sich dann allmählich fragen, ob sie dir noch vertrauen können. Sie haben das Gemetzel vom vergangenen Jahr ganz und gar nicht gebilligt. Damit machst du dir nur noch mehr Feinde. Bitte, Kamose!» Kamose merkte, dass er wieder einmal mit der Wut kämpfte, die immer unter seinem gefassten Äußeren zu lauern schien. Es ist mir einerlei, Ahmose, wollte er schreien. Ich will mich nicht kümmern! Derlei weiche Gefühle kann ich mir nicht leisten! Aber wie schon oft schluckte er den aberwitzigen Gedanken hinunter und blickte seinen Bruder ruhig an.

«Und was soll ich deiner Meinung nach tun?», fragte er noch einmal.

«Befiehl ein paar Männern, dafür zu sorgen, dass die Dorfbewohner ihre Habe packen, ihre Tiere zusammentreiben und mit uns marschieren. Die Oasenbewohner hier sind abgehärtet. Die halten uns nicht auf. Sie sind unschuldig, Kamose. Ein solches Schicksal verdienen sie nicht.» Die Einwohner von Daschlut oder der anderen Dörfer, die auf deinen Befehl hin ausgelöscht wurden, auch nicht, sagten seine Augen. Oder bilde ich mir diesen Vorwurf nur ein?, dachte Kamose.

«Du hast Recht», sagte er mit Mühe. «Kümmere dich darum, Ahmose.» Dann lächelte er. «Die Vergiftung des Trinkwassers mit Oleander hat Amun uns beiden gleichzeitig eingegeben, nicht wahr?» Als Antwort grinste auch Ahmose.

«So ist es!», sagte er. «Und jetzt nichts wie weg von diesem trockenen Ort. Verpassen wir Apophis die Prügel, die er verdient!»

An Abend war das Heer zusammengeholt. Den ganzen Tag über waren Männer aus entfernteren Gegenden der Oase eingetroffen, wo man sie untergebracht hatte, ein geordneter Strom sonnengehärteter Männer, die mit ihren Waffen so vertraut waren wie früher mit Hacken und Dreschflegeln.

Gleich nach Sonnenuntergang kehrte Anchmahor zurück und meldete, dass Uah-ta-Mehs Wasservorrat jetzt untrinkbar sei. Kamose nahm die Meldung gelassen auf.

Das Zelt, das sich die Brüder teilten, sollte erst im Morgengrauen abgebaut werden, und während Anchmahor die Getreuen darum verteilte und Kamose und Ahmose in den angenehmen Schatten traten, entstand am hinteren Ende des Teiches ein Aufruhr. Mit einem Fingerschnipsen befahl Anchmahor zweien seiner Männer, die Sache zu überprüfen. Kamose sah die stämmigen Soldaten zu der Stelle gehen, wo ein halb nackter Bauer die Hauptleute anschrie, die ihn festhielten. Nach kurzer Zeit waren die Getreuen zurück. «Es ist der Schulze dieses Dorfes, Majestät», begann einer zu erklären. «Er möchte dich sprechen.»

«Dann lass ihn kommen.» Auf den Ruf der Wache hin ließen die Hauptleute den Mann los, der sofort über den jetzt kühlen Sand rannte und sich den Brüdern zu Füßen warf. «Steh auf», sagte Kamose ungeduldig. «Was willst du?» Ehe sich der Mann erhob, küsste er Kamoses staubige Sandale. Kamose blickte in ein ledriges, zerfurchtes Gesicht und in ein eingesunkenes braunes Auge. Das andere sah ihn blicklos an, ein hellblauer, trüber Augapfel.

«Majestät, Einzig-Einer, Liebling der Götter», sprudelte der Mann heraus. «Es steht mir nicht zu, deinen unergründlichen Ratschluss anzuzweifeln, denn du bist unfehlbar, auserkoren von den Unsterblichen …»

«Ich habe seit heute Morgen nichts gegessen», unterbrach

ihn Kamose, «und im Zelt steht mein Mahl und wird kalt. Was willst du?» Der Schulze kniff die Lippen zusammen und blickte zu Boden.

«Die Leute in meinem Dorf haben seit Monaten friedlich mit deinen Soldaten zusammengelebt», stammelte er. «Wir haben uns Fleisch, Korn und Wasser geteilt. Wir haben sie nicht bestohlen. Und als Dank dafür haben sie unsere Teiche vergiftet und uns befohlen, unsere Felder und unser Heim zu verlassen und ihnen in die Ödnis zu folgen. Wir sind verstört und haben Angst. Was soll aus uns werden? Was hast du für uns beschlossen, Geliebter des Gottes von Waset?» Ahmose wollte schon zu einer Antwort ansetzen, doch Kamose hob die Hand und kam ihm zuvor.

«Der Gott Wasets ist Amun der Große Gackerer», antwortete er gelassen. «Heute hast du etwas Neues gelernt, Schulze. Was deine Sorgen angeht, so mussten wir das Wasser vergiften. Ich muss dir das nicht erklären, tue es aber dennoch. Eine Setiu-Streitmacht ist hierher unterwegs, zu deiner kostbaren Oase, die mich und wahrscheinlich auch euch vernichten will. Durch die Vergiftung des Wassers habe ich sie in eine Falle gelockt. Ich möchte jedoch keine unschuldigen Ägypter zum sicheren Tod verurteilen, darum habe ich die Räumung deines Dorfes befohlen. Wenn wir Het nefer Apu erreicht haben, unterstelle ich dich der Obhut des dortigen Bürgermeisters.» Der Schulze schluckte, dass sein Adamsapfel unter der faltigen Haut seines Halses zuckte.

«Aber, Majestät, wir wollen nicht am Nil leben. Wann dürfen wir hierher zurück?» Kamose seufzte.

«Such einem Heeresarzt und frage ihn, wann das Wasser wieder trinkbar ist», sagte er. «Entweder kommt ihr mit oder ihr verdurstet. Sei dankbar, dass mir euer Schicksal trotz drückenderer Sorgen am Herzen liegt.» Er winkte einen der lau-

323

schenden Getreuen heran und strebte dem Lampenschein zu, der aus dem Zelt drang. «Nun?», fuhr er Ahmose an, als sie am gedeckten Tisch saßen und Achtoi ihnen auftrug. «Bist du zufrieden? War ich großmütig genug? Werden mich die Bauern jetzt lieben?» Sein Ton war heftig und Ahmose antwortete nicht.

Sie durchquerten die Wüste ohne Zwischenfälle in vier Tagen und wurden von Paheri und Abana herzlich willkommen geheißen. Paheri hatte nichts über Ramoses Schicksal in Erfahrung bringen können. Kamose wusste, dass sein Freund, wäre er entwischt, ihm Nachricht hätte zukommen lassen, daher war es wahrscheinlich, dass Ramose mit den Setius marschierte und mit ihnen ins Verderben. Aber Ramose ist kein Dummkopf, sagte sich Kamose, als er vor Paheris Zelt im Schatten der Schiffe saß, wo man ihm die Tagesberichte vorlas. Falls es jemand schaffen kann, dann er.

Dann war Pezedchu gekommen. Gerade vor dem Morgengrauen des zweiten Tages wurde Kamose von einer Hand auf seiner Schulter geweckt. Anchmahors besorgtes Gesicht dräute im Dämmerlicht über ihm, und im Zelteingang stand ein hoch gewachsener Schatten. Kamose setzte sich mit einem Ruck auf. Ahmose stöhnte und griff nach dem Wasser neben seinem Feldbett. Eine Flamme loderte auf und blendete sie kurz. Anchmahor verneigte sich. «Majestät, der Feind ist da», sagte er übergangslos. «Dein Späher wartet darauf, dir Einzelheiten zu melden.»

«Hol ihn her.» Kamose fuhr sich mit pelziger Zunge über die Zähne. Der Späher trat näher, verbeugte sich, und hinter ihm tauchte auf einmal Hor-Ahas schwarzes Gesicht im gelben Lichtschein auf, die Augen unter den schweren Lidern noch schlafverquollen, die dicken Zöpfe zerzaust. «Rede», forderte Kamose den Späher auf.

«Majestät, es ist General Pezedchu», sagte er. «Er lagert mit ungefähr zehn Divisionen unmittelbar nördlich von uns. Augenblicklich verteilt er seine Truppen von West nach Ost, vom Rand der Wüste bis zum Fluss, der Großteil seines Heeres sammelt sich jedoch in der Wüste. Er hat auch all seine Streitwagen dabei. Er bemühte sich erst gar nicht um Geheimhaltung.» Kamose verschränkte die Arme schützend vor der nackten Brust. Die Luft im Zelt war kühl.

«Woher weißt du, dass es Pezedchu ist?», wollte er wissen.

«Ich habe meine Abzeichen abgelegt, meine Waffen bei einem meiner Soldaten gelassen, mir das Haar zurückgebunden und mich unter die Stadtbevölkerung gemischt. Kampfbereit sind seine Truppen anscheinend noch nicht. Mit einem Setiu konnte ich jedoch noch nicht reden. Die Hauptleute haben uns dann alle weggescheucht.»

«Sei bedankt», sagte Kamose mit Mühe. «Du kannst gehen. Hor-Aha, sorge dafür, dass sich die Fürsten vor Paheris Zelt versammeln. Achtoi, weck die Köche. Wir brauchen warmes Essen. Auf dem Weg dahin sagst du Ipi, er soll uns mit den Heeresschreibern aufwarten. Schick meinen Leibdiener herein.» Der Haushofmeister verbeugte sich und ging mit Hor-Aha. Ahmose, Kamose und Anchmahor waren allein.

«Warum hat Pezedchu noch nicht angegriffen?», überlegte Ahmose laut.

«Weil seine Späher genauso gut wie unsere sind», antwortete Kamose. «Man hat ihm gemeldet, dass die Fußsoldaten hier und nicht in der Oase sind. Er weiß, dass dort kein Kampf stattgefunden hat. Wäre er vor uns eingetroffen, er hätte Paheri angegriffen und besiegt, dann hätte er dagesessen und gewartet, dass die andere Hälfte von Apophis' Heer aus Uah-ta-Meh nach ihrem Sieg über uns zu ihm stößt oder dass wir mit ebendiesem Heer auf den Fersen und einem ebenso großen vor uns aus der Wüste herausmarschiert wären. Wie die Dinge liegen, hat er sich seine Chancen ausgerechnet und festgestellt, dass sie nicht sonderlich gut sind. Er hat seine sechzigtausend Mann, wir jetzt die vereinte Streitmacht von achtzigtausend.»

«Er wird seine Stellung befestigen», warf Anchmahor ein. «Er unternimmt nichts, bis seine Waffengefährten zu ihm stoßen.»

«Und wenn alles nach Plan verläuft, verdursten die im Augenblick», meinte Ahmose ganz gegen seine Art genüsslich, womit er sowohl seine Angst vor dem Setiu-General wie auch seine Erleichterung darüber verriet, dass sich die Waagschale überwältigend zugunsten Ägyptens gesenkt hatte.

«Vermutlich stammt der Plan, uns in die Zange zu nehmen, nicht von Apophis», sagte Kamose. Er rieb sich kräftig die Oberarme. «Ihr Götter, ist es heute Morgen kalt! Lass uns allein, Anchmahor.» Als der Fürst die Zeltklappe anhob, sah Kamose, dass sich seine Gestalt deutlich vor dem Himmel dahinter abzeichnete. Die Sonne wollte aufgehen.

Eine knappe Stunde später gesellten sich die Brüder gewaschen, angekleidet und mit Sandalen versehen zu den wartenden Befehlshabern vor Paheris Zelt. Während die ihm huldigten, bemerkte Kamose den gebeugten Rücken von Abanas Sohn Kay. «Was tust du hier?», sprach er ihn scharf an, setzte sich und bedeutete den anderen, auch an dem runden Tisch Platz zu nehmen. Der junge Mann lächelte abbittend, doch mit einer Spur höflichem Trotz.

«Der Setiu-General soll eine Flotte aus mächtigen Schiffen auf dem Nil versteckt haben, Majestät», antwortete er. «Falls meine Flotte mit dem Feind kämpfen soll, möchte ich darauf gefasst sein.»

«Die ‹Norden› hat bei der Scheinschlacht am schlechtesten abgeschnitten», meinte Kamose trocken. «Außerdem stimmt es nicht. Pezedchu hat keine Schiffe mitgebracht. Die Medjai und die Bootssoldaten werden an Land kämpfen. Und du, Kay Abana, bist kein höherer Offizier. Du verschwendest hier nur deine Zeit.» Die anderen Männer lauschten diesem Wortwechsel mit kaum verhohlenem, überlegenem Lächeln. Auf einmal hatte Kamose Mitleid mit Kay. «Trotzdem bist du ein begabter Kapitän und bei deinen Vorgesetzten hoch angesehen», meinte er. «Du darfst bleiben, solange du den Mund hältst. Und jetzt, Achtoi, lass auftragen. Wir werden die Lage beim Essen besprechen.»

Kamose berichtete, während die Schüsseln zwischen sie gestellt wurden, doch sie hatten kaum angefangen zu essen, als sie von zurückkehrenden Spähern gestört wurden, die ihnen rasch ein Bild von Pezedchus Aufstellung vermittelten. Der General bereitete keinen Angriff vor. «Ich möchte die Medjai von den Schiffen herunterhaben, sie sollen sich frei in der Wüste bewegen können», sagte Kamose zu Hor-Aha. «Und die Flanken angreifen, wenn die Setius aus dem Westen kommen. Paheri, die restlichen Bootsleute müssen auf dem Fluss bleiben und meine östlichen Abteilungen schützen, falls Pezedchu versuchen sollte, auf diesem Weg durchzubrechen. Intef, Mesehti, Iasen, eure Truppen und der Großteil der Streitwagen gehen am Rand der Felder in Stellung, die nach Westen gelegen sind. Um das Stück dazwischen kümmere ich mich nicht. Es ist sehr schwierig, über grüne Felder vorzugehen, die von Bewässerungskanälen und Baumreihen durchzogen sind. Pezedchu wird im Bogen gegen uns ziehen, viele Soldaten an jedem Ende, wenige in der Mitte. Die meisten Männer werden in seinem westlichen Flügel stehen.»

Während er sprach, wurde es um den Tisch, an dem die Männer saßen, allmählich heller. Das Morgenlicht war klar, eine Brise kam auf, doch die Luft war bereits warm und würde rasch heiß werden, und der Bewuchs ringsum raschelte und zitterte unter ihrer Berührung. Überall am Ufer standen die Soldaten auf, gingen zum Waschen ans Wasser, und die nächtlichen Kochfeuer wurden erneut angefacht.

«Versuchst du, mit Pezedchu zu verhandeln?», fragte Ahmose, als sie den Tisch verließen und, umringt von den Getreuen des Königs, auf dem sonnengefleckten Pfad zu ihrem Zelt gingen. Kamose warf ihm einen scharfen Blick zu.

«Nein, natürlich nicht. Zu was sollte das nutze sein?», fragte er. Ahmose hob die Schultern.

«Ich weiß auch nicht. Es war lediglich ein flüchtiger Gedanke. Pezedchu weiß besser als sein Gebieter, dass ganz Ägypten, abgesehen vom Delta, in unserer Hand ist. Vielleicht kann man ihn überreden, die Seiten zu wechseln.» Kamose lachte erstaunt. «Ein interessanter Gedanke», antwortete er. «Aber vermutlich ist der General treu. Das wäre so, als wollte Apophis Hor-Aha abwerben, und das geht über mein Vorstellungsvermögen. Lass uns abwarten, was sich in den nächsten Tagen tut. Wenn wir einen völligen Sieg erringen wollen, müssen wir Pezedchus Selbstvertrauen und vielleicht auch seine Treue ins Wanken bringen. Lass uns in der Wüste warten, aber, Ahmose, zunächst müssen wir beten.»

Das war vor zwei Tagen gewesen. Jetzt bemühte sich Kamose, seine Gereiztheit über das tonlose Gesumm seines Bruders zu unterdrücken. Pezedchu hatte sich nicht weiter gerührt. Oftmals konnte man seine Späher ausmachen, schwarze Flecken, weit entfernt am Horizont und verzerrt von der Hitze und dem gleißenden Licht auf den Sanddünen. Kamoses Späher trieben sich auch in diesem Gebiet herum, nahmen im Näherkommen feste Form an und verschwanden dann langsam wieder in der Ödnis.

Nach so vielen Stunden Spähens in Richtung Oase machten

Kamose die Augen zu schaffen, doch er zögerte, seinen Aus-
guck aufzugeben, und wusste, dass all seine Männer von
Anchmahor bis zum niedrigsten Fußsoldaten die gleiche unterschwellige Anspannung verspürten. Und er wusste auch,
dass keiner von ihnen diese innerliche Wachsamkeit, gekop-
pelt mit körperlicher Untätigkeit, noch lange aushalten würde.
Ihre Kampfbereitschaft würde erlahmen. Angst vor dem Unbekannten würde sich breit machen und Trugbilder würden
sie langsam schwächen.

Allmählich fragte sich Kamose, was er tun sollte, falls das
Heer, das aus der Oase kam, wie durch ein Wunder nie eintreffen würde. Sollte er dann selbst zum Angriff gegen den General übergehen? Eine verlockende Aussicht. Seine Finger sehn-
ten sich danach, den Bogen zu spannen. Die Waffen, die an
seinem Gurt hingen, Dolch und Schwert, begehrten auf, weil
sie nicht benutzt wurden.

Doch endlich, mitten am Nachmittag des dritten Tages, als
die Einwohner von Het nefer Apu ruhten und die schlimmste
Hitze verschliefen und Kamose der Kopf schwindelte, weil er
es ihnen nicht gleichtun konnte, kam ein Streitwagen mit funkelnden Speichen den Weg entlanggerumpelt. Er fuhr bis zu
seinem Hügelchen und hielt in einer Staubwolke mit schaum-
bedeckten und keuchenden Pferden, und der Späher sprang
hinten heraus und rannte auf sie zu. Kamose erhob sich. «Gebieter, sie sind da!», rief der Mann. «Zwei Stunden entfernt,
mehr nicht! Sie sind in einer schlimmen Verfassung! Wir müssen sie nur noch wie Vieh im Pferch abschlachten!» Kamose
merkte, wie seine Schläfrigkeit verflog. Sein Kopf wurde klar
und sein Herz schlug stetig und stark. Ahmose und Hor-Aha
standen jetzt neben ihm.

«Wie viele?», schrie Kamose zurück. Der Mann tanzte fast
vor Aufregung.

329

«Nicht genug!», rief er. «Der Sieg gehört dir, Majestät! Meine Pferde brauchen Wasser. Entlässt du mich?» Kamose schickte ihn fort und wandte sich an Hor-Aha. Die schwarzen Augen, die ihm zublinzelten, funkelten, die weißen Zähne strahlten zwischen geöffneten Lippen.

«Es hat geklappt, General», sagte Kamose leise. «Es hat geklappt. Alarmiere die Befehlshaber. Setz die Medjai in Bewegung. Sie sollen den Feind da draußen umzingeln und zusammendrängen, wenn er sich dem Fluss nähert. Schick Nachricht an Paheri, er soll sich bereithalten, und lass meine Divisionen hier am Weg antreten. Benachrichtige du die Soldaten, die Pezedchus am nächsten sind. Er wird die Nachricht auch erhalten haben und ich erwarte, dass er rasch zuschlägt.» Ahmose war schon unterwegs und forderte lautstark seinen Streitwagen an.

Sie hatten sich wegen Ahmoses Platz im bevorstehenden Zusammenprall gestritten. Kamose hatte gewollt, dass er die Divisionen anführte, die in kürzester Zeit in die Wüste strömen würden, doch Ahmose hatte angewidert die Nase gerümpft. «Ich möchte nicht in Sicherheit sein», hatte er sich gewehrt, als Kamose darauf bestanden hatte. «Ich habe vor, die Divisionen zu befehligen, die Pezedchu gegenüberstehen, es sei denn, du gibst den entsprechenden Gegenbefehl, Starker Stier. Hör auf, mich zu beschützen!» Kamose hatte widerwillig nachgegeben und bedauerte das jetzt, als er sah, wie sich sein Bruder hinter dem Wagenlenker hinaufschwang und das Fahrzeug in Richtung der geballten feindlichen Streitmacht nach Norden fortrollte.

Na schön, es war zu spät, jetzt noch irgendeinen Befehl rückgängig zu machen. Die lange Reihe zu seiner Rechten geriet durcheinander und formierte sich neu, als die Soldaten nach ihren Waffen suchten und sich unter dem Gebrüll ihrer

Hauptleute auf dem Weg sammelten. Hinter Kamose kamen zwischen den Bäumen weitere Männer herangeströmt und die Menge teilte sich, damit die Streitwagen an die Spitze donnern konnten. Kamose ging den Hügel hinunter, und als sein Wagenlenker ihn erblickte, griff er zu den Zügeln.

Der Horizont im Westen war nicht mehr klar, sondern durch eine schwankende graue Staubwolke verdunkelt. Kamose meinte, Gestalten darin auszumachen, doch es war nicht klar, um was es sich handelte. Hat irgendein Pferd überlebt?, überlegte er besorgt. Streitwagen? Wie viele Hauptleute waren noch auf den Beinen? Haben sie überhaupt noch Hauptleute oder sind sie nur noch ein wilder Haufen? Und befindet sich Ramose unter ihnen? Ihm blieb keine Zeit mehr für Überlegungen. Hor-Ahas Streitwagen rollte neben seinen. «Alle Divisionen bewegen sich an die ihnen zugewiesenen Plätze, Majestät», rief er zu ihm hinüber. «Pezedchus Männer sind auch kampfbereit, doch bislang ist noch kein Pfeil abgeschossen worden. Der Prinz hat den Befehl über die Nordfront. Ich habe Späher in den feindlichen Bereich geschickt.»

Der Lärm ringsum war ohrenbetäubend. Schneidig und klar erklangen die Befehle der Hauptleute in der heißen Luft, ein Chor gelassener, gefasster Stimmen. Rechts und links von ihm rollten seine Schwadronen und hinter ihm marschierten die Divisionen, die Sonne funkelte auf einem Wald von Speeren und auf den Klingen von Tausenden gezückter Schwerter. Stolz übermannte ihn. Das hast du bewirkt, Seqenenre, mein Vater, dachte er mit einem Kloß im Hals. Diese Männer, diese stämmigen braunen Ägypter, marschieren mit flatterndem schwarzem Haar und wehenden weißen Schurzen stetig auf den Sieg zu, und das nur, weil du es gewagt hast, der Macht der Thronräuber zu trotzen. Deine Vision hat das Antlitz dieses Landes verändert, hat aus Bauern Soldaten gemacht.

Unter dem Rand seines Kopftuchs rann der Schweiß und er hob eine Hand und wischte ihn ab. Er griff nach hinten, holte sich einen Pfeil, wog ihn in der Hand und richtete den Blick in die Ferne, wo der Staub den Himmel verdunkelte. Jetzt waren einzelne Gestalten zu erkennen, aber wie viele und in welchem Zustand, das war noch nicht auszumachen.

Jetzt konnte er auch die Medjai sehen, die sich verteilt hatten und mühelos vor den Streitwagen herliefen. Hier waren sie auf eigenem Grund und Boden, der brennend heiße Sand machte ihren nackten Füßen nichts aus, sie wirkten wie schlanke schwarze Hyänen. Während er zusah, löste sich Hor-Ahas Streitwagen von ihnen und schwenkte nach rechts.

Jetzt hatte Kamose auch einen umfassenden Blick auf den bevorstehenden Kampf, auf die Medjai in scheinbarer Unordnung, wie sie die Flanke des Feindes umgingen, auf die Streitwagen, die sich zu beiden Seiten verteilt hatten, auf die Fußsoldaten in ihrer Mitte, Reihe um Reihe von Marschierenden, die bei ihrem unerbittlichen Voranschreiten den Sand aufwühlten. Kamose dachte kurz an seinen Bruder, schob jedoch die vertraute Beschützersorge beiseite. Ahmose würde gut befehligen und wurde dabei von hervorragenden Hauptleuten und disziplinierten Männern unterstützt.

Jemand fing an zu singen, eine helle Stimme erhob sich über das Knirschen der Geschirre und das dumpfe Dröhnen von Tausenden trabender Sandalen. «Mein Schwert ist scharf, aber meine Waffe ist Wepwawets Rache. Mein Schild hängt an meinem Arm, aber mein Schutz ist Amuns Macht. Wahrlich, die Götter sind mit mir, und ich werde die Fluten des Nils wieder spüren, die meinen Leib umfangen, wenn der Feind meines Gebieters leblos zu meinen Füßen liegt ...» Andere nahmen die Worte auf, das Lied lief durch die Reihen. Kamose schenkte dem Befehlshaber seiner Leibwache ein Lächeln.

«Das ist kein Bauernlied, Anchmahor», rief er. «Das ist ein Soldatenlied.» Anchmahor erwiderte das Grinsen.

«Sie sind jetzt allesamt Soldaten, Majestät», antwortete er, auch wenn seine Worte fast in dem schmetternden Gesang untergingen. Doch gleich darauf wurde der Befehl zum Stillschweigen gegeben und das Lied erstarb.

Jetzt widmete Kamose seine Aufmerksamkeit nicht länger der Staubwolke, sondern ihrer Ursache, einer großen Masse Menschen, die langsam auf ihn zukam und Weg und Sand zu beiden Seiten verdeckte. Anfangs durchzuckte Kamose die Angst, sie könnten in Marschformation marschieren, doch als sie näher kamen, sah er, dass sie vor sich hin stolperten und dass sie abgehackt gingen, als hätten sie Schmerzen. Während er sie beobachtete, hörte er jemanden in den vorderen Reihen deutlich einen Befehl erteilen und Schwerter wurden gezückt, doch die Bewegungen waren unbeholfen und unzusammenhängend.

Sie sind so gut wie tot, dachte Kamose ganz gegen seine Art mitleidig. Ich sollte den Befehl geben, sie zu umzingeln und zu entwaffnen, das wäre nicht schwer, aber wie soll ich sie später durchfüttern und was mache ich danach mit ihnen? Außerdem wollen meine Männer Taten sehen. Sie müssen kämpfen und ich muss Apophis eine unmissverständliche Botschaft schicken.

Die Medjai hatten jetzt zu beiden Seiten des Feindes einen Halbkreis gebildet, hatten die Bogen von der Schulter genommen und Pfeile aufgelegt. Hor-Ahas Streitwagen war langsamer geworden und er selbst stand da und blickte in Kamoses Richtung, hatte den Arm erhoben und wartete. Kamose hob den eigenen Arm und war sich überwältigend bewusst, wie gnadenlos heiß die Sonne herabbrannte und auf dem Sand gleißte, wie grimmig das Schweigen war, das sich über seine

Männer gelegt hatte, wie salzig der Schweiß auf seinen Lippen schmeckte, dann winkte er. Mit einem Schrei gab Hor-Aha seinen Medjai ein Zeichen, das mit einem Brüllen aus den Kehlen seiner Landsleute beantwortet wurde. Kamose drehte sich um und sein Zeichen wurde bestätigt. Überall raue Schreie, und dann stürzte sich sein Heer unter Gebrüll auf die Setius.

Das war keine Schlacht, sondern ein Abschlachten von Männern, die halb wahnsinnig vor Durst, schwach und verhungert waren, die benommen versuchten, den Befehlen von Hauptleuten zu gehorchen, die genauso erschöpft und verstört waren wie sie. Stolpernd und taumelnd, mit dem Schwert in der zitternden Hand, wurden sie erbarmungslos niedergemacht. Kamose sah dem brutalen Morden von seinem Streitwagen aus zu und verspürte gar nichts, als die ganze aufgestaute Enttäuschung seiner Männer in einem ohrenbetäubenden Blutrausch entfesselt wurde, während die Setius zu Hunderten beinahe lautlos starben. Sie hatten keine Streitwagen. Sie hatten es offenkundig so weit gebracht, weil sie das für die Pferde bestimmte Wasser getrunken hatten, und als Kamose merkte, dass sie keinen Widerstand leisteten, winkte er seine Streitwagen zurück. Auch die Medjai standen nur noch mit dem Bogen in der Hand da, nachdem sie keine laufenden Ziele mehr fanden, und waren sichtlich enttäuscht.

Lange vor Sonnenuntergang war alles vorbei. Als sich der Lärm legte, ließ sich Kamose um das Schlachtfeld herumfahren, neben sich Hor-Aha und Anchmahor. Seine Männer durchsuchten die Toten nach Beute, stapften sorglos und mit halb nackten, blutverschmierten Leibern durch dunkle Lachen und Rinnsale, die bereits im trockenen Sand versickerten. Anchmahor blickte hoch. «Die Geier kreisen schon», sagte er und Kamose hörte das Zittern in seiner Stimme. «Die Aasvögel vergeuden keine Zeit, Majestät.» Sein Blick wanderte zu

Kamoses Gesicht. «Das war fürchterlicher als alles, was wir bis jetzt getan haben.»

«Hor-Aha, sie dürfen behalten, was sie finden», sagte dieser. «Erinnere die Hauptleute daran, dass sie Hände abschlagen. Ich will genau wissen, wie viele Setius heute gefallen sind. Schick Späher auf dem Weg zurück. Ich will auch wissen, wo die Streitwagen geblieben sind. Falls sie noch heil sind, können wir sie gut gebrauchen.» Hor-Aha nickte und sprang ab und gleich darauf sah Kamose, dass sich Hauptleute unter den Toten verteilten. Äxte hoben und senkten sich und hackten den Gefallenen die rechte Hand für die Zählung ab.

Kamose stieß die Luft aus. «Anchmahor, das ist geschafft», meinte er in bemüht leichtem Ton, eine Leichtigkeit, die er nicht verspürte. Ja, er verspürte lediglich eine Art Benommenheit, so als hätte er zu viel Mohnsaft getrunken. «Hol die Getreuen, wir wollen Ahmose suchen. Es hat keinen Zweck, die Männer hier neu zu formieren und meinem Bruder als Verstärkung zu bringen, es sei denn, ihm und Paheri ergeht es schlecht. Ich mache mir Sorgen, weil ich nichts von unserer zweiten Front gehört habe.» Er dachte, der Fürst würde etwas sagen. Anchmahors mit Kohl umrandete Augen blickten groß und besorgt. «Das hier ist eine Revolution, die sich nicht um Gesetze schert», sagte Kamose, «und so wird es weitergehen. Ich bin mir sehr wohl bewusst, dass ich nicht gut wegkomme, wenn Ägyptens Geschichte geschrieben wird. Aber gewiss wird es auch andere Leser geben.» Er deutete mit dem Finger auf das Blutbad unmittelbar hinter ihnen. «Diese Setius waren Soldaten. Soldaten begreifen, dass sie fürs Kämpfen, aber auch fürs Sterben bezahlt werden. Niemand sagt ihnen, wie sie sterben. Ich verbeuge mich vor der Tapferkeit dieser Männer, die die Wüste durchquert haben, bei jedem Schritt gestorben sind und sich dann von anderen Soldaten abschlachten lassen mussten. Sie haben ihre Pflicht getan.» Auf einmal war er sehr müde. «Ich liebe dich, Anchmahor», sagte er dumpf. «Ich liebe dich für deine Ergebenheit zur Maat, für deine Klugheit, für deine stetige, stille Unterstützung. Bitte, entzieh mir das nicht. Ich brauche nicht nur deinen pflichtschuldigen Gehorsam, sondern auch dein Herz.»

Ein flüchtiges Lächeln umspielte Anchmahors Mund, er nickte einmal und stieg aus dem Streitwagen. Nach einer tiefen Verneigung ging er zu seinem eigenen wartenden Wagenlenker. «Los», sagte Kamose zu seinem Wagenlenker. Mit einem Ruck zogen die Pferde den Streitwagen aus dem Sand, und mit Anchmahor und den Getreuen des Königs hinter sich, brach er nach Het nefer Apu auf.

Er war gerade in den Schatten einiger Bäume gerollt, als er den Streitwagen seines Bruders auf sich zukommen sah. Er hatte kaum angehalten, als Ahmose schon zu rufen anfing. «Pezedchu ist mit seiner Streitmacht zurückgewichen! Er zieht ab, Kamose! Die Späher haben mir gesagt, dass du ein Blutbad angerichtet hast. Formiere deine Divisionen neu, und dann setzen wir ihm nach! Achtzigtausend Mann gegen seine sechzigtausend! Da sieh!» Er zeigte aufgeregt in Richtung Norden, wo Staubwolken wirbelten. Kamose überlegte rasch.

«Hast du mit ihm gekämpft?», fuhr er ihn an.

«Ein paar Scharmützel, mehr nicht. Kay Abana hat seine Männer vom Schiff geholt und Pezedchus östlicher Flanke beim Rückzug zugesetzt. Es hat Blutvergießen gegeben, aber ich habe noch keine Einzelheiten. Pezedchu wollte nicht kämpfen, Kamose. Er hat gewusst, in welchem Zustand die Männer aus der Wüste kommen. Er hat es sich anders überlegt und sich zur Flucht entschlossen. Beeil dich!» Die Streitwagen fuhren jetzt nebeneinander. Kamose schüttelte den Kopf.

«Nein, Ahmose. Lass ihn ziehen. Es wäre nicht achtzigtausend gegen sechzigtausend. Vier unserer Divisionen sind noch da draußen, müde und dreckig, mit stumpfen Schwertern und ohne Pfeile. Sie brauchen Ruhe und Nachschub, ehe sie weitere Setius jagen können. Bleiben vierzigtausend Mann. Von denen gehören fünfundzwanzigtausend auf die Schiffe. Die müssten wir vom Fluss abziehen. Pezedchu dürfte schnell laufen. Lass Späher hinter ihm herschicken, aber wir müssen ihn, glaube ich, wohlbehalten nach Auaris zurückkehren lassen.»

«Der Feigling!», platzte Ahmose heraus. «Er hat seinen Waffengefährten nicht einen Mann zu Hilfe geschickt. Keinen einzigen, Kamose!»

«Natürlich nicht», antwortete Kamose ruhig. «Er hat gewusst, dass sie zum Sterben verurteilt waren, und hat keine guten Männer geschickt, dass die auch noch sterben. Er wird seinem Gebieter einen beunruhigenden Bericht abliefern müssen, Ahmose. Dreh um, wir treffen uns im Zelt.»

Als sie sich dem Nil näherten, begrüßte sie Jubelgeschrei. Stadtbewohner wie Soldaten, die mit Ahmose gewartet hatten, jauchzten ihnen zu. Paheri und die beiden Abanas standen vor dem Zelt der Brüder. Nur der jüngere Abana blickte missmutig drein und kam mit gequälter Miene aus seiner Verbeugung hoch. Kamose blieb stehen und musterte ihn von Kopf bis Fuß. «Man sagt mir, dass du die ‹Norden› verlassen und den Feind verfolgt hast», bemerkte er. «Wer hat dir das befohlen, du ungeduldiger junger Hitzkopf?» Kay wurde rot.

«Majestät, ich konnte sie zwischen den Bäumen rennen sehen, als sie Richtung Westen auf die Wüste zuliefen», antwortete er hitzig. «Unser Befehl lautete zu bleiben, wo wir waren, aber mein Schiff lag in der nördlichsten Position auf dem Fluss. Ich habe gesehen, wie sich die Setius in die Auseinandersetzung in der Wüste mischen wollten. Ich konnte nicht warten, dass man mir sagt, was ich tun soll! Ich musste ihnen nachsetzen!»

«Sie haben sich deswegen in die Wüste zurückgezogen, weil sie Het nefer Apu verlassen und ins Delta zurückkehren», machte ihm Kamose sanft klar. «Hast du Bootsleute dabei verloren?» Kay war beleidigt.

«Aber nicht doch, Gebieter! Wir haben es geschafft, achtzig Setius zu töten. Sie wollten nicht stehen bleiben und kämpfen. Sie sind immer nur gelaufen.»

«Und du wolltest den Ruf deines Schiffes nach dem schlechten Abschneiden in der Scheinschlacht wiederherstellen», sagte Kamose. «Hast du alle Hände abgeschnitten?»

«Nein, Majestät.» Kays Miene heiterte sich auf. «Aber wir haben ihnen ein paar sehr gute Schwerter und Äxte abgenommen.» Die versammelten Männer lachten schallend. «Tapfer, aber dumm, Kay», mahnte Kamose. «In Zukunft erwarte ich, dass du den Befehlen deiner Vorgesetzten gehorchst, die vielleicht etwas mehr über Kampfstrategie wissen als du. Sei nicht ungeduldig. Deine Stunde kommt noch.»

Anchmahor war den Brüdern ins Zelt gefolgt, während die Getreuen davor Posten bezogen. Kamose winkte ihn zu einem Schemel und ließ sich auf die Bettkante sinken. «Wein, Achtoi», verlangte er. «Aber nicht zu viel. Wir müssen noch die Berichte aufnehmen können, die schon bald vom Schlachtfeld hereinströmen.»

«Dank sei Amun», sagte Ahmose jetzt feierlich und sie tranken. Die bittere Flüssigkeit blieb Kamose im Hals stecken, brannte bis in seinen Magen hinunter und verbreitete sofort Wärme, ohne jedoch seinen Durst zu löschen. Er griff wie unter Zwang nach dem Wasser, das immer frisch neben seinem Bett stand, und leerte den Krug, ließ sich die letzten Tropfen auf den Hals fallen und die Brust hinunterrinnen. «Was ist in der Wüste passiert?», wollte Ahmose wissen. «Haben wir Männer verloren?» Kamose antwortete nicht, doch nach einigem Zögern sprach Anchmahor.

«Ich glaube nicht, Prinz, aber das wissen wir erst, wenn die Hauptleute Meldung gemacht haben», sagte er. «Und wir wissen auch nicht, wie viele wir besiegt haben. Das ergibt die Handzählung.» Kamose knurrte.

«Besiegt?», fragte er hart. «Das Wort nehme ich erst in den Mund, wenn Auaris unser und Apophis an der Mauer seines Palastes aufgehängt ist. Niemand ist besiegt worden. Viele Männer wurden abgeschlachtet, niedergemacht, erschlagen, wie auch immer man es ausdrücken will.» Er sprach mit Nachdruck, versuchte selbst, die Bedeutung zu erfassen, doch sie wollte ihm nicht in den Kopf. «Ich möchte wissen, welches Schicksal Ramose erlitten hat. Wenn er Apophis nicht verlockt hätte, nichts von alldem wäre möglich gewesen.»

«Das werden wir vielleicht nie erfahren», sagte Ahmose. «Was jetzt, Kamose? Marschieren wir nach Norden und belagern verspätet Auaris? Hat jemand eine Ahnung, wie viele Soldaten Apophis jetzt noch hat?» Kamose seufzte. Der Krug war leer, und dennoch dürstete ihn nach Wasser.

Den Rest des Nachmittags und noch lange nach Sonnenuntergang lauschten die Brüder den stetig zunehmenden Siegesberichten. Anfangs im Zelt, später in der Abendkühle am Fluss, wo sie einen Offizier nach dem anderen empfingen. Die Handzählung war endlich beendet. Zehntausendneunzehn Setius erschlagen, ihr Leiber jetzt Fressen für die Wüstenräuber, ihre Waffen im Besitz der jubelnden Ägypter, die mit dem Singen und Zechen begannen, kaum dass die Kochfeuer entzündet waren. In Kamoses Divisionen gab es keine schlimmen Verwundungen. Er hatte keinen einzigen Mann verloren.

Allmählich sammelten sich die Fürsten im Fackelschein, wo

Kamose und Ahmose saßen und am Wein nippten, und beantworteten Kamoses Nachfrage mit der Versicherung, dass die Waffen gesäubert und geschärft, Harnische ausgebessert und die Soldaten beköstigt würden. «Sie werden bis zur Morgendämmerung huren und saufen», knurrte Intef, «aber ich denke, sie haben es sich verdient. Ich hoffe nur, dass sie in ihrem Rausch nicht die Stadtbewohner gegen sich aufbringen.»

«Was für ein Krach!», platzte Machu heraus und blickte von ihrem friedlichen Fleckchen, um das die Getreuen des Königs einen schützenden Kreis bildeten, in die Dunkelheit unter den Bäumen und zu den flackernden Feuern am Flussufer. «Die werden morgen einen traurigen Anblick bieten. Gibst du ihnen einen Tag frei, Majestät?»

«Ja.» Kamose richtete sich im Stuhl auf. «Einen Tag zum Ausschlafen. Vielleicht auch zwei. Ich warte auf Nachricht bezüglich der Setiu-Streitwagen, ehe wir hier aufbrechen.» Er lächelte. «Ich beneide die Soldaten um ihre Jubelfeier», fuhr er fort. «Wenn wir uns betrinken, dann formvollendet, in der Abgeschiedenheit unserer Zelte und zu einer Zeit, wenn uns keine Gefahr droht. Wo ist dein Sohn, Anchmahor?»

«Patrouilliert durch die Straßen», sagte Anchmahor. «Majestät, ich spreche, glaube ich, für alle, wenn ich dich bitte, uns zu sagen, was wir mit dem restlichen Sommer machen. Wir haben bereits Ende Pachons. Noch drei Monate und der Fluss steigt an. Du befehligst eine große Zahl Männer, und falls du weiter nach Norden, nach Auaris willst, bleibt dir nur wenig Zeit für eine Belagerung.» Er zögerte und Intef kam ihm zu Hilfe.

«Wir sind dein Adel», sagte er unmissverständlich. «Uns solltest du dich zuerst eröffnen.» Er warf einen scheelen Blick auf Hor-Aha, der friedlich am Boden gerade außerhalb des Lichtkegels der beiden flackernden Lampen auf dem Tisch saß. «Im Gegenzug fühlen wir uns geehrt, wenn du uns um Rat fragst. Dürfen wir dir jetzt einen erteilen?» Kamose seufzte innerlich, als er ihre besorgten Mienen sah.

«Na schön», sagte er. Intef beugte sich beflissen vor.

«Wir haben Apophis dieses Jahr einen furchtbaren Schlag versetzt», hob er an. «Nicht nur, dass sich Pezedchu zurückziehen musste, nein, es kann kein Zweifel mehr daran bestehen, dass ganz Ägypten, abgesehen von einem Stück des Deltas, in deiner Hand ist. Wir möchten, dass du jeden Gedanken an eine weitere Belagerung bis zum nächsten Jahr aufgibst.» Sein Blick schweifte über seine Waffengefährten. Iasen nickte. «Wir haben alle regelmäßig Briefe aus unseren Nomarchen und von unseren Familien erhalten», fuhr Intef fort. «Wir werden anderswo gebraucht, Majestät. Die Ernte rückt näher und die Männer, die auf den Feldern sein sollten, stehen in deinem Heer. Die Aufgabe ist für die Frauen allein nicht zu bewältigen. Jedes Weizenkorn, jede Knoblauchzwiebel, alles ist kostbar angesichts der Verwüstungen des vorjährigen Feldzugs.»

«Dann wollt ihr, dass ich das Heer auflöse, vorübergehend natürlich, und euch die Bauern für die Ernte nach Haus mitgebe?» Etwas an Intefs Drängen gefiel Kamose nicht. Die Augen des Mannes wirkten im gelben Lampenschein fiebrig, zuckten unstet hin und her und er rieb sich die beringten Finger. «Wann habt ihr Zeit gefunden, diesen Vorschlag zu beraten, meine Fürsten?»

«Während wir auf die Ankunft von Apophis' östlichem Heer gewartet haben, Majestät», sagte Iasen beschwichtigend. «Wir haben die Sache durchgesprochen und beschlossen, dass wir dich im Fall eines Sieges darum bitten würden.»

«Und im Fall dass nicht?» Ahmoses Ton war kalt.

«Wir haben nicht daran gezweifelt, dass der Plan Deiner Majestät zur Vernichtung des Feindes klappen würde, und haben uns daher nicht um andere Vorschläge gekümmert», sagte er.

«Du hast dem Prinzen nicht geantwortet», sagte Kamose barsch. «Und vergiss nicht, dass allein mein Bruder und ich für die Einzelheiten des Plans verantwortlich waren. Die Ausarbeitung des Gesamtkonzepts verdanken wir Fürst Hor-Aha.» Eine unbehagliche Pause. Intef blickte auf seine unruhigen Finger. Iasen verzog das Gesicht. Mesehti, Machu und Anchmahor sahen Kamose einfach nur an, und der begann nach einem Weilchen zu lächeln.

«Wie ihr wahrscheinlich festgestellt habt, hat es unter den Bootsleuten und den Schiffssoldaten Beförderungen gegeben», sagte er im Plauderton und scheinbar zusammenhanglos. «Auf Empfehlung von Paheri habe ich beispielsweise Kay Abana zum Kapitän eines eigenen Schiffes ernannt. In den Reihen eurer Soldaten hat es auf euren Rat hin auch Beförderungen gegeben, insbesondere vom gemeinen Fußsoldaten zum Wagenlenker samt dem dazugehörigen Titel Offizier. Aber ich habe bislang noch kein Mitglied der Medjai-Bogenschützen befördert, und das trotz der Tatsache, dass sie sich mit beispielhaftem Geschick geschlagen und ihrem Fürsten ohne Murren gehorcht haben.» Ahmose legte Kamose warnend die Hand auf den Arm, doch der übersah die Geste. «Die Kapitäne der Schiffe, mit denen sie gefahren sind, halten sehr viel von ihnen, doch ihr Fürst hat nichts gesagt», fuhr Kamose scharf fort. «Wie kommt das?» Er beugte sich über den Tisch und fixierte sie allesamt mit festem Blick. «Das kommt daher, dass der Fürst wie jeder gute Befehlshaber keine Missstimmung unter seinen Waffengefährten möchte.» Seine Hand fiel auf den Tisch, dass es knallte. «Ich hatte geglaubt, dass ihr mittlerweile dieses gefährliche Vorurteil überwunden hättet, nachdem ihr zusammen marschiert seid und gekämpft habt», schrie er fast, «aber ich merke, dass ich mich geirrt habe. Ich habe vor, einhundert Medjai zu Lehroffizieren zu befördern und sie auf eure Divisionen aufzuteilen. Und jetzt hört, was ich will.» Er lehnte sich wieder zurück und verschränkte die Arme. «Ihr dürft eure Divisionen auflösen. Dreitausend eurer Männer können nach Hause gehen, bis die Überschwemmung vorbei ist. Eintausend bleiben hier und bewachen unsere Nordgrenze. Eintausend kommen mit nach Waset und tun dort Dienst. So bleiben elftausend Mann in Het nefer Apu, und elftausend kommen mit nach Waset. Was aus der Flotte wird, bespreche ich mit Paheri. Während ihr die Zeit vor dem nächsten Feldzug totschlagt, schickt ihr mir regelmäßig Bericht über den Zustand eurer Nomarchen und anderer Anwesen. Abgemacht?» Es war deutlich zu sehen, dass sie sich gern angeblickt hätten, es aber nicht wagten. Feierlich musterten sie Kamose, saßen lächelnd vor ihm, bis sich Intef räusperte.

«Wir sind deine Diener, Majestät», krächzte er und dann selbstbewusster: «Es ist klug, unsere Nordgrenze gegen die Setius und natürlich die gegen Teti, den Schönen von Kusch, zu sichern, und wir danken dir, dass du unseren Bauern Gelegenheit gibst, ihre Lieben wieder zu sehen. Was die Medjai angeht ...» Er schluckte und Iasen musste von ihm übernehmen.

«Wir sind uns, glaube ich, alle einig, dass sich die Wilden prächtig geschlagen haben, Majestät», sagte er. «Viele verdienen die Beförderung. Aber lass sie beisammen. Lass die auserwählten Hauptleute ihre eigenen Männer befehligen. Wenn du sie über Ägypter stellst, gibt es Ärger.» Kamose neigte spöttisch den Kopf.

«Irgendwie erinnere ich mich an einen ähnlichen Einwand vor vielen Monaten», sagte er. «Damals leuchtete er nicht ein. Heute ist er lediglich dumm. Ein Haufen Bauern ist zu einem Heer geschmiedet worden, mit dem die Medjai verschmolzen sind. Ich habe gesprochen. So sei es.» Er erhob sich, und sofort standen auch alle anderen auf und verneigten sich stumm.

«Kamose, ich finde nicht ...», setzte Ahmose im Zelt an, doch Kamose hob die Hand.

«Ich aber», sagte er mit Nachdruck. «Ahmose, du weißt, dass es nur gerecht und angemessen ist.»

«Ja, aber man kann die Fürsten taktvoller daran gemahnen, dass sie unter deinem Daumen sind», knurrte Ahmose. «Ärger in den Reihen der Soldaten ist eine Sache. Ärger unter dem Adel eine ganz andere. Hoffen wir, dass der Ruhm dieses Tages ihren Zorn vorübergehend besänftigt.»

Der Lärm der Zecher längs des Ufers bildete eine stetige Kulisse zu ihrer ziellosen Unterhaltung. Stoßweise wehte Musik heran, war in den gelegentlichen Pausen zwischen dem Geschrei der Soldaten zu hören, die jetzt herrlich betrunken waren, und dem Gekreisch und Gelächter der Frauen, die sich zu ihnen gesellt hatten. «Hoffentlich behalten der Bürgermeister und die Hauptleute die Feier im Griff», meinte Ahmose. «Es wäre traurig, wenn wir nach monatelangem gutem Miteinander zwischen Heer und Stadtbewohnern unter Hass aus Het nefer Apu abziehen müssten.»

«Wir müssen uns, glaube ich, keine Sorgen machen», antwortete Kamose zerstreut, während seine Gedanken ohnmächtig zu Ramose zurückkehrten. «Die Männer sind fröhlich und daher fügsam. Morgen, mit ihrem Kater, werden sie brummen und nörgeln, aber jetzt nicht.»

«Ich habe Nachricht von meinen Stammesbrüdern in Wawat», sagte Hor-Aha unerwartet. «Sie kam gestern. Im Süden braut sich Ärger zusammen.»

«Was für Ärger?»

Hor-Aha stellte seinen Becher ab und fuhr sich mit dem Finger über den Mund. «Die Kuschiten machen sich die Tatsache zunutze, dass so viele Männer aus Wawat hier bei dir sind. Sie stoßen auf Wawat-Gebiet vor. Meinen Medjai habe ich noch nichts davon erzählt. Wenn ich das täte, würden sie auf der Stelle aufbrechen und zurück nach Hause wollen, um ihre Dörfer zu verteidigen.» Anchmahor legte die Stirn in Falten.

«Ich weiß wenig über die Gebiete hinter den Katarakten», sagte er, «aber ich erinnere mich noch an meinen Geschichtsunterricht. Die Kuschiten haben schon immer mit Wawat geliebäugelt. Warum?»

«Gold», sagte Ahmose beiläufig. Er lag auf der Seite und stützte den Kopf in die Hand. «Wawat hat Gold, und das will Kusch für seinen Handel haben. Unsere Vorfahren haben mehrere Festungen in Wawat allein zum Schutz des Goldes gebaut. Ich erinnere mich nämlich auch an meinen Unterricht. Die Geschichte des Landes hinter Waset ist für uns im Süden sehr wichtig. Wawat ist unser Nachbar.»

«Wie sehr drängt die Sache, müssen wir eingreifen?», fragte Kamose den General bedrückt.

«Noch nicht unbedingt», sagte Hor-Aha. «Aber wenn Deine Majestät den Medjai nicht gestattet heimzugehen, werden sie nicht mehr gut kämpfen.» Kamose dachte rasch.

«Ob wohl Teti-en hinter den Unruhen steckt?», überlegte er laut. «Aber ich kann nicht nach Norden ziehen, wenn sich im Süden möglicherweise eine neue Kriegsfront bildet. Hat Teti-en ein Auge auf Waset geworfen?»

«Das glaube ich nicht», hielt Ahmose dagegen. «Anscheinend ist ihm Apophis' Notlage völlig einerlei. Eher macht er es sich zunutze, dass wir im Norden beschäftigt sind, fällt in Wawat ein und verleibt es sich für seine eigenen Zwecke ein. Wenn er es erst einmal unter Kontrolle hat, kontrolliert er auch unsere uralten Festungen. Ob das seinem Ehrgeiz weitere Nahrung gibt?»

«Mit Verlaub, Prinz, aber für meine Stammesbrüder und mich stellt sich die Frage anders», brauste Hor-Aha auf. «Ihr braucht die Medjai dringend. Sie haben einen langen Weg hinter sich, um für euch zu kämpfen. Jetzt erwarten sie, dass ihr für sie kämpft.»

«Wie, nach Wawat ziehen?» Ahmose kniff die Augen zusammen. Kamose nahm den Arm vom Feldbett und fuhr sich mit der Hand durchs Haar. Sein Blick kreuzte sich mit Hor-Ahas, und zum ersten Mal las er darin eine Herausforderung. Die Erkenntnis gab ihm einen Ruck.

«Sag, General, gehören die Medjai meinem Heer an oder sind sie lediglich Verbündete?», fragte er sachlich. «Wer hat den Oberbefehl, du oder ich? Ist hier die Rede von Meuterei oder von Rechten, die aus einem Bündnis erwachsen?»

«In der Tat ein heikler Punkt», sagte Ahmose beschwichtigend, «einer, den wir bislang nicht berücksichtigen mussten. Tun wir ihn fürs Erste beiseite, Kamose. Falls Wawat von Teti-en Gefahr droht, ist vielleicht auch Waset in Gefahr. Es wäre sinnvoll, eine kleine Strafexpedition nach Süden zu schicken. Wir können während der Überschwemmung nach Süden gehen.»

«Ich stehe in deiner Schuld, Hor-Aha, und in der der Medjai», sagte Kamose so ruhig er konnte. «Du musstest mich nur um Hilfe bitten. Ich habe dir immer vertraut. Hättest du mir nicht auch vertrauen können?» Es freute ihn, als er sah, dass die Augen des Mannes auswichen und er den Blick senkte.

«Verzeih, Majestät», sagte er leise. «Ich sorge mich, dass man die Medjai für wankelmütige Wilde hält wie die Fürsten, die sie und mich verachten. Ihre Heimat ist in Gefahr. Für sie kommt jetzt das Wohl Ägyptens nicht mehr an erster Stelle. In mancher Hinsicht sind sie tatsächlich so schlicht wie Kinder. Ich bitte dich in aller Demut, hilf uns in Wawat.»

In aller Demut?, dachte Kamose und hob seinen Becher. In deinem kräftigen, dunklen Leib gibt es keine einzige demütige Faser, mein schlauer General. Falls ich wirklich nach Wawat ziehe, dann nicht, um deinen halbwilden Fremdländern ein paar baufällige Hütten zurückzugeben. «Bring mir die Botschaft, die du erhalten hast», sagte er. «Ich möchte sie sehen. Was du erbittest, erfordert zumindest einige Planung, Hor-Aha, und ich bin müde. Es ist ein langer Tag gewesen. Bring sie mir morgen.» Es war klar, dass Hor-Aha vollkommen verstanden hatte. Er stellte seinen Becher ab, stand auf und verbeugte sich.

«Du bist gütig, Majestät», sagte er tonlos, drehte sich um und stolzierte aus dem Zelt. Anchmahor erhob sich auch und entschuldigte sich.

In der darauf folgenden Stille, die nur bis zum Rand des freundlichen Lampenlichts reichte, blickten sich die Brüder an. Draußen war noch immer der Lärm des Zechgelages zu hören. Dann sagte Ahmose: «Kamose, was war das hier gerade?» Kamose warf sich auf sein Feldbett und streifte sich die Sandalen von den Füßen.

«Was das hier war? Unser geliebter General hat einen Fehler gemacht», sagte er barsch. «Hor-Aha hat für einen Augenblick sein wahres Ka sehen lassen.»

«Er sorgt sich um seine Landsleute», protestierte Ahmose. «Die Sorge und Angst, dass du ihn nicht verstehst, haben ihn unvorsichtig gemacht.»

Kamose lachte bitter. «Unvorsichtig? Weiß Gott! Er hat uns gedroht, Ahmose! Oder sollte dir diese Kleinigkeit entgangen sein?»

«Du bist zu argwöhnisch», sagte Ahmose, kam zu ihm und hockte sich neben ihn. «Sieh es doch einmal vernünftig, Kamose. Kusch dringt in Wawat ein. Hor-Aha möchte die Medjai darauf loslassen, weil er sich um das Problem kümmern muss. Was ist daran verwerflich? Weißt du so viel Ehrlichkeit nicht zu schätzen?»

«Gewiss doch!», blaffte Kamose. «Es waren nicht seine Worte, sondern was ich in seiner Stimme gehört und in seinen Augen gelesen habe, etwas Überhebliches und Gerissenes. Wir sind vernünftige Männer und sehen beide, dass man etwas unternehmen muss. Teti-ens Appetit muss gezügelt und die alten Festungen müssen gesichert werden. Hor-Aha ist ein kluger Mann. Er sieht das alles. Er hätte es jedoch anders darstellen können.» Kamose verschränkte die Arme auf der nackten Brust. «Aber irgendwie hat er einen Fehler gemacht. Er hat blitzartig seinen gut verborgenen Ehrgeiz erkennen lassen. Er will, glaube ich, unabhängiger Fürst von Wawat werden. Nicht im Augenblick, aber irgendwann. Und wir sollen ihm dabei helfen.»

«Aber Kamose, er trägt Vaters Blut in seinem Gurt», erinnerte ihn Ahmose. «Er hat Seqenenre geliebt. Er hat uns mit unwandelbarer Treue gedient.»

«Wohl wahr», bestätigte Kamose. «Aber seit Vaters Tod sind Jahre vergangen. Menschen ändern sich. Umstände auch. Es bieten sich Gelegenheiten, die bisweilen die dunkleren Seiten der Seele ansprechen und sein gesamtes Wesen durchdringen.»

«Das ist Wahnsinn!», rutschte es Ahmose heraus. «Du redest von jemandem, der dein Freund ist, ja, den du sogar gegen deine eigenen Landsleute verteidigt hast, Kamose! Hor-Aha ist wie ein Verwandter!» Kamose schenkte ihm ein eigentümliches Lächeln.

«Ach wirklich?», flüsterte er. «Da bin ich mir nicht mehr so sicher. Wie auch immer, Ahmose, wir haben bessere Gründe für einen Einmarsch in Wawat als die Rettung der

Medjai, auch wenn wir es mit ihnen nicht verderben dürfen. Wir brauchen Gold.» Er stemmte sich in eine sitzende Stellung hoch. «Gold für den Handel mit Keftiu. Gold als Sold für die Fürsten. Gold zum Wiederaufbau des alten Palastes. Bislang ist Wawats Gold an Apophis' Schatzkammer geflossen, aber nicht länger. Das sagen wir Hor-Aha natürlich nicht. Verflucht! Gibt es denn niemanden, dem ich voll und ganz vertrauen kann?»

«Vielleicht nicht», erwiderte Ahmose nachdenklich. «Aber jeder König hat sich letzten Endes nur auf die Götter verlassen können, oder? Du täuschst dich in Hor-Aha, Kamose. Und du musst für ein Weilchen nach Hause.» Er seufzte. «Ich auch. Ich wäre so gern bei Aahmes-nofretari, wenn sie im nächsten Monat niederkommt.» Kamoses Miene wurde weicher.

«Das hatte ich vergessen», sagte er abbittend. «Über Pezedchu habe ich alles vergessen. Wir ziehen nach Waset zurück und dann nach Süden, nach Wawat. Ach, Ahmose.» Er schloss die Augen. «Ob es wohl einmal einen Tag ohne irgendwelche bösen Überraschungen gibt?»

Er schlief unruhig und dann doch tiefer, denn er merkte bis in seine Träume hinein, dass der Lärm draußen endlich nachließ. Als er aufwachte, schien die Sonne hell und es war unnatürlich ruhig. Er trat hinaus in gleißenden Morgensonnenschein.

Die Getreuen zu beiden Seiten des Zeltes nahmen Haltung an und salutierten und ein Mann, der unweit gekauert hatte, stand auf und lächelte, er hielt einen Becher in einer und einen Kanten Brot in der anderen Hand. Er war mager, hatte dunkle Ringe unter den Augen und seine Züge waren ungewohnt hager, doch dann jubilierte Kamose innerlich. «Ramose, Ramose!», rief er und lief und drückte den jungen Mann fest an sich. «Wie kommt es, dass du hier bist? Hast du die ganze

Nacht vor dem Zelt gehockt? Gewiss nicht! Ich habe gedacht ... Also, ich weiß nicht, was ich gedacht habe. Achtoi, wo bist du? Warmes Essen, auf der Stelle!» Er ließ Ramose los, der seinen Becher abstellte und die verspritzten Wassertropfen von der Hand schüttelte.

«Zwei deiner Späher haben mich draußen in der Wüste gefunden», erläuterte er. «Die haben mich gestern hergebracht, mussten aber warten, bis die Schlacht geschlagen war. Ich war erschöpft, Majestät. Ich musste erst schlafen.» Kamose zog ihn ins Zelt.

«Ich habe mich schon gewundert, was das ganze Geschrei soll», brummelte Ahmose. «Ramose! Ich habe gewusst, du würdest irgendwann wieder auftauchen. Du siehst schlimm aus.» Er gähnte, doch aus dem Gähnen wurde ein breites Grinsen. «Herzlich willkommen. Einen Augenblick, ich muss erst wach werden, dann kannst du uns alles erzählen.»

«Ihr könnt mir glauben, beinahe hätte ich es nicht geschafft», sagte Ramose. «Und ich habe es gar nicht eilig, meine Abenteuer zu erzählen. Ich genieße noch immer meine Sicherheit und Freiheit.» Er lächelte, doch Kamose bemerkte, dass seine Knie zitterten, als er auf einem Schemel Platz nahm. Achtoi war so prompt und unauffällig wie immer, gefolgt von seinen Dienern, eingetreten, die das erste Mahl des Tages auftrugen. Das Brot war warm aus dem Ofen und die frischen Datteln glänzten auf ihrem Bett aus Salatblättern, den ersten der Saison. Inet-Fisch und Nil-Barsch dufteten zart nach Knoblauch. Dunkles Bier schäumte in den Bechern. Auf Kamoses Wink hin begannen die drei Männer zu essen, und erst als alle Schüsseln leer waren, warf Kamose seine Leinenserviette auf ein Tablett und forderte seinen Freund zum Reden auf.

«Aber erzähle uns erst von Tani», sagte Ahmose. «Hast du sie gesehen? Geht es ihr gut?» Ein Schatten glitt über Ramoses sonnenverbranntes Gesicht. Er trank einen Schluck Bier, ehe er antwortete. Dann seufzte er.

«Was ich euch zu sagen habe, wird euch nicht gefallen», fing er an. «Tani ist jetzt eine von Apophis' Gemahlinnen.» Und er fuhr fort, berichtete von seiner Begegnung mit ihrer Schwester, wiederholte ihre und seine Worte klar und bitter. Kamose, der immer ungläubiger zuhörte, merkte, dass die Eindringlichkeit und Unmittelbarkeit der Unterredung Ramose für immer gekennzeichnet hatten und dass er davon Narben zurückbehalten würde. «Ich habe nicht versucht, sie zur Flucht zu überreden», sagte Ramose. «Welchen Sinn hätte das gemacht? Sie hat sich von diesem fremdländischen Abschaum völlig übertölpeln lassen.» Er biss die Zähne zusammen und rang um Fassung, ehe er fortfuhr. «Sie schickt euch ihre Grüße und bittet um euer Verständnis.»

«Verständnis! Sie ist wahnsinnig, falls sie sich einbildet, dass ich ihren Verrat jemals vergebe oder vergesse!», brauste Kamose auf. «Für ihre Mutter ist diese Kunde vernichtend! Was soll ich sagen, lieber Freund? Deinen Kummer kann nichts lindern.»

Ahmose war weiß bis an die Lippen. «Betrachten wir sie als Gefallene in diesem Krieg», sagte er mit belegter Stimme. «Das müssen wir, Kamose. Sie ist ein Opfer, gehört zu dem Preis, den wir den Göttern für den Sieg zahlen müssen.» Er schluckte laut. «Wenigstens ist sie noch am Leben. Dafür müssen wir dankbar sein.»

«Ich möchte nicht weiter über sie sprechen», gab Kamose zurück. Aus seiner Ungläubigkeit war Wut geworden, die ihm in Ohren und Augen hämmerte, sodass er kaum noch hören oder sehen konnte. «Ich will mich an sie erinnern, wie sie in den Tagen ihrer Unschuld gewesen ist. Alles andere leugne ich!» Ramose blickte ihn düster an.

«Ich habe Zeit gehabt, über den Schreck hinwegzukommen, Majestät», sagte er. «Seit ich in dem luxuriösen Gemach vor ihr gestanden und sie so wunderschön, so unnahbar gesehen habe ... Seit damals bin ich Hand in Hand mit dem Tod gegangen. Ihre Worte sind in meiner Erinnerung wie Schlangenbisse, aber ich will nicht mehr an die Zeit unserer Liebe denken, als wir gemeinsam unsere Zukunft geplant haben. Damit würde ich das Geschenk des Lebens ablehnen, das mir die Götter in der Wüste gegeben haben. Ich bin fest entschlossen, nur noch in der Gegenwart zu leben, soweit es mein verletztes Ka zulässt.»

«Aber ich verstehe es nicht!», brüllte Kamose. «Ich werde es nie verstehen! Sie ist eine Tao! Wie konnte sie nur ihren Familienstolz für diesen ... diesen ... über Bord werfen?»

«Kamose, wir rächen uns dafür und treiben jeden Setiu aus dem Land», sagte Ahmose heftig. «Wer hat das Heer befehligt, das da draußen umgekommen ist?» Ramose nickte und warf Kamose einen Blick zu.

«Der General des östlichen Heeres war ein gewisser Kethuna», sagte er. «Er ist tot. Ich habe seinen Leichnam auf dem Schlachtfeld gesehen, als die Späher mich gestern hergebracht haben. Der Plan hat Pezedchu nämlich nicht gefallen, aber Apophis hat darauf bestanden. Er ist wirklich ein Dummkopf. Die hundertvierundzwanzigtausend Mann, die Auaris verlassen haben, sind vielleicht die Hälfte aller Truppen, die Apophis hat. Er bekommt Verstärkung von seinen so genannten Brüdern in Rethennu. Die strömt weiterhin auf der Horusstraße ins Delta ...»

«Ich wäre zu gern bei dir gewesen, als du zum Nil marschiert bist», sagte Kamose hämisch-heftig. «Die Streitwagen in Brand gesteckt, die Soldaten, wie sie taumeln und fallen und nach Wasser lechzen. Ich wäre gern dabei gewesen. Ich freue mich darüber, Ahmose. Ich jauchze. Verzeih mir, aber ich kann nicht anders.» Ramose war verstummt und trank erneut, denn seine Stimme war heiser vom vielen Reden. «Wir ziehen jetzt nach Haus», sagte Kamose. «Und sei bedankt, Ramose», schaffte er gerade noch. «Du bist ein tapferer Mann, ein Ägypter und dieses mächtigen Landes würdig. Du verdienst eine königliche Gemahlin, einen Fürstentitel, ein fruchtbares Anwesen. Zu meiner Schande muss ich gestehen, dass ich dir diese Dinge noch nicht geben kann.»

Ramose stand auch auf und blickte ihm in die Augen. «Majestät, ich bin müde an Leib und Seele.» Das war fast geflüstert. «Man sagt, wen die Götter lieben, den schleifen und läutern sie, bis er hell und rein und unbezwingbar ist wie neue Schwerter in der Hand mächtiger Krieger. Vielleicht lieben sie mich über alle Maßen, denn ich habe alles erduldet, was ein Mensch erdulden kann, und ich habe überlebt. Von nun an mögen sie mich in Ruhe lassen. Ich möchte in den Sümpfen von Waset schwimmen und Enten jagen und gesichtslose Frauen lieben. Ich möchte meine Mutter in die Arme schließen.» Er schenkte ihm ein verzerrtes Lächeln. «Nimm mich mit nach Hause, Einzig-Einer, nimm mich mit nach Hause, damit ich genesen kann.» Er verneigte sich, legte Kamose sacht beide Hände auf die Brust und verließ das Zelt.

ZWÖLFTES KAPITEL

Zwei Tage später brach das Heer nach Süden auf. Dreiunddreißigtausend jubelnde Männer hörten, dass sie nach Hause zurückdurften, bis die Ernte und die nächste Überschwemmung vorbei waren, und packten ihr Bündel und schlugen eifrig die Zelte ab. Die elftausend, die in Het nefer Apu bleiben sollten, freuten sich weniger, doch Kamose hatte klugerweise bestimmt, dass sie reihum vorübergehend in ihre Dörfer zurückgehen durften.

Nach längerem Nachdenken hatte er beschlossen, auch die Flotte in Het nefer Apu zu lassen, und hatte Paheri und Baba Abana vorgeschlagen, die Bootsleute auch im Wechsel austauschen zu lassen, sodass ein Teil immer eine gewisse Zeit in seinen Dörfern verbringen konnte. Doch er bestand darauf, dass die Kapitäne der Schiffe, darunter auch die beiden Freunde, ihn zusammen mit den Fürsten und ihren höheren Hauptleuten nach Waset begleiteten.

Um Tani trauerte er nicht. Er kannte die Gefahr, wenn er sich nach innen wandte, solange die Asche seines Schmerzes und Zorns noch glühte. Sich dem zu überlassen, dazu war noch reichlich Zeit, wenn er die Tür seines Zimmers in Waset hinter sich zugemacht hatte und endlich allein war.

Und so begannen der große Heerwurm, Streitwagen und Tiere nach Süden zu ziehen, einige in Schiffen, andere am Ufer entlang, und alles unter Gesang und Gelächter. Im Laufe der Tage lichteten sich die Reihen allmählich, Männer sagten ihren Waffengefährten Lebewohl und gingen nach Hause, und so war es eine vergleichsweise kleine Flotte, die sich Waset in der letzten leuchtenden Hitze eines Sommernachmittags näherte. Ungefähr so haben wir auch angefangen, dachte Kamose, der im Bug seines Schiffes stand, hinter sich Ahmose und Ramose und die Fürsten auf Polstern im Schatten der Kabine. Wir hatten nichts als fünftausend fremdländische Bogenschützen und die wahnwitzige Hoffnung, die uns aufrecht hielt. Nun gehört uns fast ganz Ägypten, nur Auaris ist noch die faule Stelle an einer runden Weinbeere. Über ihm blähten sich die Segel, die der heiße Nordwind füllte, und das Kielwasser seines Schiffes rauschte und glitzerte. Weiße Ibisse stolzierten langsam und gebieterisch-würdig in den Binsen am Ufer, und hinter dem verfilzten Ufergebüsch stand die Ernte seiner Nomarche üppig und golden.

Lange ehe die Stadt in Sicht kam, konnten die Männer, die den Hals reckten, sie schon als dumpfes, wirres Brummen hören, das lauter wurde, während die Ruderer flussaufwärts ruderten. Die Fürsten standen auf und stellten sich dicht nebeneinander an die Reling. Der Lärm nahm zu, wurde zu einem stetigen Gebrüll, und auf einmal sah Kamose Menschen das Ostufer des Flusses säumen, die winkten und ihnen Willkommensgrüße entgegenschrien und Blumen warfen. Die Medjai antworteten mit ihrem lauten Gruß, schrien zurück und tanzten begeistert auf dem Deck. Kamose hob den Arm und dankte ihnen für ihre wilde Huldigung, und da wurde der Lärm noch lauter.

Als das königliche Schiff zu dem Kanal kam, der zu Amuns

Tempel führte, sah Kamose, dass auch die Priester zusammengelaufen waren, ihre losen weißen Gewänder bauschten sich und strahlten in der hellen Sonne. Sie schwiegen, doch als Kamoses Boot auf ihre Höhe kam, fielen sie wie ein Mann mit ausgestreckten Armen auf die Knie und drückten die Stirn in den Staub. Ahmose holte tief Luft. «Ich hatte gedacht, unser Sieg wäre Wirklichkeit für mich», sagte er beinahe flüsternd in dem andauernden Krach, «aber mir ist, als hätte ich bis zu diesem Augenblick geträumt. Wir haben es geschafft. Kamose, wir haben es geschafft!»

Kamose gab keine Antwort. Wir haben es nicht geschafft, Ahmose, dachte er klar und kalt. Wie ein kundiger Feldscher haben wir den Wundbrand begrenzt, aber er kann sich noch immer ausbreiten. Ach, warum empfinde ich nichts? Ich esse und schlafe und atme, aber innen drin bin ich tot.

Die Menge war verschwunden und das dichte Ufergebüsch zwischen der Stadtgrenze und seinem eigenen Anwesen glitt vorbei. Kamose spannte sich an. Auf einmal wollte er sich hinkauern, die Augen verdecken, weil er die Blicke seiner Familie nicht ertrug. Panik ergriff ihn. Jetzt kamen sie an den mächtigen Ruinen des alten Palastes vorbei, der in zerfallener Pracht hinter seinen bröckelnden Mauern in der Sonne briet. Seine Bootstreppe kam in Sicht, sie schimmerte, als das Wasser daran plätscherte, oben der gepflasterte Anleger und der kurze Pfad, der zwischen den Bäumen verschwand, und dahinter das weitläufige Haus.

Sie waren alle da, seine Verwandten, und hinter ihnen drängte sich das Gesinde und alle, ausgenommen seine Großmutter und Ramoses Mutter Nofre-Sachuru, lächelten bänglich, während Perücken und Leinen in der Brise flatterten. Aahmes-nofretari stemmte sich von einem Stuhl hoch, auf dem sie gesessen hatte. Ihr Hemdkleid spannte über ihrem schwangeren, hohen, gewölbten Leib. Auf einen Befehl vom Kapitän hin wurde ein Tau ans Ufer geworfen und die Laufplanke ausgelegt. Sie waren daheim.

Doch Kamose konnte sich nicht bewegen. Er stand wie festgewachsen auf dem Deck, während Anchmahor und die Getreuen des Königs die Laufplanke hinuntergingen, die Bootstreppe hoch und dabei eine schützende Gasse bildeten, durch die er gehen musste. Ahmose berührte seinen Arm. «Kamose, wir können jetzt von Bord gehen», flüsterte er. «Warum wartest du? Stimmt etwas nicht?» Kamose konnte nicht antworten. Panik breitete sich in seinem Hirn aus. Ich will nicht hier sein, dachte er. Das ist der Schoß, aus dem ich bereits gekrochen bin. Das ist ein Land der Träume, aus denen ich vielleicht nie wieder aufwache. «Kamose!», sagte Ahmose scharf, und in diesem Augenblick kam Behek die Bootstreppe heruntergesprungen und verspritzte einen Tropfenschauer. Mit einem Satz war er auf der Laufplanke, rutschte aus, fasste wieder Fuß und stürzte sich auf seinen Herrn. Kamose spürte eine kalte Nase in seiner Hand und blickte auf einmal in die leuchtenden braunen Augen seines Hundes. Der Bann wich. Er bückte sich und streichelte den weichen Kopf, dann richtete er sich auf und brachte seine Beine dazu, den Weg über die Laufplanke und auf das heiße Pflaster zu machen. Behek heftete sich entzückt an seine Fersen.

Weiche Arme umfingen ihn. Duftendes Haar streichelte seine Wange, seinen Hals. Gemurmel und Willkommensrufe allüberall. Mit halbem Auge sah er, wie sich Ahmose und Aahmes-nofretari in die Augen blickten und sich wiegten, und dann nahm Ramose seine Mutter in die Arme und Kamose hätte am liebsten geweint, weil er innerlich so hohl, so leer war. Tetischeri zog ihn kurz an ihren vertrockneten Leib, dann musterte sie ihn gelassen. «Du bist so schwarz verbrannt wie ein Bauer aus der Wüste», sagte sie schließlich.«Aber du siehst wohl aus, Majestät. Es tut gut, dich wieder zu sehen.»

«Es geht mir auch sehr gut, Großmutter», antwortete er pflichtschuldig. «Und was dich angeht, so glaube ich, du lebst ewig. Du veränderst dich überhaupt nicht.» Sie lachte eines ihrer jähen, seltenen Lachen.

«Die Götter holen sich nur die Tugendsamen», sagte sie stillvergnügt. «Wie ich sehe, hast du die Fürsten mitgebracht. Wo sollen wir die alle unterbringen? Aber komm. Uni hat am Teich Sonnensegel aufgestellt. Lass uns essen und trinken. Und was ist mit Tani? Schlechte Nachrichten, nicht wahr?» Sie strebten jetzt auf dem Pfad zum Rasen. Aahotep hatte aufgeholt und ihren Arm durch seinen geschoben, und hinter ihnen kam der Rest des Gefolges in lebhafter Unterhaltung.

«Jetzt nicht, Tetischeri», sagte er schroff. «Der Zeitpunkt ist ungelegen. Ich, wir alle brauchen Ruhe. Wir müssen uns offiziell bei Amun bedanken, Belohnungen verteilen und uns etwas zerstreuen, ehe wir an die Zukunft denken können!» Er war lauter und lauter geworden.

«Verzeih mir», sagte Tetischeri und er blieb stehen und drehte sich heftig zu ihr um.

«Nein. Ich muss mich entschuldigen», sagte er mit Mühe. «Du hast Recht. Die Nachrichten bezüglich Tani sind sehr schlecht und gewiss wollt ihr sie hören. Dennoch müssen wir heute Nachmittag mit den Fürsten feiern. Heute Abend erzähle ich euch alles.»

Sie waren beim Teich und dem gefälligen, blätterübersäten Rasen angekommen. Große Sonnensegel blähten sich in der Brise. Kissen lagen im Schatten unter ihnen aufgehäuft. Die Familie nahm Platz, während Uni die anderen unter vielen Verbeugungen zu den angrenzenden Sonnensegeln bat. Diener kamen vom Haus und trugen Tabletts mit Schüsseln, Servietten und Krügen herbei. Die Musikanten bezogen neben dem Teich Stellung, der fast unter Seerosen erstickte. Tetischeri stand auf und hob gebieterisch die Hand. Auf der Stelle verstummte das Geplauder. «Fürsten von Ägypten, Befehlshaber und Freunde», begann sie. «Ich begrüße euch hier im Herzen Ägyptens. Aus großem Leid und großer Verzweiflung ist ein Sieg erwachsen. Jetzt ist es Zeit zum Feiern. Lasst uns zusammen essen und trinken und uns daran erinnern, dass dieser Tag ohne den Mut meines Sohnes Osiris Seqenenre ein Tag wie jeder andere gewesen wäre. Mein Haushofmeister Uni steht euch während eures Aufenthalts hier zur Verfügung. Langes Leben und Glück für euch alle.» Sie setzte sich unter großem Beifallgeklatsche.

Aahmes-nofretari saß auf einem Stuhl. Ahmose, der sich zu ihren Füßen ein Nest aus Kissen gemacht hatte, kniete sich hin und legte das Gesicht an ihren Bauch. «Du hast mir so gefehlt», murmelte er und griff nach ihrer Hand. «Bin ich froh, dass dieses Kind mit seiner Geburt auf meine Rückkehr gewartet hat. Bist du gesund gewesen, liebe Schwester?» Sie streichelte seinen Kopf, dann schob sie ihn sanft von sich.

«Ahmose, habe ich dir nicht in vielen Rollen diktiert, wie langweilig und vorhersehbar diese Schwangerschaft gelaufen ist?», neckte sie ihn. «Und wo du mich jetzt so fett und hässlich siehst, liebst du mich da überhaupt noch?» Ihr Blick kreuzte sich mit Kamoses. Was will sie mir sagen?, fragte sich der. Ihr Mund lächelt, aber ihre Augen lächeln nicht. Ist sie nicht gesund gewesen? Ein Diener bückte sich, bot ihm Essen an, und die Verbindung zwischen ihm und Aahmes-nofretari brach ab.

Er aß Obst aus seiner Nomarche, trank ihren Wein und merkte, wie sein gestörtes Gleichgewicht zurückkehrte, während ihm die sommerlichen Gerüche seiner Kindheit in die

Nase stiegen und seine Ohren die Stimmen hörten, die für den Heranwachsenden Sicherheit und Frieden bedeutet hatten. Doch er wusste, dass sein Heim ihn nicht mehr erkennen würde, wenn er jetzt aufstand, den Rasen überquerte und hineinging. Es hatte sich nicht verändert. Er jedoch war fortgefahren und hatte Finsteres ausgeheckt, das er selbst jetzt noch aus allen Poren verströmte, eine unsichtbare Wolke, die die Pracht dieses goldenen Nachmittags schmälerte und die muntere Menge ringsum wie ein verblasstes Gemälde auf brüchigem Papyrus wirken ließ.

Er sah Ramose und Nofre-Sachuru unter dem Sonnensegel dicht nebeneinander sitzen, wo auch die Fürsten tranken und lachten. Mann und Mutter hatten sich einander zugewandt, ihre Mienen waren ernst, ihre Unterhaltung offenkundig auch. Sein Blick schweifte zu Anchmahor, der mit einem Finger auf den gekreuzten Knöcheln den Takt der Trommeln mitschlug, deren Rhythmus durch den Garten dröhnte.

Nachdem ihr Appetit gestillt war, verließen die Fürsten allmählich den Platz unter dem Sonnensegel, verneigten sich einer nach dem anderen vor Tetischeri und küssten ihr die Hand. Sie sprach mit jedem, erkundigte sich nach ihren Familien, fragte, welche Division sie befehligten, was sie getan hätten, und Kamose dachte, sie ist wirklich eine bedeutende Edelfrau, klug und huldvoll, unbeugsam und stolz. In seiner unvoreingenommenen Gemütsverfassung bemerkte er jedoch, dass Fürst Intef und Fürst Iasen nach dem Austausch höflicher Artigkeiten mit seiner Großmutter zu Ramoses Mutter gingen und sich den Rest der Zeit mit ihr unterhielten. Er gab sich einen Ruck, winkte Baba Abana, Kay und Paheri und stellte sie seiner Familie vor.

Am Abend versammelten sich die Mitglieder der Familie in Tetischeris Gemächern. Achtoi und ein abgehetzter Uni hatten für die Gäste eine Unterkunft gefunden und ihnen Leibdiener zugewiesen. Hor-Aha hatte über den Fluss gesetzt und berichtet, dass die Medjai in ihren Kasernen untergebracht und froh wären, wieder festen Boden unter den Füßen zu haben.

Ramose hatte darum gebeten, die Räume seiner Mutter teilen zu dürfen, und nach einigem Zögern hatte Kamose eingewilligt. Er wusste, dass die Pause zwischen Bitte und Bewilligung seinen Freund gekränkt und verwirrt hatte, doch die Art, wie sich die beiden Fürsten Nofre-Sachuru genähert hatten, und die Art, wie sie diese begrüßt hatte, bereitete Kamose Sorgen, wenn er auch nicht genau wusste, warum. Schließlich, so sagte er sich gereizt, ist Teti mit fast allen Fürsten längs des Nils befreundet gewesen. Intef und Iasen kennen seine Witwe seit Jahren. Wie muss sie sich gefreut haben, sie wieder zu sehen, mit ihnen frei über Teti reden zu können und mit Ramose glücklichere Zeiten aufleben zu lassen.

Er schob seine Bedenken jedoch vorübergehend beiseite, als er Behek mit einem Diener in den Hundezwinger zurückschickte und durch die fackelerhellten Flure des Hauses ging. Uni ließ ihn in die Gemächer seiner Großmutter ein. Die übrige Familie war schon da. Tetischeri saß an ihrem Tisch, hatte die Füße auf einen Schemel gebettet und die beringten Finger locker um einen Weinbecher gelegt. Ihr gegenüber saß auch Aahmes-nofretari auf einem Stuhl. Kamose fand, sie sah wie ein müdes Kind aus. Als er eintrat, schenkte sie ihm ein schmales Lächeln. «Raa hat Ahmose-onch dabei erwischt, wie er die Hausschlange durch den Empfangssaal geschleift hat», berichtete sie. «Er hatte sie mit der Faust gepackt, Gott sei Dank, unmittelbar hinter dem Kopf. Er hat gekreischt, als Raa sie ihm weggenommen und in den Garten geworfen hat. Er hätte gebissen werden können, der kleine Dummkopf.» Sie verzog das Gesicht. «Ich bete, dass die Schlange nicht beleidigt ist und wieder zurückkommt. Sonst wäre das wirklich ein großes Unglück.» Schon wieder dieser Blick in Kamoses Richtung, halb nachdenklich, halb ängstlich, dann sah sie weg.

«Die Schlange hat ihn nicht gebissen, weil sie gewusst hat, dass er noch so klein ist», meinte er. «Und aus dem gleichen Grund wird sie zu ihrer Milch zurückkehren.» Er ließ sich neben Ahmose zu Boden sinken und lehnte den Rücken an die Wand.

«Das ist kein böses Vorzeichen, Aahmes-nofretari», sagte ihre Mutter. Sie saß auf einem Schemel vor Tetischeris Kosmetiktisch und hatte ihren dicken Zopf nach vorn gezogen, wo er auf ihrer rot bekleideten Brust ruhte. «Ahmose-onch ist zu verwöhnt. Ahmose, wo du jetzt daheim bist, kannst du ihm ein wenig Disziplin beibringen.»

«Ich?» Ahmose lachte erstaunt. «Was kann ich mit einem Zweijährigen anfangen? Ich habe richtig Angst vor ihm!»

«Stell ihn dir als Hund vor, den du anlernen musst», riet Tetischeri. «Belohne ihn für Gehorsam. Bestrafe ihn für Ungezogenheit. Ein fauler und nachsichtiger Herr bekommt einen aufmüpfigen Hund, und ich habe den Eindruck, dass sich Kinder gar nicht viel von Hunden unterscheiden.» Sie blickte in Richtung der glücklosen Aahmes-nofretari. «Du bist nicht faul, liebes Kind, aber gewiss bist du zu nachsichtig mit dem Jungen gewesen. Seine Kinderfrau auch. Von jetzt an stell ihn dir bitte mit grauem Fell und Schwanz vor, wenn du ihn ansiehst.» Alle lachten schallend, wurden aber schnell wieder ernst. Kamose dachte an Ramoses Mutter, die in ihrer ersten Zeit hier im Haus so viel Zeit mit Ahmose-onch verbracht hatte.

«Berichtet von Nofre-Sachuru», sagte er. «Trauert sie immer noch?» Aahotep machte tss, tss.

«Trauern?», wiederholte sie fast verächtlich. «Falls Missmut und ein sehr betonter Wunsch nach Alleinsein als Trauer ausgelegt werden können, ja, dann trauert sie noch. Wir mussten ihr Ahmose-onch wegnehmen, falls du dich noch erinnerst, Kamose. Die Diener haben gehört, wie sie uns allesamt bei ihm schlecht gemacht hat, und man weiß nie, was von dem Gesagten im Kopf eines kleinen Kindes hängen bleibt. Sie ist ein undankbarer Mensch.» Und vielleicht auch ein gefährlicher, setzte Kamose im Geist hinzu.

«Schluss mit dem Geplauder», sagte Tetischeri scharf. «Wir wollen von Tani hören. Du hast viele Worte hinsichtlich Ramoses Ausflug in Apophis' Palast diktiert, Kamose, aber was du nicht gesagt hast, hat uns viele sorgenvolle Stunden bereitet. Erzähle es uns jetzt. Erzähle uns alles.» Kamose blickte sie aus seiner sitzenden Stellung auf dem Fußboden an. Sie sah mit sorgsam beherrschter Miene zu ihm hinunter. Er schluckte, zog die Knie an und begann, von den Ereignissen zu berichten, die Ramose ihm mit so viel Bitterkeit erzählt hatte.

Seine Worte waren wie Pfeile, jeder fand sein Ziel bei den Zuhörern und grub sich tief und schmerzhaft ein. Aahmesnofretari öffnete die Hände, sie suchten nach den Stuhllehnen und umklammerten das vergoldete Holz immer fester. Ihr Gesicht verlor allmählich jegliche Farbe. Aahotep bückte sich auf ihrem Schemel tiefer und tiefer, bis ihre Stirn auf den Knien lag. Selbst Ahmose, der das Schicksal kannte, das sich seine Schwester erkoren hatte, spürte, wie ihm Kamoses Stimme wehtat, als er von Tanis Vermählung mit dem Feind erzählte, von ihrem neuen Titel Königin, von dem Namen, den ihr die Setius gegeben hatten. Nur Tetischeri saß reglos da, blinzelte kaum und ihr Blick unter den schweren Lidern hing an Kamoses Mund. Doch ihm wollte es so vorkommen, als ob die verrinnenden Augenblicke auch ihre Lebenskraft mitnahmen und lediglich ein uralte Hülle zurückließen, in der das Leben nur noch flackerte.

Er wusste kaum, wie lange er gesprochen hatte. Worte änderten nichts an den Tatsachen. Schließlich verstummte er und bedrücktes Schweigen senkte sich auf die Runde.

Von seiner Großmutter hatte er einen Ausbruch wütender Entrüstung erwartet, doch als sie dann sprach, hörte sie sich sanft an. «Das arme Kind», sagte sie mit heiserer Stimme. «Arme Tani. Sie ist so mutig nach Auaris gegangen, und ohne zu wissen, was aus ihr wird, war sie entschlossen, ihrer Familie treu zu bleiben, wie sehr Apophis sie auch foltern würde. Doch auf eine ausgeklügeltere Folter, eine, die sie nicht als Angriff auf ihre Unschuld erkannt hat, war sie nicht gefasst. Und armer Ramose. Seine Verbindung mit unserer Familie hat ihm nicht zum Segen gereicht.» Aahmes-nofretari weinte jetzt.

«Wie konnte sie nur?», rief sie außer sich. «Wie konnte sie sich diesem ... ältlichen Reptil, dem Mörder ihres Vaters, dem Gotteslästerer hingeben!»

«Beruhige dich, Aahmes-nofretari, sonst entstellst du noch dein Kindchen», sagte ihre Mutter dumpf. Sie war aufgestanden und hielt sich mit beiden Händen an ihrem Zopf fest, so als wäre der eine Rettungsleine. Aahmes-nofretari schluchzte noch immer.

«Bei dem Gedanken, dass sich unser Blut mit Apophis' mischt und Tani einen Bankert gebiert, wird mir speiübel!», sagte Aahotep laut und so giftig, dass Kamose erschrak. «Sag mir, dass sie nicht schwanger ist, Kamose! Sag mir, dass sie nicht so dumm gewesen ist! Wenn das Seqenenre wüsste!»

«Er würde sagen, sie ist ein weiteres Kriegsopfer», gab Kamose hart zurück. «Und nein, soweit Ramose feststellen konnte, trägt sie kein Kind, hat auch nicht geboren. Falls es so wäre, hätte Apophis ihn mit der Tatsache gequält. Tani hat kein Setiu-Blut in sich. Der Titel Königin ist ein Ehrentitel. Apophis hat bereits eine Hauptfrau, die durch und durch Setiu und aus diesem Grund für ihn königlich ist, ganz zu schweigen von zahlreichen Setiu-Nebenfrauen. Apophis' Söhne haben keinen einzigen Tropfen ägyptisches Blut in den Adern. Für ihn sind sie rein. Ihr wisst doch, wie sehr die Setius uns verachten. Gewiss würde sie es nicht wagen, ein Kind mit Mischblut zu gebären, auch wenn das Apophis' Ansprüche festigen würde.» Er bemerkte die hektische Röte auf Aahoteps Wangen und ihren unnatürlich funkelnden Blick, als er sich hochstemmte, den Weinbecher seiner Großmutter nahm und ihn zu seiner Mutter trug, wo er ihre zitternden Finger um den Rand drückte und ihr half, ihn an die Lippen zu heben. Sie trank einen großen Schluck, dann schob sie ihn fort.

«Ihr macht es euch leicht», sagte sie schrill. «Ein Kriegsopfer! Wir sind alle Kriegsopfer und doch sind wir rein geblieben.» Wein schimmerte auf ihrem Mund. Ein paar Tropfen hatten sich in ihrem dunklen Zopf verfangen. «Männer», fuhr sie zusammenhängender fort. «Ihr könnt euer Leid durch Taten vergessen. Marschieren, schwitzen, Schwerter schwingen, euren Schmerz in sinnlosem Blutvergießen ertränken. Und wir? Tetischeri, deine Schwester und ich? Wie sollen wir uns von diesem Schmerz befreien? Dürfen wir jagen? Dürfen wir im Sumpf Geflügel im Netz fangen? Schwimmen? Zu viel essen? Zu viel schlafen?» Mit einer einzigen Bewegung warf sie den Kopf zurück, leerte den Becher und stülpte ihn mit einem Krach auf den Tisch. «Was sich für uns schickt, hilft nicht, es brennt den Schmerz nicht fort, der im Herzen wächst und wächst. Ihr habt es gut, liebe Söhne. Ihr könnt durch Töten töten.» Als sie gegangen war, räusperte sich Tetischeri.

«Tani ist ihre Tochter», sagte sie. «Es schmerzt sie mehr als jeden anderen, sogar mehr als mich. Morgen früh wird sie es vernünftiger betrachten. Ahmose, geleite deine Frau in ihre Gemächer, Raa soll sie zu Bett bringen. Iss einen Löffel Honig, Aahmes-nofretari, der beruhigt und fördert das Einschlafen. Geh jetzt.» Die junge Frau nickte und ließ sich von ihrem Gemahl vom Stuhl hochhelfen. Sie weinte nicht mehr. Zusammen gingen sie zur Tür.

«Du darfst zurückkommen», sagte sie zu Ahmose, «und bis dahin wechsele ich kein Wort mit deinem Bruder.» Das hörte sich nicht spöttisch an. Ahmose nickte und er und Aahmes-nofretari gingen. Uni tauchte in der geöffneten Tür auf.

«Brauchst du noch etwas, Majestät?», erkundigte er sich.

«Ja. Bring mehr Wein und zwei saubere Becher und was an Süßigkeiten vom Mahl im Garten übrig ist», befal sie. «Und überzeuge dich, dass Kares und Hetepet bei Aahotep sind. Bitte Kares, mir in ein, zwei Stunden Nachricht vom Zustand ihrer Herrin zu bringen. Sag Isis, ich ziehe mich heute Abend allein aus. Sie kann zu Bett gehen.» Der Haushofmeister ging unter Verbeugungen. Tetischeri stand auf und durchmaß das Zimmer. «Meine Gelenke tun weh», murmelte sie. «Ach, Kamose. Die Nachricht von Tani hat Wasser in deinen Wein gegossen. Wir müssen sie nach Haus holen, wenn du den Hochstapler endlich getötet hast. Nimm das Kissen auf dem Fußboden da und leg es auf meinen Stuhl. Die Knochen meiner alten Kehrseite stehen hervor wie das Becken eines Esels. Danke. Wir drei haben viel zu bereden, wenn dein Bruder zurückkommt.» Ahmose stellte sich wieder ein. Die Tür wurde zugemacht. Tetischeri ließ sich auf ihren Stuhl sinken. «Schläft sie?», erkundigte sie sich.

«Noch nicht, aber sie hat sich etwas beruhigt», antwortete Ahmose. Er nahm sich einen Teller und einen Becher, füllte beide und setzte sich wieder auf seinen Platz auf dem Fußboden. Kamose setzte sich neben ihn.

«Wir werden Tani aus unseren Köpfen verbannen», sagte Tetischeri fest. «Nicht aus unseren Herzen und unseren Gebeten natürlich, aber es tut nicht gut, Apophis endlos zu beschimpfen und Tani zu beschuldigen. Ich möchte von dem Feldzug und der Schlacht hören. Die Oase, der Marsch durch die Wüste, das Vergiften der Brunnen und Quellen in der Oase, alles. Die Abanas und Paheri haben mir heute Nachmittag ein klares Bild vom Aufbau deiner Flotte, ihrem Kampfgeist und Ziel gegeben, also langweilt mich nicht mit Sachen, die ich schon gehört habe. An denen hast du gute Männer, Kamose.» Die Brüder sahen sich an, dann hoben sie, ohne sich abgesprochen zu haben, gleichzeitig den Becher.

«Wir trinken auf dich, Großmutter», sagte Ahmose grinsend. «Dich kann wirklich nichts erschüttern.»

«Werde nicht frech», gab sie zurück, als sie tranken, doch sie war sichtlich erfreut.

Ihr Trinkspruch hatte die düstere Atmosphäre im Raum gelindert, auf einmal war er ein sicherer Hafen geworden. Die Lampen warfen einen stetigen Schein, milderten die Falten in Tetischeris Gesicht, warfen warme Schatten, die die drei näher zusammenholten. Das Essen auf dem Tisch duftete lieblich, sein Geruch vermischte sich mit schwachem Weinduft und Kamose dachte kurz, dass letztlich nur die Erinnerung an einfache, sinnliche Freuden, die sich im Verlauf des Lebens ansammelte, geistige Gesundheit und Ganzheit gewährleisten konnte. Er begann also zu berichten, was sich seit seinem Aufbruch in Waset zugetragen hatte.

Als Ahmose aufgehört hatte zu essen, warf er gelegentlich etwas ein, und allmählich merkte Kamose, dass Ahmose die Unterhaltung übernahm. Weder seiner Großmutter noch seinem Bruder schien aufzufallen, dass er selbst sich ausschwieg. Sie wirkten so harmonisch zusammen, wie Kamose sie noch nie erlebt hatte. Ahmose sprach ungezwungen und lebhaft, antwortete Tetischeri mit Lächeln und Gesten, und sie wiederum wurde munterer.

Die beiden verstehen sich, dachte er. Nach Jahren höflicher Distanz zwischen ihnen empfinden sie auf einmal Achtung füreinander. Wann ist das geschehen? Und wie? Großmutter hat Ahmose immer für nett, aber ziemlich dumm gehalten, und Ahmose selbst hat sich an ihrem herrischen Wesen gestört. Ich bin abgesetzt. Ich gehöre nicht mehr zu dieser Familie und diesem Ort, sagte er sich traurig. Ich bin ein Tao, ich regiere diese Nomarche, aber der Knabe, der junge Mann, der ich gewesen bin, den gibt es nicht mehr. Das liegt nicht einfach daran, dass der Krieg mich verändert hat. Das ist zwar so, aber ich glaube, dass ich seit Si-Amuns Selbstmord auf diesen Augenblick zugegangen bin. Ich liebe sie alle, meine königlichen Verwandten, aber ich gehöre einfach nicht mehr dazu.

Er kam zu sich, als ihm aufging, dass die Unterhaltung beendet war und ihn beide forschend anblickten. «Entschuldigung», sagte er gezwungen. «Was habt ihr gesagt?»

«Großmutter hat gefragt, ob du Pläne für den nächsten Feldzug hast», erläuterte Ahmose. «Nach dem Dankgottesdienst und der Feierei müssen wir das Hochwasser hinnehmen, aber was dann, Kamose?» Kamose war so in seine eigenen Gedankengänge vertieft gewesen, dass er nicht wusste, ob sie Hor-Ahas Bitte zugunsten der Medjai besprochen hatten.

«Wawat wird von den Kuschiten bedroht», sagte er und riss sich zusammen. «Hor-Aha möchte, dass wir eine Strafexpedition gegen sie in den Süden unternehmen. Vielleicht ist es eine gute Idee.» Sofort stellte Tetischeri alle Stacheln auf.

«Wieso?», wollte sie wissen. «Sollen sich die Wilden doch um ihre eigenen Probleme kümmern.»

«Meinst du nicht, dass wir Hor-Aha etwas schuldig sind?»,

fragte Kamose trocken. «Dass uns die Medjai, wenn wir ihnen nicht helfen, verlassen oder noch Schlimmeres?»

«Hor-Aha ist für seine Treue zu diesem Haus durch seine Beförderung zum General und durch einen Fürstentitel und das Versprechen auf eine Nomarche im Delta gut belohnt worden», gab sie zurück. «Das war sehr dumm gehandelt, Kamose. Damit stößt du letztlich jeden ägyptischen Edelmann vor den Kopf.»

«Hor-Ahas Mutter war Ägypterin», erinnerte sie Kamose, «und er hält sich trotz seiner Hautfarbe für einen Ägypter. Hinsichtlich eines Medjai-Aufstandes befürchte ich nichts. Wahrscheinlich verschwinden sie einfach, wenn wir sie ärgern.» Er nahm jetzt auf dem Stuhl Platz, den Aahmes-nofretari freigegeben hatte. «Nein», fuhr er fort, «es gibt bessere Gründe für eine Strafexpedition nach Wawat, als die Familien der Medjai von ihren lästigen Nachbarn zu befreien.»

«Teti-en», sagte sie unverzüglich. Das war eine Feststellung, keine Frage. Kamose nickte.

«Um den geht es mir. Du weißt von dem Boten, der in der Nähe der Oase abgefangen wurde. Er hatte einen Beistandsplan zwischen Apophis und dem schönen Teti bei sich. Auch wenn ihn die Aufforderung nicht erreicht hat, muss er sich klar sein, was in Ägypten los ist.»

«Und aufgrund dieser Einsicht wird er sich bestimmt ruhig verhalten», wehrte Ahmose ab. «Das haben wir schon einmal durchgekaut, Kamose.»

«Trotzdem gefällt mir die Drohung nicht und sei sie auch noch so klein», sagte Kamose. «Aber es gibt noch einen viel besseren Grund, warum ich beschlossen habe, den Medjai zu helfen.» Sein Becher war schon wieder leer und dabei wusste er nicht einmal mehr, wann er ihn ausgetrunken hatte. «Ich will Anspruch auf die Goldstraßen erheben. Wir brauchen

Gold, viel Gold: für die Götter, für uns selbst, falls ich zum König gekrönt werde, für die Bezahlung der Fürsten und für den Wiederaufbau Ägyptens. Wir wissen nichts über die Festungen, die unsere Vorfahren zum Schutz der Goldquellen gebaut haben. Die hole ich mir zurück.»

«Dann bist du also fest entschlossen», sagte Tetischeri. «Das wird den Fürsten nicht gefallen. Sie werden Auaris im nächsten Winter erneut belagern wollen.» Ahmose warf ihr einen warnenden Blick zu, der Kamose nicht entging.

«Die Fürsten sehen nicht weiter als bis zu ihrer eigenen adligen Nasenspitze!», brauste er auf. «Sie werden tun, was man ihnen sagt, sonst fallen sie bei mir in Ungnade! Ich halte fast ganz Ägypten, und dennoch blicken sie sich ständig um und befürchten, sie könnten eines schönen Morgens aufwachen und Apophis hat wie durch ein Wunder alles zurück!»

«Stoße sie vor den Kopf und du kannst noch immer alles verlieren», warnte Ahmose sofort. «Es ist ein schmaler Grat zwischen beruhigen und sie dazu bewegen, das zu tun, was du willst, Kamose.» Tetischeri stemmte sich vom Stuhl hoch.

«Ab ins Bett, alle beide», sagte sie. «Ich bin jetzt müde. Und gehst du morgen in den Tempel, Kamose, und sorgst für einen Dankgottesdienst?»

«Ja.» Er und Ahmose hatten sich auch erhoben und standen an der Tür. «Schlaf gut, Großmutter.»

Der Wachposten auf dem Flur salutierte, als sie nebeneinander zu ihren eigenen Gemächern gingen. «Du hast dich endlich mit Tetischeri geeinigt», meinte Kamose, als sie vor Ahmoses Räumen standen. Ahmose lächelte.

«So könnte man es wohl nennen», sagte er. «Mehr als ein Waffenstillstand ist es gewiss. Als wir vorigen Sommer daheim waren, habe ich mir ein Herz gefasst, bin in die Höhle des Löwen gegangen und habe Anerkennung gefordert. Sie hat es gut

aufgenommen. Sie hat, glaube ich, sogar ein wenig Achtung
vor mir bekommen, seitdem ich Rückgrat bewiesen habe. Ich
habe lange gebraucht, bis ich erwachsen geworden bin.» Er
hob die Schultern und warf Kamose einen durchtriebenen
Blick zu. «Keine Bange, du bist noch immer ihr Liebling»,
schloss er. «Ich bleibe bei ihr auf dem Prüfstand und muss
mich beweisen.» Bei seinen Worten kam sich Kamose kleinlich
vor.

Er betrat seine eigenen Gemächer, stand ein Weilchen und
genoss die vertraute Atmosphäre. Es war schon viele Monate
her, dass er auf dem Lager dagelegen, auf dem Stuhl dagesessen und zugesehen hatte, wie sein Leibdiener die Binsenmatten
vor den kleinen Fenstern hochhob. Hierher hatte er sich zu-
rückgesehnt, ja, in seiner Vorstellung hatte er die Tür da oft
hinter sich zugemacht. Jetzt waren seine tröstlichen Einbildun-
gen wahr geworden, alles lud ihn ein, doch er konnte nicht
darauf reagieren. Ich bin noch nicht bereit, sagte er sich ergeben. Ich werde auf dem Schiff in meiner Kabine schlafen. Er
nahm seine Kopfstütze und eine Decke und verließ das Haus
mit der Absicht, zur Bootstreppe zu gehen, doch irgendwie
fanden seine Füße den schmalen, unebenen Weg, der zu der
Bresche in der zerfallenden Mauer führte, die den alten Palast
umgab. Behek tauchte aus dem Nichts auf und tapste hinter
ihm her.

Die tiefe Dunkelheit drinnen griff nach ihm und umfing ihn,
doch er fürchtete sich nicht vor ihr, auch nicht vor dem Geröll
und den trügerischen Löchern, die nur darauf warteten, dass
man sich darin den Knöchel verstauchte oder sogar die Beine
brach. Ehrfürchtig begrüßte er leise die Geister, die in diesen
majestätischen Gemächern wohnten, während er hindurchging und dann die staubige Treppe hochstieg und schließlich
auf das Dach gelangte. Er schob ein paar lose Steinchen bei-

seite, entfaltete die Decke, legte sie hin und ließ sich darauf sinken. Sein Hals ruhte auf der Kopfstütze, während sich Behek neben ihm ausstreckte. Lange lag er so und blickte zu den Sternen hoch, die in der riesigen Schwärze über ihm funkelten. Langsam wurde sein Kopf leer. Der Friede, den er nirgendwo sonst finden konnte als in dieser trostlosen Ruine, stahl sich in sein Herz und schließlich seufzte er, die Augen fielen ihm zu und er schlief.

Sowie der Traum einsetzte, wusste er, worum es ging, und obwohl er schlief, ergriff ihn eine freudige Erregung. Er stellte fest, dass er an dem Fleck stand, wo er zu liegen glaubte, und es war ein strahlender, heißer Sommermorgen. Hinter der Balustrade des Palastdaches wiegten sich die Wipfel der Palmen im böigen Wind, und gelegentlich konnte er den Fluss sehen, dessen Fluten in der Sonne glitzerten. Doch nicht dieser Anblick entzückte ihn. Etwas zwang ihn, sich in Richtung des Amun-Tempels zu drehen. Er wusste im Traum, dass der Kanal, der zu dem gepflasterten Vorhof führte, nicht zu sehen war, dennoch fanden ihn seine Augen schnell. Er wartete und wagte kaum zu atmen.

Sie kam aus dem spärlichen Schatten des Pylons und ging zum Rand des Kanals. In einer Hand hielt sie einen Bogen und einen Pfeil, beide goldglitzernd, und in der anderen einen langen Speer, dessen silberne Spitze vergoldet war. Sie war militärisch gekleidet: kurzer, grober Leinenschurz, breiter Ledergurt, Ledersandalen und eine Lederkappe, die ihr Haar verbarg. Als ich sie das letzte Mal gesehen habe, hat sie auch Waffen dabeigehabt, dachte Kamose und der Atem stockte ihm, aber es waren meine, und sie hat sich von mir entfernt. Dieses Mal kommt sie auf mich zu. Wenn sie aufschaut, kann ich ihr Gesicht sehen! Er lief zur Dachkante und blickte mit hämmerndem Herzen nach unten, spannte sich mit jeder Faser, sah hin zu der Vision, die jetzt den Uferpfad erreicht hatte und in seine Richtung kam. Er ballte die Fäuste, beschwor sie, den Kopf zu heben, doch sie ging weiter und gab nichts preis außer dem Blick von oben auf ihren Helm und ihren hoch gewachsenen, wohlgeformten Leib.

Sie war fast auf gleicher Höhe mit ihm, da merkte er, dass neben dem Pfad im Staub ein Kasten lag, dessen Deckel aufgeklappt war, sodass man den Inhalt sehen konnte. Er war so von Ehrfurcht ergriffen, dass er kurz die Frau vergaß, denn in dem Kasten lagen, auf erlesenes Leinen gebettet, die königlichen Insignien. Langsam glitt das Licht über die geschwungene weißrote Doppelkrone und funkelte auf dem Gold, Lapislazuli und dem Jaspis von Krummstab und Geißel zu beiden Seiten. Während er wie gebannt zusah, traten zwei Füße in Sandalen in sein Blickfeld. Die Frau war stehen geblieben. Jetzt hebt sie den Kasten auf, dachte Kamose aufgeregt. Sie wird ihn mir bringen. Die Frau bückte sich, legte die Waffen behutsam und ehrerbietig zu beiden Seiten des Kastens ab, dann hob sie die nackten Arme und verneigte sich tief vor den heiligen Symbolen der ägyptischen Könige. Doch sie fasste sie nicht an, sondern richtete sich auf, wandte sich in Richtung der großen Bresche in der Palastmauer, wo einst das Haupttor gewesen war, und verschwand aus Kamoses Blick.

Er schrie auf, fuhr herum, rannte die Treppe hinunter, die zu den Frauengemächern führte, und wollte ihr entgegenlaufen, doch nach dem ersten Schritt war er wie gelähmt und konnte sich nicht bewegen. Er biss die Zähne zusammen und beschwor seine Füße, zu gehorchen. Er meinte sie durch das Dunkel unten kommen zu hören. Ihre Füße waren auf der Treppe. Sie stieg hoch und ihr Schritt war sanft und sicher. Sie kommt zu mir!, rief er stumm. Endlich erfüllt sich mein Herzenswunsch, meine verletzte Seele kann genesen. Ich bin dir treu gewesen, du geheimnisvolle Abgesandte der Götter. Ich habe mich nach keiner anderen Umarmung gesehnt, nur nach deiner. Heile mich. Heile mich!

Sie hatte das Dach erreicht. Eine zierliche Hand bog sich um die raue Kante des Windfangs. Ein braunes Knie hob sich. Er erhaschte einen einzigen Blick auf ihr verschwommenes Gesicht, auf dunkle Mandelaugen, eine runde Wange. Sie sang für ihn mit hoher, zwitschernder Stimme wie ein Vogel, und dann war er auf einmal wach, keuchte und umklammerte in der frühen, windstillen Morgendämmerung den Windfang mit zitternden Händen.

Verstört von dem schmerzlichen Verlust, stolperte er zu der Stelle, wo man die gähnende Lücke in der alten Mauer sehen konnte. Kurz meinte er, im frühen Morgenlicht den Kasten noch neben dem Pfad zu erblicken, doch da war nur festgetretene Erde und kümmerliches Gras und der kühl fließende Fluss.

Er hatte baden, essen und dann zum Tempel gehen und Amunmose begrüßen und sich mit ihm hinsichtlich eines großen Dankfestes im Palast beraten wollen, doch stattdessen ging er im Garten auf und ab, bis er nicht mehr zitterte und sein Kopf wieder klar war. Im Haus rührte es sich, als er zu den Gemächern seiner Schwester ging. Diener, beladen mit frischer Wäsche, Krügen mit Wasser und Tabletts, von denen der appetitliche Geruch frisch gebackenen Brotes hochstieg, verbeugten sich vor ihm, als er dahinschritt. Reisigbesen wirbelten Staub auf. Türen standen offen. Kamose hörte irgendwo draußen Beheks tiefes, herrisches Bellen.

Er erreichte Aahmes-nofretaris Tür und klopfte. Kurz darauf ging sie auf und Raa blickte ihn forschend an. «Ist mein Bruder drinnen?», fragte Kamose. Die Dienerin schüttelte den Kopf.

«Nein, Majestät. Der Prinz ist gerade zum Schwimmen im Fluss gegangen.»

«Falls Aahmes-nofretari wach ist, möchte ich sie sprechen. Melde mich bitte.» Raa verbeugte sich und machte die Tür zu. Kamose wartete, dann ließ sie ihn ein.

Der Raum ging nach Osten wie alle Schlafgemächer der Familie, sodass man die sanftere Morgensonne genießen konnte, jedoch der Hitze der Nachmittagssonne entging. Über einem Stuhl hing das Hemdkleid, das Aahmes-nofretari an diesem Tag tragen würde, und der stand unweit des Fensters und dicht daneben ihr Kosmetiktisch, der geöffnet war und Tiegel und Krüge mit ihrer Duftsalbe und ihrer Schminke enthielt. Darunter waren ihre Sandalen säuberlich paarweise aufgereiht. Neben dem Lager thronte ein kleines Abbild von Bes, der fetten und lächelnden Beschützerin der Familien. Kamose erinnerte sich. Bes hatte in Tetischeris Gemächern einen Ehrenplatz eingenommen, bis sie aufgefordert wurde, die schwangeren Mitglieder der Familie zu beschützen, und Kamose, der drei Lenze gezählt hatte, als Ahmose geboren wurde, konnte Bes noch an einem ähnlichen Platz neben dem Lager seiner Mutter sehen.

Seine Schwester lag im Bett, lehnte unter unordentlichen Laken in den Kissen und sah etwas schlaftrunken aus, das Haar lag ihr zerzaust auf den weiß bekleideten Schultern. Sie streckte ihm eine Hand hin, als er zu ihr kam, doch ihr freundliches Lächeln verblasste, als sie ihn anblickte. «Kamose!», sagte sie jäh. «Was hast du gemacht? Bist du letzte Nacht betrunken gewesen?» Ihre Augen musterten ihn noch einmal, und dann kehrte das Lächeln zurück. «Du hast im alten Palast geschlafen, nicht wahr? Du bist voller Steinstaub.» Er nahm die dargebotene Hand, die heiß war, und küsste sie zärtlich.

«Du hast Recht», gab er zu. «Ich liebe den alten Palast. Wie geht es dir heute Morgen?» Sie zog eine Grimasse.

«Es geht mir hervorragend, aber das Kind ist lästig. Wenn es sich doch mit der Geburt beeilen würde. Ich komme mir so hässlich vor. Und oft bin ich zu faul zum Aufstehen.» Kamose blickte erstaunt.

«Ahmose betet dich an», sagte er. «Für ihn bist du niemals hässlich. Und was die Faulheit angeht, warum solltest du aufstehen, bevor du an meinem großen Dankgottesdienst teilnehmen musst?»

«Ja», sagte sie und nickte. «Der Dankgottesdienst. Es ist wirklich ein hervorragendes Jahr gewesen, nicht wahr? Kinder sind gezeugt und Schlachten gewonnen worden und du und Ahmose, ihr seid wieder hier.» Sie biss sich auf die Lippen. «Aber Tani ... Das hatte ich beim Aufwachen vergessen und dann ist es mir wieder eingefallen und ich bin immer noch zornig, Kamose. Das ist über Nacht nicht verflogen. Ich bemühe mich, die frühere Liebe zu fühlen, aber sie ist fort. Nicht einmal Mitleid ist geblieben. Sie hat uns alle verraten. Vermutlich habe ich mir eingebildet, du und Kamose, ihr besiegt Apophis, rettet Tani, kommt im Triumph nach Hause, sie heiratet Ramose und alles ist so, wie es früher war. Aber so läuft es nicht.» Sie fuhr sich mit der Hand übers Gesicht und durchs ungekämmte Haar. «Das war ein kindischer Traum, doch er hat sich verflüchtigt. Ich bin an einem einzigen Abend erwachsen geworden.» Sie hörte sich an wie ihr Mann. Kamose musterte sie eingehend. Sie wirkte tatsächlich anders, vielleicht machten das ihre Augen. Die waren so klar wie eh und je, doch irgendwie glänzten sie jetzt härter.

«Du darfst dich davon nicht verbittern lassen», sagte er schnell und sie lachte. Es klang hart.

«Verbittern? Und das von dem König, dessen Rachefeldzug

Ägypten ausgeweidet hat wie einen Opferbullen? O nein, reg dich nicht auf, Kamose», setzte sie hinzu, als sie seine Miene sah. «Das war Mittel zum Zweck und wir alle wissen, es war wirklich notwendig. Ägypten wird jetzt wieder geboren. Und die ganze Ehre dafür gebührt dir. Aber kannst du leugnen, dass auch in deinem Herzen viel Bitterkeit ist?» Er schüttelte den Kopf.

«Ich leugne es nicht, Aahmes-nofretari. Vergib mir meine überheblichen Worte.»

Ein Weilchen saßen sie schweigend da, dann sagte Aahmes-nofretari: «Du kommst nicht oft in meine Gemächer, Kamose. Wolltest du etwas Bestimmtes mit mir besprechen?»

«Ja.» Er blickte ihr mitten ins Gesicht. «Ich möchte, dass du mir sagst, was du vor mir geheim hältst.»

«Was sollte das sein?» Sie wirkte völlig ratlos.

«Du weißt etwas», sagte er grob. «Das, was ich seit meiner Rückkehr zweimal in deinen Augen gelesen habe. Zweimal an einem Tag, Aahmes-nofretari! Bitte, lüg mich nicht an.»

«Kamose, ich bemühe mich, nie zu lügen», stammelte sie. «Ehrlich, ich weiß nicht recht, was du meinst.»

«Dann lass mich nachhelfen. Ich vertraue mich dir an, Schwester, und im Gegenzug erzählst du mir alles. Abgemacht?» Sie nickte zögernd. Jetzt konnte er endlich sein Herz ausschütten, doch er fand den Anfang nicht. Er wandte das Gesicht von ihr ab. «Ich bin immer allein am glücklichsten gewesen», sagte er schließlich leise. «Selbst als Kind schon, obwohl ich euch alle liebe und gespielt und geschwommen und gejagt habe, aber trotzdem war da etwas in mir, was nur an einsamen Orten Ruhe finden konnte.»

«Der alte Palast», meinte sie. «Als wir klein waren, hat uns Vater immer gewarnt, wir sollten uns fern halten, und du hast ihm getrotzt.» Kamose drehte sich um und lächelte.

«Ja. Aber du sollst nicht mein Alleinsein verstehen, sondern mein anhaltendes Zögern, zu heiraten, mir eine Frau zu nehmen. Natürlich lebe ich gern allein, doch das ist nicht der Hauptgrund. Ich bin nicht mehr jungfräulich, Aahmes-nofretari. Und ich habe mich auch nicht geweigert, dich zu heiraten, weil ich dich abstoßend gefunden habe. Weit gefehlt! Ich konnte es nicht, liebe Schwester, wegen einer anderen Frau.»

«Aber, Kamose ...» Er hob die Hand.

«Warte. Diese Frau ist nicht aus Fleisch und Blut. Sie besucht mich in meinen Träumen, aber sehr selten. Sie hat mir gezeigt, wie ich unseren Aufstand in Gang setzen konnte. Zuvor hatte ich gedacht, sie ist nichts weiter als die Verkörperung all dessen, was ich will, die vollkommene Frau, die sich aus den Sehnsüchten meines Kas zusammensetzt, mehr nicht.»

Er verstummte und blickte hinaus in den sonnendurchfluteten Garten. «Bis letzte Nacht habe ich sie nicht wieder gesehen», fuhr er fort. «Die ganzen Monate des Feldzugs hat sie mir gefehlt und ich habe mich nach ihr gesehnt wie nach einer Geliebten. Ich habe noch nie ihr Gesicht gesehen, Aahmes-nofretari. Nur ihren schönen, geschmeidigen Leib und ihr prachtvolles Haar. Aber ich bin zu der Überzeugung gekommen ...», er drehte sich wieder um und da starrte ihn Aahmes-nofretari wie gebannt an, «... dass sie mir Botschaften von Amun persönlich bringt», sagte er mühsam. «Ich werde dir erzählen, was sie letzte Nacht getan hat, und dann wirst du ihr Tun deuten. Ich habe das eindeutige Gefühl, dass du das kannst.»

«Aber, Kamose, ich bin keine Priesterin, ich gehöre nicht zu den Reinen», protestierte Aahmes-nofretari. Sorgfältig gab er den Traum wieder, ließ keine Einzelheit aus, und während er ihn neu durchlebte, packten ihn Traurigkeit und Enttäuschung, sodass ihm einige Male die Stimme versagte. Aahmes-nofretari wurde immer erregter, während er erzählte, und als er geendet hatte, saß sie gerade und umklammerte das Laken mit beiden Händen. «Und nun», sagte er, «bist du an der Reihe, ehrlich mit mir zu sein.»

Er hatte weiteren Widerstand erwartet, Leugnen, ja, sogar Tränen, denn sie hatte seit je nah am Wasser gebaut, doch sie verschränkte die Arme vor ihrem gewölbten Leib. «Die Leute meinen, du bist wenig einfühlsam, weil du meistens so schweigsam bist», sagte sie nach einer langen Pause. «Sie meinen, du kreist nur um dich selbst und achtest nicht auf die Worte, die um dich herumschwirren, ganz zu schweigen von den unterschwelligen Strömungen.» Sie seufzte. «Du bist ein kluger Mann, Kamose. Ein großer Krieger, sehr ehrlich und unnachgiebig, und daher fällt es nicht schwer, dich zu achten, aber sehr schwer, dich zu lieben. Wir alle scheinen dein feines Gespür unterschätzt zu haben.»

«Weiter», sagte er knapp.

«Als du letzten Winter daheim warst, hat Amunmose zweimal für dich geopfert, einen Bullen und einige Tauben. Das Blut des Bullen war krank und die Tauben waren innerlich verfault. Amunmose war verzweifelt. Er hat das Amun-Orakel angerufen, weil er eine Erklärung haben wollte.» Kamoses Kehle wurde trocken.

«Die Opfer waren für dich persönlich. Das Orakel hat gesprochen und Amunmose als einer von den Reinen hat es ausgelegt. O Kamose!», brach es aus ihr heraus. «Du weißt doch, wie Orakel sind! Sie verschleiern ihre Botschaft und können leicht falsch gedeutet werden! Bitte, nimm nicht so schwer, was ich dir sagen muss!»

«Das hängt davon ab, was es ist und ob es mit meiner Auslegung des Traums übereinstimmt», antwortete er. «Woher weißt du das alles?»

«Ich habe Mutter und Großmutter belauscht, als sie eines Nachmittags am Teich darüber gesprochen haben.»

«Hast du Ahmose von dem Orakel erzählt?»

«Ja. Ich musste die Last mit irgendjemandem teilen und wollte nicht zu Mutter oder Großmutter gehen.»

«Und wie lauten die Worte des Orakels?» Er wollte sie nicht hören, nicht wirklich. Jetzt war der Augenblick gekommen, doch er schreckte davor zurück. Aahmes-nofretari blickte auf ihre verschränkten Arme.

«‹Drei Könige gab es, dann zwei, dann einen, ehe das Werk des Gottes vollendet war.›» Das flüsterte sie beinahe. «Es ist nicht schwer, das zu entwirren, Kamose.»

«Nein», bestätigte er nach einem Weilchen, und auf einmal merkte er, dass seine Füße und Hände trotz der Sommersonne kalt waren. «Ich habe gesehen, wie sie bei dem Kasten stehen geblieben ist», murmelte er. «Und ich habe gedacht, sie würde die königlichen Insignien aufheben und sie mir bringen, nachdem sie die Waffen abgelegt hatte. Der Kampf ist fast vorbei, habe ich mir im Traum gesagt. Bald werde ich als Geliebter der Maat, Herrscher der Zwei Länder gekrönt werden. Doch sie hat sie liegen lassen. Sie ist mit leeren Händen zu mir gekommen ...» Er hatte seine Stimme nur mühsam im Griff. «Ich werde niemals auf dem Horusthron sitzen, ja, Aahmes-nofretari? Niemals die Doppelkrone tragen. Der Ruhm wird Ahmose gehören. Dann muss ich also bald sterben?» Sie warf das Laken beiseite, schob sich zur Bettkante, beugte sich vor und legte ihm die Arme um den Hals.

«Vielleicht ist ‹der eine›, auf den angespielt wird, gar nicht Ahmose», sagte sie. «Vielleicht wird Ahmose sterben.» Er drückte sie fest an sich, doch er schüttelte an ihrer warmen Wange den Kopf.

«Das stimmt nicht mit meinem Traum überein», sagte er.

«Nein. Ahmose und ich haben das Werk der Befreiung Ägyptens fast vollendet, aber er wird die größte Belohnung beanspruchen können, nicht ich.» Sanft schob er sie von sich und stand auf. «Danke, dass du mir das erzählt hast», sagte er. «Danke, dass du mich nicht behandelt hast wie Tetischeri und Aahotep dich.» Er brachte sogar ein Lächeln zustande, als er ihr einen Kuss gab und zur Tür ging. «Ich liebe dich, Schwester.»

«Und ich dich, Kamose.» Ihr Blick war gelassen, ein Austausch von Ebenbürtigen. Das tröstete ihn ein wenig, als er leise die Tür hinter sich schloss und zu seinen eigenen Gemächern ging.

DREIZEHNTES KAPITEL

Der offizielle Dankgottesdienst für Amun war das prächtigste Fest seit Menschengedenken. Kamose nutzte das Gold aus den gekaperten Schatzschiffen, das im Tempel aufbewahrt worden war, und scheute für die geladenen Gäste und das Fest weder Kosten noch Mühe. Die Huldigung, die er selbst vor Tausenden vollziehen würde, die man auf dem Vorhof erwartete, und vor den wenigen Auserwählten, die im Innenhof stehen durften, sollte am Spätnachmittag stattfinden, doch an diesem Morgen ging Kamose in einem einfachen Schurz, Leinenkopftuch und Sandalen ganz allein durch die Stille der Morgendämmerung, weil er Amun als Zeichen seiner besonderen Verehrung früh begrüßen wollte.

Der Flusspfad war menschenleer und lag erwartungsvoll schweigend da, als Kamose ihn einschlug, zu dem Kanal gelangte und an seinem beschaulichen Ufer entlangging. Vor ihm ragten die Zwillingspylonen als dunkle Masse vor einem Himmel hoch, der noch immer nachtdunkel war. Doch ein winziges Licht tanzte auf dem Innenhof. Als Kamose es erreichte, blieb er stehen und Amunmose verneigte sich knapp. «Reinige dich», sagte er und gab die Lampe einem Tempeldiener, und gehorsam folgte Kamose dem Jungen zurück zu den Pylonen und um sie herum, wo sich der heilige See befand, dessen tief schwarze Fluten ganz glatt waren. Hier legte er die Kleidung ab und ging die vier Stufen hinunter, die ins Wasser führten, tauchte ganz ein und ließ die Flüssigkeit in Mund und Augen dringen.

«Ich bin gereinigt», sagte er. Amunmose winkte und Kamose folgte ihm über den verlassenen Vorhof zum Innenhof.

Hier hielt das Dach jegliches Licht fern, abgesehen von ein paar kurzen, schrägen Strahlen der untergehenden Sonne, und um diese Stunde wurde das säulenumstandene Dunkel durch Fackeln erhellt. Die niederen Priester hatten gerade die übliche Prozession mit Essen, Bier, Wein, Öl und Blumen zum Hauptaltar beendet, alles war mit Wasser aus dem heiligen See besprengt und gereinigt und mit Weihrauch geweiht worden. Kamose atmete ihn tief ein. Hinter sich hörte er die Tempelsänger, die sich sammelten, Geraschel und Geflüster und leises Husten, doch er drehte sich nicht um.

Im Fackelschein näherte sich Amunmose dem Heiligtum, seine lange weiße Tunika leuchtete und das fauchende Leopardenmaul des Fells, das er sich über eine Schulter gelegt hatte, stieß sacht an seine Hüfte. An der Tür blieb er stehen, wartete auf das Zeichen eines Tempeldieners hoch oben auf dem Dach des Tempels, dass die Sonne soeben über den Horizont gestiegen sei. Nach etlichen Augenblicken kam der Ruf, er erbrach das Tonsiegel am Heiligtum und machte die Tür weit auf. Sofort stimmte ein Priester an: «Gehe auf, du großer Gott! Gehe auf! Du bist der Friede.» Die hinter Kamose gescharten Sänger sangen die Antwort: «Du bist aufgegangen! Du bist der Friede! Gehe auf in Schönheit und in Frieden! Erwache, o Gott dieser Stadt, zum Leben!» Wieder erhob sich die Einzelstimme und wieder antwortete der Chor: «Deine Brauen erwachen in Schönheit, o strahlendes Antlitz, das keinen Zorn kennt!»

Im Allerheiligsten, dem kleinen, geheimen Herzen des Tempels, saß Amun und lächelte milde und die gelben Flammen glitten über seine goldene Haut wie kostbares Öl. Die beiden Pfauenfedern, uraltes Symbol seiner Verkörperung als Großer Gackerer, ragten zierlich aus der Krone, die seine Stirn umfasste. Mit den Händen auf den Knien blickte er Kamose gütig an und erkannte ihn. Zu seiner Linken ruhte auf ihrem Sockel die heilige Barke, mit der er seine seltenen Reisen unternahm. Zu seiner Rechten stand die erlesen geschnitzte Truhe aus Zedernholz, in der die verschiedenen Utensilien lagen, die Amunmose für die Waschungen des Gottes und einen weiteren Altar brauchte, auf dem die Opfergaben des vergangenen Abends lagen.

Amunmose waltete seines Amtes, während Kamose leise mit ihm sprach. «Mein Gebieter, mein Schutzgott, Beschützer Wasets und Unterstützer meiner Familie», sagte er und ein Kloß stieg ihm in die Kehle. «Ich erkenne deine Allmacht an. Ich bete zu deiner gütigen Macht. Später komme ich mit dem ganzen Prunk und mit den prächtigen Insignien meines Königtums, doch jetzt stehe ich demütig als dein Sohn vor dir. Ich danke dir für den Sieg, den du meinem Heer in deiner Güte geschenkt hast. Ich danke dir für die heiligen Träume, die du mir geschickt und durch die du deinen Wunsch deutlich gemacht hast. Ich danke dir für das Vorrecht, dass ich den schmutzigen Abdruck fremdländischer Füße von diesem Land tilgen konnte, sodass du schmerzlos auf Ägyptens Erde wandeln kannst, und ich schwöre dir, dass ich dich zum Gott aller Götter machen und dafür sorgen werde, dass sich jedes Knie in Ägypten vor deiner Macht beugt, wenn du mir Auaris gibst.»

Aber für das Orakel danke ich dir nicht, sagte er stumm. Ahmose hat vielleicht eines Tages Grund, hier zu stehen, wo ich jetzt stehe, und dir für die Worte zu danken, aber mir fällt es schwer, o Mächtiger, obwohl es natürlich gerecht ist. Vergib mir diese winzige Angst, die in meiner Seele lauert.

Ach, mach, dass ich trotz des schrecklichen Orakels mit der Doppelkrone auf dem Kopf hierher kommen und meine eigene Gottheit weihen lassen kann!, war Kamoses leidenschaftlicher Gedanke. Hab Mitleid mit meiner Qual, Amun! Gewähre mir, dass ich tatsächlich die höchste Belohnung für meine schlaflosen Nächte und die mit Tod erfüllten Tage erhalte! Doch er las keine Veränderung in dem milden, undeutbaren Lächeln.

Kamose warf einen letzten Blick auf das höchste Wesen, das irgendwie sein Seelengefährte wie sein Gott geworden war, und ging vor Amunmose her, der darauf die Tür zumachte und verriegelte und sie wieder mit Ton versiegelte. Die Sänger schwiegen, machten vor der Tür ihren Fußfall und verliefen sich dann. Amunmose drehte sich zu Kamose um und lächelte. «Kommt mit in die Sakristei, Majestät», sagte er. «Ich muss dir etwas zeigen.»

Der Vorhof lag jetzt im klaren Frühsonnenschein und der Himmel darüber hatte einen zarten Blauton. Amunmose ging zu einer der großen Vorratskisten an der Wand, hob den Deckel und holte eine Kette heraus. Sie funkelte auch ohne unmittelbares Licht. «Amuns Goldschmiede haben sich erlaubt, zehn davon zu schaffen», sagte er zu Kamose. «Amun hat dir den Sieg bestimmt. Darum haben die Männer in der Gewissheit gearbeitet, dass du das Gnadengold an die verteilen möchtest, die sich hervorgetan haben.»

Das Gnadengold. Kamose verschlug es für einen Augenblick die Sprache. Er nahm seinem Freund das schwere Ding ab und blickte es kurz an und seine Gefühle übermannten ihn. Jeder der goldenen Ringe war zwar dick, jedoch aus kunstvollem Filigran. Kamose wusste, wie viele Stunden hingebungsvoller Arbeit in solch einem Schatz steckten. «Ich weiß gar nicht, wie ich dir danken soll, Amunmose», sagte er mit belegter Stimme. «Seit Menschengedenken ist weder das Gnadengold noch das Fliegengold verliehen worden. Ich kann dir nur versprechen, dass mehr Gold in Amuns Schatzkammern strömt, als selbst er sich vorstellen kann.» Er umarmte den Hohen Priester und drückte ihn fest an sich. «Lass sie Achtoi bringen», entschied er. «Ich werde sie beim Fest heute Abend verteilen. Und bring die Goldschmiede mit. Es ist zwar nicht Brauch, einfache Handwerker zu einer so offiziellen Angelegenheit zu bitten, aber ich möchte ihren Glauben an mich öffentlich anerkennen.»

Am Nachmittag legte er golddurchwirktes Leinen, einen Goldreif mit Lapislazuli um die Perücke und das königliche Pektoral an und ließ sich durch die jubelnde Menge am Uferweg zum Tempel tragen. Hinter ihm schwankten die Sänften der weiblichen Familienmitglieder, sie hatten auf seinen Befehl hin die Vorhänge hochgehoben, obwohl Tetischeri dagegen protestiert hatte, den Blicken der Öffentlichkeit ausgesetzt zu werden. Vor ihnen und hinter ihnen trabten die Getreuen des Königs. Anchmahor schritt neben Kamoses Sänfte. Herolde gingen an der Spitze und riefen Kamoses Titel aus. Danach kamen die Fürsten, schlenderten locker in makellosen Schurzen, von ihren Hauptleuten begleitet, dahin.

Längs des ganzen Weges hatten Händler ihre wackligen Buden errichtet und verkauften alles vom plumpen Abbild Amuns bis hin zu Glücksamuletten, die dem Träger etwas vom Zauber des Festtages verleihen würden. Andere boten warmes Hyänenfleisch in Scheiben, gebratenen Fisch in Safranöl, zarte, frische Gemüse, die gerade reif und mit Dill, Petersilie oder Minze gewürzt waren, starkes braunes Bier und alles feil, woran sich die Menschen stärken konnten, die einen Blick auf den glitzernden Zug werfen wollten. Kleine Boote aller Arten drängten sich auf dem Fluss. Kinder streuten Blütenblätter und ließen sie auf Fluss und Zuschauer gleichermaßen herabregnen.

Im Innenhof standen der Bürgermeister von Waset und andere städtische Würdenträger in ihrem ganzen Staat. Sie machten ihren Fußfall vor Kamose, Ahmose und den anderen Mitgliedern der Familie, erhoben sich wieder und sahen zu, wie sich Seine Majestät der geschlossenen Tür des Heiligtums näherte und den Weihrauch in den Gefäßen entzündete, die ihm ehrerbietig gereicht wurden. Als er brannte, nahm Kamose ihn den Tempeldienern ab, hielt das Gefäß hoch und stimmte das formelle Dankgebet an, sodass sich der Lärm allmählich legte. Die Tempelsänger griffen das Thema auf, als er schwieg, und lobten und priesen Gott. «Gegrüßet seist du, Amun, Herr des Roten Landes, Beleber des Schwarzen Landes! Gegrüßet seist du, Amun, weil die Füße deines erwählten Sohnes Kamose den Eindringling zertreten konnten! Gegrüßet seist du, für den Ägypten lebt, dessen Herz Ägypten am Leben erhält!» Die heiligen Tänzerinnen mit langem, geöffnetem Haar und Fingerzimbeln drehten und wiegten sich, während Kamose, der auf den Knien lag, sich in voller Länge auf dem warmen Steinpflaster ausstreckte und dem Gott Wasets öffentlich huldigte.

Er hatte keinen Tribut mitgebracht. Dieses Mal hatte er keine Gaben anzubieten. Doch im Geist, mit geschlossenen Augen und die Wange in den Staub gedrückt, bot er ihm die Leichen der Setius dar, die in der Wüste östlich der Oase vertrockneten, und das fremdländische Blut, das vor Het nefer Apu geflossen war. Nimm sie, Amun, bat er. Es ist die geziemende Speise für die geschwächte Maat. Nimm sie als Zeichen für die Zeit, wenn ganz Ägypten gereinigt sein wird.

Nach der Zeremonie wurden sie unter brausendem Beifall nach Hause zurückgetragen. Die Menge zerstreute sich, sobald Kamose und die Familie den Blicken entschwunden waren. Der Spätnachmittag hatte jetzt die atemlose Zeitlosigkeit des Sommers im Süden und die Sonne brannte heiß herab. Niemand wollte sich außerhalb seiner kühlen Behausung aus Lehm aufhalten. Auf dem Anwesen der Taos war Stille eingekehrt.

Das Fest, das in Kamoses Empfangssaal folgte, vergaßen die Geladenen viele Jahre nicht. Hoffnung und Triumph lagen in der warmen, fackelerhellten Luft und vermischten sich mit dem Duft der vielen Blumen, die auf die kleinen Tische gestreut und um den Hals der lärmenden Gäste geschlungen waren, stieg berauschend mit dem Dampf von köstlichen Speisen hoch, die von ehrerbietigen Dienern in der blauweißen Dienstkleidung des Hauses angeboten wurden.

Da die Erntezeit gekommen war, lagen lange Selleriestangen auf den Tischen, glänzende grüne Erbsen, Nester aus Frühlingszwiebeln, rot geränderte Radieschenscheiben, kugelige Kichererbsen, alles glänzte von Oliven-, Sesam- und Behennussöl und war mit Dill, Koriander, Fenchel und Kreuzkümmel aus Tetischeris Kräutergarten gewürzt. Enten, Gänse, Inet-Fisch und Gazellenfleisch – gebraten, in Dampf gegart und gesotten –, lagen aufgehäuft für gierige Finger. Dunkelroter Granatapfelsaft machte Flecke auf erlesenem Leinen. Beschlagene Trauben vom Spalier platzten in gierigen Mündern und schmeckten unvergleichlich süß. Es gab Feigen in Honig und Schatbrot und Gebäck mit Nusskruste. Man erbrach das Siegel von Weiß- oder Rotwein und schenkte Krug um Krug in die Becher.

Die Mitglieder der Familie saßen zusammen mit den Fürsten und dem Hohen Priester auf der Estrade hinten im Raum.

Aahmes-nofretari war erhitzt, aber offensichtlich glücklich, aß wenig und lehnte sich danach zurück und beobachtete die plaudernden, juwelengeschmückten, geschminkten Festgäste unter sich. Sie hatte eine Hand auf den Schenkel ihres Gemahls gelegt. Ahmose verspeiste alles, was man ihm vorsetzte, mit fröhlicher Hingabe und bot ihr gelegentlich einen Bissen oder einen Schluck von seinem Wein an. Aahotep beendete ihr Mahl mit der gewohnten gemessenen Würde und unterhielt sich dabei ab und an mit Fürst Iasen. Tetischeri kostete nur von den Köstlichkeiten, die Uni ihr vorlegte, ließ sich Bier statt Wein einschenken und übersah bewusst Nofre-Sachuru, die schon früh am Abend berauscht war und sich beschwerte, ihr Fleisch wäre nicht richtig durchgebraten. Ramose sah mit einem nachsichtigen Lächeln zu. Seit ihrer Wiedervereinigung hatte er den Großteil seiner Zeit bei ihr verbracht, war mit ihr im Garten spazieren gegangen, hatte sie in einem von Kamoses Booten auf dem Fluss gerudert, hatte in ihren Gemächern Brettspiele mit ihr gespielt. Ahmose-onch im bauschigen Lendentuch krabbelte und torkelte entzückt unter den Gästen herum, holte sich mit Patschhänden Essen von ihren Tellern und brabbelte Unsinn, während er es sich in den Mund stopfte. Seine besorgte Kinderfrau blieb ihm auf den Fersen.

Kamose selbst aß sich satt, dann stützte er die Ellbogen auf den Tisch und musterte mit einem Becher Wein in den Händen den Saal, der so lange leer gestanden hatte. Und so bekam er langsam etwas Trübseliges und die Familie machte einen Bogen um ihn, ging lieber durch andere Torbögen, doch jetzt erfüllte er seinen Zweck und raunte nicht mehr von seiner traurigen Vergangenheit.

Nofre-Sachurus scharfe Stimme störte seine Tagträume und er sah sie nachdenklich an. Sie ist so tapfer gewesen, so königlich-ruhig an jenem furchtbaren Tag, als ich gezwungen war,

Teti hinzurichten, überlegte er. Seit sie hier ist, hat sie sich verändert, was ich ihr jedoch nicht verdenken kann.

«Kamose, was ist los mit dir?», fragte Tetischeri ihn plötzlich. «So seufzen darf ein Kind, das man von seinem Spielzeug wegzerrt, weil es gebadet werden soll. Und genau das braucht Ahmose-onch jetzt. Sieh ihn dir an! Ein kleiner Prinz, der ganz mit Honig beschmiert ist.»

«Ich habe gerade an Teti gedacht», antwortete Kamose. Tetischeri warf Ramoses Mutter einen Blick zu.

«Nein, das hast du nicht», gab Tetischeri zurück. «Ich bin deiner Meinung, Kamose. Sie muss beobachtet werden, solange die Fürsten hier weilen. Sie ist ein undankbarer Bauerntölpel und eine Last. Ein Jammer. Ich erinnere mich noch gut an sie aus ihren Tagen als zuvorkommende Gastgeberin und leutselige Gouverneursfrau.»

«Der Krieg hat uns alle verändert», sagte Kamose. «Bis zu dieser Stunde, diesem Fest haben wir einen langen, dunklen Weg hinter uns gebracht. Wir frohlocken, aber trotzdem sind wir verwundet.»

«Nicht so schwer wie Apophis», antwortete sie bissig. «Der hat sein Land verloren. Und da wir gerade bei Schlangen sind, weißt du, dass die Hausschlange nicht zurückgekommen ist? Aahmes-nofretari macht sich Sorgen. Für sie ist die Ablehnung ein Fluch für ihre Schwangerschaft.» Kamose lachte.

«Typisch meine liebe Schwester!», sagte er stillvergnügt. «Sie ist wirklich zu abergläubisch. Die neue Schlange, die mit dem Duft von frischer Milch angelockt wird, tut mir jetzt schon Leid. Sie bekommt es mit Ahmose-onch zu tun.» Er stand auf und nickte dem Herold zu, der auf der Estradenkante hockte, und auch Achtoi, der hinter ihm stand. Als er sich erhob, wurde es leiser im Saal und die kräftige Stimme des Herolds machte dem Lärm ein Ende.

«Ruhe für den Starken Stier der Maat, Unterwerfer der Setius, Geliebter Amuns, Seine Majestät König Kamose Tao!» In
der sofort einsetzenden Stille blickte Kamose auf ein Meer von
Gesichtern, die trotz der an den Wänden flackernden Fackeln
vor ihm verschwammen.

«Bürger von Waset, Diener Amuns, Freunde Ägyptens»,
sagte er laut. «Heute Abend feiern wir den Höhepunkt von
zwei Jahren Kampf, herzzerbrechendem Kummer und Sieg.
Heute Abend ist das Ende der Setiu-Vorherrschaft und die
Rückkehr zu einer gesundeten, prächtigen und völlig wieder-
hergestellten Maat abzusehen. Ihr alle seid mir treu gefolgt.
Ihr habt mir euer Vertrauen geschenkt. Eure Waffen sind mir
zuliebe erhoben worden. Ich wiederum verspreche euch eine
gute und gerechte Verwaltung, wenn der Horusthron endlich
wieder an seinem Ehrenplatz hier in Waset steht und eine
wahre und heilige Inkarnation darauf sitzt.» Er verstummte,
war sich jäh bewusst, dass der Blick seines Bruders auf ihm
ruhte. Er drehte sich um und winkte Achtoi, und der legte ihm
einen Kasten aus duftendem Zedernholz in die Arme. «Zur
Zeit meiner Vorfahren war es Brauch, dass der König Krieger
mit dem Gnadengold und Tapfere mit dem Fliegengold be-
lohnte. Ich freue mich, dass ich diese uralte und ehrwürdige
Sitte aufleben lassen kann.» Er hob den Deckel und holte die
erste Kette heraus, wog sie bedächtig in der Hand. «Amuns
Goldschmiede haben unseren Sieg vorausgesehen und erneut
das Gnadengold angefertigt. Sie sind heute Abend unter uns.
Ich danke ihnen für ihre wunderschönen Kunstwerke und für
den Glauben an mich und an die Macht Amuns.» Überrasch-
tes Gemurmel und Bewunderungsrufe waren zu hören, als er
die Kette hochhielt. Ihre breiten, eng aneinander liegenden
Ringe waren so viel wert wie die Kornernte von zehn Jahren
auf jedem ihrer Anwesen, und das wussten sie auch. «Ra-

mose!», rief Kamose. «Tritt vor und sei der Erste, der die Dankbarkeit deines Gebieters empfängt. Ich verleihe dir das Gnadengold, weil du aus freien Stücken deinen Kopf in den Rachen der Schlange gelegt und damit die Vernichtung des Feindes in der Wüste ermöglicht hast. Sei versichert, dass du zu den mächtigsten Männern Ägyptens zählen wirst, wenn unser Kampf endlich gewonnen ist.» Ramose hatte seine Mutter verlassen und näherte sich der Estrade. Dort stand er verlegen und blickte lächelnd zu Kamose hoch.

«Das hätte ich nie erwartet, Majestät», sagte er. «Ich habe nur meine Pflicht getan.»

«Und dadurch alles verloren», erwiderte Kamose leise. «Tritt näher, mein Freund. Das Gold wird dir hervorragend stehen.» Er bückte sich und legte Ramose die Kette um den Hals. «Nimm hin das Gnadengold und die Gunst deines Königs», sagte er laut. Diese Worte hatte man seit Hentis nicht mehr in Ägypten gehört und das wussten alle. Im Saal herrschte ehrfürchtige Stille. Einen Augenblick lang rührte sich niemand, dann klatschten auf einmal alle und schrien dazu: «Ramose, Ramose!» und «Lang lebe Seine Majestät!»

«Jetzt bist du an der Reihe, Fürst Anchmahor», sagte Kamose. «Jeden Abend gehst du durch meine Gemächer und sorgst dafür, dass die Getreuen des Königs auf Posten sind. Hast du überhaupt schon gegessen? Komm her.» Anchmahor war tatsächlich hinten im Saal gewesen und hatte in das Dunkel zwischen den windgeschüttelten Palmen hinausgespäht. Erschrocken fuhr er herum, als er Kamoses Stimme hörte. «Anchmahor, Befehlshaber der Getreuen des Königs», sagte Kamose. «Du bist mir ohne zu zaudern gefolgt, obwohl du dadurch viel zu verlieren hattest. Deine Gegenwart ist mir Trost und Kraft gewesen. Dein Mut in der Schlacht ist unübertroffen. Nimm hin das Gnadengold und die Gunst deines Königs.» Ernst senkte Anchmahor den Kopf, dann ruhte die schwere Kette auf seiner Brust.

«Du bist großzügig, Majestät», sagte der Fürst ruhig. «Ich verdiene diese Ehre nicht, aber ich gelobe, dir so lange zu dienen, wie Atem in mir ist. Ich und meine Familie, wir werden stets deine Diener sein.»

«Ich weiß», antwortete Kamose. «Es wäre sinnlos, dir mehr Land oder größere Reichtümer anzubieten, denn du bist bereits ein wohlhabender Mann, aber ich verspreche dir die Stellung eines Wesirs, wenn ich, so Amun will, der Einzig-Eine bin. Du bist klug und verlässlich.» Er musterte den Saal, als Anchmahor wieder im Schatten am Rand der Menge untertauchte. «Kay Abana, wo bist du?», rief er laut. «Wo bist du?»

«Ich glaube, ich bin noch immer hier, Majestät», dröhnte Abanas Stimme irgendwo hinten. «Aber ich muss gestehen, dein Wein ist so gut, dass ich an diesem Abend nicht mehr recht weiß, wer ich bin.» Unter schallendem Gelächter kam er mühsam hoch. Kamose betrachtete ihn mit gespieltem Ernst.

«Wer ist die Frau, die an deinem Bein hängt und dir Warnungen in die hochmütigen Ohren flüstern will?»

«Meine zukünftige Frau Idut», entgegnete Kay sofort. «Die Frauen von Waset sind wirklich sehr hübsch. Ich habe sie seit meiner Ankunft bewundert. Idut ist die Hübscheste unter ihnen und ich will sie mit nach Necheb nehmen. Ein Schiffskapitän sollte ein gewisses Ansehen haben.»

«Versichere dich der Zustimmung ihres Vaters», sagte Kamose belustigt. «Und jetzt komm her.» Kay schwankte zur Estrade. «Du verdienst es, dass ich dir meine königliche Ungnade zeige», fuhr Kamose fort. «Du bist der erste Offizier, der einem Befehl nicht gehorcht hat.»

«Ich habe Tatkraft bewiesen», wehrte sich Kay und tat gekränkt. «Ich habe mich verhalten, wie es ein Offizier tun sollte.»

«Dann hast du hiermit meinen königlichen Dank, und das dürfte reichen», gab Kamose zurück.

«Aber, Majestät, bin ich nicht der Kapitän eines Schiffes, das sich hervorragend und tüchtig geschlagen hat?», witzelte Kay. «Bin ich nicht der einzige Offizier, der seine Männer gegen die fliehenden Setius geführt hat? Verdiene ich nicht auch, dass du mir deine königliche Gnade erweist?» Jetzt musste Kamose lachen. Kay hatte etwas so Sauberes, so Gesundes und Tröstliches an sich. Er bemühte sich jedoch um eine ernste Miene.

«Paheri sagt mir, dass du ein Mann von bescheidenen Mitteln, zufrieden mit deinem kleinen Haus und deiner Arbeit als Schiffbauer und deinen beiden Aruren am Rand von Necheb bist», sagte er. «Du brauchst keine Belohnung. Du lebst lieber einfach.» Abana verbeugte sich schwankend.

«Bisweilen übertreibt Paheri das Maß meiner Zufriedenheit», sagte er verwaschen. «Necheb ist fast so nahe an Osiris' himmlischen Gefilden, wie ich es mir für dieses Leben wünschen kann, aber vielleicht gibt es einen noch näher gelegenen Ort. Und was den Schiffbau angeht, was hättest du, Majestät, wohl ohne mein und meines Vaters Fachwissen gemacht?»

«Ja, was wohl?», bestätigte Kamose und erwiderte dabei Abanas breites Grinsen. Unter Rufen wie: «Necheb ist ein unfruchtbares Hundeloch!» und «Schiffbauer stinken nach schimmligen Binsen!», legte Kamose dem Mann die Goldkette um den Hals.

«Nimm hin das Gnadengold und die Gunst deines Königs», sagte Kamose. «Und als zusätzliche Strafe, Kay Abana, übertrage ich dir siebzig Aruren Land in deiner Heimat und neunzehn Bauern, die sie bewirtschaften. Wenn Auaris gefallen ist, natürlich.» Kay verbeugte sich noch einmal.

«Natürlich, Majestät. Und so wie der Tag auf die Nacht folgt, werde ich dein großzügiges Geschenk einfordern, Majestät. Ich wünsche dir Leben, Gesundheit und Wohlstand.» Er ging beträchtlich nüchterner zu seinem Platz zurück und gestattete Idut, ihn auf den Boden zu ziehen. Kamose reckte die Schultern und verteilte weitere Belohnungen.

Einer nach dem anderen traten die Fürsten vor und ließen sich das Gold um den Hals legen. Hor-Aha war der letzte Fürst, der geehrt wurde, und als Kamose ihn selbstbewusst zur Estrade schreiten sah, merkte er, dass er keine Worte für seinen besten Strategen fand. Er legte dem General das Gold über die schwarzen Zöpfe, berührte seine Wange, und ehe er zurücktrat, kreuzten sich ihre Blicke. Hor-Aha wölbte die Brauen und lächelte. Dann war er fort und die Befehlshaber, die sich das Fliegengold verdient hatten, nahmen seinen Platz ein, darunter auch Paheri.

Endlich waren die Medjai an der Reihe. Zwei von ihnen waren für besondere Tapferkeit benannt worden. Sie kamen auf leisen Sohlen zur Estrade, blickten Kamose mit leuchtenden Augen an und wirkten durch ihre billigen Ketten aus Ton und die bunten Bänder, mit denen sie sich das Haar zur Feier des Tages zurückgebunden hatten, unter den anwesenden Edelleuten und den Würdenträgern Wasets noch mehr fehl am Platz. Kamose schenkte ihnen ein Lächeln, sprach von der Tüchtigkeit und Furchtlosigkeit der Medjai und dankte ihnen für das, was sie getan hatten, doch weder das verlegene Schweigen noch das folgende neidische Gemurmel waren zu überhören.

«Zum Seth mit ihnen!», sagte er brummig zu Ahmose, als die Zeremonie zu Ende war, er sich setzte und Achtoi winkte, dass er ihm nachschenkte. «Sie ersticken noch an ihrem erlesenen Stammbaum! Warum sehen sie nicht ein, dass sie ohne die Medjai noch immer kämpfend nach Auaris unterwegs wären und vielleicht Gefahr liefen, einen Tropfen ihres kostbaren blauen Blutes zu vergießen? Bisweilen hasse ich sie richtig, Ahmose.» Sein Bruder ließ Aahmes-nofretaris Hand los und wandte sich ihm ganz zu.

«Das haben wir tausendmal durchgesprochen, Kamose», sagte er leise. «Man kann nichts an ihrem Argwohn und ihren Vorurteilen ändern. Vermittle ihnen das Gefühl, dass sie etwas Besseres sind, und es macht nichts mehr.» Er verzog die Lippen und klopfte Kamose aufs Knie. «Fürst Meketra hat kein Gnadengold erhalten», fuhr er fort. «Er ist nicht einmal hier. Warum?» Kamose rutschte hin und her.

«Er hat keine Schlachten für mich geschlagen», sagte er grob. «Er hat lediglich Teti verraten. Für seinesgleichen ist das Gnadengold nicht gedacht.»

«Er hätte wenigstens zum Dankgottesdienst und zum Fest eingeladen werden sollen», drängte Ahmose. «All die anderen Fürsten sind anwesend. Die Kunde von den prächtigen Feiern, zu denen er nicht geladen war, wird rasch nach Chemmenu dringen. Was meinst du, geht dann in ihm vor? Wird er froh sein, dass er im ruhigen Chemmenu bleiben durfte? Nein. Er wird verbittert und gekränkt sein.»

«Stimmt», gab Kamose zurück. «Ich wollte ihn nicht absichtlich beleidigen, Ahmose, aber ich traue ihm nicht und komme nicht dagegen an.»

«Was seinen Charakter angeht, bin ich deiner Meinung», sagte Ahmose mit einem Seufzer und drehte sich wieder zu seiner Frau um. «Hoffentlich haben wir uns damit nicht Ärger für später eingebrockt. Intef und Iasen traust du auch nicht, aber beide sind hier.» Darauf gab es nichts zu erwidern. Kamose trank hastig seinen Wein aus, bat seine Gäste weiterzufeiern und verließ still den Saal. Ihm reichte es.

Es gab keinen Ort im Haus, wo er sich dem auf- und abschwellenden Festlärm entziehen konnte. Sogar in seinen eigenen Gemächern und bei geschlossener Tür konnte er noch immer trunkenes Gequietsche und Gelächter hören, und so flüchtete er mit einem Umhang über dem Arm in den Garten, aber dort war es auch nicht friedlicher. Er schlenderte zum Fluss, beantwortete im Gehen den Anruf der Wachen und kam schließlich zu seiner Bootstreppe, wo die Barke der Familie und ein paar Boote vertäut lagen und beschaulich vor sich hin dümpelten. Zu seiner Rechten lagen in einiger Entfernung die größeren Schiffe, dunkle Gebilde, deren Masten in den bestirnten Himmel ragten. Kamose überlegte kurz, ob er sich auf das schmale Feldbett in der Kabine legen sollte, die er sich mit Ahmose so viele Wochen geteilt hatte. Doch er hüllte sich lieber fest in seinen Umhang, legte sich in eins der Boote und war auf der Stelle eingeschlafen.

Er hörte nicht, wie sich der Saal um die Morgendämmerung herum leerte und sich die gesättigte Menge in die Stadt begab oder auf die Unterkünfte verteilte, die Tetischeri zur Verfügung gestellt hatte. Und er rührte sich auch nicht, als die ersten Strahlen der aufgehenden Sonne den neuen Tag ankündigten. Er kam erst schlaftrunken zu sich, als sich Achtoi über ihn beugte und seinen Namen rief. Kamose setzte sich auf und blinzelte in die helle Morgensonne. «Ich suche seit Stunden nach dir, Majestät», sagte der Haushofmeister etwas gereizt. «Die Prinzessin liegt in den Wehen, sie haben kurz nach ihrem Aufbruch um Mitternacht eingesetzt. Der Arzt und ihre Mutter sind bei ihr. Der Prinz frühstückt am Teich, falls du ihm Gesellschaft leisten möchtest.»

«Danke, Achtoi.» Kamose stieg aus dem Boot. Das Wasser, das seine Füße umplätscherte, fühlte sich kühl an und langsam wurde sein Kopf klarer. «Ich speise mit Ahmose. Schick mir bitte meinen Herold. Und sieh mich nicht so an. Ich bade später.» Mit einer Verbeugung trat Achtoi wieder auf das Pflaster zurück, schlüpfte in seine Sandalen und verschwand auf dem Gartenweg. Kamose folgte ihm langsamer.

Er fand Ahmose im Gras unter einem Sonnensegel mit Brot und Käse und einer Schale Obst neben sich. Er winkte Kamose zu sich in den Schatten. «Sie hat mich geweckt, als ich gerade einschlafen wollte», sagte er ohne weitere Vorrede. «Keine Bange, sie ist froh, dass sie bei dieser Hitze nicht noch einen weiteren Monat schwanger sein muss. Mutter passt auf, dass alles gut geht, und ein Priester ist bei ihr und verbrennt Weihrauch für Bes.» Geschickt schnitt er einen Granatapfel auf und löffelte die Samen. Kamose blickte ihn neugierig an.

«Und du», sagte er, «machst du dir Sorgen?» Ahmose legte den Löffel hin und runzelte die Stirn.

«Nicht um Aahmes-nofretari», meinte er. «Es ist ihr drittes Kind. Sie ist jung, gesund und kräftig. Aber ich sorge mich um Ägypten.» Er blickte Kamose bekümmert an. «Wir können noch immer in der Schlacht sterben», fuhr er sachlich fort. «Du und ich. Falls wir beide fallen, ist Ahmose-onch der einzige Erbe des Horusthrons, ob wir ihn nun zurückerobert haben oder nicht. Kinder sind so empfindlich, Kamose. Sie sterben so schnell. Sie sterben plötzlich.» Er schob den Teller mit dem Obst weg. «Heute geht es Ahmose-onch noch gut. Er tapst vergnügt herum, belästigt Schlangen und treibt die Diener in den Wahnsinn. Aber morgen schon kann er fiebern und wird am nächsten Tag ins Haus des Todes getragen. Wer erbt dann Ägypten? Du weigerst dich zu heiraten und Söhne zu zeugen. Wir Taos müssen aber Söhne haben.» Er blickte finster. «Falls Aahmes-nofretari ein Mädchen zur Welt bringt, sind wir in einer heiklen Lage.»

«Ich weiß», bekannte Kamose, und vor seinem inneren

Auge standen sein Vater und Si-Amun. Seqenenre hatte drei Söhne gezeugt. Zwei waren noch übrig. Und einer von uns wird es nicht überleben, dachte er grimmig. Laut Orakel bin ich das. «Du kannst dir eine zweite Frau nehmen, Ahmose», sagte er vorsichtig.

Ein langes Schweigen. Beide blickten starr auf die Fliegenwolken, die herumschwirrten und jetzt auf dem ausgelöffelten Granatapfel und dem heraussickernden dunkelroten Saft herumkrochen. Ahmose räusperte sich.

«Du glaubst nicht, dass du noch viel länger lebst, Kamose, oder?», sagte er leise. «Du weißt Bescheid über das Orakel. Ich auch. Aahmes-nofretari hat uns beiden davon erzählt. Dennoch bete ich inniglich darum, dass da ein Fehler unterlaufen ist, dass wir uns wegen eines Hirngespinstes Sorgen machen. Ich habe daran gedacht, mir eine andere Frau zu nehmen», knurrte er und hieb mit dem Fliegenwedel auf die Luft ein. «Aber ich will die Maat nicht versuchen. Noch nicht. Vielleicht überlegst du dir es ja doch und tust deine Pflicht, Kamose, heiratest selbst und schenkst uns königliche Söhne.» Er warf den Fliegenwedel ins Gras und blickte seinem Bruder endlich in die Augen. «Außerdem duldet es Aahmes-nofretari noch nicht, dass ich meinen Samen anderswo lasse, auch wenn es mein gutes Recht ist. Sie hat viel gelitten, hat Si-Amun und ihr erstes Kind verloren, sie ist mir statt dir zugeteilt worden und versucht jetzt, mit Tanis Verrat zurechtzukommen. Sie und Tani haben sich immer auf eine Art nahe gestanden, die wir Brüder nicht verstehen werden. Ihr Leben ist ein Verlust nach dem anderen gewesen.»

«Sie hat sich verändert», unterbrach Kamose ihn, ohne nachzudenken. «Als ich mit ihr gesprochen habe, nachdem wir das mit Tani erfahren hatten, habe ich etwas gesehen, was früher nicht da war. Eine Festigkeit. Beinahe eine zurückhaltende Kühle. Ob das von Dauer ist, weiß ich nicht. Sie hat gesagt, sie ist jetzt erwachsen.»

«Die Warterei ist hart», meinte Ahmose und Kamose merkte, dass das augenblickliche Thema für ihn abgeschlossen war. «Gehen wir schwimmen, Kamose? Der Garten ist bereits ein Backofen. Oder möchtest du essen?» Kamose schüttelte den Kopf und musterte angeekelt das vertrocknete Brot und das zerfließende Stück Ziegenkäse. Als er aufblickte, sah er seinen Herold kommen. Er und Ahmose standen auf und der Mann verbeugte sich.

«Du hast mich holen lassen, Majestät?» Kamose nickte.

«Bring allen Fürsten und Befehlshabern eine Botschaft», sagte er. «Sie dürfen nach Hause fahren und sich um ihre Ernte und ihre Familienangelegenheiten kümmern. Sie sollen meiner Großmutter regelmäßig Bericht über den Zustand ihres Besitzes schicken. Meine Erlaubnis gilt insbesondere für Fürst Anchmahor. Sag ihm, er soll den Befehl über die Getreuen an seinen Stellvertreter übergeben. Fürst Hor-Aha soll jedoch noch nicht aufbrechen. Ich möchte ihn später sprechen. Das ist alles.»

«Anchmahor wird dir fehlen», sagte Ahmose. «Aber wenigstens behältst du Hor-Aha. Wenn du dir das mit Wawat doch nur überlegen würdest. Ich hasse den Süden. Unerträgliche Hitze und wilde Menschen. Ich möchte nicht dorthin.» Kamose zog sich Schurz und Sandalen aus. Nackt ging er den Pfad zum Fluss entlang.

«Ich auch nicht», rief er über die Schulter zurück. «Aber, Ahmose, denk an das Gold!» Dennoch fiel es auch ihm schwer, nur an das Gold zu denken.

Es gab noch immer keine Neuigkeiten aus dem Haus, nachdem die Brüder tropfnass auf die Bootstreppe geklettert und durch den Garten zurückgegangen waren. Als Kamose dann geschminkt und angekleidet war, bat er Ahmose, ihn zum Westufer zu begleiten, um nachzusehen, wie es den Medjai ging. Gemeinsam ließen sie sich über den Fluss rudern und in Sänften zu dem kahlen Platz vor den Kasernen tragen. Auf der festgetretenen Erde zwischen den westlichen Felsen wuchs kein Grashälmchen. Kein Baum spendete Schatten. Dennoch schien es den Medjai nichts auszumachen.

Hor-Aha kam nach draußen und begrüßte Kamose und Ahmose im Eingang des kleinen Hauses, das Kamose für ihn hatte bauen lassen, und dann gingen sie zu dritt zwischen den aufgereihten fahlfarbenen Lehmbehausungen dahin, begrüßten die Bogenschützen und hörten sich die Beschwerden an, die sie vorbrachten. Es gab nur wenige. Die Medjai gehorchten blind, dachten praktisch und ließen sich leicht mit fester Hand regieren, doch Hor-Ahas Landsleute waren unruhig. Sie wollten heim und selbst nachsehen, wie es in ihren Dörfern nach dem Überfall der Kuschiten stand. Sie würden ihm gehorchen, doch am Ende würden sie sich einfach fortstehlen. «Sie haben gerüchteweise gehört, dass die Fürsten aufbrechen», sagte Hor-Aha freimütig. «Sie sagen, sie haben tapferer gekämpft als die Fürsten. Ihre Hauptleute tragen das Gnadengold. Warum dürfen sie nicht nach Hause?»

«Sie tragen das Gold?», erkundigte sich Ahmose belustigt. «Eigentlich ist es nicht zum Tragen gedacht! Was sind sie doch für sonderbare Wilde!»

«Ich weiß, dass sie Urlaub verdient haben», sagte Kamose. «Aber, Hor-Aha, ich habe Angst, sie kommen nicht zurück.»

«Sie kehren zum Kämpfen zurück, wenn du mit ihnen nach Wawat ziehst und dort Ordnung herstellst», beharrte Hor-Aha. Kamose wischte sich ein Schweißrinnsal von der Schläfe und kniff die Augen zusammen.

«Ende des Monats brechen wir auf», gab er jäh nach. «Das

gibt uns Zeit, die Landkarten von Wawat zu studieren, die noch im Tempelarchiv liegen. Apophis kennt die Goldstraßen, aber wir wissen seit langem nichts mehr über sie. Ich muss einige Verteidiger in Waset zurücklassen, Hor-Aha! Das siehst du doch gewiss ein!»

«Sollen das doch die einheimischen Soldaten tun, Majestät», sagte Hor-Aha mit Nachdruck. «Wir Medjai müssen nach Hause.»

Kamose und Ahmose speisten zusammen in der Kühle von Kamoses Gemächern. Die Frauen waren nicht wieder aufgetaucht. Im Haus war es still. Kamose erwartete, dass Ahmose zum Mittagsschlaf in seine eigenen Gemächer gehen würde, doch zu seiner Überraschung streckte sich dieser einfach auf dem Fußboden aus und schob sich eine Nackenstütze unter den Kopf.

«Wenn ich allein bin, mache ich mir nur Sorgen», sagte er noch, ehe er die Augen zumachte.

Ein Weilchen lag Kamose auf seinem Lager, stützte den Kopf in die Hand und betrachtete seinen Bruder. Ich liebe ihn, dachte er nachsichtig. Trotz der ganzen Tragödien der letzten Jahre nehme ich ihn als selbstverständlich hin, weil er so beständig ist. Immer ist er da, ist stets bereit und seine Beständigkeit wirkt wie ein Felsen, auf den ich mich ohne nachzudenken stütze. Trotzdem verdient er mehr. Er verdient geliebt zu werden und dass ich ihm sage, wie teuer er mir ist.

Als sie aufwachten, hatte der lange, heiße Sonnenuntergang bereits eingesetzt. «Der Sommer ist für mich irgendwie eine Rückkehr in den Mutterschoß», murmelte Ahmose und gähnte. «Ich komme mir so alterslos, zeitlos und unbeschwert vor. Und bin wie gelähmt.» Und ich komme mir wie ein Geist vor, der einem Trugbild nachjagt, dachte Kamose.

Gegen Sonnenuntergang regte es sich im Haus. Von den Küchen hinten auf dem Anwesen wehten appetitliche Düfte heran. Die Diener, die das Abendessen zubereiteten, klapperten und alles war wieder beim Alten. Kamose merkte, dass er den ganzen Tag nichts gegessen hatte und endlich Hunger verspürte, und wollte gerade ins Haus gehen, als Anchmahor zu ihm trat. «Mein Sohn wird bleiben und deine Leibwache befehligen. Er tut das sehr gern. Ich kehre zurück, sowie die Ernte in Aabtu eingebracht ist. Ich kann den Wüstenweg nehmen, falls die Überschwemmung schon eingesetzt hat.» Kamose sank der Mut. Natürlich wusste er, dass sich Anchmahor diesen Urlaub verdient hatte, doch er hätte ihn gern gebeten zu bleiben.

«Du musst dich mit der Rückkehr nicht beeilen», sagte er. «Ich ziehe schon bald nach Wawat und schaffe Ordnung in den Dörfern der Medjai. Ich komme erst zurück, wenn das Hochwasser wieder zurückgeht.» Anchmahor blickte ihn nachdenklich an.

«Mit Verlaub, Majestät, aber ist das klug?», meinte er. «Was unternimmt Apophis, wenn er erfährt, dass du so weit fort und durch die Überschwemmung von Ägypten abgeschnitten bist?» Kamose hob die Schultern.

«Das Hochwasser dürfte auch ihn behindern», meinte er. «Das Land wird zum riesigen See und Heere können sich nur am Wasserrand bewegen. Ich werde, glaube ich, mit dem Schiff fahren, dann kann ich das zurückgehende Hochwasser zur schnelleren Rückfahrt nutzen.» Er atmete tief aus. «Ich möchte eigentlich nicht», gestand er. «Alles in mir wehrt sich dagegen. Aber ich muss. Das bin ich Hor-Aha schuldig.» Nach kurzem Schweigen sagte Anchmahor:

«Das verstehe ich durchaus. Es ist Maat und dient der Ausgewogenheit, und die muss erhalten bleiben. Ich habe mich mit den anderen Fürsten unterhalten. Sie sind reisefertig und würden dir Lebewohl sagen, wenn in deinem Haus nicht eine Geburt unmittelbar bevorstünde.» Er lächelte. «Ein Festtag für deine Familie.» Kamose umarmte ihn.

«Mögen deine Sohlen festen Tritt finden, Anchmahor», sagte er. «Überbringe deiner Gemahlin meine Grüße.»

Eine Stunde später gebar Aahmes-nofretari ein Mädchen und Kamose und Ahmose ließen ihr Abendessen im Stich, als Uni sie rief. Ihre Schwester hatte den Geburtsstuhl verlassen, ruhte auf ihrem Lager und hatte die Kleine bereits an der Brust, als sie den Raum betraten. Schweißfeuchtes Haar lag ihr auf den Wangen und hing ihr strähnig auf die nackten Schultern. Aus dem Weihrauchgefäß vor dem Abbild des Gottes Bes stieg eine dünne Rauchwolke hoch, stand in der heißen, stickigen Luft, und Raa zog gerade die Fenstermatten hoch, als Kamose näher trat und der jungen Frau einen Kuss auf die heiße Stirn gab. «Gut gemacht», sagte er und trat beiseite. Ahmose sank auf die zerwühlten Laken, nahm ihre Hand in seine und streichelte seine Tochter zärtlich mit der anderen.

«Sieh dir nur diesen schwarzen Schopf an!», sagte er bewundernd. «Und was für eine niedliche, kleine Stupsnase! Sie ist jetzt schon hübsch, Aahmes-nofretari.» Seine Frau lachte.

«Sie ist rot und runzlig und sehr gierig», erwiderte sie. Dann wurde ihre Miene ernst. «Ahmose, ich weiß, dass du einen Sohn haben wolltest», flüsterte sie. «Bitte verzeih mir. Glaubst du, ich habe einen Sohn getragen und mein Zorn über Tani hat ihn betrübt und er hat sich in ein Mädchen verwandelt?» Ahmose beugte sich vor und drückte beide fest an sich.

«Nein, Liebes», sagte er mit Nachdruck. «Und mach dir keine Sorgen. Ich liebe dich. Ich liebe dieses Kind. Wir machen noch mehr Kinder, Jungen und Mädchen. Wie könnte dieser

Winzling mir wohl nicht teuer sein, ganz gleich, welches Geschlecht er hat? Wie kannst du nur dir die Schuld an etwas geben, was die Götter bestimmt haben? Wir freuen uns zusammen, dass ihr beide gesund seid. Sie ist vollkommen, nicht wahr?» Und dann murmelten sie miteinander, während die Kleine Aahmes-nofretaris Brustwarze freigab und einschlief. Kamose sah ihnen eine Weile nachsichtig zu, dann zog er sich still auf den Flur zurück und von dort in die Kühle des Empfangssaals. Hier traf er seine Mutter und Großmutter beim Abendessen.

«Aahmes-nofretari sieht gut aus, nicht wahr?», meinte er.

«Ja, das tut sie», beantwortete Aahotep seine Frage, während er sich auf ein Kissen neben ihr sinken ließ und seinen vernachlässigten Teller zu sich heranzog. «Für eine dritte Schwangerschaft haben die Wehen jedoch lange gedauert und die Hitze hat es noch schlimmer gemacht.»

«Jammerschade, dass es ein Mädchen ist», warf Tetischeri ein. «Ein männlicher Nachkomme ist nicht genug. Ahmose-onch gedeiht zwar prächtig, aber wer weiß. Wir brauchen zwei, drei weitere Söhne, um die Nachfolge zu sichern.»

«Nicht jetzt, Tetischeri», bat Aahotep müde, aber humorvoll. «Ich möchte das hier aufessen und dann sehr lange schlafen. Wir werden die Astrologen befragen. Die werden dem Kind einen Namen geben und eine Voraussage für seine Zukunft machen, doch beides zählt nicht sehr viel. Du weißt genauso gut wie ich, dass Aahmes-nofretari erneut schwanger ist, wenn das Hochwasser zurückgeht. Es wird noch reichlich Taos geben.»

«Hoffentlich behältst du Recht», sagte Tetischeri kummervoll. Sie kaute nachdenklich und dann wandte sie sich an Kamose, der seinen Teller mit einem Stück Schwarzbrot sauber wischte. «Die Fürsten und ihr Gefolge sind fort», meinte sie.

«Ich habe den Tumult ihres Aufbruchs in Aahmes-nofretaris Gemächern gehört. Wir haben schon Anfang Epiphi, Kamose. Bist du wirklich fest entschlossen, nach Wawat zu ziehen? Anchmahor scheint dagegen zu sein.» Kamose nickte. Er griff an ihr vorbei und schenkte sich selbst einen Becher Bier ein.

«Ich weiß», meinte er. «Er hat so etwas angedeutet. Großmutter, hast du etwa mit dem Befehlshaber meiner Getreuen Geheimnisse?»

«Nicht wirklich», sagte sie sichtlich erfreut. «Aber wir mögen uns und wir sind uns einig in der Sorge um dein Wohlergehen. Hast du ihn um seine Meinung gebeten?»

«Ehrlich, Tetischeri, bisweilen ist deine Sucht, uns alle zu beherrschen, sehr lästig», erwiderte Kamose, doch er wusste nicht recht, sollte er das ärgerlich oder lustig finden. «Hier trifft nicht Anchmahor die Entscheidungen.»

«Nein, aber er rät vernünftig. Er ist ein kluger Mann.» Kamose leerte seinen Becher.

«Ich brauche seinen Rat nicht», gab er zurück. «Und ich bitte dich auch nicht um deinen. Wir müssen uns um Wawat kümmern, wenn wir die Medjai bei der Stange halten wollen.» Seine Mutter hatte ihrem Wortwechsel still zugehört. Jetzt hakte sie rasch ein.

«Wir sorgen uns wegen der Verteidigung», sagte sie bedächtig und bestimmt. «Während der zwei Feldzüge haben Tetischeri und ich die Soldaten hier befehligt, den Fluss überwacht und in Pi-Hathor ein Spionagenetz aufgebaut. Das können wir wieder machen, aber, Kamose, es ist eine große Verantwortung.» Kamose spielte mit seinem Becher und ließ ihn fast fallen.

«Ihr habt Spione in Pi-Hathor? Aber warum habt ihr mir das nicht erzählt?»

Aahotep sagte achselzuckend: «Das war nicht nötig. Du hattest schon zu viel um die Ohren. Außerdem hat sich Het-ui, der Bürgermeister, an die Vereinbarung mit dir gehalten, und das tut er angesichts deines überwältigenden Erfolgs in diesem Winter auch weiter. Und da wir gerade bei Spionage sind, hast du schon daran gedacht, in Auaris Spione anzuwerben? Spione können dir von der Stimmung unter der Bevölkerung dort, von der Zahl und Verteilung von Apophis' verbleibenden Truppen, von Handel und Wandel berichten.»

Sie warf Tetischeri einen verständnisinnigen Blick zu. Kamose sah es mit Verwunderung und es überlief ihn kalt. Einen flüchtigen Augenblick kannte er sie nicht mehr, diese Frauen, die seine Kindheit behütet und den Haushalt regiert hatten.

«Die Angelegenheit überlasse ich, glaube ich, euch», sagte er etwas benommen. «Ihr eignet euch offensichtlich besser für solche Pläne. Es stimmt, Frauen sind Männern weit überlegen, wenn es um Überlisten, Lenken und Täuschen geht.» Seine Mutter lachte.

«Mein lieber Junge, du siehst aus wie ein verstörtes Schaf», schalt sie ihn. «Ich weiß nicht, ob ich wegen deiner Verwunderung geschmeichelt oder beleidigt sein soll. Wir sind vielleicht nur Frauen, aber wir sind auch Taos. Es mangelt uns nicht an Mut oder Klugheit. Soll ich dir Bier nachschenken?» Er nickte wie betäubt und sein Blick hing an ihren langen, anmutigen Fingern, als sie die dunkle Flüssigkeit in seinen Becher rinnen ließ. «Darum kann ich Tani nie verzeihen», fuhr sie im Plauderton fort. «Niemals. Und jetzt, Tetischeri, sollten wir unser Lager aufsuchen und später Aahmes-nofretari besuchen. Was meinst du, stellen wir eine zweite Kinderfrau ein oder schafft es Raa, sowohl die Kleine als auch Ahmose-onch zu versorgen?» Sie erhob sich beim Sprechen und Tetischeri folgte unter viel Gestöhne und Beschwerden über ihre steifen

Gelenke. Sie verneigten sich zerstreut vor ihm und verließen den Saal, in eine ungezwungene Unterhaltung vertieft, und dann war Kamose allein und blickte ihnen im Dämmerlicht versonnen nach. Sie wirkten sehr mit sich zufrieden.

VIERZEHNTES KAPITEL

Kamose schickte Ipi ins Tempelarchiv, dass er alle Landkarten von Kusch und Wawat holte, die dort die schlimmen Zeiten überdauert hatten, seit seine Vorfahren Festungen im Süden gebaut und regelmäßig Handel getrieben hatten. Ursprünglich war nur den niedrigsten Setius erlaubt worden, ihre Herden während der Trockenzeit in Rethennu im Delta zu weiden, danach mussten sie in ihr eigenes Land zurückkehren. Doch allmählich blieben sie länger im immer frischen Delta und bauten Dörfer. Dann folgten ihre wohlhabenderen Brüder, ehrgeizige und kluge Männer, die ein lebhaftes und raubtierhaftes Interesse an Ägyptens schwacher Verwaltung hatten. Man kannte sie im ganzen mittelländischen Raum als Händler, die ihre Waren auf den Inseln im Großen Grün feilboten und sich sogar bis nach Naharin wagten, um Reichtümer zu erwerben, doch das hatte ihnen die Verachtung der Ägypter eingetragen. Sie waren Zwischenhändler, versorgten mit Waren, schacherten und handelten, und für den richtigen Preis schafften ihre Schiffe und Karawanen alles heran.

Sie dachten rein praktisch und passten ihre Götter dem jeweiligen Land an, das ihnen ihre Waren abnahm. Als sie ein

Auge auf das Delta geworfen hatten, das so üppig und sicher und inmitten ihres Handelsgebiets gelegen war, hatten sie die trägen und selbstgefälligen Ägypter in Sicherheit gewiegt und ihnen dann fast unmerklich die Zügel der Regierung und dem König die Kontrolle über die Handelswege entzogen.

Die Festungen in Wawat und Kusch bedeuteten ihnen nichts, sie standen leer und zerbröckelten langsam im südlichen Sonnenglast. Doch der Reichtum dieser Länder, das Gold, die Leopardenfelle, Elefantenzähne, Gewürze, Straußeneier und -federn zogen sie an wie der Honig die Fliegen.

Aber das würden sie sich nun zurückholen. Ipi war vom Tempel mit drei Landkarten zurückgekehrt, auch die neusten viele Hentis alt, die der große König Osiris Senwasret, der Dritte seines Namens, hatte zeichnen lassen. Er hatte auch einen Kanal durch den ersten Katarakt ausheben lassen, die Straße von Chekura genannt, der führte nach Süden, um seinen Soldaten und Schatzschiffen das Kommen und Gehen zu erleichtern. Er und seine Vorgänger hatten an der Grenze zwischen Wawat und Kusch eine Kette von Festungen erbaut, die die Goldbergwerke vor einheimischen Räubern schützen sollten. «Die Informationen sind kärglich», meinte Kamose und ließ die Karte zusammenrollen. «Hor-Aha, in welchem Zustand ist die größte Festung in Buhen?» Der General zögerte.

«Buhen ist die erste der Kette», antwortete er, «aber sie ist auch die südlichste Grenze von Wawat. Ich habe sie lange nicht gesehen. Vielleicht haben die dortigen Dorfbewohner sie übernommen, doch die haben keine großen Mittel, sie zu verteidigen. Sie lassen sich leicht vertreiben, falls du sie ausbessern und wieder bemannen möchtest, Majestät.»

«Vielleicht», sagte Kamose. «Aber erst müssen wir in Wawat nach dem Rechten sehen. Ist der Kanal meines Vorfahren noch schiffbar?»

«Keine Ahnung.» Hor-Aha schüttelte den Kopf. «Ich und die Medjai ziehen von und nach Wawat über Land. Kann sein, die Bootsleute aus Necheb wissen darüber Bescheid.»

«Das Gold kommt doch auf dem Wasserweg aus Kusch», meinte Ahmose. «Die Setius holen es noch immer aus den Bergwerken. Schaffen sie es mit Karawanen am ersten Katarakt vorbei oder befahren sie auf dem ganzen Weg den Nil?»

«Mir macht die Zeit Sorge», sagte Kamose. «In knapp einem Monat steigt der Fluss, aber ich habe vor meinem Aufbruch hier noch viel zu tun. Falls es hinter Swenet keine unvorhergesehenen Hindernisse gibt, können wir noch vor dem Hochwasser in Wawat sein. Falls nicht und wenn wir Schiffe nehmen, sitzen wir möglicherweise in der Falle.»

«Lass uns grundsätzlich auf dem Wasser reisen», drängte Ahmose. «Dann können wir auf dem Fluss zurückfahren, wenn das Hochwasser zurückgeht.»

In den verbleibenden zwei Wochen vor Anfang Mesore widmete sich Kamose nach besten Kräften heimischen Angelegenheiten. Er überprüfte das Gefängnis, das er im vergangenen Jahr hatte bauen lassen, doch warum eigentlich, das wusste er kaum noch, und jetzt sah er es mit gemischten Gefühlen, halb böse Vorahnung, halb Besorgnis. Er hörte sich die Einschätzung der gerade begonnenen Ernte an. Es würde ein prächtiges Jahr werden und er gemahnte Ipi, der zu seinen Füßen wie ein Wilder mitschrieb, während die verschiedenen Aufseher berichteten, den Zehnten, der Amun zukam, sorgfältig zu berechnen.

Er überquerte den Fluss zum Westufer, angeblich um den Fortgang der Arbeit an seinem Grabmal zu prüfen. Wie jeder Edelmann hatte er damit begonnen, als er volljährig geworden war. Die Maurer und Kunsthandwerker, die mit dem Bau und der Ausschmückung beschäftigt waren, begrüßten ihn überschwänglich, doch der Besuch legte sich ihm aufs Gemüt. Er war noch jung, zählte erst vierundzwanzig Lenze. Daher beeilten sich die stämmigen Steinmetze nicht, die noch rauen Wände zu glätten und zu verputzen, zwischen denen er in die feuchte Kühle des Raums hinunterstieg, in dem er einmal ruhen würde.

Wie mögen die Kunsthandwerker diese leeren Flächen füllen?, überlegte er verzweifelt. Ich habe keine Frau, keine Kinder. Also wird es keine hübschen Bilder von Familienglück geben. Stattdessen habe ich getötet und gebrandschatzt und gekämpft. Die Farbe, die hier am meisten leuchten wird, ist das Rot des Bluts, das Blau der Tränen, und das wird die Geschichte meines Lebens sein. Wage ich es, einen solchen Bericht in Auftrag zu geben, wo ich noch nicht einmal Ägypten befreit habe und meine Taten wahrscheinlich nicht durch eine königliche Bestattung wettgemacht werden können?

Als er halb blind aus dem dämmrigen Gang kam, blieb er stehen und blickte über die sandige Ebene, die zwischen den Felsen von Gum hinter ihm und dem dünnen Streifen Grün dahinter lag, der den Nil kennzeichnete. Zu seiner Rechten schmiegte sich die Pyramide von Osiris Mentuhotep-neb-hapet-Re an die übereinander getürmten Felsen und vor ihm ragten hier und da andere kleine Pyramiden aus der sonnengedörrten Ödnis, jede mit einem Hof und einer niedrigen Mauer. Hier lagen seine Vorfahren, einbalsamiert und wahr an Stimme, die großen Könige seines geliebten Landes, in deren Schatten er wie ein Zwerg herumlungerte. Das hier waren nicht die mächtigen Götter des Anfangs, deren Grabmäler sich in all ihrer Ehrfurcht gebietenden Größe in der Nähe des Deltas erhoben. Die hier waren und standen ihm näher, starke, weise Männer, von deren göttlichem Blut, wenn auch verwässert, noch eine Spur in seinen Adern rann. Ich muss mich vor euch nicht schämen, sagte er im Geist zu den gedrungenen Gebäuden, die in der Mittagshitze flimmerten. Ich habe getan, was ich konnte, und so Amun will, werde ich noch mehr tun.

Die Astrologenpriester hatten nach Prüfung ihrer Karten und einer Beratung befunden, dass Ahmes-nofretaris kleines Mädchen den Namen Hent-ta-Hent erhalten solle. Ein gewohnter, altüberlieferter Name ohne schlimmen Beiklang. Sie würde sich in den Jahren, die ihr die Götter schenkten, guter Gesundheit erfreuen. «Das ist nicht genug», beschwerte sich Aahmes-nofretari gegenüber Kamose bei einem seiner häufigen Besuche im Kinderzimmer. «Zuerst geben sie ihr einen völlig nichtssagenden Namen, und dann drücken sie sich um eine genaue Aussage.» Sie beugte sich über die schlafende Kleine und tupfte mit der Fingerspitze zärtlich einen Schweißtropfen an ihrer Schläfe fort. «Falls sie sterben muss, dann sollten sie das auch sagen. Ich habe schon ein Kind verloren. Ich möchte mein Herz nicht an dieses hängen, falls es mir genommen wird.»

«Die Astrologen können sich täuschen», sagte er. «Du darfst dein Herz aufgrund der Worte von ein paar alten Männern nicht verschließen, Aahmes-nofretari. Hent-ta-Hent kann doch nichts dafür. Sie braucht deine Liebe.»

«Und ich brauche Ahmose.» Sie schüttelte seinen Arm ab und blickte ihn kühl an. «Unsere Ehe ist weiter nichts als eine Abfolge von Abschieden, gefolgt von Zeiten schrecklicher Angst, darunter ein paar kurze Augenblicke des Glücks. Wenn du ihn zum Angriff auf Auaris mit ins Delta nehmen würdest, ich würde anders fühlen, aber warum musst du ihn nach Wawat mitschleifen?» Sie hob die Hände. «Ist das alles, worauf ich mich freuen kann? Langeweile, Kinderaufzucht und Strohwitwe? Lass ihn dieses Mal hier bei mir!»

«Aber ich brauche ihn», entgegnete Kamose. «Ich nehme

alle Medjai und eintausend einheimische Männer mit nach Wawat. Die Fürsten und Befehlshaber sind fort. Allein kann ich den Süden nicht in den Griff bekommen.»

«Du hast Hor-Aha.» Dieses Mal antwortete er nicht sofort und sie stürzte sich auf die Pause. «Kamose, du vertraust dem General nicht mehr völlig, oder?», sagte sie. «Warum nicht? Hat sich während des letzten Feldzugs etwas zugetragen?» Er schüttelte den Kopf, doch ihre Weitsicht hatte ihm kurz die Fassung geraubt.

«Nein», sagte er. «Es hat sich nichts zugetragen. Ich würde Hor-Aha mein Leben anvertrauen und ich weiß, dass er mich bis zum letzten Atemzug verteidigen würde. Es ist nur ...» Er konnte seine Gefühle nicht in Worte fassen. «Es ist weiter nichts als ein flüchtiges Unbehagen. Vielleicht hat die Abneigung der Fürsten gegen ihn ein wenig auf mich abgefärbt.»

«Vielleicht. Teilt Ahmose sie auch?»

«Da bin ich überfragt», antwortete Kamose, als sie auf dem Flur standen. «Man kommt nur schwer dahinter, was er denkt.» Sie blickte ihm mitten ins Gesicht.

«Nein», sagte sie. «Ich schon.» Ihre Augen funkelten böse. Sogar ihr Gang ist anders geworden, dachte Kamose. Ich erkenne Tetischeri in ihr. Sie ist nicht mehr so wehrlos und bescheiden. Eines Tages wird sie eine beeindruckende Frau sein, aber ich trauere ein wenig dem sanften Mädchen nach, das so nahe am Wasser gebaut hatte.

Eine Aufgabe allerdings machte ihm Spaß, nämlich das Diktieren der beiden Texte, die auf zwei Stelen für den heiligen Bezirk Amuns gemeißelt werden sollten. Auf der ersten Stele beschrieb er den Kriegsrat mit den Fürsten in den schlimmen und ungewissen Tagen, ehe die Medjai gekommen waren und er seinen verzweifelten Feldzug nach Norden begonnen hatte. «Horus auf seinem Thron, Geliebter der zwei Göttinnen der stetigen Denkmäler, Goldhorus, Befrieder der Zwei Länder, König von Ober- und Unterägypten, Uaschtperra, Sohn des Re Kamose, gegeben für alle Zeit, Geliebter Amun-Res, des Herrn von Karnak.» Und dann beschrieb er in der offiziellen Sprache der Dokumente und öffentlichen Erklärungen die Ereignisse, an die er sich so gut erinnerte. «Die Menschheit soll mich als den mächtigen Herrscher von Waset preisen», endete er mit einem Wunsch, von dem er wusste, dass es ein frommer Wunsch war. «Kamose, der Beschützer Ägyptens.»

Die zweite Stele begann mit seinem Angriff auf Chemmenu und beschrieb dann chronologisch das Abfangen von Tetis Brief an Apophis, den Marsch nach Norden, die Zerstörung der Oase ohne Blutvergießen und den folgenden Sieg über Kethuna und seine erschöpften Männer. «Bring diese Texte zu Amunmose, ein Tempelsteinmetz soll sie meißeln», sagte er zu seinem Schreiber. «Sie werden im Vorhof aufgestellt, damit alle erfahren, wie ich mich bemüht habe, den Ägyptern Ägypten zurückzugeben.» Er warf sich auf den Stuhl seines Vaters. «Nein, sie sind mehr für kommende Generationen gedacht», sagte er leise. «Man soll mich in guter Erinnerung behalten, Ipi. Ich möchte, dass mich die Menschen verstehen.»

«Ich weiß, Majestät», antwortete Ipi. «Und ich weiß auch, dass du glaubst, du stehst bald im Gerichtssaal. Deine Worte können die Dinge nicht verbergen, die ich darunter spüre. Doch so Amun will, trifft das nicht ein. Ich möchte sehr gern zu deinen Füßen neben dem Horusthron sitzen!» Kamose rang sich ein Lächeln ab.

«Danke, mein Freund», sagte er. «Und jetzt mach dich an die Arbeit.» Als Ipi unter Verbeugungen mit der Palette unter dem Arm gegangen war, saß Kamose immer noch da und starrte auf die verschwommene Spiegelung seiner gefalteten Hände auf der schimmernden Tischplatte. Ich möchte nicht im Gerichtssaal stehen, dachte er müde. Ich möchte mit den anderen Inkarnationen des Gottes in der Himmelsbarke fahren, nachdem ich Doppelkrone und königliche Insignien abgelegt und meinem Nachfolger ein geeintes Land übergeben habe. Tu mir das nicht an, Amun, mein Vater. Mach, dass sich das Orakel geirrt hat und ich in künftigen Jahren auf meine Qualen zurückblicke und darüber lache.

Er bemühte sich nach besten Kräften, sich von dem sommerlichen Frieden gefangen nehmen zu lassen, schwamm, stand im Tempel und betete, speiste das immer abwechslungsreichere Essen, das man mit Fortgang der Ernte vor ihn hinstellte, ja, er spielte sogar mit dem entzücken Ahmose-onch, doch er war ein Hochstapler, ein Schauspieler, der seine Rolle spielte und dennoch die Augenblicke bis zum Ende der Vorstellung zählte.

Als die Schiffe ausgebessert waren, schickte Kamose seinem Bruder Nachricht, dass sie im Morgengrauen des nächsten Tages aufbrechen würden, doch er überbrachte ihm die Nachricht nicht persönlich. Er mochte seiner Schwester nicht in die Augen sehen.

Er bat um ein Treffen zwischen ihm, seiner Mutter und Großmutter nach dem Mittagsschlaf in Tetischeris Gemächern. Uni führte ihn in einen Raum, in dem zwei Mädchen die heiße Luft mit Fächern bewegten. Tetischeri hatte offensichtlich gerade ihr Lager verlassen. Die Laken waren zerknüllt, ihre Kopfstütze lag auf dem Fußboden. Aahotep lehnte an der Fensterbank und die Straußenfedern kitzelten sie beinahe am Rücken, während sie den müden Garten unten betrachtete. Bei seinem Eintreten drehte sie sich um und schenkte ihm ein Lächeln. «Ich habe die ganze Geschäftigkeit auf dem Fluss gehört», sagte sie statt einer Begrüßung. «Vermutlich bedeutet das Aufbruch, Kamose. Ich konnte heute

Mittag nicht schlafen.» Rasch ging er zu ihr und gab ihr einen Kuss auf die glatte Wange. Sie duftete nach Lotosöl und Essenz von Akazienblüten.

«Tut mir Leid, wenn der Lärm deine Ruhe gestört hat», erwiderte er pflichtschuldigst und sie lachte.

«Nein, das tut es nicht, weil er nämlich unvermeidlich ist. Ich war nur zu unruhig zum Schlafen.»

«Also, ich nicht», murrte Tetischeri. «Ich habe geschlafen wie eine Tote. Sieh mich an! Kamose, du hättest ruhig noch eine Stunde warten und mir Zeit zum Baden und Ankleiden geben können.»

«Tut mir Leid», wiederholte Kamose. «Aber du hast Uni erlaubt, mich einzulassen. Bitte, schick deine Fächerträgerinnen fort, Großmutter.»

«Ach, so ist das.» Sie wurde munterer und gab den jungen Frauen einen Wink, die sofort die Fächer hinlegten und unter Verbeugungen das Zimmer verließen. «Ein Kriegsrat.» Im Zimmer war es nach dem Weggang der Dienerinnen drückend. Kamose merkte, wie ihm der Schweiß das Rückgrat entlanglief, als er seiner Mutter einen Schemel heranzog, ihn neben Tetischeri stellte und sich selbst auf die Bettkante hockte.

«Irgendwie schon», bestätigte er. «Ich breche morgen früh nach Wawat auf und hoffe, dass ich schneller bin als das Hochwasser. Aber wenn ich erst im Süden bin, hält mich die Überschwemmung fest. Ich habe vor, mit dem letzten Hochwasser zurückzufahren, doch das kann Ende Tybi werden.»

«Sechs Monate von heute an», warf Tetischeri nachdenklich ein. «Ausreichend Zeit, um die Wilden zu unterwerfen, die die Dörfer in Wawat plündern, Buhen zu überprüfen, herauszufinden, was Teti-en so treibt, und eine Ladung Gold mit nach Hause zu bringen.»

«Warum sollte ich Buhen überprüfen?» Kamose stellte sie auf die Probe.

«Weil ein ausgebessertes und neu befestigtes Buhen deine südliche Grenze gegen den abgefallenen Ägypter sichert», sagte sie langsam und deutlich, als spräche sie mit einem Kind. «Dann kannst du heimkommen und deine Energien auf Auaris sammeln, ohne dass du dich sorgen musst, dass es eine zweite Front gegen dich gibt.» Er nickte.

«Ich schicke euch beiden ausführliche Berichte über das, was sich tut», sagte er. «Während meiner Abwesenheit habt ihr wie früher volle Gewalt über die Nomarche. Wenn die Ernte vorbei ist, sagt ihr Anchmahors Sohn Harchuf, er soll draußen in der Wüste Kriegsspiele anordnen. Nimm dazu den Rest der Soldaten aus Waset. Sie dürfen während der Überschwemmung nicht müßig sein und müssen schlagkräftig bleiben.» Er schwieg und wartete auf ihre Antwort, doch als keine kam, fuhr er fort: «Ich habe über euren Vorschlag nachgedacht, Spione für Auaris anzuwerben. Es ist eine gute Idee. Ramose soll euch dabei helfen.»

«Nimmst du den nicht mit?», warf Aahotep ein. «Bitte, tu das, Kamose. Zum einen wird er enttäuscht sein, dass er hier bleiben muss, zum anderen gefällt mir die viele Zeit nicht, die er bei seiner Mutter verbringt.» Kamose blickte erstaunt.

«Was meinst du damit?»

«Sie meint, dass Ramose seit dem Tag eurer Rückkehr ständig bei seiner Mutter gehockt hat», fuhr Tetischeri dazwischen. Sie hörte sich verächtlich an. «Sie hat jeden Augenblick seine Aufmerksamkeit gefordert. Nofre-Sachuru hasst uns allesamt. Sie träufelt ihm Mal für Mal Gift ins Ohr.»

«Woher wisst ihr das?», fragte er. Aahotep legte ihm beschwichtigend die Hand aufs Knie.

«Du musst kein schlechtes Gewissen haben», sagte sie.

«Du bist mit wichtigeren Dingen beschäftigt gewesen. Ramose schläft mit Senehat. Und die erzählt uns alles.» Kamose blickte von einer gesetzten Miene zur anderen. Zwei Paar gerissene braune Augen erwiderten den Blick.

«Wollt ihr damit sagen», fing er vorsichtig an, «dass Nofre-Sachuru euren Argwohn erregt hat und ihr Senehat absichtlich auf Ramose angesetzt habt, dass sie ihn verführt und für euch spioniert?»

«Nein, das haben sie nicht», erklang eine Stimme auf der Schwelle. Erschrocken fuhr Kamose herum und erblickte Aahmes-nofretari, die mit schmalem Mund durchs Zimmer kam. «Ich war das. Ich verwahre mich dagegen, von diesen Überlegungen ausgeschlossen zu werden, Kamose. Ich verwahre mich dagegen, wie ein kleines Mädchen verhätschelt und verwöhnt zu werden. Vielleicht siehst du ja Tani, wenn du mich anschaust, aber lass dir versichern, dass ich ganz und gar nicht wie meine Schwester bin. Ich habe es satt, von dir übersehen zu werden.» Sie ging zum Fenster, drehte sich in den Raum, lehnte sich an den Fenstersturz und verschränkte die Arme. «Werft mich hinaus, wenn ihr wollt, aber Großmutter erzählt mir später ja doch, was hier besprochen worden ist. Ich übernehme die Verantwortung für Senehat. Natürlich habe ich mich zuerst mit Mutter beraten.» Sie lächelte grimmig. «Senehat ist schlau und Nofre-Sachuru sehr dumm. Sie argwöhnt gar nichts. Ramose übrigens auch nicht. Senehat ist hübsch und lebhaft. Vielleicht erinnert sie Ramose an Tani.» Kamose hob die Hand. Ihm war ein wenig übel.

«Soll das heißen, dass Ramose kurz davor ist, mich zu verraten?» Er brachte die Worte kaum heraus. Aahmes-nofretari schüttelte heftig den Kopf.

«Nein, nein! Aber wie lange kann er die Schmähreden seiner Mutter noch anhören, ohne dass er etwas unternimmt?

Wieder einmal weiß er nicht, wem er treu sein soll. Er leidet bereits. Es nutzt nichts, wenn er ihr sagt, sie soll den Mund halten. Sie hört nicht auf ihn. Aber Ramose kommt auch nicht zu dir und warnt dich, Kamose. Was er hätte tun sollen.»

«Ich kann mir Ramose nicht als einen zweiten Meketra, ja, nicht einmal als seinen Vater vorstellen», sagte Kamose erschüttert. «Ihr Götter! Er ist für mich nach Auaris gegangen. Er hat neben mir gekämpft.»

«Lass Ramose nicht hier bei ihr», sagte Aahotep nachdrücklich.

«Was schlagt ihr also vor», fragte er, «angesichts der Tatsache, dass ihr über die Geheimnisse dieses Hauses besser Bescheid wisst als ich?»

«Nimm ihn mit», drängte Tetischeri. «Er könnte sich hier natürlich sehr nützlich machen und Spione für Auaris anwerben, aber es wäre grausam, ihn nach dort zurückzuschicken. Er ist ein guter Mensch. Ich schlafe besser, wenn ich ihn bei dir weiß.» Um mich zu beschützen oder um ihn der Versuchung fern zu halten?, wollte Kamose nachhaken. Stattdessen nickte er.

«Sehr gut. Und jetzt weiter. Ich möchte, dass ihr die Fürsten Ende Choiak holen lasst. Sie sollen hier auf meine Rückkehr aus Wawat warten. Auaris muss im nächsten Winter fallen. Sie schicken dir ihre Berichte, Großmutter. Lies sie sorgfältig und beantworte sie in meinem Namen. Schreibt mir dann, was ihr von ihnen haltet.» Er musterte ihre gesammelten Mienen. «Ich bürde euch damit eine große Last auf», gestand er, «aber es tut mir nicht Leid. Ihr habt bereits bewiesen, dass ihr sie tragen könnt.» Sein Blick schloss seine Schwester ein und er lächelte abbittend. «Passt auf die Fürsten auf», wiederholte er. «Besonders auf Intef und Iasen. Qebt ist nur zwanzig Meilen flussabwärts von Waset gelegen.

Jede Andeutung von Umsturz kann durch einen offiziellen Besuch eurerseits unterdrückt werden. Aber Iasen in Badari ist eurem direkten Zugriff entzogen. Desgleichen Meketra, Mesehti und die anderen.»

«Umsturz?», sagte Aahmes-nofretari. «Kamose, das ist ein starkes Wort.»

«Ich weiß. Wahrscheinlich zu stark, um ihr zeitweiliges Gemurre und ihren Groll zu beschreiben. Sie wollen weiterhin den Frieden und Wohlstand ihres kleinen Reiches genießen. Die Setius haben uns in Ruhe gelassen, haben sie gesagt. Warum schlafende Löwen wecken? Ja, warum? Und das, obwohl sie wissen, welches Schicksal Apophis uns zugedacht hatte. Ich vergesse ihre Worte nicht. Und das dürft ihr auch nicht. Jetzt sind sie wieder zu Hause und möglicherweise versuchen sie, mir zu trotzen und daheim zu bleiben.»

«Aber Anchmahor doch nicht!», wies Aahotep ihn zurecht.

«Nein, der nicht», räumte Kamose ein. «Er sieht das wahre Ägypten.»

«Ein Teil des Problems ist die Macht, die du Hor-Aha zugestanden hast», sagte Tetischeri. «Ich hatte dich schon früher davor gewarnt, Kamose. Halte ihn an sehr kurzer Leine. Vielleicht könntest du ihn sogar in Wawat lassen. Ihm das als Fürstentum geben.»

«Weiß Ahmose von den Aufgaben, mit denen du uns betraut hast?», erkundigte sich Aahmes-nofretari.

«Davon erzähle ich ihm später», sagte Kamose. «Sonst gäbe es noch weitere Diskussionen und Argumente und weitere Anweisungen. Ich wollte diese Unterredung einfach halten.» Er verließ Tetischeris Lager. «Morgen beginnt Mesore», schloss er, während er zur Tür ging. «Ich werde zum Schönen Fest vom Wüstental nicht hier sein. Wenn ihr zu Vaters Grabmal geht und dort speist und Gaben bringt, tut das auch in meinem und Ahmoses Namen. Seid bedankt, alle miteinander. Für alles.» Er verneigte sich knapp und ging.

An diesem Abend speiste die Familie still zusammen, danach suchten alle ihre eigenen Gemächer auf. Kamose nahm wie gewohnt sein Bettzeug und stieg auf das Dach des alten Palastes. Die Medjai schliefen an Bord der Schiffe zusammen mit den tausend zusätzlichen Soldaten, die man aus Waset und der Umgebung zusammengezogen hatte.

Sogar das Abschiednehmen war vertraut geworden. Die Frauen standen oben an der Bootstreppe wie gewohnt und Kamose küsste sie pflichtschuldigst, auch die Kleine im Arm seiner Schwester. Amunmose war mit seinen Tempeldienern und Weihrauch gekommen. Anchmahors Sohn wartete mit den Getreuen des Königs an der Laufplanke. Achtoi, der im Frühlicht an Deck stand, wirkte verdrossen. Das Abschiedsritual verlief ohne großen Kummer oder Tränenströme. Wawat würde nicht gefährlich werden. Nur dass so viel Zeit zwischen der Einschiffung und der Heimkehr lag. «Dieses kleine Bündel wird sich in fünf Monaten schon allein aufsetzen können», sagte Ahmose zu seiner Frau. «Raa soll ihr keinen Honig geben, Aahmes-nofretari. Sonst will sie später nicht essen. Du weißt ja, wie Ahmose-onch immer nach Süßigkeiten giert.» Er küsste sie. «Mach dir keine Sorgen, wenn meine Botschaften wochenlang bis zu dir brauchen», sagte er. Sie streichelte seine Wange.

«Ich habe keine Angst um dich oder mich», gab sie ruhig zurück. «Natürlich bete ich für dich, aber ich habe viel zu tun, Ahmose. Bring mir Goldstaub für die Augenlider mit. Den soll man in Wawat mit den Händen schöpfen können.»

Amunmoses Gesang hatte geendet. Die Kapitäne warteten und die Steuermänner waren auf ihren hohen Sitz geklettert. Die Bootsleute standen zum Hissen der Segel bereit. Nur

Nofre-Sachuru hielt sich abseits von den anderen, weinte und klammerte sich an ihren Sohn, dass der ganz verlegen wurde und sich von ihr losreißen musste. Die drei Männer schritten durch die schützende Gasse der Getreuen, liefen die Laufplanke hoch und gaben den Befehl zum Ablegen. Erleichtert, aber mit Gewissensbissen sah Kamose das viele Wasser, das allmählich zwischen ihm und seiner Familie lag. Er winkte einmal, dann kehrte er das Gesicht gen Süden.

Dritter Tag im Mesore. Grüße an die Große Königin Tetischeri, meine Großmutter. Der Überbringer dieses Briefes sollte Kay Abana sein, der mit seinem Vater Baba auf dem Weg nach Norden, nach Het nefer Apu ist. Nachdem wir reichlich Natron und Lotsen an Bord genommen haben, die uns wohlbehalten nach Swenet bringen werden, wollen wir morgen früh in Necheb aufbrechen. Ich habe im Tempel der Nachbet geopfert und sie als Beschützerin der Könige gebeten, ihre Fittiche über mich zu breiten. An Pi-Hathor und Esna bin ich vorbeigefahren. Beide Häfen sympathisieren mit den Setius und sind durch Wawat und uns isoliert und daher ohnmächtig. Behandle die Abanas mit aller Höflichkeit und vergiss nicht, ihnen zu sagen, dass sie dir berichten müssen, wenn sie bei der Flotte sind. Sorge dafür, dass die Nachrichten, die du von mir erhältst, auch an meine Mutter und Schwester weitergegeben werden. Dem Oberschreiber Ipi diktiert und mit eigener Hand unterzeichnet. Kamose.

Zehnter Tag im Mesore. Grüße an die Große Königin Tetischeri, meine Großmutter. Die Stadt Swenet ist staubig und karg, dennoch liegen hier viele mächtige ägyptische Könige bestattet und es gibt ausgedehnte Granitsteinbrüche.

Kurz bevor wir zu der Insel kamen, sahen wir, dass der Nil breiter wird und die Insel selbst sich majestätisch aus einem Fluss voller Strudel und Wirbel erhebt. Ich bin mir sehr bewusst, dass dieser Ort die offizielle Grenze zwischen Ägypten und dem Süden ist, denn gleich hinter Swenet kommt der erste Katarakt.

Die Lotsen, die wir in Necheb eingestellt haben, sind nach Haus gefahren und ich nehme jetzt Einheimische, die mich durch das Wildwasser leiten sollen. Sie erzählen uns, dass König Osiris Senwasret vor vielen Hentis einen großen Kanal hat bauen lassen, der durch den Katarakt führt. Davon haben wir gehört, und natürlich habe ich ihn auf den Landkarten verzeichnet gefunden, aber ein paar Striche auf Papyrus vermitteln nichts von der Gewalt und Gefahr der Felsen für unsere Schiffe. Ich hege ernstlich Zweifel, ob wir der Baumeistergabe des Göttlichen sowie den Kenntnissen der neuen Lotsen trauen können, habe aber keine andere Wahl.

Die Medjai werden immer aufgeregter, je näher wir ihrer Heimat kommen. Jeden Abend singen und tanzen sie, wenn sie von Bord gehen dürfen. Die Fußsoldaten sehen dieses fremde Land mit scheelem Blick, doch heute sind sie mit ihren Hauptleuten auf den Markt von Swenet gegangen. Jetzt, da ich beim Katarakt angekommen bin, möchte ich Ägypten nicht Lebewohl sagen und in die Wildnis von Wawat ziehen.

Ich vertraue darauf, dass ihr von den Fürsten die ersten Berichte bezüglich ihrer Ernte und des Zustands ihrer Nomarchen erhalten habt. Wartet nicht zu lange damit, die noch Schweigenden an ihre Pflicht zu gemahnen. Passt wieder gut auf den Fluss auf. Möglicherweise versucht Het-ui, Apophis eine Botschaft zu schicken, nachdem er meine Flotte hat vorbeifahren sehen. Meinem Oberschreiber Ipi diktiert und mit eigener Hand unterzeichnet. Kamose.

Neunzehnter Tag im Mesore. Grüße an die Große Königin Tetischeri. Mittlerweile dürfte das Schöne Fest vom Wüstental vorbei sein. Ich habe für das Ka meines Vaters gebetet. Desgleichen habe ich für Si-Amun gebetet, ihr vermutlich auch.

Ich hatte jedoch wenig Zeit für Gebete. Wir sind langsamer vorangekommen, weil wir dort, wo der Fluss breiter und flacher wird, nach verdeckten Sandbänken suchen mussten. Laut den Lotsen wandern diese Sandbänke von Zeit zu Zeit und können deshalb nicht auf Karten verzeichnet werden. Das gilt insbesondere für den Sommer, wenn der Wasserstand niedrig ist. Zweimal haben wir einen ganzen Tag verschwendet, weil alle die Schiffe verlassen und wir sie am Ufer auf Rutschen ziehen mussten. Damit haben wir Stromschnellen und Sandbänke umgangen.

Wawat ist ein Land von wilder Schönheit. Große Felsen, die grob behauenen Pyramiden gleichen, ragen aus einem hellbraunen Land und bisweilen kommen wir an Felsschroffen vorbei, durch die man die Wüste sehen kann. Wenn die Felsen weichen, fahren wir an riesigen Ebenen vorbei, über die der Wind weht, der gewaltige, goldene Dünen aufwirft oder um eigenartige Felsformationen jault.

Am Ufer zwischen diesen unfruchtbaren Ebenen und dem Wasser haben wir zum ersten Mal kleine Dörfer erblickt, die sich an schmale, fruchtbare Streifen klammern, jedoch von Palmenhainen und Sykomoren umgeben sind. Hor-Aha erzählt mir, dass das Getränk aus den Nüssen der Doum-Palmen sehr süß ist. Mir ist aufgefallen, dass ich hier keinen Schatten werfe. Der Schatten meine Leibes fällt genau zwischen meine Beine.

Augenblicklich haben wir in Mi'am angelegt. Hier befindet sich ein großer Friedhof und eine Festung, die ausgebessert werden muss, aber ich habe beides noch nicht erforscht. Die Hitze ist unbeschreiblich, ein Feuerofen, der die Flüssigkeit aus dem Körper saugt und einem jegliche Lust auf Bewegung nimmt. Mi'am liegt mitten in Wawat, eine gute Lage, von hier aus kann man vorgehen. Unsere ägyptischen Soldaten sind entmutigt. Das machen die Hitze und diese endlose Trostlosigkeit. Auch ich spüre, wie sich mein Ka aus dem Leib lösen will, aber ich kann nicht zulassen, dass mich diese geistige Dumpfheit übermannt. Ich erwarte Berichte von meinen Spähern und Nachrichten von euch. Meinem Oberschreiber Ipi diktiert und mit eigener Hand unterzeichnet. Kamose.

Einundzwanzigster Tag im Mesore. Grüße an die Große Königin Tetischeri. Gestern habe ich deinen Brief erhalten. Herzlichen Glückwunsch, ihr seid sehr wachsam gewesen. Der Brief Nofre-Sachurus an Fürst Meketra hat, wie ihr sagt, einen eigenartig offiziellen Ton, so als hätte sie mit ihm eine Art Vertrag oder Übereinkunft geschlossen, und es soll ein ähnlicher an Fürst Iasen in Badari abgehen. Ich frage mich, was in ihrem Kopf vorgeht. Vielleicht ist es der verzweifelte Wunsch, zu alten Freunden zu entkommen, aber ich vermutete Schlimmeres. Beobachtet sie weiterhin, aber greift nicht ein. Sie ist eine böse Frau, doch falls ich mich irre, riskiere ich das Missfallen der Götter.

Wir haben die letzten elf Tage viele Scharmützel mit Wüstenräubern bestanden, die den Dörfern der Medjai zu schaffen gemacht haben. Die Kuschiten sind erbärmlich bewaffnet. Die meisten haben nur Keulen. Einige Messer. Ganz wenige schwingen Schwerter, die verdächtig nach ägyptischen aussehen. In vergangenen Hentis wohl aus ägyptischen Festungen geplündert. Sie tragen lediglich ein Lendentuch aus Gazellenleder und gehen barfuß auf einem Sand, der bei uns allen, abgesehen von den abgehärtetsten Bauern, die Haut an den Fußsohlen verbrennen würde. Sie kreischen tüchtig und schütteln ihre Keulen. Die Medjai erwidern das Kreischen, und dann kommt es zu dem üblichen Getümmel, Laufen, Schießen und Hacken, Blut und Schweiß und Wunden. Unsere Verluste sind so gering, dass man sie vergessen kann. Morgen schicke ich tausend Medjai unter Hor-Aha in den nordöstlichen Teil von Chent-en-nefer, sie sollen dort die letzten noch vorhandenen Kuschiten vernichten. Wir dürfen nicht zulassen, dass sie sich an unsere Grenze anschleichen. Wawat bietet ein hervorragendes neutrales Gebiet, deshalb müssen wir hier weiterhin für Frieden sorgen.

Schick jemanden in die Werkstatt der Steinmetze und überzeuge dich, dass das Meißeln meiner beiden Stelen gute Fortschritte macht. Ich möchte sie nach meiner Rückkehr im Tempel aufstellen. Meinem Oberschreiber Ipi diktiert und mit eigener Hand unterzeichnet. Kamose.

Dritter Tag im Thot. Grüße an die Große Königin Tetischeri, meine geliebte Mutter und meine innig geliebte Schwester am dritten Tag des neuen Jahres. Wie gern wäre ich am ersten Tag dieses Monats bei euch gewesen, wenn ganz Ägypten den Aufgang des Sopet-Sterns feiert. Hier gibt es noch kein Anzeichen, dass Isis weint, aber ich denke, sie wird unsere Bemühungen um die Maat belohnen und uns eine reichliche Überschwemmung bescheren.

Ich diktiere dieses bei Sonnenuntergang auf dem Deck meines Schiffes. Die ganze Wüste, die alte Festung, die Lehmhütten von Mi'am, die reglosen Palmen, alles glüht rot in Res letzten Strahlen. Um diese Stunde hebt sich unsere Laune wieder. Eine leichte Brise weht die nächtliche Kühle der Wüste heran. Achtoi bringt mir kühles Bier, das den ganzen Tag im Fluss gestanden hat. Die Dorfbewohner schleichen sich näher und erhalten unsere Reste. Nach zwei Feldzügen am Nil kommt mir vieles vertraut vor, aber dennoch wirkt dieses Land auf mich fremd, wild, unwirtlich und außerhalb der Zivilisation, die wir überall mit uns bringen.

Morgen will ich an die fünfhundert Mann hier lassen und mit dem Rest nach Süden, nach Buhen ziehen. In dieser Gegend gibt es nicht mehr viel zu tun. Wir müssen zu Fuß weiter, denn der Nil steigt ein wenig an. Ich brenne darauf, die große Festung Buhen zu überprüfen, ob es sich lohnt, sie auszubessern und Soldaten dort zu lassen, und hoffentlich ergibt sich die Möglichkeit, gleichzeitig die Goldbergwerke und das Gold zurückzuerobern. Ich verlasse mich darauf, dass ihr die Briefe bekommen habt, die Ahmose diktiert hat. Gewiss hat er dir, Aahmes-nofretari, erzählt, dass man dort, wohin wir gehen, das Gold beim Spazierengehen am Flussufer aufheben und unter Wasser glitzern sehen kann. Ich liebe euch alle. Meinem Oberschreiber Ipi diktiert und mit eigener Hand unterzeichnet. Kamose.

Siebter Tag im Paophi. Grüße an die Große Königin Tetischeri. Wenn ihr doch nur diesen großartigen, beeindruckenden Ort sehen könntet! Die Festung Buhen schmiegt sich zwischen niedrige Sandhügel in eine sehr fruchtbare Ebene, die sich beiderseits des Nils erstreckt und viele Felder und Palmenhaine aufweist. Der Fluss verläuft hier lang und gerade. Es gibt keine Engen, keine Felsen oder gefährliche Strömungen.

Die Festung jedoch zieht das Auge auf sich. Ich werde sie nicht in Einzelheiten beschreiben, außer dass ungefähr ein Drittel der Einwohner Wasets hinter ihren Ziegelmauern Platz hätte. Sie gleicht einer kleinen, befestigten Stadt. Ramose sagt, sie erinnert ihn an die Zitadelle von Auaris.

Die beiden großen Tortürme gehen auf zwei Anleger aus Stein, doch ungeheuer mächtige Tore öffnen sich nach Westen hin auf die Wüste. Zu den Ausmaßen äußere ich mich nicht weiter. Ahmose lässt sie aufzeichnen. Er drängt mich, die Festung wieder in Betrieb zu nehmen, Soldaten hier zu lassen, aber augenblicklich sehe ich dafür keine Notwendigkeit. Außerdem brauche ich meine Soldaten zum Vertreiben der letzten Setius, ehe ich mich ernsthaft für Kusch interessieren kann. Hier stationierte Soldaten hätten frisches Gemüse und Fleisch, aber Korn und alle anderen Vorräte müssten regelmäßig aus Ägypten kommen, und Ägypten ist noch nicht in der Lage, sich mit Buhen zu befassen.

Es hat über einen Monat gedauert, bis wir uns nach hier durchgekämpft hatten. Wir erwerben uns viel guten Willen für die Zukunft, aber ich leide darunter, dass ich diesen Feldzug machen musste.

Buhen selbst war auch von Kuschiten überfallen worden, die heftig gegen uns gekämpft haben und die Festung drei Tage lang halten konnten, aber aufgrund der hervorragenden Bauweise, nicht wegen ihrer Tüchtigkeit als Krieger. Als wir erst einmal drinnen waren, gab es ein gewaltiges Gemetzel und unsere Männer schleifen noch immer Leichen nach draußen. Ihre Frauen und Kinder habe ich nach dorthin zurückgeschickt, woher auch immer sie aus dieser gnadenlosen Ödnis gekommen sind.

Ahmose und ich haben uns viel über das Gold unterhalten. Es wurde bei Teti-en in Defufa gesammelt und auf Barken mit sehr wenig Tiefgang zu Apophis nach Norden verschifft. Doch diese Barken sind nirgendwo zu sehen, daher nehmen wir an, dass sie alle in Defufa sind. Wir können gut einen Monat auf den Bau weiterer verwenden und sie mit hiesigen Medjai bemannen. Es stimmt, man kann das Gold hier buchstäblich aus dem Nil holen und heraussieben. Buhen kennzeichnet die Grenze zwischen Wawat und Kusch. Wenn wir Kusch nicht erobern, kommen wir nicht an das Gold heran, das es bis Defufa gibt, und ich kann augenblicklich weder Zeit noch Soldaten darauf verschwenden. Nicht bis Apophis und seine Brut vertrieben sind. Außerdem möchte ich Teti-en nicht beunruhigen. Er ist ein zu großes Geheimnis. Wir wissen nicht, wie viel Mann er unter seinem Befehl hat. Bislang hat er für die Ereignisse in Ägypten keinerlei Interesse gezeigt. Lassen wir ihn also in Ruhe.

Ich freue mich, dass die Ernteberechnung so hoch ausgefallen ist. Es sieht so aus, als könnte ich gleich nach meiner Rückkehr mit dem Marsch auf Auaris beginnen. Möge dieses Jahr, so Amun will, das Ende der Setius in Ägypten sehen. Meinem Oberschreiber Ipi diktiert und mit eigener Hand unterzeichnet. Kamose.

Erster Tag im Athyr. Grüße an die Große Königin Tetischeri. Kaum zu glauben, dass wir erst drei Monate von Waset fort sind. Mir will es wie drei Jahre vorkommen. Seit dem letzten Brief an dich habe ich mich ein wenig nach Süden, in Sichtweite des zweiten Katarakts gewagt, der unweit der kleinen Festung Kor beginnt. Das Hochwasser steigt zwar noch, aber man kann sehen, warum man es in früheren Zeiten für nötig gehalten hat, eine Helling zu bauen. Der Katarakt selbst, der ‹Bauch der Steine› genannt wird, erstreckt sich viele Meilen flussaufwärts durch wild verwirbelte Granitblöcke.

Die Helling in Iken zieht sich über eine Meile zu einer Felsgruppe hin, die so groß ist, dass man sie als Insel bezeichnen könnte, und die niemanden durchlässt. Ahmose und ich sind ganz daran entlanggegangen. Sie ist gut in Schuss, obwohl sie seit zwei Jahren nicht mehr benutzt worden ist.

Meine Geschäfte hier sind fast beendet. Achtoi hat mir meine Unterkunft im Haus des Befehlshabers von Buhen sehr gemütlich gemacht. Ich teile sie mit Ahmose, sehe ihn aber nur abends. Er verbringt viel Zeit mit dem Erforschen der Gegend, redet mit den Dorfbewohnern oder hält Manöver mit den Soldaten ab, damit sie sich nicht langweilen, er und sie.

Ramose und ich gehen auf den Wällen dieses herrschaftlichen Anwesens spazieren und beobachten den Fluss, der nach Norden und zu euch fließt. Er spricht über vieles, jedoch nicht über seine Mutter. Ich möchte nicht behaupten, dass Ramose etwas auf der Seele liegt, was Schuldgefühle bei ihm auslöst, aber Nofre-Sachuru hat ihm vielleicht Böses eingeflüstert, das er mir nicht zu sagen wagt. Du berichtest von keinen weiteren Briefen zwischen Nofre-Sachuru und den Fürsten. Entweder hat sie nicht geschrieben oder der Inhalt war nicht wichtig genug, um ihn mir mitzuteilen. Dennoch habe ich ungute Gefühle. Sorgt dafür, dass die Fürsten Ende Choiak in Waset versammelt sind. Ich möchte nicht, dass sie mehr Zeit auf ihren Anwesen verbringen als unbedingt nötig.

Hor-Aha besucht seine Mutter Nihotep. Er freut sich auf den Tag, wenn er sie zu sich in das Haus holen kann, das ich ihm auf den Aruren, die er bewirtschaften wird, geben werde. Hast du gewusst, dass er in seinem Gürtel ein Andenken aus den Diensten bei meinem Vater trägt? Er freut sich sehr über die Säuberung Wawats. Wir haben uns für ein Geringes die Treue der Medjai gesichert. Dem Oberschreiber Ipi diktiert und mit eigener Hand unterzeichnet. Kamose.

Elfter Tag im Choiak. Grüße an die Große Königin Tetischeri. Heute befinden wir uns wieder in Mi'am. Das Wasser ist noch immer zu hoch, als dass wir uns einschiffen könnten, aber es geht zurück. Noch eine Woche, und wir wagen uns an die Rückkehr nach Swenet und an die Schwierigkeiten des ersten Katarakts. Ich bete darum, dass er befahrbar ist.

Seit ich deinen letzten Brief erhalten habe, bin ich in Sorge. Warum hat Intef dir so lange nicht geschrieben? Qebt ist lediglich zwanzig Meilen von Waset gelegen. Wenigstens hat er zugesagt, dass er Ende dieses Monats in Waset eintrifft. Die anderen Fürsten sollten sich auch reisefertig machen.

Ich bin nicht glücklich, Tetischeri. Ich spüre, da stimmt irgendetwas nicht. Ich habe ungute Gefühle und hätte gern Amuns Orakel befragt. Tu das für mich, obwohl nichts entmutigender sein könnte als sein letztes. Ich versuche, es mir aus dem Kopf zu schlagen, aber in dieser riesengroßen, hitzeverdorrten Ödnis scheint der Tod sehr nahe zu sein. Ein einziges Unglück, ein einziger Fehler, ein einziger Ausbruch von Fieber, und wir sind unserer unbarmherzigen Umgebung auf Gedeih und Verderb ausgeliefert. Ich verliere bereits die Kontrolle über meine eigenen Gedanken und natürlich habe ich keine Kontrolle über das, was sich in Ägypten tut. Ich muss Wawat dringend hinter mir lassen.

Ahmose langweilt sich, aber er grübelt nicht. Als wir an Toska, einem Medjai-Dorf am Ostufer, vorbeigekommen sind, hat er sich ein Binsenboot bringen und durch die reißende Strömung staken lassen, weil er unsere Namen in die Felsen einmeißeln lassen wollte. Ich bin böse auf ihn gewesen, weil er sich in Gefahr gebracht hat, aber er hat nur gelacht. «Ich stelle sicher, dass uns die Götter finden, falls etwas schief geht und unsere Grabmäler zerstört werden», hat er gesagt.

Ich bin überrascht und erfreut, dass es Aahmes-nofretari auf sich nimmt, den Drill der Soldaten in der Wüste zu überwachen, und dass sie Männern, die sich in Scheingefechten hervorgetan haben, kleine Belohnungen gibt. Sie hat meine Anweisungen beherzigt. Sag ihr, dass ich es gut finde.

Ich schreibe nun nicht wieder, Großmutter. Wenn alles gut geht, kann ich dich irgendwann im Tybi in die Arme schließen. Dem Oberschreiber Ipi diktiert und mit eigener Hand unterzeichnet. Kamose.

FÜNFZEHNTES KAPITEL

Diese Heimkehr war irgendwie anders. Das lag nicht an dem breiten, träge fließenden Nil, der noch immer ein wenig über der Uferzone plätscherte, auch nicht an dem prächtig sprießenden, neuen grünen Leben am Ostufer. Und auch nicht an der blendend weißen Bootstreppe, an der sich rings um die blauweißen Pfähle am Anlegeplatz das Wasser kristallklar kräuselte, als sich sein Schiff näherte. Das Weinspalier wölbte sich noch immer über dem Weg, der sich unter den ausgebreiteten Ästen der Sykomoren dahinschlängelte. Die Mauer, die den Garten vom alten Palast trennte, bröckelte noch immer vor sich hin und der Palast selbst erhob sich darüber mit der gewohnten abgenutzten adligen Würde. Kamose, neben dem Ahmose und Ramose standen, packte die Reling mit beiden Händen und spürte, wie ihm warm ums Herz wurde, als sein Blick über die vertraute Szenerie wanderte.

Eine eigentümliche Freude brachte sein Herz zum Hämmern und er suchte das sonnengebadete Panorama nach einer Veränderung ab, nach etwas, was erklärt hätte, warum sich jede Faser seines Leibes entspannte, warum sich seine Stimmung hob, aber er fand nichts. Alles war, wie es sein sollte,

432

wie es immer gewesen war, Haus, alter Palast, Tempel, Stadt, alles fügte sich zu der gewohnten Ansicht, die er von Kindesbeinen an kannte. Klar, auf dem Fluss wimmelte es von Schiffen aller Arten und überall am Ufer waren Soldaten zu sehen, daher wusste er, dass die Fürsten eingetroffen waren, doch Schiffe und Männer erklärten keineswegs die Erleichterung und den Jubel, den er empfand.

Nein, dachte er auf einmal. Nein. Mein schönes Waset ist sich gleich geblieben. Ich habe mich verändert. Mit mir ist in Wawat etwas geschehen, mein Ka hat sich verändert, und das so unmerklich, dass ich es nicht bemerkt habe. Wann? Warum? War es ein rascher, unbemerkter Vorgang oder eine winzig kleine Veränderung, weil ich einen gewissen Sonnenfleck auf einem gewissen Hügel auf eine gewisse Weise gesehen habe? Ach, großer und mächtiger Amun, heißt das, alles wird gut? Dass mir jetzt Steine von der Seele gefallen sind und ich es wagen kann, mich auf die Eroberung von Auaris, auf die Rückkehr des Horusthrons in den alten Palast und auf das Gefühl zu freuen, wenn man mir die Doppelkrone auf die Stirn setzt? Er umklammerte das Handgelenk seines Bruders. «Ahmose», sagte er mit belegter Stimme. «Ahmose …», und verstummte, weil er einen Kloß im Hals hatte.

Das Schiff stieß an die Bootstreppe. Am Ende des Wegs sah er die Frauen heraneilen. Er prüfte kurz sein Ka, stellte aber keine Entfremdung, kein Zurückscheuen fest. Lächelnd breitete er die Arme aus. «Wawat ist ein wunderbares Land!», rief er. «Aber Waset ist besser!» Er umarmte sie heftig, genoss es, wie sich ihr weiches Fleisch anfühlte, genoss den Duft ihrer Salben, ihre hohen, aufgeregten Stimmen. Nur Tetischeri blickte ihn von der Seite an. Sie machte sich los, trat zurück und musterte ihn eingehend.

«Du scheinst dich über uns zu freuen, Majestät», sagte sie

trocken. «Nun, diese Freude wird dir bald vergehen. Die Fürsten sind da und sie haben viele Soldaten mitgebracht. Zu viele. Die Kasernen sind überfüllt und bersten schier und die Verteilung von Essen bereitet großes Kopfzerbrechen. Natürlich habe ich nicht gewusst, dass sie mit ihrem Privatheer kommen würden, sonst hätte ich es verboten. Kamose, das gefällt mir nicht.»

«Mir auch nicht», antwortete er, aber nach einer kleinen Pause. «Hat es Ärger gegeben, Tetischeri? Rührt sich Apophis? Was ist mit Pi-Hathor und Esna?» Sie schüttelte heftig den Kopf.

«Nichts dergleichen. Die Nachrichten von Abana aus dem Norden sind gut. Im Delta ist alles ruhig. In Pi-Hathor auch. Die Fürsten haben keinen Grund, Hunderte von zusätzlichen Essern mitzubringen.»

«Was ist los, Großmutter?», fragte Kamose leise. «Was witterst du? Sind die Fürsten respektvoll und gehorsam gewesen?» Tetischeri sagte achselzuckend:

«Ich habe keine Veränderung in ihrer Haltung mir gegenüber feststellen können, aber sie haben sich geweigert, Anchmahors Vorschlag bezüglich der Einquartierung ihrer Soldaten auf dem Westufer in Erwägung zu ziehen. Er ist etwas vor ihnen eingetroffen und hat versucht, irgendwie Ordnung zu schaffen. Er konnte jedoch nicht mehr tun, als sie und ihr Gefolge aus dem Haus herauszuhalten.» Kamose erschrak jetzt wirklich.

«Konntest du nicht durch ihn diese Befehle erteilen?», fragte er.

«Und ob ich das versucht habe», antwortete sie aufrichtig, «und ich habe auch bis zu einem gewissen Grad Erfolg gehabt. Aahmes-nofretari hat unsere Männer ausgesondert, und die überwachen nun die Stadt und natürlich das Anwesen selbst.

Oberflächlich betrachtet hat es keine Zwischenfälle gegeben, Kamose», schloss sie entnervt. «Ich habe es im Gefühl, beunruhigende Andeutungen, ein unbestimmter Verdacht, dass hier etwas nicht stimmt. Bin ich erleichtert, dass du wieder daheim bist!»

Sie hatten jetzt den Vorbau erreicht. Kamose drehte sich um und winkte Hor-Aha zu sich, der sich weit abgeschlagen in der plaudernden Menge befand. «Bring die Medjai über den Fluss und quartiere sie ein», sagte er, als der General kam und sich verbeugte. «Dort soll sie dein Stellvertreter befehligen. Dich brauche ich hier.» Er wandte sich an seinen Herold. «Chabechnet, geh in den Tempel und richte dem Hohen Priester aus, dass ich darauf brenne, meine Stele zu sehen und Amun für eine erfolgreiche Unternehmung in Wawat zu danken. Ich komme morgen früh.» Und zu Tetischeri sagte er: «Heute Abend geben wir ein Fest. Aber erst möchte ich baden, frühstücken und die Kasernen überprüfen.»

Er streckte die Arme nach seiner Mutter aus, die geduldig hinter ihm gewartet hatte. «Setz dich zu mir, Aahotep, wenn ich aus dem Badehaus zurück bin», bat er. «Ich möchte mit dir reden.»

Gebadet und frisch geschminkt, speiste er am Teich unter seinem Sonnensegel, und da kam auch schon Aahotep und ließ sich mit dem Fliegenwedel in der Hand geschmeidig und anmutig neben ihm nieder. Kamose dachte, wie gut sie aussieht. Ihre kupferfarbene Haut schimmerte. Der volle Mund, mit rotem Henna bemalt, zeigte strahlend weiße Zähne, die kleinen Knitterfalten um ihre Augen, die teilweise vom Kohl verdeckt wurden, betonten nur noch ihre dunkle, reife Schönheit. «Du solltest wieder heiraten», sagte er ohne nachzudenken. Vor Überraschung wurde ihr Lächeln noch strahlender.

«Wozu?», fragte sie. «Und wen?» Er lachte.

«Verzeih mir, Mutter. Ein kleiner Gedanke ist meinem Mund entschlüpft, ehe er sich verflüchtigen konnte. Möchtest du Wein? Etwas Gebäck?» Sie schüttelte den Kopf. «Dann hätte ich gern deine Meinung zu den Berichten gehört, die Tetischeri in den vergangenen fünf Monaten von den Fürsten erhalten hat. Du hast sie doch gewiss gelesen. Und erzähle mir von Aahmes-nofretari.» Der Fliegenwedel bewegte sich jetzt hin und her, aber zu langsam, als dass das Rosshaar die warme Luft bewegt hätte.

«Die Berichte waren steif, pflichtgetreu, an ihrer Formulierung war nichts auszusetzen», sagte sie nachdenklich, «dennoch haben sie uns beide, Tetischeri und mich, beunruhigt, aber warum, das wissen wir auch nicht.» Sie hob den Blick zu ihm. «Lies sie selbst, Kamose. Vielleicht haben wir zu lange mit Lug und Trug gelebt und sehen jetzt Gespenster, wo keine sind. Ich weiß es nicht. Die gleiche höfliche Kühle spüren wir, seitdem sie selbst hier sind. Sie lassen es nicht an Achtung fehlen, aber irgendwie sind sie hinter ihren erlesenen Manieren kalt, vielleicht sogar berechnend?» Der Fliegenwedel fiel in ihren Schoß und sie streichelte ihn zerstreut. «Sie erinnern mich an Mersu.»

Das Schweigen zog sich in die Länge. Nachdenklich trank Kamose einen Schluck Wein. «Sie sind hochfahrend und oft streitsüchtig», sagte er, «aber sie wissen, was ich für sie, für Ägypten getan habe. Ich habe mit der Angst Schluss gemacht, dass ihnen ihr Geburtsrecht jederzeit genommen werden kann. Ich habe ihre Treue mit Gold belohnt. Ich tue noch mehr für sie, wenn Auaris erst ausgeräuchert ist. Und was ist nun mit meiner Schwester?»

Aahoteps Finger bewegten sich aufgeregt. «Sie redet oft von Tani. Nicht mehr im Zorn, aber verkrampft und abfällig, so als ob ihr das Wissen um Tanis Verrat neue Energie gibt. Sie kümmert sich mit der früheren Sorgfalt um ihre häuslichen Aufgaben, aber sie erledigt sie schnell, sehr gut, und dann verbringt sie ihre Zeit bei den Soldaten. Nein», sagte sie mit Nachdruck und einer jähen Bewegung. «Nicht lüstern, nicht moralisch anstößig. Sie legt ihr Geschmeide ab, zieht feste Sandalen an und stellt sich auf die Estrade, während die Männer marschieren oder ihre Scheingefechte kämpfen. Sie unterhält sich mit den Hauptleuten.»

«Aber warum?» Kamose wusste nicht, ob er lachen oder sich bei dem Bild von Aahmes-nofretari, der zarten und anspruchsvollen Aahmes-nofretari eingehüllt in Staubwolken, ärgern sollte. «Sie darf sich nicht zum Gespött machen, Mutter. Es wäre sehr schlimm, wenn der gemeine Mann denkt, dass er königliche Frauen mit frechem Blick betrachten kann.»

«Sie mögen sie», entgegnete Aahotep. «Sie drillen forscher, wenn sie anwesend ist. Ich habe sie mehrmals begleitet, als ich gemerkt habe, dass ich sie mit Argumenten nicht davon abhalten konnte.» Sie lächelte zerknirscht. «Aahmes-nofretari ist leider sehr störrisch geworden. Die Männer salutieren, wenn sie kommt, Kamose. Wäre sie ein Mann, sie gäbe einen guten Befehlshaber ab.» Jetzt lachte Kamose tatsächlich.

«Ahmose ist zu einer Gemahlin zurückgekehrt, die er nicht kennt», freute er sich. «Das dürfte ihrer Wiedervereinigung Würze geben.» Er merkte, dass sie nicht mehr allein waren, drehte sich um und sah Anchmahor, Hor-Aha und Ramose in taktvoller Entfernung warten. Er seufzte und wollte aufstehen, doch Aahotep legte ihm die Hand aufs Handgelenk.

«Ich weiß, dass du dich um vieles kümmern musst», sagte sie. «Da ist noch etwas. Vielleicht ist es nichts, aber ...» Sie biss sich auf die Lippen. «Nofre-Sachuru bewegt sich ständig unter den Fürsten, seit sie hier sind, bewirtet sie in ihren Gemächern, sitzt beim Essen bei ihnen und lässt sich in der Sänfte

mit jedem nach Waset tragen, der sich im Ort vergnügen will.»
Ihre Blicke kreuzten sich. «Ich wollte sie schon einsperren,
aber schließlich tut sie nichts Böses.» Kamose hob ihre weiche
Hand und küsste ihr beim Aufstehen die Finger.

«Ich hätte Ahmose in den Süden schicken und selbst hier
bleiben sollen», sagte er bedrückt. «Obwohl ich bezweifle,
dass ich mehr hätte ausrichten können als ihr drei. Ich muss
gehen. Ich sehe euch heute Abend.» In ernster Stimmung gesellte er sich zu seinen Gefolgsleuten.

Die Fürsten und ihr persönliches Gefolge waren an diesem
Abend alle im Empfangssaal zugegen. Kamoses scharfer Blick
schweifte über Köpfe mit Perücken und Goldspangen und sah
plötzlich, wie sich eine hoch gewachsene, etwas gebückte Gestalt zurücklehnte und einen Weinbecher nach mehr ausstreckte. «Was tut Meketra hier?», fragte er leise seine Mutter.
«Von mir hat er keinen Befehl erhalten, sich beim Heer einzu-
stellen!» Aahotep neben ihm brach ein Stück von dem Kicher-
erbsenbrot ab, hielt inne und musterte die Gesellschaft.

«Er ist mit Intef gekommen», sagte sie. «Tut mir Leid, Kamose. aber ich habe nicht gewusst, dass er keine Erlaubnis hat,
seine Stadt zu verlassen. Er hat so getan, als hätte er eine Ein-
ladung von dir.»

Kamose betrachtete ihn nachdenklich. Er und die anderen
Fürsten schienen bester Dinge zu sein, sie erzählten Witze und
sprachen dem Wein tüchtig zu. Aber ihr Benehmen hatte unterschwellig etwas unangenehm Dreistes.

Als er den Saal betrat, hatten sie sich verbeugt, ihm aber
weiter keine Aufmerksamkeit geschenkt, hatten geantwortet,
wenn er sie ansprach, sich aber sonst miteinander unterhalten.
«So haben sie sich fast jeden Abend aufgeführt», brummelte
Tetischeri ihm ins Ohr. «Haben sich betrunken und das Perso-
nal behelligt wie unartige Kinder. Diese Hitzköpfe! Ich bin

heilfroh, Kamose, wenn du sie wieder nach Norden führst.»
Aber als Kamose sie eingehend musterte, konnte er nichts
Hitzköpfiges an ihrem lärmenden Benehmen finden. Ihr Krach
hatte eher etwas Kaltes, fast Berechnendes. Die Frauen haben
Recht mit ihren unguten Gefühlen, sagte er sich. Irgendetwas
stimmt hier nicht.

Später stand er dann auf und hielt eine Ansprache, berichtete, was er in Wawat getan hatte, und sagte ihnen, dass sie am
nächsten Tag allesamt zum Dankgottesdienst und zur Übergabe seiner Stelen im Tempel erwartet und dass sie am über-
nächsten Tag aufbrechen und ihren Krieg gegen Apophis wieder aufnehmen würden. Sie lauschten höflich, wandten ihm
die geschminkten Gesichter zu, doch Hände und Körper waren unstet. «Morgen Nachmittag ist Kriegsrat im Arbeitszimmer meines Vaters», sagte er knapp. «Tybi naht. Anfang Mechir möchte ich vor Auaris stehen.»

Es gelang ihm an diesem Abend nicht, mit seinem Bruder
über seine Besorgnisse zu sprechen. Ahmose hatte sich früh
zurückgezogen und war bei seiner Gemahlin und Kamose
brachte es nicht übers Herz, sie zu stören. Er nahm Anchmahor und Ramose auf einen langsamen Rundgang im Haus mit
und alle drei genossen schweigend die kühle Schönheit des
mondbeschienenen Gartens. Danach schlief er tief und traumlos.

Am Morgen waren Haus und Anwesen leer, der Tempel jedoch voll, als Kamose wieder einmal seinen Fußfall vor dem
Gott machte und ihm für seinen Erfolg in Wawat dankte. Seine
Stelen waren aufgestellt worden, zwei stämmige Granitblöcke,
beinahe so groß wie er selbst, und auf ihnen stand die Chronik
seiner Feldzüge eingemeißelt. Er stellte sich davor und las ihre
Botschaft laut und stolz, dass es durch den heiligen Bezirk
hallte. Unterschwellig teilte er damit allen mit: Das hier habe

ich, Kamose Tao, geschafft. Ich habe die Schmach von meiner Familie genommen. Ich habe die Ehre meines Vaters verteidigt. Ich habe mich des Blutes meiner königlichen Vorfahren würdig erwiesen.

Als die Menge in einer Weihrauchwolke und unter den letzten Liedern der heiligen Sänger aus dem Tempel strömte, stand plötzlich Ahmes-nofretari neben Kamose. Sie hatte sich hinter den Getreuen des Königs genähert und auf ein Wort von ihr hatte man sie durchgelassen. «Ahmose ist schon mit Mutter vorgegangen», sagte sie. «Ich wollte dich sprechen, ehe du dich heute Nachmittag mit den Fürsten triffst, Kamose.»

«Ich wollte mich ohnedies mit dir unterhalten, ehe ich Waset verlasse», antwortete er. «Die Zeit reicht zu rein gar nichts. Hast du Spione in Auaris einschleusen können?»

«Wir haben mit der Organisation begonnen, aber es geht langsam voran», sagte sie. «Durch Paheri und Kay Abana haben wir im Norden arbeiten können, solange die Flotte nichts zu tun hat. Sie mussten erst Einwohner der Stadt ausfindig machen, die vertrauenswürdig sind. Du bist im Delta nicht beliebt, Kamose. Du hast zu viel zerstört.» Sie näherten sich jetzt ihren Sänften. Die Träger sprangen auf, doch Kamose winkte sie fort.

«Wir gehen zu Fuß», rief er. «Dann hast du also noch keine nützlichen Informationen für mich», sagte er leiser. «Es war wohl zu viel gehofft, dass irgendein entgegenkommender Einwohner von Auaris darauf brennt, uns die Tore zu öffnen. Arbeite weiter daran, Aahmes-nofretari. Irgendwann obsiegt die Gier der Setius. Schließlich verstehen sie sich auf nichts besser als aufs Gewinnmachen.» Sein Ton war leicht und die junge Frau lachte. «Wie ich höre, bist du dem Heer beigetreten», fuhr er fort. «Soll ich dich zum Offizier befördern?» Dieses Mal reagierte sie nicht auf seine humorvolle Bemerkung.

«Dir könnte Schlimmeres passieren», sagte sie ernst. «Ich muss mit dir über das Heer sprechen, Nein, über unsere einheimischen Soldaten. Mutter hat dir offensichtlich erzählt, dass ich während deiner Abwesenheit großes Interesse für sie entwickelt habe.» Sie warf ihm einen Blick von unten zu, sah dann auf ihre Sandalen, die im Staub des Weges weiche Abdrücke hinterließen. «Es hat damit angefangen, dass ich gedacht habe, Ahmose-onch hätte ein wenig Ablenkung, wenn ich ihn zum Exerzierplatz neben den Kasernen mitnehme. Raa hat mit Hent-ta-Hent alle Hände voll zu tun. Also habe ich den Befehlshaber um Erlaubnis gebeten, ob ich mit Ahmose-onch auf der Estrade sitzen und ihnen zusehen darf. Natürlich hat sich der kleine Nichtsnutz schon bald gelangweilt und sich gewunden und gequengelt, aber mich hat es fasziniert.» Sie hob die Hand, schob sich einen windverwehten Zopf ihrer Perücke vom Mund und blickte ihn zaghaft an, denn vielleicht lachte er sie ja aus, aber was sie sah, machte ihr Mut. «Ich habe Scheingefechte für sie erfunden», sagte sie beinahe flüsternd, «aber in Strategie bin ich nicht gut, weil ich keine Erfahrung in der Schlacht habe. Ich teile die Männer auf und stelle einige hinter Felsen und auf Hügelkuppen, na ja, so. Das alles gefällt mir sehr, Kamose.» Er wusste nicht, was er darauf sagen sollte, er war zu überrascht.

«Aahmes-nofretari», sagte er sanft, «du hast Recht gehabt, als du mich gescholten hast, weil ich dir nichts zutraue, aber findest du nicht auch, dass du es zu weit getrieben hast? Du musst mir nichts beweisen. Ich vertraue dir völlig.» Sie wandte ihm das hochrote Gesicht zu.

«Du hast nicht zugehört», protestierte sie hitzig. «Dein Hauptmann billigt mein Eingreifen. Die Männer erwarten, dass sie mich jeden Tag zu sehen bekommen. Sie machen mir Freude. Glaube ja nicht, dass ich mich für ihre Ausbildung und ihr Wohlergehen interessiert habe, weil mir mein Mann fehlt oder ich im Haus nicht genug zu tun habe.» Sie überholte ihn mit zwei raschen Schritten und stellte sich vor ihn, was ihn zwang, abrupt stehen zu bleiben. «Ich möchte nie so schwach wie Tani werden», sagte sie leise. «Ich möchte niemals morgens aufwachen und feststellen, dass ich keinen Mut, kein Selbstbewusstsein oder keinen Willen habe, weil ich es zugelassen habe, dass Kinderkriegen und die sanften Künste der Frauen mich unangemessen fügsam gemacht haben. Ich bin nahe daran gewesen, Kamose. Ach, bitte, verbiete mir diesen Dienst nicht!»

Kamose verbiss sich die Feststellung, dass ihre Schwester weder dem Kinderkriegen noch den sanften Künsten der Frauen erlegen war, sondern einem gerissenen und skrupellosen Gegner.

«Hast du mich heute deswegen angesprochen?», fragte er noch einmal. «Wenn das so ist, brauchst du keine Angst zu haben. Ich werde mit meinen Befehlshabern und meinen Hauptleuten sprechen. Falls sie dein Lob ehrlich singen, darfst du weiter mit ihnen arbeiten, vorausgesetzt, das Wort meines Befehlshabers ist dir Gesetz. Von den zweitausend Mann, die ich hier in Waset gelassen habe, werden nur eintausend dableiben. Den Rest nehme ich mit nach Norden, die Medjai natürlich auch. Befriedigt das deinen Durst nach Tod und Zerstörung?» Flüchtig schimmerte die Aahmes-nofretari früherer Zeiten durch. Tränen schossen ihr in die Augen und ihre Lippen bebten. Sie stellte sich auf die Zehenspitzen und gab ihm einen Kuss auf die Wange.

«Danke, Majestät», sagte sie. «Nein, deswegen habe ich dich heute nicht angesprochen, aber ich bin froh, dass diese Sache geregelt ist.»

Ein Weilchen herrschte geselliges Schweigen zwischen ihnen, das nur durch den gemessenen Schritt der Getreuen gestört wurde. Weit draußen auf dem Fluss zog langsam ein kleines Boot vorbei, sein dreieckiges Segel flatterte und seine Fahrt wurde durch rhythmische Trommelschläge eines Jungen markiert, der mit der Trommel unter dem Arm im Heck saß. Das Kielwasser plätscherte in glitzernden Wellen ans sandige Ufer. Kamose brannte nicht gerade darauf, zu hören, was seine Schwester zu sagen hatte.

Jetzt sprach Aahmes-nofretari, ohne ihm den Kopf zuzuwenden: «Es hat nämlich zwischen mir und den Fürsten Intef und Meketra Ärger gegeben. Großmutter, Mutter und ich hatten beschlossen, das für uns zu behalten, aber ich habe über die Sache nachgedacht, Kamose. Du musst dich während der kommenden Belagerung auf alle Fürsten verlassen können. Auf einige mehr als auf andere.» Sie holte tief Luft. «Falls du dich auf einen Ast stützt, der dann bricht, würde ich mir die Schuld daran geben. Es war kein großer Sturm», sagte sie hastig, «ein Windstoß aus der Wüste, mehr nicht.»

«Du malst ein verwirrendes Bild», unterbrach Kamose sie ungeduldig. «Wir sind gleich bei der Bootstreppe und ich bin hungrig.» Das klang härter als beabsichtigt, ihn hatte nämlich jäh ein ungutes Gefühl überkommen und sie entschuldigte sich auch sofort.

«Entschuldigung», schoss es aus ihr heraus. «Aber die Sache ist die: Eines Morgens sind Intef und Meketra auf den Exerzierplatz gekommen. Ich glaube, sie waren entgeistert, als sie mich da gesehen haben. Sie wollten ihre Soldaten unter deine mischen und selbst den Befehl über die Männer übernehmen. Ihre Argumente klangen vernünftig, Kamose. Wir wollen doch die Zusammenarbeit zwischen den Kriegern unserer Nomarchen fördern. Wir wollen doch, dass sich die Soldaten anfreunden, damit sie dann in der Schlacht fest zusammenstehen.» Jetzt sah sie ihn an. Die Tränen waren verschwunden und ihr Mund bebte nicht mehr. Er war zu einer grimmigen Linie zusammengepresst. «Meketra hat sich sogar noch beschwert, dass du ihn zurückgelassen hast und er Chemmenu wieder aufbauen, jedoch nicht im Feld Ehre einlegen darf, wo er doch Erfahrung in unterschiedlichen Befehlsbereichen braucht. Ich habe deine Hauptleute beobachtet, als Intef mit mir geredet hat. Sie hatten Angst, ich könnte den Fürsten den Befehl über sie geben. Ich konnte darin nichts Falsches sehen. Schließlich sind Drill und Scheingefechte nur dazu da, dass die Männer wachsam bleiben und beschäftigt sind, und warum sollten die Soldaten, die die Fürsten mitgebracht hatten, müßig gehen? Aber Intef beharrte zu sehr darauf, dass sie beide statt deines Befehlshabers den Oberbefehl bekämen. Etwas an der ganzen Situation hat mir nicht gefallen. Also habe ich abgelehnt.» Sie lachte kurz auf. «Sie haben mir so weit zugesetzt, wie es gerade noch erlaubt war.» Kamose merkte, dass er einen trockenen Hals hatte. Ich bin nicht zornig, dachte er. Warum? Er hatte die Antwort auf der Stelle. Weil Zorn mich nur blind macht und ich kalt und nüchtern bleiben muss. «Abends bin ich dann in das Quartier unserer Hauptleute gegangen», sagte Aahmes-nofretari jetzt. «Sie haben mir erzählt, dass sie mehrere Male von den Hauptleuten, die mit den Fürsten gekommen sind, zum Trinken eingeladen worden sind und dass unsere eigenen Soldaten Geschenke von Männern aus den Reihen der Fürsten bekommen haben. Ich weiß nicht, was das zu bedeuten hat, Kamose. Bin ich töricht?»

Sie waren jetzt bei der Bootstreppe angelangt und überquerten das Pflaster. Als Kamose nach links zum Weg sah, der zum Haus führte, erhaschte er einen Blick auf die Menge hinter dem dicht belaubten Spalier und auf das Gleißen der Sonne auf weißen Sonnensegeln. Das Gemurmel von vielen Stimmen drang deutlich bis zu ihm. Sie warten auf meine Ankunft, damit sie essen können, dachte er. Es ist ein Festtag.

«Das hast du gut gemacht», sagte er gelassen. «Ich bin sehr stolz auf dich, Aahmes-nofretari. Weiß Ahmose davon?» Sie schüttelte den Kopf.

«Wir hatten letzte Nacht Wichtigeres zu tun», sagte sie mit einer Spur Trotz. «Und ohnedies bist du der König. Meine Pflicht ist es, dir zuerst davon zu erzählen.»

«Gut. Dann behalte es für dich, so wie ich es für mich behalte. Morgen nehme ich sie alle mit, aber ich vergesse deine Worte nicht. Ich brauche sie, wie du weißt, aber ich kann mich nicht dazu bringen, sie zu mögen. Was haben sie in der Vergangenheit für Ägypten getan, außer fett und selbstgefällig von den Brocken zu werden, die ihnen die Setius hingeworfen haben?» Er merkte, wie seine Wut beißend und verzweifelt wurde. «Natürlich werde ich Ahmose und Hor-Aha warnen, aber ich möchte Intef und Meketra nicht wegen etwas beschuldigen, was vielleicht nichts ist», schloss er. «Bislang haben sie nur gemurrt, sind aber gehorsam und verlässlich gewesen. Ich brauche sie noch. Gehen wir hin und frühstücken wir.» Und das schmerzt wirklich, gestand er sich ein, als sie gemeinsam unter dem dicht belaubten Weinspalier hindurchgingen und wieder in die Sonne traten. Ich brauche sie, brauche sie nötig, aber sie brauchen mich nicht.

Er aß und trank, lächelte und unterhielt sich, nahm die Huldigungen und Glückwünsche der fröhlichen Versammlung entgegen, während er sich bemühte, seinen Ärger zu unterdrücken und das, was seine Schwester ihm erzählt hatte, in den rechten Blickwinkel zu rücken. Er hatte nicht die Absicht, sein Missfallen zu äußern, geschweige denn seinen unbestimmten Verdacht bezüglich ihrer Treue. Wenn ich das tue, sind sie entrüstet, und das vielleicht mit Recht. Dennoch waren Aahmesnofretari und seine Frauen über den Vorfall zu besorgt gewesen und auch er hielt ihn, nachdem sich sein Zorn endlich gelegt hatte, für eine kleine, aber eindeutige Warnung.

Schläfrig und gesättigt zerstreuten sich die Gäste schließlich zum Mittagsschlaf und auch Kamose zog sich in seine Gemächer zurück, doch er versuchte erst gar nicht zu schlafen. Auf seinem Stuhl sitzend, ging er im Geist durch, was er den Fürsten sagen wollte, welche Pläne er für diesen seinen dritten Feldzug hatte. Es waren nur wenige und sie waren schlicht. Ägypten gehörte bis zum Delta ihm, darum würde er auf dem Weg nach Norden das Heer in jeder Nomarche einsammeln, Auaris umzingeln, seine Mauern, falls erforderlich, Stein um Stein schleifen, bis die letzte Wunde am Leib seines Landes geheilt war. Er hatte dafür gesorgt, dass Kusch und Teti-en keine Bedrohung mehr waren. Seine südliche Flanke war sicher. Nur noch Pezedchu konnte ihn in seinem Streben nach völliger Freiheit hindern, und falls sich Pezedchu aus der falschen Sicherheit seiner Stadt wagte, würde er ihn besiegen. Apophis zählte nicht für Kamose. Der Kampf wurde zwischen ihm und dem General ausgetragen, in einer offenen und sauberen Feldschlacht. Es kam nur noch auf die richtigen Waffen und eine gute Militärstrategie an.

Am Spätnachmittag ließ er die Fürsten holen. Kamose saß mit seinem Bruder, Ramose und Hor-Aha und sah ihnen kühl und zurückhaltend entgegen, als sie einer nach dem anderen eintraten. Sie verbeugten sich vor ihm und ließen sich auf seine Aufforderung hin nieder. Achtoi hatte Erfrischungen bereitgestellt, doch niemand ging zu den Schüsseln und Bechern. Sie sehen aus, als hätten sie stundenlang getrunken, dachte Kamose. Sie haben verquollene und trübe Augen. Sie hängen auf ihren Stühlen herum wie aufsässige Kinder, die ausgescholten werden sollen, legen die Hände in den Schoß und mögen mich nicht anblicken. Nur Anchmahor schenkt mir ein Lächeln.

Er räusperte sich und stand auf. Ipi, der mit gekreuzten Beinen neben ihm auf dem Fußboden saß, hatte den Papyrus auf seiner Palette geglättet und griff zur Schreibbinse. «Ihr müsst euch selbst bedienen, wenn ihr hungrig oder durstig seid», fing Kamose an. «Ich möchte nicht, dass uns die Diener stören. Was ich euch zu sagen habe, dauert nicht lange. Es gibt keine ausgeklügelten Pläne für unseren bevorstehenden Marsch, es sei denn, ihr habt einen Weg gefunden, wie man in Auaris eindringen kann. Meketra, ich erinnere mich nicht, dich von deinen Pflichten in Chemmenu abberufen zu haben. Sollte dir tatsächlich ein solcher Plan eingefallen sein, den du uns so schnell wie möglich mitteilen möchtest?» Meketra blickte mit bleichem, ausdruckslosem Gesicht hoch, richtete den Blick jedoch auf einen Punkt unmittelbar unter seinem Kinn.

«Nein, Majestät», sagte er. «Bedauerlicherweise nicht. Ich habe mit meinem Kommen nach Waset dein Missfallen riskiert, weil die Ernte rings um meine Stadt beendet ist und der Wiederaufbau auch ohne mein persönliches Zutun vonstatten geht. Ich wurde für eine gewisse Zeit nicht gebraucht und wollte an deinem Sieg und dem Dankgottesdienst teilnehmen.»

«Es missfällt mir in der Tat», gab Kamose scharf zurück. «Du wirst dort gebraucht, wo ich es sage, Meketra. Zunächst hättest du darum bitten müssen, dass du hierher kommen darfst, mit Gründen, warum Chemmenu in den Händen deines stellvertretenden Nomarchen bleiben kann.» Er wollte noch mehr sagen, wollte den Mann für sein niedriges Verlangen, sich so oft wie nur möglich in den Vordergrund zu drängen, geißeln, doch wenn er öffentlich auf Meketras Charakterfehler hinwies,

würde das den offenkundigen Groll des Fürsten noch weiter an-
fachen, weil er dann aus der Gesellschaft seiner Gefährten in
Waset ausgeschlossen war. «Kann ich davon ausgehen, dass
deine Anwesenheit hier und die ungehörig große Zahl deiner
Soldaten deinen Wunsch deutlich macht, in diesem Frühling
mit uns nach Norden zu ziehen?», erkundigte er sich. Meketra
wirkte erschrocken und dann verlegen. Kamose wartete erst
gar nicht auf eine Antwort. Er hatte nicht die Absicht, Meketra
mitzunehmen, und wechselte rasch das Thema. «Morgen bei
Sonnenaufgang stehen eure Männer in Marschordnung bereit», sagte er. «Die Medjai fahren wie immer in den Schiffen.
Ich möchte Auaris so schnell wie möglich erreichen und dort so
lange wie möglich bleiben, bis mir die Stadt, so Amun will, gehört. Umwege sind nicht erforderlich. Habt ihr noch Fragen?»

Es war, als wären alle zu Stein geworden. Jeder Mund blieb
geschlossen. Jedes Gesicht wurde ausdruckslos und auf einmal
bewegte sich keiner mehr. «Was ist los mit ihnen?», flüsterte
Ahmose und beim Klang seiner Stimme hob Intef den Kopf.
Jetzt kreuzte sich sein Blick endlich mit Kamoses und der war
so hasserfüllt, dass Kamose erschrocken blinzelte.

«Majestät, wir möchten in diesem Jahr nicht nach Norden
ziehen», sagte er. «Wir haben uns beraten und sind damit nicht
glücklich. Zwei Jahre lang sind wir dir gefolgt. Unsere Kinder
wachsen ohne uns auf. Unsere Gemahlinnen haben es satt,
allein zu schlafen. Wir sind gezwungen gewesen, unsere Befehlsgewalt an unsere Haushofmeister abzugeben, und unsere
Nomarchen leiden ohne unsere Führung. Zweimal Herbst und
Aussaat und wir waren nicht da. Wir möchten nach Haus.» Er
wedelte abfällig mit der Hand. «Ganz Ägypten außer einem
kleinen Teil im Delta gehört uns. Apophis kann nichts mehr
tun. Lassen wir ihn ein, zwei Jahre im eigenen Saft schmoren.
Wir werden woanders gebraucht.»

Kamose hatte Intef mit wachsendem Unglauben zugehört. Jetzt packte er die Tischkante und hielt sich daran fest, stützte sich darauf und musterte die verdrossenen Mienen vor sich. «Ihr werdet anderswo gebraucht? Was soll der Unfug? Habt ihr nicht gerade gehört, was ich zu Meketra gesagt habe? Ihr werdet da gebraucht, wo ich es sage, nicht wo ihr es gern möchtet! Und von wegen, dass Ägypten euch gehört, ihr überheblichen Fürsten! Ägypten gehört nach Geburtsrecht und Maat mir! Es hat mir schier das Herz gebrochen, dass ich zu seiner Rückeroberung grässliche Dinge tun musste. Wie könnt ihr es wagen!» Seine Stimme wurde immer lauter, bis er schrie. Er spürte, wie sich Ahmoses Finger im Schutz des Tisches in seinen Oberschenkel krallten, und der Schmerz brachte ihn zum Verstummen. «Ich bin der König», schloss er ruhiger. «Ich vergesse diese Frechheit, Intef, vorausgesetzt, niemand zweifelt meine Oberhoheit an. Wir treffen uns morgen. Ihr seid alle entlassen.» Er setzte sich und drückte die Knie zusammen, um das Zittern in den Griff zu bekommen, doch die Fürsten machten keine Anstalten zu gehen. Sie beobachteten ihn eingehend. Dann sprach Mesehti, dessen wettergegerbtes Gesicht sich in betrübte Falten gelegt hatte.

«Seine Majestät hat Recht», bestätigte er. «Liebe Brüder, wir sind selbstsüchtig gewesen. Auch er könnte sich beschweren, weil er hier in Waset genauso gebraucht wird. Haben seine Haushofmeister und seine Frauen nicht die gleiche Last getragen wie unsere?» Er musterte Kamose mit gütigem Blick. «Wir sind nicht zufrieden, Majestät, ja, das stimmt, aber wir haben vergessen, dass du es auch nicht bist. Du bist unser König. Verzeih mir.»

«Verräter», murmelte jemand und Mesehti fuhr zu ihm herum.

«Iasen, ich habe dir gesagt, so geht das nicht!», schrie er.

«Ich habe dir gesagt, wir versündigen uns! Kamose verdient etwas Besseres als unser aufsässiges Gemurre! Wenn es ihn nicht gäbe, wir wären noch immer unter dem Joch der Setius! Ich möchte mit solchen Dummheiten nichts mehr zu tun haben!»

«Du hast es gut!», antwortete Meketra gleichermaßen laut. «Mesehti von Djawati, der bequem im Schutz der Fürsten von Waset lebt! Du kannst dich wirklich nicht beklagen! Mein Chemmenu hat Kamose zerstört und nun erwartet er, dass ich es wieder zum Leben erwecke!» Beide waren aufgesprungen und funkelten sich an. Iasen hämmerte auf den Tisch ein.

«Wir haben mit angesehen, wie Kamose und sein Bruder Ägypten in ein Trümmerfeld verwandelt haben!», schrie er. «Zwei Jahre hat es gedauert, bis sich die Äcker erholt, bis die Dorfbewohner ihre Häuser wieder aufgebaut hatten, und hat er uns Zeit gegeben, damit wir ihnen helfen konnten? Nein! Wir werden zu Mitverschwörern gemacht und jetzt verlangt er schon wieder, dass wir unsere Bauern allein lassen und in den Krieg ziehen. Es reicht! Lasst uns nach Hause fahren!» Jetzt hatte auch Intef den Tisch verlassen, sein Stuhl kippte um und er trat danach.

Kamose hielt sich aufrecht. Er fing Anchmahors Blick auf und nickte einmal. Anchmahor ging zur Tür. Hor-Aha war aufgestanden und stellte sich neben Kamose, seine Hand lag auf dem Messer in seinem Gurt.

«Bei Apophis haben wir zumindest eine gewisse Ruhe gehabt», fauchte Intef. «Er hat sich um seine Angelegenheiten gekümmert und uns tun lassen, was wir für richtig hielten. Der hat sich nicht eingemischt.» Sein Finger stieß zu, zeigte geradewegs auf Kamose. «Er hätte sich auch bei euch nicht eingemischt, wenn dein Vater nicht so unendlich hochnäsig gewesen wäre! Aber nein, Seqenenre war nicht mit seinem Platz zu-

450

frieden. ‹Ich bin der König›, hat er gesagt, aber uns, seine Brüder, ist er nicht um Rat oder Hilfe angegangen. Er hat unsere Ratschläge nicht gebraucht. Die hat er sich aus Wawat geholt!» Der Finger stieß noch einmal zu, dieses Mal zeigte er auf Hor-Aha. «Ein Fremdländer, ein schwarzer Wilder! Dein Aufstand ist weit genug gediehen, Kamose. Soll Apophis doch das Delta behalten. Uns ist es einerlei. Warum auch nicht? Du hast Waset. Und wer bist du schon? Nichts weiter als einer von uns. Ein Fürst. Schlicht ein Fürst. Mein Großvater war Sandalenträger des Königs.»

«Sei still, Intef!», drängte Machu von Achmin und zupfte Intef am Schurz. «Das ist Gotteslästerung!»

«Gotteslästerung?», brüllte Iasen als Antwort. «Jeder weiß doch, dass die Taos das gleiche schwarze Blut haben, das in den Adern ihres Lieblings aus Wawat rinnt! Oder sind Tetischeris Eltern nicht aus Wawat nach Ägypten eingewandert?» Er fuhr zu Kamose herum. «Schick deinen so genannten General dahin zurück, wo er hingehört», forderte er. «Wir sind es leid, vor ihm den Rücken zu beugen. Und lasst uns nach Hause gehen!» Fluchend stürzte sich Hor-Aha mit gezücktem Messer über den Tisch, doch in diesem Augenblick flog krachend die Tür auf und die Getreuen strömten in den Raum, an ihrer Spitze Anchmahor. Rasch war jeder Fürst umringt und der Tumult ließ nach. Kamose stand langsam auf.

«Setzt euch, alle», befahl er. Nach einem gewissen Zögern gehorchten sie, Intef laut atmend, Iasen weiß bis an die hennaroten Lippen. Meketra bemühte sich um eine überhebliche Haltung, konnte jedoch seine Unsicherheit nicht verbergen. Als sie Platz genommen hatten, musterte Kamose sie verächtlich. «Ich habe gewusst, dass ihr eifersüchtig auf Hor-Aha seid», sagte er, «aber ich habe geglaubt, dass ihr allmählich seinen militärischen Scharfblick achten und seine Herkunft

vergessen würdet. Ich habe mich geirrt. Ich habe mich auch in
eurer Klugheit geirrt, denn ihr habt nicht gemerkt, dass euer
Wohlergehen unter Apophis ein Trugbild war, das er jederzeit
platzen lassen konnte, wenn es ihm so beliebte.» Er verzog abfällig die Lippen. «Ihr habt euch eurer Fürstentitel unwürdig
erwiesen, ganz zu schweigen von eurem Geburtsrecht als
Ägypter. Ihr seid Setius, alle miteinander. Eine größere Beleidigung gibt es nicht. Was meinen Anspruch auf den Königstitel
angeht, so haben meine Vorfahren seit Menschengedenken in
diesem Land regiert. Sonst wärt ihr meiner Aufforderung vor
zwei Jahren nicht nachgekommen und hättet mir auch nicht
bei meinem Krieg geholfen. Eure Schmähungen können mir
nichts anhaben, aber ich bin wütend, dass ihr die Herkunft
meiner Großmutter in den Dreck zieht. Das Gerücht ist falsch.
Die Setius haben es in die Welt gesetzt, weil sie Angst hatten,
die rechtmäßigen Herrscher dieses Landes könnten eines Tages
merken, dass sie versklavt sind. Und das wisst ihr!», schrie er
angeekelt und mit seiner Selbstbeherrschung war endgültig
Schluss. «Tetischeris Vater Cenna war Smer, ihre Mutter Nebt-
per! Niedriger Adel, aber ägyptische Namen, ihr Undank-
baren! Anchmahor!» Der Befehlshaber der Getreuen hob die
Hand. «Chabechnet dürfte vor der Tür stehen. Hol ihn herein.» Als der Herold eingetreten war und sich vor Kamose
verbeugt hatte, sagte dieser zu ihm: «Mein Schreiber wird ein
Dokument aufsetzen, das du nach Chemmenu bringst. Es
soll dem Stellvertreter von Fürst Meketra überbracht werden.
Der Fürst wird nicht nach Chemmenu zurückkehren und sein
Stellvertreter soll die Nomarche regieren, bis ein anderer Fürst
ernannt worden ist.» Meketra stieß einen Schrei aus und
Kamose fuhr zu ihm herum. «Ich habe dir Chemmenu als
Lohn für deine Dienste gegeben», sagte er zähneknirschend.
«Ich habe dir Macht und Gunst geschenkt. Sei still.» Mit

einer Handbewegung entließ er den Herold und wandte sich wieder Anchmahor zu. «Verhafte Intef, Iasen und Meketra», fuhr er fort. «Begleite sie zum Gefängnis und übergib sie Simontu.»

«Aber, Majestät», protestierte Mesehti lahm. «Es sind Edelleute, Fürsten von Geblüt, gewiss wirst du ...»

«Verräter und Gotteslästerer sind sie», schnitt ihm Kamose grob das Wort ab. «Anchmahor, bring sie fort.»

Nachdem die drei sichtlich erschüttert und umgeben von gleichmütigen Wachen abgeführt worden waren, blickten sich die verbleibenden Fürsten entsetzt an. «Was war hier los?», sagte Ahmose schließlich. «Ihr Götter, Kamose, war das gerade eine Meuterei? Mesehti, was ist falsch gelaufen?» Mesehti seufzte.

«In den vergangenen fünf Monaten hat es einen lebhaften Briefwechsel zwischen uns gegeben», gestand er. «Wir waren alle so froh, wieder daheim zu sein. Einige wollten einfach da bleiben. Wir sind müde, Prinz. Wir haben keinen Sinn darin gesehen, Apophis noch mehr zuzusetzen. Das zusammen mit unserer wachsenden Abneigung gegen dich, General», hier nickte er abbittend in Hor-Ahas Richtung, «hat die glühenden Kohlen des Feuers angefacht, das in diesem Zimmer ausgebrochen ist. Den Protest und deine Reaktion habe ich erwartet, einen so gehässigen Ausfall jedoch nicht.»

«Das war nicht nur ein Ausfall», widersprach Ahmose. «Das war eine Bloßstellung. Und was den Widerstand gegen Apophis angeht, so merken sie nicht mehr, dass Ägypten in Schimpf und Schande ist, solange ein Fremdländer auf dem Horusthron sitzt. Ich kann kaum glauben, dass sie so dumm sind und diese fürchterliche Wahrheit vor lauter Bequemlichkeit nicht sehen.»

«Majestät, was wirst du tun?» Die Frage kam von Machu.

Kamose verzog das Gesicht. Es fiel ihm schwer, seine Gedanken zu ordnen und die Bedeutung des Vorfalls einzuschätzen.

«Falls ich sie hinrichte, ist das eine Botschaft an Auaris, dass wir uneins sind, und schon schöpft Apophis neuen Mut», sagte er. «Diese Genugtuung möchte ich der Giftschlange nicht geben.»

«Sie hinrichten?», wiederholte Ramose entgeistert. «Kamose, das darfst du nicht!»

«Warum nicht?», fragte Kamose zurück. «Deinen Vater habe ich für etwas Ähnliches hingerichtet. Teti hatte mich richtig verraten. Diese drei nur im Geist. Der Unterschied ist nicht groß.» Er hob die Hände. «Aber wie schon gesagt, will ich Apophis nicht ermutigen. Darum bleibt mir kaum eine Wahl. Sie bleiben im Gefängnis, bis ich vor der nächsten Überschwemmung nach Waset zurückkehre. Hor-Aha, wem kann ich ihre Divisionen unterstellen? Ramose, schenk uns Wein ein. Ich bin ganz ausgedörrt.» Auf einmal wollte er nur noch den Kopf auf den Tisch legen und weinen.

In der nächsten Stunde beredeten sie andere Möglichkeiten, doch alle litten unter dem, was so schnell außer Kontrolle geraten war, und die Vorschläge, die gemacht wurden, waren so gut wie unannehmbar. Am Ende beschlossen sie, ihren Aufbruch eine Woche hinauszuzögern, damit sie sich eine andere Strategie ausdenken konnten. «Wie wäre es, wenn du die Titel den Divisionsstellvertretern gibst?», sagte Ahmose düster, als die Sitzung endete. «Weitere Fürsten ernennst.»

«Das Verleihen von erblichen Titeln sollte man nicht auf die leichte Schulter nehmen», wehrte sich Kamose. «Außerdem müssen die Stammbäume wenigstens eine Spur von blauem Blut aufweisen, wenn ich sie zu Fürsten machen soll.»

«Bei Hor-Aha hast du es getan.»

Kamose bedachte ihn mit einem schmalen Lächeln. «Ja,

aber er war eine Ausnahme. In welchem Ägypten herrsche ich, wenn die Nomarchen vom gemeinen Mann regiert werden? Ahmose, ich hasse sie, aber ich trauere auch um sie. Diese Dummköpfe!»

«Bleibt noch Sobek-nacht in Mennofer», sagte Ahmose nachdenklich. «Mit dem hast du eine Übereinkunft und ich für mein Teil war sehr beeindruckt von seinem Benehmen. Vielleicht könntest du den holen lassen, dass er eine Division befehligt.»

«Ich glaube nicht», antwortete Kamose. «Noch nicht. Er und Anchmahor sind sich sehr ähnlich. Gewiss, er wirkt vertrauenswürdig, aber Mennofer liegt sehr nahe am Delta. Zu nahe. Ich kann jedoch an Paheri in Het nefer Apu schreiben und ihn fragen, welche Nachrichten er über den Fürsten von Mennofer hat. Ihr Götter, was für eine Katastrophe!»

Er sagte das Fest ab, das seine Mutter zum Abschied geplant hatte, und weigerte sich, Tetischeri zu empfangen, als sie persönlich an die Tür seiner Gemächer kam und wissen wollte, was vorgefallen war und warum drei ägyptische Fürsten im Gefängnis schmachteten. Er beriet sich jedoch mit Simontu hinsichtlich ihrer Behandlung. «Gib ihnen, was sie an Annehmlichkeiten brauchen», befahl er. «Und sie dürfen auf dem Hof herumgehen, wann sie wollen, natürlich unter Bewachung. Sie dürfen beten. Denk immer an ihren Stand, Simontu.»

Als er wohlbehalten in seinen Gemächern war, zwang er sich zu essen. Alles schmeckte wie Asche und der Wein sauer. Als die Diener die Reste seines Mahls abgeräumt hatten, sagte er Achtoi, er solle niemanden mehr einlassen, legte ein Kissen auf den Fußboden unter sein Fenster, ließ sich darauf sinken, legte die Arme auf die Fensterbank und blickte hinaus in den stillen Garten.

Die Sonne wollte untergehen und das Licht war nicht mehr so grell und gleißend, sondern sanft goldfarben. Langsam krochen die Schatten unter den Bäumen über das üppige Gras der Rasenflächen. Insekten tanzten in der klaren Luft, wurden selbst zu Goldsprenkeln, wenn Res Sterben sie berührte. Kamoses Raum ging auf den festgetretenen Weg zur Bootstreppe, auf dem jetzt seine Getreuen, in eine Unterhaltung vertieft, schlenderten. Ihre Stimmen wehten zu ihm herüber, nicht jedoch die Worte, die sie sprachen, und gleich darauf waren sie nicht mehr zu sehen.

Ihm fiel auf, dass er in Zeiten vergleichbarer Krisen immer die Einsamkeit und den Trost des alten Palastes gesucht hatte, doch heute hatte er unbewusst lieber den Boden seiner Gemächer gewählt. Gram und Zorn packten ihn, und endlich konnte er diese Gefühle zulassen. Die Wut war vertraut und wohl bekannt, ein Gefühl, gegen das er angekämpft hatte, seit Apophis gekommen war und seine Familie abgeurteilt hatte, eine finstere Wut bisweilen sogar auf die Götter, die ihm dieses schmerzliche Los beschieden hatten.

Doch der Kummer tat unsäglich weh, rührte aus Einsamkeit, Verrat und geistiger Erschöpfung. Brennend heiß kam es aus seinem Herzen geschossen, und auf einmal konnte er die Tränen weinen, die er sich bislang nicht gestattet hatte. Jetzt ließ er sie kommen, legte den Kopf auf die Arme und weinte bitterlich. Als er dann mit verquollenen Augen und Tränen auf Gesicht, Hals und Brust aufblickte, war die Sonne untergegangen und das Zwielicht kroch warm und dunkel durch den Garten.

Wie gern wäre ich wieder ein Kind, dachte er beim Aufstehen. Dann wäre ich sechs Jahre alt, säße mit meinem Lehrer unter einem Baum und schriebe Hieroglyphen auf Tonscherben ab. Ich sehe noch immer meine Hand, wie sie die Schreibbinse umklammert, fühle meine Zunge zwischen den Zähnen, weil Schreibenlernen so mühsam ist. In jenen Tagen herrschte Amun im Tempel und er war nur etwas allmächtiger als Vater, der alles wusste und alles konnte. Das Leben war glücklich und überschaubar. Regelmäßig wurde mir Essen vorgesetzt und ich habe das für normal gehalten. Der Fluss ist nur für mich allein geströmt, nur für meine Spielzeugboote und er hat mit mir gespielt, wenn ich mich nackt in seine kühle Umarmung gestürzt habe. Ich habe genauso wenig nachgedacht wie ein kleines, gesundes und gut versorgtes Tier, ich habe in der Ewigkeit gelebt und nicht gewusst, dass die Zeit vergeht.

Unsicheren Schrittes ging er zum Wasserkrug neben seinem Lager, befeuchtete ein Tuch und wischte sich das Gesicht, entzündete seine Lampe wegen der zunehmenden Dunkelheit, dann nahm er sich seinen Kupferspiegel. Seine eigenen Züge starrten zurück, verzerrt vom Weinen, aber noch immer jung und schön, die Nase scharf, der Mund voll, die Augen, die Augen seines Vaters, dunkel und klug. Eine schwarze Locke war ihm in die braune Stirn gefallen und die schob er mit einer Geste zurück, die ihn jäh an die Hände seiner Mutter erinnerte, Finger, die ihm durchs Haar fuhren, das immer zerzaust war, die leise Stimme, die betrübt ausgerufen hatte: «Kamose und Si-Amun, woher habt ihr nur diesen abartigen Haarschopf?» Ja, woher?, fragte sich Kamose und die polierte Oberfläche des Spiegels gab die Bewegung seiner Lippen wieder. Von irgendeinem unbekannten Bewohner Wawats vielleicht? Lügen, schreckliche Lügen, brauste er innerlich auf. Alle lügen. Apophis, Mersu, Si-Amun, Teti, Tani, die Fürsten mit ihrer Schmeichelzunge und ihrem falschen Lächeln. Und du, Amun. Lügst du auch? Habe ich meine Jahre vergeudet, bin ich einem Trugbild nachgelaufen?

Er schüttelte den Kopf, legte den Spiegel hin und prüfte

sich, die langen Beine mit den festen Muskeln, die breite Brust, die kräftigen Arme und die biegsamen Handgelenke. Er war sich bewusst, dass ihn die Ereignisse des Tages vorübergehend verstört, ihm eine neue Sicht vermittelt hatten, doch er war zu ausgelaugt zum Kämpfen, obwohl er die Gefahr spürte. Ich habe für Ägypten gelebt, so wanderten seine Gedanken. Ich habe mich an ein Ideal geklammert wie eine Jungfrau an ihre Unschuld, aber anders als die meisten Jungfrauen habe ich meinem Ideal gestattet, mich zu beherrschen. Alles andere habe ich weggeworfen. Verschwendet. Eingehend und gesammelt beobachtete er, wie das Lampenlicht auf den Hügeln und Tälern seines Leibes, seines jugendlichen Leibes, seines kräftigen Leibes, spielte. Er nahm den Schurz ab und betrachtete sein Geschlecht, den schwarzen Pelz, in dem seine Männlichkeit ruhte, und Verzweiflung überkam ihn. Dich habe ich auch verschwendet, dachte er. Dich geopfert, alles für ein einziges Wort geopfert. Freiheit. Und was habe ich dir als Belohnung zu bieten? Zwei Jahre fürchterlichen Kampf, dessen Früchte in einer einzigen Stunde zerstört worden sind. Ich möchte die Stücke nicht aufsammeln und von vorn anfangen. Ich bin zutiefst betrübt und todmüde.

SECHZEHNTES KAPITEL

Lange stand er so unbekleidet da, während Zweifel, Träume und Erinnerungen über ihn hinwegrauschten und die harte Schale durchdrangen, die er sich zugelegt hatte. Erst als es an der Tür klopfte, kam er wieder zu sich.

«Was ist, Achtoi?», krächzte er.

«Mit Verlaub, Majestät, aber Senehat ist hier. Sie sagt, sie muss dich dringend sprechen.»

«Sag ihr, sie soll weggehen. Ich möchte nicht gestört werden.» Draußen wurde heftig geflüstert, dann kam Senehats Stimme gedämpft durch die Tür.

«Verzeih mir, Majestät, aber ich muss dir etwas Wichtiges mitteilen. Es kann nicht warten.» Kamose griff nach seinem Schurz. Zweimal packte er ihn nicht, doch dann schaffte er es und wickelte ihn unbeholfen um die Mitte.

«Herein», rief er. «Hoffentlich ist es wichtig, Senehat. Ich bin nicht in Stimmung für Albernheiten.»

Die Tür ging auf und schloss sich wieder und die junge Frau näherte sich unter Verbeugungen. Sie trug das schlichte Dienerinnenkleid aus weißem, blau gesäumtem Leinen, ging barfuß und war umweht von einer Wolke schlichtem Lotosduft. Der traf Kamose fast körperlich und er musste sich beherrschen, dass er ihn nicht wie ein witternder Hund mit geblähten Nüstern einsog. «Verzeih mir, Majestät», wiederholte sie. «Ich wollte dich schon seit deiner Rückkehr aus Wawat allein sprechen.» Kamose musterte ihr Gesicht, sah jedoch kein Anzeichen dafür, dass sie ihn verführen wollte. Ihre Miene war ernst. Eine kleine Falte stand zwischen ihren Augenbrauen.

«Dann sprich», befahl er. Sie hob die Hände und faltete sie.

«Wie du vielleicht weißt, hat Prinzessin Aahmes-nofretari mich gebeten, mit dem Edlen Ramose ins Bett zu gehen», begann sie erstaunlich offen. «Ich habe eingewilligt. Die Gründe für diese Bitte waren einleuchtend. Ich mag nur eine Dienerin sein, aber ich bin eine gute Ägypterin, Majestät. Und ich bin auch eine gute Spionin geworden.» Kamose schenkte ihr eine Lächeln.

«Setz dich, Senehat», sagte er und zeigte auf seinen Stuhl. «Nimm dir Wein.» Sie schüttelte den Kopf.

«Nein, ich darf hier nicht lange bleiben. Wenn die Herrin Nofre-Sachuru argwöhnt, dass ich unter vier Augen mit dir gesprochen habe, wird sie versuchen, mich zu töten.» Kamose kniff die Augen zusammen.

«Dich töten? Meine liebe Senehat, wenn meine Schwester dich in solcher Gefahr wüsste, sie hätte dich sofort aus dem Einflussbereich dieser Frau entfernt. Übertreibst du nicht?»

«Nein! Bitte, Majestät, hör mich an! Ich bin vor einiger Zeit die Bettgefährtin des Edlen Ramose geworden. Er ist ein schöner Mann, freundlich und aufmerksam. Inzwischen mag ich ihn sehr, aber das hat mich nicht davon abgehalten, meiner Herrin seine Worte weiterzugeben. Ich danke den Göttern, dass er nie etwas Ungutes gesagt hat. Er liebt dich. Er ist ehrlich. Nur vor seiner Mutter musst du Angst haben.» Sie verstummte, überlegte, was sie als Nächstes sagen sollte, und Kamose wartete geduldig. «Als du ihn nach Süden mitgenommen hast, gehörte ich bereits zu den Leibdienern der Herrin Nofre-Sachuru», fuhr Senehat stockend fort. «Ich wasche sie im Badehaus und frisiere ihr das Haar. Ich warte ihr beim Essen auf und mache ihr Bett. Sie hat mich wegen Ramose genommen, aber sie sieht mich so gut wie gar nicht.» Die junge Frau errötete. «Sie ist eine Frau, für die Diener unsichtbar sind. Was Blut und Stellung angeht, ist sie ja etwas Besseres, aber ihr Ka ist gewöhnlich.» Senehat schluckte und sah Kamose kurz abbittend an. «Ich bin eine ägyptische Dienerin», sagte sie mit einer Spur Trotz. «Unter dem Schutz der Maat bin auch ich etwas wert. Nicht wie die Sklavinnen, auf denen die Setius herumtrampeln.» Du bist eine feurige und schlaue kleine Hexe, dachte Kamose. Aahmes-nofretari hat gut gewählt.

«Ich verstehe», sagte er laut. «Fahr fort, Senehat.»

«Es ist unter deiner Dienerschaft kein Geheimnis, dass Nofre-Sachuru dich hasst, weil du ihren Gemahl hingerichtet hast und weil Ramose dich liebt», sagte sie offen. «Sie hasst deine Familie, weil diese sie aufgenommen hat und freundlich zu ihr ist. Erbarmen soll ja Groll wecken, nicht wahr?» Kamose nickte. «Sie hat an dem Tag, als ihr Gemahl gestorben ist, großen Mut und große Würde bewiesen. Sagen die Klatschbasen unter deinem Gesinde.» Sie ging zum Tisch und nahm sich den Krug. «Darf ich doch, Majestät? Danke.» Mit geübter Hand schenkte sie sich einen Becher Wein ein und trank einen Schluck. «Wir waren alle froh, als die Prinzessin Prinz Ahmose-onch ihrem Einfluss entzogen hat, aber das hat ihre Feindseligkeit nur noch weiter geschürt.»

«Das weiß ich alles», half Kamose freundlich nach. «Du traust dich noch immer nicht damit heraus, nicht wahr, Senehat? Nofre-Sachuru hat sich des Hochverrats schuldig gemacht.» Sie machte ein bekümmertes Gesicht.

«Es fällt mir schwer, eine Edelfrau zu beschuldigen», antwortete sie. «Die Worte jedoch sind nur für Deine Majestät bestimmt. Ehe du nach Wawat aufgebrochen bist, hat sich Nofre-Sachuru alle Mühe gegeben, den Edlen Ramose gegen dich einzunehmen. Hat ihm Tag für Tag Gift ins Ohr geträufelt. Anfangs hat er sich dagegen verwahrt, dann hat er dazu geschwiegen. Ein paar Sachen, die sie ihm erzählt hat, waren gelogen. Er hat mich eingehend befragt, wie man sie hier behandelt. Ich habe ihn beruhigt und er hat mir geglaubt. Das alles habe ich der Prinzessin erzählt. Dann bist du fortgegangen und die Fürsten sind gekommen.» Sie verstummte und trank noch einen Schluck Wein. «Aber vor ihrer Ankunft hat Nofre-Sachuru schon angefangen, ihnen zu schreiben. Jede Woche hat sie Briefe diktiert. Aber sie ist ja so dumm. Sie hat dazu einen der Hausschreiber genommen, und der hat natürlich deiner königlichen Großmutter gezeigt, was er geschrieben hat. Soviel ich weiß, hat nichts Schlimmes in den Rollen gestanden, es war nur ein Versuch, sich mit den Fürsten anzufreunden. Das Schlimme ist später gekommen.» Sie setzte den Becher ab, legte die Hände auf den Rücken und blickte Kamose mitten ins Gesicht. «Als die Fürsten dann hier waren, hat sie sie sofort mit Einladungen, Besuchen und kleinen Geschenken überhäuft. Sie hat sich ständig bei ihnen aufgehalten und ich auch. Sie hat ihnen die Stärke deiner Truppen auf dem Anwesen und in Waset verraten. Sie hat vorgeschlagen, dass sie den Befehl über deine Soldaten übernehmen und so deine Macht einschränken. Sie hat sie daran erinnert, dass du einen Edelmann hingerichtet hast, dass du ihre Stellung nicht achtest, dass ihr Blut sie nicht vor deiner Skrupellosigkeit schützt, dass du sie benutzt.»

«Ja, das stimmt», warf Kamose ein. «Ich habe sie benutzt. Und ich werde sie auch weiterhin benutzen.»

«Ja, aber gütig, und du hast ihnen für ihre Unterstützung

prächtige Belohnungen versprochen. Du hast ihnen sogar das Gnadengold geschenkt!», sagte Senehat mit Nachdruck. Kamose gestand sich insgeheim ein Lächeln zu. Die Kleine hier war treu. «Als sie gemerkt hat, dass sie nichts dagegen eingewendet haben, ist sie kühner geworden», fuhr Senehat fort. «‹Kamose ist weiter nichts als ein Schlächter›, hat sie gesagt. ‹Er hat unschuldige Ägypter ermordet. Ihm ist nicht zu trauen. Schreibt an Apophis und fragt ihn, was er euch im Austausch für Kamoses Kopf gibt.› Da hat Fürst Intef den Mund aufgemacht. ‹Das habe ich bereits getan›, hat er gesagt. Darauf hat Fürst Meketra gesagt: ‹Ich auch. Kamose ist ein Emporkömmling und wir haben diesen Krieg satt. Wir wollen auf unsere Anwesen zurück und in Frieden leben.›»

Und diesem Mann habe ich Chemmenu zurückgegeben, dachte Kamose. Seinen Fürstentitel habe ich ihm zurückgegeben. Wie kann er nur, wie kann überhaupt jemand so treulos sein? «Was ist mit den anderen?», fragte er verzagt. Er zweifelte nicht einen Augenblick an Senehats Geschichte. Sie klang so entsetzlich wahr.

«Die Fürsten Machu und Mesehti haben heftig protestiert», sagte Senehat. «Fürst Anchmahor war nicht anwesend. Ich glaube, sie haben absichtlich gewartet, bis er anderswo beschäftigt war.» Sie hob die Schultern. «Zu guter Letzt haben Fürst Machu und Fürst Mesehti eingewilligt, dir nichts von den Verhandlungen zu erzählen, die zwischen Apophis und den anderen beiden gelaufen sind, wenn sie auf der Stelle mit dem Hochverrat aufhören. Im Austausch dafür haben die anderen zugestimmt, die Bitte um ein Jahr Aufschub bis zum nächsten Feldzug zu unterstützen. Das ist alles, Majestät.» Sie löste die Hände. «Ich bin nicht bei allen Beratungen zwischen den Fürsten und Nofre-Sachuru zugegen gewesen. Vielleicht haben sie ihre Meinung geändert, von diesem Wahnwitz abgelassen, und ich möchte nicht ohne Beweise beschuldigen. Ipi erzählt uns, dass sie ihre Schlechtigkeit beim Kriegsrat unter Beweis gestellt haben.»

«Aber nicht die ganze», sagte Kamose langsam. «Ich habe nicht gewusst, dass sie mit Apophis Verbindung aufgenommen haben. O ihr Götter. Was für ein abgefeimtes Gift.» Er spürte, wie sich sein Magen jählings zusammenkrampfte und konnte sich nur mit Mühe aufrecht halten. Er atmete tief durch und schließlich ließen die Stiche nach. «Ich muss sie auch verhaften lassen», murmelte er. «Sie darf nicht mehr frei herumlaufen und Bosheit verspritzen. Ramose, es tut mir Leid.» Er zwang sich zu einem Lächeln. «Senehat, das hast du gut gemacht. Dein Gedächtnis ist hervorragend und auch dein Gebrauch der Sprache. Ein Jammer, dass Frauen nicht Schreiber werden können. Was darf ich dir als Lohn für deine Treue geben?» Senehat stellte den Becher behutsam ab, ging zum Fenster, zog die Binsenmatten herunter und ging zur Tür. Kamose merkte, dass sie eher unbewusst gehandelt hatte, während sie über sein Angebot nachdachte.

«Ich würde gern deinen Dienst verlassen und in den Haushalt des Edlen Ramose gehen, wenn der Krieg vorbei ist», antwortete sie aufrichtig. «Es geht mir gut in deinen Diensten, aber bei ihm geht es mir noch besser.» Glücklicher Ramose, dachte Kamose betrübt.

«Er liebt dich nicht», sagte er leise.

«Ich weiß», gab sie schlicht zurück. «Aber das macht nichts.»

«Na schön. Ipi soll dir den Freibrief ausstellen und den geben wir bis auf weiteres ins Archiv. Morgen früh lasse ich Nofre-Sachuru verhaften. Bist du bis dahin sicher?»

«Ich denke schon», sagte sie ernst.

«Dann bist du entlassen. Sei gut zu ihm, Senehat.»

«Immer, Majestät.» Ein Band wehte, Leinen flatterte, dann war sie fort.

Am liebsten wäre er nach draußen gestürzt, hätte Nofre-Sachuru auf der Stelle verhaftet, sie ins Gefängnis geschleift, sie und die hinterlistigen Fürsten an die Wand gestellt und sie sofort hingerichtet, doch die Vernunft obsiegte. Er rief nach Achtoi und ließ sich heißes Wasser holen, weil er in seinen eigenen Räumen gewaschen werden wollte. Das Wasser duftete nach Lotosöl. Er atmete die feuchte Luft ein und lächelte matt und enttäuscht. Ramose verdiente Senehat.

Als er wieder allein war, schlug er das Laken auf, legte sich hin, blies die Lampe aus und wartete, bis sich seine Augen an die Dunkelheit gewöhnt hatten. Allmählich zeichnete sich der Umriss des verhängten Fensters ab, ein mattgraues Viereck mit einem Strichmuster aus Binsen. Fackelschein auf dem Flur draußen glitt an seiner Tür vorbei, wurde schwächer und verzog sich. Die Zimmerdecke mit dem aufgemalten Sternenzelt war beinahe unsichtbar, die Sterne selbst nur noch verschwommene, aschfarbene Flecken, die jedoch bei Tage weiß leuchteten. Ich sollte auf der Stelle zu Ahmose gehen, sagte er sich. Er und Aahmes-nofretari müssen wissen, was Senehat gesagt hat. Nofre-Sachuru und die Fürsten müssen öffentlich abgeurteilt werden, damit Ägypten mich nicht als rücksichtslosen Schlächter verflucht, wenn ich ihren Tod anordne. Es ist mir jetzt einerlei, welche Schlüsse Apophis möglicherweise zieht, wenn er von Uneinigkeit in unserem Lager hört. Ich muss ein Exempel an ihnen statuieren, falls die Treue anderer vielleicht auch wankt.

Schlächter. Er wälzte sich unruhig unter dem Laken. Sie haben mich einen Schlächter genannt. Bin ich das wirklich? Ich brauche Zeit, damit ich meine bösen Taten wieder gutmachen kann, auch wenn sie notwendig gewesen sind, dachte er. Ich muss den Horusthron besteigen, Amun, du musst mir Zeit geben, damit ich gerecht regieren, mein Land blühen sehen, Handel und Wandel fördern und die vernachlässigten und verfallenden Tempel wieder aufbauen kann, alles Dinge, die ohne die beiden Jahre, in denen ich das Vergangene zerstört habe, nie zustande gekommen wären.

Sein Kummer hatte rasende Kopfschmerzen ausgelöst, und obwohl er müde war, floh der Schlaf sein Lager. Seine Gedanken kreisten um die Fürsten, Nofre-Sachuru, Senehat, Aahmes-nofretaris Bericht auf dem Rückweg vom Tempel. Er überlegte, ob er aufstehen und zu den Gemächern seiner Großmutter gehen sollte, aber er wollte keinen Wortschwall hören, nicht heute Abend. Er wollte Schweigen und Stille, ehe er gezwungen war, am nächsten Morgen den Sturm zu entfesseln.

Es war zum Verzweifeln. Jäh verließ er sein Lager, kniete sich im Dunkeln vor Amuns Schrein und begann zu beten. «Ich möchte nicht weitermachen», flüsterte er seinem Gott zu. «Ich habe keinen Mut mehr. Meine Fürsten verlassen mich. Ihre Verachtung trifft mich ins Herz. Meine ganze Arbeit und Sorge, all die Opfer meiner Familie, die Toten, die Tränen, das Entsetzen, alles umsonst. Ich bin leer. Ich kann nicht mehr. Erlöse mich, mächtiger Amun. Gib mir ein wenig Luft, ich möchte alles beiseite schieben, wenn auch nur für eine kleine Weile. Deine göttliche Hand hat schwer auf meiner Schulter gelegen. Nimm sie fort, bitte, und verurteile mich nicht wegen meiner Schwäche. Ich habe alles getan, was ein Mensch nur tun kann.»

Nach einer langen Zeit spürte er, wie sich allmählich Friede in ihm ausbreitete, seine Seele beruhigte und die Anspannung seines Körpers linderte. Du hast um deinen Tod gebetet, spottete eine innere Stimme. Willst du den wirklich, Kamose Tao? Aufgeben und vergessen werden? Was würde dein Vater dazu sagen? «Er würde mir raten, es noch einmal zu versuchen», flüsterte Kamose. «Sei still. Ich kann jetzt, glaube ich, schlafen.» Er griff nach oben und holte sich ein Kissen auf den Fußboden, legte den Kopf darauf und eine Hand darunter und schloss die Augen. Er würde weitermachen, das wusste er, bis Ägypten gesäubert war oder die Götter ihn zu sich riefen. Er war ein Krieger, er hatte keine andere Wahl.

Mit einem Ruck wachte er auf und sein Herz raste. Hatte da jemand seinen Namen gerufen? Hüfte und Schulter taten ihm weh, weil er auf dem harten Fußboden gelegen hatte. Doch irgendetwas stimmte nicht. Mit angespannten Sinnen prüfte er das Dunkel. Völlige Stille. Die Möbel seines Zimmers waren nichts als verschwommene Umrisse. Er wusste nicht, wie lange er geschlafen hatte, aber er fühlte sich ausgeruht und hatte das Gefühl, dass die Morgendämmerung nicht mehr fern war. Unschlüssig und mit gerunzelter Stirn stand er da. Etwas stimmte nicht. Eine Kleinigkeit. Die Stille war vielleicht zu still. Die Dunkelheit zu dunkel.

Dann wusste er Bescheid. Kein Licht von den Fackeln, die ständig draußen im Gang brannten, kroch unter seiner Tür durch. Und von den Getreuen, die dort postiert sein sollten, war kein Laut zu hören. Vorsichtig schob sich Kamose vorwärts und nur seine ausgestreckte Hand bewahrte ihn davor, in die Tür hineinzulaufen, die weit offen stand. Jemand ist in mein Zimmer gekommen, als ich geschlafen habe, dachte er. Jemand, der mich nicht gesehen hat und in solcher Eile wieder gegangen ist, dass er meine Tür nicht zugemacht hat. Ein Diener oder jemand von der Familie, sonst wäre er nicht an der Wache vorbeigekommen. Aber warum hatte man die Fackeln verlöschen lassen? Vorsichtig trat er auf den Flur und rief leise nach Behek, doch kein verschlafener Schnaufer antwortete ihm vom anderen Ende des langes Ganges.

Er konnte jetzt besser sehen, denn die Tür, auf deren Schwelle der Hund sonst lag, ließ die kühle Nachtbrise ein, doch es brannten keine Fackeln in den Haltern. Aber auf dem Fußboden war etwas. Genau vor dem Viereck, durch das er die Umrisse der schwarzen Palmen sehen konnte, kauerte ein formloses Bündel und ihm gegenüber ein anderes. Der Soldat saß zusammengesunken und mit gespreizten Beinen an der Wand, der Kopf war ihm auf die Brust gesunken. Mit zwei Schritten war Kamose bei ihm. «Steh auf, Soldat», sagte er zornig. «Schlafen im Dienst steht unter Strafe!» Doch als er den Fuß vom Boden hob, war der klebrig, und noch ehe er sprach, hatte er gewusst, dass der Mann tot war. Er hockte sich neben den Leichnam und untersuchte ihn sorgsam. Blut war aus der Kehle des Getreuen geströmt, war auf die Wand gespritzt und hatte sich unter ihm ausgebreitet, als er starb.

Rasch zog sich Kamose in das Dunkel seines Zimmers zurück und blieb gleich hinter der Tür stehen, biss die Zähne zusammen, während die Gedanken in seinem Kopf rasten. Wie lange her? Wer sonst noch? Wie viele Mörder? Warum? Wo sind sie jetzt? Er zwang sich trotz seines furchtbaren Schrecks, trotz des überwältigenden Gefühls, dass alles umsonst gewesen war, klar zu denken. Später, sagte er fieberhaft. Ich denke später darüber nach, wie sich das Rad des Schicksals wieder einmal gedreht hat. Jetzt muss ich handeln. Waffen. Wo sind meine Waffen? Die hat Anchmahor nach der Rückkehr aus Wawat mitgenommen, um sie zu ersetzen. Gehört er auch dazu? Nein, er durfte den Mut nicht sinken lassen. Und so blickte er rasch den stillen Gang entlang, ging zur Leiche seines Getreuen, zog das Schwert des Mannes aus der Scheide und das Messer aus seinem Gurt und lief zu den Gemächern seines Bruders.

Unterwegs begegnete ihm keine Menschenseele. Er hatte es

zu eilig, er konnte nicht stehen bleiben und sich die Leichen ansehen, die in regelmäßigen Abständen dalagen, aber es war offensichtlich, dass die gesamte Leibwache im Haus ermordet worden war. Warum haben sie sich nicht gewehrt?, dachte er flüchtig und hatte sofort die Antwort. Weil sie ihre Angreifer gekannt haben. Und wo sind die Diener? Sind die geflohen? Liegen sie in den Dienstbotenquartieren tot auf ihren Matten? Keuchend verlangsamte er vor Ahmoses Räumen den Schritt. Dort saß ein Mann mit dem Rücken an der Wand und dem Schwert in der Hand. Er war hellwach, stand auf und salutierte, als sich Kamose vorsichtig näherte. «Du lebst noch», entfuhr es diesem. Die Brauen des Mannes wölbten sich bis unter den Rand seines Lederhelms.

«Majestät, ich war müde, aber bislang bin ich im Dienst noch nicht eingeschlafen», entschuldigte er sich. «Ich werde bald abgelöst. Verzeih mir, dass ich mich hingesetzt habe.» Kamose hätte ihn am liebsten durchgeschüttelt.

«Darum geht es nicht, Dummkopf!», fauchte er. «Wer ist noch hier gewesen?» Der Blick des Soldaten wanderte nach unten und blieb an Kamoses nackten Füßen hängen. Kamose blickte auch nach unten. Das Blut vom Gemetzel war ihm fast bis zum Knie gespritzt. «Deine Waffengefährten sind tot», sagte er knapp. «Ich bin durch ihr Blut gewatet. Hat heute Nacht jemand um Einlass in die Gemächer meines Bruders gebeten?»

«Vor einem Weilchen ist einer deiner Hauptleute mit zwei Fußsoldaten hier gewesen und wollte den Prinzen sprechen», sagte der Getreue, der sich sichtlich bemühte, seinen Schreck zu überwinden. «Aber der Prinz war nicht da. Er ist vor geraumer Zeit zum Angeln gegangen. Das Morgengrauen ist nicht mehr fern, Majestät. Sie haben nicht darum gebeten, die Prinzessin zu sprechen. Sie sind wieder gegangen.»

«Komm mit», befahl Kamose und drückte die Tür auf.

Ahmose und seine Gemahlin bewohnten größere Zimmer als Kamose, ein Zugeständnis an ihren Ehestand. Das kleine Vorzimmer, das Kamose jetzt betrat, lag im friedlichen Schein einer einzigen Lampe. Die beiden anderen Türen, eine zum Kinderzimmer, die andere zum Schlafgemach, waren geschlossen. Als Raa sie kommen hörte, stand sie von ihrem Strohsack an der Kinderzimmertür auf und Sit-Hathor, Aahmes-nofretaris Leibdienerin, blickte von ihrem hoch. Als er die Tür hinter sich und dem Soldaten geschlossen hatte, standen sie bereits. «Raa, weck deine Herrin und zieh die Kinder an», befahl er. «Sit-Hathor, ich möchte, dass du zu Ramose gehst. Er soll sich bewaffnen und Fürst Anchmahor suchen. Verstehst du mich?» Sie nickte. «Auf dem Flur liegen viele Leichen», fuhr er sanfter fort. «Du solltest Sandalen anziehen. Bist du tapfer?» Wieder nickte sie. «Sag Ramose, dass man uns verraten hat und wir in Gefahr sind. Ich gehe zur Bootstreppe und fange meinen Bruder ab. Jetzt gleich, Sit-Hathor!» Raa war im Schlafgemach verschwunden, und als Sit-Hathor auf den Gang geschlüpft war, tauchte Aahmes-nofretari schlaftrunken blinzend und in ein Laken gehüllt auf, hinter ihr Raa, die ins Kinderzimmer ging.

«Was ist los, Kamose?», fragte seine Schwester schläfrig. Kamose wartete. «Du bist nackt und an deinen Beinen klebt, glaube ich, Blut», sagte sie. «Die Fürsten machen einen Aufstand, nicht wahr? Ahmose ist angeln gegangen. Er hat gesagt, er nimmt Behek mit. Ist er in Sicherheit?»

«Das weiß ich nicht, aber ich denke schon. Wenn ich diese Nacht nicht auf dem Fußboden geschlafen hätte, ich wäre jetzt tot. Sie werden es noch einmal versuchen, aber sie wissen nun, dass sie aufgeflogen sind, und da wird ihnen sehr bald einfallen, dass Ahmose-onch auch ein Tao ist, und sie werden hierher kommen und ihn umbringen. Er muss überleben, Aahmes-nofretari. Sonst ist in Ägypten kein König mehr übrig.» Hinter der Kinderzimmertür weinte jetzt die Kleine und Ahmose-onch protestierte lauthals. «Du musst mit den Kindern in die Wüste», fuhr Kamose fort. «Der Soldat hier begleitet dich. Zum Streiten ist keine Zeit!», brüllte er beinahe, als sie den Mund aufmachte und etwas einwenden wollte. «Ich bin schnurstracks aus meinen eigenen Gemächern gekommen! Ich habe keine genaue Vorstellung, was anderswo vorgeht! Zieh dich an und tu, was ich dir sage!» Statt zu antworten, drehte sie sich um und verschwand in ihrem Zimmer und Kamose wartete. Raa kam mit Hent-ta-Hent auf einem Arm und mit Ahmose-onch an der anderen Hand. «Hunger», quengelte der Junge. Kamose wandte sich an den Soldaten.

«Bring sie auf direktem Weg durch den hinteren Dienstbo-teneingang», sagte er. «Nehmt unterwegs aus der Küche zu es-sen und zu trinken mit, was ihr findet. Geht so weit hinaus in die Wüste, wie sie laufen können, und versteckt euch bis zum Abend. Dann schleicht ihr euch zu Amuns Tempel. Du bleibst die ganze Zeit bei ihnen.» Du hältst Ägyptens Zukunft in dei-ner Hand, wollte er noch hinzufügen. Dein Leben zählt nichts im Vergleich zu ihrem. Kann ich dir trauen? Er biss sich auf die Zunge, denn er wusste, er hatte keine andere Wahl, er musste sich auf die Treue dieses Mannes verlassen und es wäre unvernünftig, ihn zu kränken. Aahmes-nofretari hatte ihre Tür zugeschlagen und reichte ihm einen Schurz.

«Ich bin angezogen, wie du befohlen hast», sagte sie. «Binde dir den um, Kamose. Er gehört Ahmose. Aber ich gehe nicht mit den Kindern. Ahmose wird mich hier brauchen. Mutter und Großmutter auch.» Er wollte sie packen und auf den Flur schubsen, sie in seiner Eile und Angst anbrüllen, doch er legte nur die Waffen ab und band sich den Schurz um.

«Prinzessin …», kam Raa ängstlich dazwischen. Aahmes-nofretari ging zu ihr und schob sie entschlossen zur Tür.

«Der Getreue hier kümmert sich um euch», sagte sie. «Tu, was er sagt.» Kamose winkte dem Mann.

«Trag den Prinzen. Damit er nicht in das Blut tritt», befahl er. «Und betet. Beeilt euch!» Der Soldat hob Ahmose-onch hoch und dann war der Raum leer. Kamose wartete nicht. Er griff nach den Waffen. «Berichte Tetischeri und Aahotep, was ich weiß», sagte er und ging zur Tür. «Bleib bei ihnen. Sie dür-fen nicht herumlaufen. Falls Soldaten kommen, musst du lü-gen.» Dann hielt er jählings inne, ging ins Zimmer zurück, legte Schwert und Messer wieder ab und schloss seine Schwe-ster in die Arme. «Ich liebe dich. Es tut mir so Leid», flüsterte er wider alle Vernunft. Sie drückte ihn fest und heftig an sich, dann ließ sie ihn los.

«Finde Ahmose und kämpfe, Kamose», flüsterte sie. «Sie sollen dafür zahlen. Denn wenn du es nicht tust, muss ich sie alle umbringen.» Ein lahmer Versuch, das Ganze humorvoll zu nehmen, doch als er auf den noch immer verlassenen Gang trat und fortging, fühlte er sich besser.

Er hielt sich im Schatten und schlich mit angespannten Sin-nen durchs Haus, erwartete, dass ihm jeden Augenblick ein Feind den Weg vertrat. Der große Empfangssaal war leer. Die anderen öffentlichen Räume auch. Erst als er zwischen den Eingangssäulen hindurchging, stieß er auf jemanden. Zwei Soldaten standen von ihren Schemeln neben der hohen Flügel-tür auf und salutierten und erleichtert stellte Kamose fest, dass sie zu den Getreuen des Königs gehörten. Sie wussten genauso wenig von dem Vorgefallenen wie der Soldat vor Ahmoses Tür und Kamose verschwendete keine Zeit mit Nachfragen. «Stellt euch draußen vor die Frauengemächer», befahl er. «Lasst niemanden ein, außer den Edlen Ramose oder euren

Vorgesetzten, Fürst Anchmahor.» Er wartete nicht ab, dass sie gingen, sondern schlug den Weg zur Bootstreppe ein.

Auf einmal blieb er stehen, stöhnte, legte die Hände auf die Knie und krümmte sich. Er stand vor einem Zwiespalt, der zwar einfach, aber umso teuflischer und fürchterlicher war. Wie die Soldaten wusste Ahmose vermutlich nicht, was sich im Haus zugetragen hatte. Er war irgendwo da draußen auf dem Fluss, saß zufrieden in seinem Boot und ließ die Schnur ins Wasser hängen. Die Mörder, wer auch immer sie waren, mussten nur seine Rückkehr abwarten. Kamose prüfte den Himmel, das Morgengrauen nahte. Ein vereinzelter Vogel begrüßte schon zwitschernd den Sonnenaufgang.

Falls er zum Nil weiterging, konnte er seinen Bruder abfangen. Wenn jedoch seine und Aahmes-nofretaris Vermutung stimmte und das hier ein Aufstand war, würden die Fürsten ihre Hauptleute schnurstracks zu den Kasernen führen. Und ehe sich seine eigenen Hauptleute den Schlaf aus den Augen gerieben hatten, würde das Heer in der Hand des Feindes sein und er wäre vollkommen machtlos. Genauso gut könnte ich mich hier hinstellen und meinen Hals demütig unter das Messer legen, dachte er bitter. Entweder ich laufe so schnell wie möglich zur Kaserne, bin vielleicht eher dort als die Fürsten und opfere Ahmose mit ziemlicher Sicherheit, denn am Nil liegen sie auf der Lauer, aber ich ersticke diese Rebellion. Oder ich versuche, ihn abzufangen, rette ihm das Leben und verliere ein Königreich.

Aber möglicherweise ist er schon tot, flüsterte sein Selbsterhaltungstrieb. Du weißt gar nichts, jedenfalls nichts Genaues. Nur weil Ahmose vielleicht noch nicht mit durchschnittener Kehle im Fluss treibt, setzt du dein Leben aufs Spiel. Wenn du zu den Kasernen rennst, kannst du wenigstens die Frauen schützen und erneut den Oberbefehl übernehmen. Geh zurück, lauf ums Haus herum und zu den Kasernen. Da sie dich und Ahmose nicht gefunden haben, zögern sie möglicherweise, wissen nicht, was sie tun sollen. Die Götter geben dir die Möglichkeit, dein Leben zu retten und als Sieger aus diesem Chaos hervorzugehen. Du musst nur umkehren und laufen. Durchaus möglich, dass Ahmose länger auf dem Fluss bleibt und mit dem Wurfstock Enten jagt, ehe er nach Haus kommt. Bis dahin könnte alles vorbei sein.

Amun, hilf mir, flehte Kamose, während er wie angewurzelt dastand. Ich weiß nicht, was ich tun soll. Wie ich auch immer entscheide, es bedeutet Tod. Versuche ich, Ahmose zu warnen, oder versuche ich, meine Hauptleute zu wecken? Und vergiss nicht Ramose und Anchmahor. Was ist, wenn Ramose den Fürsten gefunden hat und beide den gleichen Gedanken haben wie ich? Was ist, wenn sie in die Kasernen gehen? Anchmahor ist meinen Soldaten wohl bekannt. Oder vielleicht, vielleicht haben sie über den Fluss gesetzt und wecken Hor-aha und die Medjai. Das hätten die Soldaten vor dem Hauseingang tun sollen. Wieso bin ich nicht darauf gekommen? Du bist auf überhaupt nichts gekommen, schalt er sich. Dein Hirn hat vor lauter Angst um die Sicherheit deiner Frauen nicht gearbeitet.

Du hast noch eine dritte Möglichkeit, kam eine andere Stimme dazwischen, weicher, verführerischer als die anderen. Du könntest zu den Kindern in die Wüste gehen, sie zum Tempel führen und von Amunmose Asyl fordern. Schließlich ist Ahmose-onch der rechtmäßige Erbe der Göttlichkeit, oder nicht? Falls Ahmose bereits tot ist und deine Stunden gezählt sind, ist der Junge alles, was von den stolzen Taos geblieben ist. Er richtete sich auf. Mit einem Blick bemerkte er das rasch zunehmende graue Licht, das den unmittelbar bevorstehenden Aufgang der Sonne am östlichen Horizont ankündigte. Doch dann musste er lächeln. Ich bin vielleicht ein Dummkopf, aber kein Feigling. Ich bin der Sohn meines Vaters. Mit unserem großen Traum ist es vorbei, aber in kommenden Jahren wird man sich daran erinnern und ihn wieder aufgreifen. Vielleicht Ahmose-onch. Wer weiß? Ich muss meinen Bruder retten. Er tat einen Schritt auf dem Weg zum Fluss. Noch nie war ihm etwas so schwer gefallen, doch der zweite war schon leichter. So schlich er sich in der zunehmenden Morgenröte über das Gras.

Er hatte erwartet, dass sich Soldaten im Gebüsch dicht bei der Bootstreppe verbargen, doch er suchte das Unterholz zu beiden Seiten des Weges vergeblich nach ihnen ab, dann legte er sich bäuchlings hinter einen Busch und überprüfte die beschaulich daliegende Steintreppe, an die das Wasser gemächlich plätscherte, aber er sah niemanden. Dann haben sie das Heer schon unter Kontrolle, dachte er niedergeschlagen. Er zog sich zurück unter das Weinspalier, drückte sich zwischen die rauen, dunklen Weinblätter, damit man ihn vom Haus nicht sehen konnte, und wartete geduldig.

Der Morgenchor hatte jetzt voll eingesetzt, alle Vögel zwitscherten melodisch. Kamose wusste, dass man im Tempel gerade die Lobeshymne sang. Natürlich konnte er sie nicht hören, doch jeden Morgen wurde Res Geburt mit dankbarem Lob für Leben, Gesundheit und die geordnete Schönheit der Maat gepriesen. Inzwischen lag sein Schatten auf dem Kiesweg, dehnte sich blass und überlang zum Fluss. Eine Eidechse überquerte ihn mit zuckendem Schwanz, ihre winzigen, zierlichen Krallen kratzten unhörbar, dann verschwand sie im ungepflegten Rasen. Auf einmal wurde das Licht um Kamose golden und da wusste er, Re hatte den Rand der Welt berührt.

Zaghaft begann er zu hoffen, dass Ahmose wirklich beschlossen hatte, auf dem Wasser zu bleiben und Enten zu jagen, doch dann hörte er das Geräusch von Riemen in Wasser und laut und fröhlich die Stimme seines Bruders. Jemand antwortete ihm. Holz knarrte und Schritte erklangen. Behek bellte. Kamose verließ den Schutz des Spaliers und fing an zu laufen.

Ahmose hatte zwei Leibwachen dabei. Einer war auf eine Stufe unter Wasser gesprungen und vertäute das Boot. Der andere stand bereits oben auf dem gepflasterten Platz und blickte wie gewohnt in die Runde. Ahmose kam nach ihm herausgeklettert, ein Netz mit silbernen Fischen in einer und seine Sandalen in der anderen Hand. Als er trockenes Land erreicht hatte, ließ er die Sandalen fallen, schob die Füße hinein und dabei lachte er. Das alles sah und bemerkte Kamose mit übernatürlicher Klarheit. Ahmoses Schurz war am Saum durchnässt und durchsichtig und klebte an seinen braunen Schenkeln. Die Fische glänzten feucht, ihre Schuppen spiegelten das zarte Rot und Hellblau des neuen Tageslichts. Ein durchnässter Behek beäugte sie hungrig. Ahmose hatte einen Streifen getrockneten Schlamm auf der Wange. Beide Soldaten standen jetzt neben ihm und einer fiel auf ein Knie, um Ahmose die Sandalen zuzuschnüren.

Kamose hatte sie fast erreicht. Da blickte Ahmose auf und sah ihn kommen. «Was tust du hier so früh, Kamose?», rief er munter. «Willst du schwimmen gehen? Sieh mal, wie viele Fische ich heute Morgen gefangen habe!» Er hob das schlaffe Bündel und schüttelte es grinsend. Beheks Aufmerksamkeit wurde von den Fischen abgelenkt, richtete sich dann auf seinen Herrn. Er stellte die Ohren auf und fing an zu bellen.

In diesem Augenblick spürte Kamose einen Schlag, der seine linke Seite traf. Er schwankte und fiel vornüber. Doch er fand das Gleichgewicht wieder und dachte, er wäre gestolpert, und etwas später merkte er, dass er sich doch nicht auf Ahmose zubewegte, sondern hingefallen war, dass sein Gesicht auf den Kieseln des Wegs lag und er auf einmal keine Kraft mehr in den Beinen hatte. Er wollte sich hochstemmen, doch seine Hände schlugen nur auf die Steine ein. Warum schreit Ahmose so?, fragte er sich gereizt. Warum kommt keiner der Soldaten und hilft mir hoch? Er spürte Schritte auf dem Boden und drehte mühsam den Kopf. Zwei Paar Sandalen rannten vorbei. Er hörte Knurren, einen Fluch und einen Schrei.

Dann fasste ihn jemand an, hob ihn auf und wollte es ihm bequem machen, doch bei dieser Bewegung schoss ihm der Schmerz in die Achselhöhle, in seine Seite, in seinen Rücken. Er unterdrückte einen Schrei und blickte hoch, aber sein Blick war getrübt. Er lag im Schoß seines Bruders, sein Hals in Ahmoses Armbeuge, seine Finger umklammerten Ahmoses andere Hand. «Man hat auf dich geschossen, Kamose. Was ist hier los?» Ahmose schrie die Worte, aber sie kamen wie aus weiter Ferne, denn er, Kamose rannte noch immer und Ahmose hielt seine Fische hoch und lächelte und ein Vogel oder vielleicht eine Eidechse hatte etwas gesagt. Kamose bekam keine Luft. Er hatte einen Kloß in der Brust. Etwas steckte in seiner Kehle und als er den Mund aufmachte, rann es heiß und nass heraus.

«Die Fürsten», flüsterte er. «Ahmose, die Fürsten.»

«Ja, du hast Recht», murmelte sie. Sie. Er hatte sich geirrt. Nicht Ahmose hielt ihn, sondern die Frau, und nun wusste er, dass er nur träumte und dass er zusammengerollt vor seinem Amun-Schrein aufwachen würde, und alles war gut.

«Dein Gesicht», sagte er staunend. «Endlich sehe ich dein Gesicht und es ist makellos und vollendet. Ich liebe dich, liebe dich. Ich habe immer nur dich geliebt.»

«Ich weiß», erwiderte sie. «Du hast mir mit großer Treue gedient, Kamose Tao, und ich liebe dich auch. Aber jetzt ist es Zeit, dass wir uns trennen.» Sie beugte sich über ihn und küsste ihn zärtlich. Ihre Lippen schmeckten nach Palmwein und ihr Haar, das ihr ums Gesicht fiel, roch nach Lotus. Als sie sich von ihm löste, sah er, dass ihr Mund und ihre Zähne mit Blut verschmiert waren.

«Dieser Traum gefällt mir nicht», stammelte er. «Halt mich fester. Lass mich nicht fallen.» Sie lächelte.

«Ich werde dich für immer umfangen, geliebter Bruder», sagte sie leise. «Dein Fleisch wird tief in meinem Felsen ruhen, und solange die Wasser meines Flusses fließen und der Wind meiner Wüsten den Sand verweht und die Wedel meiner Palmen ihre Früchte fallen lassen, werden sie dein Lob singen. Geh jetzt. Geh. Die Maat erwartet dich im Gerichtssaal und ich verspreche dir, dass dein Herz so leicht gewogen wird, dass ihre Feder schwerer wiegt als Gold.»

«Bitte ...», sagte er erstickt. «O bitte ...», und sein Mund brannte noch immer von ihrem Kuss, doch jetzt beugte sich Ahmose über ihn, sein Mund war dunkelrot und seine Züge waren verzerrt.

«Ihr Götter, Kamose, stirb nicht!», flehte er, doch Kamose blickte an ihm vorbei, denn dort wurde der Himmel dunkler und ein mächtiger Pylon nahm Gestalt an und er konnte nicht antworten. In dem Dunkel bewegte sich etwas, edles Metall schimmerte, Licht funkelte auf einem mit Kohl umrandeten Auge, doch zwischen ihm und der Vision dräute ein menschlicher Schatten. Er wollte seinem Bruder etwas zurufen, ihn warnen, aber er war zu müde. Mit halb geschlossenen Augen sah er den Schatten kleiner werden, sein Arm hob sich, die behandschuhte Hand schwang eine Holzkeule, und dann stand er auf der Schwelle des Gerichtssaals und derlei Nichtigkeiten hatten keine Bedeutung mehr.

SIEBZEHNTES KAPITEL

Aahmes-nofretari war verstört. Während sie durch die verschatteten Flure des Hauses eilte, versuchte sie, Dinge, die dort im Dunkel lagen, tote Dinge, nicht zu sehen, doch bisweilen kamen sie ihr alle viere von sich gestreckt in die Quere.

Beim Eingang zum Frauenflügel lagen die beiden Wachposten übereinander, als umarmten sie sich. Der jungen Frau schauderte, aber sie stürzte daran vorbei. Der Gang dahinter war, den Göttern sei Dank, leer und sie war erleichtert, weil die Haushofmeister Uni und Kares, die sich zur Nacht immer in ihre eigenen Unterkünfte im Dienstbotenflügel zurückzogen, vermutlich in Sicherheit waren. Gegenüber der Tür ihrer Mutter brannte noch eine einzige Fackel. Aahmes-nofretari fiel fast in Aahoteps Schlafgemach. Deren Dienerin schoss hoch und Aahotep setzte sich auf. «Mutter, zieh dich auf der Stelle an und komm mit in Großmutters Räume», sagte Aahmes-nofretari. Sie wartete nicht ab, ob man sie auch richtig verstanden hatte, sondern rannte die kurze Entfernung zu Tetischeris Gemächern und trat ein.

Tetischeri hatte ein großes Vorzimmer, in dem sie Gäste empfing und in das sie sich zum Lesen oder Nachdenken zurückzog, wenn sie allein sein wollte. Es war ein geräumiges, gut möbliertes Zimmer. Wie viele Male war Aahmes-nofretari herbefohlen und ausgescholten worden, hatte ihre Lektionen aufsagen oder sich Vorhaltungen anhören müssen. Von hier aus regierte ihre Großmutter den gesamten Haushalt mit strenger Hand. Die Beratungen letztens waren für Aahmes-nofretari sehr hilfreich gewesen, sie scheute nicht mehr wie sonst zurück, wenn die Tür aufging und sie eingelassen wurde, doch selbst jetzt noch, in der allerhöchsten Not, verspürte sie flüchtig Angst, die alte Angst der Heranwachsenden. «Ich habe nicht gehört, dass du angeklopft hast, Prinzessin», sagte Isis jetzt. Als Antwort griff Aahmes-nofretari zu einer langen Kerze, hielt sie an die eine brennende Lampe und zündete damit die größeren Lampen hinten im Raum an.

«Weck meine Großmutter auf, sag ihr, ich bin hier und sie soll sich schnell anziehen», befahl sie. «Keine Fragen, Isis. Beeil dich.» Die Dienerin verschwand durch die Tür, die zu Tetischeris innerem Heiligtum führte, und Aahmes-nofretari fing an zu zittern. Ihre Füße hatten dunkelbraune Abdrücke auf dem makellos sauberen Fußboden hinterlassen. Sie blickte nach unten und sah, dass das trocknende Blut zwischen ihren Zehen verkrustete und einen Ring um ihre Knöchel bildete. Angeekelt blickte sie sich nach Wasser um, hielt jedoch inne. Sie sind aufgrund ihrer Treue gestorben, dachte sie. Ihr Blut beschmutzt mich nicht. Wenn ich es sofort abwasche, mache ich ihr Opfer zunichte.

Draußen auf dem Flur wurde es laut und das Herz stieg ihr in die Kehle, doch es war nur ihre Mutter. Aahotep band sich im Gehen einen Gürtel um ihr blaues Hemdkleid. Ihre Bewegungen waren so gemessen und anmutig wie eh und je, doch ihr Blick wanderte besorgt über ihre Tochter und blieb an den schmutzigen Füßen der jungen Frau hängen. «Das ist ja

Blut!», sagte sie laut. «Ist es deins? Bist du krank? Wo sind die Kinder? Wo ist Kamose? Ist er hier? Du hast alles dreckig gemacht, Aahmes-nofretari, du solltest dich sofort waschen lassen.» Aahmes-nofretari gab keine Antwort. Sie wusste, ihre Mutter würde den Schreck gleich überwunden haben und, ja, Aahotep blickte schon nicht mehr so begriffsstutzig. «Ihr Götter», hauchte sie. «Was ist geschehen?» Genau in diesem Augenblick trat Tetischeri mit grauem, zerzaustem Haar und grimmiger Miene in den Lampenschein.

«Ich habe gerade von frischen Feigen und einem Ring geträumt, den ich vor vielen Jahren verloren habe», sagte sie. «Möglicherweise gibt es eine Verbindung zwischen den beiden Träumen, aber das werde ich nun nie erfahren. Was tut ihr hier?» Sie blickte starr auf die Füße ihrer Großtochter, dann verschränkte sie langsam die Arme. Auf Aahmes-nofretari wirkte das, als wollte sie sich schützen. «Bist du verletzt?», fragte sie. Die junge Frau schüttelte den Kopf. «Dann rede schnell. Isis, mach die Tür zu.»

«Nein!» Aahmes-nofretari hob abwehrend die Hand. «Nein, Großmutter. Wir müssen hören, ob jemand kommt. Es hat einen Aufstand gegeben, wie ernst, das wissen wir noch nicht. Alle Getreuen des Königs im Haus sind tot. Kamose hat Raa mit den Kindern in die Wüste geschickt. Er selbst ist zur Bootstreppe gegangen, um Ahmose abzufangen, wenn der vom Angeln kommt. Den Göttern sei Dank, dass er zum Angeln gegangen ist!» Ihre Stimme wurde lauter und zitternd bemühte sie sich um Fassung. «Kamose hat gesagt, ich soll hier bei euch bleiben. Wir glauben, es sind die Fürsten.»

«Wie könnte das sein?», fragte Tetischeri. «Intef, Meketra und Iasen sind im Gefängnis.»

«Jemand muss sie herausgelassen haben», sagte Aahotep. «Nofre-Sachuru vielleicht.»

«Simontu und seine Wärter lassen sich doch nicht von einer Frau allein überwältigen», wandte Aahmes-nofretari ein, «und Nofre-Sachuru kann niemandem befehlen, die Zellen zu öffnen. Ihre Hauptleute und Soldaten haben das Gefängnis angegriffen und sie befreit.»

«Wo sind sie jetzt?», überlegte Aahotep und Aahmes-nofretari antwortete ihr mit jählings trockenem Mund.

«In den Kasernen, wo sie den Befehl über unsere Truppen übernehmen», sagte sie mit belegter Stimme. «Sie müssen unsere Männer unter Kontrolle bekommen, ehe wir eingreifen können, und das geht möglicherweise leichter, als wir annehmen. Denkt an die Geschenke. Unsere Soldaten sind besser als ihre, aber unsere Hauptleute werden nicht überlegen, wenn sie Befehle unmittelbar von denen erhalten, die so überaus freundlich zu ihnen gewesen sind. Ich glaube, dass die Fürsten eine kleine Abordnung hier ins Haus geschickt haben, die Kamose und Ahmose töten sollte, während sie ihre Soldaten sammeln und die Kasernen übernehmen. Aber Amun hat beschlossen, dass meine Brüder verschont werden.»

«Wie viel Zeit bleibt uns noch?», fragte Tetischeri laut. «Die Getreuen sind tot. Ahmose kommt vollkommen arglos zur Bootstreppe, vorausgesetzt, man hat keine Soldaten dorthin geschickt, die ihm auf dem Heimweg auflauern, und in dem Fall ist er bereits tot. Kamose ist völlig wehrlos. Was ist mit Ramose und Anchmahor? Können wir Hor-Aha und den Medjai auf dem Westufer Nachricht schicken?»

«Ich weiß es nicht», gestand Aahmes-nofretari und Aahotep seufzte enttäuscht.

«Isis, sieh nach, ob die Herrin Nofre-Sachuru auf ihrem Lager ist», befahl sie. «Wenn sie dort ist, weckst du sie auf.»

«Majestät, ich habe Angst», sagte die Dienerin mit einem Blick zu ihrer Herrin. Tetischeri winkte sie fort.

«Es ist nicht weit, nur den Gang entlang», gab sie zurück. «Beeil dich!» Widerwillig verließ die Frau das Zimmer, und dann herrschte angespanntes Schweigen.

«Wenn unsere Vermutungen zutreffen, ist Kamose völlig allein», sagte Aahotep. «Er hat niemanden, der ihm hilft. Niemanden, der ihn und Ahmose rettet. Ich kann einfach nicht glauben, dass alles, was er getan hat, auf das hier hinausläuft!», sagte sie heftig. «Nichts als Kummer und Verrat Jahr für Jahr, und wofür? Da hätten wir genauso gut demütig das Los annehmen können, das Apophis uns anfangs zugedacht hatte. Der Gedanke, dass er am Ende doch noch gewinnt, ist unerträglich!»

«Wir müssen etwas unternehmen», drängte Tetischeri. «Erwartet Kamose wirklich, dass wir drei hier den Kopf in den Sand stecken, bis Intef oder Meketra hereinplatzen und sich hämisch freuen?» Aahotep hob die Hände.

«Was können wir schon tun?», protestierte sie aufgebracht. «Sei vernünftig, Tetischeri. Worte werden meinen Söhnen nicht das Leben retten.»

«Du redest, als ob wir schon besiegt wären», fauchte die alte Frau zurück. «Aber was wissen wir wirklich? Nichts, außer dass die Getreuen tot sind und Kamose zur Bootstreppe gegangen ist. Der Rest ist reine Vermutung. Wir müssen uns von der Wahrheit überzeugen.» In diesem Augenblick kam Isis sichtlich bleich zurück. «Nun?», fragte Tetischeri.

«Die Herrin Nofre-Sachuru ist nicht in ihrem Zimmer», berichtete die Dienerin. «Senehat auch nicht.»

«Senehat dürfte in Ramoses Gemächern sein», sagte Aahotep müde. «Oder wäre es, wenn alles in Ordnung wäre. Hast du irgendwelche Vorschläge, Tetischeri?»

«Ich habe welche», sagte Aahmes-nofretari leise. Sie hatte den hitzigen Wortwechsel zwischen Mutter und Großmutter nicht sehr aufmerksam verfolgt, denn ihre eigenen Gedanken rasten. Es gab tatsächlich etwas, was man versuchen konnte, doch alles in ihr wehrte sich dagegen, weil es so dreist war. Ich bin nur eine Frau und Mutter, sagte sie sich verzweifelt. Wenn ich hier in den Gemächern meiner Großmutter bleibe, verschonen mich die Fürsten, aber wenn ich mich in das, was da draußen vorgeht, einmische, tötet man mich. Was wird dann aus meinen Kindern? Mir fehlt der Mut dazu. Doch als sie ihren Gedanken dann laut aussprach, sank ihr der Mut noch mehr. «Ich habe viel Zeit auf dem Exerzierplatz verbracht», sagte sie und ihre Stimme wurde sicherer. «Die Männer haben anscheinend Achtung vor mir. Die stellen wir jetzt auf die Probe. Ich verkörpere das Herrscherhaus. Wenn mich die Hauptleute sehen, mich hören, dürften sie eher mir gehorchen als irgendeinem Fürsten.» Sie verstummte, schluckte und fand Halt an der nächsten Stuhllehne. «Falls die Götter mit mir sind, wissen die Soldaten nicht, dass ihr König und sein Bruder augenblicklich machtlos oder vielleicht schon tot sind. Sie werden sich vor Strafe fürchten. Ich kann jedweden Schaden, den die Fürsten da draußen angerichtet haben, vielleicht noch gutmachen, wenn ich schnell genug bin. Wenn ich jedoch zu spät komme ...», sie hob die Schultern, «... können sie mich schlimmstenfalls verhaften und mich hierher zurückschleifen.»

Die beiden anderen Frauen starrten sie an, Tetischeri mit nachdenklich zusammengekniffenen Augen, Aahotep mit ihrem gewohnten undeutbaren Blick. Dann seufzte sie.

«Falls es jemand wagt, sollte ich das machen», sagte sie. «Meine Autorität ist größer als deine, Aahmes-nofretari.» Doch jetzt griff Tetischeri schnell ein.

«Nein, Aahmes-nofretari hat Recht», sagte sie. «Die Soldaten kennen sie. Sie sind daran gewöhnt, sie mit Ahmose-onch auf der Estrade zu sehen. Lass sie gehen, Aahotep. Es ist ein guter Plan.» Aahmes-nofretari verspürte eine heftige Abneigung, als sie ihrer Großmutter ins Gesicht blickte. Du bist wirklich eine skrupellose Frau, dachte sie. Meine Sicherheit ist dir einerlei. Alles, woran du denkst, ist die einzigartige Stellung, die diese Familie in Ägypten innehat. Falls ich es schaffe, ist es dir einerlei, ob ich überlebe oder bei dem Versuch sterbe.

«Schließlich, Großmutter», sagte sie laut, denn sie konnte es sich nicht verkneifen, «haben die Taos noch einen Sohn, der herrschen kann, falls mein Gemahl und Kamose sterben. Das ist deine einzige Sorge, nicht wahr?» Sie wandte sich an ihre Mutter. «Aahotep, habe ich deine Erlaubnis?» Aahotep nickte, weiß bis an die Lippen.

«Wir haben keine andere Wahl und keine Zeit, uns etwas anderes auszudenken», sagte sie und ihre Stimme brach. «Und auch ich habe nicht die Absicht, hier zu warten und verrückt zu werden, Aahmes-nofretari. Ich gehe zur Bootstreppe, und wenn die nicht bewacht ist, setze ich über den Fluss zu Hor-Aha.» Sie breitete die Arme aus und umarmte ihre Tochter. «Nimm Waffen mit», sagte sie. Aahmes-nofretari ging zur Tür und trat auf den Flur. Es kostete sie ihren ganzen Mut, in den hinteren Teil des Hauses zu gehen, doch im Geist betete sie zu Amun und stellte sich das freundliche Gesicht ihres Mannes vor, und danach war alles einfacher, als sie gedacht hatte.

Aahotep wollte ihr folgen. «Sollte Nofre-Sachuru so dumm sein, dass sie in ihre Gemächer zurückkehrt, muss man sie dort festhalten», sagte sie zu ihrer Schwiegermutter. «Schaffst du das, Tetischeri?» Die Ältere verzog den Mund.

«Mit Kraft schafft es dieser alternde Leib nicht mehr», antwortete sie mit belegter Stimme. «Ich kann versuchen, sie unter Druck zu setzen, aber wenn sie wieder gehen will, kann ich sie nicht aufhalten. Doch die Morgendämmerung kommt,

Aahotep. Uni dürfte sein Lager in den Dienstbotenunterkünften verlassen haben. Ich kann nur beten, dass man ihm nichts getan hat und er das Haus erreicht. Er kann Nofre-Sachuru zurückhalten.» Es gab nichts weiter zu sagen. Aahotep zögerte, ein Dutzend Vermutungen schossen ihr durch den Kopf. Sie rang sich ein flüchtiges Lächeln ab, schlüpfte aus dem Zimmer und machte die Tür hinter sich zu.

Der Flur lag nicht mehr im Dunkeln. Das graue Licht, das den Sonnenaufgang ankündigte, erhellte alles und nahm noch zu, als sie rasch zum Haupteingang des Hauses ging, und die überall liegenden Leichen machten wirklich, was in den Bereich der Albträume gehörte. Gleichzeitig wurde es auf einmal kühl und Aahotep fröstelte. Sie fürchtete sich nicht vor den Toten. Eine furchtbare Angst um ihre Söhne beschleunigte ihren Puls und ließ sie geradeaus blicken. Zorn stieg in ihr auf, ein Gefühl, das ihr von Zeit zu Zeit zugesetzt hatte, seitdem man ihr ihren Mann in einer Kiste voll Sand zurückgebracht hatte.

Sie war noch nicht weit gekommen, da stellten sie zwei näher kommende Soldaten, als sie um eine Ecke bog. Zu spät zum Verstecken. Sie blieb stehen und wartete auf sie und das Herz stockte ihr in der Brust. Ich hätte mich bewaffnen sollen, dachte sie. Ein alberner Gedanke, doch einerlei, da verbeugten sie sich auch schon und hoben keineswegs die Schwerter. «Wohin wollt ihr?», fragte sie.

«Seine Majestät hat uns befohlen, den Frauenflügel zu bewachen», sagte einer. «Wir sollen deine Sicherheit gewährleisten.»

«Dann lebt Kamose also!», hauchte sie und schöpfte Mut. «Wie lange ist es her, dass ihr ihn gesehen habt? Wohin ist er gegangen?»

«Seine Majestät ist aus dem Haus gekommen und wir hatten unter den Säulen Posten bezogen», erläuterte derselbe

Mann. «Er hat nichts weiter gesagt, nur dass wir dich bewachen sollen. Majestät, was geht hier vor?» Aahotep musterte sie und überlegte kurz, ob sie die beiden zu Tetischeri schicken sollte oder nicht, entschied dann aber, dass es Verschwendung war. Und sie wollte auch keine Zeit darauf vergeuden, eine Situation zu erklären, die sie selbst noch nicht durchschaute, denn dabei könnte sie aller Mut verlassen.

«Kommt lieber mit», befahl sie. «Und macht euch darauf gefasst, jeden zu töten, den ihr nicht kennt.» Sie bückte sich und holte sich ein Messer von der Leiche, die auf der Schwelle zu Seqenenres Arbeitszimmer lag, und als sie sich aufrichtete, merkte sie, dass die Nacht vollends vergangen war. Re säumte den Horizont.

Das vermittelte ihr ein Gefühl von Dringlichkeit. Beeil dich, flüsterte es in ihr, beeil dich, sonst kommst du zu spät. Sie fing an zu rennen, den Gang entlang, an dem großen Eingang zum Empfangssaal vorbei, vorbei an dem kleinen Raum gegenüber, in dem die Hausschreine standen, und zwischen den Säulen hindurch ins Freie und die beiden Männer keuchten hinter ihr her. Die Steine unter ihren Füßen fühlten sich durch ihre Sandalen kalt an und die Luft war vorübergehend frisch, doch der Garten dahinter lag bereits in funkelndem Morgenlicht. Wärme berührte ihre Haut, als sie den Weg einschlug, der zur Bootstreppe führte, doch das merkte sie kaum, so stark war der Drang weiterzulaufen. Ein Teil ihres Bewusstseins trat zurück und staunte über ihren wilden Lauf. Bist du das, Aahotep, die Mondanbeterin, die Befürworterin von Würde und beschaulicher Gemessenheit, die hier ungeschminkt, mit flatterndem Haar und Leinen läuft? Doch die überwältigende Panik, die ein lauter Schrei auslöste, ließ sie alles vergessen.

Sie stolperte und blieb außer Atem und mit zitternden Knien von der ungewohnten Anstrengung auf dem Weg stehen. Hinter dem Weinspalier kämpfte eine Gruppe Männer. Ein paar Schritt vor ihr lag einer und war eindeutig tot, der Hals halb durchtrennt. Ein anderer lag etwas weiter entfernt und streckte auf der festgetretenen Erde alle viere von sich. Jemand hatte ihn in den Arm genommen, senkte den Kopf, sein breiter Rücken war staubig und mit einem Aufschrei erkannte Aahotep Ahmose. Sie setzte sich wieder in Bewegung und bekam nur noch halb mit, dass sich ihre Soldaten ins Kampfgetümmel stürzten, wo ein Mann in der blauweißen Livree des königlichen Hauses versuchte, drei andere abzuwehren.

Zwischen ihnen und dem gebeugten Rücken ihres jüngeren Sohnes lief ein anderer Mann, der mit beiden Händen eine Holzkeule schwang. Seine Absicht war klar und die blanke Verzweiflung packte Aahotep, denn sie wusste, dass er vor ihr bei Ahmose sein würde. Ihre Begleiter kämpften jetzt und hatten die Gefahr nicht erkannt. Sie schrie ihnen im Vorbeilaufen etwas zu, hörte einen anderen Schrei hinter sich, doch sie wollte nur laufen, laufen.

Der Mann mit der Mordwaffe hatte sich seinem Opfer jetzt auf Reichweite genähert. Er wurde langsamer und schwang die Keule. «Ahmose!», schrie Aahotep, doch ihre Stimme ging in dem Geschrei der kämpfenden Soldaten unter, er hörte sie nicht. Er wiegte den Leichnam des Mannes, den er fest an sich drückte. Der Angreifer fand das Gleichgewicht, stellte sich breitbeinig hin und Aahotep hatte das Gefühl, dass die ganze Welt in dem Augenblick aufhörte, als seine Waffe auf den wehrlosen Schädel ihres Sohnes heruntersauste. Die Zeit erstarrte. Sie kam nicht mehr voran und die Blätter an den Bäumen rechts und links vom Weg, der im Nichts verlief, rührten sich nicht mehr. In ihrem Kopf herrschte Leere. Sie konnte nur noch das gedämpfte Rauschen ihres eigenen Blutes und ihren eigenen schluchzenden Atem hören.

Dann fuhr die Keule herunter. Ahmose fiel zur Seite. Und Aahotep stieß dem Mörder mit einem wilden Schrei ihr Messer in den Rücken. Der Schmerz schoss ihr vom Handgelenk bis in die Schulter und entsetzt merkte sie, dass sie nur eine Rippe getroffen hatte. Langsam drehte sich der Mann um. Es war Fürst Meketra und seine Miene drückte staunenden Unglauben aus. Aahotep keuchte und weinte und hätte beinahe das Messer fallen lassen, fasste sich jedoch, umklammerte den Griff mit beiden Händen, hob es hoch und stieß es Meketra genau unter die Schulter. Dieses Mal fuhr es tief hinein. Meketra fiel unbeholfen auf die Knie und riss sie mit und sein bestürzter Blick wanderte zu der Waffe, die so widersinnig aus seinem Fleisch ragte. Aahotep stemmte einen Fuß auf seine Brust und riss das Messer heraus. Meketra fiel rückwärts, Aahotep mit ihm und dieses Mal stieß sie ihm die Klinge in die Halsgrube. Seine Augen weiteten sich und er wollte husten.

Aahotep sah ihn nicht sterben. Auf Händen und Knien kroch sie sofort zu Ahmose. Er lag schlaff da, hatte die Augen halb geschlossen und eine Seite seines Kopfes war nur noch Blut, auch sein Mund war blutverschmiert. Neben ihm lag Kamose, ein Pfeil ragte aus seiner Seite und er hatte eine Hand auf die Brust gelegt und die andere ausgestreckt, als erwartete er, dass ihm jemand etwas in die braune Handfläche legte. Er lächelte ein wenig, doch sein Blick war starr. Er war tot.

Mit einem Schlag kehrte die Welt zurück. Die Vögel zwitscherten wieder. Die Bäume schwankten und zitterten in der Morgenbrise. Sonnenschein fiel auf den Weg. Und Aahotep, die betäubt zwischen ihren Söhnen kauerte, hörte ein wirres Geräusch von der Bootstreppe her. Gewiss töten sie mich, dachte sie dumpf. Das Messer. Ich muss das Messer haben. Ich muss mich irgendwie verteidigen. Aber sie starrte weiter wie gelähmt auf Meketras Leiche und konnte sich nicht rühren.

Bellende Befehle. Schwere Schritte hinter ihr. Sie zog vor
dem Hieb, der fallen musste, die Schultern ein, doch stattdessen hörte sie Ramose sagen: «O ihr Götter, o ihr Götter. Kamose!», und da drehte sie sich um und sah, wie er neben ihr
auf die Knie sank.

«Majestät?», sagte ein anderer. «Darf ich dir helfen? Bist
du verletzt?» Langsam blickte sie hoch und erblickte Anchmahor vor dem strahlenden Himmel. Sie nickte erschöpft,
spürte, wie seine Arme sie umfingen, und ließ sich aufheben.

«Aahmes-nofretari», rang sie sich ab. «Lass mich, Anchmahor. Ich brauche dich nicht, aber sie. Sie ist zum Exerzierplatz gelaufen und versucht, unsere Soldaten unter Kontrolle
zu bekommen. Die Fürsten ...» Sie brachte den Satz nicht zu
Ende. Mit halbem Auge sah sie Hor-Aha angerannt kommen,
sein schwarzes Gesicht war eine wutverzerrte Maske. Als sein
Blick auf Kamose fiel, blieb er wie angewurzelt stehen. Dann
stieß er einen Laut aus, halb tierisch, halb Schrei, der Aahoteps sonderbare Gefühllosigkeit durchdrang. «Wie viele Medjai hast du mitgebracht, General?», fragte sie. Er starrte sie
einen Augenblick lang verstört an und zitterte wie ein erregtes
Pferd.

«Ich habe meinem Gebieter geschworen, dass ich meinen
Herrn beschütze», stieß er hervor. «Ich bin meiner Pflicht
nicht nachgekommen.» Erschrocken erkannte Aahotep, dass
er Seqenenre meinte.

«Jetzt nicht, Hor-Aha», sagte sie scharf. «Wie viele?» Bei
diesem Ton kam er wieder zu sich.

«Fünfhundert, Majestät», antwortete er. «Sie gehen gerade
an Land.»

«Dann führe sie auf der Stelle zu den Kasernen», befahl sie.
«Aahmes-nofretari versucht, eine Meuterei aufzuhalten. Unterstelle dich ihrem Befehl. Jetzt, General! Und du auch, Anch-

mahor!» Sie fuhr zu Ramose herum, der aufgestanden war, aber noch immer starr auf Kamoses Leichnam blickte und selbst blass bis an die Lippen war. «Ramose, deine Mutter ist verhaftet», sagte sie leise. «Einiges von dem hier hat sie angerichtet. Falls du sie findest, so bitte ich dich, hör sie nicht an. Verstehst du mich?» Tränen liefen ihm über die Wangen, doch er schien es nicht zu merken. Er nickte ausdruckslos. «Gut», fuhr Aahotep fort. «Nimm dir zwanzig von den Medjai. Ich möchte, dass Kamose in den Empfangssaal getragen wird, aber Ahmose muss auf sein Lager gelegt werden. Er lebt noch. Das Haus liegt voller …» Sie stockte und schluckte. «Es liegt voller Leichen, Ramose.»

Auf einmal wollte sie sich in die Arme des jungen Mannes stürzen, wollte ihren furchtbaren Schmerz, der gerade erst einsetzte, hinausschluchzen, aber sie wusste, das ging nicht. Vom Haus kamen Kares und Uni mit einem Dutzend ängstlich schnatternder Diener auf sie zugelaufen. Ich darf nicht zusammenbrechen, dachte sie. Für Ahmose muss man den Arzt holen. Kamose muss gewaschen werden und man muss nach den Sem-Priestern schicken. Kares muss die Flure säubern lassen. Tetischeri braucht etwas zu essen. Jemand muss sich davon überzeugen, dass Ahmose-onch und die Kleine wohlbehalten im Tempel sind. Ich darf mich nicht gehen lassen. Nicht, bis die Fürsten im Gefängnis sind und das Heer wieder unter Kontrolle ist. Aber was ist, wenn die Fürsten siegen? Ach, meine Söhne. Meine schönen Söhne. Wie soll ich Tetischeri beibringen, dass die Sonne ihres Lebens tot ist?

«Majestät!», rief der Haushofmeister im Näherkommen. «Du hat ganz blutige Hände!»

«Das ist kein Blut, Kares», antwortete sie erschöpft. «Das ist Gift. Reich mir deinen Arm. Ich bin sehr müde und dabei gibt es heute Morgen so viel zu tun.»

Aahmes-nofretaris Weg zu dem großen Exerzierplatz und den Kasernen, die ihn säumten, führte an den Dienstbotenquartieren vorbei. Sie war im Haus gerade so lange stehen geblieben, dass sie einem toten Getreuen ein Messer und eine kleine Axt abnehmen konnte, Dinge, die sich in ihrer Hand ganz fremdartig anfühlten. Hätte ich die Grenzen geachtet, die einer Ehefrau und Mutter gesetzt sind, würde ich jetzt nicht in der Klemme stecken, schalt sie sich. Jemand anders würde diese Waffen weitaus geschickter umklammern als ich, irgendein Mann mit Autorität und einer Stimme, die jeden Gegner niederschreien kann. Aber wer?, wanderten ihre Gedanken, als sie bereits zu den größeren Zellen abbog, in denen die Haushofmeister wohnten. Ich bin alles, was noch übrig ist. «Uni!», rief sie und schob seine Tür mit dem Axtgriff auf. «Du und Kares, ihr werdet unverzüglich im Haus gebraucht!» Uni hatte sein Lager bereits verlassen und stand nackt neben einer dampfenden Schüssel mit Wasser. Sein überraschter Ausdruck wich schnell und sie wartete nicht darauf, dass er zu seinem Gewand griff. Sie wusste, er würde wie alle guten Haushofmeister sofort und mit geschulter Tüchtigkeit reagieren.

Das Tor zum Weg, der sich durch die Felder zur Wüste dahinter zog, war üblicherweise gut bewacht, ja, sie hatte gehofft, dort zwei starke Schwertarme vorzufinden, doch heute rief sie niemand an und so schob sie sich durch und bog nach rechts ab.

Der Tumult war schon von weitem zu hören. Männer brüllten und in der Luft hing eine Staubwolke. Ich hätte mir einen Helm aufsetzen sollen, hätte mir ein Armband, irgendetwas greifen sollen, was den Eindruck von Autorität erweckt, dachte sie. Ungeschminkt und mit ungekämmtem Haar komme ich mir albern und linkisch vor und mein Handgelenk tut jetzt schon weh von dem Gewicht der Axt und mein Messer darf sich nicht in den Falten meines Hemdkleides verfangen. Sie hätte gern geweint, sich zu Boden sinken lassen und den Kopf auf die Knie gelegt. Sie beschwor Ahmose, wie durch ein Wunder aufzutauchen, ihr die Waffen auf seine sanfte Art abzunehmen und sie mit Lobesworten für ihr Bemühen in ihre Gemächer zurückzuschicken. Bei dem Bild ihres Mannes wuchs ihre Verzweiflung nur noch, aber es machte ihr wiederum auch Mut. Falls ich sterben muss, so sei es, sagte sie sich. Ich darf mein Erbe nicht entehren. Ich darf mich nicht in den Dreck legen wie Tani.

Jetzt kamen Exerzierplatz und die Estrade von hinten in Sicht, von der aus man die Truppen mustern konnte. Ungefähr ein Dutzend Männer stand darauf und Aahmes-nofretari packte die blanke Angst, als sie unter ihnen Fürst Iasen erkannte. Der große Platz wimmelte von sich schubsenden Soldaten. Weitere kamen aus den Kasernen geströmt. Aahmesnofretari verlangsamte den Schritt und stellte ergrimmt fest, dass zwar viele den weißen, blau gesäumten Schurz des Königs trugen, aber ebenso viele die unterschiedlichen Uniformen der Fürsten. Und alle waren bewaffnet.

Sie reckte die Schultern, umklammerte Messer und Axt fester, ging um die Estrade herum, stieg die Stufen hoch und schob sich mit einem Stoßgebet zu den Göttern in die kleine Gruppe. «Macht Platz, alle miteinander», sagte sie forsch. Mit halbem Auge sah sie den Befehlshaber der Kaserne, der die Hände in die Hüften stemmte und den undisziplinierten Pöbel unter sich mit gerunzelter Stirn betrachtete. Instinktiv wusste sie, dass sie weiterreden, dass ihr Ton herrisch und kalt bleiben musste, und sie winkte ihm gebieterisch mit dem Messer. «Amun-nacht, ruf auf der Stelle eine Leibwache für mich herbei und nimm dazu das Horn an deinem Gurt. Sieh dir diesen Abschaum an! Blase, bis sie aufhören zu brüllen.» Amunnachts Augen schweiften unschlüssig zu den beiden Fürsten und mit dem Herzen in den Schuhen tat sie rasch einen Schritt auf ihn zu. «Unverzüglich, Befehlshaber!», fuhr sie ihn an. «Du und niemand anders ist Seiner Majestät für Ordnung und Disziplin unter den hier kasernierten Truppen verantwortlich. Muss ich dich an deine Pflichten erinnern? Wie kannst du nur dieses Durcheinander zulassen? Hast du denn gar keinen Stolz?»

Nach kurzem Zögern ging Amun-nacht widerstrebend zum Rand der Estrade, winkte zwei Soldaten aus Waset und holte das Horn aus seinem Gurt. Intef entfuhr ein erstickter Ausruf und er wollte etwas sagen, doch Aahmes-nofretari fuhr zu ihm herum. «Intef, weder du noch deine Soldaten haben hier etwas zu suchen», sagte sie laut. «Wozu du sie auch immer unter meine Männer gemischt hast, du solltest sie lieber trennen, ehe Blut fließt.» Die beiden Soldaten, die Amun-nacht gerufen hatte, kletterten auf die Estrade und flankierten sie jetzt. Amun-nacht hatte noch nicht ins Horn gestoßen. Ich kann ihnen nicht befehlen, mich zu beschützen, dachte Aahmes-nofretari. Ich kann nicht einmal Schwäche andeuten, sonst stürzen sich die Männer hier auf mich wie ein Rudel Löwen.

Doch dann war es Iasen, nicht Intef, der ihr den Kampf ansagte. Dreist drängte er sich an sie heran. «Prinzessin, meiner Meinung nach hast du hier nichts zu suchen», sagte er grob. «Das hier ist Männersache. Geh nach Hause. Intef und ich übernehmen den Befehl über die Männer aus Waset. Deine Brüder gelten nicht länger als Herrscher Ägyptens. Das Recht haben sie sich durch ihre Überheblichkeit und den Ruin verwirkt, der ihnen in den letzten beiden Jahren gefolgt ist. Falls du nicht willst, dass man dir etwas tut, so geh nach Hause.» Das war eine regelrechte Drohung. Aahmes-nofretari spürte, wie Wut und Zorn in ihr hochstiegen und sich die Angst verflüchtigte. Sie näherte das Gesicht seinem und stach mit dem Messer nach ihm.

«Das Recht, in Ägypten zu herrschen, ist eine Sache von Blut und Rang», fauchte sie. «Das hat nichts mit den Ansichten eines gemeinen Verräters wie du, Iasen, zu tun.» Sie wies mit der Axt auf den Tumult auf dem Exerzierplatz. «Diese Männer gehören Kamose, Ahmose und mir! Sie sind Besitz der Taos. Hört ihr das, ihr Memmen?»

Schroff wandte sie sich von Iasen ab und spürte nur zu deutlich, dass sie damit ihre Rückendeckung verlor, ging jedoch forschen Schrittes zu Amun-nacht. «Blas das verfluchte Horn», befahl sie. «Blas oder ich lasse dich wegen Hochverrats töten, statt dir wegen Gehorsamsverweigerung nur die Nase abschneiden zu lassen.» Dann drängte sie sich zwischen Intef und Iasen durch, stellte sich vor die Hauptleute aus Waset und griff zu ihrer größten List. «Seine Majestät und der Prinz sind dabei, den Aufstand niederzuschlagen, den diese Fürsten angezettelt haben», sagte sie. «Überall auf dem Anwesen wimmelt es von Medjai. Wenn ihr mir jetzt gehorcht, sorge ich dafür, dass eure zeitweilige Untreue nicht bestraft wird.»

«Aber das ist unmöglich!», rutschte es Intef heraus. «Meketra hat mir versichert ...»

«Dass was?», fragte sie verächtlich, ohne jedoch den Kopf zu wenden. «Dass er den König mit Leichtigkeit ermorden könne? Es ist nicht so einfach, eine Gottheit umzubringen, Intef.» Und jetzt trat sie tatsächlich vor die beiden Fürsten. «Nun?», sagte sie. «Gebt ihr auf oder flieht ihr? Besinnt euch schnell. Der König und mein Gemahl sind mittlerweile mit dem Ungeziefer fertig und Hor-Aha wird sich an euch rächen.»

Sie schienen sie eine Ewigkeit anzublicken. Und sie erwiderte den Blick, ohne mit der Wimper zu zucken. Wehe, ihr heißt mich eine Lügnerin, fragt, warum ich, eine Frau, hier bin, warum Kamose seine eigene Schwester einer so ungeheuerlichen Gefahr aussetzt, statt einen Trupp bis an die Zähne bewaffneter Medjai zu schicken. Hoffentlich sehen sie in meiner Anwesenheit einen geschickten Zug von Kamose, dachte sie, während sie ihren Blicken standhielt. Jeder Mann würde zögern, eine Frau zu durchbohren, insbesondere eine königliche. Wie dumm sind sie?

«Verhaftet beide!», blaffte sie die stumm zuschauenden Hauptleute an. «Bringt sie ins Gefängnis!» In diesem Augenblick ertönte das Horn, durchdringend und erschreckend. Amun-nacht blies viermal, bis sich der Lärm auf dem Exerzierplatz legte und zu verdrossenem Gemurre wurde und sich die Gesichter eines nach dem anderen der Estrade zuwandten. Intef und Iasen wollten empört protestieren, doch die Hauptleute zögerten jetzt nicht mehr, die Fürsten wurden unverweilt fortgebracht.

Aahmes-nofretari wusste, dass die Schlacht noch nicht gewonnen war. Als die Soldaten aus den anderen Nomarchen sahen, dass ihre Fürsten überwältigt wurden, begehrten sie auf und viele ihrer Hauptleute standen noch auf der Estrade. Aahmes-nofretari ging eilig zu Amun-nacht. «Lass sie in Reih und Glied antreten, unsere Soldaten jedoch dahinter. Waffen auf den Boden vor ihre Füße.» Angespannt wartete sie, während Amun-nacht Befehle bellte und die Männer verdrossen gehorchten. Hinter ihr standen noch immer Intefs und Iasens Hauptleute. Aahmes-nofretari war klar, dass ein Wort von ihnen genügte, ein gebrüllter Befehl, der ihren rückgängig machte, und sie hatten eine Meuterei, doch sie schwiegen.

Zu guter Letzt standen tausend Soldaten in Formation, Schwerter und Äxte aufgehäuft zu ihren staubigen Füßen. Aahmes-nofretari musterte sie eingehend. «Und jetzt sagst du ihnen Folgendes», antwortete sie auf den forschenden Blick des Befehlshabers. «Sie sollen zusammen mit ihren Hauptleuten in ihre Zellen zurückgehen. Die Männer aus den anderen Nomarchen bleiben in der Kaserne, die Seine Majestät ihnen zugewiesen hat. Sie dürfen sich nicht mehr unter die Soldaten aus Waset mischen. Jeder Mann, der aus der Tür tritt, wird auf der Stelle getötet. Die Waffen bleiben, wo sie sind.» Amunnacht nickte. Während er ihre Befehle hinausbrüllte, wandte sie sich an die Hauptleute, die sie wachsam im Auge hatten. «Diejenigen unter euch, die dem König Lehenstreue schuldeten, sind des Hochverrats schuldig und verdienen den Tod», sagte sie. «Bis ich jedoch weiß, was Seine Majestät mit euch vorhat, werdet ihr mit euren Soldaten eingesperrt. Was euch Hauptleute aus Waset angeht ...» Sie verstummte und zwang jeden, sie anzusehen. «So kenne ich euch alle. Habe ich nicht viele Stunden in eurer Gesellschaft verbracht? Habe ich mich nicht um das Wohlergehen der Soldaten gekümmert? Ich schäme mich für euch.» Einer von ihnen hob die Hand.

«Prinzessin, darf ich sprechen?», bat er. Aahmes-nofretari nickte schroff.

«Die Fürsten haben uns befohlen, uns hier zu sammeln», erklärte er. «Sie haben uns gesagt, dass Seine Majestät und der Prinz tot sind und sie den Befehl über alle ägyptischen Soldaten übernommen haben. Was sollten wir tun?»

«Ihr hättet darum bitten können, die Leichen zu sehen», gab sie zurück. «Ihr hättet um Bestätigung durch General Hor-Aha bitten können. Ihr habt euch benommen wie hirnlose Bauern und verdient kein Vertrauen mehr. Aber ich gebe euch Gelegenheit zur Wiedergutmachung.» In Wirklichkeit habe ich kaum eine andere Wahl, dachte sie bei sich. Nur noch ich kann Ordnung schaffen, bis die Medjai kommen. Falls sie kommen. Falls sich dieser Aufstand nicht zu ihnen ausgebreitet oder, schlimmer noch, sie im Schlaf überrascht hat. «Ich beauftrage euch mit der Ausführung meiner Befehle», fuhr sie fort. «Übertragt diesen Auftrag nicht an eure Stellvertreter. Ihr müsst die Wachposten einteilen, die die Waffen bewachen, und dafür sorgen, dass den Soldaten in den Zellen Essen und Trinken gebracht wird und dass keiner die Kaserne verlässt, bis General Hor-Aha selbst oder ein Mitglied der königlichen Familie neue Vorschriften erlässt. Seine Majestät hat euch zu Hauptleuten befördert. Könnt ihr diese kleinen Pflichten übernehmen?» Das klang spöttisch und die Gesichter, die sie anstarrten, waren grimmig. «Verlasst die Estrade», schloss sie. «Die Männer sollen in ihre Zellen zurückkehren. Sorgt dafür, dass sie gehen, wohin sie gehen sollen.» Sie salutierten, stiegen die Stufen hinunter und mischten sich sofort unter die Menge.

Sie stellte sich wieder neben Amun-nacht und ein Weilchen sahen sie zu, wie sich die Männer in beklommenem Schweigen zerstreuten. Dann blickte Aahmes-nofretari ihm mitten ins Gesicht. «Wenn ich dir nicht trauen kann, sind meine Befehle an die Hauptleute nichtig», sagte sie. «Du bist der Befehlshaber der Kasernen. Falls du im Herzen ein Aufständischer bist, kann ich diese Estrade nicht verlassen. Ich muss mir mein Lager herbringen lassen und hier kampieren.» Er warf ihr einen raschen, scharfen Blick zu.

«Aber gewiss wird Seine Majestät einen hochrangigen Offizier schicken, der von mir übernimmt», wandte er höflich ein. «Ich habe mich verdächtig gemacht, Prinzessin. Ich bin meinen Pflichten nicht getreulich nachgekommen. Eine höhere Autorität hat mich ins Wanken gebracht. Es tut mir Leid.»

«Leid?», platzte sie heraus. «Meine Familie wurde beinahe ermordet, unsere Ländereien gestohlen, der Krieg Seiner Majestät gegen Apophis und die vielen Toten umsonst, und dir tut es Leid? Ihr Götter, Amun-nacht, du und ich, wir sind beide so stolz auf diese Männer gewesen, haben so gut für sie gesorgt, und dennoch hast du nur zögernd gehorcht, als ich dir heute den ersten Befehl erteilt habe!»

«Ich habe gedacht, Seine Majestät würde, um die Meuterei abzuwenden, nicht seine Schwester schicken, wenn er selbst kommen könnte», antwortete er. «Ich habe gedacht, wenn die Prinzessin hier kampieren muss, gibt es niemanden mehr, der diese ungemein gefährliche Situation bereinigen kann.» Sein Blick kehrte zu ihr zurück, nachdenklich, aber respektvoll. «Ich habe gedacht, die Fürsten sind dumm, dass sie nicht den gleichen Schluss ziehen, und es tut mir von Herzen Leid, dass ich die Macht und Entschlossenheit des Hauses Tao unterschätzt habe.»

«Damit wäschst du dich nicht rein.»

«Natürlich nicht. Bitte, Prinzessin, sag mir, lebt Seine Majestät noch?» Aahmes-nofretari holte tief Luft.

«Kamose hat eine gute Hand bei der Beförderung von klugen und scharfsichtigen Männern bewiesen», sagte sie und seufzte. «Ich weiß nicht, wie die Dinge im Haus stehen. Die Getreuen des Königs sind fast alle tot. Ehe ich hierher gekommen bin, ist Kamose zur Bootstreppe gegangen, um Ahmose zu warnen. Was die Medjai angeht ...» Sie hob ergeben die Schultern. «Ich kann nur hoffen, dass Ramose oder Anchmahor über den Fluss gesetzt ist. Ich bete darum, dass meine Brüder wieder Herr im Haus sind, aber ... ich weiß nicht mehr als das, was ich dir gesagt habe.» In einer zugleich impulsiven und entschlossenen Geste reichte sie ihm die Axt. «Ich konnte nicht zulassen, dass das Heer meutert», sagte sie schlicht. «Amun-nacht, nimmst du hier meinen Platz ein oder verhaftest du mich jetzt und lässt meine Männer die Fürsten befreien?» Er nahm ihr die Waffe ab, hob sie mit Leichtigkeit.

«Ich habe bei keinem Feldzug Seiner Majestät mitgemacht», antwortete er aufrichtig. «Als die Waset-Division hier einquartiert wurde, war ich für Ordnung in der Kaserne verantwortlich. Als nur noch die Leibwache hier war, habe ich Wachen für das Haus gestellt und überall in der Nomarche für Frieden gesorgt. Ich bin in Waset geboren und aufgewachsen. Ich liebe meine Heimat. Ich weiß noch, wie Apophis gekommen ist, wie demütigend es für unsere Soldaten war, sich Setiu-Hauptleuten zu unterstellen.» Er verzog das Gesicht. «Prinzessin, ich wollte Waset nicht einem anderen Fürsten als einem Tao unterstellt sehen, aber man hat uns gesagt, dass die Tat getan ist.»

«Aber die Tat ist vielleicht noch nicht getan», unterbrach ihn Aahmes-nofretari. «In diesem Augenblick stehe ich an der Spitze der Verwaltung. Wirst du mir helfen, die Stellung zu halten, Amun-nacht?» Er neigte den Kopf.

«Solange ich kann», gelobte er feierlich. «Schick mir so schnell wie möglich Nachricht vom Haus, Prinzessin, und Verstärkung durch die Medjai. Die Hauptleute der Fürsten dürften nicht gerade erfreut sein.»

«In Ordnung.» Sie wusste, dass er ihr so ehrlich geantwortet hatte, wie sie erwarten konnte. «Du bist entlassen, Amunnacht. Noch kampiere ich nicht auf der Estrade.» Er lächelte nicht über ihren lahmen Witz, sondern grüßte knapp und ging zu den Stufen. «Angenommen», rief sie hinter ihm her, «alles scheint verloren, ich mache mir fälschlicherweise Hoffnungen und Prinz Ahmose-onch ist der einzige überlebende königliche Sohn. Anerkennst du mich in meiner Stellung als Regentin und Befehlshaberin der Truppen Seiner Majestät, Amun-nacht?»

«Ja, Prinzessin», rief er zurück, ohne stehen zu bleiben.

Sie hatte das Tor erreicht, und als sie hindurchging, fingen die Bäume dahinter an zu zittern. Die weiß getünchten Mauern der Dienstbotenunterkünfte strahlten den Sonnenschein zurück und der löste sich jäh zu Streifen verschwommener Farbe auf und der Weg zitterte auch. Ich werde ohnmächtig, dachte sie teilnahmslos. Sie taumelte zu einem abgeschiedenen Fleckchen hinter Akazienbüschen, ehe sie an der Grenzmauer zusammenbrach. Dann fing sie an zu weinen. Heftige Schluchzer schüttelten sie, das Entsetzen des Morgens forderte seinen Tribut. Sie umschlang sich mit den Armen, wiegte sich im freundlichen Schatten der Akazien hin und her und weinte um eine Tat, die sie ihre ganze Kraft gekostet hatte, um Kamose und seine Einsamkeit, um ihren Ehemann, der sich von ihrem Lager gestohlen hatte und nur angeln wollte, was ihn ihr vielleicht für immer entrissen hatte. Als sie sich ausgeweint hatte, wischte sie sich das Gesicht in ihrem schmutzigen Hemdkleid und stand zitternd wieder auf. Die Sonne schien noch immer. Eine Brise bewegte den Rasen. Eine goldene Libelle flatterte mit glitzernden Flügeln vorbei. Aahmes-nofretari ging zielstrebig zum Haus.

Leise betrat sie es durch den Dienstboteneingang, hielt dabei noch immer das Messer in der Hand, das sie beinahe vergessen hatte, und schritt ein Stück auf dem breiten Flur entlang, dann blieb sie stehen und horchte. Leise Stimmen wehten heran und etwas weiter entfernt weinte jemand, doch sie hörte keine Geräusche eines heftigen Kampfes. Was auch geschehen war, ob gut oder schlecht, es war während ihrer Abwesenheit geschehen.

Vorsichtig ging sie weiter, aber ihr war klar, dass das erhobene Messer nur gespielter Mut war. Sie stieß auf vier Medjai, die an der Wand lehnten und sich aufgeregt unterhielten. «Prinzessin, Prinzessin», riefen sie, und da merkte Aahmes-nofretari, dass das Haus gerettet war.

«Wo ist Seine Majestät?», fragte sie. Da wurden sie sehr still und sahen sie ernst und mit schwimmendem Blick an. Einer von ihnen wies mit der Hand.

«Dahinten», sagte er. «In dem großen Raum.» Sie dankte ihnen und mit einem Stoßgebet an die Götter eilte sie den Hauptflur entlang. Kamose war verschont worden. Er war mit Ahmose und Hor-Aha und den anderen im Empfangssaal. Alles würde gut werden. Sie kam an etlichen Hausdienern vorbei, die auf den Knien lagen und Blutflecken wegschrubbten. Die Leichen waren verschwunden. Es geht wieder seinen alten Gang, dachte sie froh und ich habe meinen Teil dazu beigetragen und überlebt. Es ist vorbei.

Doch draußen vor dem Saal stieß sie auf Achtoi. Der Haushofmeister saß auf einem Schemel und das Gesicht, das er ihr zuwandte, als sie den Schritt verlangsamte, war tränennass. Er kam unbeholfen hoch, machte eine flüchtige Verbeugung, und da löste sich Aahmes-nofretaris zerbrechliches, neu gewonnenes Zutrauen in nichts auf. «Was ist, was ist?», stammelte sie. «Ist er verwundet? Ist Ahmose auch verwundet?» Achtoi bemühte sich um Fassung, ehe er etwas sagte.

«Seine Majestät ist tot», sagte er und dabei zitterte seine Stimme kaum merklich. «Ein Pfeil hat ihn in die Seite getroffen, als er zur Bootstreppe gegangen ist, um den Prinzen zu warnen.» Er schluckte und Aahmes-nofretari starrte wie gebannt auf seinen hüpfenden Adamsapfel. «Die Herrin Tetischeri hat dir einen Soldaten entgegengeschickt, aber offensichtlich hat er dich verfehlt. Es betrübt mich zutiefst, dass ich dir diese Nachricht überbringen muss. Verzeih mir, Prinzessin. Dein Gemahl, der Prinz, ist ...» Doch Aahmes-nofretari wartete seine weiteren Worte nicht ab. Sie schob sich an ihm vorbei und stürzte in den Empfangssaal.

Kamoses Leichnam lag auf dem riesigen Schreibtisch, den man aus dem Arbeitszimmer ihres Vaters hereingeschafft hatte. Eine Wand des Säulensaals war zum Garten hin ganz geöffnet und ließ kein direktes Licht ein, aber dennoch war alles nur zu entsetzlich klar. Ein zerzauster Amunmose mit einem rauchenden Weihrauchgefäß in der Hand schwankte zu Kamoses Füßen und sang leise. Ramose und Hor-Aha standen neben seiner verletzten Seite, aus der, das sah Aahmes-nofretari mit Entsetzen, noch immer der Pfeil ragte. Hor-Aha hielt Behek am Halsband gepackt und der Hund jaulte, wehrte sich verstört und wollte auf seinen Herrn springen. Anchmahor kehrte ihnen allen den Rücken zu. Er lehnte mit gesenktem Kopf an einer Säule und hinter ihm, vorn im Garten, hatten sich die Dienstboten versammelt, einige hockten im Gras, andere standen grüppchenweise zusammen, alle stumm vor Gram.

Hinten im Saal auf der ersten Stufe der Estrade, auf der die Familie bei Festgelagen mit wichtigen Gästen speiste, saß Tetischeri reglos mit geradem Rücken, drückte die Knie unter dem blauen Hemdkleid zusammen und umklammerte mit knotigen Händen ihre Schenkel. Auf Aahmes-nofretari wirkte sie wie bereits mumifiziert, die runzlige und faltige Haut ihres Gesichts war angespannt und ledern, die dünnen, faltigen Lippen entblößten gelbe Zähne, die Augen unter den geschwollenen Lidern waren eingesunken. Sie starrte geradeaus und blinzelte kaum, als sich ihre Großtochter über sie beugte. «Großmutter, wo ist Ahmose?», fragte sie. «Wo ist meine Mutter?» Sie legte eine Hand auf das verfilzte graue Haar und Tetischeri bewegte sich.

«Sie müssen alle sterben, alle miteinander», flüsterte sie. Ihr Atem berührte das Gesicht der jungen Frau, heiß und übel riechend. «Wir müssen sie jagen und erschlagen wie wilde Tiere, denn das sind sie.»

«Wo ist Ahmose?», wiederholte Aahmes-nofretari lauter, doch die alte Frau hörte sie nicht, und als Aahmes-nofretari eine Hand auf ihrer Schulter spürte, richtete sie sich auf.

«Er ist schlimm verwundet», sagte Ramose. «Er ist auf seinem Lager und der Arzt und deine Mutter sind bei ihm. Wo bist du gewesen, Prinzessin? Man hat nach den Sem-Priestern geschickt, Kamose muss ins Haus des Todes gebracht und einbalsamiert werden. Deine Mutter hat sich geweigert, ihnen seinen Leichnam zu übergeben, ehe du nicht zurück bist, aber sie hat nicht gesagt, wo du warst.» Aahmes-nofretari blickte ihm mitten ins Gesicht. Auch er hatte geweint. Er war blass und seine Augen waren verquollen. «Teilweise bin ich für das hier verantwortlich», sagte er gebrochen. «Wenn ich begriffen hätte, wie sehr meine Mutter hasst, wenn ich sie bei Kamose angezeigt hätte ...»

«Nicht jetzt, Ramose!», rief Aahmes-nofretari. «Für Schuldzuweisungen ist später Zeit, jetzt ertrage ich sie nicht! Ich muss zu meinem Mann.»

Trotz ihrer heftigen Sorge um Ahmose und der heimlichen Erleichterung, dass er noch lebte, konnte sie sich nicht vom Leichnam ihres geliebten älteren Bruders losreißen. Sie näherte sich dem Schreibtisch durch einen beißenden Myrrhenebel und streichelte seine noch immer blutigen und so kalten Wangen und drückte seine schmutzigen, schlaffen Finger an ihr Gesicht. «Kamose, ach, Kamose», hauchte sie. «Die Götter werden dich willkommen heißen, denn gewiss wird dein Herz gegen die Feder der Maat leicht wiegen, aber für uns, die wir nie wieder deine Stimme hören, gibt es nichts als Kummer. Wenn du doch nur noch erfahren hättest, dass der Aufstand gescheitert und dein großes Werk nicht zunichte geworden ist.» Sanft küsste sie ihn auf den schlaffen, blutverkrusteten Mund und drehte sich zu dem Hohen Priester um. «Amunmose, was ist mit meinen Kindern?», fragte sie. Der Mann hörte auf zu singen und verbeugte sich vor ihr.

«Die sind wohlbehalten in meiner eigenen Zelle, Prinzessin», versicherte er ihr. «Die Herrin Nofre-Sachuru ist auch dort. Sie hat mir gesagt, dass du sie geschickt hast, damit sie Raa mit Ahmose-onch hilft. Raa hat das abgestritten, und da ich nicht wusste, wer lügt, habe ich die Herrin der Tempelwache übergeben.»

«Danke», sagte Aahmes-nofretari grimmig. «Wenn der Leichnam Seiner Majestät fortgebracht ist und du in den Tempel zurückkehrst, sorge dafür, dass Nofre-Sachuru nicht entkommt. Sie lügt.» Sie spürte Ramoses entsetzten Blick, erwiderte ihn jedoch nicht.

Dann winkte sie Hor-Aha ein kleines Stück fort und erzählte ihm rasch, was sich auf dem Exerzierplatz zugetragen hatte. Dabei merkte sie, wie sein Blick erst entsetzt, dann ungläubig wurde. «Das hast du getan, Prinzessin?», entfuhr es ihm leise. «Du? Wahrlich, das Haus Tao ist mit Herzen von göttlichem Mut gesegnet! Weder Anchmahor noch ich haben das Ausmaß der Gefahr erkannt. Wir haben geglaubt, dass sich der Angriff auf deine Brüder, auf das Anwesen beschränkt.»

«Mutter und Großmutter und ich haben mehr dahinter geargwöhnt.»

«Deine Mutter hat Meketra erdolcht, als der deinen Gemahl verwundet hat», sagte Hor-Aha. «Hast du das nicht gewusst, Prinzessin? Sie wird schon als Retterin gepriesen. Sein Leichnam liegt noch am Weg zur Bootstreppe. Sie hat befohlen, dass er dort bleiben soll, damit ihn alle sehen können.»

Aahmes-nofretari starrte ihn entgeistert an. Seit Kamose in ihr Schlafzimmer gekommen war, hatten sich die entsetzlichen Ereignisse gehäuft, doch mehr konnte sie nicht verkraften. Nicht jetzt, sagte sie bei sich, so wie sie es laut zu Ramose gesagt hatte. Ich kümmere mich später darum. «General, du musst in die Soldatenzellen gehen und meine Befehle bestätigen», drängte sie. «Der Befehlshaber der Kaserne, Amun-nacht, ist durchaus vertrauenswürdig, aber vielleicht haben unsere anderen Hauptleute schon beschlossen, mir nicht zu gehorchen, und außerdem müssen die von den Fürsten mitge-brachten Männer eingesperrt bleiben. Der Tod meines Bruders soll nicht umsonst gewesen sein. Finde heraus, wo Mesehti und Machu stecken.» Er begriff sofort, salutierte und strebte dem Garten zu und Aahmes-nofretari ging mit einem letzten, schmerzlichen Blick auf die leere Hülle, die vor ein paar kur-zen Stunden noch Kamoses Seele beherbergt hatte, ihrerseits zur Tür.

Im Hinausgehen begegnete sie den Sem-Priestern. Die zogen sich zurück und verbargen das Gesicht, hüllten sich fester in ihre Gewänder, damit sie sich nicht ansteckte, doch heute war es ihr einerlei, dass man sie für unrein hielt. «Balsamiert ihn gut ein», sagte sie. «Macht ehrerbietige Schnitte und legt ihm die Binden achtungsvoll an. Er war euer König.»

Und jetzt ist Ahmose König. Die Erkenntnis traf sie wie ein Schlag, als sie zu seinen Gemächern eilte. Ahmose muss die Be-freiung Ägyptens in die Hand nehmen. O ihr Götter, ich weiß nicht, ob ich es wert bin, Königin zu sein.

Ahmoses Tür stand offen, und als sie eintrat, erhob sich ihre Mutter von dem Stuhl neben dem Lager. Sie hatte noch immer das Hemdkleid von vorhin an, dessen Vorderseite jetzt braune, getrocknete Blutflecken aufwies. Mit einem Aufschluchzen warf sie sich in Aahoteps Arme und die beiden Frauen hielten sich lange, wiegten sich und stöhnten. Dann machte sich Aahotep los. «Du kannst mir später erzählen, was sich da draußen abgespielt hat», sagte sie abrupt. «Also, Ahmose hat einen heftigen Schlag mit der Keule bekommen und ist be-wusstlos. Der Arzt ist gerade gegangen. Er hat die Wunde an Ahmoses Kopf genäht und einen Brei aus Honig, Kastoröl und

Ebereschenholz mit einer Prise Erde vom Bauernfriedhof aufgelegt, damit sie nicht brandig und der Eiter aufgesaugt wird. Ahmose hat, Amun sei Dank, keinen Schädelbruch. Ich glaube, dass mein überraschender Angriff und Beheks plötzliches Gebell den Hieb des Mörders abgeschwächt haben.»

«Bleibt er am Leben?»

Aahotep lächelte grimmig. «Der Arzt hält seinen Zustand für ernst, aber nicht bedenklich. Irgendwann kommt er wieder zu sich.»

«Ein schwacher Trost.» Aahmes-nofretari sank auf den Stuhl, den ihre Mutter gerade verlassen hatte, und zeigte auf Aahoteps Kleid. «Und ist das ...» Aahotep lachte harsch. Für Aahmes-nofretari hörte sich das erschreckend nach Wahnsinn an.

«Ist das Kamoses süßes Blut? Nein, ist es nicht. Ich habe Meketra zweimal getroffen. Es ist sein Leben, das ich auf meinem Kleid habe, und ich muss gestehen, Aahmes-nofretari, dass ich mich darüber freue. Wenn seine Leiche anfängt zu verwesen, lasse ich sie in die Wüste schaffen, dort mögen sich die Hyänen an ihr delektieren.»

«Aber dann finden ihn die Götter nicht und können ihn nicht aburteilen oder retten», rutschte es Aahmes-nofretari heraus. «Sein Ka geht verloren.» Aahotep ging zur Tür.

«Gut so», sagte sie heftig. «Das ist mir völlig einerlei. Setz dich zu Ahmose. Rede mit ihm. Bete für ihn. Ich werde mich auf mein Lager werfen und den Schlaf der völlig Gerechten schlafen.»

«Mutter, du hast ihm das Leben gerettet», sagte Aahmes-nofretari leise.

«Wenn ich und die beiden Soldaten ein wenig eher gekommen wären, wir hätten vielleicht auch Kamose retten können», sagte Aahotep bitter. «Mein Mann und mein Sohn, beide Opfer der verfluchten Setius.» Sie hob die blutverkrusteten Hände zum Gesicht und ließ sie wieder fallen. «Verzeih mir, Aahmes-nofretari», murmelte sie. «Ich bin nicht ich selbst.»

Der Hieb hatte Ahmose genau über dem rechten Ohr getroffen. Er lag auf der linken Seite und sah sie an, atmete flach und laut, ein schlaffer Arm lag gebeugt auf dem Laken, das man ihm bis zur Mitte hochgezogen hatte. Seine Haut glänzte schweißfeucht. Er war erschreckend blass.«Mein Liebster, du darfst nicht sterben», sagte sie leise.«Ägypten braucht dich, aber ich brauche dich noch mehr. Wenn du nicht gesund wirst, bin ich gezwungen, zu Helm und Handschuhen zu greifen und das Heer selbst nach Norden zu führen. Kannst du dir etwas Aussichtsloseres und Lächerlicheres vorstellen? Einen Vater hat Ahmose-onch bereits verloren, muss er auch noch den nächsten verlieren? Kannst du mich hören, Ahmose? Hallen meine Worte in deinen Träumen wider?»

Sie nahm seine Hand und streichelte sie, dachte, wenn noch mehr Tränen kommen müssen, dann lieber jetzt, doch sie hatte diese weibliche Reaktion auf Katastrophen schon bei den Akazienbüschen hinter sich gebracht. Irgendwie war sie sich im Klaren, dass sie nie wieder über Dinge weinen würde, die sich nicht ändern ließen. Wozu sollte das gut sein? Und während Aahmes-nofretari in diesem stillen Raum saß und den Blick auf ihren verletzten Mann richtete, fand sie allmählich zu einer ganz neuen Unnachgiebigkeit und sie schüttelte das Letzte ab, was von dem schüchternen, ziemlich scheuen Mädchen von einst übrig geblieben war.

ACHTZEHNTES KAPITEL

Aahmes-nofretari saß den ganzen Nachmittag und bis in die Nacht am Lager ihres Mannes, doch an seinem Zustand änderte sich nichts. Der Arzt war mehrmals gekommen, hatte die Salbe abgewischt, seine Stiche überprüft und einen neuen Brei aufgelegt und schließlich hatte Aahmes-nofretari völlig erschöpft die Wache an Achtoi übergeben und war auf ihr Lager gekrochen. Erst als sie sich überzeugt hatte, dass die aufrührerischen Fürsten sicher verwahrt und ihre Soldaten in der Kaserne eingesperrt waren, hatte sie die Kinder aus dem Tempel holen lassen.

Nofre-Sachuru war unter strenger Bewachung ins Gefängnis geschafft worden. Sie hatte den ganzen Weg entrüstet protestiert, doch als Anchmahor in Ahmoses Schlafgemach kam und sich nach dem Befinden des Prinzen erkundigte, konnte er Aahmes-nofretari berichten, dass man in den bauschigen Falten ihres Hemdkleides ein Messer gefunden hatte. Nofre-Sachuru beharrte darauf, sie wäre von gedämpften Schritten auf dem Flur vor ihrem Zimmer geweckt worden, und als sie aus der Tür getreten wäre, hätte sie die toten Getreuen des Königs erblickt. Erschrocken hätte sie sich das Messer gegriffen und wäre aus dem Haus gestürzt, hätte sich zum Tempel als dem

509

einzigen sicheren Ort geflüchtet, den sie zu Fuß erreichen konnte. Ihre Geschichte unterschied sich von der, die sie Amunmose erzählt hatte, nämlich dass Aahmes-nofretari sie schicke, weil sie beim Schutz der Kinder helfen solle.

«Kann es sein», so fragte sie den Fürsten, «dass es ihre Rolle im Aufstand war, Ahmose-onch zu töten? Wenn Kamose und Ahmose erledigt waren, blieb nur noch ein männlicher Überlebender. Die Verschwörer haben sehr wohl gewusst, dass sie zum völligen Sieg jeden männlichen Tao umbringen mussten.» Anchmahor zögerte.

«Das ist eine schwerwiegender Vorwurf, Prinzessin», ermahnte er sie vorsichtig. «Für solch ein schändliches Komplott gibt es keine Beweise.»

«Wir haben Senehats Zeugnis für ihren Hass», gab Aahmes-nofretari zurück. «Und zweifellos hat sie bezüglich der Vorgänge in der letzten Nacht gelogen. Ich gehe bei ihr kein Risiko mehr ein. Sie kommt mit den Fürsten vor Gericht.»

«Die Hinrichtung von Edelmännern wird im Heer und unter den Bürgern Unsicherheit bewirken», meinte er. «Männer, die sich dem Aufstand anschließen wollten, die die Richtung verloren hatten, werden um ihr Leben fürchten. Aber eine Frau zu töten ...» Er hob die Hände. «Eine solche Tat wird Ägypten entsetzen und du läufst Gefahr, viele Unterstützer zu verlieren.»

«Und, haben wir eine andere Wahl?», fauchte Aahmes-nofretari, denn sie war zu müde für höfliche Floskeln. «Wir müssen so deutlich wie möglich zeigen, dass wir alles im Griff haben, und das auch weiterhin. Sollte das Rücksichtslosigkeit bedeuten, werden wir rücksichtslos sein und des Nachts umso besser schlafen, weil wir erneut die Saat des Verrats ausgemerzt haben. Erneut, Anchmahor.» Sie erhob sich von dem Schemel neben dem Lager, ließ jedoch die schlaffe Hand ihres

Mannes nicht los. «Seit dem Tag, an dem sich mein Vater entschlossen hat, aus blanker Verzweiflung gegen Apophis zu ziehen, haben wir mit den unsichtbaren Fangarmen des Verrats zu kämpfen gehabt. Ich bin es so leid, dass man uns Freundlichkeit mit Niedertracht vergilt, dass unser Traum von einem befreiten Ägypten von Männern behindert wird, die ehrlich sprechen, jedoch im Herzen Verrat hegen.» Sie ließ die Schultern sinken und fuhr sich mit zitternder Hand durch das verklebte Haar. «Sieh dir an, was Vertrauen bei Kamose, bei meinem Gemahl angerichtet hat! Falls du eine andere Lösung als Hinrichtung für alle hast, ich höre.»

«Du hast Recht», gab Anchmahor widerstrebend zu. «Aber, Prinzessin, sollten wir mit einem unwiderruflichen Beschluss nicht warten, bis Ahmose genesen ist? Was würde der Prinz wollen, dass wir tun?» Sie schenkte ihm ein eigenartiges, verzerrtes Lächeln und ließ sich wieder auf den Schemel sinken.

«Der Prinz ist immer für Mäßigung eingetreten», sagte sie mit belegter Stimme. «Ausgerechnet du solltest das wissen. Bei Kamoses Feldzügen hat gerade mein Gemahl um Nachsicht, um Zurückhaltung gebeten. Ich kann dir versprechen, dass sich Ahmose, sowie er die Augen aufschlägt, rächen will, und die Rache beginnt mit Auslöschung. Ich werde mich natürlich mit meiner Mutter und meiner Großmutter beraten, aber du kannst gewiss sein, dass auch sie den Tod von Intef und Iasen wollen. Vielleicht auch den von Mesehti und Machu. Man wird sehen.» Darauf hatte er offensichtlich keine Antwort. Mit einem Seufzer bat er darum, gehen zu dürfen.

Aahmes-nofretari schlief trotz ihrer Erschöpfung unruhig und wachte am nächsten Morgen müde wieder auf. Das Bad erfrischte sie ein wenig. Nachdem sie ihren Schrein geöffnet und für die Genesung ihres Mannes gebetet hatte, besuchte sie die Kinder, schickte Senehat wieder in Ramoses Gemächer, sprach mit dem Arzt, der nichts Neues zu berichten hatte, und ging zu ihrer Großmutter.

«Wo ist meine Mutter?», erkundigte sich Aahmes-nofretari bei Uni und sie verspürte die wohl bekannte Bangigkeit wie immer, wenn sie Tetischeri gegenübertreten musste.

«Die ist heute Morgen, glaube ich, ins Gefängnis gegangen», antwortete er. «Sie wollte sich mit der Herrin Nofre-Sachuru unterhalten.»

«Ach so.» Noch vor einem Monat wäre ich davor zurückgeschreckt, meiner Großmutter allein gegenüberzutreten, aber heute schaffe ich es. Ich schaffe jetzt vieles. Uni hielt ihr die Tür auf und sie trat ein.

Auch Tetischeris Schrein war geöffnet, das Weihrauchgefäß davor verströmte bittere graue Rauchschwaden, die sich in dem geschlossenen Raum zu einem erstickenden Nebel verdichteten. Aahmes-nofretari musste husten, ging sofort zum Fenster und zog die Binsenmatte hoch. Isis hatte gerade die Laken auf Tetischeris Bett glatt gezogen und Tetischeri selbst saß daneben, umklammerte mit beiden Händen einen vollen Becher mit Wein, hatte einen halb vollen Krug auf dem Tisch stehen und auf dem Fußboden einen unberührten Teller mit frischem Brot, Feigen und braunem Käse. «Isis, bring heißes Wasser und Tücher», wies Aahmes-nofretari sie an. «Deine Gebieterin muss gewaschen werden. Beeil dich.»

Mit einem Blick unendlicher Erleichterung entfernte sich Isis und Aahmes-nofretari ging zu der alten Dame, nahm ihr den Becher ab und schüttete den Inhalt aus dem Fenster. Tetischeri wehrte sich nicht. Sie sah ihrer Großtochter mit glasigem Blick zu, und da merkte Aahmes-nofretari, dass Tetischeri sturzbetrunken war. Sie hob den Teller auf, wählte eine Feige aus und streckte sie ihr hin. «Iß, Großmutter», drängte sie. «Du musst etwas essen.» Tetischeri blinzelte langsam.

«Ich kann Meketra riechen», sagte sie übertrieben betont. «Ich konnte auch die Saat des Aufruhrs an ihm riechen, als er noch am Leben war.» Aahmes-nofretari legte ihr die Feige in die Hand.

«Ich werde jetzt deinen Schrein zumachen», sagte sie laut und deutlich, «und das Weihrauchgefäß ausleeren. Steck die Feige in den Mund, Tetischeri.»

«Ich will nichts essen», sagte diese und rümpfte die Nase wie ein störrisches Kind. «Ich habe für Kamose gebetet. Aber für Kamose beten ist nicht so schön wie mit ihm beten, nicht wahr?» Aahmes-nofretari war zum Schrein gegangen und hatte die vergoldeten Türen zugemacht. Der Weihrauch war von allein erloschen. Als sie sich umdrehte, sah sie Tränen über Tetischeris faltige Wangen laufen und sie erschrak. Das hier war die Frau mit dem bislang unbeugsamen Willen. Die Frau mit dem aufrechten Rückgrat, an dem sie alle ihre eigene Kraft gemessen hatten. Wenn Tetischeri zerbricht, sind wir völlig verloren, Mutter und ich, dachte sie. Damit komme ich nicht zurecht! Sie hockte sich vor ihre Großmutter, nahm ihr die Feige ab und ihre knotigen Hände in ihre.

«Kamose ist tot», sagte sie mit Nachdruck. «In diesem Augenblick liegt er unter den Messern und Haken der Sem-Priester und kein Wein der Welt bringt ihn zurück, Tetischeri. Keines deiner Gebete führt ihn durch die Tür da. Ich habe ihn auch geliebt und trauere um meinen Verlust, aber Ahmose lebt noch. Gilt er dir denn gar nichts?»

«Nein», sagte Tetischeri tonlos. «Jetzt nicht, heute nicht. Ich bin müde, die Last wird mir zu viel, Aahmes-nofretari, ich bin meine eigene Stärke müde. Lass mich allein.»

«Dann gilt dir auch Ägyptens Schicksal nichts mehr?», beharrte Aahmes-nofretari. «Ahmose wird König sein, wenn die siebzig Tage Trauerzeit für Kamose vorbei sind. Ist es dir einerlei, dass Ägypten noch immer einen König hat?» Tetischeri entzog Aahmes-nofretari ihre Finger.

«Nein, das ist es nicht», sagte sie. «Aber dieser König ist nicht Kamose. Es hätte Kamose sein sollen. Du hättest ihn, nicht seinen Bruder heiraten sollen.»

«Wir müssen entscheiden, was wir mit den Fürsten tun», sagte Aahmes-nofretari nachdrücklich. «Mutter und ich brauchen deinen Rat, Tetischeri, wir brauchen deine ganze Kraft.» Tetischeri blickte sie mit glasigen Augen an.

«Was gibt es da zu entscheiden», sagte sie verwaschen. «Töten, allesamt. Schickt sie in den Gerichtssaal und lasst Sobek ihre Knochen zermalmen.» Aahmes-nofretari stand auf, stemmte die Hände in die Hüften und blickte auf ihre Großmutter herunter.

«Du wirst jetzt gewaschen und trinkst etwas Milch und dann verschläfst du deinen Rausch», befahl sie. «Ich schicke dir den Arzt. Wir leiden alle, Tetischeri. Eigentlich sollten wir uns daran gewöhnt haben, nicht wahr? Ich für mein Teil nicht.» Und ich möchte auch nicht die Starke sein, hätte sie gern angefügt. Das bist immer du gewesen. Bitte, Tetischeri, verlass uns nicht.

In diesem Augenblick machte Uni die Tür auf und ließ Isis und eine weitere Dienerin mit einer dampfenden Schüssel und Handtüchern ein. Aahmes-nofretari sagte: «Falls ich gebraucht werde, ich bin im Gefängnis. Deine Gebieterin muss Milch trinken, gewaschen und zu Bett gebracht werden. Lass dich nicht auf Widerworte ein, Uni. Dieses eine Mal nicht. Isis kann den Arzt holen. Keine Matten vor das Fenster. Die Luft hier ist sehr abgestanden.»

Tetischeri, ich bin wütend auf dich, dachte sie, als sie durch das Haus ging. Wütend und gekränkt. Kamose war der Abgott deines schwarzen Himmels und hat deine selbstsüchtigen, alten Augen so geblendet, dass du die weniger strahlenden Sterne ringsum nicht bemerkt hast. Hast du ihn nun wirklich geliebt oder war es nur gieriges Besitzergreifen, das sich nach Vaters Tod voll entfalten konnte? Vielleicht kannst du gar nicht lieben. Vielleicht hat Kamose einfach zu gut in die Form gepasst, die du dir ausgedacht hast, und Ahmose nicht. Mein lieber Mann, du tust mir Leid. Es ist zu viel zu tun. Dieses Abgleiten in Selbstmitleid verzeihe ich Großmutter nie. Unser Leben hängt noch immer an einem dünnen Faden. Vor dem Gefängnis sah sie Ramose auf der festgestampften Erde vor der Tür auf sie zukommen.

Er blieb stehen und verneigte sich, seine Miene war gequält und seine erste Frage galt Ahmose.

«Er ist noch immer bewusstlos», sagte Aahmes-nofretari. «Es gibt keine Veränderung. Hast du deine Mutter besucht, Ramose?» Er nickte niedergeschlagen.

«Sie tobt und beschwert sich und beteuert ihre Unschuld», sagte er. «Sie erwartet von mir, dass ich sie da heraushole. Was wird aus ihr, Prinzessin? Kommt sie vor Gericht?» Aahmes-nofretari musterte ihn prüfend, ehe sie antwortete. Er stand offensichtlich unter großem Druck, doch sie hatte keine Lust, darauf einzugehen.

«Du bist Kamoses engster Freund gewesen», sagte sie. «Leider hat auch Nofre-Sachuru zu denen gehört, die sich gegen ihn verschworen haben. Es gibt Beweise, dass sie den Befehl erhalten hat, meinen Sohn zu töten. Was würdest du mit ihr machen?»

«Sie ist meine Mutter», sagte er verzweifelt. «Wie könnte ich diese Frage beantworten? Die Götter urteilen nicht gut über jemanden, der seine Eltern nicht ehrt. Trotzdem hat sie Hochverrat begangen und den Tod meines Gebieters herbeigeführt.» In seinen braunen Augen stand die nackte Verzweiflung, als sich ihre Blicke kreuzten. «Du wirst sie hinrichten lassen, ja, Aahmes-nofretari?»

«Was zu tun ist, muss rasch getan werden», sagte sie. «Ägypten muss merken, dass die Strafe schnell und tödlich ist, dass es kein Zaudern gibt, sonst steckt die Verdrossenheit der Fürsten an. Oder schlimmer noch, Apophis wittert eine Schwäche und erobert Land zurück, solange Ahmose verletzt ist und keine Befehle erteilen kann.» Sie berührte ihn sacht. «Nur Mutter und ich stehen noch zwischen dem, was Kamose erreicht hat, und der völligen Katastrophe.» Das flüsterte sie fast. «Ich glaube nicht, dass ich Nofre-Sachuru retten kann.» Flehe mich nicht an, Ramose, beschwor sie ihn stumm. Bitte nicht, Verkehrtes zu verdrehen und daraus etwas Richtiges zu machen. Fordere nicht von mir, die göttlichen Gebote der Maat aufgrund deiner Sohnesliebe zu verfälschen. Bitte, denk an Si-Amun. Er lächelte traurig.

«Ich schäme mich», sagte er. «Für meinen Vater und meine Mutter. Und trotzdem liebe ich sie beide. Die Zeiten sind schlimm und ich bin der unseligste Mensch auf der ganzen Welt, Prinzessin. Ich werde, glaube ich, nie wieder Frieden finden.» Er verneigte sich noch einmal, machte einen Bogen um sie, sodass sie weitergehen konnte, bis sie vor der dicken Holztür des Gefängnisses stand.

Simontus Arbeitszimmer lag links des Ganges, der zu den Zellen führte, und war groß und kahl. Er erhob sich von seinem Stuhl hinter dem Schreibtisch und begrüßte sie mit großer Ehrerbietung. Ja, ihre Mutter wäre noch immer dort drinnen und befrage Fürst Intef. Sie wäre jetzt mehr als eine Stunde bei ihm. Er würde ihr ausrichten, dass Aahmes-nofretari hier sei.

Kurz darauf trat ihre Mutter ein. Aahmes-nofretari stand ehrerbietig auf und dann blickten sich die beiden Frauen an. Aahmes-nofretari sagte: «Tetischeri war betrunken, als ich sie vorhin aufgesucht habe, und Ramose ist verzweifelt. Was sollen wir tun?» Aahotep bedeutete ihrer Tochter, sie solle sich setzen, und nahm selbst auf dem Stuhl vor dem Schreibtisch Platz. Sie trug Blau, die Farbe der Trauer. Ihr Gesicht war sorgfältig geschminkt. Ein schmaler Goldreif, an dem winzige Skarabäen aus Jaspis hingen, umfasste die Stirn und die schlichte schulterlange Perücke, und auf ihren Fingernägeln glitzerte Gold.

«Die Arme tun mir weh», bemerkte sie. «Es erfordert viel Kraft, einen Menschen mit einer Klinge zu durchbohren. Das habe ich nicht gewusst. Und trotzdem ...» Sie schenkte Aahmes-nofretari ein grimmiges Lächeln. «Der Schmerz gefällt mir. Ich habe mein beschmutztes Hemdkleid zusammenfalten und getrennt aufbewahren lassen, es soll mich an unsere Wehrlosigkeit erinnern, falls jemals eine Zeit kommt, in der wir uns unbesiegbar fühlen.» Aahmes-nofretari antwortete darauf nichts und Aahotep fuhr fort: «Ich bin seit Tagesanbruch hier und befrage Intef und Iasen. Sie haben, glaube ich, keine Ahnung von der Gefahr, in der sie schweben, obwohl ich Meketra umgebracht habe. Sie glauben, weil wir Frauen sind und nicht zählen, unternehmen wir nichts, bis Ahmose genesen ist, und sie vertrauen fest darauf, dass der ihnen nicht nur verzeiht, sondern auch ihre Unzufriedenheit mit Kamose versteht. O nein, das haben sie nicht wirklich gesagt», schloss sie, als sich Aahmes-nofretari vorbeugte und entrüstet protestieren wollte, «aber sie zeigen nur wenig Ehrerbietung. Sie haben sich nicht viel verändert, seit Kamose sie vor zwei Jahren zum Handeln gezwungen hat.»

«Haben sie etwas über Mesehti und Machu gesagt?»

«Nein. Wir müssen nach Achmin und Djawati schicken und sie auftreiben, falls sie nicht schnurstracks ins Delta gefahren sind und Apophis Treue geschworen haben.»

«Vielleicht sind sie tatsächlich nach Hause gefahren, aber laut Senehat haben sie sich für Kamose eingesetzt», meinte Aahmes-nofretari. «Wenn sie nicht an der Verschwörung teilnehmen wollten, sich aber dennoch den anderen Fürsten verbunden gefühlt haben, hatten sie kaum eine andere Wahl, als die Beine in die Hand zu nehmen.»

«Sie hätten ihn warnen können!», brauste Aahotep auf. «Die Memmen!»

Eine weitere Pause. Aahmes-nofretari beobachtete ihre Mutter. Aahoteps dunkle Brauen waren nachdenklich zusammengezogen, und auf einmal sah Aahmes-nofretari sie in einem ganz anderen Licht. Es war, als fielen die Rollen, in denen sie Aahotep ohne nachzudenken eingeordnet hatte – Mutter, Ehefrau, Hausherrin – von ihr ab und die wahren, vielschichtigeren Seiten ihrer Persönlichkeit traten zutage. Natürlich ist sie meine Mutter, Seqenenres Gemahlin, die Herrscherin des Hauses, dachte Aahmes-nofretari überrascht, aber ich habe sie immer nur in Bezug auf mich selbst gesehen. Aahotep allein, ohne diese Zutaten, ist sie selbst, ist ein Einzelwesen. «Mutter», meinte sie schließlich, noch immer beeindruckt von dieser Offenbarung, «Ahmose würde sie niemals begnadigen. Und sie auch nicht verstehen. Sie haben sein gutmütiges Wesen als Schwäche ausgelegt.»

«Ich weiß.» Aahotep lehnte sich zurück. «Wir brauchen ein schnelles Verfahren, ehe jemand auf den Gedanken kommt, dass Aufstand keine Strafe nach sich zieht. Ihre Frauen und Kinder tun mir Leid, aber die Fürsten müssen auf der Stelle hingerichtet werden.»

«Und was ist mit Nofre-Sachuru?»

«Die ist ein Gift, das langsam wirkt und am Ende alles vergiftet», sagte Aahotep barsch. «Was können wir schon mit ihr tun als auch sie hinrichten? Wenn wir sie verbannen, wetzt sie ihre Zunge weiter. Wir sind nie sicher vor ihr, wohin wir sie auch schicken.»

«Dann schlage ich vor, wir schicken Ramose auf die Suche nach Mesehti und Machu. So muss er nicht mit ansehen, wie seine Mutter schließlich doch noch hingerichtet wird, oder sich verpflichtet fühlen, ihr beizustehen. Ich möchte um Kamose trauern», schloss Aahmes-nofretari und stand auf. «Und das kann ich nicht, ehe nicht alles andere geregelt ist.» Aahotep erhob sich auch.

«Dann sind wir einer Meinung?»

«Ja.»

«Gut. Ich sage Hor-Aha, er soll zehn Bogenschützen auswählen, und morgen früh versammelt sich das Heer auf dem Exerzierplatz und sieht den Hinrichtungen zu. Aahmes-nofretari ...»

«Ja.» Ihr Mutter war verstummt und biss sich auf die hennaroten Lippen.

«Wir tun da etwas Furchtbares. Wir töten ägyptische Edelleute. Wir töten eine Frau. Mir ist, als ob ...» Sie deutete auf die dicken, nackten Wände des Raumes. «Mir ist, als ob auch ich im Gefängnis bin, einem Ort, an dem man keine Wahl mehr hat.» Aahmes-nofretari kam um den Schreibtisch herum und ergriff die kalten Hände ihrer Mutter.

«Wir haben nicht damit angefangen», sagte sie leise, «aber es ist unser Los, es zu Ende zu führen. Ich muss zu Ahmose. Komm mit, und danach gehen wir in den Tempel und beten. Wenn wir wieder daheim sind, dürfte Großmutter wach und so weit klar sein, dass sie uns raten kann.»

«Ich kann mir nicht vorstellen, dass sie einen barmherzigeren Vorschlag hat», gab Aahotep zurück. «Sie wird für ihren Tod stimmen, koste es, was es wolle.»

Abends setzten sie sich mit Tetischeri zusammen. Die war

zwar nach ihrem Rausch bleich und schwach, konnte jedoch wieder klar denken und trat unerbittlich und heftig für den Tod der Fürsten ein. «Warum sollten wir sie verschonen?», fauchte sie. «Sie haben Kamose ohne Gewissensbisse gemeuchelt, und wenn du nicht gewesen wärst, Aahotep, hätten sie auch Ahmose umgebracht. Weg mit ihnen. Sie sind es nicht wert, Ägypter genannt zu werden.»

«Dann stimmen wir also völlig überein?», fragte Aahmesnofretari. «Es darf nämlich keine Bedenken, keine Gewissensbisse geben.» Tetischeri warf ihr einen verächtlichen Blick zu.

«Ich habe keine», sagte sie. «Und was dich angeht, kleine Kriegerin, so denke ich, dass es auch mit deinen vorbei ist. Ahmose dürfte Mangel an Befehlshabern haben, wenn er genesen ist. Vielleicht sollte er dir eine Division anbieten. Die Hathor-Division.» Aahmes-nofretari schluckte, weil sie jäh einen Kloß im Hals hatte. Ihre Großmutter hatte sich zwar spöttisch angehört, aber es war nicht zu verkennen, dass ihr Kompliment aufrichtig gemeint war. «Jetzt fort mit euch, alle beide», schloss Tetischeri. «Wenn ich morgen auf der Estrade stehen soll, muss ich mir die Weinreste wegmassieren lassen.»

«Ramose überlasse ich dir», sagte Aahotep leise vor der Tür. «Ich muss Hor-Aha holen lassen. Es hört sich grausam an, aber hoffentlich, Aahmes-nofretari, bleibt Ahmose bewusstlos, bis es getan ist. Falls er vor Tagesanbruch aufwacht, müssen wir auf seine Entscheidung warten. Und einen Aufschub ertrage ich, glaube ich, nicht.» Aahmes-nofretari legte ihrer Mutter die Hand auf die Wange, eine stumme Bestätigung, dann trennten sie sich.

Senehat öffnete die Tür, als Aahmes-nofretari anklopfte. Sie sah die Prinzessin und verbeugte sich, dann trat sie beiseite. «Ich muss Ramose allein sprechen», sagte Aahmes-nofretari. «Bitte, Senehat, warte draußen auf dem Gang.»

Ramose und Senehat waren beim Essen gewesen. Er erhob sich, als Aahmes-nofretari näher trat, und sie konnte an seiner Miene erkennen, dass er wusste, warum sie gekommen war. «Ich möchte, dass du dir einen Herold und eine Leibwache nimmst und nach Achnim und Djawati fährst», sagte sie ohne weitere Einleitung. «Wir müssen wissen, wo Mesehti und Machu stehen. Wir beten darum, dass sie einfach nach Hause geflohen sind, aber wenn sie ins Delta wollen, müssen wir Truppen hinter ihnen herschicken. Du brauchst den Herold, damit er uns so schnell wie möglich Nachricht gibt. Wir möchten, dass du noch heute Abend an Bord gehst.» Er blickte sie nachdenklich und mit zusammengekniffenen Augen an.

«Ihr habt beschlossen, meine Mutter hinzurichten», sagte er leise. «Darum schickt ihr mich nach Norden.» Es hat keinen Zweck, um den heißen Brei herumzureden, dachte Aahmes-nofretari und blickte ihm in die Augen. Nicht bei Ramose.

«Ja», gestand sie. «Du hast Ehrlichkeit immer zu schätzen gewusst, lieber Freund. Wir haben keine andere Wahl, wir müssen für unsere Sicherheit sorgen. Aber du sollst wissen, dass wir uns deinetwegen quälen, nicht ihretwegen. Sie hat es nicht besser verdient.» Er ging rückwärts zu einem Stuhl und ließ sich unbeholfen darauf sinken.

«Sagst du mir wenigstens wann, damit ich für die Reise ihres Kas beten kann? Und, Prinzessin, ich bestehe auf einer angemessenen Einbalsamierung. Ich zahle auch dafür.»

«Selbstverständlich», antwortete sie ungerührt. «Morgen früh um die Morgendämmerung. Es tut mir so Leid, Ramose, ich finde keine Worte ...» Er hob die Hand.

«Sag nichts mehr, Aahmes-nofretari», bat er. «Ich tue, was du mir befohlen hast, aber jetzt möchte ich allein sein. Sag bitte Senehat, sie soll in ihre Zelle gehen.»

Ahmose muss Wiedergutmachung für alles leisten, was wir Ramose im Laufe der Jahre genommen haben, gelobte Aahmes-nofretari, während sie durch das jetzt dunkle Haus ging. Ich werde persönlich darauf bestehen, dass er ein Anwesen, einen Fürstentitel, Handelsrechte, was auch immer er will, bekommt, wenn Ahmose erst ein Gott ist. Doch als sie es sich neben der leblosen Gestalt ihres Mannes bequem machte, wusste sie, dass nichts den Verlust von Tani ersetzen oder die Wunde über die Schmach seiner Eltern heilen konnte. Macht ist ein kühler Bettgenosse. Gold kann Schande nicht tilgen. Und Versprechungen werden meine Schuldgefühle nicht lindern, sagte sie sich, innerlich seufzend. Mehr oder weniger sind wir alle in diesem Kampf zu Opfern geworden und es gibt keine Umkehr, weder für uns noch für Ägypten.

In dieser Nacht tat sie kein Auge zu, sondern blieb bei Ahmose sitzen, streckte gelegentlich die verkrampften Gliedmaßen oder stutzte den Docht, doch hauptsächlich verbrachte sie die Stunden in Gedanken versunken an seinem Lager. Zweimal kam der Arzt, untersuchte seinen Patienten und verließ sie nach ein paar höflichen Worten wieder. Sie konnte das Verrinnen der Zeit an der Stille im Haus und im leeren Garten draußen abschätzen. Zweimal hörte sie den Wachposten jemanden vor der Tür anrufen, und bei der zweiten Wachablösung verließ sie ihren Mann und ging widerstrebend in ihre eigenen Gemächer. Es war Zeit zum Anziehen und Ahmose hatte die Augen noch immer nicht aufgeschlagen. Sie wusste nicht, ob sie deswegen dankbar oder bekümmert sein sollte.

Anchmahor und die wenigen Getreuen des Königs, die dem Blutbad der Fürsten entronnen waren, begleiteten sie, ihre Mutter und Großmutter durch die frühmorgendliche Kühle zum Exerzierplatz. Den mittlerweile aufgedunsenen und schwarz gewordenen Leichnam von Meketra trug man vor ihnen her. Aahotep hatte verboten, ihn einzuhüllen, und Aahmes-nofretari richtete den Blick auf die Helme der Soldaten, damit sie den baumelnden, verformten Kopf des Mannes nicht sehen musste. Ich gerate nicht ins Stolpern, redete sie sich gut zu. Ich erschauere nicht und fliehe auch nicht vor dem, was ich zu sehen bekomme. Ich werde mich an Kamose und meinen Vater erinnern. Ich werde an meine Vorfahren denken. Aber vor allem werde ich das Gesicht meines Sohnes heraufbeschwören.

Auf dem großen Exerzierplatz drängten sich schon die Soldaten. Als die drei Frauen auf die Estrade stiegen, merkte Aahmes-nofretari, dass Hor-Aha die Männer nach ihrer Zugehörigkeit zu den Fürsten mit dem Gesicht zu der freien Stelle aufgestellt hatte. Man hörte kaum einen Laut. Die eigentümliche, vertraute Pause, die Res Aufgang voraufging, schien durch die reglose Versammlung noch verstärkt zu werden, Reihe um Reihe ausdrucksloser Gesichter waren der Estrade zugewandt.

Auf einen kleinen Wink von Aahotep hin wurde Meketras Leiche abgelegt, dass alle sie sehen konnten. Ein Beben lief durch die Reihen. Amun-nacht trat vor und verbeugte sich, neben ihm Simontu. «Ist alles bereit?», fragte Aahotep den Befehlshaber des Gefängnisses. Er nickte bejahend. «Haben die Fürsten und Nofre-Sachuru ihre Gebete beendet?»

«Ja, Majestät», antwortete Simontu. «Die Herrin Nofre-Sachuru ist jedoch so außer sich, dass sie keinen an sich heranlässt. Wir mussten sie in einer geschlossenen Sänfte herschaffen lassen.»

«Ah ja. Amun-nacht, lass die Gefangenen herführen und festbinden, dann halte ich eine Ansprache an die Truppen.»

Aahmes-nofretari widerstand dem Drang, die Hand aufs Herz zu legen. Das hämmerte jetzt fast schmerzhaft gegen ihre Rippen und sie staunte über die Ruhe ihrer Mutter. Aahoteps

geschminktes Gesicht zeigte nur eine gewisse Kälte. Aahmes-
nofretari sah verstohlen zu ihrer Großmutter hin. Tetischeris
Gesicht war unter der Perücke mit den vielen Zöpfen gleichermaßen ungerührt. Sehe ich auch so aus, fragte sich die junge
Frau oder bemerkt das ganze Heer meine Aufregung? Sie legte
die Hände auf den Rücken und ballte die Fäuste so fest, dass
sich die Ringe ins Fleisch gruben.

Ein jämmerlicher Zug nahte vom Gefängnis. Zunächst
konnte Aahmes-nofretari die Fürsten wegen der vielen Medjai
rings um sie nicht ausmachen, doch dann waren sie klar zu sehen. Beide, Intef und Iasen, waren nackt bis auf ein Lendentuch. Intef fröstelte, Iasen wirkte wie betäubt und stolperte
willenlos dahin. Entsetzt wandte Aahmes-nofretari den Blick
ab, doch da sah sie Nofre-Sachuru. Die Frau war in ein bau-
schiges blaues Hemdkleid ohne Gürtel gekleidet und ging barfuß. Zwei Medjai mussten sie stützen.

Mitten auf dem Platz waren drei Pfähle aufgestellt worden.
Rasch und kundig, was Aahmes-nofretari abstoßend fand,
wurden die drei Verurteilten daran festgebunden. Intef stand
trotzig da und hob das Gesicht zum heller werdenden Himmel, doch Iasen war das Kinn auf die Brust gesunken. Nofre-
Sachuru ließ sich einfach zu Boden fallen, soweit es die Fesseln
an ihren Handgelenken zuließen. Dann fing sie an zu schreien.
Auf ein schroffes Wort von Hor-Aha hin ging ein Medjai rasch
zu ihr, legte ihr die Hand grob auf den Mund und wollte den
Lärm dämpfen, doch Nofre-Sachuru ließ sich nicht zum
Schweigen bringen. Sie biss und trat und kämpfte und wand
sich, bis der entnervte Medjai fluchte, das Messer zückte und
ihr die Kehle durchschnitt.

Aahmes-nofretari schrie entsetzt auf. Der Mann wischte
seine Waffe im Hemdkleid der Frau ab, die noch immer
zuckte. Sofort war Hor-Aha mit hoch erhobener, behand-

schuhter Faust zur Stelle. Man konnte den Hieb hören und Intef fing an zu lachen. «Das war Mord, keine Hinrichtung»,
brüllte er heiser. «Sieh sie dir an, diese Wilden, mit denen du
dich verbündet hast, Aahotep Tao. Das sind doch nichts als
Raubtiere, jeder Einzelne von ihnen, darunter auch Kamoses
feiner General. Zwei Jahre militärische Disziplin haben aus ihnen keine Soldaten gemacht. Sie tragen zwar einen Schurz,
sind aber noch lange keine Ägypter. Darunter sind und bleiben
sie schwarze Untiere. Und du verurteilst uns zum Tod, weil wir
uns einem solchen Pack nicht unterordnen wollen? Kamose
hat sie zu Hauptleuten gemacht und mit Gold behängt, aber
Menschen hat er nicht aus ihnen machen können.»

Hor-Aha schnitt Nofre-Sachurus Leiche vom Pfahl ab, und
auf einen knappen Befehl hin wurde der Medjai, dem die Geduld gerissen war, aufgehoben und statt ihrer festgebunden.
Geflüster und Gemurmel lief durch die Reihen der Zuschauer,
es klang Unheil verkündend und zornig. «Er hat natürlich
Recht», sagte Tetischeri ungerührt. «Sie sind tatsächlich
Wilde. Aber nützliche Wilde. Ein Jammer, dass Hor-Aha das
nicht hat kommen sehen. Damit geben wir vor dem Heer ein
schlechtes Bild ab.» Aahmes-nofretari starrte sie ungläubig an
und Aahotep fuhr sofort zu ihr herum.

«Behalte das für dich, Tetischeri!», befahl sie. «Das ist
nicht für die Ohren der Getreuen bestimmt. Du weißt, wie Soldaten tratschen. Halt jetzt den Mund oder ich lasse dir die
Zunge herausschneiden.» Rasch ging sie zur Kante der
Estrade und Aahmes-nofretari sah, wie sie tief Luft holte.
«Männer aus Waset und ganz Ägypten», begann sie und ihre
klare Stimme übertönte das Gemurre. «Die Verurteilten, die
ihr hier seht, sollen sterben. Bei ihrem Verbrechen geht es nicht
um die Weigerung, unter General Hor-Aha zu dienen, der
seine Treue zu diesem Land unter Beweis gestellt hat. Der

Grund für ihr Todesurteil liegt augenblicklich im Haus des Todes, und wenn sie mit ihrem Verrat Erfolg gehabt hätten, lägen
jetzt zwei Leichen unter den Händen der Sem-Priester. Es hat
keine Gerichtsverhandlung gegeben. An ihrer Schlechtigkeit
besteht kein Zweifel. Ich bin betrübt über die Schande, die sie
über ihre Familien gebracht haben, aber sie haben mir keine
andere Wahl gelassen. Seine Majestät hat ihnen vertraut und
wurde verraten und ermordet. General, tu deine Pflicht.»

Hor-Aha winkte seinen Bogenschützen, die sich bereits vor
Intef und Iasen und dem Medjai aufgestellt hatten. Sie nahmen
ihre Bogen von der Schulter, legten jeder einen Pfeil auf und in
der kleinen Pause, die dabei entstand, wurde Aahmes-nofretaris Aufmerksamkeit zur Wüste dahinter gelenkt. Der Krampf
in ihrer Brust ließ auf der Stelle nach und sie spürte, wie sich
ihre Schultern lockerten. Bald ist es vorbei, sagte sie sich.
Dann zieht man die Pfähle heraus, die Soldaten zerstreuen
sich, auf das Blut wird Sand geschüttet, und ich kann durch
den Garten zum Haus und seiner frühmorgendlichen Geschäftigkeit zurückgehen und frei atmen, frei atmen ...

Da erklang Intefs Stimme zum letzten Mal, klar und deutlich hallte sie, während Re über der Welt aufging und seine
ersten Strahlen den Schauplatz erhellten und lange Schatten
auf den aufgewühlten Boden warfen. «Das wird euch noch
Leid tun», rief er. «Du schaffst einen gefährlichen Präzedenz-
fall, Aahotep Tao. Dein Blut ist nicht älter und reiner als unseres. Wir sind Edelleute und ägyptische Fürsten, und falls
man Edelleute und Fürsten wie gemeine Verbrecher behandelt,
welche Botschaft ist das für den gemeinen Mann? Wenn wir
nach Belieben wie Schakale sterben, kann er wie ein Wurm in
den Dreck getreten werden, oder? Kamose war ein rachsüch-
tiger Mörder. Kamose ...» Hor-Ahas erhobener Arm fiel herunter. Die Medjai spannten den Bogen so mühelos geschickt,

wie man ihnen nachsagte, und Aahmes-nofretari konnte die Flugbahn der Pfeile kaum verfolgen, da hatten sie sich schon in ihr Ziel gebohrt.

Ein großer Seufzer stieg auf, gefolgt von einer tiefen Stille. Aahmes-nofretari merkte, dass sie ihr Hemdkleid umklammerte, und als sie es loslassen wollte, blieb es an ihrer feuchten Hand kleben. «Einige unter euch waren versucht, den Männern da in Hochverrat und Unehre zu folgen», sagte Aahotep jetzt und dieses Mal hörte Aahmes-nofretari die Anspannung unter dem scheinbar selbstsicheren Ton. «Auch ihr verdient Strafe, aber es gehört zum Wesen des Soldaten, dass er seinen Vorgesetzten gehorcht, darum übe ich Nachsicht mit den Abgefallenen. Aber nicht noch einmal. Die Trauerzeit für den König hat begonnen und euch ist es verboten, Waset zu verlassen, ehe er zur letzten Ruhe gebettet ist. Das ist alles. Hor-Aha, entlasse sie.»

Sofort bellten die Hauptleute Befehle und die Reihen mit den bedrückten Gesichtern lösten sich auf. Aahotep winkte Amun-nacht. «Lass Nofre-Sachuru ins Haus des Todes bringen», sagte sie, «aber die drei Fürsten bleiben bis zur kommenden Morgendämmerung, wo sie sind, damit die Soldaten über ihr Schicksal nachdenken können. Danach lässt du sie in die Wüste schaffen und im Sand verscharren. Die Leiche des Medjai übergibst du seinen Waffenkameraden, sie mögen ihn auf ihre Art begraben.» Sie zögerte, dann schickte sie ihn fort, ging zu den Stufen der Estrade und stieg hinunter. «Was kann ich sonst noch tun?», flüsterte sie Aahmes-nofretari zu, als sie, von den Getreuen umringt, zum Haus zurückgingen. «Jetzt hängt alles von Ahmose ab.»

Unmittelbar am Eingang zum Frauenflügel drängte sich Tetischeri an Aahotep heran. «Ich möchte nie wieder auf diese beleidigende und demütigende Art angesprochen werden!», fauchte sie. «Sieh dich vor, Aahotep, überschreite nicht noch einmal die Grenzen deiner Autorität, denn noch herrsche ich hier, und das, bis ich sterbe.» Aahotep hatte sich auf dem langen Heimweg auf den Arm ihrer Tochter gestützt. Ihr Gesicht war eingefallen, als sie jetzt an der Tür zu ihren Gemächern lehnte.

«Du verdienst die Schelte, Tetischeri», sagte sie müde. «Du hast ein loses Mundwerk und das kommt von deiner Überheblichkeit, die nicht immer durch Weisheit gemäßigt ist. Wenn wir alle unseren Kummer in Wein ersäuft hätten, hätte man vielleicht Ahmose und Ahmose-onch dort draußen an die Pfähle gebunden und deine viel gepriesene Vorherrschaft hinge jetzt vom zweifelhaften guten Willen ein paar heimtückischer Fürsten ab, die uns wahrscheinlich über den Fluss geschickt hätten.» Sie hatte das verniedlichende Bild gebraucht, das den besitzlosen Stand von Frauen beschrieb, die durch den Krieg ihr Heim verloren hatten, und Tetischeri hatte den Anstand zusammenzuzucken. «Aahmes-nofretari herrscht jetzt, auch wenn du das nicht einsiehst», fuhr Aahotep fort. «Ich habe ihrem Mann das Leben gerettet, aber ihr Mut hat Ägypten schlechthin gerettet. Die Macht, die du einmal besessen hast, ist auf sie übergegangen, also hüte von jetzt an deine Zunge. Geht und esst etwas, alle beide. Ich muss mich ausruhen.» Aahmes-nofretari und Tetischeri musterten sich mit wachsamem Blick. Tetischeri reckte sich.

«Sie ist erschöpft», sagte sie schließlich. «Ich verzeihe ihr die unerbietigen Worte.» Aahmes-nofretari hätte am liebsten gelacht. Sie nahm den zierlichen Leib in die Arme und drückte ihre Großmutter an sich.

«Ich liebe dich, Tetischeri», sagte sie erstickt. «Du bist genauso störrisch wie ein Esel und wieherst genauso laut. Ich gehe später zum Tempel und bete für Kamose. Kommt doch mit.»

Jetzt können wir damit beginnen, richtig um ihn zu trauern, dachte sie, als sie Ahmoses Zimmer betrat. Die Schrecken liegen hinter uns. Doch während sie sich gut zuredete, stand vor ihrem geistigen Auge das Bild von Nofre-Sachuru, wie sie am Pfahl zusammensank, wie das Blut aus ihrem Hals sprudelte und sich der Medjai ruhig bückte und sein Messer in ihrem zerknautschten Gewand abwischte.

Ahmoses Leibdiener wusch gerade seinen Herrn, als sie zum Lager trat, und er hielt inne und verbeugte sich.

«Der Arzt ist heute Morgen schon hier gewesen, Prinzessin», sagte er. «Die Wunde verheilt gut und braucht jetzt nur noch Honig. Und der Prinz bewegt sich und stöhnt bisweilen. Der Arzt ist sehr zufrieden. Er sagt, der Prinz kann jeden Augenblick die Augen aufschlagen.»

«Ich störe dich nicht weiter, ich frühstücke mit den Kindern», sagte Aahmes-nofretari. «Später komme ich wieder und setze mich zu ihm.»

Sie speiste ohne Appetit, spielte mit Ahmose-onch, nahm die Kleine auf den Arm, doch nichts milderte das Bild, das ihr Ka beschmutzte. Erst als sie im Tempel neben einer unbußfertigen Tetischeri stand, während Amunmose für Kamose sang, schmerzte das Andenken nicht mehr so sehr. Es kehrte zurück und verdarb ihr das Abendessen und machte ihren Wein sauer, und als sie später Ahmoses Hand in ihre nahm, was allmählich zur traurigen Gewohnheit wurde, stellte sich das Andenken zwischen sein ruhiges Gesicht und die Worte, die sie ihm gern sagen wollte.

Gegen Mitternacht war sie zu müde zum Schlafen, schlenderte in den mondbeschienenen Garten hinaus und setzte sich in das Gras neben den dunklen Teich. Doch hier überfiel sie zum ersten Mal die Angst vor den Toten.

Sie bekämpfte die Furcht mit ihren frisch erworbenen Waffen, mit Selbstvertrauen, Mut und Kraft, und da verflüchtigte sie sich zwar, doch sie war sich sicher, dass sie noch immer unheimliche Geräusche hörte. Die Nachtluft schien leise Rufe heranzuwehen, vom Fluss her kam ein schwaches Plätschern und im Unterholz am Rand des Gartens raschelte es im Verborgenen. Und ich laufe nicht fort, sagte sie sich. Auf dem Fluss wird nachts geangelt, Nachttiere sind im Gebüsch unterwegs, Wachen schreiten auf und ab, das hier ist das Leben der dunklen Stunden, weiter nichts.

Doch mit ihrem zerbrechlichen Gleichgewicht war es vorbei und sie fuhr mit einem Schrei hoch, als aus dem Dunkel zwei verschwommene Gestalten zielstrebig auf sie zukamen. «Aahmes-nofretari, ich habe dich überall gesucht», sagte ihre Mutter außer Atem. «Du musst sofort ins Haus kommen, wo dich die Getreuen bewachen können. Es gibt Ärger in der Kaserne. Die Soldaten desertieren. Sie haben Amun-nacht und etliche unserer Hauptleute umgebracht.» Die Gespenster flohen. Aahmes-nofretari sah Hor-Ahas besorgtes Gesicht.

«Ich gehe sofort zum Exerzierplatz», sagte ihre Mutter. «Was ist mit unseren eigenen Soldaten, General? Laufen die auch fort?»

«Einige, Prinzessin», antwortete er mit rauer Stimme. «Die Medjai unter Fürst Anchmahor bemühen sich, wieder Ordnung herzustellen, aber die Deserteure dürfen nicht weit kommen. Eine derartige Panik und Verdrossenheit wird sich auf jede Nomarche ausbreiten, wenn wir nicht auf der Stelle Einhalt gebieten.»

«Warum nur?» Aahmes-nofretari fühlte, wie die Panik auch sie packte.

«Weil sie meinen Worten nicht trauen», sagte Aahotep grimmig. «Sie fürchten, sie ereilt das gleiche Schicksal wie die Fürsten, wenn ich erst einmal Zeit gehabt habe, über ihre

Schuld nachzudenken. Und jetzt ist ihnen der Tod tatsächlich gewiss.»

«Was soll ich tun?», fragte Aahmes-nofretari und in ihrem Kopf rasten bereits die Gedanken, was sie den verbleibenden Soldaten sagen würde, doch ihre Mutter schüttelte den Kopf.

«Dieses Mal nicht», sagte sie mit Nachdruck. «Du musst bei deinem Mann bleiben. Wir brauchen dich, Aahmes-nofretari. Du und Ahmose, ihr seid Ägyptens Zukunft. Hor-Aha und ich gehen zusammen hin. Schick einen Herold hinter Ramose her. Er soll wissen, was sich hier tut. Mesehti und Machu müssen uns Soldaten schicken, die die Deserteure abfangen, sie dürfen ihre Heimat Qebt und Badari nicht erreichen. Hor-Aha nimmt die treuen Soldaten, die geblieben sind, und setzt ihnen von hier aus nach.»

«Der Herold soll zu Wasser reisen», warf Hor-Aha ein. «An Land sind die Deserteure nicht organisiert und werden es nicht wagen, Schiffe zu stehlen. Ich schicke dir Anchmahor und weitere Leibwachen, Prinzessin. Teile sie ein, wie es dir richtig dünkt.»

«Besteht die Möglichkeit, dass man uns hier angreift?»

«Nein, ich glaube nicht», versicherte ihr Aahotep, «aber wir sollten lieber darauf vorbereitet sein. Beeil dich, Aahmes-nofretari. Und sag deiner Großmutter nichts.» Sie ging und Aahmes-nofretari wartete auch nicht ab, bis sie und der General mit der Dunkelheit verschmolzen. Sie lief ins Haus und hatte ihre ganzen Ängste vergessen. Die Wirklichkeit stellte eine weitaus größere Bedrohung dar.

Achtoi döste auf seinem Schemel vor Ahmoses Zimmer. Er hatte darauf bestanden, dass er hier nicht nur bei Tage, sondern auch bei Nacht wachte, solange Ahmose bewusstlos war. «Achtoi, hol mir so rasch wie möglich einen Herold», befahl sie. «Einen, der eine Botschaft im Kopf behalten kann. Wir haben keine Zeit, Ipi etwas zu diktieren.» Der Haushofmeister eilte fort und die junge Frau ließ sich auf seinen Schemel sinken. Amun, beschütze meine Mutter, betete sie. Lass es nicht zu, dass ich mit einem kranken Mann allein bleibe und einen weiteren Aufstand unterdrücken muss. Es ist jetzt schon zu viel!

Als Achtoi mit einem zerzausten und schlaftrunkenen Herold zurückkehrte, erteilte sie ihm kurz und bündig Anweisungen und half Anchmahor später ohne zu zögern dabei, die Stunden und Positionen der zwanzig Soldaten festzulegen, die Hor-Aha geschickt hatte. Mehr als die Hälfte waren Medjai und darüber war Aahmes-nofretari froh. Sie vertraute den Männern aus ihrer eigenen Nomarche nicht mehr.

Ehe sie es sich neben Ahmose bequem machte, schritt sie das Haus ab. Alles war ruhig. Die Kinder und Raa schliefen friedlich und Tetischeri konnte sie durch die geschlossene Tür schnarchen hören. Die Empfangsräume und Arbeitszimmer, Badehaus und Gemächer begrüßten sie mit stummer, leerer Vertrautheit. Beruhigt ging sie zu Ahmose zurück. Achtoi hatte seinen Platz wieder eingenommen und sie bat ihn, nicht aufzustehen, und nachdem sie ihm rasch berichtet hatte, was los war, konnte sie endlich im freundlichen Lampenschein zu ihrem Platz neben dem Lager gehen.

Sie merkte sofort, dass er wach war. Sein Leib war ein wenig angespannt, sein Gesicht zeigte, dass er bei Bewusstsein war. «Ahmose», rief sie leise und beugte sich über ihn. «Ahmose. Du bist zu mir zurückgekommen. Kannst du die Augen aufmachen?» Sie sah, wie sich seine rissigen Lippen bewegten. Er streckte die Zunge heraus und seine Lider flatterten. Sie nahm einen Becher Wasser, hielt ihn an seinen Mund und hob seinen Kopf an, doch er zuckte zusammen und entzog sich ihr, und da tauchte sie einen sauberen Leinenlappen in Wasser und drückte ihn sanft auf seine Zähne. Er saugte gierig daran.

«Ich habe schon versucht, sie aufzumachen», flüsterte er abgehackt, «aber das Licht tut zu weh. Ich habe rasende Kopfschmerzen, Aahmes-nofretari. Was ist los mit mir?» Er wollte sich an den Kopf fassen. Aahmes-nofretari fing seine Hand ab und drückte sie wieder aufs Laken.

«Du hast einen Unfall gehabt, Liebster», fing sie an, denn die Wahrheit schickte ihn vielleicht in das Dunkel zurück. Er runzelte die Stirn und zuckte schon wieder zusammen.

«Einen Unfall? Ich erinnere mich, dass ich Kamose meine Fische gezeigt habe. Ich erinnere mich, dass er auf mich zugelaufen ist. Ich habe Meketra gesehen und aus dem Garten sind Soldaten gekommen.» Er wurde immer aufgeregter und seine Finger umklammerten ihre fester. «Bin ich gestürzt, Aahmesnofretari? Ist es das?» Sie streichelte seine Stirn und hoffte, dass ihre Hand nicht zitterte.

«Schsch, Ahmose», beschwichtigte sie ihn. «Dein Kopf ist genäht worden. Du darfst ihn nicht bewegen. Ich bin so froh, dass du wach bist, aber jetzt musst du viel schlafen. Ich möchte zur Tür gehen und Achtoi bitten, dass er den Arzt holt. Kann ich das?» Er gab keine Antwort und sie sah, dass er das Bewusstsein verloren hatte. Eilig ging sie auf den Flur, sprach kurz mit dem Haushofmeister und kehrte besorgt zu seinem Lager zurück. Ahmose atmete tief und gleichmäßig und war kühl, als sie ihn berührte. Als der Arzt kam, bestätigte er ihr, dass er jetzt normal schliefe.

«Lass ihn sorgfältig beobachten, Prinzessin», mahnte er. «Er soll Wasser trinken, wenn er durstig ist, bekommt aber noch kein Essen. Ich mache ihm einen Mohnaufguss gegen die Schmerzen.» Er lächelte. «Jetzt ist seine Genesung nur noch eine Frage der Zeit.»

Aber vielleicht bleibt uns keine Zeit, dachte sie, als sich die Tür hinter ihm schloss. Mutter ist schon viel zu lange fort. Sie hat gesagt, sie würde mir Nachricht schicken, und ich kann Ahmose nicht verlassen und zum Exerzierplatz gehen. Und ich wage es auch nicht, Anchmahor darum zu bitten. Ich brauche das Gefühl, dass wenigstens einer hier ist und zwischen uns und dem Dunkel steht.

Sie merkte nicht, dass es dämmerte, bis Achtoi und Ahmoses Leibdiener hereinkamen, Letzterer mit heißem Wasser. Achtoi blies die Lampe aus und zog die Fenstermatten hoch. Bleiches Frühlicht strömte ins Zimmer und Ahmose bewegte sich und seufzte. «Deine Mutter ist gerade zurück», teilte Achtoi Aahmes-nofretari leise mit. «Sie war zu erschöpft, um dich noch zu begrüßen, Prinzessin, aber ich soll dir ausrichten, dass General Hor-Aha den Deserteuren mit tausend Soldaten nachsetzt und dass die Männer, die geblieben sind, Leichen begraben. Es ist auf dem Exerzierplatz zu einem kleinen Handgemenge gekommen, aber jetzt ist alles unter Kontrolle.»

«Wenn Hor-Aha fort ist, wer befiehlt dann, Achtoi?»

«Augenblicklich ist die Herrin Aahotep Befehlshaber, Prinzessin. Soviel ich weiß, hat ihr der General den Befehl übergeben.» Blanker Neid packte Aahmes-nofretari. Wieder einmal bin ich ins Haus verbannt, während ohne mich Heldentaten vollbracht werden, dachte sie bitter, dann lachte sie über ihre Kleinlichkeit. Ich bin hier bei Ahmose und er wird genesen, und das allein zählt.

«Stell das Wasser da hin», wies sie den Leibdiener an. «Ich will ihn heute Morgen selbst waschen. Achtoi, lass mir Obst und Brot bringen, ich bin auf einmal wie ausgehungert.»

Als das warme Leinen Ahmoses Haut berührte, schlug er die Augen auf. Er lag da und sah ihr zu, wie sie ihn vorsichtig und gründlich wusch, und als sie fertig war und ihm Wasser anbot, trank er gierig. «Ich habe geträumt, dass ich am Teich sitze, und ein Zwerg kommt auf dem Gartenweg auf mich zu», sagte er, als er den Kopf ins Kissen zurücklegte. Seine Stimme war schwach, aber kräftiger. «Er war in voller militärischer Ausrüstung, Leder und Bronze, und ich habe Angst vor ihm gehabt. Das ist ein schlechtes Vorzeichen, Aahmes-nofretari. Es bedeutet, dass die Hälfte meines Lebens abgetrennt ist. Ich hätte gern Kamose gesprochen, wenn er gespeist hat. Oder ist er ohne mich nach Norden gezogen?» Die Antwort wurde ihr erspart, denn es klopfte an der Tür. Achtoi kam mit ihrem Mahl und einem kleinen Alabasterfläschchen. Das stellte er auf den Tisch und verbeugte sich.

«Ich bin sehr froh, dass unser Prinz zu uns zurückgekehrt ist», sagte er zu Ahmose. «Der Arzt hat dir gegen deine Schmerzen Mohnsaft geschickt, falls du ihn brauchen solltest.»

«Was tust du hier, Achtoi?», fragte Ahmose scharf. «Warum bist du nicht bei Kamose? Hat er einen neuen Haushofmeister ernannt? Wie lange liege ich hier schon ohne Bewusstsein?» Achtoi und Aahmes-nofretari wechselten einen Blick und der Haushofmeister zog sich zurück. «Was verbergt ihr vor mir?», wollte Ahmose wissen. Sein Ton war jetzt gereizt. «Gib mir etwas Mohnsaft, Aahmes-nofretari. Mein Kopf tut furchtbar weh. Und dann kannst du mir haarklein erzählen, was hier los ist.» Aahmes-nofretari winkte und Achtoi verließ das Zimmer. Sie goss ein paar Tropfen der milchig weißen Flüssigkeit in Wasser und hielt es Ahmose an den Mund. Er trank alles und gleich darauf fielen ihm die Augen zu. «Erzähle es mir später», murmelte er. «Der Schmerz lässt nach, aber ich kann einfach nicht wach bleiben.»

Sie hatte sich einen Strohsack in sein Zimmer bringen lassen, damit er sie jedes Mal sah, wenn er erwachte, und als sie sich darauf legte, schlief sie ein. Achtoi weckte sie gegen Abend: «Deine Mutter ist draußen», sagte er. «Sie möchte dich sprechen. Ich setze mich zum Prinzen.»

Aahotep unterhielt sich mit dem Wachposten vor der Tür, als Aahmes-nofretari auf den Flur trat. Sie drehte sich lächelnd zu ihrer Tochter um. «Wie ich höre, ist Ahmose aufgewacht», sagte sie. «Das ist eine wunderbare Nachricht. Ich wollte es dir persönlich sagen, Aahmes-nofretari, im Augenblick sind wir sicher. Es dauert einige Zeit, bis von Hor-Aha und Ramose Boten kommen können, aber das Schlimmste ist, glaube ich, überstanden.» Aahmes-nofretari musterte sie neugierig. Ihre Stimme klang etwas heiser. Unter ihrem Ohr verlief eine breite Schramme, die im Halsausschnitt ihres Hemdkleides verschwand, und ihre Handflächen waren wund. Aahotep merkte, dass sie gemustert wurde, und ihr Lächeln wurde strahlender. «Ich kann nicht behaupten, dass es Narben aus der Schlacht sind», gestand sie. «Als Hor-Aha und ich auf dem Exerzierplatz ankamen, war Anchmahor schon mitten im Getümmel. Hor-Aha hat sich hineingestürzt. Anchmahor hat versucht, sich freizumachen, damit er mich beschützen kann, aber es hat einige Zeit gedauert.» Reuig hob sie die wunden Hände. «Ich bin zu dicht am Gefecht geblieben. Es war brutal und abstoßend, Aahmes-nofretari, aber irgendwie auch fesselnd. Ich konnte mich nicht vom Fleck rühren. Nicht, bis das Getümmel auf einmal auf mich zukam. Da habe ich mich zu Boden geworfen und bin ungeschickt hingeschlagen, dann habe ich mich unter die Estrade gerollt, und da bin ich geblieben. Keine würdevolle Lage für jemanden aus Ägyptens Königshaus. Dein Vater wäre entsetzt gewesen.» Sie verstummte, weil sie sich räuspern musste. «Es gab viel Gebrüll und Gefluche», fuhr sie fort. «Ich habe gar nicht gemerkt, dass ich auch gebrüllt habe, bis Anchmahor aufgetaucht ist und mich aus meinem Versteck gezogen hat. Wir haben uns nebeneinander gestellt und uns das Ende angesehen.» Sie verzog das Gesicht. «Es ist eine Erfahrung, die ich hoffentlich nie wieder machen muss. Ich glaube, von jetzt an bin ich dankbarer für die kleinen Aufgaben, die man einer Frau im Haushalt abverlangt.» Aahmes-nofretari sah sie mit großen Augen an.

«Aber, Mutter, ich habe immer gedacht, du bist zufrieden», sagte sie. Aahotep hob die Schultern.

«Bin ich auch. Aber ich habe entdeckt, dass selbst eine Mondbewohnerin, wenn sie lange genug mit heißblütigen Menschen aus dem Süden lebt, feststellen wird, dass etwas von diesem Feuer auch in ihren Adern rinnt. Ich bin auf dem Weg zum Tempel, um mich von Meketras Blut zu reinigen. Die Wut hat sich gelegt, Aahmes-nofretari, stattdessen trauere ich um Kamose. Grüß Ahmose von mir und sag ihm, dass ich ihn morgen besuche.»

Mich kann nichts mehr erschüttern, dachte Aahmes-nofretari, als sie in Ahmoses Zimmer zurückkehrte, in das jetzt die Abendschatten sickerten. Ich blicke in meinen Kupferspiegel und erkenne die Frau nicht mehr, die zurückblickt. Ich sehe meine Mutter an und sehe eine Fremde.

Ihre Träumereien wurden durch Ahmoses Stimme unterbrochen. «Zünde bitte die Lampe an, Aahmes-nofretari», sagte er. «Mein Kopf fühlt sich leichter an. Er hämmert nicht mehr so und meine Augen tun auch nicht mehr weh.» Sie erfüllte seinen Wunsch, stutzte den Docht in der hübschen Alabasterlampe, ging zum Fenster und ließ die Matten herunter.

«Hättest du gern mehr Mohnsaft?», fragte sie in der vagen Hoffnung, dass er trinken und danach wieder schlafen würde, doch er winkte ab, und da wusste sie, dass die Zeit gekommen war.

«Nein», sagte er. «Ich möchte Kamose sehen. Bring ihn her, wenn er noch immer hier ist, und falls nicht, so muss ich seine Depeschen lesen.» Aahmes-nofretari ließ sich auf dem Schemel neben ihm nieder.

«Er kann nicht kommen, Liebster», begann sie stockend. «Er ist tot, ist gestorben, als er auf dich zugerannt ist. Er wollte dich warnen, dass die Fürsten rebellieren und dein Leben in Gefahr ist, aber stattdessen hat ihn ein Pfeil getroffen. Er ist in deinen Armen gestorben. Kannst du dich daran erinnern?»

Ahmose hatte auf der Seite gelegen und die Augen fest auf sie gerichtet, und während sie sprach, sah sie, wie sich sein Gesicht veränderte. Es war, als würde von innen alles Fleisch hineingesogen, sodass nur noch bleiche Haut über hervorstehenden Knochen übrig blieb. Die Hand, die auf seiner nackten Brust gelegen hatte, kroch auf das Laken zu und krallte sich hinein. Er drehte sich auf den Rücken.

«Ihr Götter», flüsterte er. «Nein. Ich spüre noch das Netz mit den Fischen. Ich sehe ihn auf dem Weg auf mich zulaufen. Ich sehe Meketra. Ich sehe … Ich sehe …» Er bemühte sich sichtlich, sich an alles zu erinnern, und Aahmes-nofretari sah ihm dabei benommen vor Schmerz zu. «Ich sehe, fühle etwas in meinen Armen, schwer, es ist ein großer Fisch … Nein, zu schwer für einen Fisch. Ich fühle Steine unter mir. Ich liege auf den Knien, ja.» Seine Hände fuhren hoch und bedeckten das Gesicht. «Ich kann mich nicht erinnern, Aahmes-nofretari!»

«Das kommt zurück», sagte sie nachdrücklich. «Bemüh dich nicht zu sehr darum. Deine Verwundung war ernst. Meketra hat dich mit einer Keule niedergeschlagen, als du Kamose gehalten hast. Der Schlag hätte dich getötet, aber Mutter hat es geschafft, ihn abzulenken. Sie hat zweimal zugestochen.» Seine Finger waren zum Laken zurückgekehrt und kneteten es langsam, heftig und rhythmisch.

«Mutter? Aahotep? Sie hat Meketra umgebracht? Mit einem Messer?»

«Ja, das hat sie. Aber es gibt noch viel mehr zu erzählen, Ahmose. Bleib ganz ruhig und lass mich berichten.»

Noch ehe sie mit ihrem Bericht über die Ereignisse geendet hatte, weinte er schon. Sie störte seinen Kummer nicht und dann verstummte auch sie, wischte ihm das Gesicht ab, nahm seine Hände in ihre, legte ihren Kopf auf seinen Unterleib und schloss die Augen.

Viel später spürte sie, dass er jetzt ihren Kopf streichelte, und bei der innig-vertrauten Berührung wäre auch sie beinahe in Tränen ausgebrochen. «Und alles, während ich hier hilflos gelegen habe», sagte er. «Hilflos und nutzlos, und selbst jetzt kann ich mich nicht einmal aufsetzen, weil mir das so wehtut. Verzeih mir, Liebes, dass ich dich allein gelassen habe, dass du vor das Heer treten musstest. Das ist keine Situation für eine Frau.»

«Sei nicht albern», schalt sie ihn. «Wir hatten keine andere Wahl, keiner von uns. Und ich bin nicht bloß eine Frau, sondern eine Tao. Meine Mutter auch, durch Heirat und durch ihre Halsstarrigkeit. Wir haben es gut gemacht und wir sind stolz darauf. Hor-Aha und Ramose werden die Deserteure aufspüren. Es ist vorbei, Ahmose. Mach dir keine Sorgen, das schadet nur deiner Genesung.» Sie setzte sich auf und strich sich das zerzauste Haar aus der Stirn, doch er ließ sie nicht los.

«Du hast nichts gehört, von keinem», sagte er. «Vorher können wir nicht sicher sein.»

«Für Depeschen ist es noch zu früh», mahnte Aahmes-nofretari. «Aber augenblicklich sind wir sicher. Anchmahor ist noch immer da.»

«Den möchte ich auch sehen, aber nicht heute», überlegte er. «Gleich trinke ich meinen Mohnsaft, denn mein Kopf hämmert schon wieder. Sag, was hältst du von Mesehti und Machu? Sie haben ihre Soldaten abgezogen und sind geflohen. Heißt das, man kann ihnen noch immer trauen?»

Sie ging auf seinen Ton ein, denn ihr war klar, dass er durch das Bereden praktischer Angelegenheiten den Augenblick hinausschob, an dem er sich dem Tod seines Bruders stellen musste. Noch hielt der Damm des Verleugnens gut, hielt die Flut des Kummers, der Schuld und Reue zurück, aber sie wusste, dass er irgendwann brechen würde.

Von nun an machte seine Genesung langsame, aber stetige Fortschritte. Der Arzt entfernte die Fäden und Ahmoses Haar wuchs um die Narbe herum nach. Er aß wieder ein wenig. Aber oft wachte Aahmes-nofretari des Nachts von seinem Weinen auf und lag dann reglos auf ihrem Strohsack, während er seine Qual hinausschluchzte.

Aahotep kam auch häufig zu Besuch. Er hatte sich bei ihr auf seine schlichte, direkte Art bedankt, dass sie ihm das Leben gerettet hatte, wollte jedoch keine weiteren Einzelheiten wissen, und Aahotep, feinfühlig, wie man es von ihr kannte, erzählte ihm nichts. Auch Tetischeri besuchte ihn, doch zwischen ihnen herrschte ein gekünsteltes Schweigen, das oft lange dauerte, bis der eine oder der andere irgendeine Artigkeit sagte. «Ihr wäre es lieber, wenn ich anstelle von Kamose tot wäre», bemerkte Ahmose Aahmes-nofretari gegenüber, «und sie hat den Anstand, sich deswegen zu schämen. Sie tut mir Leid.»

Bald konnte er sich ein Weilchen aufsetzen und dann unsicher durch sein Zimmer gehen. Sein Appetit war zurückgekehrt und eines Morgens leerte er seinen Teller und bat um mehr, und da klatschte Aahmes-nofretari erfreut in die Hände. «Bald bist du wieder draußen auf dem Fluss und angelst», sagte sie, doch seine Miene verdüsterte sich.

«Ich glaube, ich fange nie wieder Fische, noch esse ich sie», erwiderte er traurig. «Dabei würde mir immer Kamose fehlen. Außerdem bin ich König, wenn er in seinem Grabmal ruht, und Könige dürfen keinen Fisch essen. Damit beleidigen sie Hapi.»

«Und ich glaube, solange du noch Prinz bist, freut sich der Nilgott darüber, dass du sein Reich so liebst», hielt sie dagegen. «Und gewiss wäre Kamose betrübt, wenn du etwas aufgeben würdest, was dir so viel Freude bereitet.» Aber er schüttelte den Kopf und antwortete darauf nichts.

Endlich war er kräftig genug, dass er sich angekleidet in den Garten wagen konnte, gefolgt von einer aufgeregten Schar Dienstboten mit Kissen, einem Sonnensegel, Fliegenwedel, Süßigkeiten und seinem Sandalenkasten. Er stand ein Weilchen vor dem Haupteingang, blinzelte im strahlenden Sonnenschein und ging dann langsam über den Rasen zum Teich. Als er den Weg zur Bootstreppe überquerte, blieb er stehen und blickte nach unten. «Es ist mir eingefallen, Aahmes-nofretari. Alles ist mir eingefallen. Vielleicht vergesse ich es nie wieder.» Darauf hob er das Gesicht zum Himmel, atmete den Duft der Frühlingsblumen ein, die auf den Beeten in voller Blüte standen, und ging weiter.

Sie waren noch nicht lange am Teich, als Aahotep mit zwei Rollen in der Hand auf sie zugeeilt kam. «Botschaften von Hor-Aha und Ramose!», rief sie. «Es ist vorbei, alles ist vorbei! Der Aufstand ist niedergeschlagen. Hor-Aha schreibt, dass er zwar die Hauptleute hinrichten musste, die uns ein zweites Mal verraten haben, er aber die Soldaten wieder mitbringt. Die wollen keinen Aufstand mehr. Ramose, Mesehti und Machu kommen gemeinsam zurück. Verzeihst du ihnen ihre Feigheit, Ahmose?»

«Das hängt davon ab, wie sie wirken, wenn sie hier vor mir stehen», erwiderte er. «Wir haben eine harte Schule durchlaufen, Aahotep. Vielleicht ist es Zeit für eine Neuordnung und ich fange, glaube ich, mit dem Heer an. Ich will sofort nach Ende der Trauerzeit nach Norden marschieren, aber die Fehler, die Kamose in den Untergang getrieben haben, die mache ich nicht.»

Sein Blick schweifte zum Teich, wo ein nackter Ahmose-onch auf dem Rand saß, mit den Füßen herumspritzte und hell lachte. «Wir haben jetzt Mitte Mechir. Die Felder sind bestellt und ich muss im Delta meine eigene Saat säen.» Er blickte nachdenklich von Mutter zu Ehefrau. «Waset kann ich getrost meinen beiden Kriegerinnen überlassen», sagte er lächelnd. «Und ich schwöre euch, als Lohn für das, was ihr getan habt, lege ich euch ein geeintes Ägypten zu Füßen. Mutter, gib die Rollen Ipi und komm unter das Sonnensegel. Heute wollen wir von nichts anderem reden als von Libellen, die Mücken jagen, und von der Sonne auf dem Wasser.»

Aahmes-nofretari stellte fest, dass sie ihn neugierig musterte. Er war ganz der Alte und dennoch nicht mehr der Alte, ihr geliebter Mann, immer noch gutherzig und überlegt in Wort und Tat, doch die gewisse Schlichtheit, die viele so falsch gedeutet hatten, die war dahin. Er ist verwandelt wie wir Übrigen auch, dachte sie einigermaßen betrübt. Man hat ihn als Prinzen niedergeschlagen, und er ist als König auferstanden.

Ende des zweiten Buches

Pauline Gedge

Pauline Gedge, geboren 1945 in Auckland, Neuseeland, verbrachte einen Teil ihrer Kindheit in England und lebt heute in Alberta, Kanada. Mit ihren Büchern, die in zahlreiche Sprachen übersetzt sind, gehört sie zu den erfolgreichsten Autorinnen historischer Romane.

Die Herrin vom Nil *Roman einer Pharaonin*
(rororo 15360)
Vor dreieinhalb Jahrtausenden bekam in Ägypten die Sonne eine Tochter: Hatschepsut. In diesem spannenden biographischen Roman zeichnet Pauline Gedge diese einzigartige und erste bedeutende Frau der Weltgeschichte nach.

Das Mädchen Thu und der Pharao *Roman*
(rororo 13998)
«Eine aufregende Story aus dem Land der Pharaonen mit aufschlußreichen Einblicken in das gesellschaftliche Leben der damaligen Zeit.» *Brigitte*

Die Herrin Thu *Roman*
Deutsch von
Dorothee von Asendorf
544 Seiten. Gebunden
Wunderlich und als rororo
Band 22835

Pharao *Roman*
(rororo 12335)
«Eine elegante, spannende, ja faszinierende *Hofberichterstattung* aus der Zeit des großen Umbruchs Ägyptens.» *Die Rheinpfalz*

Der Sohn des Pharao *Roman*
(rororo 13527)

Die Herren von Rensby Hall
Roman
(rororo 13430)

Herrscher der zwei Länder
Band 1: Der fremde Pharao
Deutsch von
Dorothee Asendorf
416 Seiten. Gebunden

Band 2: In der Oase
Deutsch von
Dorothee Asendorf
672 Seiten. Gebunden

Band 3: Die Straße des Horus
Deutsch von
Dorothee Asendorf
512 Seiten. Gebunden.
Wunderlich

Weitere Informationen in der **Rowohlt Revu**e, kostenlos im Buchhandel, und im Internet:
www.rororo.de

Unterhaltung